U0749499

意大利人

[英]安·拉德克利夫 著

毛华奋　李美芹 译

浙江工商大学出版社
ZHEJIANG GONGSHANG UNIVERSITY PRESS

图书在版编目(CIP)数据

意大利人 /(英)拉德克利夫著；毛华奋，李美芹
译.—杭州：浙江工商大学出版社，2016.6(2017.9 重印)
(西方经典哥特式小说译丛 / 蒋承勇主编)

ISBN 978-7-5178-1530-3

Ⅰ.①意… Ⅱ.①拉… ②毛… ③李… Ⅲ.①长篇小
说－英国－现代 Ⅳ.①I561.45

中国版本图书馆 CIP 数据核字(2016)第 015433 号

意大利人

[英]安·拉德克利夫 著

毛华奋　李美芹 译

出 品 人	鲍观明	
丛书策划	赵　丹	
责任编辑	田　慧	
责任校对	穆静雯	
封面设计	林朦朦	
责任印制	包建辉	

出版发行　浙江工商大学出版社
　　　　　（杭州市教工路 198 号　邮政编码 310012）
　　　　　（E-mail：zjgsupress@163.com）
　　　　　（网址：http://www.zjgsupress.com）
　　　　　电话：0571－88904980，88831806（传真）

排　　版	杭州朝曦图文设计有限公司	
印　　刷	杭州五象印务有限公司	
开　　本	880mm×1230mm　1/32	
印　　张	14.5	
字　　数	350 千	
版印次	2016 年 6 月第 1 版　2017 年 9 月第 2 次印刷	
书　　号	ISBN 978-7-5178-1530-3	
定　　价	49.00 元	

版权所有　翻印必究　印装差错　负责调换

浙江工商大学出版社营销部邮购电话　0571－88904970

总　序

蒋承勇

　　哥特式小说,作为一种独特的文学类型,是由 18 世纪的英国小说家贺拉斯·沃波尔首创的。他的小说《奥托兰多城堡》作为黑色浪漫主义的发轫之作,不仅引领了当时的哥特式小说创作风潮,而且也成为随后而起的欧洲浪漫主义文学运动的动因之一。与某些昙花一现或盛极而衰的文学类型和文学流派不同,哥特式文学发展虽然经历了跌宕起伏,但依然顽强地生存了下来,并于 20 世纪 70 年代开始在西方复兴,还由文学扩展到其他文化艺术领域,基于哥特式文学创作的哥特式批评和研究也成为当代西方批评的一个热点。正如琳达·拜耳-伦鲍姆(Linda Bayer-Rerenbaum)在《哥特式想象:哥特式文学和艺术的扩展》(*Gothic Imagination：Expansion in Gothic Literature and Art，Fairleigh Dickinson University Press*,1982)一书中写道:"十年前,当我开始研究哥特式主义时,'哥特式复兴'才刚刚兴起。尽管哥特式文化现象已开始浮现,如电影《罗丝玛丽的婴儿》(*Rosemary's Baby*)已上映,但是'哥特式主义'这个术语及其特定的含义,对当时的普通读者甚至学者都还很陌生,甚至最好的大学的英语系也很少开设哥特式文学课程。当我告诉朋友,我正在从事哥特式主义的研究时，只有少数人熟悉这种文学类型，或者能够记起一部哥特式小说的名字。大多数人只是想掩饰自己的无知，礼貌性地笑一笑说：'噢，这个太专了吧。'而十年后的今天，'哥特式'这个词已是家喻户晓。最近，我在一家我最经常光顾的百货商场的书店里看到，在'烹调类'和'非小说类'图书旁边整整一个过道上都是'哥特类'图书，超过一百种可供挑选。电影《驱魔人》(*The Exorcist*)——一部哥特式经典之作，比起先前的电影，吸引了更多的人，而小说《驱魔者》也售出七百多万册。过去十年中，我们耳闻目睹了超自然、占星术、哥特式科幻小说甚至经典哥特式文学的复兴。时至今日，人们很难看到在美国有哪所大学不开设哥特式文学课的。哥特式文学由于越来越受欢迎，其地位也已获得学界的首肯。"哥特式小说在18—19世纪的繁荣之中确立了它的美学范式和风格，并由此在西方文学中形成了哥特式文学传统。其后的发展也与时俱进。在19世纪，哥特式文学的新发展就是同现实主义融合，为该时期许多主流作家所用，如简·奥斯汀、狄更斯、勃朗特姐妹等。此外，哥特式也见于其他流派主要作家的创作，如霍桑、爱伦·坡、王尔德、亨利·詹姆斯、梅里美和波德莱尔等。他们要么创作了哥特式小说，要么在自己的创作中运用了哥特式风格和元素。到了20世纪，哥特式元素和风格为许多作家所青睐，哥特式文学再度出现繁荣，如福克纳、理查德·莱特、弗兰纳里·奥康纳、安妮·莱斯、托妮·莫里森等都创作了颇具特色的美国南方哥特式小说，其中不乏获诺贝尔文学奖的作家作品。当代美国作家斯蒂芬妮·梅尔的《暮光之城》小说系列以及由此改编的电影，更是让哥特式文学在全球读者和观众面前绽放异彩。

面对西方哥特式文学传统及其演进和当代复兴，面对西方哥特式文学和艺术研究持续不断的深入和拓展，我国学界对哥特式文学的研究显得相对滞后，理应引起外国文学研究者的足够关注。李伟昉教授认为,英国哥特小说研究是一个新的富于挑战性的课题。之所以这样说,主要原因是:受以往既定的政治标准和阅读思维定式的影响,国内对产生于 18 世纪后期的英国哥特小说这样一个曾经深刻影响过 19 世纪以来西方文学的"黑色小说"流派,在译介和研究上显得非常滞后,国内读者对其还十分陌生。从国外方面看,20 世纪 80 年代前,哥特小说的研究明显不足,且评价不高。80 年代后,西方对哥特小说的研究出现日趋高涨的热潮。因此无论在国内还是国外,英国哥特小说都是一个值得充分重视并大有可为的研究领域。不过,据本人陋见,早在 20 世纪 80 年代,国内就已有学者开始关注哥特式文学了。我在上海师范大学读硕士研究生时,我们的老师朱乃长先生就要我们翻译亨利·詹姆斯的《螺丝在拧紧》作为翻译作业;正是从他那里得知,这是一部哥特式小说;也正是从那时起,知道西方文坛中还有哥特式文学这样一朵奇葩。2003 年在台湾出版的高万隆教授译作——贺拉斯·沃波尔的哥特式经典之作《奥托兰多城堡》,正是他在朱乃长先生指导下的文学翻译习作。这是我见到的最早的中文译本了。此后,马修·刘易斯的《修道士》、玛丽·雪莱的《弗兰肯斯坦》和布莱姆·斯托克的《德拉库拉伯爵》等经典哥特式小说的中译本在国内不同出版社出版。

国内对哥特式文学的研究始于 20 世纪 90 年代。在其后的 20 余年间,哥特式研究形成了一定规模,且呈现多元态势:肖明翰、韩加明、高继海、高万隆等撰文梳理并探讨了英国哥特式小说的发展;黄善禄等从多维度深入解读了哥特式小说文本;李伟昉等对哥特式小说的美学理论及其渊源进行了追溯和探究。此外,李伟昉等还从比较文学的角度研究了英国哥特式小说。近几年还有不少文章从女性哥特文学的理论立场出发,对女性文学的经典之作进行重读和诠释。另外一个值得关注的现象是,近年来,英语语言文学或比较文学与世界文学研究生的论文有许多都涉足哥特式文学研究。由此可见,伴随着国外"哥特式"的复兴,"哥特式"也逐渐成为我国外国文学研究的热点问题之一。

然而,遗憾的是,至今国内尚无西方哥特式文学经典的系统性翻译。有鉴于此,2011 年,浙江工商大学比较文学与世界文学省级重点学科将"西方经典哥特式小说译丛"列为重点项目之一。"西方经典哥特式小说译丛"从起笔到付梓,历时五年多之久。这套译丛在国内首次以系列方式推出,无疑有助于推动国内读者对西方哥特式文学的了解,也有益于推动国内学界对哥特式文学的研究。第一批"西方经典哥特式小说译丛"选译了 18—19 世纪最有代表性的西方哥特式小说经典之作。之后,还将继续选译和出版 20 世纪的哥特式小说经典。我相信,这不仅是我们的期待,也是读者的共同期待。

本译丛的译者多为工作在高校教学和科研第一线的教师和学者,教学科研任务繁重,但他们不辞辛苦,为这套译丛的翻译付出了艰辛的劳动。在此,向他们表示敬意。此外,对于浙江工商大学出版社对这套丛书在编校和出版方面所付出的努力也深表感谢。

译者序

　　本书作者安·拉德克利夫(Ann Radcliffe，1764—1823)是一位英国女作家，以写浪漫主义的哥特式小说见长，被司各特称为"第一位写虚构浪漫主义小说的女诗人"，是"一种体裁的创始人"。其作品融爱情、恐怖、焦虑、悬念的情景和浪漫主义情调于一体。她一共出版了六部小说和一本诗集，代表作有《西西里人的罗曼史》《林中艳史》《奥多芙的神秘》和《意大利人》等。

　　世人对安·拉德克利夫的生平知之甚少。在1823年其逝世时，《爱丁堡评论》刊文称："她从不在公众场合露面，不出席私人社交活动，总是独来独往。"曾有人试图为她作传，终因缺少资料而作罢。有资料称，安·拉德克利夫"五短身材而五官端正，面容娟秀"。她丈夫威廉·拉德克利夫毕业于牛津大学，是名新闻工作者，任一家名为《英格兰纪年》的刊物的合伙人和编辑。夫妇俩膝下无子女，生活虽称不上富裕却能丰衣足食，他们用她写小说所赚的稿费四处游历，乐在山水田园之间。

　　然而，就是这样一位山水不露的女性，却一不小心成了哥特式文学的创始人之一。起源于18世纪后期的英国哥特式小说，其滥觞是贺拉斯·沃波尔所写的《奥托兰多城堡》。沃波尔更新了中世纪传奇故事中的元素，使其有了新的形式，但真正确立哥特式小说标准样式的是安·拉德克利夫。安·拉德克利夫使挥之不去的哥特式恶人进入文学领域，这一角色后来发展成了拜伦式英雄，在拜伦的诗歌和艾米莉·勃朗特的希斯克里夫，乃至梅尔维尔的埃哈伯船长身上都可见到其影子。其小说也因此成为当时英国脍炙人口的畅销书，并掀起了一阵哥特式小说热潮，身后模仿者如云；其所著《奥多芙的神秘》直接影响了简·奥斯汀《诺桑觉寺》的创作。著名俄国作家陀思妥耶夫斯基在儿时就特别喜欢安·拉德克利夫的小说。他在一篇文章中写道："我常在上床睡觉前听父母读安·拉德克利夫小说中那些令人惊异和狂喜的情节，借以消磨冬季的漫漫长夜。当时我年少，自己还不能阅读。"此外，还有人指出，陀思妥耶夫斯基的长篇小说中就含有某些哥特式文学因素，并指出其受拉德克利夫的影响。

《意大利人》是一部典型的哥特式小说。故事主要背景是悠远的18世纪意大利城市那不勒斯。故事以男女主人公文森廷·维瓦迪和埃伦娜·罗萨尔巴一见钟情的爱情传奇为主线，以男方母亲勾结告解神父申多尼实施阴谋为两人的爱情设置重重障碍为复线，两条线索交替推进，演绎出悬疑和爱情交织的故事情节，跌宕起伏，一波三折，扣人心弦，惊心动魄，时而令人扼腕叹息，时而令人涕泪交流。一方面，在神秘人出没的修道院和监狱里，男女主人公在监禁中几番离合，最终相逢，读者在感叹他们"山无棱，天地合，乃敢与君绝"的爱情之余，也动容于爱的永恒。另一方面，埃伦娜、申多尼和奥莉薇娅的隐秘身世，家族的秘密，夜半诡秘的警告者，神秘的刺客，难辨善恶的向导……一个又一个悬疑萦绕在读者心头，直到故事最后读者才会顿足讶异："原来如此！"同时，重重悬疑与正直勇敢的维瓦迪、温婉端庄的埃伦娜、老谋深算的申多尼、专横跋扈的侯爵夫人、忠诚机灵的波罗等跃然纸上的人物形象形成了鲜明对比。非但如此，由于作者游历颇丰,艺术素养深厚,在重重悬疑和凄婉美丽的爱情故事之中,交织着对山川、建筑及海湾美景气势磅礴、美丽如画的描写。这些景观像一幅幅美丽的水彩画,充满浪漫主义的诗情画意和异国情调,体现了作者喜爱的画家克洛德·罗莱(Claude Lorrain)和萨尔瓦多·罗莎(Salvator Rosa)对作者创作的影响。故事的最后,善有善报恶有恶报,有情人终成眷属,传统道德价值得到弘扬,妇女权利得到首肯,正义、忠诚、爱情和理智终占上风。

　　翻译在某种意义上体现着译者的再创作。感谢蒋承勇、高万隆教授于百忙之中给予译者再创作的机会和使命,使译者在翻译的过程中真正体会了生命灵动如诗、岁月芳华如流。译者之一毛华奋教授数年前受命着手翻译这部小说,翻译了前十四章。后因一些主客观原因,遂由李美芹教授来完成后十九章的翻译工作。在此过程中,两位译者虽未有机会谋面、交接与商讨,但也似心有灵犀,在译文基本风格上力求统一。成稿后的审校和协调过程中,浙江工商大学出版社的赵丹同志做了大量有效工作。在此,两位译者表示衷心感谢。

目　录

大约在公元 1764 年，一些英国人到意大利旅行。某次他们在走访那不勒斯周围地区时，不经意间在圣皮埃塔修道院柱廊前停步。该教堂是属于被称为"黑色悔罪者"的底层社会的一所十分古老的女修道院。虽经受了时间的磨损，但那宏伟的柱廊仍然引得英国人阵阵惊叹，好奇心驱使这些旅游者想对其建筑结构做一番调查询问。为此，他们沿着大理石台阶拾级而上。

在柱廊的阴影中，有一个人独自抱着手臂，目光朝地，在走道的众多石柱后面踱步，自顾自地想心事，根本没注意到有陌生人靠近。然而，他好像被一阵脚步声惊醒过来，突然转身，不再做一点儿停顿，便步入通往教堂内部的一扇门，像影子般消失了。

此人举止诡异，不可能不引起来访者的注意。他的身材又高又瘦，向前弯曲，面色蜡黄，五官粗糙；他身上的披风遮住了嘴部和下巴，那眼睛在微微一抬间所传递的神色似乎表明他是个无恶不作的人。

旅游者进了教堂后便四处张望，寻找在他们之前进去的那个陌生人，可是怎么也找不着了。长长过道中就只有一个人，他是来自附近修道院的托钵修士，有时会给游客就教堂中最值得看的东西做一些指点。这会儿他见进来一队游客便迎了上去。

意大利的教堂，尤其是那不勒斯的教堂，总是装点得富丽堂皇，可这座建筑物却普普通通，没有一点靓丽的设计。为了迎合一般人的口味兴趣，也为了提高信徒的虔诚敬畏，把光影设计得肃穆庄严是一种常见景象。

一行人看了各种各样的神龛以及他们认为值得一看的东西之后，走在通往柱廊的一条幽暗过道上，突然瞥见先前在台阶上出现过的那个人正朝左手边的一个告解室走去。此时，他们中的一个便指着那人问托钵修士这人是谁，托钵修士转身朝他看去，没有立即作答。当有人再次提问时，他低头靠近他们，低声细语道："他是个杀手。"

"杀手！"一个英国人喊了出来，"一个杀人者，还逍遥法外！"

这群人中的一个意大利绅士注意到朋友的惊讶，却只是微笑着。

"他在此寻求庇护，"托钵修士回答，"只要不走出教堂，他就不会受到伤害。"

"难道你们的圣坛保护杀人凶手？"英国人问。

"他在别处得不到庇护。"托钵修士轻声回答。

"真让人吃惊！"那英国人说，"如果最凶残的罪犯能这样在教堂中得到庇护，那你们的法律又有何用？但是他在这里如何生存下去？他至少也得饿死！"

"请原谅，"托钵修士回答，"总有人救助那些无助的人，又因为该罪犯不能离开教堂去找食物，他们便会送东西来给他吃。"

英国人转身对他的意大利朋友说："这怎么可能！"

"唉，如果没人给他送吃的，这可怜虫定会饿死，"意大利朋友回答，"你来到意大利之后，难道没见到过与此人相同的境况？这并非个例。"

"没有！今日所见难以相信。"英国人回答。

"呀,朋友,"意大利人说,"如果我们不对这些不幸的人发发慈悲,暗杀便会屡禁不止,我们城市的人口就会减少一半。"

鉴于这类高论,英国人只好俯首称是。

"请注意看那边的告解室,"意大利人补充道,"就是过道左边廊柱那一边,上方有彩色玻璃窗的那一间。看到了吗？那玻璃的彩色投下阴影落在教堂那边一块地上,那里缺少光线,或许会让你看不清我所说的那地方。"

英国人朝他朋友指的方向看过去,注意到用橡木或别的暗色木头挨着墙建起来的告解室,并说刚才所见杀人者进去的房间与此室相同。此房由三部分组成,顶篷黑乎乎的,中间部分摆着一把给听告解牧师坐的椅子,比教堂地面高数英尺;两边各有一间小密室,有数级台阶通往隔开的窄小天地,忏悔者置身其内,可以跪着不为他人所看见,面对听告解牧师诉说重压在心头的犯罪事实。

"你看到了?"意大利人说。

"看到了,"英国人回答,"这同刚才那杀人者进去的密室一个模样;还有,我觉得这房间可说是我见过的最幽暗阴森之室,见此情景罪犯定会有绝望之情!"

"在意大利,我们可没那么容易绝望。"意大利人微笑着回应着。

"那么,这告解室有何用?"英国人问,"杀人者进去干什么?"

"他这人与我将要说的事无关,"意大利人说,"我希望你能记住这地方,因为有一些非同寻常的事与此处有关。"

"什么事?"英国人问。

"与这些事情有关的那次告解是几年前发生的,就在这个告解室，"意大利人接着说，"今日所见，还有刚才那个杀人者，以及你对他能够逍遥法外的惊奇，让我回想起一段故事。待你返回旅店，你又没有更愉快的方式消磨时间，我会从头将故事讲给你听。"

"我很想听，"英国人说，"你可不可以现在就讲？"

"现在讲那个故事时间不够，要足足讲上一个星期。我有记叙这故事的书，回去后会寄上一册给你读。那一次恐怖的告解发生后不久，一个刚从巴图来到那不勒斯的青年学生受到公众的关注——"

"打断一下，"英国人插话，"那故事肯定非同一般地吸引人？我想，听到的忏悔在告解牧师心中是神圣的。"

"你说的在理，"意大利人接着说，"牧师的信用必须坚守，除非有院长的命令；而且若要把他人的忏悔传播开来，不仅情况要很特殊，而且还要不违反法律。不过，等你读完故事之后，你头脑中的惊讶便会消失。

"我要告诉你，故事是一个巴图学生写的，那次忏悔的内容公之于众不久，他正好来到这里，种种事实给了他极为深刻的印象。一方面为了练笔，另一方面也为了我为此给他的一点不多的报酬，他把故事写了下来。读此作品你会发现，这学生还很年轻，就故事结构艺术来说显得稚嫩，但事实真相正是你需要的，作者也没有胡编乱造。好吧，我们离开这个教堂。"

"等我再看一下这座庄严的建筑物，特别想看一下你指给我看的那间告解室后再走。"英国人回答。

当英国人的目光扫过高高的屋顶，沿着圣皮埃塔这个方向远眺时，他看到杀人者正从那个告解室溜出来，穿过唱经楼径自前行。又一次看到这个人，他为之一惊，收回目光，便匆匆离开教堂。接着，与朋友分了手，英国人回旅店不久便收到了那本书。内容如下——

第一章

那未披露的故事，那赎不完的罪孽，

到底是怎样的一段不可告人的孽缘？

——神秘的母亲

故事发生在 1758 年，地点在那不勒斯，文森廷·维瓦迪第一次邂逅埃伦娜·罗萨尔巴。是她那甜美动听的嗓音吸引他去注视她的身形——雍容俊俏、婀娜多姿，不过她的面容隐在面纱之后难以瞥见。她的嗓音深深地使他着迷，他产生了难以抑制的强烈的好奇心，兴奋得必欲一睹她的芳容为快，他想象她的五官面容必定与她的嗓音一样美妙动人。他全神贯注地倾听着她那精巧的表述，目不转睛地盯着她，不知不觉间午后的祷告结束了。随后，他看见她搀扶着一位老年妇人离开教堂。那位靠在她身上的老太太想必是她母亲。

维瓦迪立即紧随其后，如有可能他决心见一见埃伦娜的真面目，并探寻她们此次回归的住所。她们走得较快，既不左顾也不右盼。当她们转弯进入一个叫斯特拉达的地方时，他差点找不到她们的去向了。于是他加快步伐，不再像先前那样故意保持相当的一段距离。到了特拉佐时他赶上她们了。随后他们沿着那不勒斯海湾朝格兰科萨走去。此时，他虽然走到她俩的前面了，但那陌生的美人仍然用面纱严严实实地遮住自己的脸，他不知道该怎样做才可以引起她的注意或一睹已引发他极大好奇的真面貌。他欲开口说点什么,但真心的羡慕加上局促的胆怯使他最终什么也没说出口。

在特拉佐沿石阶向下行时,老太太脚步摇晃了一下,当维瓦迪急忙想去扶她一把时,正好一阵海风吹过,撩起埃伦娜的面纱吹向一边,埃伦娜已空不出手去抓它。此时他看到的那张脸,其动人的美貌超出了他的预期。她的脸部轮廓是古希腊美人式的,显示着淑女雅士的平静心态,而她那蓝黑色的眼睛则闪耀着智慧的光芒。她正专注地挽扶着老人,并未立即意识到自己正在引发别人的仰慕;但当她的目光碰上维瓦迪灼人的目光时,便顿有所感,立即腾出手去紧抓面纱。

老太太这一趔趄并未造成肢体伤痛,她只是行走有困难,维瓦迪正好瞅住机会去帮忙,坚持用自己的一只手去扶她。她千恩万谢但没有接受他的挽扶。然而最终她还是禁不住他反复而有礼貌的坚持,答应让他扶自己一把,并一同朝她的住处走去。

在同行的路上,他想方设法与埃伦娜说上几句,不过她的回答总是很简短。待他们走完这一段路程时,他还在想着能再说点什么,以期引起她的兴趣并打破她的缄默。从她们住房的风格来看,他想象这家人是可敬可爱、相对独立的。房屋不大,但给人以舒适感,也颇为雅致。房子建在高处,四周是花园和果园,从那里可远眺那不勒斯市区和那不勒斯海湾。那是一幅多彩多姿的图画,覆盖着茂密的松树和壮观的枣林。虽然房屋前部的小廊柱和列柱用的是普通大理石,但整体建筑风格挺别致,既能遮阳又能让海湾凉风徐徐吹到,在此还可欣赏到迷人海岸的全貌。

维瓦迪在通往花园的一扇小门边停步,老太太对他给予她的照顾一再道谢,但没有邀他入内;而他在渴求与失望的夹击下有点站立不稳,只能呆呆地停留了一会儿,凝视着埃伦娜,不想离开,也犹豫着不知该说什么以延长这次相处的时间，直到老太太再次对他道了晚安。于是他只好鼓起勇气请求对方允许他改日再来登门拜访。在得到许可后他以目光向埃伦娜告别，埃伦娜在分别之际主动为他给予她姨妈的照顾而向他道谢。她的话语及表达的谢意更让他比此前更难以迈步离去，而最后他只能硬逼着自己离开。他沿着台阶从房前向下朝海岸走去，一路上她美丽的容颜充满了他的脑海，她动人的嗓音振荡于他的心田，虽然他已不能面对着她，却仍为自己离她不远而沾沾自喜。有时候他希望能再见到她，尽管这种希望有点遥远。他想象着自己置身在那幢房屋的阳台上，那里虽有遮阳篷，但仍可享受海面吹来的习习凉风。他在海边逗留了数小时，张开四肢躺在松树底下，松枝在阵阵海风中摇曳；或者，不顾炎热在海岸的陡壁顶部来回走动，在脑海中想象她那迷人的微笑，似乎仍在倾听着她那甜美的嗓音。

傍晚，他回到父亲位于那不勒斯的宫殿，陷入愉快与沉思中，渴望着、快乐着。他回忆着埃伦娜向他表达的谢意，满怀憧憬，但对自己下一步如何行动仍未能踌躇满志。他回来得为时尚早，赶上与母亲一起乘马车去广场溜达，期盼着能从眼前经过的灰色马车中见到他心中想念的那个目标，但是她并没有现身。他的母亲，维瓦迪侯爵夫人，观察到他的焦急不安和平常少见的缄默不语，向他问了几个问题，借以了解他举止怪异的原因。但是他的回答反而引发了她更大的疑惑。她强忍住没有让儿子做说明，设想着是否能以狡诈的办法重启同一话题。

文森廷·维瓦迪是维瓦迪侯爵的独生子，侯爵是那不勒斯最古老的贵族之一，是朝廷的宠臣，在这个王朝中有非同一般的影响力。他的实权甚至比他的地位更重要。侯爵与生俱来的傲慢与他的位高权重相匹配，这种傲慢又与原则性很强的人那种正当的尊严感混杂在一起，指导着他的言行举止，影响着他的荣辱妒羡，还提升着他的行动力和权欲。侯爵此种傲慢既是他行善与作恶的根源，也是他强大与弱点的所在。

维瓦迪的母亲（侯爵夫人）同样出身于历史悠久的名门望族，对身家地位十分看重、满怀妒羡；但是她的傲慢仅仅表现在对出身与名望的认同上，并没有扩展到道德操守上。要是有人引发她的憎恨、惹起她的不快，她就会爆出激烈的情绪，高傲无礼、好斗争胜，同时又狡诡欺诈，对人实施报复时会采用持久的策略。她爱自己的儿子，他是两大名门望族的传承人，她对儿子的关爱与其说是出于母爱，还不如说是把他看作两大家族荣耀的支撑者。

文森廷遗传了父亲的很多性格特征，而继承母亲方面的很少。他的傲气表现在与其父相似的高贵与大度上，但也有一点其母那种火爆情绪，而与母亲不同的是他不狡诈、不欺骗、不争强好胜。他生性直爽，情感朴实，即使遭受到冒犯也能很快平息；他为受到的不敬而恼火，也为对方的让步而消气；他荣誉感很强，而对冒犯不发火；他充满人情味，随时准备同别人重归于好，渴望分享别人的感情。

就在维瓦迪与埃伦娜邂逅的次日，他利用比安齐女士——埃伦娜的姨妈——的准许，借问候她健康为名，再次拜访她们的住所厄蒂丽别墅。他如此渴望与埃伦娜重逢，以致兴奋无比，高兴到迫不及待的程度，盼望到浑身处于颤抖的状态。愈挨近目的地这种情绪愈甚，待到达花园门口时他不得不停下身休息数分钟，以便喘口气镇静一下。

在门口，他向一年长女佣说明来意后很快被引领到前厅，他看到比安齐女士一人在把丝线卷成球。从绣花架旁的一把空椅子的摆设来看，他判断出埃伦娜刚离开这间房。比安齐女士彬彬有礼地接待来客，但对他询问她外甥女的话题总是小心翼翼地作答。当然，他内心盼着埃伦娜随时会出现在面前。等到此次交谈已无话可说而对方也暗示他应告别时，他才心有不甘地离开，虽勉强获得改日再来探望她的准许，但还是因失望而满怀惆怅。

返回途中穿过花园时，他多次回首那座房屋，盼着透过花格窗能看一眼埃伦娜；他举目四顾，差不多觉得自己能见到她坐在某处的绿荫底下，但任凭他如何搜寻，希望总是落空，他只好在失望中迈着沉重的步履，慢慢地离去。

就在这一天，他想方设法去获取埃伦娜的家庭背景资料，但能令他满意的情况不多。他被告知，埃伦娜是个孤儿，受姨妈比安齐女士的照料。她的家族曾显赫一时，但已经败落，现在她只能与姨妈相依为命。但是，他并不清楚她家的真实情况：她整天绣丝绸服装，是在经济上帮姨妈一把——她姨妈除去她们居住的这所房子外别无所有。她们绣的绸衣被送到附近一所女修道院中的修女手中，再由她们以极高价格卖给拿破仑王朝的贵妇。他根本想不到，他常见到的自己母亲身上穿的那种美丽的丝绸服装竟经过埃伦娜的手工操劳；他也想不到，维瓦迪宫殿中某些橱柜的装饰是她亲手绘制的。如果他知道这一切，他会被激起更火热的感情。但是既然两家存在那样巨大的家境差异，他应该知道自己的家庭对他与她家的来往会强烈反对，而他应明智地知难而退。

埃伦娜能忍受贫穷，但不能忍受鄙视；为了免于遭到周围一些人出于世俗偏见而产生的蔑视，她一直小心翼翼地隐藏着自己辛勤操劳的事实——这种勤劳给她自己的性格带来了好处。她不以贫穷为耻，也不以为战胜贫穷而辛勤劳动为耻。但是她的精神会受到一些人并非发自内心的微笑和让人羞辱的屈尊的打击。有时候富者会对贫者假惺惺地表示俯就。她自认心智不够坚强，视野不够开阔，尚不能对恶意嘲弄报以轻蔑，或以品行独立和维护尊严为荣。埃伦娜是她姨妈在每况愈下的岁月中的唯一支撑,她悉心照顾着体弱多病的姨妈,在她痛苦时给予安慰,以女儿的爱心报答曾给予她母爱的人。她的生母在她婴孩时就去世了,没给她留下什么印象,一直以来是比安齐女士对她尽了母亲的职责。

埃伦娜·罗萨尔巴就是这样生活着:默默地履职,深居简出,天真并快乐着。正是在此种处境中,文森廷·维瓦迪初次见到她。他是那种一见面就让人难以忘怀的人,他的神情、自尊、外表都给她留下深刻印象;他率真、高尚,言行举止洋溢着青春活力。不过,她对他的感情仅限于羡慕,谨慎而不存奢望,极力想从自己脑海驱赶他的形象,虽说他的现身一定程度上扰乱了她的心境,但她尽力去做自己的日常功课,以恢复安宁。

与此同时,维瓦迪因失望而坐立不安,因渴望而急不可耐,这一天在东访西问中度过了大部分时间,所得到的仅是一些疑惑与焦虑。在临近傍晚时,他决定重访厄蒂丽别墅。暮色遮掩他的脚步,他因确信可以接近朝思暮想的目标而感到些许安慰。他希望能凑巧再次目睹埃伦娜的芳容,哪怕只是短暂的瞬间。

维瓦迪侯爵夫人当晚要举办一场聚会,见儿子焦躁不安便产生了疑团,故意拖住他,把他留在自己身边,迟迟不让他走,要他为乐队挑选曲目,监督一首新曲的演奏。该乐曲由她亲自捧红的一位作曲家创作。她举办的聚会在那不勒斯属于规模最大、出席人数最多的一类。当晚要来她的宫殿捧场的贵族分成两派,看她捧场的作曲家与另一作曲家一决雌雄,并决定谁更有音乐才华。预料之中,当晚的表演会最终定出胜负。这个晚上对侯爵夫人来说是至关重要的,也是她焦急期待的,因为她关注自己喜爱的作曲家的声誉就如同关注她本人的声誉一样。为此,有关儿子福祉的事并没有使她过多地分心。

他在能够不被注意而悄悄地开溜时就立即离开会场,并披上一件斗篷急急忙忙地奔向坐落在城西不远处的厄蒂丽别墅。他到达目的地时,并没有为人觉察,只是因迫不及待而气喘吁吁。进了花园,因不必拘泥于任何礼数,同时又挨近了自己心爱的对象,他体验到一种欢快,如同与她面对面时的那种喜悦。因新奇而产生的短暂兴奋渐渐消退,他很快就感到寂寞,好像他与埃伦娜永远处于咫尺天涯的别离状态,于是他忘掉了刚才产生的与她面对面的感觉。

夜深了,房内漆黑一团,他得出结论,认为居者已就寝,心中盼见到她的希望破灭了。然而,能这样接近她仍使他有甜蜜的感觉,因此他便急于试着进入花园,可以进一步挨近她睡房的窗口。花园的内界仅由一些高大树木和低矮树丛组成,进去一点也不难,于是他发觉自己又一次置身于别墅的前廊之中。

时近夜半,万籁俱寂。下方海湾中细浪轻拍岸崖声以及远处维苏威火山那空洞呻吟没能打破夜的沉寂,反而给人增添了一点慰藉。那火山每隔一段时间会瞬间把火焰喷向天际,随后又回归黑暗。此景的凝重与他此刻的心情颇为吻合。他专注地倾听着断断续续进入耳朵的声音,觉得那犹如发自云层深处的远方雷声。火山的每次呻吟之后是一阵沉寂,而当他期盼着声音再起时,那无声世界对维瓦迪的想象力产生了影响,这一刻他有一种特别的敬畏心理,沉思中他继续注视着那影影绰绰,凭借万里无云的天空中那一抹月光才能勉强分辨的绵绵无尽的海岸线。沿着灰蒙蒙的海面,许多船只悄悄地沿着航道行驶,靠着北斗星的光辉指引,不至于在大海上迷失方向。一切都如此静谧,来自海湾的宜人、清新的凉爽和风没能撼动罩在别墅上方的松枝,除了远山的呻吟和轻微的浪声没有别的响声——

突然远处传来一阵深沉的诵读声。那语句的庄重吸引了他的注意,他感到这是一曲安魂弥撒,便极力去辨识声音发自何处。声音由远而近,但半途中化为乌有。此情打动了他,使他意识到在意大利好些地方,在行将逝去者的床边吟唱此种安魂曲是常见现象。不过,此时此地哀悼者似乎在地上或在空中走动。对于此曲他并不怀疑,以前他在别处听过,只是此情此景让他一听到此曲便会永生难忘。当他听着远处传来的柔和的合唱和声时,有几句哀怨唱词顿时使他回忆起在圣劳伦佐教堂中埃伦娜所唱的神圣曲调。有此记忆之后,他立即挪动脚步,穿过花园,到达别墅的另一边,果然听到了埃伦娜的嗓音,她正在琉特琴伴奏下唱着献给耶稣之母的夜半赞美诗,唱得充满爱心、感人至深。他像着了迷似的站了一会儿,屏住呼吸,生怕漏听了那柔美而神圣的曲调中的任何一个音符,那发自内心充满虔诚的天籁之声。然后,他向四周张望了一下,发现了自己仰慕的目标,光亮来自一丛名为转子莲的攀缘植物树荫下的花格窗内。他奔向亮光所在,看到了埃伦娜。为了通风,花格窗是开着的,因此他得以看见埃伦娜及她所在房间的全貌。她刚做完一场祈祷,正从祭坛边起身,手中仍操着琴,但不再弹拨,似乎为四周每件物品所着迷。她的头发随随便便地用丝网罩着,长发飘落下来垂在颈上或半掩着她那漂亮的面颊。此时她的脸部没被面纱遮着,显山露水,美不可言。她那飘逸的服饰、袅娜的身段、高雅的气质等可以同古希腊少女之神媲美。

维瓦迪既困惑又激动,想抓住这稍纵即逝的机会向她求爱,但又怕因半夜三更擅闯私宅而冒犯她;正在他犹豫不决时,他听到她的一声叹息,继而又听到她那独特甜美的嗓音,道出他的名字。在这一瞬间,他激动得身体打战,正想倾听她说出他名字之后会说出什么话,却在不经意间触动了花格窗周边的树枝。她把目光投向窗外,但维瓦迪全被树荫遮挡着。她起身欲去关窗,维瓦迪见她朝自己这边走过来,再也无法控制自己,便现身在她面前。她一下子呆住了,脸色一阵发白,接着急急忙忙用颤抖的手关了花格窗,离开了房间。她这一走,维瓦迪感到似乎自己的所有希望亦随之消失了。

维瓦迪在园子里徘徊了一阵子,没看到哪个房间有灯光,也没听到任何响动,他郁郁寡欢地迈步回那不勒斯。现在他开始自问本来早该问的问题:埃伦娜这样的家庭身世,他要想让自己父母同意这桩婚事是不可能的,那他为什么还要冒险去寻找与她见面的乐趣?

他陷入了对这个问题的沉思,有时差不多要下决心不再去找她,紧接着是一阵绝望。当他穿过一座废墟上的拱廊,正往前行走时,被一个修士打扮的人挡住去路,只见此人在夜色中仍披着黑色的大斗篷。挡道的陌生人喊出他名字后说:"先生,有人跟踪你;要当心,别再往厄蒂丽走。"说完这句话此人便消失了,维瓦迪未及把半出鞘的宝剑重新入鞘,也来不及要求对方对刚才说的话做点解释。他只能大声地反复地叫那陌生人回来,并在原地停留了较长一段时间,但终未见到那人的影子。

维瓦迪到家了,但那件意外一直萦绕在心头,并为由此而产生的嫉妒所折磨,因为他在做了种种猜想之后得出结论,认为对他发出警告的人是情场对手,对他造成的危险来自嫉妒的匕首。有此认识之后他立即发现自己已爱得很深。他承认先前做得不够谨慎,今后应纠正,小心行事。怀着一种说不出来的难受,他下定决心去表明爱情,大胆去追求埃伦娜。不幸的年轻人,他对自己致命的错误判断,对满腔激情可能给他带来的危险,却是茫然不知!

回到维瓦迪宫之后,他立即就得知,侯爵夫人已经注意到他的外出,多次询问他的去向,指示下人在他回家时立即向她报告。然而,儿子到家时她已就寝,倒是侯爵伴国王去海湾一处皇室别墅郊游后与儿子先后到家,在进自己房间之前刚好与儿子相遇,并且注意到他那郁郁寡欢的神色。不过侯爵没有问他什么,这避免了不愉快的交谈。几句寒暄与问候之后，便各自进房休息了。

维瓦迪把自己关在房中，慢条斯理地品味着一场感情冲突，没有尽力去做理智的判断。他在自己的套房中来回踱步长达数小时，一会儿品味埃伦娜，妒火中烧，痛苦难忍；一会儿又为自己即将迈出的不明智的一步所可能带来的严重后果所惊醒。他知道自己父亲的脾气，也清楚母亲的性格特点，对于他们在他婚姻方面所产生的不悦，没有调和余地，这方面也使他有足够的理由担惊受怕。同时，他想到自己是他们的独生子，尽管种种情势会加重他们的失望，不过他还是觉得有望取得他们的谅解。在整个苦思冥想的过程中他又常常被另一种担忧所打断：埃伦娜已名花有主，他有个假设的情敌。当他回想起她发出的那一声叹息以及随后动听地叫出他的名字，又获得些许安慰。但是，即使她不讨厌他对她的追求，他又该如何去获取她的欢心，希望她能接受他的追求而又同时要求她对外保密？他没有信心让她委屈自己嫁到一个高傲的无法接受她的家庭中。此时，他又一次感到绝望了。

第二天早晨，他与前夜一样心神不定。不过他已下定决心，即愿意牺牲自认为出身高贵的虚荣去追求自信能让他幸福一辈子的选择。但是，在他当面向埃伦娜表明爱意之前有必要搞清楚她心中是否真有他，或者她是否已将她的心给了他的爱情竞争对手，还有对手（如果真有其人）到底是谁。真要去搞清这些问题却是想想容易实施起来很难。他有千百个设想，却又一个个不断否定，因为既要尊重埃伦娜的感情，不能冒犯她，又要担心自己在博得她的一片爱意之前会被家人所发现。

他在这种进退两难的困境中把自己的心思向一个朋友坦白，此人是他长期所信任的，此次他以比寻常更迫切、更真诚的态度去征求朋友的意见。他想要得到的不是对方对自己看法的附和，而是另一个有头脑的人所做出的不偏不倚的判断。这位名叫博纳莫的朋友虽然够不上称为高参，却爽快地提出了自己的忠告。为了试探埃伦娜对维瓦迪的追求是否有好感，他建议，按照本国的习俗，维瓦迪应该到埃伦娜窗下歌唱或演奏小夜曲。他认为，如果她喜欢他，她会有某种赞赏的表示；如果她不喜欢他，则可能默不作声，隐而不露。维瓦迪认为自己的爱是神圣的，用这种方式表达显得粗糙，不够含蓄。他对埃伦娜的评价还要高得多，对她高尚的情感有更深的体会，不相信用唱小夜曲这种雕虫小技能博得她对自己的欢心或使她有受宠若惊的感觉。退一步讲，他还相信，即使她心中喜欢他，她也不会有任何首肯的表示。

朋友笑他过分小心，笑他那种过于体贴的罗曼蒂克想法，并认为产生这些想法只是他对世情无知的唯一借口。但维瓦迪打断他这种善意的嘲笑，不允许他哪怕仅仅只用这种口吻谈论埃伦娜一会儿，也不让他用"罗曼蒂克""体贴"这样的词汇描述自己对埃伦娜的感情。不过，博纳莫仍坚持敦促朋友去唱小夜曲，这至少可以在他正式开口求爱前作为了解对方对他抱有何种心思的一种可用手段。由于夹在痛苦与焦急之中既困惑不安又举棋不定，总想找一个办法来结束目前这种悬念，维瓦迪最终同意当夜冒险去唱小夜曲，他是被面临的困难所压倒，并非被朋友的劝说所打动。此举与其说有成功的希望，不如说是一种摆脱绝望的举措，因为他仍然相信埃伦娜不会做出任何可能结束他悬念的表示。

维瓦迪和朋友为了不让人识破真面目，穿上长斗篷遮掩着随身带的乐器，还戴上面纱，一路上默默地各自想着心思朝厄蒂丽别墅走去。当他们来到前晚遭人挡道的拱廊处，维瓦迪突然听到近处有响动，待他抬头起时便感到正是那人！他还未及叫喊，来人又一次挡住他的去路，严肃地说："别去厄蒂丽别墅，否则等待你的该是可怕的命运。"

"什么命运?"维瓦迪退后一步诘问,"说话呀,我要你快说!"

但那修士已消失了,在一片黑暗中对方的去路无踪可觅。

"我的上帝!"博纳莫大叫一声,"简直难以置信!我们还是回那不勒斯吧!这第二次警告不能不服从。"

"简直忍无可忍,"维瓦迪大声说,"他从哪条路走的?"

"他从我身边一闪而过,我想挡他还真来不及!"博纳莫回答。

"我会立即冒最大的风险,"维瓦迪说,"如果我真有死对头,最好的办法便是与他面对面。我们继续前进吧。"

博纳莫表示不同意,认为这样冒失实在太过危险。"很显然,你有情敌,你虽勇气可嘉,但难以对付这类被人雇用的打手。"一提到情敌,维瓦迪一下子头涨了起来。"如果你认为危险,那我就一个人去。"维瓦迪说。

这话伤了他的心,博纳莫默默地跟着朋友走,径直来到别墅周边。维瓦迪在前引路,来到前晚他到过的地方,顺利地进入花园。

"你警告过我的那些打手在哪?"维瓦迪兴奋地反唇相讥。

"说话小心些,"他的朋友回答,"即使此刻,我们仍可能在他们的监控之下。"

"他们同样可能在我们的掌握之中。"维瓦迪说。

最后,这对胆量过人的朋友来到房屋不远处的一片橘林中,此刻他们由低处往高处走了这一程,感到累了,决定坐下休息片刻,喘一口气,同时为唱小夜曲准备一下乐器。夜静悄悄的,此时他们第一次听到远处住房密集区传来嘈杂的说话声,紧接着,天空中突然爆出五彩缤纷的礼花。那是从紧挨西段海湾的一座别墅中发射升空的,是为了庆贺某小王子降临人世。礼花摇曳直升到高空中,发出的彩色亮光照耀着抬头观看的千百张脸庞,照耀着有小船游弋的海湾水面,那一片缓缓升高的海岸清晰可见,稍低处是那不勒斯闹市,一直延伸到群山中,房屋阳台上拥挤着观景的群众,大街上行驶着打着火炬的马车。

当博纳莫忙着观望远处的美景时,维瓦迪把目光投向埃伦娜的房间。她这套房中有几间凸出在树丛中,他盼望着那辉煌夜景能把她引到某个阳台中。但是她没有出现,也没有任何亮光表明她可能在行走中。

他们尚在橘林的草地上休息时,突然听到树叶沙沙声,似有人在行走中搅动了树枝,正朝他们两人走来。维瓦迪大叫一声:"谁?"没有人回答,然后是一阵寂静。

"我们遭人监视了,"博纳莫终于忍不住开口了,"此刻也许有暗杀者正拿着武器瞄准我们。我们快离开此地。"

"嗬,我的心已被爱情的飞镖所射中,我的宁静心境已被扼杀,"维瓦迪大声说,"如同你的心思已被欢呼声所吸引!我的朋友,这里没什么东西让你感兴趣,因为你头脑闲着,所以担惊受怕。"

"我害怕是出于理智,并非怯懦,"博纳莫反唇相讥,"或许你将会发现,我一点都不害怕,根本不是你想象的那样。"

"我理解你,"维瓦迪回答,"我们赶快了结这里的事,我会给你补偿的。既然你认为自己受到了伤害,我很想对冒犯进行补救,同时也极愿有人冒犯我。"

"是的,"博纳莫回答,"你会以你朋友的血来补救对他的伤害。"

"不是的,哟,不是那样的,"维瓦迪说着猛扑过去抱住朋友的颈部,"请原谅我一时的粗暴;原谅我刚才的走神分心。"

博纳莫回了维瓦迪一个拥抱,说:"够了,别说了,别说了!请允许我把朋友再次深藏于心底。"

说了这一席话后,他们离开橘林,到了别墅的围墙外。他们在一处悬于花格窗上方的阳台下方站定位置,前晚维瓦迪正是透过这里的花格窗看到埃伦娜的。他们调试了各自的乐器,以一曲二重唱开始了小夜曲的演唱。

维瓦迪的嗓音极具感染力,这使得他很喜欢音乐,学会了以高超技巧去运用抑扬顿挫技巧,在歌唱中以极其简明、令人怜惜的表达方式突出重点。

歌唱中他的灵魂似乎融入了吐词纳气之中——多么温柔,多么动人,又多么有力!今夜的演唱中他特别富有激情,发挥得淋漓尽致,可以说达到了音乐所能达到的最高境界。至于其歌唱在埃伦娜身上产生了怎样的效果可无从判断,因为她既没有出现在阳台上或藏身于花格窗后,也没有任何鼓掌式的暗示。夜静悄悄的,除却他们唱的小夜曲没听见别的声音,从别墅里没有透出任何亮光来打破户外的一团漆黑。然而确实有过一会儿,当歌声暂时停顿时,博纳莫好像听到身旁有明显的说话声,像是压抑着怕被别人听见;但待他再聚精会神去辨别时最后还是确定没人在说话。有时候话语声清晰地灌进耳膜,可紧接着又是万籁俱寂。维瓦迪断定这声音非远处海岸边人们嘈杂的谈话声莫属,但博纳莫并不认同这种论断。

歌唱者为引人注意所做的首次努力以失败告终。他们把立足点移到建筑物的另一边,在一根廊柱前面站稳,耐着性子不断唱着,但获取执拗的埃伦娜欢心的努力仍不见效。一个多小时后他们只好放弃。维瓦迪先是想见到埃伦娜——这个希望已很渺茫——紧接着产生了阵阵失望的痛苦,而博纳莫预感到朋友的绝望可能产生的后果,现在急着向他说明其实不存在什么情敌,其坚定的态度犹如当初告诉朋友他有情敌一样。

维瓦迪听不进任何抱怨或劝慰。"我们等着瞧,"维瓦迪说,"那个穿上修士服装的魔鬼是否会在老地方像鬼影一样出现在我身边;

如果他敢，我非抓住他不可；如果他不出现，我会高度警戒等他露面，就像他曾经等过我一样。我在废墟上某个暗处藏起来，等着他，会等他到天塌地陷！"

博纳莫对朋友这一席话最后一句的发音吐词印象特别深刻，他不再对维瓦迪追求的目标持反对态度，只是嘱咐他要武装好自己。他补充说："因为你在厄蒂丽别墅用不上武器，但到那地方你要有防身器械。切记你的对手对你说过，你的行动总在别人监视之下。"

"我带着剑，"维瓦迪回答，"还有我通常随身带的匕首。但我应该问一下，你带的是何种自卫武器。"

"别出声！"博纳莫说。此时他们正行走到一块悬空的巨石的脚下。"我们正在接近你说的那地方，那边是拱廊！"前方黑黝黝的，巨石悬在陡壁之间，道路曲曲弯弯，前边像是无路可通，此处道路一边是古罗马堡垒的废墟，另一边黑压压的松树和橡林长满巨石之上及其下方。

他们默默前行，步履轻轻，不时地拿目光扫向四周，搜索着，准备着那修士随时可能从悬崖后面溜出来扑向他们。但是此刻他们已走到残留下来的拱廊。"我们到了这地方，到了他面前，然而……"在黑暗处维瓦迪开口说话。"说轻声点，朋友，"博纳莫说，"黑暗之中，除了我们可能还有别人躲着。我可不喜欢这鬼地方。"

"除了我们自己还有谁会光顾这样阴暗的僻静地方，"维瓦迪低声说，"除了强盗，真的，这么荒野的地方最适合强盗出没，还有，这荒郊野地也正是我所需要的。"

"投合强盗的脾气，也符合他们的目的，"博纳莫说，"我们还是离开这阴暗角落好，到开阔一点的路上去，那里同样可以密切监视过往行人。"

维瓦迪表示反对，认为在较为开阔的路上自己会被他人发现。

"如果我们自已被躲在暗处的仇人看见，我们就会计划落空，他会出其不意地打击我们，或者根本不露面，除非我们准备着把他逮住。"

维瓦迪说这话时已走到拱廊最幽暗处占据了一个位置，此处内拐边上有凿岩而成的一道台阶通往高处的那座堡垒；博纳英也来到他身旁一处停了下来。一阵无言，博纳莫在暗自想着什么，维瓦迪全神贯注地警戒着。"你真会相信吗？"博纳莫说，"谁真能把他逮住？他刚以特别灵巧的身影从我身旁闪过，简直是超人。"

"你这话什么意思？"维瓦迪问。

"哎，我是说我可是见鬼了。或许这地方阴暗得让我疑神疑鬼了，因为此时此地黑黝黝的，什么怪异都可能出现。"

维瓦迪微笑。"你得承认，"博纳莫补充道，"他曾在非比寻常的情况下现身。按你的说法，他第一次见到你就叫出了你的名字？他怎知你从何处来或欲去何处？他用什么魔法熟悉你的行踪计划？"

"我亦不清楚他怎会知道我的行踪，"维瓦迪表态，"要是他真知道我的行踪，其实也不必靠超人手段去获取。"

"今晚的结果肯定应该让你相信他知道你的行踪，"博纳莫说，"你相信埃伦娜可能对你追求她仍无动于衷？要不是她已心中有人，她怎会不在花格窗后面现身？"

"你不了解埃伦娜，"维瓦迪回答，"所以我再一次原谅你这次提问。但是，如果她乐于接受我的呼唤，那可以肯定，她会有某种赞同的表示——"他欲言又止。

"那陌生人警告你不要到厄蒂丽别墅去，"博纳莫继续说下去，"他似乎预知了等待着你的遭遇，也知道至今被你躲过去的某种危险。"

"不错，他较好地预告了我的这一次遭遇，"维瓦迪说着便在激情的感叹中失去谨慎，"或许他本人便是我的情敌，他教我起疑。他把自己伪装起来,这样便更能有效地迫使我轻信,拖延我去直接同埃伦娜对话。就顺从地坐等他的接近？那我就像罪过的暗杀者躲躲藏藏？”

“看在上帝的面上!”博纳莫说,“千万别这样激动,多考虑你自己现在的处境。你的这种猜想是不可能的。”他接着对自己说的话给出了足够的理由,并让维瓦迪信服。维瓦迪便又一次表示要多点耐心。

他们留着继续观察了好长时间,后来博纳莫突然看到一个人靠近拱廊离厄蒂丽方向最近的尽头。他没听到脚步声,但他感觉到一个影子到了拱廊的入口处,那里有一抹余光照着,使他刚好能看到数步以外的那地方。维瓦迪的目光此时朝向那不勒斯方向,因此他没有对博纳莫注意的目标有任何感知。而博纳莫怕朋友莽撞,也没有把自己观察到的立即指给他看,心想明智一点还是先多看一会儿,搞清楚来人是否真是那修士。那人的身材及所裹着的暗色服装让他最终确信,此人正是他们所期待的陌生人。他于是抓住维瓦迪的手臂,把自己注意的目标指给他看。此时,那人向前一闪消失在夜色中,不过维瓦迪正好来得及理解朋友此举的意图及此时沉默的意义。他们没听到脚步声从身旁经过,但他们确信不论此人是谁,都并未离开拱廊这一带,所以便坚守原地默不作声地观察。紧接着,一阵沙沙作响,像是衣服摩擦发出的声言,就在他们近处响起,于是维瓦迪再也按捺不住,从隐蔽处冲了出去,还张开双臂,想挡住来人的去路,并喝问道:“谁?”

声音消散,无人应答。博纳莫拔剑出鞘,喊着要躲藏者出来,不然就刺过来了;如果他自己站出来,就不会伤他。维瓦迪对此承诺也表示赞同。虽仍未有人回答,可是当他们倾耳细听时,他们认为有个什么东西从身边掠过。道虽窄,不过还能容他人或他物通过。维瓦迪一跃上前,可是没见到有人从拱廊中蹿上大路,要真有人上路,因那边光线强许多,必会暴露身形。

"肯定有人闪身而过,"博纳莫低语,"而且我听到那边石级传来声响,是朝碉堡那边走的。"

"我们快追,"维瓦迪高喊一声,便开始往上爬。"站住!一定给我站住!"博纳莫说,"想想你这是干什么!别在这些漆黑一团的废墟中乱窜;不要追到暗杀者的老巢中去!"

"正是那修士本人!"维瓦迪大声说,一边继续向上攀登,"他逃不出我的手掌心!"

博纳莫在石级下方停了一下,转眼朋友不见了。他犹豫着,不知该怎么办,想到让朋友一个人去面对危险,他内心有愧,便飞快冲上石级。台阶凹凸不平,登上去颇为费力。

上了大石的顶部,博纳莫发现这是一处平台,与下方的拱廊顶部是平行走向,此处曾经是一座碉堡。这地方占着大路的一方,无论从哪个方向来看都是控制狭窄通道的好位置。碉堡还残留着厚实的断垣,墙体上仍可见供弓箭手使用的射击孔,别的什么遗迹都已难以寻觅。往前行是一座几乎隐蔽在茂密松林中的瞭望台,那正好是另一陡壁的顶部,不仅是居高临下控制大路的堡垒,还正好与山中狭路的另一端相连,从而构成整个防御工事与这个前哨岗位的联络线。

博纳莫东张西望寻找朋友未果,便反复嘶声大喊,岩石间盘旋传来的只是他本人喊声的回音。他踌躇再三,拿不准到底是进主建筑的断垣残壁还是穿过瞭望台。后来他决定选前者,跨进一个乱石横陈高低不平的区域,其四周墙壁沿着一处悬崖的倾斜度而建造,现在已难观全貌了。环岗楼而修的主堡垒还残留着多处古罗马风格的拱门,它们告诉人们这里曾是一座重要的堡垒。除了靠近陡壁边缘的一堆堆废墟以外,这里残留的建筑材料难以让人猜透当年设计时的用途。

博纳莫走进这座城堡的偌大围墙,但里面漆黑一团,使他难以前行。他喊了一阵维瓦迪的名字后,只好退回到露天中。

当他接近那大堆大堆的废弃建筑材料中间,正对其奇形怪状产生好奇心时,他觉得自己清晰地听到了一个人的低语声。当他专注地倾听时,从一处废墟的门道中跑过来一个人,手中握着剑。博纳莫一步冲到来人前面,却发现来人正是维瓦迪。他气喘吁吁,脸色苍白,有数分钟时间,他既说不出话来,也好像听不进朋友对他的询问。

"我们走,"维瓦迪说,"让我们立即离开这鬼地方。"

"太乐意了,"博纳莫答应着,"但是你去过何处,你见到了谁,以致你的情绪变化如此之大。"

"别问了,我们走吧。"维瓦迪重复着。

他们一起从大石上下了台阶,当他们走到拱廊时博纳莫半开玩笑地问维瓦迪他要不要再留下来警戒,维瓦迪回答"不",其语气之重让他震惊。他们便加快脚步向那不勒斯走去。路上,博纳莫多次问同样的问题,维瓦迪似乎都不愿正面作答,这样让博纳莫既强烈想知道朋友到底见到谁了,又很想知道他为什么要三缄其口。

"那你见到修士本人啦,"博纳莫说,"你终于抓住他啦?"

"我不知道怎么说好,"维瓦迪回答,"我心里乱极了。"

"那他从你手中逃脱啦?"

"我们以后不谈这个问题,"维瓦迪说,"就算是吧,这件事还没完。明晚我会打着火把再来,你敢不敢同我一起来?"

"我不知道,"博纳莫回答,"不知道该不该来,因为你不告诉我来干什么。"

"我不强迫你来,"维瓦迪说,"我的目的你是知道的。"

"你真没见着那陌生人——你还没搞清你在追寻的那个人?"

"我仍存疑问,希望明晚能搞清楚。"

"这太奇怪了！"博纳莫说，"我正好见证了你离开帕罗奇城堡时的那种恐惧。你还说要重返那地方！又为什么非在夜晚去，不能白天去？白天去不是少一点危险？"

"这，我也不知道，"维瓦迪说，"你应去看看那地方，我去过的那拐角隐蔽之深，白天的亮光也难以穿透，不论何时我们都得打着火把搜寻那地方。"

"既然要打火把搜寻，"博纳莫说，"那你在黑暗无光条件下怎么找到路的？"

"我当时太专注了，现在说不清自己是如何被引领前行的，好像被一只看不见的手拉着。"

"即便如此，如果我陪你一趟，就算没有日光，我们还是应该白天去，"博纳莫谈了自己的看法，"在深更半夜去一处强盗出没的地方，而且还是第二次送上门去，那简直就是疯了。"

"在做出最后的努力之前，我将会去老地方观望等候，"维瓦迪回答，"在大白天是无法隐蔽观察的。此外，我还有必要在某一特定时刻去，也就是在修士通常夜游的那段时间里。"

"那么说他真从你身边溜走了？"博纳莫说，"而你仍不清楚他到底是什么角色？"

维瓦迪不做正面回答，只问朋友是否愿意陪他同去。

"如你不去，我必得另找一人作陪。"他补充道。

博纳莫说，对于这一提议他必须考虑一下，将于次日傍晚以前把决定告诉维瓦迪。

谈了上面这一席话，朋友俩已回到那不勒斯，在维瓦迪宫殿门外分手，各自回家过后半夜。

第二章

奥丽薇霞：

　　啊，你预备怎样呢？

薇琪拉：

　　我要在您的门前用柳枝筑成一所小屋，

　　在府中访谒我的灵魂；

　　我要吟咏着被冷淡的忠诚的爱情的篇什，

　　不顾夜多么深我要把它们高声歌唱；

　　我要向着回声的山崖呼喊您的名字，

　　使饶舌的风都叫着'奥丽薇霞'。

　　啊！您在天地之间将要得不到安静，

　　除非您怜悯了我！

　　　　　　　　　　——《第十二夜》[①]

　　维瓦迪绞尽脑汁想对修士的警告做出一个合理解释，但以失败告终，遂决心对有没有情敌一事做一了断，不再让悬念折磨自己，办法就是直接去厄蒂丽别墅并说明来意。在上次冒险后的次日上午，

---

　　① 转引自《莎士比亚全集》(第二卷)，朱生豪等译，新世纪出版社1997年版，352页。（译者）

他去那别墅拜访比安齐女士,却被告知女士不便见他。他做了很大努力,终于说服那年长女管家再去通报一次,请求允许他对女士做几分钟的拜访。最终,他获得了许可,得以被引导到上次见到埃伦娜的那间房中。房中无人,管家说比安齐女士马上就到。

在等候主人到来的片刻之中,他一会儿心跳加快,急不可耐,一会儿又激情涌动,乐不可支;他的目光盯着埃伦娜使用过的祭坛,想象着此刻她仍在那地方现身;他的目光逐一落到她在那晚触碰过的每一件物品。这些东西是她熟悉不过的,而在维瓦迪的想象中具有某种神圣的特点,是她烙在他心中的印象,对他的影响一定程度上犹如她本人出现在眼前。他拿起她常弹拨的那架琉特琴,激动得身体发抖。他在琴上弹出音符,就像他亲口在演唱。看到一幅画了一半的跳舞的少女还躺在画架上,他立刻联想到她的纤手是如何描画那些线条的。该画是仿赫库兰尼姆①的作品,虽说是模仿,却能表现出其独特的艺术魅力。那轻盈的步子似乎在挪动,整个人体似在散发一种轻松淡雅的韵味。再细看,维瓦迪发现此画是装点房间的组画之一,他还惊奇地发现这套画主题特别,与装饰在他父亲客厅中的画如出一辙,而据他了解,父亲客厅中的画是按皇家博物馆馆藏珍品复制而成,并且是独一无二的。

他目光所注视到的每件物品似乎都宣告着埃伦娜的在场;还有,把这几间房子装点得活泼轻快的那些花,散发着阵阵清香,愉悦着他的感官又影响着他的想象力。在比安齐女士进房前这段时间,他的焦虑及担心极大地增加,到了他以为自己会在她面前支撑不住的程

---

① 赫库兰尼姆位于意大利那不勒斯湾,是因维苏威火山的爆发而湮没的两座古城之一(另一座是庞贝古城)。保存于火山灰之下的古城遗迹在 1700 多年后被考古学家挖掘出来,展现的不仅是封存的记忆,还有历史、艺术与文化的印迹。其画作通常以人体为绘画对象的核心。(译者)

度,他甚至不止一次欲溜之大吉。终于听到大厅传来脚步声,他差不多一口气没能喘得过来。比安齐女士的身形步态不见得会引发客人的惊羡,此时旁观者看到维瓦迪的局促不安可能会暗自发笑,因为他举步迎上去面对年长的比安齐女士,弯腰去吻老人干枯的手。听她以略带不耐烦的口气说话时,他步履蹒跚、眼神焦急。她以矜持的姿态接待他,而他一下子不知说什么好,终于慢慢缓过神来说出了此行的目的。他发现,他的表态没有使她有明显的惊奇,她表情有点严肃,但态度相当平静地听着他表述自己对她外甥女的倾慕。当他恳求她助一臂之力,使他能执她外甥女之手时,她说:"我不可能不清楚,我们这样的家庭难以同你那样的名门望族联姻。同时我也深知,以维瓦迪侯爵及侯爵夫人的性格来看,他们是极重视出身门第的。你这次求婚没有获得他们的同意,或者至少他们不知情。所以我得告诉你,先生,我们罗萨尔巴家族虽然门第比你们低,但自尊心却一样高。"

维瓦迪不屑支吾搪塞,并且对此说法感到惊奇,而又不得不承认此话不假。然而,维瓦迪最终表达对埃伦娜的爱意时所表现出的那种纯真样子,以及他的激情和朝气的自然流露,深得比安齐女士的理解,也一定程度上对她的焦虑起到了缓解作用,同时使她随之产生了一些别的方面的考虑。她考虑到自己年老体弱,来日无多,一旦辞世,埃伦娜便成了无依无靠的年轻孤女;她不得不靠自己辛勤劳作过日子,并要完全凭自己的谨慎而处世。在充满慈爱的比安齐女士的心目中,埃伦娜是不谙世事的美女,其前程之艰险可以生动真实地预见;有时候她亦想到过,她可以放弃一些在另外境况中本来是可敬可嘉的考虑,从实际情况出发,替外甥女找一个有身份的男子做丈夫保护她,这也许是正确的做法。如果以眼前的情况为例,从门第考虑,她本应反对埃伦娜与任何人私订终身,但从长辈对晚辈前程担忧的角度考虑,她受到的谴责则又可以减轻。不过,她在做出抉择之前,有必要搞清维瓦迪到底是否值得信赖。也正是为了试探他是否能持之以恒地爱她外甥女,此刻她没有给对方的希望以些微鼓励:她坚决拒绝了他要见埃伦娜的请求,只说她会再进一步考虑他的求婚;至于他问他是否有情敌,而如果真有情敌,埃伦娜是否对他有更多好感,比安齐女士则含糊其辞,语焉不详。因为她清楚与其现在作答鼓励他的期望,还不如适当时候另做肯定。

维瓦迪最后只好告辞,可以说与绝望相比,现在多了一点儿轻松,但也没有得到多少鼓励,希望仍渺茫,有无情敌尚不明,而关于埃伦娜是否对自己有好感也还有疑问。他所得到的唯一成果是允许他改日再来拜望比安齐女士,但是在这一天到来之前,时间对他来说会变得如同凝固了一般。他不可能忍受这一段时间内的悬念,在往那不勒斯走的路上,他也一直在专注地思考用何种办法结束这一悬念,竟不知不觉中走到了已反复来过的那道拱廊。环顾四周没见到那位神秘的修士,这令他十分失望。因此人未露面,维瓦迪在赶路途中决定当夜重访这个地方,同时再暗访厄蒂丽别墅,盼着这次重访能得到可使他免受焦虑之苦的好消息。

到家时,他父亲侯爵大人留话指示,要维瓦迪在家等他回来,他遵命了。但这天到晚他父亲都未回,倒是他母亲,侯爵夫人见到他并意味深长地看了他一眼,问他最近在忙些什么,叫他陪她一起去波蒂西。这样,他当晚的安排全部落空,他不能约博纳莫陪他去帕罗奇城堡守望,也不能重访埃伦娜的住处。

他在波蒂西度过了一个晚上,回到那不勒斯之后,侯爵仍未返家,他依然不知父亲要与他谈什么话题。博纳莫派人送字条来,说他不会陪维瓦迪去城堡,也告诫他当夜别做这危险的访问。当夜因没人陪他去冒险,他又不愿独自一人去,所以只好推迟此行,但不论怎样他都不会放弃重访厄蒂丽别墅的念头。既然朋友拒绝陪他，他也不想再去麻烦朋友，便独自带着琴，比上次略早一会儿来到那别墅的花园中。

太阳下山已有一个多小时，但地平线上仍呈现着一抹橘黄色的光辉，整个天穹像是透明的，这景象在这种迷人的气候条件下是典型的，似乎在这安息的世界上弥漫着一层让人感到更舒适的暮色。在东南方，维苏威火山的轮廓显得更为清晰，但那山体本身是黑暗、寂静的。

维瓦迪此时只听到岸上远处传来拉扎罗尼剧中一段快节奏、富激情的歌曲，那是几个人在玩一种马罗游戏中的争鸣。从橘林内一座小凉亭的格子窗中，他看到了亮光，还有突然降临的希望。他感到机会来了，能有幸见到埃伦娜。他的心思全在这一点上，要想放弃与埃伦娜面对面相聚的机会是不可能的，但是他有意放慢前进的步伐，自问：这样偷偷闯入她的私宅并成为窥视她内心秘密的不速之客，是否磊落可取？尽管有此可嘉的犹豫，但自责远不及引诱力之巨大，片刻之后他迈开轻快步伐朝凉亭走去，在一扇开着的格子窗边就位，站定在一株橘树荫下向内张望，正好能窥见室内全景。埃伦娜独自坐着，陷入沉思中，怀抱琉特琴但并未弹奏。看样子她对周围事物毫无知觉，眼神安详，似乎告诉他，此刻她正在思考某个有味的话题。见到她现在这种状态，他想起她上一次就是在此情此景中叫出他的名字。他的希望被激活了，准备在她面前现身，跪求于她的脚边。听到她说话时，他停下了脚步。

"为什么要讲门当户对、出身贵贱！"她说，"这种虚幻的偏见破坏了我们的安宁。我决不会弯腰进入不欢迎我的家庭，至少他们必须知道我身上的血统是高贵的。哦，维瓦迪！要没有这不幸的偏见多好！"

维瓦迪听了这话站着动不了,他似乎陶醉了。她演奏的琴声与她的歌声唤醒了他,他听清了她演唱的是该曲的第一小节,也正是他本人上次在此地演唱的第一首小夜曲,确如作曲家所期望的那样,唱得优美动人。

唱完第一小节后她停顿了一下子,此时维瓦迪再也抑制不住感情,突然拨响了自己的琉特琴,作为对她的回应,唱起了第二小节。他的男高音虽然有所控制,但仍显得高亢流畅,并让埃伦娜立即回想起上次曾听过的情景。她的脸色一会儿白一会儿红,一曲未了她似乎已失去了知觉。维瓦迪此时已进入亭子,走近她时,她终于醒了过来,便挥手让他离开。霎时间,她自己起身急欲退去,他一步上前去扶住她,求她留几分钟,他有话要说。

"不可能。"埃伦娜说。

"我只想听你说一句'我不恨你',"维瓦迪回应,"还有,我这次私闯民宅不会改变你对我的关爱,刚才你说了你是尊重我的。"

"哦,没有,没有!"埃伦娜急急忙忙打断对方,"忘掉我刚才说过的话,忘掉你听到的话,我不知道自己说了什么。"

"啊,美貌的埃伦娜!你想想我怎么可能会忘掉这些话?那是我孤寂时的唯一安慰,是永远支撑我的唯一希望。"

"先生,我不能再这样被拖住,"埃伦娜又一次插话,显得更窘,"或者你就原谅我一次,就为这次对话。"但是说最后这句话时,她的脸上情不自禁地露出笑容,显得言不由衷。维瓦迪宁可相信她的微笑而不信她的言辞。不过,没待他表达出由衷的轻快愉悦,她已经走出亭子。他紧跟着走过花园,但她已转眼不见了。

从这一刻起,维瓦迪似乎揭开了生存的新的一页,整个世界对他来说是个巨大的天堂,她那笑容似乎永远地镌刻在他的心头。此时满怀喜悦的他相信自己再也不可能不幸福了,也不惧前程中的惊涛骇浪。迈着轻快如飞的脚步，他直接回了那不勒斯，压根儿忘了在途中寻找他的老对手。

侯爵与夫人均不在家，维瓦迪独自闲着无事，全身心沉浸在愉快的回忆之中，容不得哪怕一分钟的干扰。整夜他要么激动地在房内不停走动，如同前些天因焦急在室内踱步一样；要么坐下来给埃伦娜写信，写了撕，撕了又写，反反复复。有时他怕写多了，有时又怕写少了，回味着他认为值得一提的情况，感叹着情浓时语言的苍白，其中滋味难以言传。

待到用人们纷纷起床之后，他总算写好了自己比较满意的信，并差遣一个信得过的人直接送往厄蒂丽别墅。但是，用人刚刚出门，他就想到有新论点要补充进去，或者要改变措辞加强语意——他宁愿给人半个世界，如果那人能把信使叫回来。

就在维瓦迪忐忑不安之时，侯爵差人叫他去谈话。近日，他忙于处理自己的事，与儿子的约谈屡屡爽约。维瓦迪没过多久就搞明白了父亲要同他谈的话题。

"我一直想找你谈谈，"侯爵说话时态度严肃，一副高高在上的架势，"这次要同你谈的话题对你的名望及幸福至关重要；有人给了我一个报告，如果信其内容我就会感到极大的不安。现在我想给你一个机会，希望你亲口说出的情况与我听到的不一样。有幸的是我对自己的儿子很有信心，我敢肯定，他能理解该怎样处理才会对他的家庭及他自己都有好处，不会走出不光彩的一步使他的家庭及本人蒙羞。因此，我找你来谈话的动机仅仅是给你一点时间来澄清我下面要提到的一件诽谤行为，并亲自获得权威的解释，去向给我打小报告的人说明真相。"

维瓦迪不耐烦地等待这一开场白的结束，然后请求父亲告知报告的主题。

"有人说，"侯爵接着说，"有一个名叫埃伦娜·罗萨尔巴的年轻妇女——我想是这么叫的——你是否认识一个叫这名字的人？"

"是有这人！"维瓦迪大声回答，"原谅我，请说下去，我的大人！"

侯爵停了一会儿，用更严厉的目光打量着儿子，不过并不显得意外。

"说是有这么个女人在想方设法吸引你的感情。"

"一点不假，大人，罗萨尔巴女士已赢得了我的感情，但并非耍手段引诱。"维瓦迪如实地急忙插话。

"不要打断我说话，"这回侯爵急着打断儿子的话，"人家说，她巧妙地投合你的脾气，还有一个与她住在一起的亲戚帮着她，她已把你俘获，让你成了她忠实的追求者。"

"罗萨尔巴女士，天哪，她是高抬了我，使我有幸成为她的追求者。"维瓦迪说着已难以控制自己的感情。他还想说下去，但侯爵生硬地阻止了他："那么你承认自己的蠢行了！"

"大人，我为自己的选择感到荣耀。"

"年轻人，"他父亲说，"因为这件事不过是男孩子的傲慢与罗曼蒂克热情的一种表现，我愿意原谅这一次，注意，下不为例。如果你承认自己错了，那么立即放弃这个新结识的人。"

"我的父亲大人！"

"你必须立即与她断了交往，"侯爵以更强硬的用词重复着，"为了表示我在这件事上不仅是正当的，更是仁慈的，我准备为你们这次的堕落行为付给她一小笔补偿金，因为你助长了她的不规。"

"天哪！"维瓦迪急得大叫，脸色发白，声音变得他自己都不敢相信。"天啊！——堕落？"维瓦迪说话时已喘不过气来，"谁敢这么无耻地造假，在您面前混淆视听，玷污埃伦娜无瑕的美名？告诉我，我恳求您了，即刻告诉我，我会马上去给他奖励的。堕落！给一笔钱，给一笔钱！哦,埃伦娜! 埃伦娜!"当他呼叫着她的名字时,心疼与愤恨交集而生的泪水饱含在眼眶中。

"年轻人,"侯爵说,他已被儿子强烈的情感爆发震惊,同时心中极不高兴,"我并不轻信报告,但我也不能容忍别人对我说的道理抱怀疑态度。你被骗了,如果我不屈尊行使我的权威,你的虚荣心会让你继续耽于幻象。撕去遮住你眼睛的那层面纱,立即断绝与她的交往。我会对她的本性提出证据,那将重创你的信任,你已经太过热情了。"

"断绝与她交往!"维瓦迪重复父亲的话,态度虽平静,但语气更有力,是他父亲见所未见的,"我的大人,您还不曾怀疑过我的话,现在我向您发誓,我说的这话是可敬可信的,就是说,埃伦娜是清白的。清清白白的! 哦,天啊,这话还要我确认吗,还要我去证明她是无辜的!"

"我真的抱憾,确有必要,"侯爵冷冷地回答,"你起了誓,我不想对此表示怀疑。因此,我不得不认为你受骗了。你多次半夜三更到她住处造访,你还认为她清白无辜。即使她如你说的那样,不幸的孩子! 你们这痴迷相爱的蠢行,已经玷污了她的名声,为此你如何能做出补偿? 要是……"

"我的大人,我向全世界宣告:她有资格成为我的妻子。"维瓦迪回答时脸上泛起一抹红光,显示出一个道德高尚者的勇气和喜悦。

"你的妻子!"侯爵接着说,其神情先是难以形容的鄙视,紧接着是怒气冲冲的震惊——"如果你如此一意孤行,忘掉你应如何维护家族的声望,我就会永远不认你这个儿子。"

"哦! 为什么!"维瓦迪不由叫出声来,陷入情感冲突的剧痛之中,"为什么要我处于失去为人子义务的危险之中,而我只不过表示我应该维护她的清白,做我应做的事。我只想为她辩护,没有别的人为她辩护！为什么不允许我把两方面的义务妥善地处置好！但是，要是二者不能兼顾，我决心维护受迫害者的权益，颂扬美德；正是美德教育我，维护美德是为人的首要义务。是的，大人，如果迫不得已，我时刻准备着为光大重要原则而牺牲次要义务。为了维护原则就应该敞开整个胸怀，采取一切可能的行动。我将竭尽全力遵循家规，维护家族的荣耀。"

"原则在哪？"侯爵说，显得很不耐烦，"难道原则教育你不服从父亲？美德又在哪？难道美德让你去做使你家族蒙羞的事？"

"没什么蒙羞不蒙羞，我的大人，其中不存在邪恶，"维瓦迪回答，"倒是有例可循，请原谅，我的大人，有那么一些事例，表明不服从是一种美德。"

"此类似是而非的道德说辞，"侯爵说话时显得极不高兴，"还有这种罗曼蒂克的语言表达，已足够让我明白你的那些同盟者是何种德行，以及她的所谓清白，尽管你以骑士风度竭力为她辩护。少爷，你必须知道是你属于你的家庭，不是你的家庭属于你；你还应知道你该是家庭荣耀的卫士，没有自作主张的自由，你懂吗？我的忍耐快到极限了！"

维瓦迪对于别人对埃伦娜名誉反复攻击的忍耐力也快到极限了。但是，他一方面坚持认为埃伦娜是清白的，另一方面尽力控制自己的脾气，采取了儿子在父亲面前应有的克制态度。他既要保持男子汉的独立精神，又要同样急切地履行儿子对父亲不可违背的义务。非常不幸的是，侯爵与维瓦迪在各自应承担怎样的义务方面认识差异太大；前者要后者所承担的义务是被动的服从，后者则认为承担这方面的义务应适可而止，在事关个人幸福的婚姻大事上不可迁就。最后分手时两人都怒火中烧：维瓦迪不能说服父亲把告密者的名字告诉他，也不能说服父亲承认埃伦娜是清白的；侯爵的努力同样没有成功,未能让儿子允诺以后不再与埃伦娜来往。

其实维瓦迪的状况是,就在数小时之前他经历了巨大的幸福,消除了以前的一切不快印象,消除了对未来的忧虑,体验了如此巨大欢乐后简直无法理解谁还会去品味不幸。即使他又如此跌入绵绵痛苦之中,他还是感到那幸福的一刻是永恒的,使得自己有力量不顾周围人的看法而保持自立态势。

眼前的情感冲突看来是无止境的:他爱父亲,要不然父亲给他准备的难题定会使他经受更大的震惊,要不然父亲所表达的对埃伦娜的鄙视定会使他怀恨在心。他深爱着埃伦娜,深知要自己放弃希望是不切实际的,与此同时他恨透了影响她名声的诬蔑,想赶紧去找散布侮辱言辞的始作俑者算账。

在与埃伦娜联姻这件事上,父亲的不悦在他预见之中,但其实际经历比他原先所想象的更严重、更痛苦;同时,他们对埃伦娜的愤恨既超过预期,也是不可容忍的。但是这一局面更让他多了一个理由去直接同她对话;因为,假设他们之间的爱恋可能被终止,那他的忠诚度就看她的态度了;再者,他已成为损伤她名声的工具,去修补她的名声也就成了他的义务。既然非常乐意听命于这么个冠冕堂皇的义务的指使,他于是决心按原设计方案行动。现在首先要做的是去找出造谣诬蔑她的人。一经回忆他便惊奇地发现,侯爵说的那些话表明父亲知道他几次夜访厄蒂丽别墅的经过,因此那修士的可疑警告的来龙去脉便不言自明。他相信,那人既是监视他举动的特务,又是毁坏他爱情名声的造谣者。表面上那人发预警似乎是出于友好,但他的实际做法却很不磊落,二者的不协调现在使维瓦迪在震惊之余,不得不相信那人居心叵测。

这段时间,埃伦娜的心思同样不平静。她心思不定,既想获得爱情又要维护尊严;如果她知道维瓦迪与侯爵之间刚发生的那场争论,她就会铁下心来只考虑自身的尊严,立即痛下决心打退堂鼓,把这场爱情扼杀在萌芽状态。

比安齐女士曾把维瓦迪来访的事情告诉过外甥女,但是她故意淡化了他的求婚定会遇到的各种反对情况,开始时只暗示他的家庭可能不会同意与她这样门第低下的人联姻。受到这一警示后,埃伦娜回话说,因为她本来就这样想,姨妈拒绝了维瓦迪的求婚做得对。不过,她说这话时的一声叹气未能躲过比安齐女士的观察,于是她姨妈冒险补充了一句:当时她并没断然拒绝他的主动求婚。

通过这一次及其后的交谈,埃伦娜很高兴地发现,自己对维瓦迪的私下倾慕变得合情合理了,因为有了姨妈肯定的赞许,并且乐于相信先前对她的自尊敲响警钟的那种情况,并非如当初自己想象的那样让人觉得屈辱。比安齐十分小心地把当时她试探维瓦迪让他掏出心里话的真实情况隐藏起来,因为她相当肯定那些观点对埃伦娜不起作用,她深知自己外甥女本性大度、心地纯洁,定会反对抱实用目的来对待神圣的婚姻问题。然而,在详谈这一联姻势必给外甥女带来一些好处,并引导埃伦娜的心思朝同一方向思考时,尽管埃伦娜已与她站在同一边,但不如她原先预料的那样好说话。埃伦娜对悄悄进入维瓦迪家庭的主张感到很吃惊。但是比安齐因自身体弱多病极想实现自己的意愿,因而极力要去说服外甥女,使她相信这一联姻是明智之举。她决心劝外甥女由勉强变为乐意,当然在具体做法上她不能认为怎么必要就怎么办,而是要更加稳步前进,更具说服力。那个晚上,当维瓦迪出乎意料地对自己表达爱意时,埃伦娜既难为情又很困惑,回去之后向比安齐述说了情况,使做姨妈的了解了自己外甥女的真情实感。接着,第二天早晨,维瓦迪的信送来了,信写得简单扼要、情真意切,比安齐女士就以她平常的说话方式对外甥女说了,没有刻意去改变话语迎合埃伦娜的性格。

维瓦迪在与侯爵进行最近一次谈话后,当天一直在考虑各种计划,要设法找出引发父亲轻信的那个告密者;这天傍晚,他又一次去厄蒂丽别墅拜访,此次不再是密访,而是亮着身份去心爱姑娘的阳台下唱小夜曲,并与比安齐女士交谈。女士这次对他的接待比上次客气许多。在提到他的焦虑神色时,她把它归因为不确定性;在谈到外甥女的脾气时,她表现出既不惊也不恼的神情,反而大胆说一些话解除他的部分顾虑,给他增添几许希望。维瓦迪生怕她进一步询问他家庭的态度,而她在这一点上则刻意避免给谈话双方造成难堪。这次交谈时间相当长,维瓦迪离开厄蒂丽别墅时因对方首肯而心宽许多,因满怀希望而步履轻松。不过埃伦娜始终不曾露面,她因为上次夜晚见面前后泄露了自己的感情,还有她接收到的有关他家庭方面的种种暗示,还重重地压在她心头挥之不去,使她难以现身与他相见。

维瓦迪刚回到那不勒斯,便意外地得知侯爵夫人有空并叫他立即去她房间。在那边,他所遭遇的情景和他上次与父亲谈话大同小异,所不同的是侯爵夫人更巧妙地提问题,她的整体行为更为狡诡,而维瓦迪在谈话过程中一刻也不松懈,始终不忘恪守儿子对母亲的规矩。做母亲的设法掌控他的情感,不让他发泄情感,对于儿子的选择她心底是有恨的,却装出尊重的样子去骗他;她的言辞和态度与侯爵相比显得较为温和,主要原因在于她对儿子寄予更多希望,而侯爵则着力于防止他认为邪恶的行为。

维瓦迪离开母亲后,不为她的雄辩所打动,不被她的预言所折服,坚定不移地要按自己的设计行事。他尚未警觉,因为他还不太了解母亲的为人,不知她的目的所在。见到儿子当面不吃她的硬招,她另辟蹊径,找来一个颇有才能的助理,此人的性格和观点正好使他成为她手中的工具。或许正是她自身心地卑劣,思考不深,观察不敏,使她正好能理解他的本性，因而她决心调动他那本性为她的主张效劳。

在那不勒斯属下有一处叫斯皮里托·桑托的地方，那里有个多米尼加修道院，院中有个神父名叫申多尼。他是意大利人，取了一个别国人的名字，家世不详，从某些情况来看，他似乎故意把自己的身世搞得神神秘秘的。不论出于何种原因，人们从未听到他提起任何亲属，也没有听到他说过自己的出生地，而且有几次当他的同事出于好奇询问有关问题时，他总是避而不答。然而，曾在某些情况下，似有过一些迹象表明他出身于败落的贵族家庭。有时候透过伪装的举止看他的精神世界，可以看出他表面上显得高尚，而实质上缺少一个胸怀开阔的人所应有的高尚追求，他所具有的只是落魄者的灰暗的傲慢。修道院为数不多的人曾对他的表现发生过兴趣，相信他的与众不同的言行举止，他的无法克服的沉默寡言，他的形单影只的行为习惯，以及他的经常反复的苦修赎罪，正是种种不幸啃噬着一个人的高傲而又杂乱的精神世界所产生的影响；另外有一些人则猜想那是一个人犯了弥天大罪之后良心经受责备所造成的后果。

他有时候会接连多天在人们的视线中完全消失；或者，在另外一些时候，当他不得不与别的人在一起时，也似乎不知道自己身处何地，继续着他一个人的沉默不语和苦思冥想，直到最后他又变成独自一人。有时候，尽管有人注意着他往何方走，有人监视着他的日常行踪，他仍能神不知鬼不觉地躲到什么地方去。没有人听到过他的抱怨声。修道院中比他年长的修士们说他很有才华，但同时又认为他没有学识；他们赞扬他有时会在争论过程中表现出深沉机巧，而同时他们又说他会无视事实，难得站到真理一边；他能在某些专题论争的迷宫中紧追不舍，但是当事件变得豁然开朗时他又会视而不见。事实上，他不想追求真理，也不想在大胆宽泛的争论中找到真理，却通过虚设的种种疑团，发挥他那与生俱来的诡诈狡猾去跟踪真相。最后，他惯于搬弄机巧，生性多疑，他那不正常的头脑与真理搭不上边，因为真理是简单明了、易于理解的。

在他周围的人及同行中，许多人不喜欢他，更多人惧怕他。他的体形引人注目，但并非风度优雅；他个头很高，十分消瘦，四肢粗大，动作粗鲁，当他穿上他的工作服——黑色长袍时，走起路来的样子很可怕，有点儿像超人。他的大兜帽在煞白的脸上投下一片阴影，那阴影使此人多了一分卑劣形象，更使他的大眼睛显得忧郁，忧郁到近乎恐怖的程度。很明显，他的忧郁不是心灵敏感或受伤而造成的，而是来自本性的阴暗和凶残。从生理方面来看，此人确有与众不同之处，到底异样在何处又不易说清楚。这有着多方面激情的痕迹，正是这些东西使他的五官定型成缺少生气的样子。他的习惯性忧郁和恶相显现于他面部深凹的线条中，他的炯炯目光好像会直刺人心，只要那么一瞥就会刺中他人的心脏，看透他人最隐蔽的想法。没有几个人能经受住他的注目，甚至不能第二次与他目光对接。

但是，尽管他这么忧郁和冷峻，有时兴之所至也会造成他不同神情，使他现出另一副面孔，而且他还能根据别人的脾气和情绪调整自己，以惊人的天赋去迎合对方，往往能使自己达到目标。这个名叫申多尼的修士正是维瓦迪侯爵夫人的告解神父兼秘密顾问。她在听到儿子的婚姻意向之后，在最初的傲慢与愤恨爆发之时，便找他来共商对策去加以阻止。她很快发现此人的才华有望使她的愿望得以实现。他们二人在相当程度上能力正好互补。申多尼野心勃勃，富有机巧；侯爵夫人高傲无比，神通广大。前者切望以其效劳获取高额回报，后者想要运用自己的才能去维护他们家族臆想中的尊严。在此类情绪的驱动下，靠着上述见解的引诱，他们两人私下配合，不择手段去实现他们的总目的，甚至把侯爵也蒙在鼓里。

维瓦迪离开侯爵夫人房间时，正好在过道上碰到申多尼。他知道此人是他母亲听告解的神父，所以他见到这个人时起初并不感到很意外，虽然神父在这个时候出现很不正常。申多尼在与维瓦迪擦身而过时点了一下头，装出一副温顺而神圣的神情；但是，维瓦迪用炯炯目光打量对方之后不由得往后退缩了一下，好像这一刻有种不祥之感涌入脑海——这个修士将会给他带来什么？

第三章

你是什么东西？

你是上帝、天使，还是魔鬼？

你使我血液变冷、毛发倒竖！

告诉我，你到底是什么东西。

————恺　撒

　　维瓦迪从上次造访厄蒂丽别墅之后，一段时间内获准成为比安齐女士的常客。后来经说服，埃伦娜终于加入交谈，而话题总是变化多端的。比安齐深知外甥女的感情特征，也了解维瓦迪的修养及仪态，从而做出判断，认为他默默地献殷勤比率直宣布自己的感情更有望取得成功。在埃伦娜倾心爱上维瓦迪前，如果他当面向她求婚，她或许会受惊而根本不听他说什么。不过，这种情况一天天变得不可能发生，只要他能有机会常与她沟通。

　　比安齐女士已经告诉维瓦迪，他不必担忧情敌；她告诉他，埃伦娜与人交往甚少，至今偶有爱慕者发现她，向她表示好感，均被她拒之门外。她目前不表明态度主要是顾虑他家庭的感情，不是对他本人有看法。因此，他不急于正式求婚，有意等到她的心更强烈地被他吸引。在这一点上，他已得到比安齐女士的鼓励，因为她正一天天变得乐意与他交往，而不像起先那样对他进行温和的抱怨。

他们在这般交往中，一晃数周时间过去了，终于有一天埃伦娜听从了姨妈的劝导，也合了她自己的心意，接受维瓦迪做她正式的追求者，不再去计较他家庭会是什么态度。或者，即使记起他家庭方面的问题，她也寄希望于他们有更强有力的考虑去克服偏见。

这一对情人，同比安齐女士及她的一个远亲吉奥托女士一起，经常在那不勒斯周边愉快地出游。一方面，维瓦迪对于自己的所爱不再遮遮掩掩，而是故意对伤害他的所爱的各种说辞对着干，让自己的行踪广为他人所知。另一方面，考虑到他前一阵的不谨慎对埃伦娜的名声造成了不良影响，而她对他的一切言行都是清白的、甜美的，因此他对她除了满怀爱意之外，还有一种神圣的愧疚。这一点无可置疑，一切伤害她的因素均在于他。他爱着她，已超越家族政治的羁绊，他与她心贴心，已到无可改变的地步。

他们的这些旅游有时会远达贝厄的扑佐里，或者到庞西利波的森林陡壁之地，而在回程中常乘船徜徉在月光映照下的海湾上，在意大利乐曲的动听旋律伴奏下忘情地欣赏岸上风光。在这凉爽的傍晚时刻，船上游人经常能听见葡萄修剪工的三重唱，他们经过一天的辛劳后，此时正躺在某处岬角的杨树荫下休闲。有时还可以听到近岸水边渔民的欢乐舞曲。船夫们此时停止了划桨，他们的歌声一会儿激越，一会儿舒展，在维瓦迪这一行游人听起来，与在艺术殿堂听歌相比别有一番韵味。另外的时候，他们还可能观赏到优美流畅的舞姿，因为那不勒斯的渔民与农夫均能歌善舞。他们经常乘船绕着某个岬角游览，饱赏美景：凹凸不平的巨石伸向海面，高悬空中，景色奇幻，美不胜收，还有不远处一群群多姿的舞者，那画面是艺术家的画笔难以表达的。清澈的海水映出了整个景色：千姿百态的悬崖绝壁，青松苍翠遍布陡壁各处，错落有致；稍为平坦的巨石顶部，在树丛空隙处仍可见颓败的别墅；农夫的小屋建在悬崖的边缘，还有海滩上人们的舞姿——所有这一切同月光下的银色基调和柔和线条很是般配。大海汹涌，岸线漫长，海面上远处可见驶向四面八方的船帆——如果说岸上景色美丽如画，那么远洋则是前程壮丽。

一天傍晚，当维瓦迪与埃伦娜及比安齐女士同坐在上文提到的那座凉亭中（他正是听见埃伦娜在那凉亭中的独白后才肯定她属意自己），他以超常的急切态度请求早日完婚。比安齐不持异议，因为她身体不好已有一段时间，觉得体质会快速变差，巴不得他们早日举行婚礼。她以无力的目光扫视了一下亭前的景色。夕阳的光辉落在海面，一片灿烂，有无数色形斑驳的船只在彩霞中航行，渔船正从圣塔露西亚返回那不勒斯港。这些美景已提不起她的兴致。还有，那发射出条条斜光的罗马灯塔，那些渔民们的不同身影，有在树荫下靠着墙抽烟的，有站在海滩阳光下观看同伴驾着渔船返航的。但所有这些画面都不再能引起她的兴致。"哎呀！"她从沉思中醒过来说道，"阳光如此光芒四射，照得岸上万物五彩缤纷，照得巍峨的山脉熠熠生辉；哎呀！我感觉阳光照在我身上时间不会长了——我的眼睛很快就会闭上，会永远见不着前程了！"

对于比安齐的这种悲伤的话语，埃伦娜给予温和的责备，然后比安齐在回应中仅表示了她出自内心的愿望：确保埃伦娜婚后有人保护。接下去她又补充说，而且这事还应抓紧，否则恐怕她不能活着亲眼见到。姨妈关于她自己命运的预言，还有姨妈当着维瓦迪的面直截了当说到结婚的事，这两件事使埃伦娜极为震惊，一下子泪流满面。而维瓦迪则在比安齐女士愿望的支持下，以更大兴致催促埃伦娜早日成婚。

"现在不是顾虑重重的时候，"比安齐说，"现在有庄严的真理在对我们呼唤。我亲爱的孩子，我不想掩饰我的感情。他们肯定地告诉我，我已来日无多。只要你答应我的唯一请求，那我最后的时日便可安稳舒适地度过。"

停了一下,她握住外甥女的手补充说:"无疑,这会是我俩极可怕的分离。姑娘,这一定是很悲痛的分离。"然后她转身对着维瓦迪继续说:"因为她向来就像我的亲女儿,而我敢说我对她已尽了母亲的责任。那么你想想,如果我不在了,她会有什么样的感觉。这就要靠你的照顾去安抚她的情绪。"

维瓦迪看着埃伦娜正欲开口说话,她姨妈先接着说下去:"我自己的感受也可能会像她那样激烈而痛苦,好在我深信我已把她托付给一个永远会对她好的人;我会说服她接受一个丈夫对她的保护。先生,我把我的孩子作为遗产交给你了,以后她的日子靠你给她照顾。你要像我已经做到的那样,悉心地呵护她,让她过上平安的日子,如果可能的话还要让她避免遇上不幸! 我还有许多话想对你们说,不过我已精疲力竭了。"

维瓦迪一边听着这一番神圣的满怀感情的话,一边回想起埃伦娜因他而蒙受的伤害。对于侯爵残酷中伤她的人格,他感到有点愤慨;对于侯爵这样做的原因,他根本无法遮掩,继而产生的内心感受使他热泪盈眶。他暗下决心:宁可抛弃其他一切考虑,也一定要维护她的名誉,确保她的安宁。

埃伦娜此时还在抹眼泪,千滋百味同时涌上心头,心情难以平静;但她还是把手帕从脸部挪开,掏心掏肺地说出了心里话。她眼含泪水,带着温柔的笑容含情脉脉地看着他,羞怯地说出了自己各种交织在一起的复杂感情。在维瓦迪听起来,她的话极其流畅动人,是最充满活力生气的语言。

离开厄蒂丽别墅之前,维瓦迪又单独与比安齐女士说了一些话,双方商定如果埃伦娜能很快表示同意的话,婚礼就定在下周隆重举行。等他次日再来时,或许他就会知道埃伦娜的决定了。

维瓦迪又一次迈着愉快轻松的步伐往那不勒斯走回去,然而当他到家时,得知侯爵留话要他去房中,心情顿生变化。虽然他预料到了此次见面要谈的话题,但也只能勉强地听召。

他发现父亲正专心致志地思考着,没有立即发觉他的到来。侯爵的目光落在地板上,似乎心里有着不满和困惑,他抬起头用严厉的眼色打量着儿子。"我理解,"他说,"你坚持着我警告过你的不值得的追求。我给你留着足够时间去思考,盼你明智起来,因为我愿意给你一个机会,让你体面地收回你的表态,你曾经那样对我信誓旦旦大谈什么原则和意愿。但是,你的行为并没有因此少被人跟踪。有人告诉我,你还是照旧去访问那不幸的年轻女人的住处。关于这女人,我们上次谈了许多,而你还是我行我素。"

"如果大人您所说的那女人是指罗萨尔巴女士,"维瓦迪说,"她不是不幸的。我可以坦率地说,我一如既往地恋着她。为什么,我亲爱的父亲,"他控制住因埃伦娜被贬而激起的情绪,继续说下去,"为什么您坚持反对您儿子的幸福?而首先,您为什么继续把她往坏的方面去想?她值得我去爱,她也同样地值得您去赞赏。"

"因为我不是恋人,"侯爵回答,"我早已过了少年期的轻信,我不是有意不近情理拒绝考察,我是有凭有据的,我只接受理据。"

"我的大人,您有什么凭据,使您那么轻易就相信了?"维瓦迪说,"是谁一直在滥用您的信任,并一直在破坏我的安宁?"

侯爵对儿子这类怀疑和问题居高临下地一阵呵斥,随后又是一阵长时间的交谈,双方对自己所关注的事或坚持的观点都不做让步或妥协。侯爵坚持着他的指责和威胁;维瓦迪则坚持维护埃伦娜的名誉,并一再表明他的爱情和意图是不可逆转的。

不论维瓦迪用什么方法或技巧劝说父亲,侯爵既不肯提供证据也不肯说出告密者的姓名;另一方面,不论侯爵怎样威胁,维瓦迪决不屈服,不肯说埃伦娜一句坏话。双方不欢而散。这一次侯爵所用的常规手段失效了,他所用的高压及责难只会激发儿子的斗志和义愤。如果改用亲切和善的劝导方法,则极有可能激起儿子的孝心,也有可能让儿子在父亲与恋人埃伦娜之间掂掂分量做一抉择。像现在这样,维瓦迪就觉得没必要在两种对立的义务中分心抗争了,他不必犹豫如何取舍了,不必争是非曲直了;他认定父亲是个高傲的压迫者,要剥夺他最神圣的权利;他认定父亲要残忍地玷污清白无辜又缺乏自卫能力的弱者的名声,认定父亲只顾追求自身利益,而且完全听信卑鄙小人不实的一面之词。他没有遗憾,没有懊悔,只一心一意保持追求自由的本性,而且现在比以前有更大的决心,去完成他坚信会给他带来幸福的那桩婚事,去维护埃伦娜的名声。

因此,维瓦迪于次日又回到厄蒂丽别墅,更急于知道比安齐女士与她外甥女进一步谈话的结果,以及他们将要举行的婚礼的日期。去的路上他满脑子只想着埃伦娜,机械地迈步向前,不注意走到了何处,直到走进那熟悉的拱廊树荫下才对周围环境猛醒过来,也正是此刻有一说话声引起了他的注意,正是那修士的口音,同时,修士的身影在旁一闪而过。留下的一句话是:"别去厄蒂丽别墅,那边要死人啦。"

没等维瓦迪从此人的突然现身和这句唐突的话所引起的沮丧中回过神来,陌生人已不见了影子。他在阴影中溜走了,他从幽暗中来又钻到幽暗中去了,因为可以肯定的一点是,维瓦迪没看到他从廊中走。维瓦迪高喊着,想让他露面,问他是谁要死,却没有任何回应。

相信陌生人无论如何也不可能从拱廊中逃走而不被看见,因此可以断定他跑到山上的城堡那边去了,维瓦迪便开始拾级而上。但他立刻又考虑到要搞清楚那人说的话是何所指,最好的办法是立即去厄蒂丽别墅。于是,他离开这处遗址,急忙奔向别墅。

至于如何理解那修士的话，一般人均会想到死者指的是比安齐女士，她本来就健康状态不佳，说她病危，即使是突发也不是不可能。但对受到惊吓的维瓦迪来说，他头脑中出现的幻象却是埃伦娜已奄奄一息。他产生这种害怕对于热恋中的人来说最自然不过，当然客观上也不是没有可能性，或者也可解释为突发事件。对他来说，脑海中不止一次产生的是非同一般也是极为可怕的不祥之感——埃伦娜惨遭谋杀。他看到她伤得很重，不断流血，快要死去；他看到她面色灰白，双目无光，生命的神气迅速消失，可怜巴巴地盯着他看，似乎在乞求他救命，有人正把她拖向坟墓。当他到达花园门边时整个身体战栗着，头脑中充斥着可怕的焦虑，不能再迈步向前去直面真相，于是不得不停下脚步稍做休整。最后，他鼓起勇气前行，用他近期获得的钥匙打开一扇侧门进了花园，朝别墅正房走去。补充一句，他从那不勒斯来此，走这侧门省却了一段不小的距离。此处万籁俱寂，一片荒凉，许多格子窗都关着，他艰难地将种种细节拼凑起来想做出某种猜想，情绪极为沮丧地往前走，只要再迈几步便到了前厅，他的一切害怕便可以落实。他听到从里面传出微弱的哀怨声，接着是一阵庄严而特别的朗诵，他知道在意大利一些地方这是人们在为逝者做追思弥撒。声音显得低沉而遥远，像是凑在耳边说话。他没有停步去了解是怎么回事便冲向前厅，发现折叠门关着，便用力敲打起来。

经反复叫唤后，那位名叫比阿特丽斯的年长女佣前来开门。未待维瓦迪开口询问，她便叫了起来："哎呀！先生，天哪！谁曾想到事情会这样，谁曾料到会发生这种变故！昨天——昨天晚上您在这里，——她还好好的，谁能料到今天她就没了？"

"那是说，她死了！"维瓦迪大叫一声，刺心地痛，"她死了！"他摇摇晃晃地朝厅中大柱走去，靠着它，生怕跌倒。比阿特丽斯大吃一惊，欲跑过去扶他一把，被他挥手制止。"她什么时候死的？"他问，艰难地喘气后又说,"怎么死的?死在何处?"

"唉!就在这别墅里,先生,"比阿特丽斯哭着回答,"怎么也想不到我会活到这一天!我本希望能安安静静地先埋葬自己这把老骨头。"

"谁置她于死地?"维瓦迪急急忙忙插话,"还有,她何时死的?"

"凌晨两点钟左右,先生,大约两点钟!悲惨的日子,我竟会活着碰上这么一天!"

"我好了一点,"维瓦迪说着站直了身子,"领我去她房中——我一定要见到她,别犹豫了,带我去。"

"哎呀,先生,那景象很凄惨。您干吗非要去看她?听我话,别去了,先生。那场面让人悲痛欲绝嗬!"

"带我去,"维瓦迪严肃地又说了一遍,"如果你不答应,我自己找着去。"

比阿特丽斯被他吓人的脸色和动作惊着了,不再阻挡他,只求他等一会,待她去向女主人通报他的到来。但他紧跟着她上楼梯,过走廊,绕着弯来到房屋的西头,来到一个套间,因所有窗栅都关着,里面漆黑一团,再前行到里间便是停放尸体的地方。安魂弥撒已完毕,在这几间空荡荡的房中没有声响干扰。在进套房最后一道门前,他被迫停了下来。此时的他极度激动,在比阿特丽斯看来,他任何一秒均有可能瘫倒在地板上,她尽力想去扶着他,不过被他做手势挥退。他很快镇静下来,走进停尸房。房内那寂寞气氛在别的情况下会对他的情绪产生别的影响,而此刻他有着揪心之痛,这使得此处环境对他的影响显得微不足道了。来到停尸床的近旁,他举目望向床边扶尸哀悼者——竟是埃伦娜!她被这一突然闯入,更被维瓦迪的情绪所震惊,反复问是怎么回事。但是他既没力气也没意向去做解释,如果他说出实情定会深深伤害埃伦娜的心,因为此情此景对她来说是悲痛之源,而此刻又恰好让他暗地里产生一番欢快之情。

在这神圣而悲伤的地方,他没多做停留,而在这短暂时间里,他一方面努力控制住自己的感情,一方面又要努力去安慰她的情绪。

维瓦迪离开埃伦娜后,单独与比阿特丽斯长谈了一次,谈比安齐女士怎么死的,并了解到她在前一天晚上就寝前身体如常。"大约凌晨一点钟,先生,"比阿特丽斯继续说,"我睡第一觉时被夫人房里一阵响动惊醒。对我来说,先生,刚睡第一觉时被吵醒是很难受的。我,圣母玛丽亚原谅我! 被吵醒,我很生气,我不想起来,而是继续把头靠在枕头上,设法再睡。但是紧接着又听到一阵声响,我想现在一定有人在房内活动,这点我肯定。我没有这样说出来,先生,此时我听到小姐在叫:'比阿特丽斯! 比阿特丽斯!'啊! 可怜的小姐! 她真是吓坏了,她真的不可能不吓着了。顷刻间她来到我房门口,脸色死白,全身颤抖!'比阿特丽斯,'她说,'马上起来,我姨妈快不行了。'她没等我回答就走了。圣母玛丽亚保佑我! 我想我当时快要晕过去了。"

"唉,你的主人怎么啦?"维瓦迪追问,他的耐心被比阿特丽斯老人这一阵唠叨耗尽了。

"啊! 我可怜的主人! 先生,我以为我走不到她的房间了。等我进了她的房间时我几乎只剩一口气——夫人躺在床上! 那样子太可悲啦! 她躺在那里,可怜巴巴的。我看出她只剩最后一口气。她说不出话,虽然她一直想说话,但是她还有知觉,因为她一直注视着埃伦娜小姐,接着又动嘴想说什么。看她那样子真让人伤心。她一定有什么话搁在心头想说出来,她使出了最后一口气想把它说出来,她一边抓着埃伦娜小姐的手不放,一边抬眼盯着她的脸看,那表情之痛苦,任你铁石心肠,看上一眼也定会受不了。我可怜的年轻女主人难受得要死,哭呀哭,哭得好像她的心都要碎了! 她失去了一个朋友,这样的朋友怕再难遇上了!"

"她最终定会找到忠实可靠又亲密无比的朋友的!"维瓦迪激动地大声说。

"好心的圣人会保佑她如心所愿!"比阿特丽斯应道,将信将疑。"对于老夫人,能做的我们都做了,"她继续说,"但都不见效。医生给她吃药,她吞不下。她越来越虚弱,还在连连长叹,然后曾用重力握我的手!最后她双眼不再盯着埃伦娜看,渐渐目光变得呆滞固定,好像已看不清眼前的人与物!唉!我知道她要走了,她的手不再像几分钟之前那样压着我的手,再过几分钟她的脸色也变化了!这时大约两点钟,她在神父到达开始工作前就断了气。"

比阿特丽斯停了话,只顾哭泣着。维瓦迪几乎陪着她哭,过了好久他才控制住自己的声音,问比安齐女士身体不适都有哪些症状,又问她以前是否像这样犯病。

"从来没有过,先生!"老管家回答,"虽然说,不错,长时间以来她身体不好,也可以说,一天不如一天,但是——"

"你这话什么意思?"维瓦迪问。

"哎哟,先生,对于夫人的死我不知道怎么说好。说真的,哪点都不肯定;要是我把自己的想法向外面说了,我只会挨骂,因为没人会相信我,此事稀奇古怪,但不管怎么说,我必定有自己的想法。"

"好好想一想,把话说出来,"维瓦迪说,"你不用担心我会把你怎么着的。"

"先生,我不是说你,但是话如果传出去,人家会说起因在我这里。"

"我决不会把话传出去的,"维瓦迪说着显得更加焦急,"别怕,把你的各种猜想都说给我听。"

"那好,先生,我就说了,我不喜欢夫人死得这么突然,也不喜欢她死的方式及死去后那个样子!"

"请说清楚,说明白点。"维瓦迪说。

"不,先生,要是说得简单了,有些人会不理解的。我是说我说得够清楚了。如果让我说出心里话——我不相信她最后是正常死亡。"

"此话怎讲!"维瓦迪说,"你的理由呢?"

"哎,先生,我已经给出理由啦。我说了我不喜欢她死得那么突然,也不喜欢她死后那样子,也——"

"哟,天哪!"维瓦迪打断她的话,"你是说死于毒药!"

"嘘!先生,嘘!我可没那样说。但是,她不是自然死亡。"

"近日有谁来过这别墅?"维瓦迪说,声音发抖。

"哎!先生,没人来这里。她寡居着,不见客。"

"一个人也没来?"维瓦迪说,"好好想想,比阿特丽斯,没有一个来找过她?"

"好长时间没人来了,先生,来客只有你本人和她表兄弟吉奥托先生。据我能记得起的,许多星期以来进过此处围墙的还有一个人,是修道院的修女,她经常来取小姐完成的那些绣品。"

"绣品!什么修道院?"

"就是那边的圣皮埃塔修道院,先生,你往这边来一下,靠着窗,我指给你看。那边,山坡上的树林中,就是那些花园连着往低处直伸向海滩。边上还有一丛橄榄树,请看,先生,稍高处林中露出的红黄色的山脊,看上去那山脊像是要倒向那些古老的尖塔似的。找到了吗,先生?"

"那修女来这里走动有多长时间?"维瓦迪问。

"至少三个星期,先生。"

"这三周中没其他人来这里,你肯定吗?"

"先生,没其他人,除了那名渔夫、园丁以及一个送通心面与别的食物的男人。因为从这里去那不勒斯太远了，先生，我又没空出去。”

"三个星期，你这样说！你说三星期，我没听错吧？这点你肯定？"

"三个星期，先生！圣母作证！你想，先生，我们能三个星期不吃东西吗？哎，他们几乎每天都来。"

"我是说那修女。"维瓦迪说。

"哦，是的，先生，"比阿特丽斯说，"是这样，她几乎每天来这里一次。"

"这就怪了！"维瓦迪说，一边沉思着，"我以后另找时间跟你谈，期间你要设法让我看一看已故的夫人的脸，而又要不让埃伦娜女士知道。请注意我的话，比阿特丽斯，关于夫人的死，你的猜测可千万不能说给别人听，千万要小心别让你的小主人知道你的怀疑。关于这同一件事，她本人有没有什么怀疑？"

比阿特丽斯回答说，她相信埃伦娜小姐没什么怀疑。她还认真承诺遵循他的嘱咐。

接着他便离开别墅，心里在梳理着刚了解到的那些情况，思考着修士事先发出的消息，以及此人与比安齐女士之死的关系。他不能排除关于两者有某种联系的猜想。而且，他现在想到，第一次有此想法，那个修士，即那个神秘的陌生人不是别人，正是申多尼，他已注意到此人近来比以往更常去他母亲住处。他的推测到了这一层，便不禁吓了一跳，为自己的怀疑而恐惧，接着又急忙加以否定，似乎这是一剂毒药，会永远破坏他安宁的毒药。但是，尽管他打消了此怀疑，但种种猜测又涌入心头。他竭力回忆着那陌生人的声音和身材，再把这些与自己母亲的那位听告解修士的情况进行比较。他想了想，认为两者嗓音有别，身高及体型亦有差异。然而，这番比较并不能消除他的怀疑：那陌生人可能是申多尼的代理人；此人至少是对他行动进行跟踪的密探,是败坏埃伦娜名声的人。从另一方面来看,即使真的两者并非同一人,看起来两者也均受他父母的指使。他既为有人采取狡猾手段对付他而义愤填膺,也迫不及待地想要与埃伦娜的造谣者面对面理论,遂决定采取决断措施去发现真相。办法是要么迫使申多尼向他吐露真情,要么寻出他的代理人,他设想,此人可能时断时续在帕罗奇城堡废墟住上一阵。

比阿特丽斯对他提到的修道院修女,他当然也考虑到了,但觉得她们似乎没有理由成为埃伦娜的敌人;相反,他了解她们多年来与厄蒂丽别墅主人们一直友好往来。老仆人谈到的绣花丝绸织品足以说明他们交往的性质,这种联系恰好更为充分地表明埃伦娜的财富状况,她此举只会增添他对她一直怀有的敬意。

比阿特丽斯谈到对女主人死因怀疑时所做的种种暗示,持续不断地涌入他的脑海。他总觉得事件似乎非同一般,简直像是极不可能,老人生为善,竟有人会对她这样感兴趣,非要置她于死地,不择手段去毒死她。那人采取如此可怕的行动,出于何种动机,仍然还说不清道不明。不错,长期以来她身体每况愈下。但是她的突然故去,她死前的一些异常状况及死后的一些现象,都迫使维瓦迪去怀疑她的死因。不过,他相信,在查看她尸体之后,他的怀疑定会烟消云散。比阿特丽斯已经答应,如他当晚再去厄蒂丽别墅,待埃伦娜就寝之后,她会带他去停尸间看看。在这非常时候,这么偷偷摸摸地去埃伦娜居住的地方,他感情上觉得很别扭,或者觉得压根儿就不该去,但是他有必要就比安齐死亡事件去请教他信得过的医学专家。他相信他很快会证明埃伦娜的清白,为她正名。权衡利弊之后他认为自己不必多虑。他要去厄蒂丽别墅,除了事关重大不得不行之外,还有一个原因就是他已向比阿特丽斯许诺,在她指定的时间准时与她相见。这样,他本欲去寻找那修士一事,又一次要搁上一搁了。

第四章

揭开那无法透视的神秘，

以免它使你和自己的灵魂纷争不停。

——神秘的母亲

维瓦迪回到那不勒斯家中便问侯爵夫人何在，他想就申多尼的情况问几个问题。他并不指望能得到明确的答复，但多多少少会有助于了解他正在寻求的真相。

侯爵夫人在自己的私房中。去了那里后，维瓦迪发现那位告解神父正好在场。"此人让我生气，就像是我的克星，"走进房门时他内心嘀咕，"不过，既然相见了，我定要在离开前搞清楚他到底是否值得我怀疑。"

申多尼全神贯注于交谈中，没有即刻注意到维瓦迪的到来。维瓦迪站了一会，有意审视着申多尼的颜面，好奇地细看他脸部深凹的线条能否说明点什么。他说话时目光是朝下的，面部表情专注，显得既严厉又狡诈。侯爵夫人正专注地倾听着，额头朝他倾斜，好像正在捕捉他极低的喃喃细语，她的脸部表情反映出她内心的不安和烦恼。很明显，这是一场密谈，不是告解。

维瓦迪上前一步。修士抬起眼睛，正好与维瓦迪的目光相撞，其脸部表情没有什么变化。申多尼起立，但并没告退，仅对维瓦迪带点傲气、略微点头的招呼表示回应,也不过稍有顿首的动作,显示其自尊而不卑下,表示出一种接近鄙视的坚定。

侯爵夫人见儿子到来略显局促,本来她的眉头因烦恼而紧锁,此时又因装严厉而沉下了脸。不过,此乃不由自主的感情流露,主观上她想笑一笑变化一下自己的表情。维瓦迪觉得母亲这样微笑还不如紧锁眉头。

申多尼静静地坐着,以一个见过世面的人那种满不在乎的样子,开始海阔天空地谈话。维瓦迪则较为矜持,话语不多,不知如何开始交谈方能导引到他渴望获得的情况,他母亲也没能替他解困。他的眼睛和耳朵虽不能帮他获取必要的情报,但至少有助于他做出种种猜测。当他听着申多尼说话那深沉的腔调时,他几乎能肯定,那位陌生的劝告者的声音与申多尼的不一样,尽管他同时也考虑到故意改变说话腔调或用假声说话并不难。看申多尼的身材更能说明问题,因为申多尼显得比那陌生人个子高些,虽然两人的气质不是没有相似之处。维瓦迪以前没见过申多尼的举止模样,心里又一次在想,同处一门的修道者难免会学一些共同的举手投足的动作。说到相似之处,至于面容,他不可能做出判断,因那陌生人每次用头巾盖得严严实实,他也从来未见其庐山真面目。

现在,申多尼的头巾是甩向后背的,两者不存在同样条件下头巾风格上的可比性。不过,他还记得前些日子与这位告解神父碰过面,当时神父正从母亲私房中出来,当他们在过道中相遇时他见到神父头巾遮脸,一副灰暗的严厉样子。这或许正是两人的共同特色,也几乎接近他想象中所勾画的那副可怕的样子。当然,这也可能是又一个假象所造成的,披着斗篷的头部均可能有这种特点。在阴影笼罩下模模糊糊的脸部看起来都可能显得严厉。维瓦迪仍做不出判断,尚处在迷惑不解中。然而,有一点似乎给了他一些启示,那就是,那位陌生人看上去具有修士的习惯,而如果维瓦迪的瞬间观察可信的话,那人同申多尼同属某个修道院派系。不过,如果他是申多尼本人或其代理人,那他在着装上就会注意,不会让自己暴露身份,他定会很注意隐蔽,这在他的举止中已充分得到证明。由此可推断,所谓修士的举止不过是一种伪装,是专门为误导别人的推测而设计的。至此,维瓦迪决定向申多尼提一些问题,同时可观察他脸部的表情变化。他注意到侯爵夫人房中柜子上的装饰品中有些古遗址的画,便借题说起帕罗奇城堡遗址的图画。"尊敬的神父,或许近来你去了帕罗奇城堡遗址。"维瓦迪补充说,同时投去灼人的一瞥。

"那是难得的一处古迹。"告解神父回答。"那拱廊,"维瓦迪接过话头说着,一只眼仍盯着申多尼,"那拱廊悬在两块巨石之间,一端上方是城堡的塔楼,另一端的山上松树及橡树茂密成荫,那效果真是好极了。不过,以此作画还需人物活动其间。例如说,要么有土匪出没在废墟中的怪异身形,好像随时准备着扑向过往行人,要么有一个托钵修士穿黑色袍服从拱廊阴暗处趁人不备蹿出来拦路,形同超人恶煞;两者有其一,此画便完美矣!"

在这一席交谈中申多尼的表情始终平淡无波。"你描绘的画面真完美,"他说,"我不得不羡慕你把修士与土匪相提并论的搭配能力。"

"请原谅,神父,"维瓦迪说,"我可没把二者等同起来。"

"哦! 不怪你,先生。"申多尼回答,微笑着,脸色有点苍白。

在交谈的后半段,如果说这还算是交谈的话,侯爵夫人跟着一个送信来的用人出去了一会儿,因而告解神父好像在等她回房,而维瓦迪则决心紧逼追问。"不过,帕罗奇若不是盗匪光顾之地,"他说,"至少那里有神仙出没,因为我差不多每次经过那地方都会碰上个别修道院中的人士,他总是那般来无踪去无影,让我几乎相信他是不折不扣的神仙！"

"黑色忏悔者修道院离此处不远。"告解神父说。

"那修道院中穿的服装与你修道院中的服装是相同的吗，神父？因为据我观察，我上面提到的那修士与你本人的服饰一样，还有，那人与你身材差不多，同你很像。"

"那倒是不太可能的，先生，"神父平静地回答，"不错，修道院中许多兄弟长相近似，但是黑色忏悔者修道院中的兄弟们穿的是粗麻布衣，还有长袍上印有骷髅头，你不可能不注意到。因此，你所见到的那人不可能是他们修道院的一员。"

"我并不那么认为，"维瓦迪说，"不过，管他是谁，我希望不久会与他多一些交往，把真实情况对他说说，一定要他不去造成他们的误解。"

"如果你有理由对他抱怨，你就申冤吧。"申多尼评论。

"仅限于我有申诉理由，神父？只有有抱怨的直接理由时，才可述说千真万确的真相？只有当我们受了伤害之后，我们才会变得真诚？"他相信自己现在已发现申多尼的真面目，因为他好像知道维瓦迪对那位陌生修士有抱怨的理由。

"你该注意到，神父，我没说自己受了伤害，"他接着说，"如果你知道我受了伤害，一定是从别的方面得知的，不可能从我的话中得知。我甚至根本没表达怨恨。"

"是你的声音和眼神表达出来的，先生，"申多尼干巴巴地说，"当一个人情绪激烈、心烦意乱时，我们通常会认为他感觉到怨恨，他有理由抱怨，真理或可能真实存在或仅出于臆想。因为我不了解你所指向的话题，我不能确定你抱怨的理由是真是假。"

"至于理由，我是清清楚楚的，"维瓦迪傲气十足地说，"如果我曾搞不明白，请你原谅，神父，我就不会请你做判断了。我受的伤害，天哪,是千真万确的!而现在我认为谁造成我的伤害也是肯定的。那位暗中的告诫者潜入一个家庭的心房去扰乱它的安宁——他是告密者,是清白灵魂的卑鄙侵犯者,其实这个人已暴露在我的面前了。"

维瓦迪说这话时有板有眼,毫不含糊,既庄重又尖锐,似乎直接锤击着申多尼的心脏;但是,他到底是良知发现或是傲气受惊,并没有显露出来。维瓦迪相信是击中了对方的良知。一股黑色的恶气迷漫在修士的脸上,此刻维瓦迪觉得看清了眼前这个人,他动了感情之后什么事都干得出,无恶不作,多么可憎!维瓦迪退后一步,离对方远一点,好像突然看到一条毒蛇挡道,再站住盯着他的脸看,全神贯注到无知无觉的地步。

申多尼立即回过神来,脸部表情从初时的紧张放松了许多,那凶神恶煞般的黑乎乎的脸色消失了。他还是带着严厉和高傲的神情开始说话:"先生,我虽然不明白你不满的原因所在,我不能理解你到底出于何故把你的憎恨对着我发泄。但是,先生,我不愿去猜想,我说我不想去猜想,"说着说着他的嗓音提得相当高了,"你竟胆敢给我安上种种骂名,是你刚才说的;但是——"

"我那些骂名是送给加害于我的人的,"维瓦迪打断了他的话,"你,神父,你最有资格告诉我,那些骂名是否适合你自己。"

"那我没什么可抱怨的,"申多尼轻巧地说,突然表现出来的一种平静使维瓦迪吃惊不小,"如果你把这些臭名安在那些给你造成伤害的人身上,且不说是什么样的伤害,我都是满意的。"

申多尼说话时表现出的爽气和自持,重又引发了维瓦迪的疑心;他想,一个人知道自己有罪,在正面攻击下能像这位神父那样显得平静和尊严,简直是不可能的。他开始自责,认为自己太过冲动,慢慢地感到吃惊,自己竟对申多尼这么个年纪较大的神职人员做出不当行为。申多尼刚才的脸色多变曾使他震惊,现在他倾向于认为那是嫉妒和傲慢造成的,他几乎忘了伴随申多尼的傲慢而存在的那种毕露的凶相,反而为自己得罪对方产生了歉意。因此,此时的他没有了多少怒气,反而产生了怜悯,并为自己错怪对方表示道歉。他匆匆冒犯了人家,现在又匆匆向人致歉。他为自己行为不当而内疚的这种率直若在一个大度的人面前表现,定会很容易获得原谅。申多尼只是听着他的话,喜形于色,心底里却满怀不屑。他把维瓦迪看作莽撞的大男孩,任凭一时冲动的感情支配自己。但是,尽管他憎恨自己人格中的邪恶一面,但他对人性中闪光的一面,包括善良、真诚、正义、宽容等,既不推崇也无好感。不错,申多尼只看到人性中邪恶的一面。

维瓦迪太大度了,他没能看出此时申多尼的沾沾自喜,仍对他存一分信任;维瓦迪太宽容了,对于申多尼的表面微笑内藏不屑和恶意,竟没有丝毫察觉。这位告解神父感到了自己的力量所在,同时觉得维瓦迪的性格已像一张地图展示在他眼前。他看到,或者说是脑中勾画出,行动计划的每一线条和细节,以及该计划的各种内含因素的关系。他也相信他能把这位年轻人的好品质调动起来与自身作战,甚至,当善意的微笑还留驻在年轻人脸上时,他就已预见到自己报仇雪恨的时刻定会到来。他的内心不由得产生愉悦之感,把刚才不痛快的时刻弃于九霄云外,任凭维瓦迪还天真地在为先前的失礼而内疚。

正当申多尼思考着如何对维瓦迪施恶,维瓦迪在想着如何为自己的冒犯做补偿时,侯爵夫人回房来了。她所见的情景是,维瓦迪脸色红润,眉头微皱,似乎刚才有过一阵激动,现在表情很真诚;申多尼满脸自得的神色,不时地看一下维瓦迪,眼睛半开半闭,显得不怀善意,或者说是在狡猾地竭力隐藏着极度的傲慢无礼。

侯爵夫人对儿子的表现感到不高兴,要他说说激动的原因。而他还在为自己对修士的言行内疚，既不能做说明，也不想此时留在母亲面前，便说了一句"听凭神父解释"之后就离开了房间。申多尼正好借机诉说维瓦迪的不是，并为自己请功。

维瓦迪离开后，申多尼装作不情愿的样子做了侯爵夫人所要求的解释，但是他非常小心，避免把维瓦迪的表现说得太好，相反，他对维瓦迪的侮辱性言行添油加醋，多加渲染，在夸大他言论中得罪人的部分之后，故意不提其后发生的坦诚和自责部分。所有这一切他都谈得十分机巧，他似乎指出了维瓦迪的错误，让人觉得情有可原，为年轻人的急躁脾气表示惋惜，还请求已怒火中烧的侯爵夫人多加原谅。

神父看到自己已明显激发母亲对儿子的不满意之后，又假惺惺地补充说："他还年轻，青春热血，容易冲动，判断难免冒失。此外，他对于我有幸获得您的友谊有点嫉妒。作为儿子，对于像您这样的母亲给予别人的关注产生一点妒忌心，最自然不过了。"

"神父，你真是太好了。"侯爵夫人说。随着申多尼谈话中巧妙地表示出来的忠诚和温顺，她对自己儿子的怨恨之意不断增强。

"不错，我经历了，"神父接下去说，"我同你们家庭的密切关系所带来的种种不便，我应该说，感觉到了在你们家所承担的义务给我带来的种种不便；但是，我心甘情愿这么做，与此同时，我知道我出的主意可能会保护你们家名誉不受损，也还有可能使那位不知体谅的年轻人今后不至于陷入惨痛和徒劳的懊悔中。"

这场谈话起于怨恨却释放出暖暖的同情，侯爵夫人和申多尼两人双双真诚地忘却了种种被扭曲了的动机，他们彼此影响着，也忘却了他们追逐同一坏目的而制造的令人恶心的丑行，几乎总是在替同盟者考虑。侯爵夫人在赞赏申多尼时忘了他的观点及她的许诺，他供的可是有俸圣职！而与此同时，神父则利用她对儿子境况的焦虑，去获取实实在在的物质利益，根本不去考虑她本人的尊严。两人相互说了一阵好话之后，便就有关维瓦迪的事进行了长时间的磋商，并达成了一致意见，对他们所谓拯救维瓦迪的共同努力，今后不再局限于抱怨了。

第五章

有那么六七条汉子

即使在黑暗中

还是要蒙住他们的面孔

——莎士比亚

　　埃伦娜就这样突然失去了作为她唯一亲人和毕生朋友的姨妈,感到自己在这世上似乎已孤苦伶仃了。这种感受并非在遭受打击后的最初时刻出现。最初,她还没想到自身的孤立处境,占据她内心的是对比安齐的挚爱、惋惜和不可抑制的悲痛。

　　比安齐的遗体要被埋葬在圣皮埃塔修道院的教堂墓地。遗体按乡间习俗着装,饰以鲜花,用无盖棺材架运往安葬地,护送者仅限神职人员和火炬手。但埃伦娜不忍就这样轻易告别她最挚爱的朋友的遗体,在不允许她随尸体前往墓地的情况下,只能退而求其次,前往修道院参加葬礼。因处于极度悲痛中,她不能加入修女们的合唱,但是她们神圣庄严的交响曲是对她精神的一大安慰。在听曲的较长时间中她一直在落泪,从而一定程度上减轻了痛苦。

　　仪式完毕之后,埃伦娜退到修道院女院长的客厅,女院长说了许多安慰的话,同时尽量劝说她现在就把修道院当作精神调养所。就她的痛苦而言其实不需要多少劝导,到修道院隐居一段时间本来就是她的愿望,有这么一处庇护所不仅符合她目前的处境,还同她此时的精神状态特别相适应。与在非宗教机构或地方生活相比,她相信自己能更快地顺势而居,重获平静。因此,在与女院长告别前,双方达成一致意见:她将作为女居士入住该院。接着,她下了决心,准备回厄蒂丽别墅一趟,主要是把她自己的意向告诉维瓦迪。在他们的接触过程中,她的爱恋和仰慕与日俱增,并积蓄了足够力度,她要把自己毕生的祸福寄托在此种关系上。她姨妈对这一选择做了批准——特别是死前那个晚上她恳求着把埃伦娜托付给维瓦迪。到此刻她心底仍觉得他可亲可爱——并赋予了这一联姻一种神圣感,使她确认他是她的监护者和活在世上的唯一保护人。她对业已逝去的姨妈越是怀念,就越是情意绵绵地想念他。她对他的爱情和对姨妈的怀念是紧密相连的,两种感情似乎相互促进并加强着。

葬礼过后,他们相会在厄蒂丽别墅。对于她准备去修道院隐居一段时间,他既不感到吃惊也不反对,因为在这段悲痛的日子里,她家中已没有了监护人(像她这样脆弱的人需要有人监护),她去神圣处所隐居是合适的。他只要求允许他去修道院客厅与她见面,并要求在过了一段禁忌时间之后允许他和她如比安齐所交代的那样走进婚姻殿堂。

他并非毫无怨言地接受这一安排,他屈从了,不是没一点烦恼,但是埃伦娜说了那家女修道院院长的许多好话,使他做出了自己的判断,硬把内心的嘀咕压了下去。

其间,那个藏头掩面的折磨者,那修士留给他的深刻印象,尤其修士对比安齐的死的预言,一直重压在他的心头。现在他又一次想去搞清楚,如果可能,那位有先见之明的不速之客的真实面目,以及此人到底出于什么动机要跟踪他,打乱他的安宁。伴随那修士——如果他真是个修士——的跟踪而出现的情况让他不寒而栗。他的来去无踪，他的准确预言特别是他那最后一次警告的严肃性及与实际的吻合性，他那给人带来痛苦的疑惑和好奇所激发的想象力，都远远超出了常人的猜测能力，也不是一般的人力代理机构所能完成的。维瓦迪的理解力很强，思路足够清晰，能辨别出流行在周围的许多错误的说法，他也不相信当地的普通迷信观点。按他平常的心智状态，他或许应在这个命题上一刻不停地思考下去，但是他的激情已激发，幻觉已形成，虽还不清楚已到了何种程度，但他或多或少应从自己的出身门第上去寻找失望的原因。他本应直面的事实是，他已飞翔到可怕的充满光环的高处，那是一处布满阴影的世界，突然从那里掉落到自己每天在步行的地球上。这一降落本应使他得到十分自然的一种解释。

他计划半夜再去造访帕罗奇城堡，不是去等着见那陌生人的出现，而是打着火炬去搜索废墟的每个角落，至少要去搞清楚，除了他本人还有无别的人光顾这地方。至今拖延他采取行动的主要困难是找一个他信赖的人陪他一起搜索，他上一次的冒险已让他明白，千万不能一个人再去。博纳莫先生决绝地，或许也是明智地表示，他不会再参与此类行动；而维瓦迪又没有别的同类朋友，要另找个人向他解释前因后果并征得对方同意实属不易，于是他最后决定带自己的随从仆人波罗前去。在埃伦娜动身去住修道院的前一天晚上，维瓦迪去厄蒂丽别墅与她道别。交谈中他的精神比平常要消沉许多；虽然他知道这次她的隐居时间不长，他也有信心认定她会继续爱他，或者可以说她把他看作自己所爱之人，但维瓦迪总感到这次分别犹如生离死别。上千种模糊不清、恐怖可怕的猜想一齐袭击着他，这种感觉是此前从未有过的。举个例子来说——看上去也是可能的——修女会以种种巧妙手段把她争取过去，让她离开尘世，为修道院生活牺牲一辈子。以她此时的悲伤心情，这种结果不只是一般的可能，而埃伦娜在现在分别时说给他听的宽慰的话虽比往常更少保留,却并不能使他真正放心。"从这些预示性的担忧来看,"他颇不明智地说,"埃伦娜,看样子我好像要与你永别了,我的心头压着沉重的东西甩不掉。不过,我同意你到修道院隐居一段时间,认同你走这一步有其合理性;我也应该知道你不久便会回来。我将在较短时间内从修道院的禁区里把你接出来做我的妻子,永不许你再离开我,决不让你脱离我的即时关爱和呵护。对这一切,我应该放心,但是我担心的应该是万一会发生什么事,而不是平常相信极有可能发生的事。

"那就是说,我仍有可能失去你。你将永远成为我的爱人这件事只不过概率较大? 有鉴于此,我是多么勉强才同意你的隐居呀! 为什么我没有促你立即献身于那牢不可破、人类力量无法摧毁的联盟? 我怎能把毕生的平安托付给一种可能性呀,而且我确实曾有力量去实现心的和平! 或许,我现在仍有这种力量。哦,埃伦娜! 让习俗的严厉让位给我的幸福的安全吧! 如果你真去了圣皮埃塔修道院,就去朝拜一下,立即返回!"

维瓦迪一口气说出了这一席话,不留空隙给埃伦娜插嘴。待他结束争论后,她温和地表示不满,说他怀疑她对他的不变爱心,并努力去抚平他在不幸中产生的忧心忡忡,但是她表示不接受他的请求,解释说不仅现在的精神状态需要她隐居一段时间,而且对姨妈的怀念要求她这样做。她还进一步严肃地说,如果他对她的永恒的爱表示怀疑,况且现在分离时间又不长,他如果对她的誓言不完全相信,那他选择她做终身伴侣就不够明智了。

维瓦迪为自己刚才表现出来的软弱而感到羞愧,请求她的原谅,尽力去排解因激动而流露出来的非理智的担忧,尽管如此他仍然得不到平静,也还缺乏信心。埃伦娜也同样没能得到平静和信心,尽管她的行为得到情感上正义力量的支持和鼓励,完全摆脱了从这次见面一开始就存在的精神上的压力。他们洒着热泪分手了。维瓦迪在最终离开之际频频回首,寻求埃伦娜的许诺或者得到她的一些解释,直到她强颜欢笑地说,这本来不过是几天的分别,搞得倒像是要永别似的;这话反过来又让维瓦迪再次产生惊恐,又为他拖延离别时间提供了借口。终于,他强忍着与女友分手,离开厄蒂丽别墅。因为离他去帕罗奇做早就计划好的事为时尚早,他便先回那不勒斯去。

与此同时,埃伦娜为了驱散忧郁情绪而极力找事做,忙着为次日离家做着各种准备,一直忙到深更半夜。一想到快要离开这个从童年起就几乎每天生活的这个家——哪怕仅是不长的一段时间——她的心里便不由得生出一股忧郁。可以说家中每一个熟悉的场景都还留着已故姨妈的影子,她正在与她业已消失的各种欢乐的痕迹道别,与往昔的美好记忆及现时的种种安慰作别。她感到自己像是要进入一个新的、没有家园的世界。随着离家时间越来越近,她对这个地方的感情愈来愈浓;好像在她真要离开的那一刻,厄蒂丽别墅便成了她的最爱了。

在喜欢的几个房间中她逗留的时间比较长一些,而在比安齐女士死亡前那个晚上她用餐的那个房间中,她有许多柔美而又悲伤的回忆。要不是窗外树枝突然发出的沙沙声吸引了她的注意,她还会在那里继续回忆下去;她循着声音抬眼往外看,感到有人在前面快速跑过。如同往常,那格子窗是开着的,好让从下方海湾来的海风吹进房间。此刻她惊慌地跑去关窗,窗尚未完全关上就听到稍远处走廊上有人打门,再紧接着便传来了客厅中用人比阿特丽斯的惊叫声。

埃伦娜在大吃了一惊之后,仍有勇气前去帮助老管家一把。在步入通往客厅的走廊时,她看到三个穿披风的蒙面人正从走廊的另一头走过。她立刻转身逃走,他们追着来到她刚才离开的房间。她一时接不上气,也没有了胆量,但她还是挣扎着站稳身子,平静而有力地问他们想要干什么。对方不回答,用面纱蒙住她的脸,捉住她的手臂,带着她朝门廊走去。她没有反抗,只是祈求着。

在客厅中埃伦娜看到比阿特丽斯被绑在柱子上,另有一个蒙面歹徒看着她、威胁她,不用话语,只用手势。埃伦娜尖声大叫,好像是要把几乎没有生命气息的比阿特丽斯唤醒过来,她为自己恳求着也为她的老仆恳求着。但一切哀求都成了徒劳之举,埃伦娜终被架出房屋拖入花园。她现在丧失了一切知觉。待她恢复知觉后发现自己置身在一驾马车中,马车在以极快的速度行驶,她的一双手臂被人紧紧抓住。此时,她的记忆完全恢复了,她相信正是这几个人把她从别墅里捉住并带到车上。外面一团漆黑,她看不清这些人的面目,而对她的所有问题和恳求他们一言不发,概不作答。

整夜,马车快速前行,只在换马时短暂停顿。其时,埃伦娜故意大喊大叫,想吸引驿站里人们的同情,但她的喊叫不被注意,因为马车是遮掩着的。驾车人无疑已引发周围众人的怀疑。他们对她的不幸无动于衷,但他们很快便使她不再有机会呼喊了。

在最初数小时中,埃伦娜心头为一阵阵恐惧和惊诧所左右,但在这种情绪慢慢消退的过程中,神智逐渐清晰,于是,惧怕中夹杂着悲伤和失望。她看到自己已被迫与维瓦迪分开,或许再也不能相见了,因为她明白现在控制她行程的那只强有力但看不见的手再也不会松开,会一直把她送到她所爱的人无法到达的地方。每隔一段时间她便相信自己再也见不到他了,此念头强得压倒一切,让别的考虑和情绪全都消失。在这种时候,她对于此行的目的地已没有了焦虑,对于自身安全也不再担忧。

白天来临之后,气温高了起来,马车的板窗放下一点,让凉风吹进一些,于是埃伦娜看清了之前在厄蒂丽别墅里出现过的三人中只有两人在马车中,他们仍然穿着披风戴着面罩,不露真容。她无法判定他们现在旅行的乡间到底是何方土地，因为透过打开的车窗上部能看见的只有山巅，或者有时候能看见一些纹脉清晰的陡壁和杂乱的树丛，所有这些物体好像都紧挨着悬挂在道路上方。

她凭着酷热判断已时近中午，马车在一个驿站停了下来，车窗再往下推一些，以便让人从窗外递进冰水来。她感到自己已置身在较为荒野的孤立小平原上，周围全是山岳和林木。驿站门边的那些人似乎"不习惯怜悯别人或被别人怜悯"。那些迫于贫穷而面黄肌瘦的人，有着憔悴的面容和直愣愣的眼睛，布满皱纹的面颊显示出习惯性的不满神情。他们仅以一点儿好奇心打量着埃伦娜，如果他们的心尚未被自己的苦难腐蚀透的话，本应该被她的痛苦神情所打动，而伴着她坐在马车中的那两个戴面具的伙伴本也应该激起他们更加强烈的注意。

埃伦娜接过递给她的冷饮，这是她上路之后用的第一杯饮料。她的同伴用完饮料后又把窗子关上，不顾中午几乎难以忍受的酷热，马车又夺路前行。埃伦娜闷热得快要晕过去，便恳求把窗打开，那两个男人把窗往下推了一些，倒不是同意她的请求，而是他们自己也有这种需要。她能看得见山区一片片高地，但没有任何标的能让她猜得出自己所在的位置。她看到了众多兀立的岩石和大片颜色各异的大理石悬崖，以及一些零零落落的植被，例如那长不高的海松、小个子橡树和冬青，给多彩的陡壁添上一分暗黑色调。有时候这些树丛连接着延伸到深谷中，歪歪斜斜看不到尽头，似乎故意引发人们去那远处探景的好奇心。

稍低处，那大块大块陡壁下面是光线幽暗的橄榄树林，再往下还有岩石向下延伸到平原边缘，岩层中会有爬着藤蔓的平台，平台上会积一层土壤，任凭桧柏、石榴和夹竹桃生长。

埃伦娜长时间被封闭在黑暗中，一直在思考自己担惊受怕的处境,现在能又一次看到自然景观,暂时感到一阵宽慰。慢慢地,她精神恢复了,四周壮丽的景色让她的兴致提高不少,心里想着:"如果我命中注定要受苦受难,若能置身在这种美景中,定会比生活在平淡无奇的环境中活得更坚强。在这里,自然景物似乎能在你的灵魂中注入大自然的力量和大自然的壮丽。我们漫步在大自然最壮观的作品中间,如同生活在上帝的身边,几乎不可能屈服于人生不幸所带来的压力。"

但是不久她头脑中又出现了维瓦迪的形象,她不由得掉下泪珠;不过这种软弱表现时间不长,在剩余的全部旅途中,她都心平神定,坚强不屈。直到炎热消退日薄西山时,马车驶进了一条多岩的山中狭径。从这里向前看景,好像拿望远镜倒过来看,只见远处平原阡陌相连,远山赫然开朗,在夕阳余晖照耀下呈现大片斑斓紫色。一条河流沿着这条长长的幽谷奔腾向前,跃过山间陡壁,积蓄着澎湃的力量,在岩石间跳跃前冲,泡沫四溅。过一会儿,河水流到另外的巨石上方,在俯冲跌落之前形成较为平静的水潭,然后它又从高处掉下去落到深渊中,声如雷鸣,把大片水珠洒向空中,云缭雾绕,使这地方变成了水的王国。两山之间的空隙全都成了河床,那是不知多少年前地震时形成的,河边连一条步行小道都没有。因而,现在的路是悬崖凿出来的,高悬于河面上方,好像悬在半空中。头上和脚下都是黑压压的巨石,加上瀑布急流的奔腾轰鸣,人行走在这个关隘中,心里的恐惧是笔墨和语言无法描述的。

埃伦娜沿着小道往前走,心平气和,不慌不忙。朝下看着势不可挡的大水,她感到的是夹杂着一点惊悚的快意,但这种情绪很快便转变为恐惧,因为她必须跨过一座窄桥。此桥高高悬于深渊之上,夹在相对的两座陡壁之间,整条河流形成的大瀑布就在下面飞挂而下。此桥像架在云间,仅靠一方纤细护栏给行人壮胆。埃伦娜在过桥这段时间里忘却了个人的不幸。到了峡谷的另一边，沿路在巨岩与石壁间下山走约一英里，前方便是开阔地带，一片平原，再往前望，见到的是远山——一幅阳光下的风景画，恰好与身后的幽暗小道形成鲜明对比。这一过渡好像是从死亡之谷通往幸福的永恒之地。不过，埃伦娜只是脑中闪过这一想法，没多久她就看到了一家修道院的尖塔和平台，知道自己此次行程的目的地到了。该修道院就建在一座大山的陡壁上，可以说这地方是一个形状可怕的峡谷张开的嘴巴，也是包围片片平原的巨大链条中高高在上的一个环。

她的旅伴在山脚下了车，叫她也下车，因为上山的道路，坡陡而且高低不平，车是上不去的。埃伦娜顺从地跟着走，有点像羔羊上祭台。小道在岩石间曲曲弯弯向上延伸，在树丛遮掩下凉爽宜人。这里树木种类繁多，有扁桃树、无花果树、阔叶樱桃和四季常青的玫瑰丛；间杂着的还有开漂亮花朵结好看果实的草莓树、白色的素馨、悦目的金合欢及别的许多芳香植物。花廊之间常留有空隙，行人向下可看到阳光照耀下的乡间，有些地方有大片空间，行人向上可看到白雪封顶的阿勃鲁佐山脉。要是你心情宁静，每走一步都可以见到赏心悦目的景物。

例如，种类繁多的美丽大理石就是采自上方的峭壁，其断层上茂密地长着花草苔藓，鲜艳动人，如彩虹般色彩缤纷。还有，那一簇簇的灌木发出香气，那些在头顶上方摇曳的棕榈树的优美姿态原本能吸引路人的每一双眼睛，可眼下不包括埃伦娜，因为她心事重重；也不包括她的两位同伴，因为他们的心是麻木的。走着走着，她不时地能在树木间隙中看到建筑群的部分特色：以尖塔高耸为标志的主教堂的高而宽的窗户，修道院回廊的窄而尖的屋顶，把花园与下面陡壁分隔开的不可逾越的围墙形成的特殊角度，通往主院的黑压压的入口。在伞盖般的枝叶茂密的柏树和雪松遮掩下行走，能相继看到上述这一切,但对不幸的埃伦娜来说,这些景物似乎暗示着她未来的苦难折磨。她从半掩在灌木丛和悬崖间的多个神龛和雕像旁走过。当她走近修道院时,她的同伴在路边一处小教堂前停下脚步,取出一些文件给人看,那神秘的样子让她不由吃了一惊,看着他们站到一旁去与人交流有关她本人的情况。他们说话声音很低,她听不清一句话,要是能听清他们的谈话,或许她就能够猜出他们的身份;他们一路上都保持沉默,现在终于开口了,这使她好奇心大增。

两个旅伴中一人即刻离开小教堂,独自去了修道院,留下一人看管埃伦娜。她趁机做最后一次希望不大的努力,去引发他的怜悯之心,而他对她的一切求助均用手一挥了之,并把头转向一边不看她。对于邪恶,她既不能避开,也不能征服,她只能努力以坚定去面对,以耐心去忍受。她待着的等候歹徒返回的地方是个景致云集的去处,不适宜一个人在此发呆,除非他心情忧郁而想象力特别丰富。从这里往下望去,可见到宽广的平原,此前,途中她只看到其中的小部分;大平原的外围是脉脉相连的高山,平原躺在山脚下,高山就像不可逾越的城墙围着平原,两者相加就构成了一幅优美的田园风景。山顶高耸入云,奇形怪状,一齐往黑乎乎的天空挤,像火焰升空顶部逐渐变窄,显现出来的形象独特而多姿,在这临近黄昏时看上去其较小线条逐渐隐退,山体正在熔铸成大实体,那难以名状的色彩,影影绰绰,慢慢混成一体,给观看者以无比力量和巍峨的感觉。此刻大地在休息,万籁俱寂,给人以更深刻的印象;埃伦娜坐着等候,思绪万千,忽然间从上方大教堂中传来修士做晚祷的悦耳声响,那音乐冲破寂静来到她耳畔,与她的情绪正好吻合;庄严、低沉、圆顺,那音乐一会儿高昂神圣,一会儿消声远去,如喃喃低语飘向远方,溶入夜空中。埃伦娜的心与音乐的感染力融为一体。从她听到大合唱中修女们甜美嗓音的那一刻起,她就想象着她们应该不会对她的苦难无动于衷,她应该能从她们那里得到犹如甜美乐曲般的温柔的同情和安慰。

　　她在小教堂前面的山坡草皮上休息了近半个小时，透过暮色看到有两个修士从院中出来，朝着她坐的地方走来。当他们走近时，她看清了他们穿着灰色袍服，披着兜帽，剃着光头，仅头顶中央留着几缕白发，加上其他标识能分辨出他们属于某一特别院派。在到达小教堂时，他们先与押送埃伦娜的那个人打招呼，借几步说话，此时她第一次听到伴了她一整天的押送者的声音，虽然他轻声说话听不清楚，但那人说话极富特点，容易识别。押送她的另一个歹徒并未出现，显然这两个托钵修士是听了他的报告后被差遣下来的。有时候当她看着两人中个子稍高的那人时，觉得此人似曾相识，越看越像她注意过的一个人。

　　那形象，不论身高或体态，还是那瘦削模样，都是袍服包裹不了的，其狰狞面目仍凸现无遗。如果面相也可信赖的话，这个托钵僧一定怀藏着一颗歹心，他那敏锐而狡诈的眼神好像总在习惯性地捕捉猎物。另一托钵僧的面目或态势都没有特别之处。

　　两人私下谈了好长时间后走近埃伦娜，让她跟他们去修道院里面；押送她的人把她交出后立即离开，朝山下走去。

　　这一行人沿陡坡朝山上建筑物走去时，谁也没说一句话。修道院的大门是由一个俗徒把守的。埃伦娜迈进了宽敞的院子。院内三个方向都是高耸的建筑物，各自均有整齐有序的回廊；只有一个方向是敞开着的，通向一座花园，松柏掩映，一排排连着大教堂，教堂装着纹花玻璃窗和美观的尖塔，这样便挡住了视线。左方是多座花园，它们的边上还有一些别的大型或独立的建筑物；右方地面上广植橄榄树，还有葡萄园，它们一直延伸到悬崖陡壁，形成了这处修道院辖区的天然屏障。

　　带着她走的托钵修士横跨院子来到北厢房，按了铃，一位修女前来开门,埃伦娜便被移交给她带进去。交接时两人用会意的眼神沟通,没有说话,然后托钵修士离去,修女仍沉默着引导她穿过多条空荡荡的过道,连远处也没有脚步声。所到之处墙壁上画满各种粗糙的迷信题材的画,想来是要给人一种敬畏的感觉,同这地方的功能颇为相配。埃伦娜看到这些表达此处主人情趣的象征物,想得到怜悯的希望便消失了,而这位修女的面相洋溢着一种忧郁的恶意,像是要随时把自己的不幸分一部分给别人似的。她身着白色带饰品的打褶衣裙,无声地迈步前行,滑过这些肃穆的过道,手中带着一支点燃的细长蜡烛,部分烛光映照到她空无表情的脸上,阴森森的,看上去像是刚从坟墓中爬出来的游魂,不像个活人。走完这些过道来到女院长的客厅,修女停步,转身对埃伦娜说:"现在是晚祷时间,你就在这里等候修道院的女院长从教堂回来,她会有话和你说。"

"这里供奉的是什么圣人?"埃伦娜问,"还有,谁是这里的院长?"

修女没有回答,仅用眼角瞟了下这个没精打采的陌生人,便不理不睬地离开了房间。埃伦娜独自留着想心事,没过多久女院长便回来了。这是一位讲究仪态、自认说话算数的女人,已准备好以严厉和居高临下的挑剔态度接待来者。女院长出身名门,相信各种罪孽中除了亵渎圣贤之外,第二大不可饶恕的罪过便是触犯名门望族。因而,当知道埃伦娜这么个出身低贱的年轻女人暗地里想嫁给出身贵族的维瓦迪时,她对埃伦娜的态度除了鄙视还有愤慨。她除了立即赞同惩处冒犯者,还要同时采取别的措施维护被冒犯的古老家族的尊严。这一切也便不足为奇了。

"我知道,"女院长开口说,埃伦娜惊慌中见她到来便先站立起来,"我知道你是从那不勒斯来的年轻女人。"说话间她没有示意对方坐下。

"我叫埃伦娜·罗萨尔巴。"听话人应声,并略微恢复了一点勇气,不像原先那样显得没精打采。

"我不管你姓甚名谁,"女院长回答她,"我只知道你被送到这里来,是想让你知道你是什么人和该做什么事。在你完成任务的期限内由我来管束你,我会小心地行使这颇为麻烦的使命,对于一个贵族家庭托付给我的这桩事,我定会尽力为之。"

听女院长说了这些话后,埃伦娜即刻明白了她所遭遇的这场非同寻常的闹剧的始作俑者及其动机,随之突然涌上心头的阵阵恐慌一时之间完全压倒了她,她只能站着,动弹不得,开不了口。害怕、羞辱、义愤轮番向她袭来。还有,遭人怀疑,被指控有意扰乱别人家庭的宁静,想与压根儿瞧不起她的家族联姻,这一切刺痛了她的荣誉感,重重地叩击着她的心脏。过了好一会儿她才重新恢复自尊,强化了耐心。她诘问是谁的旨意把她从家中劫持到这里,又是凭何种权威把她当罪犯一般拘留。

女院长从未碰到过敢于抗拒她权力或顶撞她言语的人,气愤得一时回不上话。埃伦娜注意到对方积聚起来的风暴即将降落到自己的头上,不过此时她已不再沮丧,她对自己说:"我才是唯一受伤害的人,而有罪的压迫者反倒胜利了,无辜的受难人却陷入本应专属于对方的屈辱中!我决不低头,软弱是可悲的。我深知应不卑不亢,要安神定心,要使自己能从他们的所作所为去估计压迫者的人格特征,这样我也就有可能去蔑视他们的强大。"

"我必须提醒你,"女院长终于开口了,"你提的问题与你现在的处境不配;追悔和谦逊才是最好的减轻错误的办法。你可以走了。"

"一点不错,"埃伦娜回答,对女院长威严地鞠了一躬,"我很乐意让迫害我的人去这样做。"

埃伦娜克制着没有再提问或抗议,她感觉到,责问不仅没用,还会降低自己的身价。她立即听从女院长的吩咐,知道自己必定要受苦也就铁了心去经受苦难,如果可能,还要表现出坚强和自尊。

她由领她进来的修女带着离开客厅,经过修女们从小教堂做完晚祷回来正在用餐的食堂,看见她们用探寻的目光打量她,一个个脸上挂着笑容,相互窃窃私语。所有这些使埃伦娜明白,她不仅成了好奇的目标,还是怀疑的对象,她别想得到一点儿的同情心;她们刚做完一个小时的祈祷,心灵并没有得到净化,仍然怀着恶意的嫉妒,她们现在正在幸灾乐祸。

埃伦娜被带进一个小房间,让她满意的是她独自一人居住,不过这地方与其叫作卧室还不如称为牢房。同修女们的房间一样,房内只有一个小窗、一张床垫、一把椅子和一张桌子,另外便只有耶稣受难像和一本祈祷书。在审视自己阴郁的居住环境时,她强压住一声叹息,但是压不住回忆对自己的影响。看到这变化了的生存状况,她百感交集,不能不想念起远方的维瓦迪,或许他根本不知道她到何方去了,想到这里她便忍不住掉泪了。但是她擦干了眼泪,此时闯入她脑海的是侯爵夫人,于是现在她不再悲伤,而是涌起了其他的情绪。

她现在的处境应归咎于侯爵家族,而且从现在的情况来看,维瓦迪的家人对于维瓦迪与她联姻不仅仅不乐意,而且完完全全持反对态度,这同比安齐女士的说法刚好相反。比安齐曾认为,或许从他们广为人知的性格猜测,他们可能不会同意这桩婚姻,但尽管高傲会使他们为此不高兴,他们迟早会在事实面前妥协。眼下,她发现那个家庭的全盘拒绝态度,唤醒了她应有的自尊心。以前受姨妈不明智的判断及自己对维瓦迪的爱恋的影响,她的这份自尊自重之心麻木了,现在醒悟之后她感到加倍的烦恼和悔恨,自己怎会不明不白答应了呢!幻想中嫁入那么高的贵族门第的荣耀感消失了,当时只从有利条件去想;现在埃伦娜头脑清醒,要做出自己的判断了,她更多地考虑到勤劳是自己的谋生手段,便多了点自傲和自爱:迄今为止她一直靠勤劳而独立,而不靠别人勉强赐予荣耀的生活。本来支撑着她在女院长面前感到自己清白无辜的认识开始动摇。"她的指控有一部分道理!"埃伦娜对自己说,"而且我应该受惩罚,因为我竟会自贱到想得到那样的联姻,虽说为时不长,但明知道他们是心不甘情不愿的。不过,重振自立精神,永远放弃维瓦迪,追回自尊也还为时不晚。放弃他!放弃爱我的维瓦迪,让他去经受折磨!为他,我一想到他就会忍不住掉泪——为他,我曾发过誓许过诺——为他,我愿全心全意奉献自己——正是他,使我最亲的朋友临终前把我托付给他!哦!多么两难的抉择!我再也无法公正取舍了,要付出我未来全部的幸福作为代价!公正!要我放弃愿为我献出一切的人,这还叫公正?——放弃他,由他去不停地经受伤悲,难道只有这样他家的偏见才得以满足?"

可怜的埃伦娜感觉到她不能做到在听从正义的自尊指引时不遭到发自内心的反对,这是她以前从未经历过的。她已爱得很深,对维瓦迪的爱情不允许她坚定地采取行动,如勉强为之则会带来长期痛苦。一方面,她一想到放弃维瓦迪就非常悲伤,简直停下来多想一会儿都难以忍受;另一方面,当她一想到他的家庭,就觉得自己永远不可能成为侯爵家庭中的一员。她本想责怪比安齐女士的错误判断,因为姨妈的极力劝说诱导造成了她现在的两难处境,但她对自己姨妈深怀好感,不忍推诿于她。现在她所能做的便只有耐心地去忍受眼前的各种邪恶,因为她无法战胜它们;若以自由为代价放弃维瓦迪,假如真有人向她提出只要她放弃维瓦迪便可把她放走,得到自由,这样的条件在思绪纷繁的她现在看来也几乎同样不切实际。但是,她接着又想到,永远搞不清自己现在的住地这种可能性是存在的,又不由产生阵阵剧痛,不过她感到失去维瓦迪的痛远甚于接受他的痛;她意识到爱情毕竟是蕴藏于她心中的最强有力的感情。

第六章

接着钟敲响，一点整！

——莎士比亚

其间，维瓦迪根本不知道厄蒂丽别墅已经发生的一切，他在仆人波罗的陪同下，正按原计划准备去一趟帕罗奇。他们离开那不勒斯时夜已深，为了不让人发现，尽管波罗带着火炬，维瓦迪也先不让他点燃，他们在拱廊内待了一些时间，自以为明智地藏在暗中观望着，看看那位不知姓名的警告者是否在附近。然后，他们点燃火炬去察看城堡。

他的仆人波罗是拿破仑式的勇士，精明干练，好追根问底，善旁敲侧击，还有谋划创造精神。他富有不错的幽默感，主要不在言辞上表现，更多地以行为方式、脸部表情、眼睛转动及肢体手势的巧妙变换来表现，因而波罗深为主人赏识；维瓦迪本人虽不以幽默自娱，但对他人的幽默却极为欣赏。波罗因为确实具有机智幽默等表现能力，一直以来颇得主人好感，主仆两人谈话时仆人可以畅所欲言，有话直说。现在，他们一起朝帕罗奇走，一路上维瓦迪向波罗介绍了他此前在那地方冒险经历的大概情况，他认为这样对引发波罗的好奇心和提高波罗的警惕性很有必要。其讲述结果是两个目的都达到了。然而，波罗天性勇敢，对各种迷信不以为然；他很快就感到主人把自己在帕罗奇的不同寻常的遭遇归于超自然的原因，便以自己独有的方式让主人振作起来。但维瓦迪没有心情听仆人调侃，他心情极为沉重，在心理重压之下他不情愿但又不得不抱着敬畏的态度。近期他隔三岔五地认定确有魔幻力量存在，束缚着他发挥主观能动性。因此，他差不多不去考虑如何防范他人的侵犯，而他的仆人则单枪匹马地准备应对他人的侵害，这对于黑夜中去帕罗奇的人来说是必要的。维瓦迪注意到，他们只有摸黑才可能寻找那修士，若他们举着火炬为自己照明，则同时也在为他人照明；他有充足理由认为，先要守候才可搜寻。过了一段时间之后，他补充说，火炬可置于不远处一家农舍，波罗表示反对，理由是与此同时他们等候的那人可能逃走，维瓦迪只好妥协。最后两人商定，点燃火炬，把它置于陡壁间离大路不远的一个凹处远远照着，他们冒充哨兵守候在暗中。那地方就在维瓦迪上次与博纳莫一起守候的地方附近，离拱廊也不远。但在此时，远处修道院传来的钟声让维瓦迪意识到时已半夜，这钟声也让他回想起申多尼说过的话，离帕罗奇不远有一处黑色悔罪者修道院。于是他便问波罗这钟声是否来自那个修道院，波罗给了肯定回答，并说曾有一次非同寻常的状况，让他记住了圣皮埃塔修道院，或者说"眼泪女神"修道院。"这个地方，先生，会使你感兴趣的，"波罗说，"有一些奇奇怪怪的故事讲的就是这家修道院，我倾向于认为那个不知姓名的修士肯定属于那个教派，他的行为那样奇怪。"

"那你就以为我愿意相信这些怪异故事？"维瓦迪微笑着说，"但是，关于这家修道院，你听到些什么？轻声点说，要不然我们会被人发现的。"

"唉，先生，这故事知道的人不多，"波罗轻声说，"我差不多承诺不把它传出去。"

"如果你发过誓保密，"维瓦迪插话，"那我就不让你讲这奇异故事了,虽然这故事大到快要让你的大脑容纳不下了。"

"这故事像是自我膨胀到您的大脑中了,先生,"波罗说,"好在我并没有真正发誓保密,我很乐意现在把它说给您听。"

"那么你就说吧,"维瓦迪说,"我再次提醒你,轻点声。"

"是,先生.那么您一定知道,先生,故事发生在圣马可节前夜,距今六年了,从——"

"别响!"维瓦迪说。他们停止了说话,一切静悄悄。过了一会儿波罗试着说话,声音比先前更低。"在圣马可节前夜,当钟声敲响最后一下时,有个人——"他又一次停了下来,因为一阵窸窸窣窣声传到了他耳边。

"你们又晚了一步。"维瓦迪身边有了说话声。他立即辨听出是那个修士的高昂嗓门——"半夜已过,她在一小时前离开了。注意你们自己的安全!"

听到这熟悉的声音,维瓦迪虽然精神一振,但他没有任由感情支配,忍住不去问谁离开了,而是纵身一跳,扑过去抓入侵者;与此同时,波罗在受惊的瞬间就先开了一枪,再急忙跑去取火炬。维瓦迪坚信自己扑准了刚才发出声音的位置,便立即张开双臂,朝四周摸索,随时准备发现敌人,把他攫住。黑暗中他的努力又一次落空。

"你暴露了,"维瓦迪大喊,"我一定会在圣皮埃塔找到你的! 哦! 波罗,拿火炬来! ——火炬!"

波罗像一阵风,擎着火炬跑了过来:"他沿巨岩石级往上面跑了,先生! 我看到长衣的下摆往上飘动!"

"那就跟着我。"维瓦迪说着迈上石级。"靠边,靠边,先生!"波罗急匆匆地说,"老天爷,别再提圣皮埃塔修道院了。弄不好我们会丧命的!"

他跟着上了平台。维瓦迪在四周寻找那修士,手中高举着火炬。

然而，目光所及，这地方万籁俱寂，不见人迹。闪烁的火炬只照亮了城堡的粗糙墙面、下方部分陡壁的尖角，以及头顶上方那些高大的松树。往周围看去，这座废墟的深处笼罩在一片阴森中，还有众多长着枝干生长在巨石中间的杂木树丛。

"你看到人了吗，波罗？"维瓦迪问，一边摇着火炬让火燃得猛一些。

"先生，左边那些拱门，城堡那边黑乎乎的那些拱门，我想我刚才好像看到一个人影在那边进去了。他可能是鬼，他不发出声音，我断定他是鬼，先生。但他又好像有人一样的本能，知道保护自己，还有那双腿脚跑得真快，快得可与那不勒斯任何短跑能手媲美。"

"少说话，多小心。"维瓦迪说，同时将火炬举得低一些，指向波罗提到的那块地方，"保持警惕，走路轻巧一点。"

"是，先生。但他眼睛能看到——即使耳朵听不见——因为我们拿火炬照着我们自己的步伐。"

"安静，别装小丑！"维瓦迪说，态度有点严肃，"默默地跟上，时刻警惕着！"

波罗不作声了，他们朝那些拱门的方向走去，门与建筑物相连，其结构的独特先前已引起博纳莫的注意，维瓦迪本人也去过那里，曾感到特别意外和惊愕。

快走到那地方时他突然停下脚步，波罗注意到他的激动，或许波罗不想冒这个险，就极力说服主人不要再往前搜索了："先生，我们不知道什么人有可能在这凄凉的地方出没，也不知道他们有多少人，可我们毕竟只有两个人！此外，先生，还要穿过那边一扇门。"他用手指向维瓦迪曾经有过可怕经历的那地方，"我想，刚才我就看到有什么东西从那门穿过去！"

"这话当真？"维瓦迪说，情绪激动起来，"是什么样子？"

"周围这么黑黝黝的,先生,我辨不清。"维瓦迪双眼盯着那建筑物看,感情上的激烈冲突似乎在摇动着他的灵魂。但他很快做出了决定。"我要去,"他说,"冒任何风险也要终结这种无法忍受的悬念。波罗,停一下,好好想一想你到底有没有足够勇气,是严肃考验你勇气的时候了。若有勇气就默默地跟着我下去,我先警告你可要小心;若你勇气不足,我就独自一人去。"

"先生,我若现在向自己提这个问题,已经晚了,"波罗回答,样子很顺从,"如果我不是早已做出了决定,我就不会跟您走这么远了,先生,您以前从没有怀疑过我的勇气。"

"那么,走吧。"维瓦迪说。他抽出宝剑,进入那狭窄的门道。此时火炬已交到波罗手中,火光照着一条石头路,此路看上去像是没有尽头的。

他们向前走着,波罗观察到,那墙上多处像是沾着血迹,但是他没有指给主人看,严格地执行他接受的吩咐,缄口不语。

维瓦迪小心翼翼地迈步,还常停步侧耳细听,然后以更快步伐前进,并示意波罗跟上,多加小心。那条路的尽头是阶梯,看样子走到下面去会是个大窟窿。维瓦迪记得这里上次有过亮光,回忆至此,他对此行目的又有些犹豫了。

他又一次停下脚步,朝后面看看波罗,继续前行时突然发现波罗正抓住他的一只手。"停住,先生!"他轻声说,"您有没有看见那边站着一个人,在阴影中?"

维瓦迪朝那方向看去,模模糊糊看见一个人形的目标静止不动又默不出声。它站在通道尽头的黑暗中,离阶梯很近。它的服饰,如果它真穿衣服的话,是黑色的。但它的整个形体看上去显得很模糊,让人无法确定它是否就是那个修士。维瓦迪拿过火炬,举在面前照看,想尽量看清目标后再冒险向前,但还是没有效果,只好把火炬再交还给波罗。然后他冲上前去，当他到达阶梯口时，那个说不清道不明的形体已不见了。维瓦迪没听到脚步声；波罗指着那目标刚才站过的确切位置，没发现任何遗留物。维瓦迪大声喊叫修士，可是他听到的只是自己的声音在下方空间中回响。站在阶梯上端犹豫一阵之后，维瓦迪走了下去。

波罗跟着向下走了没几步，突然喊叫："先生，它在那边；我又看到它了！现在它掠过那道门到里面洞中去了。"

维瓦迪以极快的速度追过去，波罗手拿火炬难以跟上；维瓦迪终于停下来喘一口气时，他发现自己又回到了刚才下去过的那个宽敞的空间中。此时，波罗发现主人脸色大变，就对他说："先生，您病了。以圣父的名义，求您离开这恐怖的所在。常在这里出没的都不是好东西，我们在这里再待下去也不会有好结果的。"

维瓦迪没作答。他艰难地吸了一口气，眼睛继续看着地上，直到后来从洞穴另一端传来一声门铰链转动的声音。波罗也在同一刻转过目光朝发出声音的地方看去，他们同时看到一扇门慢慢打开，又立即关上，好像进了门的那人害怕被发现。就凭刚才瞬间所见，他们都相信此人与先前阶梯上端所见相同，那就是修士本人。确信之后，维瓦迪又来劲了，头脑也变清醒了。他猛扑到门边，门未上锁，用力一推就开了。"你现在骗不了我啦，"他大叫着走进去，"波罗！在门口守着！"

他在第二洞穴中环视一周，除了他本人没见别的人。他仔细察看这地方，尤其四周墙壁，没见到任何洞与孔，没窗也没门能让那人从中离去。只有一处坚固的铰链窗，装在接近房顶处，是唯一通气或许还透光的所在。维瓦迪大吃一惊！"你看到什么东西从旁经过吗？"他问波罗。

"没有，先生。"仆人回答。

"这简直难以置信,"维瓦迪惊叹,"可以肯定,这个人形物体绝非人类!"

"先生,若果真如此,"波罗说,"它为何还怕我们? 看样子它是怕我们的,否则它为什么要逃走?"

"那可不一定,"维瓦迪应道,"它逃走只是为了引我们进入邪恶世界。把火炬拿到这边来。我要察看这墙,好像有点什么东西。"

波罗照办。刚才引起他好奇心的只是岩石中的一个凹处,并非墙壁中的一扇门。"无法解释!"停了好一会后维瓦迪再发惊叹,"不管是哪个人,他为什么要这样折磨我!"

"或者,任何超人,他们为什么这样折磨我们? 对吗,我的先生?"

"有人警告过我,说有邪恶在等待我,"维瓦迪说,陷入沉思,"他警告过的事情通通都成了事实。警告我的那个人总是挡在我行走的道上,而他有魔鬼般的狡猾,永远让我抓不住他,让我的追寻落空!他凭什么技巧从我眼前溜走,逃遁得无影无踪,难以理解!他反复出现在我的视线中,但又逃之夭夭!"

"确实是这样,先生,"波罗说,"既然总无法找到他,那我就请求您放弃追寻。这个地方简直让人以为是炼狱! 走吧,先生。"

"除了神鬼还有什么东西能神秘地从这地穴中逃遁?"

"我很愿意证明,"仆人说,"证明有东西可以轻易离开这地方;我很愿意我本人能化作水汽从那扇门出去。"

他这话刚出口,就听到"嘭"的一声,响如雷鸣,是关门声。嗡嗡的回声响遍整个洞穴。维瓦迪和波罗愣住了,惊呆了! 然后,两人不约而同跑过去开那扇门并准备离开这地方。他们发现不论怎样使劲这门就是打不开,此时我们不难想象,他们是何等惊慌失措。厚实的木料配上坚固的铁条内嵌在墙上,可承受住巨大的撞击,明显看得出,这地方是作为牢房而设计的,看来是该古堡的密室或地牢。

"啊，我的先生，"波罗说，"如果是鬼怪的话，很明显他知道我们不是鬼，因为他一直引诱我们来到这里。要是我们能与他交换身份，那么只一会儿，让我们当一回鬼怪，我们就能从当下困境中挤出去。但我们是常人，我就不知道该怎样出去了。先生，您得承认这一次遭遇可不在他警告过您的邪恶之列；或者说，如果他警告过您了，也只是通过我的感官，我恳求过您——"

"安静，我的良仆！"维瓦迪说，"别再说这种无意思的话了，一起来寻找逃跑的途径。"

维瓦迪又一次检查墙壁，同以前一样一无所获；但他发现地面上的一个角落里躺着个东西，这东西似乎暗示着过去被关在这里的人最后落下的可悲命运，也预示了他自己的命运：那是沾满血迹的一件长外套。维瓦迪同他的仆人在同一刻发现这东西，因为害怕自己会有同样的命运，他们站在原地好一会儿动弹不得。维瓦迪先回过神来，他并没绝望，而是充分调动各种官能，希望设法逃出去；而波罗仍在盯着那堆残余物看，希望尚被深埋着。"啊，我的先生！"他终于开口说话，声音还有点结巴，"谁敢把那件衣服提起来？说不定衣服下面隐藏的就是沾血外衣主人的面目全非的尸体呢！"

维瓦迪不寒而栗，转过身再次察看它。

"它会动！"波罗叫了起来，"我看见它在动！"他一边说着一边开始朝洞穴另一边跑去。维瓦迪后退了几步，但很快就返回。他决心立刻搞清真相，用宝剑的尖端把那件衣服撩了起来，看到衣服下面只是别的残余服饰，堆得相当高，其底下的地面上是凝固的血。

维瓦迪相信波罗是因为害怕而看走了眼，便特意盯着这东西看了好一会。没见有一点动弹，他便确信衣服堆下面没有生命迹象，仅仅是服饰而已，想必它们属于那个不幸的人，或许他是被绑架至此遭抢劫，随后被杀害。这样一想，加上看着这景象时间一长之后，他感到恶心，便不想进一步察看，转身到洞穴的另一端去站着，心中一阵绝望，为他自己也为他仆人的命运担忧。他觉得是上了劫匪的当了，但后来他回忆起进来时的一些情况以及与拱廊相关联的几次很特殊的事件的发生，又感到上劫匪的当这一猜测看来是极不可能的。劫匪本来早就可以抓住他，再那样乔装打扮引诱就不合情理了。他们拖拖拉拉搞这么长时间更不合情理；还有，他早先已落到他们手中，他们却放掉机会让他毫发无损地离开废墟，这是最不合情理的。即使这些看上去不可能的事一概不算，那个修士连续多次发出的一本正经的警告及预言，又次次属实，根本与劫匪的计谋不沾边儿。因而，维瓦迪想到他自己并未落入劫匪手中；或者，就算他现在受匪徒所害，至少那修士同他们无涉；再者，他仆人说过看到那个走上古堡台阶的人穿着修士服，因而他们有理由相信，正是他们跟踪的这个人影引他们来到现在关住他们的这个牢房。

　　维瓦迪考虑了这一切情况之后，困惑仍有增无减，他比以往任何时候更相信，那个乔装成修士的人形实际上属超人一类。

　　"如果这东西仅仅露面而已，"他心想，"或许我就可能认为它正是被杀害在这地方的那人的不得安息的鬼魂，它领我到此是为了让我发现真相，再把他的遗骨移到神圣的地方安葬。但是，那修士会说话，且说的均是与他自己不相干的事；他说的事件都让我不得安宁，预告未来或追溯过去！如果他要么暗示一下他自己的事或者根本不开口说话，凭他那外表及逃避他人追踪的身手的与众不同，或许我早就相信爷爷辈讲过的故事了，认定他是惨遭谋杀的某个人的游魂。"

　　厘清自己的怀疑之后，维瓦迪又一次转身去查看那件外套；当他挑起外套时却有先前未注意到的发现——下面那堆衣服中有一件黑色打褶衣服；用剑尖挑起它，他看出这是修士服装的一部分！他为这一发现而吃惊，好像他现在面对的是这段时间内一直在引诱他上当的幽灵。眼前是撕破了并沾满血迹的背心和披肩！对这些物件看了一会之后，他把它们放回到衣堆上；与此同时，波罗一直在旁观察他，不由惊呼："先生！这些东西是引我们到此地的魔鬼的服饰。这东西是给我们用的裹尸布，先生？或者，这是魔鬼在人世借尸装扮的道具！"

"都不是，我相信，"维瓦迪回答，极力控制住自己刚才受到的惊扰，把目光从衣堆移开，"因此，我们再试试，要设法出去。"

然而，他想得到却做不到。在再次撞门失败后，维瓦迪把波罗举起来，查看打上铁条的窗子，一边大喊大叫一边使出最大力气。波罗也尽力配合，但一切都是徒劳。他不得不暂时放弃一切努力，疲劳加上失望，他一屁股坐到洞穴的硬地面上。

波罗抱怨先生莽莽撞撞钻到这个偏僻去处，为可能被活活饿死而哭泣。

"先生，假设我们被诱骗到这里不会被抢被宰，再假设包围我们的不是恶鬼（神灵不允许恶鬼出世扰乱的）——我应该坚信这是不可能的！就说我们不是遇到土匪或见到鬼了，先生，我们仍然几乎可以肯定要饿死。因为谁也不可能听到我们的呼救声，这鬼地方那么偏僻，也可以说我们被埋在地下，谁会来救我们？"

"你真会安慰人！"维瓦迪呻吟。

"你得承认，先生，您有我跟着，"波罗接话，"您真会当向导。"

维瓦迪不答，躺倒在地上，任由种种痛苦想法折磨自己。他现在有闲来思考那修士最后一次对自己说的话，并猜测其含意，因为他现在已做了最坏的准备。"她在一小时前离开了"，这话不仅指向埃伦娜，还可理解其含蓄意思，即她那时已经死亡。这一猜想几乎驱散了一切为他自身的担忧。他一下子从地上跳了起来，快速而杂乱地在这牢狱般的地方来回走动。现在压抑他的不是严重失望，而是极度焦虑,它刺痛着他,关于埃伦娜命运的悬念折磨着他,同时也带给他万分焦急和恐惧。他越想越觉得埃伦娜死亡的可能性很大。以前那修士向他报告过比安齐之死;回忆了所有相继发生的可疑情况之后,他越来越惧怕埃伦娜的死亡。他越纵情朝这方面去想,他的恐惧感便越为激烈,到最后他无法控制自己的焦虑和担忧,几乎要发疯了。

面对主人这种极度痛苦的状况,波罗一度忘了自己的窘境,至少现在他应尽力行使安慰者的重任,设法让维瓦迪的心情平稳下来,仔细挑选话题说一些增加希望的话,避免触及恶人恶事,如果实在难以完全避开,则尽量轻描淡写。然而,他的主人对他说的一切全然不觉,到后来他又重提了圣皮埃塔修道院。这一话题似同修士相联系,也间接与埃伦娜的命运相联系,终于使不幸的维瓦迪有了一点兴趣,把他从独自的回忆中吸引过来,倾听一会儿仆人讲述的故事——他要波罗尽可能帮助他做各种猜想。

波罗听命了,但颇为勉强。他扫视空荡荡的洞穴一周,生怕有人躲在暗处偷听甚至答话。

"我们在这里,先生,确实也无事可做,"他一边说着一边打起精神,"我们可以偷着说悄悄话,不用怕别人听见。不过,先生,最好还是把事情搞定;因此,请您在地上坐下,我就站在您身边讲讲我所知道的有关圣皮埃塔修道院的事情,也用不着太多时间。"

维瓦迪自己坐好后也叫波罗坐下。波罗轻声地说:"事情得从圣马可节的守夜祈祷说起,晚祷的最后钟声刚响过——您从未到过圣皮埃塔修道院,先生,如您去过就会知道这家修道院的教堂是多么阴暗陈旧——在教堂边上一条过道旁的一间告解室中,就在最后一声钟敲过后,来了一个包裹得严严实实的人,既看不见他的面容也辨不清他的形体,只见他走过来坐在连接告解室的台阶上。如果他穿得像您现在这样单薄,先生,他就可以不引人注意,因为那过道相当幽暗，只点着一盏灯，挂在尽头紧挨彩色窗户处。但碰巧此时圣安东尼神龛里的长蜡烛在燃烧，即使这样，那地方的光线也不会比这个洞中亮多少。但是，那地方搞得幽暗是故意设计的，让人们来此地诉说自己所犯的罪不至于脸红；还可以认为这种设备能为告解室多带来一点钱，修士们在这方面一个个精明得很——"

"你讲的故事断了线。"维瓦迪说。

"不错，先生，讲到哪，我接着说——哦！在那间告解室的台阶上，一个不知姓名的人跪了下来，对着告解神父倾诉自己的痛苦，时间长，声音响，整个过道上的人都听见了。您要知道，先生，圣皮埃塔修道院的兄弟们属于黑色悔罪者派别。他们比其他派别的教徒有更多罪孽要诉，有时他们去找教会任命的负责处理教徒悔改事项的大神父请教该怎么办。现在事有凑巧，安恩索陀神父本人正是这方面的负责人，又逢圣马可节前夜，按惯例他正端坐在椅子上，以温和的语气责备忏悔人，说他哀叹得太响了，叫他别难过。对方以一声更长的叹息作答，不过说话声音降了下来，接着正式开始忏悔。先生，他到底在悔过中说了什么，我不知道，您也清楚这种场合说的话除特殊情况外是不应泄露的。然而，这一次内容涉及非常特殊和恐怖的东西，以致大神父突然起立离座，还未走到回廊就浑身痉挛，抽搐得厉害。稍稍恢复后他问周围的人，刚才那个忏悔者是否已经离开，又补充说，如果他还没离开教堂，要把他拘留起来。此时他接着尽可能准确地描述忏悔者的样子，因为光线幽暗他对忏悔者看得不清楚，在艰难的回忆过程中好像痉挛随时要发作。另有一神父这时跨过通道朝回廊走去，他看到安恩索陀身体不适便感到吃惊，立即想到刚才有个人急匆匆从身边走过，同大神父描述的人有些像。他看到的人是高个子，穿白色托钵修士服，裹得严实，过通道时非常迅速，朝通向修道院另一院落的门口走去。他说他在忙自己的事，没有特别注意那人。

安恩索陀神父认为就是那个人,便叫来一个门卫,问他有没有见到这么个人出去。门卫肯定地说,近一刻钟内他没见人从门口出去;那话不会错,先生,这家伙刚才不在自己的岗位上。门卫又说整个晚上没见穿白衣服的人进来——前面提到陌生人穿白衣服。门卫以此表明他是有警惕性的守护者——其实他一定睡着了,要不然这个忏悔者进了修道院,又走了出去,他怎么可能会不被守门人发现!"

"他穿白色衣服?"维瓦迪问,"如果他穿黑色衣服,我就会以为这人定是那修士,折磨我的那人!"

"哎,先生,我先前也想到这一层了,"波罗说,"一个男人——"

"说下去。"维瓦迪说。

"听了门卫这一说明后,"波罗继续说,"神父们全都相信那陌生人肯定还躲在修道院内。他们把修道院各处角角落落全搜了个遍,但仍不见那人的影子。"

"这人必定就是我们讲的那个修士,"维瓦迪说,"尽管两者衣服不同,但在这个世界上不会有两个人以如此相同的神秘方式出没逃遁。"

他说话间一阵低沉声音传来,在他当时注意力不大集中的情况下,他想象这声音是一个垂死的人发出的。波罗也听到了,立即惊跳起来。主仆两人侧耳细听,十分紧张地盼着有所发现。

"唷!"波罗后来说,"这是风声!"

"什么声音都没了,"维瓦迪说,"接着讲吧。"

"从那次奇异的听告解以后,"波罗继续说,"安恩索陀神父身心就没真正好过,他——"

"很显然,那人所忏悔的罪孽同神父本人有关。"维瓦迪评论。

"哎,不是这样的,先生,我可从来没这样听说过。随后发生的一些稀奇古怪的情况也表明并非如此。上述事件发生一个月后,在一个闷热的白天,修士们做完最后一次祈祷——"

"别响。"维瓦迪喊了出来。

"我听到低语声。"波罗低语。

"别动!"维瓦迪说。

他们专注地听着,听到呢喃声,像是有人在说话,但他们不能肯定这声音是隔壁洞穴中传过来的,还是从他们所处的洞中发出来的。这声音时断时续,说话的人,不管是什么东西,有意控制自己的声音,好像怕被别人听见。维瓦迪在考虑自己是该暴露出来寻求救助,还是隐藏着不动不响。

"别忘记,先生,"波罗说,"除非我们冒险暴露出来向别人求助,不管他们是谁,等待我们的就是挨饿。"

"冒一次险!"维瓦迪喊出声来,"管他是什么样的人,我还怕什么?哦,埃伦娜!埃伦娜!"

他立即大声喊叫那人,他也相信那人能听见;还有,波罗也跟着一起喊。但是他们的大声叫喊不起任何作用,没有人回话。连本来引起他们注意的不是很清楚的声音也听不见了。

他们喊累了,躺倒在洞穴的地面上,逃走的一切努力都停了下来,准备等第二天早晨到来后再想办法。维瓦迪也再没兴致叫波罗继续讲故事,他几乎对自己的事失望了,对于陌生的人他已没了兴趣,因为他已经感觉到故事即使再讲下去,也不会提供与埃伦娜有关的情报。至于波罗,他一直喊叫着,喉咙哑了,情愿沉默不语。

第七章

她悄悄从那厢回廊穿过，

恰好一抹晚霞染红她的面纱，

无意中让人目睹她圣洁的面容，

一个冰清玉洁心灵高尚的人，

她会是谁？

到圣斯蒂法诺修道院的最初几天，埃伦娜被禁止走出自己的房间。门被反锁，其他人不得来访，只一个修女除外，她每天送不多的食物来；此人也就是当初受女院长指派带她到这地方的人。

到了第四天，可能觉得她被关禁闭后情绪已平静，或以为她已知道反抗只会招来痛苦，她们把她传唤到客厅。只有女院长一个人在场，摆出一副严厉的样子看着埃伦娜，让她做谈话的思想准备。

女院长先是数落埃伦娜犯下的不可饶恕的罪过，接着谈了采取措施保护一个贵族家庭安静和尊严的必要性，她不忘指出那家族的安宁和尊严几乎让埃伦娜给破坏了。然后女院长告诉她，她必须做出选择：要么出家当修女，要么嫁给维瓦迪侯爵夫人好意为她挑选的男人。

"对于侯爵夫人的大度，"女院长补充道，"你怎样感激都不为过，在这问题上允许你自己挑选。在给她和她家庭造成伤害之后，你别指望她会再对你宽容。要是侯爵夫人严厉地惩罚你，那也是自然不过的；相反，她让你加入我们的队伍，或者如果你思想上准备不足不想与充满罪孽的外界一刀两断，还允许你回到那世界中去，给你一个合适的伴侣做你的依靠，与你共度艰辛——这个伴侣与你更般配，而你自己冒冒失失高看一眼便选中的他与你不般配。"

埃伦娜为这粗鲁的说辞深感自尊心受伤，气得脸发红，坚持傲不作答。这样把不公涂上慈悲的色彩，把绝对霸道的行为乔装成慷慨大度，引发了她的极大愤慨。然而，发现对手千方百计打压自己，她并没有感到太震惊，因为从到达圣斯蒂法诺的这一刻起，她已准备接受可怕的严厉的打击，已有较为坚强的心理准备；她相信，只要有这种精神支持，她的敌人做出的任何坏事都终将希望落空，她最后会战胜不幸。只有在想到维瓦迪时她才会失去勇气，她所受到的不公和伤害似乎就变得再也难以忍受。

"你不说话！"等待了一些时间之后女院长说，"那么，你对侯爵夫人的慷慨不存感激之心，这可能吗？但是，虽然你此时对她的好意不领情，我仍可容忍你的不明智，保留着你做选择的自由。你先回自己房间去，考虑后再决定。可要记住，你一旦做了选择后就不容再变，两条路摆在你面前，选择之后不得反悔——如果你不当修女，你就得嫁给为你安排的男子。"

"不必了，"埃伦娜说，那态度既威严又平静，"我不要等待后做决定。我的决心已定，对两种选择都拒绝。我不要在修道院了却一生，也不要你们提供的那种落魄生活。我这样表态后已做好准备，任凭你们怎么处置我。但同时请相信，不论你们加给我什么罪名，我是不会承认的，我对正义的热爱是不变的，我的心装满正义，正义感同我的个性一样倔强，会不断给我勇气。你现在已知道我的情绪和决心，以后我就不重复了。"

女院长一边吃惊地长时间容忍埃伦娜把话说完,一边以严厉的目光盯着她,然后对她说:"你哪来这些英雄豪气,你从哪得到这些鲁莽精神,竟敢如此大胆地说话!——你胆大妄为侮辱女修道院院长,在这神圣场所侮辱你的女院长!"

"这神圣之地已遭亵渎,"埃伦娜应道,神情平和而有尊严,"这地方变成了一所牢狱。当院长自己不尊重神圣宗教诲人的信条,不教人主张正义待人宽容的信条时,她本人就会不再被尊敬。我们要尊重温暖而慈善的法规,同时我们也要拒绝违反这些法规的要求:你要我敬仰宗教,你同时又在促使我去谴责你本人不按宗教教旨办事。"

"退下去!"女院长喝道,同时急急忙忙站起身来,"你的告诫说得很好,我会永远记住。"

埃伦娜乐于遵命,被带回她自己房中。她坐下沉思,回顾了自己的行为。她现时的判断是,肯定自己率直维权,也肯定自己所表现的刚强,敢于斥责一个管自己的女人——她竟要求受摧残和压迫的苦主对施虐者表示尊敬。这一回她对自己比以前更满意,因为她一刻也不曾忘记维护自己的尊严,没有因感情冲动而有失身份,也没有因害怕胆怯而动摇意念。她强烈地认为女院长人格有缺陷,自己不应在院长面前感到窘迫;因为,她一心一意认为不扬善就是对邪恶无动于衷,而她本人要毫无保留地扬善。

在表达了自己的决定之后,埃伦娜决定,如果再出现类似情景定要避免重复,仅以沉默作答,不管对方向她提出何种不体面的条件。她知道自己必须受苦,她要坚强地忍受一切。摆在她面前的三种恶事中,关禁闭,即使其环境和条件令人沮丧,看起来还算不上很难受。其他两项,即被迫嫁人或出家当修女,则更糟,那是要她一辈子过悲惨日子,而且是她自己所选择的。因而,她现在的选择就相对容易,认为这样前面的路会较为平坦。如果她能平静地忍受不可避免要遭遇的困苦,那么实际感受到的重压就会轻许多;现在她必须花最大力气去获得精神力量,这是支撑她平静度日所需要的。

上次与女院长谈话后数日,她都被关了禁闭,直到第五天傍晚才被允许参加晚祷。当她穿过花园走向小教堂时,一路上户外的清新空气和苍翠树木对她而言都是一种奢侈享受,因为她被禁多日,接触不到大自然的恩赐。她跟在修女们后面,去她们通常做祷告的教堂,坐到初学修女中间。祈祷的庄严氛围,尤其是中间的音乐伴奏部分,打动了她的心,使她的精神得到抚慰和升华。

在合唱团众多声音中,有一人的唱腔立即吸引了埃伦娜的注意。这声音似乎比别的人唱出了更高尚的感情,受到了一颗悲伤的心的调节,而这颗心早已超越了这个世界。这声音一会儿随着风琴声激昂高扬,一会儿又与合唱声混在一起,低沉发颤。埃伦娜感到她理解此人内心的感受;她转过脸去看排列在柱廊间的修女,发现一张面孔极有可能正是唱得特有表现力的那人。因为在这教堂中没有外人,一些修女揭开了面纱,在众多面孔中难有吸引她兴趣的;但有一个修女的姿势和态度与那个唱歌人表达的思想完全一致,紧接着歌声就从那个方向传来;她跪在柱廊的另一头,就在灯光近处,光线正好斜射在她的头部。她的脸掩在黑纱里,但透过薄纱能见到她娇美的面容;她是唯一一个此时还跪着的修女,头部的风姿与独特的态度足以表明与她的歌声相一致的高度虔诚和忏悔。

赞美歌停止了,她从跪姿站立起来,不一会儿埃伦娜看到她把面纱抛向脑后,灯光又恰好直照在她脸上,埃伦娜看到的这张脸正同她刚才的猜测相一致,脸上有一种无可奈何的忧郁。显而易见,有一种悲伤伴随着苍白和倦怠的神情,但在虔诚有力暴发的刹那会暂时消失,代之以超凡脱俗的精神,传递出一种天使般的光辉。每逢这种时刻,她的蓝眼睛抬起,向着苍天,表现出一种温顺而虔诚的热爱,这就是天使们有时会表现出的至高激情。在埃伦娜听到这种歌声时，这种激情便在她身上产生了魔幻般的效果，她身上也会激发出同样高尚的感情。

埃伦娜专注地打量着那位修女，对教堂中别的人与物全然不知了，她想象自己能感觉到，那位修女面部表情的平静是由失望而不是无奈造成的。因为，当思想未在祈祷中提升时，那修女的眼神常现出专注，那是一般的受苦所达不到的力度，或者也有可能是出于心情不佳，但那也不会有如此力度——那只会表示绝对的无奈。然而，她的表现力极大地引发了埃伦娜的同情心，似乎在很大程度上表达出与埃伦娜相同的感情。当注视对方时，埃伦娜不仅减轻了自己的痛苦，还在一定程度上得到了安慰。她有一种自私感，或许这是一种可以原谅的自私，她觉得在这家修道院中至少有一个人能怜悯别人的人，愿意给人以宽慰。埃伦娜竭力想与她对上目光，以便向她表示关切及向她诉说自己的不幸，但这位修女太专注于祈祷，因此目光碰撞没有成功。

然而，当她们离开教堂时那修女就从她身边经过，埃伦娜特意把面纱抛向脑后，看了她一眼，满怀深意，似有话说，对方便止步不前，回应这初来乍到的修道者，那眼神中既有好奇又有感应。她的脸颊有点儿泛红，神情有点儿波动，她不大乐意把目光从埃伦娜身上移开；但是她应该随行进的人流往前走，于是不好意思地微笑着表示道别，向院子走去，而埃伦娜目送着她走，见她不久便从女院长住处边上的一道门拐进去，在视线中消失。埃伦娜还未及走回自己的小房间，就迫不及待地打听起刚才那修女的姓名。

"你所问的或许是奥莉薇娅姐姐。"领埃伦娜走的修女说。

"她长得很漂亮。"埃伦娜说。

"我们许多姐妹都漂亮。"玛格莉陀回答，做出一副恼怒的样子。

"是的，"埃伦娜说，"但是她，我所指的那一个，样子特别迷人，直爽、高尚、体贴；她的眼神中有一种温柔的忧郁，所有观察她的人都会对她的神情发生兴趣。"

埃伦娜深为那位有情趣的修女所着迷，竟忘了听自己说话的那个人是粗人，她的心已变得麻木不仁，对任何外貌的影响已丧失感觉，或许她只会听从女院长的指使；因此，埃伦娜把自己感觉到的美好特点描述出来，她是无法领悟的，就像要她欣赏阿拉伯语碑文一样——一窍不通。

"她已过青春妙龄，"埃伦娜继续说下去，还急盼听者能理解，"但是她仍然保有招人喜欢的丰姿，还要加上她的自尊——"

"如果你是说她已人到中年，"玛格莉陀不怀好意地插话，"那你说的那个人便是奥莉薇娅姐姐，因为我们其他人都比她年轻。"

那修女说话时，埃伦娜无意识地抬起眼睛盯着她那张冷漠、缺少血肉的脸看，似乎感觉这人活在这个世界上快有五十年了。看到这么一个讨厌的身躯中藏着冷冰冰的感情和赤裸裸的虚荣，而且是生活在远离尘世的修道院中，她不想掩饰自己的惊奇了。玛格莉陀还在为埃伦娜对奥莉薇娅的赞美而妒忌，不愿再回答询问了。此时玛格莉陀已到埃伦娜住的小房子，便把门上了锁，各自过夜。

第二天傍晚埃伦娜又被允许参加晚祷，因为有望在路上见到她感兴趣的那位修女，她的精神又好了起来。像前一夜那样，她又出现在柱廊的同一地方，像往常那样跪在灯光下，独自祈祷，因为集体晚祷尚未开始。

埃伦娜竭力抑制自己急于向她表达关心和引起她注意的情绪，等待她做完个人的祈祷。当奥莉薇娅起立后注意到埃伦娜时，她提起面纱，以同样探询的目光回应埃伦娜。她面露笑容，脸上流露出同情和智慧的神情，埃伦娜忘了教堂的常规，从自己的座位起立朝她走去。对方容光焕发,两人好像心有灵犀一点通。但当埃伦娜朝前走时,那修女却放下面纱,她立即读懂了这是不赞同的暗示,便退回自己的座位。但在整个晚祷进行过程中,她的注意力一直落在那修女身上。

晚祷完毕,她们离开教堂。看着奥莉薇娅从她身旁经过而不注意她,埃伦娜眼泪都快掉下来了,她只能郁郁寡欢地回到自己房间。这位修女的关心不仅使她感到愉快,看来还使她宽心,她美滋滋地长时间回味她的笑容,觉得意味深长,甚至此刻关在铁栅内也颇感安慰。

她的回味不久就被轻快的脚步声打乱,脚步是朝她的牢房来的,接着她立即听到房门被打开的声音。埃伦娜看到奥莉薇娅本人进来,激动地迎上前去,来人伸出手来,两人的手紧握在一起。

"你还不习惯被关禁闭,"她说,悲伤地行屈膝礼并把装吃食的小篮子放在桌上,"这是我们的粗茶淡饭。"

"我理解你,"埃伦娜说,眼神传递着感激,"你有一颗能怜悯别人的心,虽然你生活在这高墙之内——你也受过苦,知道宽容能减轻别人的苦痛,能通过关心表达你对他人的同情。哦! 我难以表达你这种感情对我的影响有多大!"

眼泪打断了埃伦娜自己的话。奥莉薇娅握紧她的手,盯着她的脸,显得有点激动,但她很快就平静下来,严肃而微笑着说:"关于我的感情,你判断得没错,我的好妹妹,而对于我受过的苦你也可想而知。我的心是敏感的,我同情与怜悯你,我的孩子。你来这世上该过更幸福的日子,应比你在这修道院中得到的更多得多!"

她戛然而止,似乎发觉说多了,然后补充道:"但是你或许能过得宁静些,因为你知道身边有一个朋友,能从她那里得到安慰,相信我是你的朋友——默默地记在心里,只要被准许我就来看你——但是不要找我。还有,若我逗留时间短暂,不要让我延长时间。"

"这样好极了!"埃伦娜说,嗓音有点儿颤抖,"太好了! 你会来看我! 我能得到你的怜悯!"

"嘘!"修女动情地说,"别再说了,我可能被人盯梢。好妹子,愿你睡个好觉!"

埃伦娜心往下沉。她提不起精神说"晚安",但含着泪珠的一双眼睛表达了更多意思。修女把自己的双眼突然转到另一边,默默地握紧对方的手,然后离去。埃伦娜能在女院长的侮辱中做到坚强和平静,然而在朋友的一片好意中却忍不住潜然泪下。这些热泪提振着长时间压抑着的精神,她任由自己泪流满面。在离开厄蒂丽别墅之后,她现在难得地平心静气地想着奥莉薇娅,心里产生了新的希望,尽管在思考和回忆中并没找到什么支撑物。

第二天早晨她发现房门没关,于是急忙起身,带着争取自由的希望立即出了房门。从这间小屋出去,经一段不长的过道便可到达主楼,那边有一扇门关着,这边相当僻静,同别的房间均不相连。既然这门关着,埃伦娜仍然像以前一样还是不折不扣的囚犯。这样看起来,应该是奥莉薇娅故意不锁牢房的门,让她可以在过道中多活动活动,因此她仍感激朋友的好心眼。她走着走着,发现过道尽头处有一段窄楼梯,看样子是同别的房间相连的,此时她更是感激不尽了。

她急忙走上这弯弯曲曲的楼梯,发现只通向另一扇门,里面是一个小间,一点特别的地方也没有。直到她走近窗户,看到远处的天际,还有底下大片秀丽的景色。

此时她的心一下子活跃起来,坐牢的感觉没有了;她大饱眼福,扫视着外面广阔而壮丽的景色。她发现这房间在一座小塔楼内,以一定角度凸出在修道院的围墙上,好像悬在空中,底下便是构成大山一部分的花岗石陡壁。这些大陡壁又由许多小悬崖组成,有些地方的一些悬崖朝地面倒挂得很远,而在另一些地方另有悬崖拔地而起,几乎垂直上升,与支撑修道院四壁的墙体相连。埃伦娜朝下方看去,真是又喜又怕,岩石缝隙处散乱地长着落叶松,而更多的是沿着巨岩边缘伞盖般张开的大松树,黑压压排列成行。她的目光停留在大片栗树林处,它一直弯弯曲曲延伸到山脚与平原相接,形成了整个多姿多彩层次错落的地质结构——下层是五花八门的耕作区,上层是面目狰狞的大岩石。平原很大,被蜿蜒曲折的大山包围着,山有高有低,形态各异。正如埃伦娜在来修道院路上所十分欣赏的,有些山上栽着很多橄榄树和扁桃树,但许多山地任由放牧,一到夏天牛羊群在此饱食清香的新鲜牧草,冬季将至时它们下山到塔沃格里埃尔·普格利亚平原上圈养过冬。

左面就是她走过的险恶关隘,此刻还能听到远处传来的水流声。画面暗色的远景所展示的层峦叠嶂,其壮观形象超过她在关隘处所见的一切。

对埃伦娜来说,发现这个小塔楼是件重要的事,因为大自然的景色能升华她的心灵,安抚她的精神。她到这地方来,在美景的熏陶下,她的灵魂能增添力量,使她能冷静地忍受可能会强加给她的种种迫害。在这里,审视着周围一个个特大型形象,远比透过面纱模糊地看到的神的面孔要亲切,眼前所见的是大自然造就的真正的神,壮丽无比。如此想来,她的心灵得到了升华,那些人世间的龌龊交易和苦难算不上什么了!人们所吹嘘的力量多么微不足道,试想只要这里的高山上掉下一块巨石,就会轻易摧毁山下平原上聚在一起的多少人类!成千上万呀!尽管人现在用一切创造发明的成果,用破坏性武器把自己武装起来,试想若将高山陡壁用作战斗中的装备,那是多么有作用呀!这样想来,那个现在把她关禁闭的巨人就会变成童话中的小侏儒了。他是美德的破坏者,他的巨大力量不能束缚住她的灵魂,也不能使她对他感到害怕。这便是她可能要亲历的路程。

下面大厅里传来一声响动,埃伦娜的注意力从观看外景转回房内,接着她便听到开过道门锁的声音。她怕来人是玛格莉陀,若她知道自己已发现这处塔楼,她就会把门关死,让自己再也回不到这里。她惴惴不安地下楼,却发现玛格莉陀已进小室。她面露惊诧,神色严峻,问埃伦娜怎么开的门,去了何处。

埃伦娜毫不支吾地做了回答,说她发现门未锁,她去过上面的塔楼;但她故意不说自己还想再访塔楼,她估计,若这样说了,以后便去不成了。玛格莉陀狠狠地训斥她擅自走到过道另一端去,然后便把早饭放下;在离开房间时她并没有忘记把门关死。这样一来,埃伦娜去不了塔楼,也不能愉快地欣赏美景了,她立即失去了这么一个能让她轻易感受到宽慰的所在。

其后数天内,埃伦娜只见到玛格莉陀,当然参加晚祷时除外。然而,晚祷时总有人监视着她,她不敢去和奥莉薇娅说话,甚至用目光交流也不敢。

奥莉薇娅倒是常盯着她的脸看,其表情却让埃伦娜捉摸不透,即使有时她冒险去注意一下。那表情不仅表示怜悯而且还显示强烈好奇,还有点害怕。有时她脸颊会泛过一阵红晕,紧接着是煞白,有时会苍白得好像快要昏厥过去。不过,虔诚的祈祷常会使奥莉薇娅精神焕发一阵,给她带来希望和勇气。

离开教堂之后,埃伦娜没能再见到奥莉薇娅,不过第二天早晨她送早饭来到埃伦娜的囚室。她的眉间显示着一种特别的悲伤。

"哦,见到你我多么高兴!"埃伦娜说,"你这么长时间没来,我真难过! 我总提醒自己你对我说的话,不要打探你。"

那修女郁郁地微笑着回答:"我按女院长吩咐到这里来。"一边说一边自己坐到埃伦娜床上。

"那不是你自己想来?"埃伦娜痛苦地说。

"我是想来,"奥莉薇娅回答,"不过——"她犹豫着未说下去。

"为什么你不情愿?"埃伦娜问。

奥莉薇娅沉默了一会。

"你给我带坏消息来!"埃伦娜说,"你是不愿给我带来痛苦。"

"你说的没错,"奥莉薇娅回答,"我就是不想使你痛苦;我猜你同这个世界联系太紧密,你无法不带哀伤接受我必须告诉你的话。我受命要你准备起誓,告诉你既然你拒绝嫁给别人给你安排的男子,你就只能披上面纱出家;还要告诉你,许多繁文缛节都免了,披黑面纱的仪式很快就将举行,要不你就穿白纱去嫁人。"

修女停顿了一下。埃伦娜说:"你是不乐意传递这个残忍信息的人,而我只想对女院长本人回答,我正式说了,我二者都决不接受。她可以用暴力拖我到祭坛去,但是绝不可能强迫我起誓,因为我厌恶它;如果我被强制带到祭坛前,我肯定要抗议她的暴虐,决不会在表格上签字表示同意。"

对奥莉薇娅来说,这一席话非但没使她不高兴,反而使她看上去很满意。

"我不敢对你的决心鼓掌欢迎,"她说,"但我不会谴责它。无疑,你在这世上尚有割不断的联系,使你远离尘世是痛苦之事。你有亲人,有朋友,要同他们分开,是不是很可怕?"

"我没有亲人也没有朋友。"埃伦娜说着叹了一口气。

"不!那怎么可能?你又那样不愿隐居!"

"我只有一个朋友,"埃伦娜回答,"就因为这一个朋友他们要剥夺我的自由!"

"请原谅,我亲爱的,原谅我问得唐突,"奥莉薇娅说,"不过,我一边请求原谅一边又要冒犯你。请问你的姓名是什么?"

"我乐意马上回答你。我叫埃伦娜·罗萨尔巴。"

"什么?"奥莉薇娅故意慢吞吞地说,"埃伦娜——"

"罗萨尔巴,"埃伦娜重复着,"请允许我问一下,你问我姓名有何目的? 你是否认识与我同名同姓的人?"

"没有,"修女回答,显得悲伤,"你的样子同我过去的一个朋友有些像。"

她说这话时明显激动起来,起身准备离开。"我不能再逗留下去了,要不然下次不会让我再来访了,"她说,"我该如何给女院长回话? 如果你决定不当修女,我奉劝你尽量把话说得委婉些。或许我比你更了解女院长的性格。哦,好妹妹! 我不愿看着你在这孤单的斗室里苦度日子,日渐消瘦。"

"你对我福祉的关心,真叫我感激不尽,"埃伦娜说,"还要感谢你提出的忠告! 这一回我就听你的,听凭你认为合适,怎么措辞都可以,基本意思是拒绝,话要说得明白无误。要当心女院长别把温和客气当成优柔寡断。"

"相信我,关于你的一切我都会小心谨慎的,"奥莉薇娅说,"再见! 若有可能,我今晚再来看你。这期间门就开着,你走出房去会比待在斗室中呼吸到更好的空气,可看看更远的景色。那边楼梯上去有一间宜人的屋子。"

"我已经去过了,"埃伦娜说,"我得感谢你的好意,让我有机会上去看看。在那边我精神好多了,如若有书读,再加上绘画工具,我简直就会忘掉自己的悲伤。"

"是这样吗?"修女说,嫣然一笑,"再见! 我争取晚上再来看你。如果玛格莉陀回来,当心别向她打听我,也别求她像我这样开方便之门。"

奥莉薇娅离开后,埃伦娜再上塔楼,在欣赏窗外美景的过程中暂时忘却了悲伤。

中午时分,听到玛格莉陀的脚步声,埃伦娜退回自己房中,并惊奇地发现玛格莉陀对她第二次不在房中没有呵斥。玛格莉陀告诉她说女院长开恩让她去和别的初到者一起用餐,自己就是来领她去餐桌的。

对于这一准许埃伦娜并不感到高兴,她宁愿一人待在塔楼里,也不愿去和陌生人做伴,被人审视。于是,她垂头丧气地跟着走,默默地穿过走廊来到就餐的套间。

她看到这些住在女修道院的姑娘们不懂规矩,缺少教养,她感到的不是尴尬而是惊异,例如她们不披面纱,五官暴露无遗,行为毫不含蓄。当埃伦娜进房时,多少双眼睛立即齐刷刷地朝她望过来。年轻女人开始笑着窃窃私语,以多种方式暗示她正是她们谈论的话题,并吹毛求疵多方挑剔。没有一个人上前迎接或说上一句鼓励的话,或欢迎她入座用餐,更别说有人大方周到,或表现某种礼节或说句客套话,使新到的胆怯或不幸的人振作起来。

埃伦娜不声不响找把椅子坐下,虽然同伴的无礼和粗俗起初让她感到孤独和窘迫,但后来她意识到大家都是无辜的,精神就慢慢好起来,恢复了尊严风度,把刚才的不快暂时抛向一边。

埃伦娜第一次急于回自己的小房间,这一回玛格莉陀没有锁门,但小心翼翼地锁上了过道那边的门。看得出来,她这点小恩小惠给得十分勉强,好像奉先生之命不得不为。她前脚离开,埃伦娜后脚就上了塔楼。受了那些新修女的粗俗行为的折磨之后,她带着感激之情上楼,在那边看到了可敬的奥莉薇娅修女的精心安排:趁埃伦娜不在时她来过这房间,搬进一桌一椅,桌上有几本书和一束芳香的鲜花。埃伦娜感动得热泪盈眶,并任由被奥莉薇娅的大方和体谅激发的热泪扑簌簌地落下来;她暂时顾不上去翻阅书籍,就是不想让这种愉悦的情绪体验中断。

然而,待埃伦娜开始翻阅书本时,发现其中一些书讲的是神秘故事,只好失望地丢弃在一边。不过另一些书中有意大利最好的诗人的作品,还有一两卷圭恰迪尼①写的历史书。修道院图书馆中有诗集,这或多或少让她有点意外,这一发现也使她感到特别高兴,便不想去询问什么缘故了。

把书排好,把房间整理了一下,埃伦娜便靠窗坐了下来,拿起塔索的一卷诗认真阅读,打算驱赶头脑中的一切痛苦记忆。她在诗人的想象场景中漫游,直读到暮色降临才回到现实中。夕阳西下,晚霞洒在远山上,把整个西边天际染成了鲜亮的紫红色,让本来白雪皑皑的山顶也变了色。大自然的静谧提升着她的忧郁心思,她想起了维瓦迪,泪珠直往下掉——或许她再也不能见到维瓦迪了,即使他不遗余力寻找她,恐怕也无济于事。上次见面时他对即将到来的分离感到痛苦万分,也曾质疑是否合适,现在她回忆起来,每一细节均历历在目。此刻她在想象中,犹如目睹他的悲痛和失魂落魄。而这一切都是她的神秘出走和失踪造成的。她本人正坚强地面对着自己的痛苦,现在在她想象中维瓦迪也正坚强地面对着他的痛苦。

后来,晚祷钟声响起,她准备去参加弥撒,遂下楼回到自己的小房间等人来带她去。玛格莉陀很快就来了。在教堂中,如同往常,她在晚祷结束后见到奥莉薇娅,并受邀到修道院的花园中走走。园中柏树排列在长长的步行道的两边,枝杈交错着盖在头顶上方,蔚为壮观,几乎把晚霞全挡住了,她们就在幽暗的树下漫步。奥莉薇娅谈的话题很广,但语气严肃,故意不提起与女院长及埃伦娜本人有关

---

① 弗朗西斯科·圭恰迪尼(1483—1540),文艺复兴时期标志人物,15 世纪意大利的外交家,意大利人文主义史学家,以客观公正著称。(译者)

的事。

而埃伦娜则急于知道自己多次表示不愿当修女后女院长的反应，冒失地率先发问，但奥莉薇娅回避回答，还对埃伦娜反复表示感谢关心之类的美言小心地予以阻止。

奥莉薇娅陪着埃伦娜去自己的小屋。进了房她不再遮遮掩掩，而是尽量解除埃伦娜的疑问。她说的话较为详尽，态度既直率又谨慎，把她与女院长交谈中她认为该让埃伦娜知道的都说了出来。总的说来似乎奥莉薇娅坚持了自己的主见，而女院长坚持着不肯让步。

"无论你做怎样的决定，"修女补充说，"我真诚奉劝你，妹妹，都要让女院长感到你可能会顺从，否则她就要走上极端。"

"还会有何种比已提出的那两种更可怕的极端？"埃伦娜回答，"她会逼我就范？我为什么要故意掩饰自己的动机？"

"为了你自己免受不值得遭受的苦难。"奥莉薇娅痛苦地说。

"是的，不过我就要招致值得受的痛苦，"埃伦娜感慨道，"而我因此丧失的平静性情是我的压迫者永远无法让我恢复的。"她说这话时以略带责怪和失望的眼神看着朋友。

"我为你的正义感叫好，"奥莉薇娅回答，并以极大的同情心打量着对方，"哎呀！心地这么高尚却偏遭不公正对待，被剥夺正当权益！"

"不是偏遭，"埃伦娜说，"不说遭受。我已经习惯于直面那些苦难。我已经选择了给予我的苦难中最轻的一种，我会坚强地忍受。你还能说我是被迫遭受苦难？"

"哎呀，我的好妹妹，你并不清楚你的承诺意味着什么，"奥莉薇娅回答，"你尚不了解等待你的那些苦难到底会是什么样子。"

她说话时眼中饱含泪水，但她尽量不让埃伦娜看见，而埃伦娜见她这个样子感到吃惊，恳求她做出解释。

"至于这一点，连我自己也没准，"奥莉薇娅说，"即使我清楚，我也不敢做解释。"

"不敢！"埃伦娜重复着，显出悲痛状，"当需要拿出勇气去阻挡邪恶的发生时，像你这样胸怀宽广的人也会害怕？"

"别再追问了！"奥莉薇娅说，但她脸上没泛出欺骗的红晕，"只要你理解公开抵抗的后果是可怕的，知道你必须同意避开这种后果就足够了。"

"但是，如何去避开它，我亲爱的朋友，而不至于造成我所担心的可能更为可怕的后果？既不屈从于可恨的婚姻又不出家当修女，那我如何能避免产生恶果？我以为，可以威胁我的莫过于那两种选择了，没有更可怕的了。"

"或许不是这样的，"奥莉薇娅说，"想象不能引来恐怖——但是，好妹妹，让我重复一次，我会设法救你！哦，我是多么乐于从潜在的邪恶中把你拯救出来！要救你的唯一机会就是，至少要说服你放弃抵抗。"

"你的善意深深地打动了我，"埃伦娜说，"若拒绝你的忠告，我怕自己显得无动于衷了，但我不能采纳你的忠告。我为了自卫应采取的掩饰手段只可能止于不造成自己的毁灭。"

埃伦娜说完这话，用眼角扫视奥莉薇娅，心生一种不可名状的狐疑：她是否口是心非？此刻她叫我说假话，是否要把我引入她和女院长共同设计好的陷阱？埃伦娜为自己的这一假设感到恶心，没有进一步审察其可能性就把它打消了。奥莉薇娅给了她那么多照顾，她的表情和行为表明她心胸坦荡，自己对她有那么深的尊敬和好感，如果说她残忍和叛逆，这种怀疑比真的把自己关禁闭更让人痛苦。此刻埃伦娜再向奥莉薇娅脸上审察一番，她深感宽慰，坚信奥莉薇娅完全不会骗人。

"假如我可能同意采取欺骗说法，"埃伦娜停顿长时间后接着说，"那对我有什么用？我完全掌控在女院长手中，她会立即去验证我说的话是否属实。如若发现我说了假话，她就会立即报复我，这样我寻求避免不公却正好招致惩罚。"

"如果说，说谎有可原谅的时候，"奥莉薇娅颇为勉强地回答，"那就是我们为了自卫不得不说谎话。在不多的情况下，说几句谎话并不可耻，你现在就是这种情况之一。但是，我必须承认，所有可期待的好处也就是暂时为你拖延一段时间。当女院长知道你有可能同意她的愿望时，她就有可能给你一些时间，允许你为出家做准备，但在这段时间里有可能出现新情况，把你救出目前的窘境。"

"啊！但愿如此！"埃伦娜说，"但是，哎呀！有何种力量能救我？我连一个亲戚都没有，有谁会来救我出苦海？你指的是哪种可能性？"

"侯爵夫人可能会改变态度。"

"亲爱的朋友，那么，你所谓的好处就寄托在她身上？如果是这样，那我又要失望了；为了这么个机会，那肯定没戏，那是一个人的品性决定了的。"

"好妹子，也还有别的可能性，"奥莉薇娅说，"听！什么钟声？那钟声是召集所有修女到女院长那边集合，她要发布她的晚祝祷。要点名，我不能缺席。晚安，好妹子。好好考虑我给你的忠告，记住，好好想想，你做的决定所产生的后果一定是严肃的，还可能是致命的！"修女说话时意味深长地朝埃伦娜看了一眼，显得特别强调，而埃伦娜既期待又害怕她说出更多的话。但是，还没等埃伦娜从惊奇中恢复过来，奥莉薇娅已走出了房间。

第八章

他，像个房客，

在夜幕下，徘徊在废墟上，

神情疲惫，面现惊恐。

——神秘的母亲

富有冒险精神的维瓦迪和他的仆人波罗，在埃伦娜离开厄蒂丽别墅的那个夜晚在帕罗奇城堡的洞室中熬过一夜，已经筋疲力尽。他们在恐惧中醒来，发现四周一片漆黑，因为他们带的火炬已熄灭。他们想起前一晚发生的一切之后重又提起精神，要力争获得自由。他们又一次去查看钉上条子的天窗，发现从上往下看，仅见城堡的一个封闭的院子，似乎无路可逃。

那修士说的话早已重现在维瓦迪的回忆中，让他受折磨的是他担心埃伦娜已不在人世了。波罗既不能安慰主人，也不能让他减轻痛苦，只好陪着他郁闷地坐着。波罗再也提不出充满希望的建议，也说不出逗乐的笑话，忍不住说饿死是最恐怖的死亡方式之一，也抱怨过他们太莽撞，因而落到目前这般悲伤的境地。

他越说越来劲，尽管他讲得头头是道，可主人却一句也没能听进去，因为此时维瓦迪正在全神贯注苦思冥想。波罗突然打住话头，跳起身来高喊："先生，那边是什么？您看见什么了吗？"

维瓦迪环顾四周。

"那肯定是一束亮光,"波罗说,"我会马上搞清楚这光从哪来。"

他说完这话便纵身向前。当他发现这光是从门边缘空隙处透进来的时候,真是喜忧参半。门开着一条缝。他简直不敢相信自己的眼睛了,因为他记得这门昨夜还闩得严严实实,也没有听见因拔门闩而发出的任何声音。他把门开大,镇定了一下,站住往门另一边仔细查看后再冒险前行。突然之间维瓦迪冲到波罗前面,并叫他立即跟上。他们向上爬到光亮之处,只见城堡的院落一片静悄悄、空荡荡。维瓦迪直跑到拱廊处,也没见到任何人。他跑得气喘吁吁,简直不敢相信自己重获自由了。维瓦迪在拱廊下停步喘口气,考虑着是赶路回那不勒斯还是去厄蒂丽别墅,因现在正是清晨,可能也正是埃伦娜家起床之时。维瓦迪恢复精神之后,担心埃伦娜死亡的想法暂时消失,不过这仅是短时间的犹豫,他终究还是强烈挂念着埃伦娜,于是他下决心前往厄蒂丽别墅,不管此刻去是否早了一点。他想,至少可先去她住处看看动静,等待这家人起床。

"先生,请您别在这地方停留,"当主人犹豫时波罗说,"只怕敌人又会出现;先生,找条近路,去找户人家先吃早饭,因为先前一直怕挨饿,现在也真的到吃早饭的时间了。"

维瓦迪立即朝别墅走去,波罗高高兴兴地跟着,一边说出他的惊异感想,对方到底出于什么原因把他们关起来又让他们逃跑。至于维瓦迪,他现在虽有空思考这问题,但是也无法做出解释,只有一点他可以肯定:绝不是劫匪关了他们禁闭。至于到底是谁有兴趣在夜里把他关起来而在第二天早晨又放他离开,他仍不得而知。

一踏进厄蒂丽花园,他就惊奇地注意到,有几扇较矮的窗在大清早这时候竟是开着的,但一到门廊他的惊奇便变成了恐惧,因为他听到厅内有人痛苦呻吟。维瓦迪一阵喊叫之后听到比阿特丽斯的哀叫。门是关紧的，比阿特丽斯又无法开门，维瓦迪只好爬窗而入，波罗也跟着进去。进入大厅，他们看到女佣被绑在廊柱上，并得知夜间埃伦娜被全副武装的人押走了。

这消息一下子让维瓦迪惊得发呆，然后就此事向比阿特丽斯问了千百个问题，不留间隙让她回答任何一个问题。等他终于有耐心听她回答，他了解到歹徒共有四人，都是蒙面人，其中二人带埃伦娜走出花园，另二人把比阿特丽斯绑在柱上，威吓她如叫喊就要她命，监视着她直到埃伦娜被押走。关于埃伦娜，她就只知道这些。

维瓦迪冷静思考之后相信，他已明白搞阴谋之人及整个事件的计谋，以及他自己被关禁闭的原因。看来埃伦娜是被他的家庭下令押走的，目的是阻止他俩的婚姻。他们引诱他进入帕罗奇城堡，并将他禁闭，防止他干扰他们的阴谋，就是说，若他本人在厄蒂丽别墅，则绑架埃伦娜难以实现。他本人曾说过以前在帕罗奇的冒险，现在看来他的家庭正是利用他的那种好奇心引他进入洞穴。这个计划相当可行，因为城堡处在去厄蒂丽别墅的直道中间，只要维瓦迪去那边，定会被侯爵夫人手下的人发现，只要操作得当，他难逃当俘虏的命运，而且不必对他付诸暴力。

考虑到这些情况之后，他也进而肯定，申多尼神父就是一直跟踪他的那个修士。他正是母亲侯爵夫人的秘密高参，一切预谋中不幸的制造者之一，而且似乎他实施阴谋的能耐很大。但是，维瓦迪在承认所有这一切的可能性时，又对申多尼在侯爵夫人房中与他交谈时的表现产生了新的惊奇——当他对申多尼发出指控时，当他直截了当指出那个所谓陌生人就是他本人时，他装得那样自恃而无辜，这些又使维瓦迪对这位神父虚伪面目的认识发生动摇。"但是，除了他还能有谁对我的情况熟悉到这种地步？"他自言自语，"还有谁会有这么大的兴趣不遗余力地击败我？除却这位告解神父还会有谁？只有他，毫无疑问，会因坚持不懈而得到巨大酬劳！那修士非申多尼莫属。但奇怪的是，他怎么不去乔装打扮一番，怎么就穿通常穿的服饰出现在他那神秘的工作室！"

至于申多尼，不论实情怎样，有一点再明显不过，那就是，埃伦娜是由维瓦迪家下令并由申多尼操办而被押走的。于是他立即返程回那不勒斯，到家里去讨要埃伦娜，倒不是希望获得他们的同意，而是相信碰巧会得到一点相关的线索。

如果得不到任何有关埃伦娜去向的线索，维瓦迪决定去找申多尼，告他背信弃义，要他对自己的行为做出充分解释；再就是，若可能，就从他那里了解把埃伦娜关在什么地方的一些线索。

维瓦迪终于得到了一次与侯爵本人的交谈机会。他跪在父亲的脚边，哀求父亲把埃伦娜送回她家中，侯爵自然地流露出来的惊诧是维瓦迪想不到、受不了的——他的惊奇和失望达到极点！侯爵的神色和态度不容怀疑；维瓦迪确信父亲真不知道那些已经实施的对付埃伦娜的各种举措。

"虽然你这些日子表现得不体面，"侯爵说，"但我不会弄虚作假损坏自己的荣誉；尽管我渴望着你能自己打破你已构建的那个不值得的关系，但我不屑采取阴谋诡计。如果你存心去同那个人结婚，我不会采取别的措施以示反对，只会告诉你将面临的后果——从此以后我不认你是我的儿子。"

说完这话侯爵就离开房间，维瓦迪也不去拦他。总体上，他的话同以前说过的差不了多少，但他这次所表达的决绝威胁使维瓦迪大为震惊。然而，他内心的火热情绪立即让他克服了父亲的话所造成的影响，此刻他担心的是他有可能已无可挽回地失去了最爱的人，而现在不是为以后可能降临的邪恶发愁的时间。他习惯专注在短期目标上，他知道眼前失去了埃伦娜。

接下去他和侯爵夫人——他母亲——之间的交谈完全是另外一种性质。尽管她装腔作势，但维瓦迪的怀疑一下子加重了，对母亲他既有爱心也有失望，但他很快就发现了她的虚伪，丧失了对她的信任和真诚。但是他仅有此想法而已，别的无能为力，他无法唤起她的怜悯心，更不能促她主持正义；她甚至没给出任何可帮助他寻找埃伦娜的线索。

不过，还可找申多尼一试。维瓦迪对于申多尼与侯爵夫人结成阴谋小集团已不再有丝毫疑问，他也肯定申多尼安排了劫持埃伦娜的行动。至于他是否就是帕罗奇遗址中多次出没的人，还需进一步证明，因为虽有些情况看上去是他本人，可也有些情况指向相反方面。

离开侯爵夫人的房间后，维瓦迪去斯皮里托·桑托修道院寻找申多尼神父。开门的执事告诉他，神父在他自己的密室中，维瓦迪迫不及待地进了院落，请人带他去找申多尼。

"我不敢离开这门口，先生，"执事说，"不过，你只要穿过院子，登上楼梯，就是你右边看得到的那楼梯，上去后就是一条通道，那边第三道门进去就是申多尼神父的房间。"

维瓦迪朝前走，没碰上别的人，这里是神圣之地，静悄悄的，等他上了楼梯才听到过道那边传来微弱的悲叹声，他猜出这是某个悔罪者在做忏悔。

根据刚才执事的指点，他在第三道门外停下脚步，轻轻敲门，响声过后又是一片寂静。维瓦迪敲了几次门都无人应答，他试着自己开了门。幽暗的小室内无人出现，不过他还是四面寻找，盼着会有人藏身于某个角落。房内仅有一床、一椅、一桌及一个耶稣受难像；桌上放着几本宗教书籍，有一两本书是用陌生文字写的，书的边上还放着几种惩治人的器具。稍稍查看了这些东西，维瓦迪就感到不寒而栗,虽然他不知道如何用这些东西。没有别的所见,他离开房间,回到庭院中。执事对他说,既然申多尼神父不在他的密室中,那他可能在教堂内或在花园中,因为这天上午没见他出大门。

"昨晚有没见过他?"维瓦迪急切地问。

"有,见他回来参加晚祷。"执事有点惊奇地回答。

"你肯定看到,我的朋友?"维瓦迪接着问,"你能肯定他昨夜在此修道院度过?"

"你是什么人,怎么问这个问题?"执事说,他有点儿不高兴了,"你凭什么这样发问?你不懂我们这里的规矩,先生,要不然你就知道问这些话是不必要的,院中任何成员如有一夜不在院内睡就要遭严厉惩处,而申多尼神父是我们这里最守规矩的人。他是最虔诚的信徒;没有几个人能像他这么严格苛求自己,他的吃苦精神堪比圣人。他在外面过夜?走吧,先生,那边是教堂,或许你能在那边找到他。"

维瓦迪没有回答就走了。"伪君子!"他自言自语着,横穿院子朝教堂走去,教堂在四方形的另一个边,"我要撕下他的假面具。"

维瓦迪进了教堂,只见里面同外面院子一样,空无一人,也没响动。"这里的人都撤到哪里去了?"他说,"无论我走到哪都只听到自己的脚步回音;一切都像是死亡一样!也许,这时刻是大家的反省时间,修士都进了各自的密室。"

他在长长的教堂过道中穿行,突然听到惊人的声响从高高的屋顶传来,他停步倾听;那声音似乎是远处的关门声。不过,他反复探视神圣的幽暗处,盼着能看到某个修士。这里的一点光线是远处天边亮光透过彩色玻璃洒下的。没过多久,果真有一人出现,他默默地站在回廊的暗处,穿的正是修士的服饰。于是,维瓦迪朝着那人走去。

修士没有避开，反而把头转过来看向来人，但身体姿态未变，站着像一尊塑像。远远看去，这个又高又瘦的人颇像申多尼，随后，维瓦迪发现这个戴着大风帽的人脸色煞白，正是告解神父申多尼。

"我终于把你找到了！"维瓦迪说，"神父，我想同你单独谈话。这地方不适合我们做这种谈话。"

申多尼没回答，维瓦迪又盯住他看，发现他面容没有变化，眼睛朝下看着地面。他像是没听懂维瓦迪的话似的，或者说维瓦迪的话根本没有给他的感官留下什么印象。

维瓦迪以更大声音重说了一遍，但从申多尼的面容看，他仍没有任何反应。

"你这样装聋作哑是什么意思？"维瓦迪说。此时他已失去耐心，怒火也上来了："你用这没用的伎俩保不住你，你已暴露，你的秘密手段已为人所知！把埃伦娜·罗萨尔巴送回到她家中，或者你先坦白你把她藏在了什么地方。"

申多尼仍闷声不响，一动不动。出于对长者及对教职人员的尊重，维瓦迪克制自己没去抓住他逼他做出回答；他这边硬压住焦急的煎熬和忍受着满腔义愤，而修士却像断了气一样无动于衷，两者形成了鲜明对照。"我现在已知道，"维瓦迪继续说，"是你在帕罗奇折磨我，是你先预告祸事降临然后处心积虑去实施罪恶，也是你预告了比安齐女士的死亡。"申多尼皱起眉头。"是你预告了埃伦娜的离去，是你装神弄鬼引诱我进入帕罗奇的洞穴，你是我所有不幸的预谋者和制造者。"

申多尼把目光从地面抬了起来，并以可怕神情盯着维瓦迪看，但仍然不说话。

"神父，"维瓦迪接着说，"我知道并将把这些公之于众——我会剥掉你包裹自身的那层神职人员的虚伪表皮——在宗教界将你所使用的那些可鄙的伎俩及你所制造的苦难广而告之,你真正的人品将为人所知。"

维瓦迪说话时申多尼的目光短暂撤离,重又看着地面,脸上表情如常。

"恶棍! 把埃伦娜送还给我!"维瓦迪喊叫着,现出绝望再次袭来的痛苦。"至少要告诉我,到哪能找到她,要不你必须去把她找回来。哪里,哪里,你把她弄哪里去了?"

当维瓦迪高声而又激动地说这些话时,有好几个圣职人员进了这回廊,正往教堂主厅走去。他们突然注意到他的话,便停下脚步。他们看到申多尼那与众不同的态度及维瓦迪近乎疯狂的手势,便急忙走近。"忍一忍,"来人中的一员抓住维瓦迪的外套对他说,"别生气!"

"我碰上了伪君子,"维瓦迪回话,身子往后一退,挣脱了来人的拉扯,"我碰上了一个破坏他人安宁的人,他的职责本应维护——"

"忍一忍,别这样做出格举动,"那教士说,"要不然会遭上帝报复的! 难道你不知道他供的是圣职?"他指了指申多尼,又说,"离开教堂,你现在可安安全全走,若再闹,当心惩处你。"

"在你回答我的询问之前我不会离开这地方,"维瓦迪对申多尼说,甚至不屑看一肯眼刚才说话的那修士,"我重问一遍:埃伦娜·罗萨尔巴在哪里?"申多尼仍然一言不发,一动不动。

"你这样让人失去耐心,难以置信,"维瓦迪继续说,"说! 回答我,否则我就不客气了。还不说! 你知道圣皮埃塔修道院吗? 你知道黑色悔罪者的告解室吗?"

维瓦迪觉得他已看到申多尼脸色有了些变化。"你还记得那个可怕的夜晚,"他接着说,"在那告解室的台阶上所发生的故事?"

申多尼抬起目光,又一次盯着维瓦迪看,那眼神像是要把他打倒在地。"走开!"他用极大的声音喊叫起来,"走开!你这亵渎神圣的小子!为你的不虔诚所可能产生的后果发抖吧!"

他说了这句话就挪动身子,像影子般飞快而无声地沿回廊一下子消失了。维瓦迪欲去追他,却被身边的众教士拖住。众人无视他的痛苦,却被他说的话所恼,异口同声威胁他,如不立即离开修道院便要将他关起来,还要以扰乱教堂圣事、侮辱圣职人员为由,对他施以重惩。

"他罪有应得,"维瓦迪说,"他的倒行逆施破坏了别人的幸福,如何能得以恢复?你们这个宗教团体因他这个成员而蒙羞,尊敬的神父们;你们的——"

"安静!"一个教士大声说,"他是我们这里的骄傲;他恪守教规,严于律己,自责自戒——这些好话不说了,我只想说你无权评价、无法理解我们所作所为的神圣秘举。"

"把他带到帕特尔住持那边去!"一个发怒的教士说,"把他关进密室!"

"走开!走开!"众人重复喊叫,他们想强行推着维瓦迪走过回廊。维瓦迪充满自尊,义愤填膺,突然爆发出猛劲,挣脱众人的拉扯,从另一扇门冲出了教堂,逃到街道上。

维瓦迪心情坏透了,他那痛苦的样子足以引起任何心地善良的人的怜悯。他不想见父亲,但找到了侯爵夫人。她正为自己计划的成功实施沾沾自喜,对儿子的种种痛苦毫不知晓,毫无体察。

当侯爵夫人被告知儿子快要结婚时,就如同往常一样找她的告解神父来商量阻止这桩婚事的办法。她采纳了神父出的主意,因为这项计划容易执行到位。侯爵夫人早就与圣斯蒂法诺女院长熟悉,相当了解她的性格脾气,就毫不犹豫把这件重要事情交托给她去操办。女院长对此建议的答复不仅顺从,而且很热情,看来她也会忠实履行托付给她的大事，不负所望。此计划一经执行就别指望儿子的眼泪、苦恼及各种磨难能使侯爵夫人改变做法。维瓦迪现在只能怪自己轻易相信渺茫的希望，离开母亲房间时沮丧到几近绝望。

忠诚的波罗应召急匆匆来到主人身边，但他没能获得任何有关埃伦娜的消息。维瓦迪打发他再去探听有关消息后，自己回到房间，由于过度哀伤及想不出有望成功的补救办法，他一会儿激动，一会儿又情绪低落。

傍晚时，维瓦迪因坐立不安而渴望去走动一番，但几乎不知道该往哪走，他离开宫殿，往海滩方向信步走去。只有一些渔夫和流浪汉在岸边活动，等待从圣路西亚来的船只。

维瓦迪双臂交叉放在胸前，帽檐往前拉，尽量把脸遮住，不让人看见他的愁容。他紧靠着水边踱步，听着海水拍打脚边堤岸发出的声响，注视着海浪起伏变化的美景。此时他一门心思地郁郁回忆与埃伦娜相关的情景。她原来的住房矗立在岸上，现在遥遥可见，他记得自己在那边常与她们一起欣赏这边的可爱景色。此刻这里的景观对他来说已无魅力可言，没有了色彩，没有了情趣，或者说只会带给他悲痛的想法。大海在夕阳映照下泛着细浪，长长的防波堤连同那些灯塔披着一缕缕落日余晖，渔夫在树荫下休息，小舟在平静的水面上轻盈前进，划桨几乎没有击打出涟漪——这些是上次与埃伦娜她们一起时他在厄蒂丽别墅之所见，也是现在这个失魂落魄的傍晚又重回他脑海的画面。上次那个晚上，也就是比安齐生前最后那个晚上，他与埃伦娜及比安齐一道坐在橘树下，当时她把埃伦娜托付给他照顾，埃伦娜对不久于人世的亲人的请求动情地表示同意。对这一情景的回忆与现实形成强烈反差，使维瓦迪重又产生了绝望的痛苦。他在海边快步走动，内心发出长长的呻吟。他责怪自己的冷漠和不作为，过了这么长时间还没发掘到任何对寻找她有用的线索。此时他虽然还不知道该去往何处，但决定立即离开那不勒斯，在救出埃伦娜之前不回他父亲的府第。

他向在岸边围坐着说话的几个渔夫询问，是否可以租他们的船沿海岸航行。因为他估计埃伦娜可能从厄蒂丽通过水路被运到岸上某个镇或修道院，水运方便并且具有隐秘性，适合她敌人的计划。

"我只有一条船，先生，"一个渔夫说，"这船一直往返于这里与桑塔·露西亚，但是在这里的其他伙计或许能替你效劳。卡罗，你的小快艇可否帮这位先生一下？我知道，另一桩生意正忙着。"

然而，他的同伴正忙着与三四个人谈话，全神贯注，没有回答；维瓦迪向前一步直接去问同一问题，对方的热情讲述及粗鲁动作给他留下了深刻的印象。他静静地听他们讲话。其中一人对维瓦迪说的这事起了疑心。"我告诉你，"这人说，"我以前常送鱼到那边去，一星期去两三三次，她们是好人，每次都没少给钱。可最近这次，我去那边，敲了门，但我突然听到有人大声呻吟，接着我听清是管家本人在大喊救命。但我帮不上忙，门关得死死的；我跑到巴陀里老人那里求援，他就住在通往那不勒斯的路边。哟，我跑着跑着，看见来了一位先生，他从窗口跳进去，立刻给她松了绑。所以说那时，我听了整个故事——"

"什么故事？"维瓦迪说，"你说的是关于谁的故事？"

"问得正好，少爷，您等着听吧，"这位渔夫说，同时朝维瓦迪看了一下，接下去说，"哎唷，先生，我在那边看到的就是您，是您给比阿特丽斯松的绑。"

其实维瓦迪此前未曾怀疑过此人讲的是发生在厄蒂丽的故事，现在他正好就恶棍架走埃伦娜的路线问上千百个问题，但是没有得到令他满意和宽心的回答。

"我毫不怀疑，"一个一直在一旁听的流浪汉说，"我可以肯定，那天早晨驶过勃雷萨里的马车里面坐的正是那位被绑架的女士,那天天气闷热,在露天呼吸都有困难,可是那马车的车窗却关得严严实实!"

从对话中获得的暗示,足以让维瓦迪兴奋起来。他把这位流浪汉说的那些话拼凑在一起考虑,大致整理出如下要素:流浪汉眼看见,如他所描述的那辆马车快速驶过勃雷萨里,时间正是埃伦娜·罗萨尔巴女士离开的那天清早。现在,维瓦迪对于这辆车带走埃伦娜没有疑问了,他决定立即到那地方去,希望从那地方的驿站主人处获得关于那辆马车所走的下一段路线的讯息。

怀着这一意图,维瓦迪又一次回到他父亲的府第,倒不是去把他的目的告诉父亲或是向父亲道别,而是去那边等待随从波罗回来,他打算带着波罗一起去寻找。他现在已满怀希望,尽管还缺少证据支持他的乐观;他相信自己的计划完全未被那些欲对之加以破坏的人所知晓,所以他根本不去采取预防措施,生怕因此妨碍他从那不勒斯起程,他也没有提防可能会在旅途中追赶他的人。

第九章

让毒蛇咬你第二回，愿否？

——莎士比亚

在上次与维瓦迪的谈话中，儿子丢下的一些狠话，还有他的一些表现，使侯爵夫人有所警觉，于是她又把私人顾问申多尼召了来。申多尼在斯皮里托·桑托修道院教堂中挨了骂，心中还很难受，此次勉强到来，心情郁闷，他不怀好意地盼着找报复的机会。维瓦迪指责他虚伪，讥笑他假装正经，这些他到现在都耿耿于怀，怨气越积越重，总想找时机狠狠地发泄一番。他心里感到难堪，便以多种形式表现出来。表现在野心上，向上爬是他做事的动力之一，长期以来他一直装得十分圣洁，主要就是盼望晋升。他在自己所属的宗教社团中不为人所喜爱，许多教士兄弟向来竭力反对他的观点，找他的差错，恨他的傲慢，妒忌他假惺惺的圣洁，现在正为他遭受的难堪而暗自高兴，并且欲对此加以利用，以杀他的威风来壮大己方力量。他们毫不掩饰地对他进行冷嘲热讽，败坏他的名声，显示自己的胜利。而申多尼的脾气决定了他难以忍受这一切，虽说他遭人蔑视是罪有应得。

首先，从维瓦迪口中知道的有关他往昔生活的一些暗示，迫使他突然逃离教堂，更是对维瓦迪发出了警告。确实，这些话已引起他的恐惧，他觉得置维瓦迪于死地，把这些东西永远封存，也不是不可能的,怕只怕会遭到维瓦迪家族可怕的报复。从那一刻开始他没有安宁过,没有睡着过,吃下去的东西也很少,日夜几乎都跪在高高的祭坛上不起身。看到他这种跪姿,善男信女们都停步观看并啧啧称赞;而不喜欢他的那些教士兄弟们则嗤之以鼻,不屑一顾。申多尼本人对谁都不理睬,似乎他不存在于这世界,他只想着爬向更高的一层。

他本身内心所受折磨,以及他见到的信徒的苛刻补赎,已使他的外表发生了惊人的变化,他看上去已经三分像人七分像鬼。他面容憔悴、瘦削,眼睛深陷、呆滞,整个行为习性表现出一种狂野活力——好像他拥有地球人所没有的那种充沛精力。

当他得知侯爵夫人召他去的时候,他内心活动已如上所述,他担忧着维瓦迪对他的揭露可能产生严重后果。所以,最初他想不去,但是考虑到若真的不去,他的拒绝倒会使疑心变真,他终于决定前去碰碰运气,以巧辩为自己开脱。

他带着担忧,也存有希望,走进侯爵夫人的密室。她先是吃惊地观察他,较长时间看着他与往日不一样的面色;申多尼难以掩饰被她盯着看的尴尬。"女士,愿安宁永伴您!"说了这句话,他便坐了下来,眼睛只看着地板。

"神父,我想同你说一些急事,"侯爵夫人严肃地说,"这情况你恐怕还不知道。"她停顿了一下,申多尼点了一下头,焦急地等她说下去。

"你不说话,神父,"侯爵夫人接着说,"我该如何理解你的意思?"

"你听了别人的误传。"申多尼回答,他不及掩饰,把心里想的都说出来了。

"请原谅,"侯爵夫人说,"我听到的一点不假,若我心里还有任何怀疑,我就不会叫你来了。"

"女士!可不要轻信!"申多尼神父不明智地说,"你不知道草率听信人言会有什么后果。"

"你是说我轻信!"侯爵夫人回答,"但是——我们被人出卖了。"

"我们?"神父重复着,开始明白过来,"发生了什么事?"

侯爵夫人把维瓦迪的出走告诉他,维瓦迪走了已经有许多日子,从这么长的时间推断,他一定发现了关押埃伦娜的地方,也一定知道是谁干的。

申多尼不同意她的看法,但只是暗示,不能指望年轻人会顺从,除非采取更严厉的措施。

"更严厉的!"侯爵夫人提高声音说,"我的好神父,把她软禁一辈子还不够严厉?"

"我是说对你儿子要更严厉些,夫人,"申多尼回答,"当一个年轻人堕落到对神职人员不尊不敬,公开侮辱告解神父,而且还是在告解神父履行神圣职责时对神父进行侮辱,那么已到了用强硬手段控制他的时候了。我平常不会对如何处置这种情况提出忠告,但是维瓦迪先生的行为却到了急需管束他的时候了。这是公众道德规范所要求的。就我本人来说,实际上,我本应耐心地忍受强加于我的侮辱,权将它看作一种不当的招呼,当作一种出于傲慢施加于人,让人净化灵魂的磨难,最圣洁的人会下意识地这么做。但我是不允许只考虑自身的人。芸芸众生要求惩一儆百,对你儿子的极端恶劣的不虔诚行为应予以惩戒,夫人,要揭露这件事让我很悲痛,您的不肖之子是有罪的。"

很明显,申多尼以此种语言风格控告维瓦迪,至少为的是加强语气表达他的怨恨,这胜过他平常巧舌如簧、转弯抹角的深沉而平和的说话策略。

"你指的是哪件事,公正的神父?"侯爵夫人感到十分惊诧,问道,"我儿子做了怎样的侮辱,怎样不虔诚的事?我请求你明说,以便我可以明白我怎样做才能以严格的标准判断我是否尽到了母亲的职责。"

"那是从崇高的感情角度而言,而在这点上您是很突出的,我的女儿!坚强的人所感受到的是:公正是道德的最高境界,而软弱的人偏爱宽恕。"

申多尼这样高调说话,其目的不仅仅是促使侯爵夫人立马下决心惩处维瓦迪,他的愿望是促使她准备采取措施,以便以后他有必要完成他蓄谋的对维瓦迪的报复。他知道,对她阿谀奉承,满足她的虚荣心,他就最有可能达到目的。因而,他赞扬她,故意点出他希望她具有的某些品性,引导她抛弃通常流行的观点,他将她偶然为之的一般道德品性追捧成高超理解力的表现,他还把严厉称为公正,把残忍冷漠赞美成智高意坚。

接着,他向她描述了维瓦迪最近在斯皮里托·桑托修道院中的行为,夸大他的整人表现,还无中生有编造了一些情况,把整个事件塑造成严重的褒渎不敬和刻意挑起的侵犯人身的行为。

侯爵夫人听完他的叙述,有惊异更有气愤,她随时准备采纳告解神父的忠告。这让申多尼离开时又精神抖擞,满怀取胜的希望。

这期间,侯爵对他夫人与申多尼的谈话及其内容一无所知。他的观点已在前面表述过,其后有关维瓦迪的事根本没有人找他商谈。他是坚决反对他们在暗中整人的权宜做法的。他注意到儿子很长时间没回家了,作为父亲他有担忧也有关爱。虽然他精心守护着自己的等级门第,但他还是很爱维瓦迪的;虽然他从来不曾真的相信儿子筹划着与一个像埃伦娜这样出身比他自己低下得多的人步入神圣的婚姻殿堂,但他确实疑虑重重,十分担忧。现在维瓦迪不同寻常地长期离家不归,做父亲的他有了新的惊慌。一方面,他担心如果此时那女人被找到——维瓦迪怕失去她,同时如此复杂的反对已激起他的恼羞成怒——莽莽撞撞的维瓦迪为了信守已发的海誓山盟,很可能会被说服,不顾一切去救她。另一方面,他也怕因维瓦迪绝望而可能产生的后果,如他找她失败了,那侯爵本人心理上的翻腾不安也就仅次于自己的儿子而已。侯爵既怕儿子找到她,又怕儿子找不到她,真是左右为难。

差遣仆人去找维瓦迪时,侯爵正处在心思混乱之际,对仆人发指示时话说得不明不白,几乎没人弄明白到底该去何处找;因为侯爵夫人刻意不让侯爵知道埃伦娜的去处,所以侯爵也不可能提及去圣斯蒂法诺的路线。

当侯爵在那不勒斯为此忙碌时,申多尼正在制订进一步迫害埃伦娜的计划。与此同时,维瓦迪正在奔走于各个村庄、各个城镇之间探寻埃伦娜,时至此刻他的一切努力统统落空了。他没能从勃雷萨里驿站的人员口中了解到多少对他有用的信息,充其量不过是他本来就已知道的那些,如马车、关闭的小窗、早晨换马等。他们说的时间,据他记忆该是埃伦娜出发的早晨,再就是马车走的路是去莫加尼。

等维瓦迪到了莫加尼,他又失去埃伦娜的踪迹了。关于那一行人的行踪,驿站主人什么也回忆不起来,即使他注意到他们,也没有特别留心他们从哪条路走,那对维瓦迪来说还是没什么用,因为这地方是几条道路的交叉之处,通向多处乡间。所以维瓦迪不得不挑选一条道走,那就只能碰运气了。他猜想侯爵夫人会把埃伦娜送到女修道院去,于是一路上到每一所修道院打听消息。

他现在行走在阿奎宁山脉的一些荒野地段,交通极不方便,几乎为文明社会所抛弃,是任由土匪出没的地方。即使在这种穷乡僻壤中,亦有修道院散落在各自相对独立的村落中,为山林所包围;另外这些地方也有得天独厚之处,大自然显露出美艳的真容,即使并不被外人所注意。维瓦迪造访了多个山区修道院，虽未寻到埃伦娜，但受到的周到而好客的接待让他深感惊异。

在旅途的第七天，夕阳西下之时，他终于在路奇列林区迷路了。指路人告诉他，循一条路走上十多英里会到达一个村庄，他听了，信心十足地照着走，可现在前面未见村庄，却有数条小道深入树林。天快晚了，维瓦迪情绪变低落了。但是波罗生性活泼乐观，却赞美起树林荫处清新舒适，并说如果主人真的迷路了，不得不在此过夜不见得是不幸。因为他们只要爬上一棵大栗树，那茂密的枝条便是相当清爽透气的住处，比此前他们住过的小客栈好。

正当波罗以积极乐观的心态看待目前处境而他的主人陷入幻想之时，他们突然听到远方传来乐器演奏及人们的歌声。因树木遮挡了光线，他们在昏暗中难以辨识远处的目标，周围见不到一个人，在微弱的光影中连人的足迹也看不清。他们静静地倾听着，分辨声音传来的方向，终于听清了乐器伴奏下人们在合唱，原来是在做晚祷。

"修道院离我们不远，先生，"波罗说，"听！他们在致宗教敬礼。"

"你说得对，"维瓦迪应道，"我们抄近路走过去。"

"哎，先生！我得说，如果这地方能有卡普钦修道院那样好的条件，我们就没必要为不能在栗树枝上过夜感到惋惜了。"

"你有没有看见树丛中露出围墙或尖塔?"维瓦迪问，他领路走在前面。

"没有，先生，"波罗回答，"但是我们离声音近了。呀，先生！您听清那曲调了吗？一曲奏完了！那些乐器演奏的是交响乐曲！不是农夫的音乐。有家修道院坐落在附近，虽然我们还看不到它。"

他们继续前行，仍不见围墙，不久音乐停止了，但有别的声响导引着维瓦迪走向林中的一个好去处。到了一个开阔处，他见到一队朝圣者坐在草地上。他们有说有笑，高高兴兴，享受着摊在面前的晚餐。其中一个看上去像是这队香客的领头人，坐在大家的中间，面现悦色，说着笑话逗人取乐，同时接受各人给他的贡品。各种各样的食物摆到他面前，他尽情地享用，好像他对人家给的任何美味都照收不误。

原先满心担忧的维瓦迪现在平静下来，停住脚步观察这一群人。夕阳的余晖沿着树林边缘斜照在每一张脸上，看得出人们的愉悦心情。看上去他们这个集体不大像是香客，倒更像是玩伴。领头人与伙计们配合默契，头儿愿意放下架子，收下了各人最精美的食物，也准许大家尽情取乐，这样他既保留了尊严又显得平易近人。他一定要大家认真听他说笑话，大家也都笑出声了，倒不是笑话内涵丰富，而是他们就喜欢听。

维瓦迪上前去向领头人打听这路该怎么走。对方先不回答，仔细地打量了维瓦迪一会儿，见他衣着高雅，风度翩翩，同时也注意到波罗是他的随从，于是接受了他，邀请他坐在自己身边，并共享晚餐。

维瓦迪知道这些人与自己走的是同一条路，便接受了邀请。波罗把马匹在树上拴好后也忙着吃晚餐。当维瓦迪与领头人交谈时，波罗则吸引了他身边的香客们的注意力。他们都说他是他们见过的最聪明、最快乐的人，并多次表达愿望，邀他一路同行，到卡米来梯斯修道院去朝圣，那是他们此行的目的地。当维瓦迪知道神龛供在一处修道院的教堂中，院中修士有一部分是女性，并且离此地不远时，便决定与他们同行。因为他考虑到，埃伦娜极有可能就被禁闭在某处的修道院中，这里的修道院正在其列，特别是他知道自己母亲的行事特点和想法，更使他坚定了自己的猜想。因而他与香客们一起上路步行，而把马让给十分疲劳的香客领队骑。

早在他们到达准备过夜的村庄之前天就黑了，不过他们一路上唱歌、讲故事，自娱自乐相当开心，只是每隔一段时间按领队的指令停下来背诵祈祷文或齐唱赞美曲。当他们走近神龛所在的村庄时，他们在一座山脚下止步整理队伍。领队叫停刚讲一半的笑话，同时他自己从马背上下来，走到队伍的最前面，带头大声唱一首歌，随后大家齐唱这支显得抑郁的曲调。

农夫们听到嘹亮的歌声，纷纷从家中出来，把大家迎进他们的小屋。这个村庄已挤满了朝圣者，但是这些穷苦农夫仍以十分尊敬的态度对待来客，不管来者是谁，都尽可能予以接待。即便如此，当波罗不久后爬上茅草铺就的床睡觉时，他依旧觉得自己有充足理由为没有把栗树枝当床睡在林中而后悔。

维瓦迪因焦虑而一夜无眠，只盼天早些亮，可能会把埃伦娜找回身边。考虑到朝圣者的习惯，他只要扮成香客，人们就不仅不会对他怀疑，而且还会让他有机会观察情况。但是他现在的穿着不像普通香客，于是他差波罗去想办法找一套香客们穿的衣服。波罗巧舌如簧，加上给了一些钱，轻易就得到了衣服，于是主仆二人早早便去打探消息了。

第十章

请带来红玫瑰、紫罗兰、雪花莲，

饱含着深情的泪珠，

去为圣洁姐妹铺一条前行的路。

一些朝圣者开始爬上山。维瓦迪与他们拉开一定距离，一人走一条小道，为的是便于随意独自思考。晨风婆娑，树叶拂顶，远处有瀑布的轰鸣声，他满意地听着这些天籁之声，郁闷的心灵得到它们的爱抚。每隔一段时间，他会停步欣赏一会周围的景色，发觉此处景观与自己的心情正巧吻合。失望使他的激情受挫，同时也使他产生一种庄严而崇高的感触。他前方的目的地，那家修道院，就在那边黑压压的树丛中，光洁的步道和高耸的尖塔已映入眼帘，整个景观显出神圣特征。"啊！但愿她就在其内！"维瓦迪看到大教堂的第一眼时不禁自语。"不切实际的希望！我不要再幻想了，我不想让自己再受新的失望的折磨；我要探寻，而非期盼。不过，如果她真在那边该有多好！"

到了修道院的大门口，他快步进了院子，情绪高涨起来，他停了一下，向四周静悄悄的回廊张望了一下。门房出现了，维瓦迪担心自己人被看出不是朝圣者，便把头上的帽子往下拉，用弯曲着的手臂拉紧袍服，不声不响地朝前走。尽管他不知道到底该走哪条路去拜谒神龛，但是他并不停步，一直朝一座宏伟的建筑物，一处与别的建筑不相连的教堂走去，有一段距离。教堂高高的，走道长长的，有晨曦映入，有修士或朝圣者不时走过，只见黑影晃动却悄无声息，然后又如影子般消失。这地方万籁俱寂，高高的祭坛前长烛熠熠生辉，悬在上空的琉璃灯的亮光给教堂内的每一个神龛洒下暗影——所有这些情景使他内心产生神圣的敬畏。

维瓦迪紧随一群朝圣者穿过一条边道到了一个院子，只见一块巨石悬在头顶上，往前走是一石洞，内供卡姆尔山女神像。此院隐藏于巨石中，洞口更有教堂唱诗班围着，仅朝南方向留有不大空隙，可让人一睹山下方的景色。从黑乎乎的陡壁嘴巴形裂口往外看，只见一片开阔的光亮世界，带着欢快的调和色彩，与蓝茵茵的远山融于一体。

维瓦迪走进石洞，见到圣人像端坐在金丝屏幕后面，四周装点着鲜花，无数烛光和挂灯一起大放光明。通向神龛的台阶上跪满朝拜者，为了避免与众不同，维瓦迪也跪到人群中；随后，稍远处风琴演奏声响起，唱诗班深沉的歌声宣告第一场弥撒的开始。他离开石洞，回到教堂中，在过道的尽头踯躅，听了一会儿屋顶上弥漫着的庄严的曲调，直到它慢慢地在远处散去。这种乐曲在西西里教堂的重大节日中常听得见，圆润而迷人，适合于振奋人的高尚热情，有时候颇能提升信徒们的精神。

这音乐在维瓦迪身上唤起了强烈情绪，时间久了他难以忍受。正想离开教堂时，那乐曲戛然而止，取代它的是铃声。在他听起来像是丧钟，一个人行将死亡时会接受这种圣礼。同时，他隐隐约约听到女声响起，还夹杂着修士的低沉声音，间或有敲响的铃声伴随其中。这乐曲在空中回荡，那么甜美，那么悲伤，听着听着，他与唱歌者一样深深地因悲哀而感动，一样地为逝去的朋友而悲伤。

维瓦迪急步朝唱诗班走去，那条道上铺满棕榈枝和鲜花花瓣。通往祭坛的台阶上放着黑色金丝绒棺材罩布，几名祭司默默地守候在旁，随处可见庄严静穆的礼仪旗帜，每个人脸上显出期待观察时的缄默。此时乐曲声更近了，维瓦迪看到一列修女从较远的通道渐行渐近。

当她们走过来时维瓦迪辨认出领头的正是女院长，她穿着宗座袍服，头戴主教巾。他还注意到她步伐端庄，速度与慢节拍的音乐十分吻合，显出自重而优雅的庄严，与她的身份相匹配。她后面跟着一队修女，按她们的级别排序，最后面的是新入此行的女性。后者一个个手提琉璃灯，身旁还有别的修女按特殊习俗护卫着。

到达教堂内专门举行仪式的一个区域后，她们便整齐地列好队。维瓦迪心跳加速，向人探问将要举行的是什么仪式，有人告诉他有修女要宣誓入教。

"兄弟，你一定已听说，"给他提供信息的一处小隐修院院长补充道，"在今天这个重要节日——圣母节——的清晨，像往年一样总有女信徒宣誓信奉天国，接受面纱。站着等一会儿，你就可以看到仪式的举行。"

"接受加冕的新修女叫什么名字？"维瓦迪问。他说话时控制不住情绪，声音有点儿高昂激动。

那位托钵修士边拿一只眼打量他，边回答："这我可不知道，不过你若往这边过来一点，我可以把她指给你看。"

维瓦迪把斗篷往脸上拉了拉，默默地跟过去。

"女院长右边那位就是，"陌生人说，"靠在一位修女的臂上，披着白色面纱，比其他人略高的那位。"

维瓦迪怯怯地观看那人，虽然此时他无法确认这个人是埃伦娜，然而，或许埃伦娜的形象储存在他的想象中，或者说他猜得不错，他认为此人同埃伦娜有点像。他问这位新修女到这家修道院多长时间了，还问了许多别的细节。陌生人对这些问题要么回答不了，要么不敢回答。

维瓦迪急于寻找埃伦娜，便竭力想透过面纱察看几个修女的真面目，他相信自己母亲所采取的野蛮方式极有可能已把埃伦娜送进修道院。

他越来越焦虑不安，真想把那些新加入的修女们的面容一一看明白，但是她们的白面纱虽然半往后颈挽着，但因折叠巧妙，仍遮住了她们的"庐山真面目"，还有她们的饰坠也有效地掩饰着修女们的芳容。

仪式以大主教激动的致辞开始，他的讲话庄重有力，接着该名新修女跪倒在他身边，并做了忏悔。维瓦迪极专注地听她忏悔，但她说话声音很低，调子发颤，他根本无法断定此人说话时的心情。不过，在演奏颂歌时，在修女们的跟唱中，他认为自己辨识出了埃伦娜的嗓音，那声音优美动人，正是圣劳伦佐教堂中第一次引起他注意的歌声。他专心听着，连呼吸都屏住，生怕漏听了某个音符；同时他想象她的声音代表了修女们表达出来的悲伤情调。

维瓦迪竭力控制自己的情绪，耐心地等待着真相进一步展现；但当司祭准备揭掉白头巾，换上黑头巾时，他害怕地期盼着这位新修女会是埃伦娜，极为艰难地克制着自己在此时此刻冲上前去亲自动手揭开谜底的冲动。

头巾终于揭开，露出一张很漂亮的脸孔，但不是埃伦娜的。维瓦迪又能正常呼吸了，并以相当平静的心态等待仪式结束。等着等着，在新修女被戴上黑头巾后庄重的乐曲又响起，歌唱声中又传来熟悉的嗓音，这回他断定是埃伦娜在唱，那调子低沉，充满悲伤，有点颤抖，不过他的内心即刻感受到了它的魅力。

这一仪式结束后,又一个新仪式开始了;他听人说,这一位是初来乍到的。两个修女扶着一个年轻女子走向祭坛,维瓦迪认为自己看到埃伦娜了。司祭开始惯例式致辞,突然她把自己的头巾揭开一半,抬起蓝眼睛,露出的面容充满温顺的悲情和圣洁的甜美,两颊洒满泪珠。她挥了挥手,好像有话要说——不是别人,正是埃伦娜!

司祭想让仪式进行下去。

"当着各位教友和来宾的面,我抗议,"她庄重地开口说话了,"今天我被带到这里宣誓,可我打心底里不愿意。我抗议——"

一阵杂乱的声响打断了她的话,也就在此刻她注意到维瓦迪正在冲向祭坛。埃伦娜注视了一会儿,接着闭上眼睛,伸出求助的手,但倒在了她周围几个人的臂弯中。她们企图阻挡他靠近,不想让他上来帮助她,但一切徒劳。他俯身在她毫无生气的躯体上,表现出极大的痛苦,喊着她的名字,这情景甚至博得了修女们的同情,尤其是奥莉薇娅,她在做最大的努力想使她的年轻朋友苏醒过来。

埃伦娜张开眼睛,抬起头来,又一次看到维瓦迪。她打量他脸上的表情,想告诉他,她的心没有变,只要他与她在一起,她自己被禁闭的苦痛不算什么。她想要退回去,于是在维瓦迪与奥莉薇娅的搀扶下离开教堂,但在此时女院长下令,只能由修女照顾埃伦娜。同时,她走下祭坛,并用强硬口气发话,叫年轻的外来人(维瓦迪)去修道院客厅见她。

维瓦迪虽然拒绝听从强硬命令,但还是抵抗不住埃伦娜的恳求和奥莉薇娅的好意抱怨;在向埃伦娜暂时道别之后,他去了女院长的客厅。他多少还存一线希望,盼她会产生一点正义感或怜悯心,但是他终于发现她的是非观念与他自己的观念水火不容,占据她头脑的只有憎恨,没有别的感情。她开始她的说教,先谈自己与维瓦迪家族的情谊;接着抱怨她极为尊敬的朋友的儿子竟会忘了自己对父母应承担的职责，忘了他自己家族的尊严，竟会寻求同像埃伦娜·罗萨尔巴这样门第低下的人家联姻；最后还不忘重重地谴责他一番，说他的私闯扰乱了修道院的安宁，破坏了教堂的规矩。

维瓦迪强忍着听完这个人的道德说教，而此人十足地自以为是，行动上却违背了人道和正义的最基本准则。她谋划把一个孤儿从家中掳走，设计剥夺她做人的自由和其他一切人生而应享的福祉。但是当女院长接下去谈论对埃伦娜严厉责备的理由，暗示因埃伦娜公开表态不起誓所造成的坏影响而要惩罚她时，维瓦迪再也忍不住了。面对这样的高傲人物，义愤与鄙视同时涌上脑海，他言辞激烈地地陈述真相，勾画出她的真实面貌。但是，她这人不为怜悯所动，不为理智所惊；自私让她变得铁石心肠，只因傲慢受到打击，她就用威胁和责难来表示报复之意。

在离开她的客厅时维瓦迪已别无他法，只好求助于大主教；虽说在这里大主教做不了主，但他的影响至少可缓冲一下她权力的严酷性。在他身上有着较为温和的脾气、温文尔雅的举止，这些品质通常为人们所称颂，虽然谈不上有多少价值。这方面的人格特征往往与决断力弱相联系，而在平常时刻不失为好品质，使他产生同情并提供服务。这样，与女院长的严厉和粗暴相比，他有着截然不同的性格。既然他容忍邪恶，他就称得上同样自私，差不多同样难辞其咎；他的行为几乎与谋划作恶的人同样伤害人。怠惰与胆怯，怕承担后果和不想作为，使他这人没有了人格活力；他算不上明智，只能称为谨小慎微，因太怕被人指责做错事而很少做什么事。

维瓦迪向他做了温婉的叙述和诚挚的请求，希望他实施某种权力把埃伦娜放了，大主教耐心地听了，也承认她处境的艰难，对维瓦迪与自己家庭的不幸分歧，他表示难过，但仍然拒绝在这件事上采取任何一点举措。他说，罗萨尔巴女士在女院长照管下，对于她的内部事务,他没有控制权。维瓦迪接着补充道,虽然他没有做决定的权威,他至少还可以干预一下,或批评把埃伦娜收为囚徒这件非正义的行动,帮助她回归自己家中,因为她是被人从家中绑架出来的。

"这件事,"大主教回答,"不在我裁决范围之内。我本人向来都是不干预别人事务的。"

"那么您,神父,"维瓦迪说,"就容忍不公之事明目张胆地在眼前发生,而不加以制止? 当您目睹要出人命的事在酝酿过程中时,您也不站出来救救苦主?"

"我重复一下,我从不干预别人职权范围内的事,"大主教回答,"我是这样说的,我就这样做,对人对己都这样要求。"

"那么,权力不是对公正的万无一失的检验吗?"维瓦迪说,"有人做出罪恶的决定照样去执行,这也算道德? 这个世界呼吁像您这样居于高位的人有铁腕手段,有积极的作为;您是对错事点头同意,还是予以抵制,防止错误变为事实,面临这类选择您应态度积极才是。尊敬的神父,面对那样的世界,您应胸怀博大啊!"

"你是想,在整个世界出了轨时,你有将它扳正过来的荣耀!"大主教笑着说,"年轻人! 你是个热情主义者,我原谅你。你是个风流骑士,意欲满天下跑,一路打过去,证明你有做好事的权利;不幸的是,你生不逢时,晚矣!"

"把热情献给人道主义事业——"维瓦迪正说着,突然自己停住不说下去了。由于对大主教因自私而谨小慎微进而变得铁石心肠感到失望,也由于对大主教过于考虑后果,对罪恶行径麻木不仁而感到愤然,维瓦迪不再做别的努力便一走了之。他感到自己必须动脑子再谋良策,走一走他直率性格和高尚品性本来讨厌的路子。尽管他已经做过尝试,想过各种救埃伦娜的可能,使她不会成为侯爵夫人偏见与傲慢的牺牲品,但均不能奏效。

在此期间，埃伦娜回到自己的小室中，思绪万千，激动不已，亦喜亦悲，其中欢乐与温暖是主导的。然后，焦急、担忧、自豪和怀疑蜂拥而起，分裂和折磨着她的一颗心。不错，维瓦迪已发现关押她的地方，如果可能的话，他能把她领出这地方，她必须同意跟他走。走出这一步，她有可能获得自由，但她是个很讲规矩的人，想到用这种办法"私奔"，她又不得不产生一阵惊恐。还有，她考虑到维瓦迪侯爵的傲慢性格及侯爵夫人的盛气凌人和恶语中伤，更别说他们对儿子与她联姻这件事采取完全的排斥态度，她怎么可能忍受得住闯入这样家庭的后果？哪怕想象一下都不可能！自尊、周到、常识都告诉她，这种做法丢人现眼、后果堪忧，相反，她要靠自立去保住自己的尊严。但是，她一直存于心头的对维瓦迪的尊重、友好、挚爱又一次使她放弃了上面这种想法，同时产生了差不多一样严重的恐惧，怕永远失去同他联姻的机会，她认为这种选择是必需的、庄严的！她自己已故的亲人给她牵的婚姻红线给了她极大鼓励，赋予它神圣的性质，也给了受惊的她相当大的安慰，告诉她这件事是可嘉许的，但并没有强大到此刻让她打消自己种种反对的念头。如果她尊重姨妈的嘱咐，继续爱着维瓦迪，她就有可能为这种错误的热情而后悔；她已经为此付出代价，以至于陷入了目前这种困难的处境。然而，事情还有另一方面，他的出现给了她快乐，知道他就在自己身边给予她的兴奋久久逗留心头，虽然由于担忧有时会变得模糊不清。现在她一人独处，有热情也有理智，于是便回顾了他的一切表现，回味了他说的每句话的含义，一切的一切告诉她，他的感情没有一点消退，他还在寻找他的挚爱；而她自己的热情前后矛盾，刚才还认为自己应该理智地退却，甚至几乎对他采取排斥态度。

她坐立不安地等待奥莉薇娅的到来，奥莉薇娅或许知道维瓦迪与女院长交涉的结果，知道他现在是否仍在修道院中。

晚上奥莉薇娅来了，她总是带来不好的消息。在得知女院长的作为及随后维瓦迪的离去之后，埃伦娜感到她所有的勇气，以及因考虑他的家庭而产生的未完全形成的决心动摇了、消失了，只留下悲伤和消沉。她第一次确信自己感情的深度以及目前局势的严重性。她也感觉到，他家庭施予她的不公使她抛弃了各种不愉快的思虑，大不了让一切打击冲着她来，当然这只是一种信念，虽然现在承认这一点不见得有什么作用了。

奥莉薇娅不仅对她的切身利害表示最真挚的关心，而且对她的处境极为担忧；不管怎样，这名修女自身的不幸与埃伦娜有颇多相似之处，或者不论出于什么原因，明摆着的事实是，她一直眼泪汪汪。当她打量着眼前这位年轻朋友时，她的痛苦与关切的感情流露无遗，这让埃伦娜注意到时感到意外。但是这话题太过敏感，埃伦娜虽好奇但问不出口，也因有着更紧迫的利害关系重大的事待处理，容不得她在此刻多想。

奥莉薇娅离开后，埃伦娜便退到塔楼小房内去观赏大自然宁静而壮丽的景色，获得精神上的愉悦，这么做对她来说是提升精神、减轻痛苦的屡试不爽的有效做法。就像听甜美而庄严的音乐会给心灵带来平静——如同弥尔顿在燕麦田里徜徉的灵魂。

"吹响柔美的长笛，唱一曲和谐的短歌，他深知狂风怒吼时该如何做到巍然屹立，丛林振荡时该如何泰然处之。"

她坐在窗前看晚霞映照着山谷，把远山染成淡紫色；下方巨石间传来双簧管发出的美妙动听的声音，虽然并不怎么引人联想翩翩，但那乐器、那曲调的特色是她熟悉的，就是在圣斯蒂法诺院墙下听过的。那调子带给她的是精神上的一种愉快的忧伤，足以吸引她的全部注意力。这种流动的抑扬顿挫、波澜起伏似乎在表达一种失落，不是那种庸俗的情调，而是高尚的趣味，激昂的调子让她确信演奏者不是别人,正是维瓦迪。

透过花格窗她观察到有一个人像飞鸟一般坐在下方陡壁的外端,看上去那地方是人类不可能立足的,仅能供某种矮小的树木在其边缘生长。因为暮色苍茫,她一时无法断定此人是否就是维瓦迪,但那地方太危险了,她希望不是他。她的疑虑一下子消失了,因为那人抬头时看到了埃伦娜,她听到了他的呼叫声。

维瓦迪通过波罗给了修道院一个勤杂工好处,从他那里得知若在花园里工作,有时能看到埃伦娜在偏远的塔楼的窗边出现。于是他就冒着生命危险爬上悬崖,希望能同她对上话。

埃伦娜为他的险境所惊吓,拒绝听他说话,但是他拒绝离开那地方,除非她听他说完助她逃跑的计划,并求她要对他的安全有信心,让她确信她会被引导到她认为合适的地方去。看上去那勤杂工为了获得丰厚报酬,已经答应协助瞭望,允许他当晚留在修道院内。据他作为香客的习惯,他想晚上会有机会再见到埃伦娜。他猜想她极有可能在晚餐时出现在修道院大厅,到时他会三言两语把此次行动的动机及一些细节告诉她。

根据重大节日的习惯做法,女院长要举行一次聚会,招待大主教及其他在这次盛会中帮忙的神父。一些非教会圈内的有身份的人和朝圣者也应邀来参加今晚的招待会并看演出,节目中有修女表演的音乐会。招待会上有各种各样好吃的东西,那是女信徒们连续忙碌数日制作出来的糖果点心,这些女子不仅精于刺绣和制作小手工艺品,还善于烹饪和加工食品。这次晚宴在女院长的外客厅举行,而女院长本人同一些贵宾及亲信则在内厅摆上一席,里外厅之间有屏风隔着,方便她同贵宾们谈话。桌子上装点着人造花及各种各样的彩色饰品。女信徒们心灵手巧,早有准备,以丰富的想象力来准备这些宗教节日,期望打破日常生活的单调,其迫切心情好比年轻貌美的女子期盼着参加第一次社交舞会。

因此这天晚上修道院中每一个人都有事干，要么被派了差使，要么参加演出；而维瓦迪呢，他已非常小心地获知了这一切情况。在那位工友的帮助下混进客厅会比较容易，他可以混在参观的人群中，装作一个朝圣者。因此，他请求埃伦娜当晚设法进入女院长的套房，他会想办法告诉她逃跑计划的进一步细节，并会安排骡车在山脚下等候，然后送她去厄蒂丽别墅或邻近的圣皮埃塔修道院。维瓦迪暗暗希望她能接受他，同他一起离开圣斯蒂法诺女修道院。但是他忍着不明白地表达自己的希望，生怕她误以为这是他的条件，还有埃伦娜可能会不乐意接受他的帮助，或者会认为她是被逼匆忙表示同意的。

她听着他说逃跑计划时感情变化不定。一会儿充满希望和喜悦，她看到这是她这辈子获取自由并能重回维瓦迪身边的唯一机会。而过一会儿她想到这是同他一起私奔，而且可以肯定他的家庭是反对这桩婚事的，于是她又有退却的念头。这样，她无法在这个问题上做出决断，因而她求他速速离开这个危险的落脚地，等天暗下来他下山就更危险了，埃伦娜还补充说，她会设法获准进入女院长的套房，并告诉他自己的最后决定。维瓦迪理解她左右为难的窘境，虽然这种状态让他痛苦，他还是尊重她做出这样表态的良好判断力和正当的自尊心。

他逗留在巨石上直至最后一缕亮光消退，然后怀着希望与担忧共存的复杂心态与埃伦娜道别，并爬下陡壁；而她则在沉沉暮色中看着他一步步离开，隐约能辨认出他沿着岩石移动，从一块巨石到另一块巨石。最后那杂乱的树丛挡住了她的视线，但她仍然惴惴不安地留在窗边，不过他再也没进入她的视线，也没有噩耗传进她耳朵。后来她回到自己的小室，去慢慢地考虑她自己离开的事情。

她的思考被奥莉薇娅的到来所打断，看她那样子像有不寻常的事。她平常那种恬静的神态不见了，现出了悲伤夹杂忧虑的神色。她在开口说话前先看了看过道及密室四周。"孩子，正如我所担心的，"她径直说出坏消息，"我的怀疑得到证实，他们要拿你做牺牲品了，除非你今晚就能逃离这家修道院。"

"你这话什么意思？"埃伦娜惊恐地问。

"我刚听说，"奥莉薇娅接下去说，"你今天上午的言行被认为是故意侮辱女院长，他们要把你打入牢狱。唉！我为什么这样遮遮掩掩说话——直白地说，我相信他们要置你于死地，谁见过有人从那恐怖的地方出来过！"

"置我于死地！"埃伦娜说，脸色煞白，"嗬，上天！我为什么该死！"

"不是这个问题，我的女儿，问题是你该如何逃脱死亡。在我们这家女修道院的最边角处有一间石室，用铁门锁着，不时有女性同胞被指控犯了弥天大罪，送到那地方去。进去的人就不可能再出来，不幸的囚犯只能被铁链锁住，在黑暗中度日，每天只能得到那么一点儿面包和水，让她勉强活着受苦，直到最后在无可忍受的重压下以死了结。有案可查的几个例子记述了她们所受的惩罚，有修女得了妄想病不想活了而走上绝路的，也有人想逃出修道院终被发现，由于父母狠心被送回来遭此惩处的。"

修女停顿了一下，而埃伦娜仍在沉思中，她接着说："其中有一人遭此罪的情况，我至今记忆犹新。我亲眼看着这可怜的人进了那囚室就再也没活着出来！我也看见她的尸体被埋在这修道院的花园中。差不多有两年时间她躺在草垫上，就连同情她的姐妹在铁门外对她说几句安慰的话语都被禁止，我们谁都对她同情呀！女院长放话说，谁要是想去对她表示同情，将受到严厉惩罚。感谢上帝！我去过，我也忍受住惩处，内心还有胜利的感觉。"

奥莉薇娅一边说着，一边脸上现出得意的神情，这是埃伦娜在她脸上见到过的最甜美的表情。她心头一热，便哭泣着扑到奥莉薇娅的怀中，两人一时默默无语。最后，奥莉薇娅说："孩子，难道你还不相信女院长大权在握，又被你顶撞了一下，现在正好利用你不服从的时机，借口把你投入死亡之室吗？这样一来，侯爵夫人的愿望肯定可以实现了，也用不着逼你听话或发誓什么的。哎唷！我已有足够证据，她的意图已昭然若揭，明天就是你成为牺牲品的日子，或许今天这些节庆活动使她不得不把对你的处置推迟到明天。"

　　埃伦娜以一声呻吟做回答，她的头仍低垂在修女的肩上。她现在不再对维瓦迪的救助犹豫不决，而是担心他做出最大努力的救助计划会落空。

　　奥莉薇娅对埃伦娜的沉默理解错了，补充说道："我还可以说出别的迹象，同样确凿，同样可怕，但我不说了，我只要你告诉我，我如何可以帮上你的忙，我愿意接受第二次惩罚。"

　　面对奥莉薇娅的这一新的自我牺牲精神，埃伦娜泪如雨下。"但是，如果她们发现你帮我逃离这处修道院，如果她们发现了你——"因为感激，埃伦娜说这话时声音发抖。

　　"我清楚我会遭罪，但我不怕面对惩处。"奥莉薇娅坚定地回答。

　　"多么高尚！"埃伦娜哭着说，"我不该让你如此不顾自己的安危。"

　　"我的行为不完全是无私的，"修女谦逊地说，"因为我认为，宁可坚定地受惩罚，也比眼看着令人发指的苦难发生在眼前而内心饱受煎熬要好受一些。肉体的痛苦总比说不清的精神折磨要好受些！上苍知道我能在个人苦难中经受住考验，而不忍看着别人饱受痛苦。

　　"我相信，我只要胸怀博大就会精神饱满，那些用来折磨我的刑罚我经受得住；怜悯敲打着神经，立即拨动了我的心弦，给了人反抗的力量。孩子，怜悯引发的阵痛甚于别的痛苦，只有追悔例外，即使在追悔中，最刺痛人心的还是那种驱之不去的遗憾。但是，在我这么自私地考虑自身时，或许我正在增加自己竭力反对的那种苦难的危险。"

埃伦娜在奥莉薇娅的热情、慷慨举动的鼓励下，说出了当晚维瓦迪的来访，并向她请教自己能否获准进入女院长的客厅。奥莉薇娅受这一消息的激奋，向埃伦娜提议，叫她别去餐室用晚餐，而是去参加音乐会，因为有一些外来人受邀参加，其中可能会有维瓦迪。对这一建议，埃伦娜表示不同意，因为她害怕被女院长发现，那样她就会立即被关起来；奥莉薇娅则安慰她，叫她不要怕被觉察，办法是用修女装束把她伪装起来，还答应伴她一起去客厅，并在她出逃时给予一切可能的协助。

"在有可能到宽敞的厅中参加活动的修女群体中，"奥莉薇娅补充道，"你不大可能会被辨认出，即使混在看娱乐节目的女观众中，女院长也无暇察看。事实上你被发现的可能性极小，即使女院长确实想到了你，她也会认为你仍被囚禁在你自己的斗室中。不过，今晚为了满足她的虚荣心，她有太多的事要处理，她不会有多余的精力顾及其他事情。因此，让希望来支撑你，孩子，准备写几句话通知维瓦迪，告诉他你同意了他的计划，因为事态紧急，你或许可以找个机会把字条从门缝中传递出去。"

她们还在说话时就传来了紧急的铃声，奥莉薇娅说这是召集修女们去演唱厅的信号，一边急匆匆地披上头巾。与此同时，埃伦娜匆忙写上几句话，用以通知维瓦迪。

第十一章

薄纱遮掩着她的美貌，
就像轻雾罩住飘荡的月色，
透着缕缕银色光芒，
让你的慧眼看不明白而又欲罢不能！

　　披着面纱的埃伦娜下楼到了演唱厅，来到修女中间。她们聚集的地方与外厅是用屏障隔开的。在外厅的男修士和朝圣者中间夹杂着穿当地便服的生客，但是她没看到有像维瓦迪一样的人。她考虑到，即使他在场，也不会冒险露出自己的真面目，而她自己披着修女的面纱，能让女院长不发现她，但这也让维瓦迪看不清她的面目。因此，她觉得自己有必要找个机会，在栅栏边暂时摘掉面纱，这是肯定会引起生客注意她真面目的权宜之计。

　　埃伦娜经过女院长专用室的入口处时，生怕自己被识破，顾不上考虑别的任何事情。她想象着女院长的眼睛正对着她看，似乎遮住自己面容的纱巾不足以阻挡女院长那有穿透力的目光，她怕自己暴露身份，怕到几乎要瘫倒的地步。

　　然而，女院长一路过来，偶尔与大主教及一些有地位的来宾说几句客套话，终于入室就座了。接着演唱就开始了，这些意大利修女知道如何唱得甜美动听，厅中一下子充满了庄严而感人的气氛。这样，埃伦娜就暂时从危险中解脱出来,她让自己隐没在周围引人眼球的场景中。肃穆的大厅内点着无数盏琉璃灯,厅内各种装饰物既富丽堂皇,又有着修道院特有的庄严静穆的气氛;厅内排列着五十名修女,按有趣的序列整齐地站着,显得朴实而优雅。她们那特有的气质和美貌在薄纱笼罩下若隐若现,与女院长矜持高傲的架势形成鲜明对照。她坐在一把加高的椅子上,俨然此时此地的女皇,离其他观众有一定距离,比较靠近她的是大主教及其随从。这些当随从的修士在被称为栅栏的铁丝屏障外排成一行,与大厅长度一致。靠近主教的是一批有头有脸的访客,他们一个个穿着华丽的拿破仑时代的服饰,其缤纷色彩和高雅风度恰与神职人员的单调着装形成对照。他们戴着装饰着羽毛的帽子,比那些戴着大兜帽和留着卷发的修士们高出一个头,同样形成鲜明对比的还有各自的面部表情:一边是冷峻、严肃、庄重灰暗,另一边则是轻松、红润、光彩照人。这折射出当事人各异的心态性情,反映出现实生活对他们来说是种享受还是负担,犹如梦幻般的效果可把这世界变为变幻莫测的天堂或炼狱。站在大厅后面部分的是那些朝圣香客,他们现时的表情与昨天在路上行走时相比少了点欢快,多了点矜持;夹杂在他们中间的还有修道院的工匠和杂役人员。埃伦娜的目光常常朝那部分看去,但没看到像维瓦迪的人;虽然此时她已就位在靠近栅栏的地方,可仍不敢在众多生客面前冒昧摘掉面纱。如若这样持续下去,即使他在厅内,也不大可能冒险走上前来。

整场歌舞表演结束了,埃伦娜未能发现维瓦迪。她退到大厅中有俸职人士集聚的地方,女院长和她的客人也相继来到此处。她立即注意到一个穿着朝圣服装的生客站在栅栏旁边,外套遮住了他的半张脸,此人看上去像个旁观者,不像为赴宴而至。

埃伦娜以为此人便是维瓦迪,注意着寻找机会靠近他而又不被女院长看见。女院长这时正与几个贵妇在说话，时机对埃伦娜有利。她便更靠近栅栏，一瞬间摘去面纱。那位客人也脱去外套，用目光对她的举动表示感谢，此刻她看清那客人不是维瓦迪！她一方面为自己这一举动的冒昧而震惊，另一方面也因未能发现维瓦迪而失望，便急匆匆地后退，恰在此时有另一位客人走近她，凭他的风度和气质，她立刻知道来者是谁——正是维瓦迪！不过，为了不再次出错，她决定再等着瞧瞧。他紧盯着她看了几秒钟，然后把遮脸的外套脱去。此刻她确认来者正是维瓦迪。

埃伦娜知道自己已被看见，便没有揭去面纱，而是往前朝栅栏走了几步。在埃伦娜冒险发出信息之前，维瓦迪已把一张纸条扔在她身边，然后就消失在人群中。正当她上前想去捡他留下的信时，却看到一个修女急急忙忙朝那地方走去，她只好停步不前。当她看到此修女的脚停在那纸条边上时，只好极力掩饰自己的不安。

一个托钵修士从栅栏外向埃伦娜打招呼，显得焦急但又有些神秘，说是有重要的话要告诉她。埃伦娜怕极了，担心他看到了维瓦迪刚才的举动，正欲告知他的怀疑。她猜那修女会即刻把纸条捡起来，交出去，送给女院长。

然而，当她看到那修女没有多看上一眼便把纸条往边上踢时，有一种得救的感觉，暂时放宽了心。刚才这一幕与其说使她吃惊，还不如说使她解脱。但是，聚会一散，那托钵修士便很快退到人群中，走出了大厅，而那修女却朝女院长身边走，附耳对她说了些话。埃伦娜的恐惧感又袭上心头。她几乎相信，维瓦迪已被察觉，刚才那纸条被踢到旁边是有意安排的，目的是引诱她本人自我暴露。现在，她正被担忧重压着，浑身颤抖，灰心丧气。当那修女对女院长说话时，她注视着女院长表情的变化，且以为从她的皱眉状态中读出了自己的命运。

不知女院长此刻在想什么或有何种意图,她并没采取什么措施,那修女得到答复后便悄悄消失在人群中,女院长也神情如常。然而,埃伦娜总以为自己已经暴露,还不敢去取那张纸条,虽然她相信其中包含紧迫的信息,担心有利于她逃跑的时间正在一点点地逝去。在她壮胆向四周环顾时,总觉得女院长在盯着她,那位纱巾遮脸的修女也正在她所处的位置上,警惕性十足地打量着她。

　　当埃伦娜在焦急与悬念中度过了一个多小时之后,表演结束了,聚会散了。在闹哄哄的时刻她冒险朝栅栏走去,取来了那张纸条,把它藏在袍袖内。不知自己的行动是否被人注意到,她连向周围看一下的勇气都没有,要不是她看到此刻女院长正迈步离开大厅,她可能会退到一旁去,看一下纸条说些什么。她环顾四周去找刚才那修女时,发现对方已不见了。

　　埃伦娜远远地尾随着女院长那一队人走,当她走近奥莉薇娅时,发了个信号给她,便不停步地朝自己的小室前行。回到房内一人独处时她便去锁了门,坐下来读维瓦迪的短信,并竭力控制自己的焦急情绪,双目从字条上快速扫过,想捉住字里行间的信息。在掀动纸张的慌张动作中,油灯掉到地上熄灭了。此时她痛楚异常,几近绝望。再到修道院去找火点灯是不切实际的。因为那样一走等于宣告她仍是自由之身,不仅奥莉薇娅会因失职而受罚,她本人也会立即被关押起来。她唯一的希望是奥莉薇娅及时来到,使她还来得及实施维瓦迪的计划,当然那还要以他的计划本身切实可行为前提。她静静听着外面的脚步声,而对自己手中拿着的可能会决定自己命运的信的内容一无所知。她成百上千遍地翻动那页信纸,用手指去触摸,猜测其中的内容,一切都在神秘中。不难想象她是何等痛苦,何等受折磨,因为自己手中那张纸所包含的信息会决定自己的命运,而她却不能读出它的内容!

她听到脚步声渐近,还来不及想想来人是不是奥莉薇娅,便又看到过道上有了一线亮光;她也来不及想好是否应把手中拿着的信纸藏起来。然而,她没有足够时间做这些考虑,来不及处理掉手中皱巴巴的信,就有人进了小房间——埃伦娜看到了她的朋友。她脸色苍白,身体颤抖,默默地从修女手中拿过灯,急急忙忙地快速阅读维瓦迪的字条,得知他写此字条时修士兄弟杰罗尼莫正等在修女花园的门外,维瓦迪会很快到那地方会合,并带她经一密道走出修道院围墙。他还说有马匹在大山脚下等候,能载她去任何她认为合适的地方;他估摸着,除了找一个安定的隐居生活环境之外,此刻对她最好的办法就是去找一处有效而安全的避难之处。

　　埃伦娜在沮丧与惊骇之中把信递给奥莉薇娅,请她快速读一下,并就如何行动发表意见。此时离维瓦迪写信的时间已过去了一个半小时,计划成功实施取决于快速高效——或许他一直在指定的地方眼巴巴地守望——而在这一个半小时中会有多少情况出现,从而危及计划执行的可能性! 可以肯定的是,此刻女院长及众修女已散会,这是显而易见的不利因素。

　　读信后,忘我无私的奥莉薇娅对年轻朋友的苦恼感同身受。如果说埃伦娜是迫不及待,那么她是心甘情愿,冒一切风险以争取帮朋友获得自由的机会。

　　在这个痛苦忧愁的时刻,埃伦娜对朋友的这种好意满怀感激。经过一番深思之后,奥莉薇娅说:"这时候,在修道院的大路上,我们随时会碰上修女;我的面纱虽然就那么薄薄一层,但直至此刻已保护了你,我们应有理由希望它仍可在下一步计划实施中助你达到目的。但是,还是有必要从餐厅那边出去,因为未参加演出会的修女正在那里用餐,还会在那边待会儿,直到第一次晚祷钟声响起才赶到小教堂去。如果等到那时候,我担心我们会根本出不去。"

埃伦娜的担心与奥莉薇娅的担心完全一致,因考虑到若再犹豫就会再失时机,她就请朋友带路去修女花园。说了这话,她们就一起离开了小室。

当她们下楼朝餐厅方向走时,数名修女从她们身旁经过,但并没有特别注意埃伦娜。走近这多事之所时她有意紧紧面纱,更加紧依着忠实朋友的手臂。

在餐厅门口,她们碰巧撞上了女院长本人,她是去召集察看用餐的修女们的,并问奥莉薇娅怎么不见她用餐。埃伦娜往后退了退,避免被注意到,并让女院长走过去。奥莉薇娅不得不摘去面纱,回答女院长的问话,幸好没别的事,她得以继续走她的路。而此刻埃伦娜也已混入女院长四周的人群中,因而未被发现。女院长走开后,埃伦娜随着朋友继续前行,步伐蹒跚地穿越餐厅,从另一扇门逃了出去。期间,修女们正巧玩得有兴,并未注意周围的情况。

接下去,冒险者下到厅堂中,常遇到从食堂端碗碟去厨房的仆役;正当她们开门出去即将进入花园时,偶遇一修女问她们听到晚祷钟声后为何不去小教堂。埃伦娜在此关键时刻被这一干扰吓坏了,只好捏一下奥莉薇娅的臂膊沉默以对,而奥莉薇娅则显得更为理智,她停住脚步,平心静气回答对方的问话,然后再脱身前行。

当她们穿过花园朝大门走时,埃伦娜十分焦虑,担心维瓦迪或许已离开约会地点,紧张得几乎没力气走了。"如果我没有力气走到约会地点怎么办,"她轻声对朋友说,"或许我们到达时为时已晚该怎么办!"

奥莉薇娅设法给她鼓气,指着月光映照下的大门对她说:"走完这段路就好了,你看! 越过树丛阴影,那边的空旷处便是我们的目标。"

看到了目的地,埃伦娜振奋了精神,迈着较为轻松的脚步沿小道前进,但大门似乎在嘲笑她的到来,好像反而离她越来越远。伴随她在这条长长的小道上行走的是疲劳,离那个她苦苦奋斗要想到达的目的地还有一段路,她就气喘吁吁,疲惫不堪,不得不又一次停下来,又一次陷入痛苦中,喊道:"哦,我走不到那地方,我没力气了,怎么办!——哦,如果离那目标尚有一箭之遥我倒下了,怎么办!"

停了一下之后她又能迈步向前,这一次她在到达大门之前没再停步。奥莉薇娅建议,她们在露面之前还是应搞搞清楚是谁在门外,要先发暗号听听有什么反应,这一点正是维瓦迪事先提出的。接着,埃伦娜敲打了一下树干,经过一阵焦急的等待之后,门外远处传来了明显的窃窃私语声,但没有针对修女的信号做出专门的回应。

"我们被出卖了!"埃伦娜轻声说,"不过我已做了最坏打算。"说着她又重复发了一次信号。此后,让她无比兴奋的是,有人在大门上轻巧地敲了三下。奥莉薇娅更为小心谨慎,本想让她身边的朋友抑制一下突然爆发的希望,可是紧接着又传来了进一步的证实信号,她们确信在外面等候的正是维瓦迪。没等奥莉薇娅采取防范措施,就有人从外面用钥匙打开了大门,两个穿夜行衣的人现身眼前。埃伦娜急急后退时,听到一个熟悉的声音叫出了她的名字,她看到了维瓦迪和杰罗尼莫,后者手中拿着半遮半明的灯。

"哦,天哪!"维瓦迪喊了一声,握住了她的一只手,声音显出因兴奋而产生的颤抖。"你又到了我的身边。这是真的吗!你想想,此前的这一个小时我是在怎样的痛苦中度过的!"他看到奥莉薇娅在场,遂松手后退一步,随后埃伦娜向这位修女朋友表达了深深的感激。

"我们的时间很紧了,"杰罗尼莫郁郁地说,"我们在这里等了太长时间,这一点或许你也有同感。"

"再见,亲爱的埃伦娜!"奥莉薇娅说,"愿上苍保佑你们平安离开!"

此时,埃伦娜扑在女友的怀中啜泣,心中的恐惧已被真情的歉意所取代。她说:"再见!呀,再见,亲爱的挚友!我是再也见不到你了,但我会永远爱着你,希望能有你的消息,我也会记住这所修道院!"

"这些话你们在里面早该说了,"杰罗尼莫说,"我们在这里已足足等候了两个小时。"

"啊,埃伦娜!"维瓦迪在缓缓地把她与她的修女朋友分开时说,"那么,我在你心中屈居第二位了?"

埃伦娜擦去眼泪以微笑作答,那笑容比任何话语更能说明问题。她伸手拉住他走出大门时,一遍又一遍地对奥莉薇娅说着再见。

"有月光,"维瓦迪对杰罗尼莫说,"你的灯光用不着,可能反而会坏事。"

"在大教堂中用得着它,"杰罗尼莫回答,"还有,在那些曲曲弯弯的路段也需要,先生,你也知道,我不敢领你们走大路。"

"那么,你在前面带路。"维瓦迪回答。他们走在一条柏树成行的道路上,路那头是大教堂,途中埃伦娜停步朝花园的门口张望,想再看奥莉薇娅一眼。她的那位修女朋友仍停在那边,埃伦娜能看到她站在朦胧的月光中挥着手做最后道别。埃伦娜的心暖暖的,忍不住掉下泪来,停留了一下,挥手向朋友示意,直到维瓦迪轻轻地拉她离开。

"你这样流泪真让我羡妒,"他说,"我真的好想得到激发你这阵泪水的那种温情,别再哭了,埃伦娜。"

"如果你知道她的好,"埃伦娜回答,"以及我欠她的情!"她不再说下去,接着是一阵叹息。维瓦迪无语,只是紧紧地握住她的手。

他们在通往大教堂的这条灰暗路上行走时,维瓦迪发问:"神父,你能否肯定我们在这条路上不会碰到在神龛前忏悔的任何兄弟?"

"先生，在这么个盛大节日中做忏悔！这时候他们更有可能不会这样装模作样。"

杰罗尼莫肯定地告诉他，这不可能。他们即刻走进空无一人的长长过道，他摘去灯罩，因此时早先无数个挂在神龛前光芒四射的琉璃灯已经熄灭，只有远处高坛上挂的那些灯会影影绰绰亮到黎明时分。不错，逃亡者在教堂内前行，不时地也会见到神龛上方某盏灯在油燃尽时发出回光返照似的一阵亮光后熄去。这点光亮仅能告诉步行者，前方还有多长一段路要走，一点也不能减轻他们心中的孤寂感。但是他们这一路走去没碰到任何人，也没听见任何人的低语声。

他们穿过通往院子的一道边门，朝雕刻有卡莫尔山女神像的巨石走去。突见一阵亮光从洞内射出，他们不觉大吃一惊。逃亡者开始后撤，同时杰罗尼莫则向前去察看一番，回来叫他们放宽心，说洞内没有人影，神龛四周的琉璃灯是昼夜不熄的。

听了这番解释后他们重又来了劲，跟着杰罗尼莫进了洞。向导先在神像四周的铁丝网络上打开一角，领他们走向洞穴的尽头，在里头的低处见到一扇小门。埃伦娜因担忧而浑身发抖，杰罗尼莫却取出一把钥匙去开那扇门。随后，他们看到门外有一条弯弯曲曲的小道伸向巨石深处。修士在前引路，维瓦迪有着与埃伦娜相同的怀疑，便在洞口停步，问领路者欲将他们引向何方。

"带你们到你们要去的地方。"修士以平淡的口气回答。这话吓着了埃伦娜，也让维瓦迪感到不满意。"我把自己交托给你的引导了，"他说着，拍拍藏在香客袍服里面的短剑，"你的一条命，我可说话算数，要是你背叛我们，我定要了你的命。如果你藏着黑心，快停下来忏悔还不迟，否则你休想活着走出这条道。"

"你别威胁我！"修士回答，脸色沉了下来，"我死了对你们有什么好处？你难道不知道修道院中每一个修士都会起来替我报仇吗？"

"如果有人背信弃义,我只知道我会把他搞定,"维瓦迪说,"我一定与你们多数修士的想法相悖,定要把这位女士送下山去。现在你明白了我的意思,你看着办吧。"

就在此刻埃伦娜突然想到,这条道可能是通向囚室的,因奥莉薇娅曾对她说过该囚室深藏于修道院的隐秘处,而杰罗尼莫肯定已背叛他们了,于是她拒绝再往前走。"如果你的目的诚实可信,为什么不带我们直接从修道院大门出去?为什么领着我们进入地下迷宫?"她提出了疑问。

"除了正门的入口没有可以直接出去的门,"杰罗尼莫回答,"要走出围墙,除了正门只有这条道了。""那为什么我们不能从正门出去?"维瓦迪问。

"因为那条路上满是朝圣者及其他外来访客,"杰罗尼莫回答,"即使你本人可以安全地混在他们中间走出去,这位女士怎么办?先生,这一切你事先是知道的,而且你也愿意相信我。从这条路出去,外面稍远处便是悬崖绝壁中间的宽阔地。我冒的险已够大了,再没时间可浪费了。如果你们不想再走,我就把你们留在此处,听由你们自己高兴怎么办。"

说完这话他开心得笑出声来,想重新把门锁上。维瓦迪这会儿感到吃惊,害怕因对方怨恨而可能产生的不良后果,并且一定程度上从向导对走这条路的无所谓的态度中获得些许宽慰,对他采取了息事宁人态度,同时也给埃伦娜鼓鼓气。

但是,他默默地跟着向导在昏暗通道中行走时,疑惑并没完全消失;他做了随时出击的准备,一手扶着埃伦娜,另一手紧握短剑。

这条路还挺长的,他们还没走到尽头,就听到远处传来的音乐声在岩石间回荡。"听!"埃伦娜喊叫起来,"哪来的这些声音?听!"

"从我们离开的那个洞传来,"杰罗尼莫回答,"到了半夜时间,这声音是圣女神龛所在处朝圣者唱的最后一曲。先生，快点，我要值班了。"

现在逃亡者感到已经没有了退路，而且如果在这个洞中再逗留一些时间，就有可能意外碰上朝圣者，因为这群人中可能会有人无意中进洞，还可能中断他们的出逃。维瓦迪说出了自己的忧虑，杰罗尼莫嗤笑一声，说那种危险不存在，并补充道："因为这条路只有修道院内部人士知道。"

维瓦迪还了解到，这条路仅连接外面的悬崖陡壁与这个洞穴，目的是把必要的物品秘密运到神龛，来激发朝圣者的迷信与惊叹。他的疑虑消失了。

他在沉思中默默前行时听到远处的钟声传进来，在石洞中回荡。"晨祷的钟声敲响了！"杰罗尼莫装作惊慌地说，"我要值班去了，先生，走快点。"这话有点多余，因为埃伦娜已经尽最大力气在行走。此时她已看到过道那头转弯处有一扇门，她相信出了这门就从修道院获救了。但是，走过去时，她看到路还在延伸，这门半开半闭，让人看得见悬崖中的一个小室，室内有暗淡的光亮。

走出门，这亮光令维瓦迪吃惊不小，他问那房内有没有人，杰罗尼莫只给了一个模棱两可的回答，接着还指了指一道拱门，那里便是此路的尽头。他们迈着较轻快的步伐前进，因为心中有了希望，认为到达门口时一切忧虑都将消失。杰罗尼莫把灯递给维瓦迪，自己拿出一把钥匙去开门。维瓦迪正准备给对方奖赏，肯定他信守诺言，而恰在此时他看到门打不开。维瓦迪感到不妙，而杰罗尼莫却转过头来冷冰冰地说："我怕我们是被人出卖了；这第二道锁关死了，我只有开第一道锁的钥匙。"

"我们被出卖了，"维瓦迪决断地说，"但是你别以为掩饰能保护你自己。我清楚我们是被谁出卖的，不要忘了我刚才说过的话，再好好想想你把我们截住对你何益。"

"我的先生，"杰罗尼莫回答，"我不骗你，我可以对着圣主起誓，这道门关住，打不开不是我造成的，要是我能我一定会打开它。这门锁一小时前还是开着的，现在关上了，我比你们更吃惊，因为这条路通常没人走，连神灵亦不会涉足此地。我担心，谁要是来过这里，一定有所怀疑了，就是故意来堵截人逃跑的。"

"你这种狡辩，兄弟，只能在不紧要场合为自己脱身，现在可不行，"维瓦迪说，"因此你要么开门，否则就做最坏准备。你别自以为得计，虽然我珍惜自己的生命，但我决不会把这位女士留在你们修道院为她准备的恐怖之中。"

埃伦娜打起精神，努力平息维瓦迪的愤怒，防止他所怀疑的恶果成真，同时劝说杰罗尼莫把门打开。然而，她的努力引起了很长一阵争论，到最后这位修士的伎俩或者直率让维瓦迪平静了下来。两人说好协力强行撞门，由杰罗尼莫顶住框架，维瓦迪硬开门；若门撞坏留着废墟被发现，杰罗尼莫是要承担责任的。

可是这门一动不动。没有了别的出逃机会，维瓦迪又不肯轻易放弃。一切可能性都考虑过，别无退路了，此时大教堂和洞穴中挤满香客，正在做晨祷。

杰罗尼莫表面上却对逃出去不表示失望，他认为他们或许不得不整夜留在黑暗的通道中，到次日再找机会。最后大家达成一致看法：杰罗尼莫先回大教堂去，看看出逃者有无可能从正门大道出走而不被发现，他带他们回到刚才从旁经过仅看了一眼的小房间之后，自己便返回神龛所在的大洞穴了。

他走后有一段时间他们并不绝望。但是逗留时间越长他们便越失去信心，后来他们的不安达到了可怕的程度。对于埃伦娜来说，仅是为了维瓦迪，她装着平静忍受目前的窘境，她深知在这家修道院中等待着她的是何种命运,她把这方面的情况藏在心底不让维瓦迪知道。尽管杰罗尼莫的表现有可嘉的一面,她在脑海中重又怀疑他的背叛。小石室中空气寒冷并充满泥土味,让人感到如同置身墓穴。她朝四周看了看,这洞与奥莉薇娅对她描述过的曾把一个修女关进去让其慢慢死去的囚室颇为相似:四周有墙围着,房间的拱形顶部是岩石,只留着用铁条封住的小孔透气,室内没有什么家具,仅有一桌、一凳和发出微光的一盏灯。这灯竟是孤零零地放在较远的角落里,而当她回想起杰罗尼莫的一些话之后更是惊诧不已——他说过连神灵也极少涉足这条密道。她又回忆起他对如此非同一般的地方竟没现出任何惊奇。所以,她现在再次觉得自己是被骗入这个囚室,一切都是女院长策划的。这么一想之后她真是惊恐万状了,差一点忍不住,要把有关情况披露给维瓦迪。因为担心他听了之后可能会变得不顾一切,如痴如狂,她终于欲言又止。

埃伦娜做如上思考时,对她来说不管发生什么事总比目前这种不确定要好,她便常环顾四周寻找一些东西,用以证实或否定自己的疑惑——这地方到底是不是那不幸的修女的死牢。可是,她并没有见到什么相关物品,发疯般的急切之中,她的目光落在地板上远处一个角落里模模糊糊的东西上。朝它走近后,她发现那个可憎的像象形文字一般的东西,是个草垫,她以为那位可怜的女子就死于其上,不,按留着的印象来判断,似乎她的骷髅仍留在那边。

这会儿维瓦迪一直求她解释她脸上情不自禁流露出来的恐惧,恰在此时,两人同时听到近处传来一声低沉叹息。埃伦娜下意识地抓住维瓦迪的胳膊,脸色煞白。他们静静听着,但听不到任何声音。

"这肯定不是空穴来风,"静等好一会之后维瓦迪说,"你也听见了?"

"听见了!"埃伦娜回答。

"是一声叹息,对吗?"维瓦迪再问。

"是的,这么一声叹息!"埃伦娜说。

"有人隐藏在我们附近,"维瓦迪说着扫视四周,"但是,埃伦娜,别惊慌,我有剑。"

"剑!天哪!你知道不——听!又一声!"

"离我们很近!"维瓦迪说,"这灯光太弱!"——他把灯举高了,使其能照到室内每一个死角。"喂!谁在那边?"他高喊着,猛然扑过去。但没人应,回答他的是死寂。

"如果你在痛苦中,说出来吧!"维瓦迪随后说,"你会得到你的苦命同胞的同情。如果你胸怀恶意——你颤抖吧——因为你会发现我已是不顾一切了。"

仍无回应,他举着灯走到囚室的另一端,看到岩石中出现一道小门。顷刻间他听到里面传出一个发颤的低声,像是有人在做祈祷或痛苦呻吟。他去推这门,出乎他的意料,门立即开了,只见一个人跪在十字架前,神情专注,不理陌生人的到来。等到维瓦迪开口说话他才站起身来,转过头。这是个年老的神父,面容苍白,满头银丝。他那温柔而苦涩的表情,发着柔和光芒的眼睛仍然保留着一个聪慧之人的热焰,这使维瓦迪产生了兴致,也给随后跟进的埃伦娜以鼓舞。

修士也显出了发自内心的惊异。尽管维瓦迪从他的脸上看出他是善意的,但对回答他的问题仍存担忧。后来神父暗示他,并解释了一些对他安全有好处的问题。与其说受这一暗示的威吓,倒不如说受修士神态的鼓励,同时深感自身处境的绝望,维瓦迪向这位修士简单说明了他们进退两难的境况。

维瓦迪说话时,这位神父专注地听着,满怀怜爱之心,轮番看他和埃伦娜。他既有难言之隐又存有恻隐之心,想帮助这对陌生人。他问杰罗尼莫离开了有多久,当听到道上的门有双重锁时他意味深长地摇摇头。"你们被出卖了,孩子,"他说,"你们年轻单纯,容易轻信,被对方的老谋深算骗了。"

这一可怕的信息让埃伦娜立刻掉下泪来,而维瓦迪由这种背叛所激起的义愤到了几乎难以控制的程度,现在亦无法给她安慰。

"闺女,我记得今晨在大教堂中见到过你,"神父说,"我也记得你拒绝宣誓当修女。唉! 孩子,你知道这种做法会造成什么后果吗?"

"我只有一种选择——受邪恶的折磨。"埃伦娜回答。

"神圣的父亲,"维瓦迪说,"我不会相信,你会参与或赞同迫害无辜者。如果你了解这位女士的不幸,你就会对她怜悯,设法救她,但现在没时间讲细节了,我只能设想,凭种种神圣的考虑,你会帮她离开这修道院! 如果我有时间,把他们采用不正当手段强迫她来到这地方的全过程讲给你听;如果你知道她是个孤儿,被人半夜三更绑架离家,武装押送到此,并在不相识的人的指示下历此磨难,却没有一个亲人活着,替她维护独立的权利或替她控诉迫害者——哦! 神父,如果你了解这一切就好了!"维瓦迪再也说不下去。

神父又一次同情地打量着埃伦娜,仍是一阵沉思。"你说的一切可能是真的,"而后他说,"但是——"他欲言又止。

"我理解你,神父,"维瓦迪说,"你要证据,在这地方我们如何能提供证据? 你只能信任我了。而如果你想帮助我,那就要赶快! 你再犹豫我们就完了。就在此刻我想我听到了杰罗尼莫的脚步声。"

他轻步走向小室门口,但寂静无声。神父也听了一下,但仍显得从容不迫。埃伦娜则握着双手,怀着急切和恐惧的表情等待神父做决定。"没人走过来,"维瓦迪说,"现在还为时未晚——好神父! 如你愿为我们做好事,动手吧。"

"可怜的无辜者,"神父说,又像是自言自语,"在这个小室,在这个要命的地方——"

"在这个小室!"埃伦娜大声重复着,像是揣摩其含义。"就是在这个小室,有一个修女被迫死去! 而我,无疑,是被带到这里重复同样的命运!"

"在这个小室!"维瓦迪以绝望的口吻重复着这句话,"神父,如果你真想帮我们,让我们立即行动吧。或许再过一会你的好意就不能起作用了!"

神父在埃伦娜提到那个修女时打量着她,并且极为惊奇,现在他收回了目光,脸上挂着几滴泪珠,又很快地擦去,像是在克服藏在心底的悲伤。

维瓦迪发觉恳求对加速他做决定不起作用,而每时每刻都有可能听到杰罗尼莫到来的脚步声,便极为痛苦而不安地在小室内踱步,不时在门边停下听动静,又几乎不抱希望地呼唤神父发扬人道主义精神。与此同时,埃伦娜恐惧无比地东看看,西望望,不断地叫喊:"就在这里! 在这小室! 这小空间已经见证了多少苦难! 它还要见证多少苦难!"

维瓦迪现在只好设法安慰一下埃伦娜的情绪,再次催促神父在这关键时刻出手救她。"看在上苍份上!"他说,"如果她被发现,她的命运就惨了!"

"如果我同意帮你们,"神父插话,"我不知道你们会有怎样的命运,也不知道我自己的下场;但是,虽然我老了,我并没有忘掉替别人着想! 在我余下的年月里,他们会迫害我,而你们的青春年华应该如鲜花般绽放;如果我有力量帮助你们,孩子,你们必定会意气风发。现在跟我去门口,看看我的钥匙能否打开门上所有的锁。"

维瓦迪和埃伦娜立即随着老人无力的脚步走去,老人常停下来听杰罗尼莫或别的可能会出卖埃伦娜的人追上来,但没听见脚步声;直到他们到达门口,才听见通道后方远处有脚步的回响。

"神父,他们追来了!"埃伦娜轻声说,"哦,如果钥匙不能立刻把门打开,我们就完了! 听! 现在能听到他们的说话声了——他们在喊我名字! 他们已发现我们离开那小室了。"

在神父用发抖的手把钥匙插到锁孔中时,维瓦迪立即设法帮上一手,同时给埃伦娜鼓气。

门打开了,门外是月光下的群山。带着获得自由的欢乐,埃伦娜又一次听到半夜山风吹拂树枝的声响。风吹打着门边高大石壁上的棕榈枝,阵风在四周悬崖上的弯曲矮树丛中吹过,发出沙沙声,渐行渐远。

"没时间道谢了,孩子,"神父看到他们欲开口便抢先说,"我会锁上门并设法拖延他们,让你们有时间逃跑。我祝福你们!"

埃伦娜与维瓦迪还来不及对他道别,他就关上了门,维瓦迪牵着埃伦娜的一只手,急急朝他安排好由波罗牵着马匹等候的地方赶去。在他们拐过修道院围墙的一个角落时,他们看到稍远处一长队朝圣者在正门进出的大道上行走。

维瓦迪后退一步,停下了脚步。在这修道院附近会听到别人的说话声,他们每分每秒都担心是杰罗尼莫或别的什么人出来追寻,有时又真想不顾一切危险朝前走。通向山脚唯一可行的小路上此时挤满了熙熙攘攘的朝圣者,同他们走到一块同样意味着遭殃。明亮的月光照得人群中每个人的面目都清晰可辨,逃跑者只好沿着围墙的影子行走,到后来受追寻者脚步声的警告,他们便穿越右边矗立的悬崖脚下的山丘,到幽暗的隐蔽处暂时避一避。他们在由石块堆成的弯弯曲曲的路上默默绕行,脚下景色的沉寂与他们心中的不安和惊恐形成强烈对比。

他们现在离修道院有一些距离了,便在悬崖的阴影下稍事休息,直到朝圣者队伍在山凹处树林间往下走了相当一段路。他们常常回首朝修道院张望,怕小道或大路上有灯光出现,怕在沉默的不安中听到追寻者的窃窃低语声。但他们只听到风声,没有别的声音,也不见密探带着灯光出现。

终于从眼前的焦虑中解脱出来了,埃伦娜听到朝圣者的晨祷声,看到万里晴空,在宁静空气中迈步下山。没有别的混杂声音,只有神圣的乐曲,就在有规律的乐曲停顿时,也只有头顶上树叶的婆娑声清晰可辨。回声在远处渐渐逝去,又在无尽的微风中重聚,犹如音乐之神在高高的山巅上观望,在充满灵气的空间相互问答。它们行走在高高的天际,俯看着下方熟睡的人间。

"埃伦娜,我经常在夜晚的这个时刻,"维瓦迪说,"在你的闺房周围流连,以挨近你而自感宽慰!我对自己说,就在这围墙内她安然入睡,那墙围住了我的世界,这墙内的一切对于我来说都是可亲可爱的。现在,你我相依相伴着!哦,埃伦娜!你既已回到我的身边,我就再也不让任何世态变幻把我们分开!让我执子之手走向台前,完成我们的婚姻誓言。"

维瓦迪此刻太急切想成就好事,却忘了他自己决心要做的事——给埃伦娜安排好安全的住所之前,他们必须三缄其口。

"这不是讲话的时刻,"她犹豫着应答,"我们的处境仍极为险恶,我们是在危险边缘发抖。"

维瓦迪立即跃起,说道:"我这么傻乎乎,差点置你于极恶险境!现在朝圣者发出的歌声听起来已显微弱,说明他们离我们已相当远,我们还逗留在这个恐怖的地方,此时不走,更待何时!"

说话间,他们小心翼翼地穿行在陡壁间,不时回首看一眼修道院,然而那边灯光已灭,只有染上月色的主教堂尖塔和高屋的窗户依稀可辨。有一会儿,埃伦娜在想象中以为自己看到了喜爱的阁楼,楼中亮着一盏琉璃灯,修女们,或许女院长也在其中,正在那边寻找她,于是她又重新产生恐惧，不由加快了步伐。不过，那亮光仅是月光从另一扇窗斜射进去而已。逃跑者没再受惊吓便到了山脚，与备马等候的波罗相会。"啊，先生，"仆人说，"看到你们活着高高兴兴回来我真开心。你们待了那么长时间，我担心修道院里的人罚你们做苦差事了，看到你们，主人，我好高兴。"

"我见到你一样高兴，我的好波罗。我叫你准备的朝圣者的斗篷在哪？"

波罗拿出斗篷，维瓦迪接过来，把它披到埃伦娜身上，扶她上了马背，夺路朝那不勒斯走。维瓦迪本打算把埃伦娜安置在圣皮埃塔修道院避难，但后来想到他们的敌人会走这条路，便建议尽早离开这条路，绕道去厄蒂丽别墅附近暂时安顿下来。

他们不久来到一处大关隘，此处埃伦娜来时曾到过，如今在昏暗时刻见到此关便恐惧感大增。因为月光只照着山谷的一部分，处在大部分月光照耀下的是悬崖绝壁，而路的一端完全处在头顶上方的陡壁及树枝的阴影下。不过波罗的情绪很少受恶劣路况的影响，一路上开心地慢跑前行，不时地祝贺主人及自己逃跑成功。他的欢快声音在巨岩间回荡连连，到后来维瓦迪因为担心他这样闹着会产生不良后果，叫他别闹了。

"啊，先生！我必须遵命，"他说，"但我的心从来没有这样充实过；我真想不停地唱，把心中的欢乐释放出来。我们到过的什么洞，那个叫什么名字的鬼地方？真是糟透了，同这里没法比，因为我不是当事人，而你，先生，几次三番差点遭人暗算。我什么都不在乎，我只想平静地在这洒着月光的山上抒发自己的心情。"

"唔，先生，那边天空中是什么呀？看起来像一道桥梁，只不过那么高高在上，谁会想到去那么偏远的地方造桥，除非想腾云驾雾闹着玩，要不谁会花那个力气爬到上面去！"

维瓦迪抬头张望,而埃伦娜一下子就看出那是阿尔卑斯山隘,因为她先前已十分恐惧地走过一遭。此时,那桥在月光下,浮架在巨大的绝壁中间,桥下是一条河流,在岩石裂罅中翻滚向前。桥的一端支在悬崖上,完全处在阴影中;而桥的另一端则在皓洁月光的照耀下,可见到桥边树木葱茏,底下激流汹涌;还有,许多矮树丛挂满水珠,正好与上方黑压压的巨石形成鲜明的对照。拱形桥的远方是雾蒙蒙的天际。

“哎唷,奇了!”波罗大喊起来,“看什么奇迹发生了! 那边不是有人在桥上走动了吗!”

维瓦迪现在看到窄窄的桥上有人影在移动,月光下看不清他们的面容。面对此情此景他只感到困扰,担心这些人是去圣女神龛朝圣的,会把他走的这条路线给透露出去。

然而他没可能避开他们了,上方是绝壁,下边也是悬崖,别无他路,就说眼前这条道,连两匹马交会都困难。

“他们走下桥了,而且,或许一个个都没摔死,”波罗说,“我不知道他们去哪! 唷,先生,这路不通到桥那边;我们不会也往空中爬吧? 溪水的咆哮声已轰得我头脑发晕,那岩石漆黑一团,好像随时会滚到人头上,看它们一眼我们就会失望。先生,你不会阻止我发笑吧?”

“我要常让你别多嘴,”维瓦迪回答,“我的好波罗,别说话,小心点,那些人可能离我们很近,虽然我们还看不到他们。”

“哎唷,我的先生! 这路确实通向那座桥!”波罗不无怀疑地说。“瞧! 他们又出现了,正绕过那巨石,朝我们走来。”

“别响! 他们是朝圣者,”维瓦迪压低声音说,“我们到这些岩石底下逗留一会,等他们过去。波罗,记住:说错一句话可能就会致命,若有人问话由我一人作答。”

“遵命,先生。”

逃跑者沿着岩边慢慢走，朝圣者来得近了，连说话声也听得见了。

"在这个地方，听见人的说话声，感觉真舒服，"波罗说，"祝福他们欢乐的心！看起来他们去朝圣，心中充满愉悦。不过，我肯定，他们会慢慢地变得不想多说话。我但愿我——"

"波罗！你这么快就忘了？"维瓦迪严厉地说。

朝圣者看到这几个路人立即停止了说话，后来像是领队的一位在擦肩而过时说："嗨！以卡莫尔山女神的名义，你们好！"随后这一队人集体重复了一遍。

"你们好，第一次弥撒已过了。"维瓦迪回应，并不停步。

"但是，你们赶快走，或许能赶上第二次。"波罗说着快步前进。

"那么，你们刚从神龛出来？"队伍中一人说，"能对我们说说——"

"像你们这样的可怜巴巴的朝圣者，"波罗回答，"说不出什么。兄弟父老们，早晨好，看那边的晨曦！"

他紧赶几步追上维瓦迪——他的主人已经和埃伦娜走在前面了，现在回头严厉斥责波罗的不谨慎。此刻那些来本山朝圣的人已在唱晨祷曲，且步入岩石群中看不见了，这个僻静之处重归寂静。

"谢天谢地！我们躲过了这一劫。"维瓦迪说。

"现在我们只剩下过桥了，"波罗接腔，"希望我们能一路平安。"

他们通过了摇晃的木头跳板，就算进了桥的入口。从那里张望幽谷，见有几人出现在他们刚走过的路上，行色匆匆，夹杂在轰隆水声中的人声与先前那些朝圣者也不同。

埃伦娜又惊慌起来，快步向前。维瓦迪一边竭力叫她别担心追寻者，一边仍叫她走快些。

"主人，这些人不过是另一批朝圣者，"波罗说，"要不，他们怎会如此大声喧哗，他们应想到我们听得见。"

来人在这山间巨石中尽力快走，说话声听不到了。波罗转身望去，遥看他们是否在视线内，却在不经意间发现两个人披着斗篷沿巨石下方前进，离他的马屁股没几步了。还没等他向主人报告，那两人就到了他们身旁。

"你们从圣女神龛朝拜后返回？"其中一人问。

维瓦迪被这声音吓了一跳，回头问是谁在问话。

"一个朝圣兄弟，"那人回答，"一个辛辛苦苦爬上这些悬崖陡壁，走得两腿再也迈不动的人。你能否给予同情，把马让给他骑一下。"

维瓦迪可能会对别人的痛苦怀有同情心，但是在此关键时刻不会随意答应他人，而置埃伦娜的安全于危险境地，他甚至想象这陌生人说话的腔调有点装模作样。那人遭拒后还问他往何处去，想与他同路行走，他的疑心更重了。"人们说，这些山里到处是劫匪，"对方说，"人多比人少安全，不大可能遭劫。"

"你们已身惫体乏，"维瓦迪说，"怎能赶上我们骑马的速度？虽然我承认，你们能追上我们已是奇迹了。"

"因为怕土匪，不得不快走。"陌生人回答。

"你们不必怕土匪，"维瓦迪说，"你们完全可以不紧不慢地走，因有大批朝圣者走在这条路上，他们会很快与你们汇合。"

说到这里他不再说话，而给马匹加鞭快跑，很快把陌生人甩在身后。对逃跑者来说，陌生人自相矛盾的叫苦，以及整个神态，是引发他们惊慌的严肃话题。但是，对方掉在后面，见不到了，逃跑者也不再担心。最后，他们走出关隘，离开那条前往那不勒斯的大道，转入一条孤单的小路，往西朝阿奎拉前进。

第十二章

静穆的清晨着灰色便鞋前行，
无名天鹅对着橡树和小溪歌唱，
阳光已普照周围的峻岭崇山，
也洒遍西边的港湾海滩。

——弥尔顿

站在高高的山冈上，行路者看到了朝霞辉映下的南边，远处的塞雷诺湖在阿奎宁山下闪烁发亮。维瓦迪做出判断，把那里作为此行的前方目标是明智的，因为那湖离通往那不勒斯的直道相当远，而离圣斯蒂法诺也不近，那边的湖畔是相当不错的安全的藏身之地。他也考虑到，在分散于湖畔各处宜居的修道院中，只要埃伦娜同意他们就可以立即结婚。他总可以找到某个神父为他们举行结婚仪式。

行路者从橄榄树林中下山，不久便在田间劳作的农民指引下踏上了从阿奎宁到塞雷诺镇的路。这是一条蜿蜒在荒野山区的小路，与湖面保持不远的距离。当他们接近较低地段时，在晨风中闻到了阵阵橘花香，还有岩石间大量生长的番樱桃花香。山谷中长满一丛丛的柠檬和柑橘树；维瓦迪希望从居住在这一带的农舍里替埃伦娜找到食物供给与休息之所。

然而，波罗去探问的几所农舍都无人在家，主人们都去田间劳动了,行路者只好继续攀登。不久他们来到羊群遍地的山区,那里没有了橘花香,取而代之的是牧场的新鲜芳草香味。

"我的先生!"波罗说,"有没有听见稍远处传来的牧羊人的号角声? 如果是,先生,我们就可去搞到食品。"

维瓦迪此时也听到了附近传来牧童敲打出的牧场鼓声。

他们循着鼓声来到草地,并立马看到一间农舍掩映在一丛扁桃树下。这是几个牧羊人所共有的挤奶场,牧羊人就在不远处放牧羊群,此刻他们躺在栗树荫下休息,正摆弄着农家乐器自娱。此情此景在当今阿勃罗佐山区乃是常见的田园牧歌式生活方式。他们外表简朴,甚至可说是粗犷,热情好客是古风传承。一位老者,即这群牧羊人的领头人,迎上前来招呼客人。他在得知客人的需求后把他们让进凉爽的农舍,并很快给他们端上一顿美味而富有特色的早餐:山羊奶制的白脱、乳酪,野山蜂蜜和无花果干。

用完早餐后,埃伦娜不得不独自去休息一个小时,这是由焦虑引发的过于劳神,而不是由旅途过于劳顿所造成的。维瓦迪在茅舍前的长凳上躺下休息,而波罗待在扁桃树荫下一边观察动静,一边与主人谈论这餐早饭及随后出现的状况。

埃伦娜再次现身时,维瓦迪提议在当天暑热时段内他们就在此休息。因为他现在认为这里算得上暂时安全的地方,便冒昧重提他一直藏于心底的话题,谈到可能会来捕捉他们的邪恶势力,以及尽早把他们的婚姻大事办了。

面对维瓦迪的述说和恳求,埃伦娜默默地听着,想了很多,且颇为沮丧。她暗暗承认他讲得有理,但是鉴于事态错综复杂,她比以往更想知难而退,不想屈尊强求嫁入他的家庭。正是这个家庭使她实实在在感到被人讨厌的滋味,受到可怕的不公待遇,还一直忍受着更为残酷的迫害威胁。近来的情况表明,那些对她施虐的人对她毫无怜惜和宽大的意向,她现在不得不考虑自己和维瓦迪的幸福了。然而,她不能这样就这么紧迫的话题做决定,因为这事严肃到关乎她一生的命运,她不能不提醒维瓦迪,她现在暂不能做决断。因为她深爱着他,所以说话时充满挚爱和感激。

"你亲口对我说说,"她说,"我是否应该答应你,而你的家庭,你的母亲——"说到此处她停顿下来,满脸通红,潸然泪下。

"行行好,别掉泪了,"维瓦迪说,"别回忆惹你落泪的那些事。哦,别让我看着你落泪,别让我再想到我母亲!别让我老想着是我母亲的不公和残忍,造成你抹不去的悲伤!"维瓦迪说着说着,脸部肌肉有些儿颤抖。他站起身在房内快步走动,然后停住脚步,又走到茅屋房前树荫底下踱步。

不过,过了几分钟他就控制住情绪,回到了屋内。他又一次坐到长凳上,与埃伦娜并肩而坐,握住她的手,充满感情,庄严地对她说:"埃伦娜,这么长一段时间以来,你看到了我是多么爱你,你不会怀疑我对你的爱。你早就答应过,郑重地当着你已故亲人的面答应过,她虽然不在了,但她在天之灵此刻仍注视着我们,是她把你悉心托付给我,永远托付给我。凭着这些神圣的事实,凭着这些美好的回忆,我求你了,别让我绝望,也别让我成为一种正当的憎恨情绪的牺牲品,别因母亲的残忍和错误的做法而拿她儿子做牺牲品!在你已经逃离圣斯蒂法诺的消息传出之后,现在你或者我都不可能猜测出有人已经为我们设计出来的种种阴谋诡计。如果我们现在不办结婚手续,我知道,我感到——我就会永远失去你!"

埃伦娜深受感动,好一会儿无话回答。终于,她擦干眼泪,深情地说:"憎恨不影响我对你的态度;我想我对侯爵夫人不怀什么憎恨,因为她是你母亲。但是自尊,受侮辱的自尊心有权指导人的行为,我们应该听从。或许,如果我要尊重自己,现在该是到了我放弃你的时候了——"

"放弃我!"维瓦迪抢话,"放弃我!那么,你要放弃我,有可能吗?"他重复着,急切而严肃地盯着她,"埃伦娜,立即告诉我,有可能吗!"

"我怕……"她回答。

"你怕!天哪!如果你怕,那就太可能了,那就是说我已失去你了!说呀!说你希望这不可能,那我也就又有希望了。"

他说这话时所现出的痛苦重又唤起了她的感情,也让她忘了自己强装出的矜持,她说自己初步形成的决心让她既不怕也不希望这样做,同时脸上挂着抹不去的甜蜜微笑。"我会听从感激和挚爱的指引,我会相信,只要你感情不变,我就永远不会放弃你。"

"相信!"维瓦迪说,"太相信了!还说什么感激的话!干吗还要那不必要的保留?甚至你这一表态也是扭曲的,软弱无力到仅给我一线希望。你看到了我的痛苦,而只从怜悯,从感激而不是从情爱角度来缓解我的痛苦。除此之外,你既不害怕也不希望什么了!啊,埃伦娜!有没有不害怕不希望什么的爱情存在于世?哦,没有,从没有过!你如此瞬息万变让我害怕,让我希望;你的每个表态、每个神色都给了我如此巨大的害怕或者希望,以致我总在忍受永无停息的焦虑。还有,你为什么端出那冷冰冰、让人心碎的感激?不要,埃伦娜!那不是明明白白对我说你不爱我?——我母亲的残忍让你的心离我而去!"

"你完全误会了,"埃伦娜说,"你已经接受了我神圣的爱的表白。如果你还怀疑我的真诚,请原谅我;如果我自尊自爱,我就不必求你相信我说过的话。"

"多么平静,多么冷淡,多么谨慎,多么理智!"维瓦迪带着痛苦的责备口吻大声说,"但是我不想使你为难。请原谅我这一次重提了这个话题，我的本意是想在我们到达某处比现在这地方更安全的所在前，对这个话题缄口不言。但是这样严重的焦虑紧压心头，我怎能坚守原来的设想！而我若不说出来，又会有什么收获？只会增加焦虑，增加怀疑，增加害怕！"

"你怎会这样处在自加的痛苦中？"埃伦娜说，"你竟会怀疑我对你的爱情，哪怕只那么一会儿，我就难以忍受。你怎么会以为我对你的爱情无知无觉？我怎会不随时随地意识到你为救我所面临的迫在眉睫的危险，在这种情况下，我随时随地都对你怀有最温情的感激！"

"感激这个词比任何别的词汇更让我难受！"维瓦迪说，"这样说来你亏欠我的仅是一种责任感？哦！与其以一种冷冰冰、不得已、为责任驱使的表态，说着感激的话，骗得我的希望，你还不如恨我得了！"

"对我来说，感激这个词有完全不同的含义，"埃伦娜微笑着回答，"依我的理解，感激所包含的意思包括柔和、宽广的挚爱，以及你说到的那种责任感等，是人类内心所怀的最甜美、最神圣的感情之一。"

"啊，埃伦娜！如此去理解感激的含义，我太乐于受骗；不过，与其说是你精确的解释让我相信，还不如说你的微笑更说明问题。我确知，你所感受的感激是温柔的、内涵丰富的。但是，我求你，别再说感激了！这词听起来像是遭到鱼雷的触摸，我感到我的信心在降温，连听到我自己发出这个音时，心情也在变糟。"

波罗走进来打断了这场对话。他以一种神秘和惊慌的神态低声说："先生！我在扁桃树下瞭望时，你猜谁从那边山谷向上过来？是那两个在加里关隘追上我们的步行的卡莫尔信徒！他们到了树林背后我看不到了，但是我相信他们此刻已拐过树林，朝我们这边走过来，他们也会想到来这里找吃的，牧民们有理由相信他们的羊群要完蛋了,如果——""唷,我看到他们了,正从树林拐过来,"维瓦迪说,"现在他们正离开那条路,向这边走来。波罗,我们的主人呢!"

"他在外面,离这儿一点路,先生,要不要我去唤他来?"

"要,"维瓦迪回答,"或者你留在此处,我自己去叫。不过,如果他们看见我——""先生,或者,若我去叫——如果他们看见我——但我们现在没别的办法了。因为如果我们去叫主人,我们就暴露了,而如果我们不叫他,他就会暴露我们:所以他们必定会发现我们,只好听天由命了。"

"平静!平静!让我想一想,"维瓦迪说。当维瓦迪思考时,波罗在找一个躲藏之所,考虑到这或许是一种客观需要。

"立即去叫主人来,"维瓦迪说,"我必须对他说些话。"

"这会儿他正好过来。"埃伦娜说。

波罗照办了,牧羊人走进茅屋。

"我的好朋友,"维瓦迪说,"我得求您了,别让那几个托钵修士进来——您看他们正朝这条路走过来——也别让他们知道您有客人在此。一路上他们已经给我们惹了不少麻烦,您错过接待他们的机会,造成的损失,我会给予补偿的。"

"朋友,关于那事,"波罗说,"只有他们到这里来才会给您造成损失,他们的离开不会对谁造成损失。我告诉你实话,我的主人有些话没有说出来,我们不得不处处留神,因为他们与我们做伴时,我们有理由认为我们的钱包可能会变得轻了。他们要算计人,朋友,请相信我的话,或许他们是乔装打扮的匪徒,这身修士装束在这个朝圣季节颇适合他们达到目的。所以说,如果他们要到这里来,您对他们可不能马虎大意。您最好在他们走后,派一个人去看清他们走哪条路,直到他们在您视线中完全消失,要不然您或许会失去一两只迷途羔羊。"

老羊倌抬头看，也举了举手。他说："谢谢你，先生，谢谢你给我们发出预警。尽管他们披着神圣的袍服，但我决不会允许他们踏进这门槛，这也是我生平第一次对穿修士装的人说不。看一下我的脸，你们也能猜得出，我这一生，活的岁月也够长了。先生，你猜我多少岁？你一定会猜少了，因为在我们这里高山区——""您把那几个人打发走后，我会猜的，"维瓦迪说，"您就在门外给他们一些简单的点心。此刻他们可能已到来门外。去吧，朋友。"

"如果我拒绝他们进来，他们要攻击我，"牧羊人说，"你要出来帮帮我，先生，好吗？因为我的孩子们在外，离此有一段路。"

维瓦迪向他保证说一定会的，他就离开了茅屋。

波罗冒险到格子窗边窥视，看看外面可能发生的情况。"我猜，他们已转角到了门外，先生，"他说，"这边路上我看不到人；要是这边还有一扇窗就好了！他们真是傻瓜，不在门边开窗！不过，我还可以听。"

他踮着脚尖走向门口，低着头专注地听着。

"他们肯定是修道院派来的间谍，"埃伦娜对维瓦迪说，"他们紧跟着我们！如果他们是朝圣的，就不大可能走这条过路行人稀少的小道，更不可能的是，他们仅两人成行。当他们发现我不在了之后，这些人被派出来追赶我，他们在路上遇到先前的香客，了解情况之后就循我走的路追来了。"

"我们满可以依这种设想采取行动，"维瓦迪回答，"但是，我虽然倾向于认为他们是圣斯蒂法诺派出的密探，若说他们是塞雷诺湖畔某个修道院的修士也并非不可能。"

"我什么都听不清，先生，"波罗说，"你自己来听吧！连门也没发出一点叮当声，给人一点儿安慰！哎！要是我什么时候建一幢茅屋，我一定开一扇窗户在——""听！"维瓦迪说。

"什么声音都没有,先生!"等了一会儿,波罗说,"我没听见有人说话!——噢,现在我听到脚步声了,朝着这门走过来。不过,这门不会给轻易打开,"他一边说一边用身体顶住门,"哎,唷,你尽管敲,敲得你手臂发疼,你还可以用脚踢,任你怎么踢怎么喊叫!"

"别响!让我搞清楚来人是谁。"维瓦迪说。此时门外传来了老羊倌的声音。"先生,他们走了,"他说,"你们可以开门了。"

"他们走哪条道?"那人进门后维瓦迪问。"先生,这一点我可说不准。我一直在向四周张望,碰巧没看清他们。"

"哦,我可看清了,从那边林子横穿这条路。"

"在我们这边视线可见范围内,即在那林子和这屋之间,没什么遮挡,朋友,"维瓦迪补充道,"他们能去哪?"

"那样的话,或许他们重又进林子了。"牧羊人说。

波罗意味深长地看了主人一眼,补上一句:"这极有可能,朋友。他们极有可能不怀好意地躲藏在林子里,你最好派个人去看着他们,不然你们的畜群会受损失。他们肯定不会做好事的。"

"我们不习惯对付他们这号人,在我们这些地方,"牧羊人回答,"但是若他们想加害我们,定会知道我们的厉害。"他说完这句话就从屋顶取出一个号角,吹出尖厉的声音,引发山间回响。顷刻间年轻的牧民就从各个方向向这所茅屋跑来。

"朋友,别惊慌,"维瓦迪说,"这些过路人并不对你们怀有恶意,这点我可以肯定,他们不论搞什么名堂都是冲着我们来的。不过,因为我认为他们是可疑的人,就不想在途中与他们相遇,如若有一个小伙子能朝通往塞雷诺的路上走一程,看看他们是否躲在那条路上,我会给他奖励的。"

老人同意了,待那些年轻牧民到来后,维瓦迪对其中一人做了交代,派他前去察看。

"一定要找到他们之后才回来。"波罗补充一句。

"一定照办,老爷,"那小伙回答,"我一定平平安安地带他们到这里来,您放心吧。"

"如果你想把他们带到这里来,你会碰得头破血流的。你要做的是搞清楚他们在什么地方,看着他们走哪条路。"波罗说。

最后,维瓦迪向那小伙讲清他要做的事,让他走了。老牧羊人出去放哨了。

在老人离开期间留在屋里的几个人就路过的那些人做了种种猜测。维瓦迪仍倾向于认为他们是朝圣返回的普通人,但波罗坚决不同意主人的看法。"他们正在路上等着我们,这是肯定无疑的。先生,您还可以相信,他们在进行一个大阴谋,要不然他们不会到这牧场来侦察,可以肯定他们是到这里来打探消息的。"

"但是,波罗,如果他们正在进行如你所说的大阴谋,"维瓦迪说,"那么他们或许早就发现我们了,所以他们才选择走这条人烟稀少的路。而现在他们一定会想到,在这么一个偏僻地方有一所畜牧场,就会认为我们藏身其内——但他们并未进来察看。因而,看起来他们并不是冲我们而来。波罗,你对此有何看法?我相信埃伦娜女士的担忧是没有根据的。"

"哎!先生,你是想说,我们这样安全地躲在屋里,而且还有这些好牧民帮助我们,他们敢来袭击我们?不会的,先生,他们来此露面都不会,如果他们能够避免;如果他们能肯定我们待在这里,他们就会退回林子,躲在他们认为我们必定要走的路上等待我们,因为他们也知道路就只有一条。"

"那怎么可能呢?"埃伦娜说,"他们根本没有接近这茅屋,没有来查过,怎么可能发现我们呢?"

"我认为,他们够靠近我们了,已达他们的目的,先生。如果说他们已知道真相,他们必定是在我躲在窗栅背后看他们时发现了我。"

"你又来了,又是这一套,"维瓦迪说,"波罗,你真是个天才的折磨者。你真以为他们昨天晚上在幽暗峡谷中于朦胧月色下看清了你的脸孔,而他们在四十英尺距离之外还能记得起来?——埃伦娜,振作起来,我以为一切表象都对我们有利。"

"但愿一切如你所说!"埃伦娜说着叹了一口气。

"哦!那么说,先生,"波罗接下去说,"就没有什么可怕的了。小姐,他们想袭击我们,怕是很不容易唷。"

"我们应当担心的不是那种明枪,"埃伦娜应答,"我们要防暗箭,防止他们耍阴谋包围我们,让我们躲不过去。"

然而,维瓦迪虽心底里可能赞同这一说法,表面上却不露声色,他大笑一阵,以解除她的忧虑。波罗则注意到先生使的眼色,暂时什么话也没说。

那位年轻牧民比他们所预计的早了许多时间便回来了,或许他节省了时间,仅仅因为他没有多花精力,他没带回有关那几个教徒的有用讯息。"我在那边山谷内路边的林中寻找他们,"年轻人说,"接下去我爬上更远处的一座小山,但我什么人都没看见,无论远近,只看到我们自己的山羊,有些羊确实跑得远了;有时候它们蹦蹦跳跳,好看得很;有些羊还跑到那边的奴伏拉山山顶上,如果叫我到那地方去我会丧命的。还有,那些坏蛋大概也知道这一点,因为它们看到我过来了,我爬山爬得气喘吁吁,它们也就不乱走乱动了,而是在悬崖边得意地站着不动了,好像它们在笑话我,暗中对我说:'来吧,来赶我们,看你能不能够!'"

维瓦迪在听青年牧民说话时便开始与埃伦娜交换意见,讨论他们是否要立即上路,并就那路过的教徒的有关情况向青年问了几个问题。从得到的回答来看,他相信那两人要么不是从通往塞雷诺的路走,要么已经走上那条路并已经走得相当远了。因此他就提出即刻动身,但要不慌不忙地走。他说:"我对那些人已不怎么担心了,担心的是我们到达目的地前天就黑了,因为这一路山高地荒,更何况我们不怎么熟悉路径。"

埃伦娜同意这个计划,于是他们向好心的牧羊人告别,并为给他添了麻烦而付钱给他做补偿,主人略做推辞就收下了。然后,他还进一步告诉他们这路该怎样走。他们走了好长一段路还能听到小鼓声,山野途中散发着麝香草莓的甜香。

当他们下坡来到青年牧民提到的那处林木葱郁的山坳时,埃伦娜时不时地朝树荫深处投去焦灼的目光;波罗有时不声不响,有时大声唱歌或吹口哨,好像有意打消自己的怯意,他还对横在路上的树枝仔细察看一番,好像期待着发现那两个躲在暗处的教徒朋友。

走出这处山谷之后,他们前进的道路在山间伸展,所到之处牛羊遍地,因为现在这个季节畜群已离开阿奎宁平原,这一带山区草场的好名声把它们都吸引了过来。旅行者爬了好长一段时间终于到达山顶,此时夕阳西照,环抱着群山的塞雷诺湖历历在目,美景尽收眼底。

"啊,先生!"波罗高兴得大叫起来,"这里景色多好!引得我想家了,简直可以同那不勒斯湾媲美! 不过,即使这里再美上百倍,我还是更爱我的家乡。"

他们停下来欣赏着眼前的景色,同时也给一路负重爬山的马匹一个休息的机会。夕阳映照在水波清澈的湖面上,浩浩渺渺,夕阳映照在所有城镇和村庄上,映照在古堡的塔楼和修道院的尖顶上。隆起的陆岸变得丰富多彩,田野间的作物显得绚丽多姿,山峦尽染,呈紫褐色:所有这些加在一起,那景色是多么壮观可爱!

维瓦迪把北方的一座名叫维利诺的大山指给埃伦娜看,说那是罗马与那不勒斯之间的天然疆界。其顶峰高高在上,与周围诸峰相比犹如鹤立鸡群,山顶上白色的岩崖与梅杰拉山上的绿色植被恰成鲜明的对照。往西面看,那是圣发诺山,顾名思义曾是圣人居住之地,那山连着湖岸,层峦叠翠,从前山上长满古老的栗树。"往这边看,"维瓦迪说,"科诺山像个莽汉站立着,魁梧、凶悍、咄咄逼人!——再往南面看,那边拔地而起的是沉闷的圣尼考罗山,岩石嶙峋!从那方向再往远处看,巍巍然耸立的阿珀里宁山的余脉黑压压地构成了东面的地平线!"

"也请注意看,"埃伦娜接着说,"躺在众山脚下的湖岸和起伏的平原是多么美好!与高高在上的、大气的、守卫神似的山峰相比,这些平原和湖泊是多么亮丽、优雅!还请看,有多少个连着大湖的、让人爽心悦目的溪谷,地上铺满小麦和玉米,田野间还有绿荫遮阳的扁桃树丛,连着一座座绵延的矮山;再就是田园中井然有序的葡萄藤和橄榄树,多么生机勃勃!高山上悬崖边的那些高大棕榈树,多么风度翩翩!"

"呀,先生!"波罗高声说,"敬请你们好好看下边海岬上正朝我们这方向驶过来的渔船,同我们在那不勒斯湾见到过的多么相像,同其他景观一样,真值得一看,那水面也同海湾一样平静如镜,还有那山,山顶尖尖的,差不多与维苏威山一样,——如果这山也能喷火!"

"我们不可能在这周边再找出一座会喷火的山,"维瓦迪说,脸上露出微笑,为家乡自豪,"或许,我们现在看到的许多地方都曾经处在火山喷发带中。"

"先生,我承认这是事实——再欣赏这里的景观我们更加满意——毕竟我们的维苏威山在世上独一无二。唷!黑夜看更妙!满天通红!火喷得多么高!又那样轻巧地洒向海面!别的山都不可能这样。看起来就像水浪也着了火。我曾远在卡博里亲眼见此美景,整个海湾像在打仗,水面上行驶的每艘船就像在中午时一样清晰可辨，连甲板上的水手都一个个面目可见。那景象真难得一见。"

"波罗，你真的忘了我也曾见到过那样的美景吗？还有，你怎么就忘了火山会演恶作剧。埃伦娜，我们还是回来看眼前的景色。那边，离岸只有一两英里，就是塞雷诺小镇，也就是我们要去的地方。"

意大利的空气十分清新，连远景中的细小事物都能分辨。维瓦迪指着现代的阿尔巴岛做了一番议论。在他所在地的西边，一处平坦的谷地上，有一块隆起的土地，那就是史上有名的阿尔巴岛，岛上有多处古堡的废墟，在天际耀眼亮光的衬托下依稀可辨，那里有监狱，有多个亲王的坟墓。他们从高位倒下，被罗马皇室押送至此，在悲惨中了此余生。关在铁栏内苦度日子，往日的辉煌荣耀不再，在这个世上他们在阴谋诡计中打滚，在抗争中以失望告终。对他们来说，回顾意味着懊丧，期盼意味着绝望——他们永远见不着晴朗的天日。

"有一位罗马皇帝也曾到此亲历其境，"维瓦迪说，"只是为了见证最残暴的行为展示，体验最野蛮的乐趣！此人就是克劳蒂斯。他来此地欢庆一项艰巨工程的完成，那是一项把塞雷诺充沛的水源用一条开挖出来的沟渠输送到罗马的壮举，可是从事挖渠的一个海军部队中有数以千计的可怜的奴隶为此献出了生命！水渠平整光亮的表面沾着人类的血迹，渠道的泥土中也曾混埋着被杀戮的劳动者，他们在风光绮丽的河岸站立着对他呐喊欢呼，赞扬他的疯狂！"

"就某些人性特征而言，我们简直难以相信历史的真相。"埃伦娜说。

"先生，"波罗大声说，"我一直在想，我们在此地自由自在呼吸清新空气的这段时间里，我们的敌人可能正躲在某个山洞或角落里观察我们，而我们对此一无所知。他们可能会突然向我们扑过来，我们还是往前赶路为好，是吗？"

"我们的马匹可能休息够了，"维瓦迪说，"不过，我早就已经打消对那几个朝圣者的疑虑了,否则我一刻也不会在这里停留的。"

"我们还是走吧。"埃伦娜说。

"是的,小姐,还是小心为妙,"波罗说,"那边下方就是塞雷诺,我希望天黑之前能安全到达那边并住下来,这一路上没有高山,夜色没那么快就降临。呀! 要是现在离那不勒斯在二十英里之内该有多好,——今晚夜色多亮堂!"

在下山途中,埃伦娜沉默不语,精神不振,一直在想心事,她对自己处境的艰难十分敏感,也十分担忧此行可能造成的影响。她下怎样的决心定会影响到自己今后生活的幸福,虽说目前她逃出了圣斯蒂法诺的牢狱,还有救她、护她的维瓦迪陪伴在身边。维瓦迪注意到她因伤心而情绪低落,却因为并不理解造成她痛苦的微妙的内心争斗,而错把她的失语理解为对他的冷淡。但他忍住不向她重提自己的疑惑或担忧。他还决定,把她安顿在某个修道院之前,不对她重提他最新的一次请求,让她有完全的自由对他的求婚表示接受或拒绝。他的这种谨慎表现,这样下意识的举止,增加着她对他的尊重和感激——因为延迟举行婚仪,他势必要忍受可能会失去她的种种担忧。

夜幕落下前他们到达了塞雷诺镇。埃伦娜请维瓦迪去找家修道院,让她可以过夜。他把她暂时安顿在一家小客栈内,并留波罗守护她,自己则去寻找修道院。他首先敲响大门的那家修道院是卡莫尔教派的,看起来极有可能,在他们来路上碰到并给他们造成麻烦的那两个朝圣者就是这家修道院的信徒。但是还有另一种可能,如果他们是圣斯蒂法诺女院长派出的手下人,他们亦喜欢入住同一派的修道院中,不会去别派修道院借宿。因此他认为还是明智地不暴露此行意图,速离此是非之地为好。因而他继续寻找着,很快就来到多米尼加修道院,并在那里了解到在塞雷诺总共只有两家女修道院,那里除长住修女外,不接收临时女客。

维瓦迪回来把情况说给埃伦娜听,她只好尽量克制自己待在原地。但是向来活跃而热情的波罗却来提供情况,说不远处有一个小渔镇也坐落在湖边,镇上有一家名叫乌撒里斯的修道院,对初次来访者十分热情好客。在这样偏僻的地方,这样的好去处不易找,因此维瓦迪建议,如果埃伦娜不太累能行走,便动身去那里,埃伦娜立即同意,于是他们就动身走了。

"今晚刚巧夜色甚好,"他们离开塞雷诺后,波罗说话了,"所以,先生,我们不会迷路;再者,他们说就只有这一条路。小镇离此地约为一英里半,就在那边的湖畔。我想我现在能看到一两个尖塔了,就在稍靠右的那片湖光粼粼、树木森森的地方。"

"不对,波罗,"维瓦迪仔细朝那边观望后说,"我注意到你所指的地方,但你说的尖塔却不对,那不过是一些高大的柏树尖顶。"

"先生,请原谅,那些顶部这么尖,不像是树——那边定是小镇了。不管怎么说,这条路错不了,就像人们说的,没有别的道。"

"这里凉爽而又甜美的空气让我来精神了,"埃伦娜说,"还有,这地方的夜色温柔得让人舒心!眼前的景物多么柔和而又清晰,较远处的景物又是那样影影绰绰!那些远山挨着晚霞熠熠的地平线又多么富有个性特色!"

"还请看,"维瓦迪说,"那些高低起伏的山峦向各方延伸着,直到我们涉足的低矮地带,像什么?像一座座塔楼和城堡,经过战争洗礼而残留下来,看上去它们像是防卫敌人从云间过来侵犯主峰似的。"

"不错,"埃伦娜接话,"高山本身巍峨大气,像是属于更高层次的世界——包围者应该不属于这个地球——它们不过是天空中的神灵而已。"

"正是,先生,"波罗说,"这个地球上没有别的东西能上到那个高度。看呀,小姐,那些高山也真具有你说的那种神灵的特性。看呀!

在夕阳光辉向下消失的此刻,它们的形状和颜色变化多么快!现在已朦胧灰暗,一片混沌了!看,它们正在快速消失!"

"万物都安静了,"维瓦迪说,"意大利有如此美妙的夜色,谁还愿意在白天旅行!"

"先生,小镇就在我们眼前了,"波罗说,"现在我能看清修道院的尖塔了:那边还有灯光!哈,哈!还听到尖塔那边传来的钟声!修士们去做晚祷了,该到我们吃晚饭的时候了!"

"那钟声比你指的地方近一些,波罗,我怀疑钟声并非从那里发出的。"

"听!先生,是空气把声音传过来。听,钟声又响了。"

"不错,我相信你说得对,波罗,我们要走的路不多了。"

旅行者走下缓坡,朝湖畔前行。再过了一些时间,波罗大声喊道:"先生,你们看,又有一盏灯亮了!看,灯光倒映在湖面上。"

"现在,我听到了湖水的拍岸声了,"埃伦娜说,"还有摇橹声。但是,波罗,你注意到没有,灯光不在镇上,灯光在船上,船往彼方行驶。"

"灯光现在后退了,在水面上摇曳,拉出长长的一条线,"维瓦迪说,"我们总是过早相信自己盼望得到的东西,其实要走的路还远呢。"

他们现在要去的目的地就在正下方,是湖畔一片开阔的湾地。岸边看上去是葱郁的树林,地面缓缓上升,形成坡地供人耕作;另一边又是高山,到处是悬崖峭壁,在暮色中白色的石灰岩依稀可辨,有些地方悬崖下便是湖水。在这块湾地上,小镇逐渐显出存在的痕迹:树木中间有灯光闪烁,时隐时现,犹如云层翻滚时天空中的星星;渐渐地,他们能听到在近岸捕鱼的渔夫们哼出的忧郁的小调。

随后他们听到了别的声响。"哦,多么轻快的曲调!"波罗高声说,"它们让我的心欢跳起来。看,先生,在那边湖畔,挨着树木,有一组人在手舞足蹈,他们多么欢乐!我要是能加入他们该有多好!就是说,先生,如果你和小姐不在此,我就去那边。"

"我想,今天是个节日,"维瓦迪说,"似乎这些湖畔农民同城市居民一样把日子过得有滋有味。"

"哦,那音乐多欢快!"波罗接着说,"啊!如果碰上像今晚这样的好天气,在日落之后,在习习凉风中,我常常会在那不勒斯海岸边欢乐地舞蹈。月光下,那不勒斯的渔民是最善舞蹈的,他们的步履多么轻松愉快!要是此刻我们在那边有多好!我是说,先生和小姐也都在一起。那乐曲真好听!"

"我们谢谢你,我的好波罗,"维瓦迪说,"我相信,我们会很快一起到那边的;到时候你就可以像他们一样尽情地又唱又跳。"

到此刻,旅行者已步入小镇,镇上只有一条沿湖伸展的小街。在向人打听乌撒里思女修道院之后,他们受指引直达其大门外。女看门人听到铃声立即现身于门口,把口信带给女院长,并很快回到大门口邀请埃伦娜进去。埃伦娜下马,跟随女看门人到了客厅,期间,维瓦迪留在门口等待,看埃伦娜是否被接纳在此居留。不久,来人请他入院,他进去后有人送上点心,不过他没用点心,说自己还得去找住宿的地方。女院长闻言后热情向他推荐邻近的一家男修道院,并请他向院长说明是由她介绍来的。

于是,维瓦迪向埃伦娜道了别,虽说他们的分别时间不过数小时,但他离开时情绪低落,还多多少少为她的安全担忧。这一点在当时不过是一种朦胧的感觉,说不清原因,却也挥之不去。她同他一样精神不振,但没有像他那般担忧。他关上门离开时,她立即感到自己置身于陌生人中间。女院长对她的关注没能让她打消落寞感。而同时一群修女的神情向她传递的似乎是一定程度的好奇及探寻。她们的神情超过了对一般陌生人的那种关注。她急于退到分配给她住的房间，借以摆脱众人的审视，也可获得对她来说已是久违了的那种安静独处的感觉。

其时，维瓦迪在男修道院受到热情接待，那里安静的环境使他感到一种初访客的新奇。院长及若干修士接待了他，谈话到深更半夜，他们很健谈，因为这里通常冷清，现在来了访客，他们感到满足和新奇，想多和客人愉悦地交流。最后，客人不得不表示告退之意，他心中除了主人感兴趣的话题以外，还因埃伦娜不在身边，真真切切地挂念着她的处境，思考着如何让她免受痛苦。现在，既然她已被一家不错的女修道院收留，他也没有理由再保持缄默了。因而他决心第二天上午一定要说出各种理由，并求她同意立即结婚。他以为，总会在这里找到一位神父并说服他，给他和埃伦娜主持婚仪。他确信，结婚之后他们就可以摆脱各种邪恶势力的侵害，他就能有幸福，埃伦娜也能有安宁的日子。

第十三章

他，巧舌如簧，装成友人，
彬彬有礼，言辞恳切，
冠冕堂皇，诱我与他拥抱，
终于一起跌入巨大陷阱。

——弥尔顿

在维瓦迪和埃伦娜从圣斯蒂法诺返回的那些日子里，维瓦迪侯爵正为儿子的事烦恼至极。而侯爵夫人同样担心至极，怕埃伦娜的下落被人发现——不过这方面的担心并没有妨碍她投身到那不勒斯上流社会的寻欢作乐中去。她举办的聚会像往常一样，在这个灯红酒绿的城市中算得上最奢华的，作为东道主她照样热情有加，大力捧她最喜爱的作曲家。尽管她惯于这样挥霍，但此时她的注意力会从眼前景物中游离，头脑中也会不时出现因傲慢失望而伴随产生的种种灰暗预兆。

这段时间内，有一件事特别使她对这方面的失望高度敏感：有一位女士的父亲近来已向侯爵暗示，愿与他结成亲家，侯爵认为此提议甚好，那位女士从各方面看均适合做自己的儿媳。这家人的财富在此时使侯爵夫人特别感到这桩婚姻很般配，因为尽管侯爵的收入很可观，但她为了满足自己的虚荣心而开支过大，有捉襟见肘之感。

侯爵夫人一想到儿子在婚姻问题上的表现就不由得心气不顺，因为她坚信儿子的做法对家庭的经济及名声都会有坏影响；恰在此时，圣斯蒂法诺修道院的女院长派人送来消息说，埃伦娜与维瓦迪一起逃跑了。她气坏了，由失望变为狂怒。由于此刻的激动，她丧失了作为母亲应有的那份怜惜，只怪儿子牺牲了家庭和他本人的利益去爱一个不值得爱的女人。她相信，儿子已经结了婚，她已无可挽回地失去了他。她被这种想法煎熬得痛苦不堪，决定派人去叫自己的常年顾问申多尼过来商量；这样，她至少可以宣泄一下自己的情绪，还可再探讨一下如何去取消这桩让她长期害怕的联姻。然而，尽管她生气到极点，却还是留了一手，不把女院长来信的内容告诉侯爵，她要先与自己的告解神父商谈。她知道丈夫在事关伦理道德的重大事件上一向遵循公正这个大原则，不会赞同那些她认为必要的措施。因此，她有意不把儿子结婚的消息告诉丈夫，她要等到想出了对策并且不顾一切地执行种种对策之后才告知他。

申多尼一时找不到。这些不顺心的事不断增加她心中的烦躁。时间在慢慢流逝，她没能及时与申多尼敞开心扉交谈，这让她难以忍受，只好派出一个又一个仆役去找他。

"我的女主人出了大事，真真实实！"在这半个小时内两次被派去修道院的一个仆人说，"她的负罪感重重地压在她的良心上，这可一点不错，因为她连半个小时都挨不过去。哎！人要有钱就好，不论他们作了什么孽，都可以让自己的良心得到安慰，因为他们很快可以花钱去买回自己的清白。而穷人花一个月时间也不见得能找回清白，还有，这期间他还不知要受多少回痛苦鞭打。"

到傍晚，申多尼来了，但他给她带来的是最坏的消息：他也听到了埃伦娜逃走的事，还知道她现在塞雷诺湖畔，并已与维瓦迪结婚。他没说是如何搞到这情报的，只是大谈特谈有关细节，借以证实这一事件,而他本人对这一切确信无疑。侯爵夫人与他有同感,她的气愤和绝望达到了不顾一切常理的程度。

申多尼暗中注意到她的情绪激动到极点,心中偷着乐;他感觉到,时候到了,他可以利用她的情绪来达到自己的目的,或许他还可以完成对维瓦迪蓄谋已久的报复,而且不会冒失去侯爵夫人宠爱的风险。此前他只是装着替她分担痛苦,同时继续引发她的怨恨,进一步激起她的傲慢。取得了这方面的预期效果之后,他就同时运用不易被觉察的手段,装着替维瓦迪辩解,又对心烦意乱的母亲给予安慰。

"这一步当然走得莽撞了,"告解神父说,"但是他毕竟年轻,很年轻,因而没能预见到此事的后果。他没能意识到这件事会多么严重地影响家庭的尊严,又会多么严重地减弱家族在宫廷中的影响,影响他自己在贵族圈内的地位,甚至也会影响到他正在屈尊交往中的平民们对他的尊重。他陶醉于自己燃烧着的青春年华,没能好好掂量其中的价值所在,这些方面只有年长者运用自己的智慧和经验才能好好评估。他正因为没能认识到这些方面的社会影响,所以轻易地将它们放弃了,这几乎会让每个人都看不起他。不幸呀,年轻人!对他既要十足地怜悯,也要充分地谴责。"

"尊敬的神父,"在痛苦中挣扎的侯爵夫人说,"你找出的种种借口说明了你心地好;但也表明他在精神上堕落了,同时你也详细点明了他的行为给家庭带来的各种负面影响。要是说他的堕落源于他的脑袋,而不是他的心,这一点也不能使我宽慰;不幸是他造成的,而摆脱这种不幸已经没有可能——你把这层意思告诉了我也就足够了。"

"那样说或许言过其实了。"申多尼接着说。

"神父,此话怎说!"侯爵夫人说。

"或许还有一种可能性存在。"他说。

"好神父，请给我明示！我还不明白。"

"不能，夫人，"申多尼诡秘地回答，并做出修正，"我还无法肯定，这种可能性是否确实存在。对夫人您的安宁及对贵府名誉的挂念让我不情愿放弃希望，或许我只是设想着一种对您有利的可能性。让我再想想！——哎呀！这次的不幸，尽管情况严重，却只好忍受，无法摆脱。"

"神父，你真残忍，你说存有希望，却又说不出所以然来。"侯爵夫人说。

"那么，请原谅我的极度焦虑，"告解神父回答，"可是我怎能预料到像你们这样的名门望族会陷入目前这样的窘境。因为一个没头没脑的小子的蠢行就把家族的名誉给毁了，这情况怎不让人感到难受和义愤，还要去想尽一切办法以使这家族免遭耻辱！"至此他停下不说了。

"耻辱！"侯爵夫人大声感叹，"神父，你——你——，这词可大了，但是，也是，哎呀！正是。难道我们该受此耻辱？——我们能甘愿遭受耻辱吗？"

"没法弥补。"申多尼冷冷地说。

"慈悲的上帝！"侯爵夫人大声说，"对于此类罪恶的婚姻，就没有法规加以防止或给予惩罚吗！"

"情况十分可悲。"申多尼回答。

"那个闯入别人家庭，给它带来耻辱的女人，"侯爵夫人继续说，"应受的惩罚几乎可以等同于国贼，因为她给最有力支撑国家的人带来了伤害。她应受——"

"不是几乎，而是确实。"神父插话，"她该当死罪！"

他停了停，有一会儿的沉寂，然后又说下去："只有处死她才能抹去她造成的耻辱，处死她才能恢复可能已被她玷污的那个家族本来的辉煌。"

他又停下不说了,但是侯爵夫人也没说话,他只好又往下说:"我常常感叹,我们的法律制定者竟会不主持正义,竟会看不到做这类惩处的必要性!"

"为他们自身荣誉考虑的事他们竟不立法,真叫人吃惊。"侯爵夫人若有所思地说。

"正义有时会错位,因为维护正义的法规会被忽视,"申多尼评论道,"我们所推崇的正义感存活在我们的胸膛中,而当我们没能听从正义感时,那便是向歪风低头,而不是宣扬美德。"

"当然,"侯爵夫人应道,"真理是不容置疑的。"

"请原谅,您说的这话我可不大敢肯定,"神父说,"当正义与偏见相冲突时,我们总倾向于认为不主持正义是有德行的。例如,若伸张正义,就要处死这女孩,但是因这个国家的法律不允许这样做,连你,我的女儿,虽然有着男子汉的气概和洞察力,也不忍处死她,而允许她生存下去,因为你心里有恐惧!"

"哈!"侯爵夫人低声叹了口气,"此话怎讲? 你看着,我也有男子汉的勇气。"

"我是实话实说,"申多尼回答,"我这话的意思最明白不过了。"

侯爵夫人陷入沉思,久久没有说话。

"我已尽了责任,"申多尼终于又开口了,"我已经给你指出了摆脱耻辱的唯一途径。即使我的热心不合你的心,我也已尽力了。"

"不,不是这样的,我的好神父,"侯爵夫人说,"你对我产生情绪的原因理解错了。全新的思路,全新的前景,打开了! ——它们使我思绪混乱,一时理不清! 我内心还缺少足够的力量去对付它们——我身上还留着一些女人的弱点。"

"请原谅我带点儿鲁莽的热心,"申多尼说,装出谦逊的样子,"是我不对。如果说你这算是弱点，至少也称得上是可爱的弱点，或许还值得鼓励，而不是要加以克服。"

"这话怎说，神父！如果这一点值得鼓励，它就不是弱点，而是优点。"

"就算这样吧，"申多尼冷冷地说，"我在这个话题上的兴趣或许误导了我的判断，使我变得不公正。就说到此为止，如果你还放不下，就请你原谅我表现出来的那份热心。"

"你不必请求原谅，你该得到感谢，"侯爵夫人应道，"不仅应得到感谢，还应得到奖励。我的好神父，我希望到一定时候我能够用行动来表明我说这话是真诚的。"

告解神父低了一下头。

"我确信，你为我所做的一切定会得到报偿和奖励，你为我的家庭所做的贡献，你或许已使出了最大的能力，不论给你多大的奖赏恐怕都不为过！你拯救了一个古老家族的名望，这么大的好事无论多大的报偿都是不够的。"

"你的善意，我千恩万谢也表达不了。"说完这句话，申多尼又沉默了。

侯爵夫人很希望他引她回到刚才谈论的话题上去。她自己刚才把话题扯开了，现在他看上去不像想再谈此事，她只好引他开口。她苦苦思索，犹豫不决，她原本没心地险恶到要杀人的地步，因此申多尼说要灭口着实让她大吃一惊。她想想都害怕，更别说用语言表达出来。然而，她傲气十足，极度愤慨，报复愿望强烈，以致这些可怕的情绪在她脑海中如潮水般汹涌，终于把她心底里那点残存的人性也冲刷掉了。申多尼观察到这整个情绪波动过程，他像一头凶残的猛虎在暗中躲藏着，随时准备抓住机会向猎物扑过去。

"神父，你的建议是，"经长时间沉默后侯爵夫人又开口说，"那么,你的意思是——埃伦娜——"她欲言又止,盼着申多尼能明白她的意思;但是他宁愿选择自我欣赏,不去理会侯爵夫人所做的暗示。

"那么,你的意思是,那个阴险的女孩该——"她又停住不说下去,不过告解神父仍不吭声,似乎默默地静候侯爵夫人说完想说的话。

"神父,我再说一下,你的意思是那女孩该受处罚——"

"毫无疑问,"申多尼回答,"这不也是你自己的意思?"

"还有,任何处罚都不为过?"侯爵夫人继续说,"那是说,正义,还有客观需要,均要她付出生命?这不也是你的意思吗?"

"哦!原谅我,"申多尼说,"或许我错了,那只不过是我的想法;或许我太受热心肠的影响才形成这种想法,可能不太公正。当一个人心肠太热时,他的判断怎可能冷静呢?"

"那么,神父,那不是你的意思。"侯爵夫人不悦地说。

"我的意思不是那么绝对,"告解神父回答,"但是,至于那样做是否公正,要由你自己审慎判断。"

他说完这句话就起身准备离开。侯爵夫人心情激动,迷惑不解,请他留步。但是他说自己此时必须回去参加一场特殊的弥撒,因此执意要走。

"那好,神父,现在我不占用你的宝贵时间,但你知道我是多么重视你的意见,你总不会在我以后请教你时拒绝赐教吧。"

"对于你给我的荣誉,我无法拒绝,"告解神父回答,装得很温顺,"但是你要谈的话题很敏感。"

"因而我须得重视并请求你就此发表高见。"

"我奉劝你重视自己的主意,"申多尼回答,"没有人的意见会比你自己的更高明。"

"神父,你言过其实了。"

"女儿,我仅如实回答。"

"明天晚上,"侯爵夫人严肃地说,"我会现身于圣尼科拉教堂,参加晚祷。如果你在现场,你可能会看到我,等仪式完毕,人员散去,我们在北回廊相见,我们就藏于我内心深处的话题毫无保留地交谈。再见!"

"女儿,谨祝晚安!愿智慧提升你的思路!"申多尼说,"我一定会去圣尼科拉教堂。"

他摊开双手按在胸口,弯腰低头,接着悄然离开她的住处,显出疲惫神态,还有那显而易见的表里不一。

侯爵夫人留在房中,心头五味杂陈,脑际思绪起伏。她想的是给别人强加苦难,实际上却使她自己痛苦不堪。

第十四章

死神沿着屋顶发出一阵阵沉闷响声，
这凶兆让良知发出间歇性颤抖；
她依稀在走道上注视他那模糊的身形，
她聆听着空气中传来的他那神秘的低语，
连同他说话那奇特而独一无二的腔调，
他向她暗示去实施秘藏她心头的罪恶计划。

根据约定，侯爵夫人赶往圣尼科拉教堂，吩咐用人待在边门外的马车中，自己步入教堂，身后仅跟着一个仆妇。

晚祷结束了，她徘徊着等待唱诗班的人一个个离开，然后她穿过空无一人的过道朝北回廊走去。她的心情与她的步履一样沉重：安宁与恶念一起滋生会是什么结果？她一个人在回廊中慢慢踱步时感觉到廊柱间有个修士走过，到了近处，他揭下大兜帽，她认出来者正是申多尼。

他立即看出她心神不宁，知道她决心未定，没有如他所希望的那样确定行动目标。但是，尽管他心头阴云密布，他的表情却丝毫未变：凝重而深思。然而，他那兀鹰般的眼神本来十分严厉，此时却略显柔和，尽管他的眼睑紧锁着。

侯爵夫人叫随从仆妇走开去，留她独自一人与告解神父交谈。

"我这个不幸的孩子，"待仆妇离开一点距离后她开口说道，"他那蠢行不知给家中带来了多少痛苦！我的好神父，我急需你最有价值的主意和一切有效的安慰。我脑海中常常显现一幅幅悲惨景象，噩梦没有停歇之时，无论白天黑夜，这个忘恩负义的儿子总在追赶我！我唯一能得到的一点宽慰便是与你交谈——你是唯一能替我出谋划策的人，也是我不带私心杂念的朋友。"

　　神父弯腰致意。"侯爵本人无疑与你同样感到痛苦，"他说，"但是，不论怎么说，他在这个难题上比我更有资格给你出主意。"

　　"神父，侯爵他有偏见，这点你很清楚；他是个明智的人，但有时候他会出错，无可救药地出错。表面上他镇定自若，但思维有缺陷——他缺少的是那种做大事的无我精神和巨大精力。只要与从小养成的道德规范及理念稍有一点偏离，他便不肯付诸行动，他会惊诧不已，行动迟疑。对于一桩行动，是好是坏，他不会审时度势。神父，既然如此，我们怎能指望他会赞同我们正在盘算着的大胆举动？"

　　"一点不错！"狡猾的申多尼说，显出赞赏的神态。

　　"因此，我们就不必去征询他的意见，"侯爵夫人接着说，"怕就怕他现在也会同以前一样，对我们坚决要做的事提出反对意见，并不做让步。神父，我们在此商谈得出的意向是神圣的，不能外传。"

　　"就像在告解室中说的！"申多尼边说边在自己胸前画着十字。

　　"我知道，不能在外边说，"侯爵夫人继续说，犹豫着，"我知道不能在外边说——"她又轻声重复着，"怎么处置那女孩？这便是困扰我心头的问题。"

　　"我对这一点真不理解，"申多尼说，"你的见解那样正义，你的思维那样准确，而你的表现又如此大胆，至于该怎么做，你却犹豫了，这怎么可能！你，我的女儿，难道到头来却只是个口头上的巨人，行动上的矮子！在目前这种情况下，你只有一条路可以走！这就是如你高超的智力已表述的一样，也就是你已告诉我而我表示赞同的那样。本来就是你说服我的，难道有必要反过来由我说服你！路就只有一条。"

"在那个方面，我一直在反复思考，"侯爵夫人回答，"难道我要承认自己的弱点？我还下不了决心。"

"我的好女儿！难道你在行动上，虽然不在思想上，尚缺乏勇气去超越庸俗的偏见？"申多尼说。此时，他感到有必要出手助力，帮她把摇摆不定的心思敲定，而此前他故意躲在矜持的外表里，现在要脱壳而出了。

"如果这个人受到法律的惩处，"他继续说，"你会宣称这一判决是正义的；然而，你不敢，我真有点不好意思重复了，你不敢自己去宣扬正义！"

侯爵夫人犹豫了一阵之后说："神父，我没有法律的盾牌可以保护自己。在迈步到安全的最边缘的警戒线时，最大胆的贤者也会止步不前。"

"不会！"告解神父温和地说，"贤者绝不会摇摆不定！这是一种荣耀，是面对危险时最鲜亮的品德，它蔑视危险。善心在得到提升之前，不会成为行动的指导原则。"

听到这两个人严肃地给贤德划界限，或许连哲学家都会惊奇不已——而此刻他们讨论的却是最血腥的犯罪——涉世深的人会认为这不过是虚伪：如这样看问题那就暴露了他的行为规范，同时也肯定暴露出对人性良知的无知与背叛。

侯爵夫人有一会儿默默无语，沉思良久后她故意重复说："我没有法律的盾牌来保护自己。"

"但你有教会的盾牌，"申多尼回答，"你不仅要有保护，也要有赦免。"

"赦免！——神父，难道贤德——正义还需要赦免？"

"我说的赦免，就你所感知的正义与必要的行动而言，是相对于庸俗的偏见与市侩的弱点而言的。请原谅，我的女儿，因为你从你所处的精神高度下来，为法律盾牌的缺位而抱憾，所以我是在设法安慰你，给你的良心一个盾牌。不谈这个了，回到我们的争论上来。为了使你不再受骚扰，为了让一个名门望族的安宁和尊严免受损害，必须对那女孩做一处置；要让她长眠，让她夭折。——这样做，罪在何处，又恶在何方？相反，你知道，你使我信服，这样做是严格意义上的正义，仅是自卫。"

侯爵夫人专注地听着，告解神父接着说："她不是长生不老的人——即使她还能活上那么些年——既然她把自己的有生之年用来败坏一个名门望族的荣誉，她就应该退出人生舞台。"

"神父，说轻点儿，"虽然他的说话声几近耳语，侯爵夫人仍对他说，"这回廊里看上去没别的人，不过可能会有人躲在立柱后窃听。明白告诉我这件事可以怎样处置——我对具体做法可是一无所知。"

"我承认，去完成这件事有点儿风险，"申多尼回答，"我不知道你信得过的人是谁——那些人干的可是血腥交易。""嘘！"侯爵夫人说着朝暮色中的周边看了看："脚步声！"

"有一个托钵修士在穿过回廊。"申多尼说。

他们一起观望了几分钟，然后他就着话题继续说下去："雇用杀手不可靠——"

"但是，除了雇用杀手还能有什么人——"侯爵夫人插话，但仅说了半句就不往下说。不过，她所暗示的问题立即引起了他的注意。

"请原谅我对你说的话前后矛盾感到惊奇，"他说，"或者，如果我不称之为'前后矛盾'，又应称之为什么？你在一些问题上说得那样精辟，难道你在确定了总原则之后，对如何付诸行动还会有疑问吗？

对我们认为正确的事，为什么不决断从速、行动果敢呢？"

"啊！尊敬的神父，"侯爵夫人动情地说，"但是，去哪再找一个像你这样的人——再找一个既能伸张正义又有充沛精力的人！"

申多尼不语。

"这样的朋友是难能可贵的；我们到哪才能找得到？"

"女儿！"修士说，语气渐强，"我对你们家的热忱是超越一切计较的。"

"好神父，"侯爵夫人回答，充分理解他的言外之意，"我不知该怎样对你表示感谢。"

"有时无声胜有声。"申多尼意味深长地说。

侯爵夫人沉思着。她试图不把自己的心声表达出来，但她还是把话说出来了。有时候这种可怕的信念一阵阵涌上脑际，她感到自己就像一个刚从梦中醒来的人，睁开眼只是为了估摸一下自己跌跌撞撞行走着的悬崖到底离地面有多远。在这种时刻她会吃惊不已，会一时间只想着杀人谋命的话题，别的一片空白。告解神父的诡辩，连同他说话中暴露出来的并已被侯爵夫人立时察觉的前后矛盾（虽然她对自己说话有时前后矛盾却毫无知觉），已变得格外明显，使她差不多就要下决心放弃置埃伦娜于死地的念头。但是，逐渐返回的激愤就像触岸返回的浪头，由于蓄积了力量而变得更加强大，冲走了她心头那点儿微弱的障碍，结果是理智和良心又一次后撤。

"你说的这种信心，是你认为合适的、送给我的褒词，"申多尼沉默了好一会后说道，"这件事，是如此事关重大——""唉，这件事，"侯爵夫人急忙插话，"但是，神父，何时？又在何处？我既已被说服，我就急于付诸行动。"

"那要因地因事制宜，"神父深思熟虑后说，"在亚得里亚海岸，在普利亚省，离曼弗里陀不远处有一所房屋很适合我们的目标。那是海边一处孤单的住所,为访客不涉足之处,藏在密林中,而森林沿海岸连绵数十英里。"

"谁住在那里?"侯爵夫人问。

"哎,女儿,为什么要舍近就远到普利亚去呢?因为那地方只有一个穷苦老头住着,他靠打鱼糊口。我认识他,我能对他把道理一一讲清。但不管怎样,我同他熟识,这一点就足够了。"

"那人可信吗,神父?"

"哎,夫人,可拿这女孩的性命保证——虽说我难以用我自己的性命保证。"

"此话怎讲!如果他是个不可信托的坏人!再想想。既然你反对雇凶杀人,但此人不就是这种人!"

"女儿,在我们要处置的这件事上,他是可信托的——他肯定可靠。我有理由对他做出这一判断。"

"神父,把你的理由说出来听听。"

告解神父闷声不响,他的脸部表情怪怪的,比平常显得更为可怕,呈现一种幽黑枯槁的颜色,由愤怒和内疚交织而成。侯爵夫人身不由己惊跳起来,如同从一窗口经过,发现一缕晚霞铺地。生平第一次,她多么希望自己没有认他做自己的告解神父,不把自己的一切托付给他!但是现在木已成舟,要理智起来,为时已晚,她只好又一次要他说出理由。

"没什么,"申多尼压抑着嗓音说,"要她死!"

"借他之手?"侯爵夫人问,显得激动,"再想想,神父。"

两人同时又一次沉默着思考起来。后来还是侯爵夫人先开口说话:"神父,我全指望你的忠诚和智慧了。"她说话时声音打战,重音落在"忠诚"一词上。"但是,我只想着你能快点把这事搞定,对我来说,最不能容忍的是悬而未决。同时也不要把这事托付给第二个人去完成。"她停顿了一会又接着说，"我不愿再欠除你以外别的什么人如此大的一笔必须偿还的债。"

"你的请求，女儿，"申多尼不悦地说，"要我不把这事对第二个人说，我可做不到。你能设想我要亲自——""我可否对'决断从速、行动果敢'表示怀疑？"侯爵夫人急忙打断他，她已猜出他的言外之意，特以他先前说过的话对他反讽。"为什么我们认定是正确的事还犹豫不决？"

申多尼一声不吭，表明了他的不悦，对此侯爵夫人立即体会到了。

"想一想，好神父，"她意味深长地补充说，"我对一个陌生人欠无限大的一笔情，或者说对除你这么个极珍贵的朋友以外的什么人欠了情，我一定会很痛苦。"

申多尼发现她此话有弦外之音，他努力说服自己，不去理她的吹捧，认定对方说的是经过简单包装的阿谀奉承。他无意识地感到自尊心受了伤害，于是便低着头，表示同意她的愿望。

"避免实施暴力，如果可能的话，"她立即看懂了他的意思，补充说，"但是要让她死快点！罚要与罪相当。"

侯爵夫人说这话时目光正好落在告解室上方的一处题词上，黑色字母排列出这三个可怕的词"God hears thee!"（上帝听得见你说的话）这是一个可怕的警告。她面色大变，这话深深烙上她的心头。而申多尼过于专注自己的思考，并未发现她的脸色变化，或者说并未注意到她的一时沉默。她很快恢复镇定——后来意识到这题词在告解室颇为常见，她也不再像先前那样，认为这是有针对性的预兆——然而，时间流逝一会了，她还是不能重续话题。

"你是说有一处所在，神父，"侯爵夫人继续说，"你提到一处——""哎，"告解神父轻声说，"那所房屋中有一房间……""什么声响?"侯爵夫人插话提问。他们一起聆听，是稍远处传来的低低的幽怨曲调，一会又消失了。

"这音乐多么悲伤！"侯爵夫人说着，声音发抖，"弹琴人一定是个可恶的人！晚祷早已结束！"

"女儿，"申多尼以严肃的口气说，"你说过你有男子汉的胆量。哎哟！你有着妇人的心肠。"

"请原谅，神父；我不知道我为什么有这阵激动，我会控制住的。那个房间怎么？——"

"那房间有一条秘密通道，"告解神父说，"很早以前建的——"

"建来做什么用？"侯爵夫人怀着忧心问。

"请原谅，女儿；知道有一间密室就足够了；我们将会好好地利用它。当她熟睡时——在夜晚——通过暗道进去——""我懂你的意思了，"侯爵夫人说，"我懂你的意思了，但是，为什么要这样，无疑，你总有你的理由，就是说你说的那所孤单的——只有一个人居住的房屋内，建了一处秘密通道？"

"那密道是通向大海的，"申多尼答非所问地说，"那边，海岸在夜幕落下之后，在浪头拍岸之际，不会留下任何痕迹——""听！那琴声又响了！"侯爵夫人边说边惊跳起来。

琴声从回廊那边传来，然后又如先前那样消失了。过了一会，又传来人们轻轻的歌声，夹杂着渐高的钟声；整个曲调显得特别哀伤和庄严。

"谁死啦？"侯爵夫人说，脸色又变了，"这是哀乐！"

"愿亡者安息！"申多尼高声说，并在胸前画十字，"愿他的灵魂安息！"

"听！这乐曲！"侯爵夫人声音颤抖着说，"这是第一曲哀乐，那人的灵魂刚离开他的躯体！"

他们默默地听着哀乐。侯爵夫人的感情受到极大震动,她的神色瞬息多变,她的呼吸变得短促急迫,她还掉下几滴眼泪,但与其说是悲伤不如说是绝望。"那人的身体现在僵硬了,"她自言自语,"可是一个小时前还是温暖的,有生命气息的!那些感官因死亡而全闭了!而我将会把同我自己一样鲜活的人变成同死者那样的躯体!哦,可悲、可怜的母亲!你儿子的蠢行把你怎么啦!"

她两眼从告解神父身上移开,一个人在回廊中踱起步来。她变得愈加激动,眼泪抑制不住地纷纷掉落,不过她披着头巾又有暮色遮着,别人难以察觉,而她的叹息也在合唱班的乐曲声中淹没。

申多尼几乎不为所动,但是他流露出的表情是疑惧与轻蔑交织。

"看看,女人是啥!"他说,"她是她自己情绪的奴隶,自己感官的受骗者!当她胸中满怀傲慢与复仇心思时,她蔑视障碍,耻笑犯罪!只要向她的感官发起攻击,譬如说,用音乐拨动她那微弱的心弦,引发她想象的回响,瞧!她的一切感觉都变了:她立即从刚才还认为正当的行动中退却下来,让位给新涌起的一种感情,并沉沦了——成了声音的牺牲品!呀,多么软弱和可鄙的人!"

至少侯爵夫人看起来就是他所描述的那种人。她不顾一切的报复情绪曾挡住理智和人性的抗争,现在在别的情绪夹击下宣告败退;她那曾被哀乐打动的感官功能和由为死者做的安魂弥撒所激起的带迷信色彩的害怕,到此刻在他们密谋杀人之际,算是暂时向怜悯和恐惧的双重影响屈服了。她的情绪波动没有消退,她转身回到告解神父面前。

"我们以后找时间再谈这个问题,"她说,"现在我精神乱得很。晚安,神父!别忘了在你的祈祷中祝福我。"

"夫人,祝你安宁!"告解神父说着紧皱眉头,"我一定记住。你要坚强。"

侯爵夫人示意她的仆妇过来。她把头巾往下拉紧些，让用人扶着她的一只胳膊，离开了回廊。申多尼在原地留了一会，看着她的背影消失在前方的昏暗光线中，然后在沉思中迈步从回廊的另一道门离去。他有点儿失望，但并不绝望。

第十五章

那边，突兀的高山，

还有被骇浪拍打的海岸；

这里，传来低低哭泣声，

伴随着大声的哀叹！

从神鬼出没的溪流源头，

从那长着高高白杨的山谷，

走来一位背井离乡的才女，

带着哀声叹息，披着戴花的乱发；

一路上，在密林中，趁着苍茫暮色，

一群群仙女齐声为她哀悼。

——弥尔顿

当侯爵夫人与她的告解神父正在密谋欲加害埃伦娜时，埃伦娜本人还在塞雷诺湖畔的尤萨琳修道院中。在这个不为外人熟知的避难所中，埃伦娜的身体不适及长期的极度担惊受怕，使她不得不在此暂待下去。此时她精神亢奋而肢体倦怠；她想使自己的身体状态得到恢复，静养是颇为有效的途径。每天她都盼着能重新踏上回家的路，然而每一天又如同已过去的一天一样，她都发现自己没有力气远行。待塞雷诺的清新空气以及这家修道院的安静环境使她体能恢复,神清气爽,不觉已过去了近半个月。期间,维瓦迪每天前来看她,给予她极大的关心;他一直未重提结婚这话题,怕影响她的情绪,不利于她的康复。既然她现在身体好起来了,他便慢慢试着对她说出自己的担心,怕在此久留被人发现;又说若离开此处又怕永远失去她,因此请求她同意他们立即结婚。每次他去她那里都提这个话题,详细说明藏在他们周围的种种危险,重复着他的观点及请求。现在他深知,随着时间的流逝,凶恶离他们越来越近,他已不能怕这怕那了,他不应吝于恳求了。埃伦娜如能依她心愿行事,那么她对他给予的关爱和照料,此时应报以直率的赞同;但是,她仍存难以克服或打消的种种反对理由,她还不能做出让步。维瓦迪列举目前所面临的种种风险并请求她答应,然后委婉地向她提起比安齐女士临终前如何将她托付于他,以后又如何遭遇种种不幸事件,使他们的婚事一拖再拖的事实。

他以各种神圣和充满柔情的回忆,一再求她结束他们之间的那种可怕而又不确定的命运,在他们迈出这临时寄居处之前,明确赋予他保护她的权利。埃伦娜立即承认她当时给出的许诺神圣不变,她向维瓦迪保证,她与他的婚约如同举办过宗教婚礼一样牢靠,但是她在他父母愿意接纳她做儿媳之前,反对举行婚礼加以确认。只有到他父母转变态度时,她才会忘却他父母强加于她的种种伤害,不再拒绝结婚。她补充说,维瓦迪与其让她做更大让步,不如以她维护女子尊严的举动而自豪。

维瓦迪深感她这番话言之有理。他带着苦涩回想起,她幸亏不知道有关的一些情况,而这些情况正好表明她的指责是正当的。并且,侯爵夫人对她的种种诽谤此刻涌进他的脑际,傲气及义愤同时涌上他的心头,至此他克服了担惊受怕的想法,决定立即抛弃各方面的杂念,一心一意地尊重埃伦娜的意愿,暂时不提要她做自己的妻子,直到他的家庭认错并乐于接纳她为家中平等的一员。但是，这一决定虽可嘉却是短暂的；其他方面的顾虑与先前那些害怕仍压在他的心头。父母会不会为他的爱情自愿牺牲他们的傲慢？他们的偏见与纵容根深蒂固，会不会在真理与正义感面前主动认错？对于这些问题，他感到都是极不可能解决的。与此同时，他们制订出的想把他与埃伦娜分开的计划则极有可能成功，那他便会永远失去她。现在看起来，首要的、最佳的，也是唯一的方法便是，为了否定败坏她名声的诽谤，他要证明自己对她的高度尊敬，把她作为他神圣的爱妻公之于众。考虑了这些之后，他很快决定要坚持追求下去。但是他又不可能催促埃伦娜，因为虽然一方面要展开行动，另一方面又不能触动她的敏感神经并伤她的心，要设法适当地维护她的自尊心，拿出新的理由使她接受那个极大地侮辱过她的维瓦迪家族。

他全神贯注地做这番思考时，其情绪变化没能逃过埃伦娜的观察。在他考虑到劝说她不可能奏效时，当他认识到无望说服她时，他的情绪变化加大；他的难以掩饰的痛苦引发了她对他的温存和感激。她自问是否要放弃自己坚持至今的维权，她至今这样做已造成他心神不宁，而他却一直为她考虑而历经千难万险。他不顾一切把她从绝境中救出。他在这段较长时间内一直很好地证明了，他身上具有爱的巨大力量。

思考这些问题时，她感觉自己显得不公而自私，不肯为他的安宁做任何牺牲，而他甚至做到了不顾自己的生命安全去给予她自由。她为了守住自己的纯洁品德而不顾其他一切，这样她似乎正在从贤德转化为罪恶，她的自尊观念正转化为狭窄的傲气，她的敏感正转化为懦弱，她克制着的感情正转化为冷淡的麻木，她的小心谨慎正转化为刻薄而不是智慧。

常把希望当作担心的维瓦迪立即感受到她态度的变化，她快要不再坚持自己的意见了,他便趁热打铁又一次摆出可能说服她的种种理由。但这话题对埃伦娜来说太过紧要,还不能使她立即转变态度。他只是略微对她做些鼓励。而她告诉他第二天再过来谈,到时她会告诉他自己的最后决定。

这中间的等待对他来说或许是最痛苦的一段时间。他独自一人在湖畔度过了许多小时,猜想着会有什么样的结果,一会儿充满希望,一会儿忧心忡忡。当他想到埃伦娜的决定将决定着他今后一辈子能否安宁过日子,便突然不敢再想下去,因为想象中的东西常与事实背道而驰。

他差不多一直注视着她所住房间的外墙,怀着各种憧憬,脑海中一直是埃伦娜的形象。他难以确定她对他到底是什么态度,想着想着,一种痛苦情绪油然而生,便只好急急地离开。但是,冥冥之中又有什么东西重又把他吸引到原地,到傍晚他又来到埃伦娜住房周围,在黑暗中慢慢踱步。

这一天她过得也不比他平静。每每睿智和得体的自傲告诉她不要成为维瓦迪家族的一员时,感激、挚爱和自然涌上心头的温柔,总是要她替维瓦迪的事业着想。以往的记忆又浮现在脑际,亡故的姨妈似乎又在坟墓中以她熟悉的语调对她呢喃嘱咐,要她与维瓦迪完婚。这时她重温了比安齐回光返照那一刻的情景。

次日早晨,远未到约定时刻,维瓦迪就来到修道院门口,十分不安地等待着,直到钟声响,铁门开。

埃伦娜已在会客室等候,她独自一人,维瓦迪走近时她慌乱地起身。他步履蹒跚,嘴里说不出话,只有他的双眼与她的真挚眼神相碰撞,似乎这样才有足够的力气询问她的决定。她注意到他脸色苍白,他的表情既有关切又有认可。那一刻,他看到她在微笑,正把她的手向他伸过来。他的担心、忧愁、疑惑一下子全消失了。他连谢谢她的话都不会说了，只在紧握她的手时长吁了一口气，高兴得不知所以，把身体靠在把他们两人分隔开的格栅上。

"那么说，你真的是我的人了！"维瓦迪终于能开口说话了，"我们再也不分开——你永远是我的了！但是你的面色变了！哦，老天！我没看错吧！说话！埃伦娜，我没猜错吧？把我从可怕的疑惑中解脱出来！"

"我是你的了，维瓦迪，"埃伦娜柔声回答，"压迫不能再把我们分开。"她哭了，把头巾拉下遮住眼睛。

"你这眼泪是什么意思！"维瓦迪吃惊地说，"啊，埃伦娜，"他接着以温和的口气说，"难道现在这时刻还要以眼泪相伴！你的眼泪往我心头滴！你的眼泪是否告诉我，你是勉强才同意——悲伤地同意；你的爱情是浅薄的，你的心——是的，埃伦娜，你不是整个心属于我！"

"不，我的眼泪应该告诉你的是，"埃伦娜回答，"我的一切都属于你了。我的爱情现在比以往任何时候都强有力，有关你家庭的一切顾虑都可以克服，激励我迈出这步，在你家人看来我是堕落了，——并且，我怕我真是堕落了。"

"哦，快收回这残酷的说法！"维瓦迪打断她的话，"自认堕落！——在他们眼中你堕落了！"他十分激动。他涨红了脸，他的身躯显得比平时更威严。

"我的埃伦娜，"他充满活力地补充说，"到一定时候，我的家人会认识到你的价值，会承认你的优秀。哦！如果我是皇帝，我就向全世界宣布，我是多么深爱你、尊敬你！"

埃伦娜把手给他，另一只手揭开头巾，一边掉泪一边冲着他微笑，心中满怀感激，勇气倍增。

维瓦迪在回修道院前已征得埃伦娜同意，去向他交谈过的一位年老的贝纳狄克派教徒咨询，何时举行宗教婚礼可最大限度地避开众人的耳目。神父告诉他，晚祷结束后他本人有几个小时的空余时间。太阳下山后的第一个小时是一天中人员流动最少的时刻，兄弟们都在食堂用餐。到那时候他会在离贝纳狄克修道院不远，紧挨湖边的一个小教堂中等候维瓦迪和埃伦娜，为他们举行婚礼。

得到这个建议后维瓦迪立即返回埃伦娜身边，两人一致同意，参加婚礼的一行人应按照神父建议准时集合。埃伦娜以为该把她的打算告诉所在女修道院的女院长，并希望她同意后安排一个女傧。维瓦迪则在围墙外面等候她，领她去教堂的祭坛。他们计划一俟仪式完毕，三位逃亡者便雇一条船，渡到湖泊另一方，然后朝那不勒斯前进。于是维瓦迪离开埃伦娜去找船，埃伦娜留下为后续行程做准备。

临近出发的时间了，埃伦娜变得精神不振，她闷闷不乐地看着太阳在风暴云中往下沉，夕阳余晖从高山之巅消退，一眼望去只见一片灰蒙蒙的暮色。她离开房间，去向女院长道别，表达她的感恩之情，最后在女傧陪伴下走出女修道院。

很快，她就在栅栏外受到维瓦迪的迎候：他用手臂挽住她的手臂时，对她的低落情绪表示了温和的责备。

他们默默地向圣塞巴斯蒂安教堂走去。路上的景色似乎与埃伦娜的精神状态相协调：灰蒙蒙的夜晚，黑乎乎的湖水拍打着堤岸，一阵阵凉风吹弯了高高的松树枝条，在巨石陡壁间呼啸而去，水声伴着风声，显得沉闷凄凉。她看到浓浓的雷云在山峦间翻滚回荡，鸟群掠过水面飞向它们筑在悬崖间的巢穴，不免心生惊恐。她对维瓦迪说，暴风雨快要来临，她希望不要坐船过湖。他立即命波罗去把船退掉，改为雇辆马车。这样，如天气变晴朗，他们就可以避免不必要地耽误时间。

当他们快要到达教堂时，埃伦娜的眼睛盯着头顶上方那些充满忧伤情调的柏树，叹口气说："柏树枝是葬礼的象征物——可不是点缀婚礼圣坛的纪念品！维瓦迪，我可能有点迷信——你不认为这些东西预示着今后的不幸吗？不过，请原谅我，我精神欠佳。"

维瓦迪设法宽慰她，轻描淡写地说她不该这样郁郁寡欢。他们这样交谈着进了教堂。屋内悄无声息，只有暗淡阴森的灯光。年老神父及一个充当伴郎的教徒等候在内，他们已经跪在那里念经祈祷了。

维瓦迪牵着浑身哆嗦的埃伦娜的手走向圣坛，站在那里等待神父念完祈祷，此时此刻他们很是焦虑不安。她打量着这所昏暗教堂的四周，生怕发现有人躲在某个角落里偷看。她虽然觉得这种事不大可能发生，毕竟周围任何人都不可能会有兴趣来干扰这场婚礼，但她情不自禁地觉得这种可能性是存在的。真的，有一次她的眼睛扫过一扇门式窗时，她感觉到有一张人脸紧贴在窗玻璃的后面，好像有意在看里面的情况；但当她再往那里看时，那人影便不见了。此情此景，使她十分不安地听着外面的各种响动，有时候外边湖水拍浪的声音让她吃惊，她差不多相信自己听到了教堂各处过道上有人窃窃私语。她尽量压制住自己的担忧，自我安慰是教堂附近的居民中有人出于好奇被吸引过来，他们并无恶意。这样一想，她的情绪就平稳下来，后来她看到有一扇门被打开了一点点，有一张黑乎乎的脸从门后往内看。紧接着这张脸消失了，门也关上了。

维瓦迪与埃伦娜正挽着胳膊，他察觉到埃伦娜脸色的变化，便循着她的目光朝那扇门看，但没见到什么人，于是问她为何惊慌。

"有人在观察我们，"埃伦娜说，"刚才有人在那门后出现。"

"如果我们被人偷看，亲爱的，"维瓦迪回答，"在这一带要是有人在观看我们，我们有什么可怕的？好神父，快一点，"他转身向着神父说，"你忘了我们在等着。"

主持神父做了个手势，意思是他的祈祷就要结束了。但另一教徒立即站了起来，同维瓦迪说话，维瓦迪告诉对方他希望将教堂的所有门关上，别让人干扰。

"我们不敢闩这个神圣场所的门，"教徒回答，"这里是圣殿，从来不关门。"

"但是你应允许我去阻止无聊人的好奇张望，"维瓦迪说，"总该允许我去问问谁躲在门背后吧？这位女士的安宁全系于此。"

教徒同意了，维瓦迪快步走到门边，但门后通道上空无一人，他以较为轻松的步伐返回圣坛，此时主持神父站立起来。

"我的孩子，"他说，"让你们久等了。虽然一个老人的祈祷与年轻人的结婚誓言相比并非不重要，但此时不是让你们承认这话真实性的时候。"

"只要你高兴我什么都可以答应，我的好神父，"维瓦迪回答，"如果你能立即替我们主持结婚宣誓——时间紧迫。"

老神父在圣坛上就位，打开《圣经》。维瓦迪站到他的右手边，并以深情厚谊去鼓励快快不乐的埃伦娜。此刻她的头巾没遮住她的脸。她眼睛低垂看着地面，身体靠在女傧身上。这位女傧的身形及不漂亮的五官，那位男傧的高大身躯及粗犷的面容，还有他穿在身上的灰色教徒装，主持神父的满头银发及平静无表情的面相，这三人的形象在头顶上方那盏灯的照耀下，与充满青春活力、风度优雅的维瓦迪及温和甜美、楚楚动人的埃伦娜恰成鲜明对照，两方面合在一起构成了画家笔下的好题材。

神父已经开始主持结婚仪式，忽然外面又有了响动。埃伦娜观察到那扇门又一次被小心打开，不由得大为惊恐，她还看到一个体形魁梧的人猫着腰藏在门背后，此人持着光芒四射的火把。趁门慢慢关上时，她看见那边通道上还有别的人，从他的肩膀处往教堂内窥视。那些人凶神恶煞，他们的衣服与众不同，这让埃伦娜一下子就明白,这帮人不是这里修道院的人,而是一些带来可怕预兆的人。她情不自禁地发出压抑的尖叫,这让维瓦迪吃惊不小,他不明白她的恐惧感因何而来,直到一阵急促的脚步声来到他身后,他转身看到数个带着武器、动作奇特的人冲向圣坛。

"谁来这里闯闹圣殿?"他诘问。同时,他俯身向刚瘫倒在地的埃伦娜伸过手去。

"哪来这些亵渎神圣的脚步?"神父高声说,"是谁粗鲁地硬闯这神圣的地方?"

埃伦娜此刻失去了知觉。那些人继续包抄过来,维瓦迪抽出宝剑保护她。

神父与维瓦迪同时在说话,谁的话都听不清。此时传来极响的声音,如同一声雷鸣,一下子驱散神秘了的乌云。

"你,那不勒斯的文森廷·维瓦迪,"那声音说,"还有你,厄尔蒂丽的埃伦娜·罗萨尔巴,我们以最神圣的宗教法庭名义命你们投降!"

"宗教法庭!"维瓦迪大声喊叫,简直不相信自己的耳朵,"一定搞错了!"

那官员不屑回答,仅重复了一遍命令。

维瓦迪更为吃惊,补充说:"你说我本人落到宗教法庭管辖范围内,你以为我会相信!"

"你怎么想悉听尊便,先生,"公差头儿回答,"但是你及那位女士已是我们的囚犯了。"

"滚开,骗子!"维瓦迪说着,从地上跳了起来。他本来是埋头扶着瘫倒的埃伦娜的。"不然,我的剑定会叫你为自己的厚颜无耻而后悔!"

"你敢侮辱宗教法庭的官员!"那歹徒高声说,"神圣团体会告诉你,你违反了它的哪条规则。"

神父打断了维瓦迪的回答,提出建议:"如果你们真是那个可怕的大宗教法庭派来的官员,那么拿出公文证明来让大家看看。这里是神圣场所,谁敢在此胡闹,就要承担一切后果。你若以为我会把在我们这里避难的人交给你们,那就大错特错了,除非有来自那让人畏惧的权力机构发出确凿无误的公文。"

"拿出你的公文来。"维瓦迪语气强硬地说,显出高傲的急躁情绪。

"公文在此,"那官员回答,一手取出一个黑色卷轴递给神父,"拿去读一下,这回该满意了吧!"

神父一见到这东西就惊跳起来,但他接过手,慢条斯理地看着。那特制的羊皮纸,那印鉴,文中的特殊措辞,还有除书写者本人以外谁也辨不清的签字——这一切都充分表明该文件是神圣法官发出的逮捕令。卷轴从他手中掉落在地,他满怀吃惊和无可名状的同情盯着维瓦迪看。维瓦迪弯身欲去捡那纸卷,却被那官员抢先捡去。

"不幸的年轻人!"神父说,"千真万确!那法庭要你去承担罪责,我不能完成你的托付了,也就免于犯一个可怕的过错了!"

维瓦迪如同遭受雷击。"为的什么罪,神父,要我去承担何种罪责! 既然你也相信了,一定是什么弥天大谎! ——什么罪,什么过?"

"我不认为你心地坏到犯罪的地步,"神父回答,"忍! 不要在年轻时冲动作假后又添加莽撞行动之傻事。你该非常清楚自己犯的罪。"

"作假!"维瓦迪反问,"老头,因你年事已高,且又这身装束,我不揍你。至于这些歹徒,谁要是敢上来动这位无辜受害者一根毫毛,我决不对他客气,"他用手指了指埃伦娜,接着说,"他们要是动手,我一定主持正义,替她报仇。"

"忍！忍！"神父说着抓住他的手臂，"怜悯一下你自己，也怜悯怜悯她。你真不知道你若抗拒，会受到什么样的惩罚？"

"不知道，也顾不了，"维瓦迪回答，"但是，我会保护埃伦娜·罗萨尔巴，直到最后一刻。他们敢，就上来。"

"为你这些侮辱性语言，他们会报复她，就是此刻躺在你脚边失去了知觉的她，"神父说，"报复她——你犯罪的同伙。"

"我犯罪的同伙！"维瓦迪惊叫，满怀惊骇和义愤，"我犯了罪！"

"粗心的年轻人！她披的头巾不正好说明问题所在？我真不知道自己刚才怎么没注意到！"

"你从女修道院偷带出了一个修女，"那领头公差说，"你难逃罪责。你完成了这些带英雄色彩的表演后，必须与我们一起走一趟，先生。我们已失去了耐心。"

此时维瓦迪才注意到埃伦娜是一身修女装束。那套衣服是从那座女修道院出走那晚奥莉薇娅借给她的，为的是不招引女院长的注意。由于行色匆忙，埃伦娜来不及把服装还给奥莉薇娅。其后，她全身心为焦虑所占据，竟忘了自己的头巾不是平常用的那一条。但修女中早有人洞悉了此中缘由。

虽然他不知道该如何解释头巾事件，但维瓦迪开始明白别人为何对他提出控告，估量着他所面临的局面。他也想到了申多尼是幕后黑手，他的黑色幽灵出现了，要报上次在斯皮里托·桑托修道院中被揭露的一箭之仇。维瓦迪不知道侯爵夫人鼓励申多尼神父去做的胆大狂妄的事，因此他不明白为何那狠心的告解神父竟可以逮捕侯爵夫人的儿子而又不失宠于她本人。他更是想不到申多尼在此次行动中握有机密，使他心有底气不怕侯爵夫人记恨，并能迫使她缄口听命于他。

维瓦迪确信申多尼是眼前一切行动的总策划人，不由站着不能动弹,脸色煞白,极为痛苦地默默看着埃伦娜。她此时正巧醒过来,伸出无望的手,呼唤他拯救她。"别离开我,"她以无奈与恳求的语调说,"只要你与我在一起,我就有安全感。"

一听到她的声音,他从出神状态中惊醒,转身向着站在四周观望的打手们恶狠狠地扫视,叫他们离开,要不然他就不客气了。一下子他们全都取出刀剑,打斗激烈展开,声震四周,把埃伦娜的尖叫和主持神父的恳求全都淹没了。

维瓦迪不愿杀人,仅仅用剑自卫,最后被对方的暴力逼得使出全部技艺与力气。他击倒一名歹徒,但难以对付另外两人,正在千钧一发之际他听到脚步声,波罗闯了进来。见主人受困,波罗立即拔刀相助,他打得又凶又猛,但在快要将他的对手打倒时,却又有别的歹徒进来助阵,维瓦迪及他的忠仆受了伤,终于被解除武装。

埃伦娜原本被控制住,不能扑到打斗者中间,现在看到维瓦迪受伤,便使出全力争取自由,她那压抑着的冤屈与痛苦的表情几乎引发了四周那些歹徒的同情心。

维瓦迪因受伤而行动困难,同时也被敌人控制住,他眼巴巴地看着她陷入痛苦及险境却无力救援,只好不顾一切,叫老神父去保护她。

"我不敢违抗宗教法庭的命令,"神父说,"即使我有足够力气。不幸的年轻人,不知道你是否知道,抵抗他们是死罪。"

"死罪!"埃伦娜大喊,"死罪!"

"唉,女士,肯定无疑!"

"先生,要是你听了我们的话,对你是大有好处的,"一位公差说,"你要为你所犯的事付出重大代价。"他指着受伤倒地的同伙说。

"我的主人不必为此担责任,"波罗说,"你不是不知道,那是我干的。如果我现在两臂不被缚着,我倒要试试看我是否还能抵挡住你们中的任何人，虽然我已被砍受伤。"

"安静，好波罗！那是我干的。"维瓦迪说。然后他对那公差说："对于我自己，我无所谓，我已尽力了——但是对于她！——你看看，她那样无辜和无助，你们对她就不能宽容一点！野蛮的家伙！难道你们也一定要将她置于死地，就凭那莫须有的罪名？"

"我们的宽容对她没有用，"那公差回答，"我们必须尽职。至于对她的控告是真是假，她必须到法官面前去回答。"

"指控我什么？"埃伦娜问。

"指控你违反修女的誓言。"神父回答。

埃伦娜抬眼往上方看。"原来是这样！"她高叫一声。

"你听，她认罪了。"一个公差说。

"她什么罪都不认，"维瓦迪说，"她仅仅感叹对她的迫害竟会邪恶到这种地步。哦！埃伦娜，难道我必须放弃你，永远离开你，让你由他们宰割？"

想到这里，巨大痛苦暂时激活了他身上的力量。他从公差的掌控中挣脱出来，又一次把埃伦娜抱在怀中。她一时只哭泣着，说不出话来，她的头靠在他肩上，痛苦得心都碎了。在一旁的公差们看到她的悲伤，暂时任由他们相拥相抱。

维瓦迪的努力只维持了很短的时间。他难过得晕了过去，也因失血较多，终于支持不住，不得不又一次对埃伦娜松手。

"就不想想办法？"埃伦娜说，痛苦至极，"你们就这样让他死在地上？"

神父出主意，说维瓦迪应被送到贝纳狄克修道院，到那里把他的伤口处理一下，用点药救治他。受伤不能动弹的公差已送到那边。但维瓦迪苏醒后说，如果埃伦娜不陪着他，他就不去。这可违反了男修道院的规定——妇女是不能进男修道院的。还没等神父说什么，与神父一起的教徒便急急忙忙地说，他们不敢违反男修道院的规定。

埃伦娜对维瓦迪的担心超过了担心她自己，她求他同意转到男修道院去，不过仍说服不了他。他坚持不离开她。公差们则准备强行拆散他们。维瓦迪想不与埃伦娜分开的一切努力，在残酷事实面前均宣告失败。他们甚至暗示，她也会被送上宗教法庭。维瓦迪探问他将被他们送往何处，但也没得到明确回答。

"我们会好好看着她，先生，"一个公差说，"对你来说，这就够了。至于你们是否走同一条路，那是毫无意义的，你们不可能一起走。"

"哎，先生，有谁听说过被捕的同案嫌犯结伴上路的？"另一个公差说，"要是让他们在一起，他们就会串通好。我担保他们的证词不会有一点儿矛盾。"

"但是，你们不可以把我与我的先生分开，"波罗疾呼，"我强烈要求把我与先生一起送往宗教法庭，要不就送我去见魔鬼，不过如此而已。"

"说得不错，"公差头儿回答，"先送你去宗教法庭，然后再让你去见魔鬼——你要先受审，再判罪。"

"别再浪费时间了，"头儿对手下人说，再指着埃伦娜说，"把她带走。"

说完这话，他们就把埃伦娜提了起来。"放开我！"当波罗看到他们把她从原地抬走便喊叫起来，"放开我，我说了！"他猛力挣扎着，捆他的绳索抖落于地。不过这一时的松绑终归无效，因为他立即又被捉住。

维瓦迪虽已因身体流血过多及精神饱受煎熬而疲惫至极，还是使出最后一点力气去救她。他设法从地上站起来，但眼睛突然模糊了，接着他失去了知觉，嘴里还断断续续叫着埃伦娜的名字。

公差们拖着埃伦娜离开教堂时，她不停地叫着维瓦迪，渴望能再看上维瓦迪一眼，或者就算最后与他道别。歹徒们绝非心慈手软之人，她没能再听到维瓦迪的声音——他听不见了，他再也不能回应她的呼喊了。

"哦！让我再听一次！"她痛苦地喊着，"就一声，维瓦迪！再让我听一次你的声音！"但是，回应她的是沉默。

她离开教堂时仍朝他躺着的地方看，她以绝望的声音尖叫着："维瓦迪，再见！——哦！永别——永别了！"

她说"永别"的语调极其打动人，连神父那不热情的心也被触动了，但是他急忙把涌出眼眶的几滴泪水抹去，谁也没有看到。维瓦迪听到埃伦娜最后的呼叫——这似乎把他从死亡中唤了回来——他最后一次听到她悲痛欲绝的声音，他抬眼转过去看，见到她的头巾在教堂的走廊中飘拂。一切苦痛，一切努力，一切反抗都徒劳无果。歹徒们不顾他在流血，把他紧紧捆住，送到贝纳狄克男修道院去，与他一起的还有受了伤的波罗。波罗一路上呼喊着："我要求去宗教法庭！送我去宗教法庭！"

第十六章

在希腊古时备受恩宠，
你，哀伤的女神——缪斯，
你，年幼时气盛，对手下发威时
不可一世；
仆妇侍女们闻言脸白舌拙，惊得
呆若木鸡。

——柯林斯《颂害怕》

神父检查并包扎了维瓦迪和他仆人裸露的伤口，宣称伤口并无大碍，但拿不准其中一个歹徒的伤势如何。少数教徒对这两个犯人表现得很是同情、友好，但是大多数都不敢对面临宗教审判的人表露同情，甚至远离他们被关押的牢房。但这种自我约束并没有持续很久，因为维瓦迪和波罗稍事休整后不得不重新上路了。他们被关押在同一辆马车上，有两个官员看押着他们，以防他们互相串通，谈及埃伦娜的命运和即将到来的厄运。实际上，波罗虽然仍有一丝不确定，但他揣摩圣斯蒂法诺修道院的女院长是他们最大的敌人，在路上追到他们的卡米来梯斯修道院修士便是她的同党，他们追踪维瓦迪和埃伦娜的行迹，设法找到他们可能的藏身之处并通风报信。

"我猜我们永远无法摆脱女院长，"波罗说，"尽管我知道我不能让这样的说法扰乱先生你和可怜的埃伦娜小姐。但是修道院院长们比侦探还要狡猾，他们喜欢操纵别人，像他们这样的人只会把好人交付给魔鬼。"

维瓦迪颇有深意地看了波罗一眼，示意他停止鲁莽的言谈，然后又陷入沉寂和深深的悲痛中。官员们没有说话，但是他们密切关注着波罗的言谈。波罗注意到了他们的警觉，然而他瞧不起这些间谍，毫无顾忌地把他们当作敌人。他并不想掩饰自己的观点，还自豪于自己的夸张表述和敢作敢为。这些人和他关在同一辆马车里，虽然恼怒于他的言行，却不得不耐着性子听他说一些有悖于他们所属的宗教法庭的话。每当维瓦迪听到这些大胆言论而从自己的悲伤中回过神试图制止他的鲁莽时，出于安慰主人而非保护自己，波罗总是说："这是他们的错，谁让他们喜欢和我在一起啦。让他们受个够。一旦他们把我带到他们的上司面前，那些审讯官也会受个够。在宗教法庭我将每天奏响那些人从没听过的乐曲，将这些傻瓜们的帽子敲得叮咚响，如果他们因此让我更聪明，我就告诉他们点实话。"

维瓦迪再次被唤醒，深刻警觉到诚实的波罗将带来怎样的麻烦，坚持让他不要再说话了，波罗听从了。

他们走了一整夜，只在更换马匹时略做停顿。每到一处驿站，维瓦迪都四处寻找关押埃伦娜的马车，但是没有找到，没有一点迹象表明关押埃伦娜的马车曾紧随其后。

借着晨光，维瓦迪看到圣彼得大教堂的屋顶银月呈现在罗马周围的平原上。他第一次明白自己即将在城里的宗教法庭监狱受审。一行人到达坎帕尼亚，在边境小城休息了几个小时。

再次出发时，维瓦迪注意到守卫都更换了，那个在房间中看押他的官员也仅仅在这些围绕着他身边的陌生面孔里出现了一次。这些人的穿着和行为与其他人极为不同。他们的行为更温和，但是表情更冷酷,神情中带着诡异的安静和庄严的自大,让人一看就知道他们来自宗教法庭。他们总是很沉默,即便说话也只是简短的几句。对于波罗无休止的提问和其主人就有关埃伦娜关押地点的急切询问,他们丝毫不做回答。波罗针对宗教法庭和审讯官大放厥词,他们也只是非常严肃地听着。

维瓦迪震惊于周围守卫的变化,更加震惊于这些人的外貌。对比了前后两拨守卫,他发现前者仅仅是残忍的暴徒;而后者则更狡猾、残酷,更具有审讯官的特点。他相信,这些花招迷惑了他,现在他已经在宗教法庭的控制之下了。

将近午夜,这些犯人进入波尔图时,恰逢罗马狂欢节。他们的必经之路科尔索充斥着欢快的马车和各种符号,一群群的乐手、修士和江湖郎中聚集在此。这个地方已经被大烛台点亮,到处回响着叮当的车轮声、小夜曲以及狂欢者们的欢笑和肆意挥舞的糖棒。高温迫使他们不得不把车窗打开,犯人因此可以看到路上的一切。此情此景,与维瓦迪的内心感受恰恰相反:与挚爱的人生生分离,她未卜的命运及自己即将接受的审判,这一切撕扯着他的内心,这些神秘和可怕的审讯让最勇敢的人都感到恐惧。这所有的一切,是人生无常或情感跌宕的最显著例证。当车子在人群中缓慢行驶时,维瓦迪对拥挤的人群感到恶心。但是波罗凝视着人群,回想起了那不勒斯的狂欢节。他对比现在的场景,对当前的一切都嗤之以鼻:服装缺乏品味,马车不够壮观,人们也没有精神。然而,他天生好热闹,以至于忘了自己是一个即将受审的人,也几乎忘了自己是那不勒斯人。他一边对无趣的罗马狂欢节表示着不满,一边却甚至要跳出窗户参与这狂欢,可惜刑具和忧虑阻挠着他,让他不能如愿。维瓦迪深深的叹息把他从想象中拉了回来,当他再次注意到主人悲伤的面容时,一切愉快感都消失了。

"我的先生，我亲爱的先生！"他开口说，却不知道该怎样表达自己的感受。

这时他们经过圣卡罗剧院，剧院大门外都是拥挤着的马车，罗马贵妇、盛装的侍臣都匆匆赶着去看一场歌剧。在这愉悦的氛围中，马车无法前行，这些宗教法庭的官员们仍旧保持沉默，脸上没有丝毫同情，甚至未抬起眉毛让自大隐没于皱纹间。他们暗地里蔑视着那些容易逗乐的人，而普通人们，也许更明智地蔑视着那些自负地拒绝参与这些简单快乐的人，但因为渺小无名，他们只有避开那些眉头紧锁的严厉而残酷的面容。然而，当人们看到宗教法庭的马车时，一部分人惊恐地退后，另一部分人出于好奇而向前挤。大多数人往后退，使得马车可以继续前进。走出科尔索后，马车行驶在荒无人烟的黑暗街道上，只有一盏灯高高地悬挂着，屋舍中发出微弱的光，到处都笼罩着悲凉沉寂的气氛。月光时而从云里透出来，照在罗马雄伟的山上、骇人的废墟中，以及巨大的骨架上。这些骨架也曾一度拥有灵魂和鲜活的生命。甚至维瓦迪也无法漠视这些雄伟的遗迹，当月光照到这些古老的墙壁和塔楼上，扫过远古故事中的场景，这种忧伤的敬畏和神圣的热忱也没能让他脱离自己忧伤的心境。这种幻象是短暂的。厄运无时无刻不压在他的心头，使得他的热忱像月光一样消失无踪。

一道光照亮了这个马车穿越着的粗犷广袤之地。这片废墟远离边境，显露出一种被城市所遗弃的孤寂。没有一个人影，也没有一处可以寄居的住所。一声沉重的铃声划过沉寂的夜空，说明有群人离他们不远。在黑暗所能允许的范围内，维瓦迪能感觉到他正接近一些充斥着地平线的城墙和高塔。他琢磨那里就是宗教法庭的监狱了。波罗也同时指向这些建筑。"哦，先生，"他沮丧地说，"那就是了，多么有气势啊。天哪，要是侯爵知道我们现在要去往何处就好了!"

维瓦迪深深地叹了一口气,又陷入离开高尔索后就一直沉浸其中的忧思和沉默中。

马车渐渐接近蜿蜒的城墙。这些高墙有大量的巨型壁垒进行加固,没有窗户和壁炉,有的只是沉闷的黑色。马车在壁垒森严的拱门前停下,一个侍从下来挪开了门闩,打开了一扇折叠门。一个拿着火把的人站在路障后,面容如同其他人一样。犯人们穿过雄伟的主大门,上面耸立着一些巨大威严的塔,没有门窗,只有空空如也的墙壁,只有一座小圆塔高踞顶部,让这个堡垒看起来不是太单调。

犯人们路过雄伟的主大门,上面耸立着一些巨大威严的塔。马车在主道路停下,一个侍从下来挪开了障碍,一扇折叠门立刻打开了,一个拿着火把的人站在路障后,面容如同诗人描述的一样,"冷酷的令人不舒服的绝望"。

他没有和守卫说任何一句话,但当看清外面人的面孔时,他打开了铁门。犯人们下了车,跟着两个官员走过拱门,守卫拿着火把跟在他们后面。他们大步前进,经过另一扇铁门进入一个大厅。维瓦迪一进门就在黑暗中观察,挂在屋顶的灯让他无法很好地弄清周围的情况。周围没有人,整个大厅里充斥着死一般的寂静。官员和守卫都没有说话,也没有任何声音从远处传来,他们似乎在穿越死亡之室。维瓦迪意识到这是遭受审判而死亡的受害者棺木,全身因恐惧而颤抖起来。房子前有几条林荫道,看似通往巨大的建筑,但是人行道上仍然没有任何脚步声,屋顶上也没有传来哭泣的声音,表明这里是居住区。走上一条路,维瓦迪看到一个黑衣人拿着一根蜡烛,安静地走在远处。根据经验他判断出,那个人正是这可怕法庭的一员。

陌生人好像听到了脚步声,他转过身来看,那声音停止了,而官员依然往前走着。他们相互打了个手势,交谈了几句,维瓦迪和他的仆人都听不明白他们在说什么，然后那个陌生人拿着蜡烛向另一条道路走去了。维瓦迪看着他，直到道路尽头的大门打开，他看到这个审讯官进入房间，一道灯光，还有其他一些和他同样穿着的人迎接他，门很快关上了。不论维瓦迪的想象力是否受到影响，门关上时，吱呀声就像一个人的痛苦呻吟。

犯人们穿过道路进入另一个黑暗的房间，就像他们第一次进入的那个房间一样，只是更大一些。房顶由拱形的房梁支撑着，长长的装饰图案沿着圆拱蔓延下来，从一个中心开始，消失在黑暗中。一些悬挂的灯在黑暗中发出微弱的光。

他们在此停下，不一会儿一个人走来，看起来像是狱卒，维瓦迪和波罗被转交给他。他和官员们神秘地交谈了几句，其中一个官员穿过大厅上了楼梯，其他的人包括看守和狱卒都留在下面，似乎要等待他回来。

过了很长一段时间，其间的沉寂时而被一阵关门声打破，时而被一些模糊的声音打破，这些声音对维瓦迪而言好像耶利米哀歌和呻吟。审讯官们穿着长长的黑袍，不时从走廊穿过大厅走到其他林荫道上。他们对这些犯人感到好奇，但并无同情。除了极少数人之外，他们的脸上似乎被贴上了恶魔的标签。维瓦迪看到他们残酷或是急躁的表情后，从他们脸上读出了其他人的命运，这命运他们此时还要去进一步确认。在他们无声地行走时，他不禁颤抖着躲避，仿佛那些人的面容有一种超自然的力量，那力量预示着死亡。这些人正在继续他们恐怖的工作，他循着他们的背影，直到微光逐渐消失在黑暗中，期待着会有一些房门打开迎接他们。当陷入这种恐怖时，维瓦迪在恐惧与愤怒中忘记了自己的遭遇。这些疯狂邪恶的人，即使在折磨别人时，也以确认程序的公正和必要为由侮辱受害者。

"这些人怎么可以算作人类！"维瓦迪内心极度愤慨，"是谁允许他们如此颠倒黑白！口口声声说自己被赋予了其他生物所不具备的理性的人，怎么可以这样残酷地对待他人，谁允许他们如此恐怖！这样的残忍，胜过最荒谬残忍的野兽！野兽都不会故意屠杀它们的同类。只有人类，自豪于他们理性的特权，仗着正义的名义，做着最残忍无道的事情！"

维瓦迪对这种法庭的存在并不陌生，他已经了解了这种制度的本质，以及他们的法律和惯例。尽管他之前也相信，但现在他更加理解和确信。在他的脑海中迸发出一种新的人性的面目，他从未如此惊讶，如同第一次听说这个机构。每当他想到埃伦娜，想到她也在这法庭的统治下，此刻也面临着同样可怕的境地，悲痛、愤慨与绝望便让他暴怒到几乎发疯。他似乎突然有了超自然力，准备尝试着救她，尽管这种尝试几乎不可能成功。强烈的自制力使他强忍住冲破束缚，不顾一切地在这群犯人中找到她的想法。他并没有完全放弃沉思，一产生这想法他就看到了成功的无望，他强忍住没有奔赴这想法可能导致的毁灭。他被抑制的激情，是一种美德，表现了他的勇气和坚毅。他的灵魂在绝望中变得坚毅果敢，他的行为和表情看起来十分平静而有尊严，连守卫都在某种程度上表现出敬畏。他不再感觉到自己伤口的疼痛，好像他理性自我的力量已经克服了身体的虚弱，也许在这崇高的时刻，他能毫不退让地忍受折磨。

与此同时，波罗安静而严肃地观察着周围的一切。他看到了主人内心的转变，起初觉得悲痛，然后有些惊讶。但是他无法效仿主人这么坚毅的做法，这坚毅使得维瓦迪坚定从容。他看看周围阴郁的力量和路过的审讯官的面孔，开始后悔他当着那些女院长同党的面如此直接地表达他对宗教法庭的看法。他明白，如果真的在这里奏响他曾经威胁过要奏响的乐曲，那将是他最后一次在这个世界的舞台上表演。最终，首席官员下了台阶，并让维瓦迪跟着他。波罗想跟着他的主人，但是却被守卫拦了下来，并被告知他会被用另一种方式进行审判。这是对他最严峻的考验，他声称自己不能离开主人。

"为什么把我带到这里？"他哭喊着，"如果不是因为我要同我的主人一起分担他的忧愁，我保证这绝不是个玩乐的地方。如果不是为了我的主人，百里之内，我绝对不会靠近你们。"

守卫粗暴地打断了他并把他拉走，这时维瓦迪的声音从高处传来。他转过来对他忠诚的仆人说了几句安慰的话。既然他们即将分别，自然是说了一些道别的话。

波罗拥抱了他的双膝，一边哭泣着，一边哽咽着说除了死亡什么都不能让他和主人分开。他不断地乞求守卫："我为什么要被带到这里？有谁到这里找过乐子吗？你凭什么阻止我和主人一起经历苦难？"

"我们没有试图阻止你实现你的意愿，朋友。"其中一个守卫回答道。

"你没有吗？那么上帝保佑你！"波罗哭喊着，站起来用力地摇晃着这个人的手，简直快将他的肩膀拽脱臼了。

"那过来！"这个守卫说着，把他从维瓦迪身边拉开。波罗变得异常粗暴，挣扎着逃离守卫，再次跪倒在主人的脚下。维瓦迪站起来拥抱他，尽可能地告诉他这是不可避免的，并鼓励他要心怀希望。"我相信我们很快就会再见，"维瓦迪说，"那个时候我们一定更欢乐，我马上就会清白了。"

"我们永远无法再见了，主人，"波罗抽泣着说，"不要给我希望，那个女修道院院长不会让我们逃脱，否则她不会精明地抓到我们。我们怎么能洗清罪名！哦！要是侯爵知道我们的去处就好了！"

维瓦迪打断了他的话，转身对守卫说："我希望你们能可怜可怜我忠诚的仆人，我定会感谢你们对他的容忍，我会对你们的仁慈万分感谢。再见波罗，再见！我准备好了，大人。"

"哦，主人，再等等，等等！"波罗说。

"我们不能再等了。"守卫说，然后再次将波罗拉开。波罗十分可怜地看着主人离去，不断地重复着："再见主人，我亲爱的主人。我为什么要被带到这里？我为什么要被带到这里？你们有什么权利阻止我和主人一起经历苦难？"直到他看不见主人，也听不到主人的声音。

维瓦迪跟着那个官员上了楼梯，穿过画廊走进一个有拱顶的屋子，带路人在一扇折叠门前停住，示意他进去。门上刻着血红色的希伯来铭文。地狱入口处刻着的但丁诗句——"可光临每个人的希望，不会光临这里"，非常适合这个地方的环境特征。

维瓦迪猜想，他们一定在这个房间里准备了一堆刑具，以此迫使他坦白罪行，虽然他不了解审判的过程，但是他明白，他们一定会折磨嫌疑犯，直到嫌疑犯最终承认犯罪事实。以这种过程来看，清白者一定比犯罪者遭罪时间更久。因为如果嫌疑犯没有什么可供认的，审讯官们会误把无辜当成不肯悔罪，加重给他的刑罚。经常会有人屈打成招，从无辜者变成罪犯，那样他们才能够不再忍受那无法忍受的痛苦。维瓦迪无所畏惧地想象着这种情况，他的全部灵魂都变得坚定且忍耐。他明白对自己的控告是错误的，如果招认了，对埃伦娜和他来说，都将是一种灾难。他们将设法让他招认他带走了一个修女，而且他也明白，在这场严厉的控告中，他从来没有见过诉讼人和证人，因此几乎没有任何可能来证明自己的清白。但是他没有片刻犹豫，他愿意为埃伦娜牺牲自己，他宁愿被审讯官残忍折磨死，也不愿屈打成招，把埃伦娜推向毁灭。

最终官员来了，他召唤维瓦迪上前来，脱去他的帽子露出他的胳膊，领着他穿过折叠门进入房间。当这一切结束时，维瓦迪意识到，希望已经被关在门外。

维瓦迪发现自己处在一个空旷的房间中，房间里只有两个人，坐在房间正中心的大桌子前。他们都穿着黑袍子。其中一个人，眼神敏锐，面容奇特，看起来是个审讯官，他戴着黑帽子，使得他的形象更加残暴。另一个人没有戴帽子，袖子捋到胳膊肘，面前摆着一本书和一个奇怪的仪器。桌子旁有很多空凳子，它们的背面刻着丰富的记号，房间的一端是一个巨大的十字架。在房间的另一端，一面黑色的窗帘从拱顶的窗扉处或壁龛处直垂下来。但是这窗帘是否根据审讯官的目的遮蔽着窗子、物体还是人却不得而知。

审讯官示意维瓦迪走上前来，让他将双手放在一本书上，宣誓供认所有隐瞒的事实，并永久保守他在房间里看到的秘密。

维瓦迪犹豫是否该遵循这无条件的命令。审讯官看了看他，提醒他不要忘了审讯官在这里是绝对不可违抗的。但是他仍旧犹豫着。"我能同意对自己定的罪吗？"他心想，"恶意能将最单纯的环境变成一种恶行，变成我的灾难，我必须回答他们的一切提问。我应该宣誓隐瞒在这个房间里所看到的一切吗？我明知在这里每小时都实施着酷刑。"

这个审讯官用无法抗拒的声音命令维瓦迪宣誓。同时，他向坐在桌对面的貌似下等官员的人做了一个手势。

维瓦迪仍旧沉默，他虽对罪名一无所知，但也认为自己不大可能被屈打成招。无论他看到了什么，都不会阻止任何报应。既然他最严厉的谴责对这个拥有至高权力的宗教法庭毫无作用可言，那么发誓保守秘密也不会阻止任何恶行。他知道拒绝宣誓对自己没有任何好处，拒绝只会让他立即受到惩罚，最终他接受了。然而，当他将书放在唇边说出他们要求他说出的誓言时，那种后悔和犹豫又涌上心头，他内心冷冰冰的。他心情非常沮丧，以至于环境中最微小的因素都会影响他的想象力。他偶尔看了一眼窗帘，之前他不带任何情感，现在却认为窗帘在动，他几乎开始期待能看到某个人从窗帘后面偷偷溜出来——或许是如同先前那样可怕的一个审讯官，或者是如同申多尼一样满怀恶意的人。

审讯官命他宣了誓，随从将它记录下来，审讯开始了。维瓦迪按要求如实回答了自己及家庭成员的姓名和头衔、出生地，审讯官又问他是否明白致使他被捕的控告是怎么回事儿。

"我在逮捕令上看到了。"他回答道。

"注意你的言辞！"审讯官说，"记住你刚才的誓言，说说你到底为什么受到指控。"

"我明白，"他说，"我被控告拐走了一个修女。"

审讯官皱了下眉，露出惊奇的表情："那么，你招认了是吗？"他停顿了一下，示意秘书记下维瓦迪的话。

"我严肃地否认，"维瓦迪回答说，"这个指控是错误的，是恶意的。"

"记住你的誓言！"审讯官重复道，"仁慈总是钟情于那些勇于忏悔的人，拷打只适用于那些愚蠢的一味说谎的人。"

"如果你拷打我，逼我承认这指控的公正，"维瓦迪说，"我宁愿死去也不愿承认这种错误的指控。这不是你想要的事实，不是你应该处罚的罪恶，无辜的人没有什么罪需要坦白，你们只能让他成为你们残忍逼供的受害者，或者为了逃避酷刑去撒谎，进而成为罪犯。"

"看看你自己，"审讯官说，"你被带到这里不是要控诉的，而是要回答我的审问的。你说你是无辜的，但现在所有事实都证明对你的指控是有效的，如果不是你自己的良心在作祟，你怎么能知道这个？"

"从你传唤时所说的话中，"维瓦迪答道，"从你们那些逮捕我的官员口中得知的。"

"放肆！"审讯官叫道，"记下来。"他指着秘书说。

"你说传唤中所说的话,但现在我知道你从未读过它。你还说从我们官员的口中得知——你看起来如此愚蠢,你会因此招致死亡。"

"是的,我确实没有读过,"维瓦迪回答,"我也从未声称我读过,是一个修士读过之后告诉我的,你的官员可以证实。"

"不要再说这种模棱两可的话!"审讯官说道,"只回答问题。"

"我不能忍受我被屈辱定罪,"维瓦迪回答说,"或者我的言语被曲解。我只答应说实话,既然你认为我违背了誓言,怀疑我说的话,那我就不再多说了。"

审讯官半站起来,脸色苍白。"鲁莽的异教徒!"他说道,"你竟敢违抗、侮辱最神圣的宗教法庭!你会为此付出代价的!拷打他!"

维瓦迪露出了坚毅的笑容,他平静地盯着审讯官,态度无畏而坚决。他的勇气和冷静触动了这个官员,他因此认为维瓦迪并非常人,也不适用对常人的拷问。他不再按常规审判维瓦迪,这就意味着他放弃了使用一些极端的方法。

"你是在哪里被捕的?"

"在圣塞巴斯蒂安教堂,塞雷诺湖边。"

"你确定吗?"审讯官问,"你确定不是在勒伽罗村,在罗马和塞雷诺之间的公路上?"

维瓦迪证实了自己的回答,惊讶地回想起勒伽罗是更换守卫的地方,提到过那个环境。审讯官好像没有注意到这一点,又继续问道:"有没有人和你一起被捕?"

"你应该知道,"他答道,"罗萨尔巴小姐,她也同时被抓,她被错误地指控为违背了誓言从修道院中私奔的修女。还有波罗,我忠诚的仆人,现在也被抓起来了,尽管我无从知道他被抓的罪名。"审讯官沉思了一会儿,开始询问一些有关埃伦娜家庭成员和常住地的问题。维瓦迪为避免说一些有损于她的话,就想把话题引向自己,但又被重复问同样的问题。

"她现在也被关押在这里，"维瓦迪回答道，期望从审讯官的态度判断自己的担心是否合理，"她可以回答这些问题。"

审讯官仅仅是让秘书记下她的名字，沉思了一会儿，最后问道："你知道你现在在哪里吗？"

维瓦迪笑着回答说："我知道我现在在宗教法庭的监狱里，在罗马。"

"你知道都有哪些罪归宗教法庭审判吗？"

维瓦迪没有回答。

"你的良知告诉你，你的沉默也使我更加确信。我警告你，再给你一次机会去供认所有的罪行。记住，这是个仁慈的宗教法庭，如果你供认，我们可以宽恕你的罪行。"

维瓦迪笑了，但是审讯官仍然继续。

"这里不像一些会在罪犯供认后立即执行判决的严酷但公正的法庭。不，它是仁慈的，尽管它惩罚罪恶，但除非在罪犯拒不认罪的必要情况下，我们不进行拷问。因此现在你知道，你可能会避免什么，会期待什么。"

"但是如果犯人没有什么可以供认的呢？"维瓦迪说道，"你可以将他屈打成有罪吗？你们强迫一个软弱的人去承认错误的指控，为了逃离酷刑屈打的痛苦，一个人可能会被迫接受死亡！你会发现我不是那样的人。"

"年轻人，"审讯官回答道，"你很快就会明白，除非有确切的证据，我们从不采取行动，只是希望你诚实的招供不要太迟了。你的沉默不会阻止我们弄清你所犯的罪，我们掌握着事实。你的固执也不会让我们歪曲事实。你的罪过已经被记载在宗教法庭的小册子上了，你的良知最公正地反映了真相。因此，颤抖吧，畏罪吧！你要明白,我们有足够的证据证明你有罪,我们要求你认罪。拒不交代和其他的罪名一样,都要受到严惩。"

维瓦迪没有回答,审讯官沉默了一会儿继续说:"你去过那不勒斯的斯皮里托·桑托吗?"

"在我回答问题前,"维瓦迪说,"我要知道那个控告我的人是谁。"

"你应该明白,在这个地方你无权要求任何事情,"审讯官说,"你应该知道,告密者的名字永远不会透露给被控方。如果他的名字会被任意透露给被控方并引起对方的报复,谁还会冒险去履行其职责?只有在特殊情况下原告才会出来。"

"那么证人的姓名呢?"维瓦迪要求道。

"出于同样的公正,他们的名字也不能告知被告。"审讯官回答说。

"难道对于被告而言就没有什么公正吗?"维瓦迪说,"难道他就这样在不被告知起诉人或证人的情况下被判刑和处死?"

"你的问题太多了,"审讯官说,"你的回答又太少。告密者不一定是起诉人,宗教法庭才是真正的起诉人,是公正的实施者。在起诉之前,有人给他们通风报信。在庭审前,公诉人要了解被告人的情况,审查证人的证据,我们要做很多这样的准备。"

"怎么可以!"维瓦迪大声抗议道,"法庭怎么能够既充当起诉人、证人,又充当法官! 如果有人恶意中伤别人,你们怎么去维持公正? 如果有人暗中伤人,对于无辜者而言会是致命的。我现在明白了,我即便没有犯罪,一个简单的敌人也能把我推向毁灭的深渊。"

"你有个敌人?"审讯官问道。

维瓦迪十分肯定他有一个敌人,但是没有充分的证据证明那个人就是申多尼。埃伦娜被捕了,这迫使他不得不想到另一个很可能至少是告解神父帮凶的人。但这个假设太不可思议了。憎恨竟然使得一个母亲亲手将她儿子推入牢狱。尽管这个母亲对埃伦娜冷酷而残忍，因为埃伦娜改变了她对自己儿子的看法，但毕竟虎毒不食子。

"你有个敌人吗？"审讯官追问道。

"我在这里足以证明有这么一个人，"维瓦迪回答，"但我几乎没有敌人，我不知道谁会是我的敌人。"

"很明显，你没有敌人，"狡猾的审讯官说，"控告你的人是尊重事实的，一个虔诚的维护罗马利益的仆人。"

维瓦迪对这种阴险的伎俩感到震惊。他被骗说了上述一番毫无害处的话，竟然被他们残忍而巧妙地利用来反对他自己。他用崇高的轻蔑的沉默表达了他对审讯官的抗议。在这个带着胜利和沾沾自得的笑容的同类看来，没有什么比得上他自鸣得意的成功技巧更让他在这一行业内弥足珍贵。

审讯官继续说道："你要坚持不说出实话吗？"他停顿了一下，但是维瓦迪并没有回答，于是他继续追问。

"很显然你自己的言行告诉我，没有人因为个人恩怨而控告你。根据你的言行，你应该意识到自己已经从心底认罪了，看来对你的控告并不是恶意诋毁。因此，我奉劝你，也再一次恳求你，以我们神圣信仰的名义，坦白你的罪行，让自己在审判前免于刑讯逼供。我也向你保证，在这个最公正的裁判所中，我们会对你坦白的罪行加以刑罚上的宽恕。"

维瓦迪觉得他现在可以回答了，他严肃地重申了他的无辜，并重申他没有做任何触犯神圣法庭法律的行为。

审讯官再次要求他坦白罪行，维瓦迪又重复了自己的申诉，审讯官示意秘书记下来。秘书将维瓦迪的话记了下来，维瓦迪觉得在他的脸上看到了一种莫名其妙的恶意满足表情。秘书记录完毕，维瓦迪遵命在口供上签下名字。

审讯官让维瓦迪考虑一下刚才的警告,准备好第二天审判时承认罪行或是接受审讯。说完后他做了一个手势,那个将维瓦迪带进房间的官员立刻走了过来。

"你知道你的使命,"审讯官说,"将你的犯人带走,保证他们遵守秩序。"

官员鞠了个躬,维瓦迪在忧郁的沉寂中跟着他离开了这个房间。

第十七章

唤醒海洋之灵吧,

让他扬起风暴!波涛蓄势翻腾,

海浪蜷曲着,吞吐着白沫;那白练汹涌到远处

在暗黑水系之上,浩瀚无边

人们可以听到那怒吼的撞击之声,蕴含在午夜之中

在云海之间,潜藏着恐怖,她沉思着苦痛

模糊不清的身影若隐若现,

就像死亡的阴影,

将坟墓的阴霾

和寂静中的沉思混合在一起。

她的灵是宽广的!

他们对她唯命是从。

听!那尖叫声!

人们已经听到了浪涛拍岸的回响!

　　与此同时,埃伦娜从圣塞巴斯蒂安教堂被带回后,就被安排坐上了一匹等在那里的马,由那两个曾抓住她的男人监管着,开始了这段两天两夜的旅程。她无法判断她要去哪儿,只得在徒劳的希望中听着马蹄声和那曾经告诉她会与她同行的维瓦迪的声音。

一行人的脚步声几乎没有打破途经之地的宁静。在旅程中,她只见到了一些路过邻近城镇的商贩,或时不时看到身着藤蔓在橄榄地劳作的人;她下到了阿普利亚的广袤平原上,依然对自己的处境一无所知。一块不再驻军的营地里住着赶着羊群前往阿布鲁佐山的牧羊人们。这片土地从亚平宁山脉一直延伸至亚得里亚地区,加尔加那斯的山脊使其北部和东部背阳。但羊群和牧羊人仍然使这片土地生机盎然。

　　那些牧羊人的外貌和那些监管埃伦娜的人一样粗鲁野蛮;但他们的木箫和小鼓在荒漠中悠扬奏响,给人以更文明的感觉。她的监管者休息去了,她喝了点羊奶,吃了谷物蛋糕和杏仁来补充体力。牧羊人的态度就像她曾经在山区正式接触过的那些人一样,甚至看起来比他们更友好。

　　埃伦娜离开牧羊营地后,在接下来的好几个地区都没有看到有人居住的迹象,只有四处零星的破败堡垒塔楼。这些塔楼坐落在她即将抵达的陡坡上,有一半掩映在树林之中。当她的监管人快要进入她在大老远就看到的森林时,已经是第二天的傍晚了。那片森林坐落在加里加那斯凸起的峭壁上。他们抄了一条不知名的小路。这条路在橡树和有几百岁的巨大栗树包围中,树木交错繁茂,其枝条像是耸入天际的天篷。它们投射下一片阴影,掩映了杜松、乳香树的茂盛丛林,给人以可怖的粗野感。

　　到达树木更加稀疏的一片高地时,埃伦娜看到了山谷两边的树林。它们一直延伸到亚德里亚,使远方的路艰难重重。海岸线蜿蜒到海湾,岩石遍布,嶙峋陡峭。高高的小尖塔上也长有林木,海岸边长满玫瑰,悬崖上堆砌着裸露的巨型花岗岩,大得从远处看就让人不寒而栗。石堆直铺入海,似乎是在释放着它们内心永恒的愤怒。在海岸的边缘以外,人能看得到的地方都是尖耸的山峰,笼罩着森林的阴影,连绵不断。当埃伦娜目睹身边景象时,她觉得自己仿佛进入了一个世外绝境。她很平静,但这平静下暗藏着绝望的悲伤,而非逆来顺受;不管回首往事还是展望未来,她的心中都充满透不过气来的深沉绝望。

她在森林中已经穿行了数英里。自从离开上一个地方,夜幕初降后,她的监管人只是有时会问对方问题,或是谈论一下四周景物的变化。

依凭海浪拍岸的声音,埃伦娜察觉到她已经快到了海边。海浪涌向高处——一块仅有山林的陆地而已——又翻涌到山的背面。她看到海湾下面有一片灰色。她壮了壮胆,问监管人她还要走多远,她是否会被带上船等问题,因为她能看到有一艘渔船停泊在那里。

"你现在还不能走,"其中一个监管人粗鲁地回答说,"你很快就能结束这段旅程去休息了。"

他们下到岸上,不一会儿就到了一个离海边不远的萧瑟之地。那个地方几乎要被海浪淹没。没有灯,安静得似乎没有人烟。那些监管人想知道为什么这儿没人,于是他们停在门口,用力呼喊。但是没有人回答他们,不过他们还是坚持要唤出当地的居民。在昏黄的光线中,埃伦娜忧心忡忡地审视着这座楼。这是一幢古老而奇特的建筑,尽管造型对一幢别墅来说并不重要,但很明显,这不是为当地农民造的居民楼。

用未经雕琢的大理石砌成的楼墙很高,还用堡垒加固着,高楼的转角处有一些角楼。角楼前方有门廊,上方是倾斜的屋顶,倾斜得似乎快要塌掉一般。整幢建筑,连同其昏暗的窗户和安静的街道,给人一种强烈的孤独感。四围是庭院,可能以前是用来防御的,但是本该紧关以防备侵入者的门,却不恪尽职守。一个折叠合页松掉了,几乎被埋在草丛中,另一个每次风吹来都要嘎吱作响,每次晃动似乎都要像另一个一样掉下来。

一个粗鲁的声音最终回应了监管人的呼喊,门廊的门被一个脸上写满困苦的男人缓缓打开。埃伦娜几乎不能平静地与他对视,尽管她自己的脸上也写满忧伤。他手中拿着一盏昏黄的灯,让人看出他因为饥饿而显得憔悴和残暴,他空洞的双眼则更添了一份野性。埃伦娜一边观察一边畏缩起来。她以前从来没有在第二张脸上看到过同样明显的凶残和困苦。她害怕又好奇地打量着他,全然忘记了他给自己带来的恐惧感。

很明显,这间房子不是他用来接待客人的,她推测着,他应该是维瓦迪侯爵夫人冷酷的代理人的仆人。

她从门廊走入一个破旧的客厅,里面没有任何家具。客厅不大,却很高。因为它看上去似乎直达楼房的屋顶,房间敞着门。

他们走进房间,监管人和那个被他们称为斯巴拉托的陌生人冷冷地打了几句招呼。看得出来他平时是睡在放在角落的床垫上的。房间里还有两三把破烂的椅子和一张桌子。他紧皱眉头看看埃伦娜,然后又静静地看看监管人,直到他请他们都坐下,并说自己会准备一些鱼作为晚饭。埃伦娜发现这个男人是这儿的主人,因为他是唯一居住在这里的人。而且当监管人很快告诉她他们的旅行到此结束的时候,她最担心的事情得到了印证。她终于无法克制自己的感受。她应该是被恶棍拐到了这儿——海岸上孤零零的由一个男人看守的房子里,而且这个男人脸上写满了"坏人"这两个字,流露着势不可挡的骄傲和无穷无尽复仇的欲望。考虑到这些状况和刚刚被告知的消息,她觉得自己会被暗杀,这个想法像闪电一样击打在她的心上。她全身恐惧地颤抖着,晕了过去。

苏醒过来的时候,她发现监管人和陌生人围着她。她本应该祈求他们的怜悯,但她害怕会激怒他们。她说很累,请求回到自己的房间去。那些人互相对视，迟疑着，问她是否要和他们一起吃鱼。但是埃伦娜尽可能礼貌地拒绝了这样的邀请。他们同意她回到自己的房间去。斯巴拉托拿着灯替她照亮路，替她打开了卧室的门，并告诉她可以在这里睡觉。

"我的床在哪儿？"受尽折磨的埃伦娜问道，害怕地四处环顾。

"在这儿——地上。"斯巴拉托回答，指向一个破烂的床垫，床垫上挂了一些破旧的窗帘，原本可能是遮阳篷用的。"如果你想要灯，"他补充道，"我会放在这儿，过一两分钟再回来取。"

"你为什么不让我整夜都用这盏灯？"她用胆怯的恳求的语气说道。

"整晚！"男人粗鲁地说，"干吗！要把房子烧掉吗？"

埃伦娜还是祈求他能把灯留下，这样可以带给她一点安慰。

"啊哈，啊哈，"斯巴拉托回答，带着一种她捉摸不透的表情，"是啊，对你来说倒是个安慰！你真不知道你在要求什么。"

"你这话是什么意思？"埃伦娜急切地问，"我恳求你，奉我们圣教堂的名义，请告诉我！"

斯巴拉托突然走回来，惊讶地看着她，却一言不发。

"请可怜可怜我吧！"埃伦娜警觉地看着他，"我没有朋友，也没有任何人肯帮我！"

"你在怕什么？"男人回过神来说道，不等她回答，又说，"难道要把灯拿走就是心肠坏吗？"

埃伦娜还是怕会让人对自己的疑惑生疑，小心翼翼地说如果能把灯留下，那他真是太好心了。因为她情绪低落，但灯光的存在会让她感觉好点儿。

"在这儿我们可不容许有这样的幻想，"斯巴拉托回答，"我们有其他事儿要管。而且，这是屋子里唯一的灯，楼下那些人现在还处于黑暗里，我在这儿就是浪费时间。我把灯留给你，就两分钟。"埃伦娜让他放下了灯，当他离开房间的时候，她听到闩门的声音。

她用这两分钟仔细检查了这个房间，看逃走的可能性有多大。这是一个很大的房间，有很多年没有清理打扫的蜘蛛网。她发现唯一的门就是她进来时候的那一扇，唯一的窗户是格子窗，有栅栏。这样的布置似乎是为了表明在这里是很难逃出去的。

她检查了卧室，没有发现有利于脱逃的环境。她试了试栅栏，发现根本挪动不了，又想找能堵住门的东西，却徒劳无功。她把灯放在一边，等着斯巴拉托回来。过了一会儿他回来了，给了她一杯酒和一条面包。她没有拒绝。

斯巴拉托离开了房间，门再一次闩上了。她再一次变成了一个人。她试图通过祷告来战胜恐惧。热切的祷告之后，她发现自己平静了不少。

但她发现自己很难忘记处境的危险，她太害怕太担心了，根本睡不着。她房间的门很不牢靠，抵挡不了楼下恶棍们的入侵。而且她没有办法闩牢门，她决定整晚都盯着门。在孤独和黑暗中，她在床垫上坐等黎明的到来，很快她陷入了悲伤的回忆。过去每一分钟发生的事情，监管她的人的行为，都在眼前回放。她又想到自己现在的处境，觉得这一切都是命中注定。维瓦迪侯爵夫人似乎不大可能只是把她囚禁在这里，她完全可以毫不费力地把她囚禁在一所女修道院里。埃伦娜想到她所领教过的侯爵夫人的脾性，越发这样认为。这所房子的出现，还有住在这儿的那个男人，这里找不到任何一个女人，所有的这一切都在表明她被带到这里不是坐牢，而是等死。她尽力让自己坚强或顺服，却也无法战胜这寒冷的战栗。心力交瘁、晕眩和前所未有的恐惧死死地纠缠住她。多少次，她含着泪，在满心恐惧和悲伤的时候呼喊着维瓦迪——维瓦迪，啊呀，在遥远的地方——来拯救她。她多少次痛苦地呼喊说她但愿从来没有，从来没有见过他！

但是她并没有担心他会被送到宗教法庭，由她自己被强行劫持到这里的经历和她现在并没有被送往宗教法庭或被宗教法庭的人劫持这些事情推断，维瓦迪被捕的整个事件是由侯爵夫人策划的，仅仅是一个囚禁他的借口，目的就是把她囚禁到一个遥远的地方，让她得不到他的帮助。因此她希望，他是被带到了一个属于他家族的私人居所，并且一旦她的命运被决定，他就可以被释放，这样她就是唯一的受害者了。这是唯一能让她觉得自己所受的苦难不那么痛苦的想法。

楼下的人坐了好久。她倾听着，在响亮空旷的波涛停顿间隙可以隐约听见他们远远传来的声音。每一次他们房间的门被拉开的时候，她都担心他们是不是在向她走来。最后，她发现他们离开了房间，或者在那个房间里睡着了，因为那个房间变安静了。但她还是不敢掉以轻心，仍然倾听着，分辨着是不是有脚步声上楼来。她听见他们走近她的房间，停在门口。他们低声讲话，似乎在讨论该怎么办。她几乎不敢呼吸，继续听着他们的声音，但是几乎一个字都听不清。然后其中一个人离开了，另一个人压低嗓音说："它在桌子下面，在我腰带里，快点儿。"那个人回来了，用更轻的声音说了些什么，然后另一个人说："她睡了。"或者埃伦娜被他们轻轻说话时其他嘶嘶的声音蒙蔽了。然后他下了楼梯，再过了几分钟，她察觉到另一个人也离开了。她倾听着他们来来回回的脚步声，直至只听到大海的咆哮声。埃伦娜的恐惧只是稍微减轻了一会儿。她思考着刚刚听到的那些话，感觉那个下楼的男人是去找同伴的匕首了，因为一般只有匕首才藏在腰带里，用以防身。"她睡了。"他似乎是担心他的话被她听见；她再仔细听了听他们的脚步，但是他们没有再次走近。

她有点开心自己安全了。她并不知道这个房间有暗门，能悄无声息地打开，以便于刺客在晚上任何时刻都可以神不知鬼不觉地进来行凶。她相信这房子里的所有人都去休息了，于是开始重燃希望，恢复精神。但她还是睡不着，警惕着。她步子时大时小地在房间踱着步，经过那些老旧的地板时，那吱嘎声经常把她吓一跳，她经常止步倾听走廊里是否寂静无声。之前月光透进她的橱窗，现在却投射下一些阴影。这是在灯亮时她没有察觉到的。好几次，她发现在床垫那边有东西滑过。她几乎是被恐惧给吓僵了，却依然站起来想去看个究竟。但是这幻觉却消失了，月光也消失了，但她的恐惧却挥之不去。如果不是她知道她的卧室门被紧紧地闩住了，她会觉得这是刺客正摸到她睡床边。当她模模糊糊意识到这一点的时候，几乎被痛苦击倒，她觉得眼下的处境已经是她所能想象到的最危险可怕的情境了。她又倾听着，依然屏住了呼吸，但在海涛间隙听不到任何一丝动静。她终于可以相信在这个房间里的只有她一人。她受此蒙蔽，不情不愿地来到床垫边，那里还是掩着一片阴影。不过她还是无法克服自己的犹豫，就挪到了窗边，直到月光能更清晰一点地照亮她的屋子。这在某种程度上也能让她重拾信心。她看着房间内，直到房内的一切变得清晰。月光洒在海面上，直铺到海平线。海浪拍打着沿岸的礁石，在远方的水面上凝成一条白线。她倾听着它们缓慢而有节奏的庄严声音，似乎受到这宏伟壮观景象的安慰。她待在窗边，直到月亮在天空中高高升起，甚至到朝霞染红海面，给东方的云彩染上了一抹紫罗兰色。

她放松了，光线弥散在她的房内。她回到床垫边，最后疲惫代替了焦虑，她休息了片刻。

第十八章

然而，我怕你；因为当你的眼睛这样滚转的时候，

你已经动了杀机。

唉！你为什么这样咬你的下唇？

一些血腥的激情动摇你的身躯：

这些都是不祥之兆，但我希望，我希望，

这些不是对我。

———莎士比亚

埃伦娜被房门口的一声巨响从沉睡中惊醒。她从床上惊跳起来，惊讶沮丧地环顾四周，不完全的回忆开始在她的脑海里汇集。还没等她清晰地回忆起她所处的境况——她被囚禁在一个隔绝的岸边，斯巴拉托是囚禁她的人——她发现铁栅栏被拉开，然后斯巴拉托现身在门口。这些想法加重了她的心病，再加上惊惧交加，她无法支持自己颤抖的身躯，便再次倒在床垫上，没有问及此人突然闯入的原因。

"我给你带了些早餐，"斯巴拉托说，"你醒来可以吃。但你似乎还在睡着。你一晚上肯定睡足了，你那么快就睡着了。"

埃伦娜没有回答，但却为目前的困境深深地担忧着，用哀求的眼神看着斯巴拉托。他拿着一个燕麦饼和一大碗牛奶走上前来。"把

这放在哪儿?"他说,"你肯定很喜欢吃,因为你没有吃晚饭。"

埃伦娜谢过他,要他放在地板上,因为房间里没有桌子也没有椅子。这时,她讶异于他脸上的表情,那表情是一种狡猾恶毒的奇特的混合物。他似乎对自己的精心设计沾沾自喜,期待某种计谋得逞。她很感兴趣,在他待在房间里时一刻不停地观察着他。当他的目光无意中遇到她的,他意识到自己邪恶的意图,唯恐被她察觉,便突然移开目光。直到他匆忙离开房间,再也没有抬眼。她听到门被像以前一样闩上了。

他的古怪表情在她脑海中翻腾,她一直在猜想各种原因,过了很长时间,她才想起他给她带来的点心。但是,她刚要吃,一个可怕的疑虑阻止了她的手——然而此时,她已经喝下了少量牛奶。斯巴拉托的表情使她放下早餐,她突然想到,这牛奶里可能有毒。她因此不得不拒绝吃这食物,甚至也不敢吃那燕麦饼,因为这也是斯巴拉托给的。她不小心喝下的那些牛奶量很少,对此她没有太多担心。

然而,埃伦娜还是在惊恐和沮丧中度过了一整天。她既不能怀疑被带到这里的目的,也没有发现任何逃离这些要加害她的人的可能性。然而,即使在最艰难的时刻,她疲惫的精神中仍然心怀振奋人心的希望。

在这孤独和悬念交加的痛苦时刻,减轻她痛苦的只有一种信念,她相信维瓦迪是安全的,至少没有处于险境,或者可能会有悲痛。但现在她看清了他母亲侯爵夫人太多的阴谋诡计,不再认为他能逃脱他母亲的设计,并帮她再次获得自由。

一整天,埃伦娜要么靠在窗栏上沉思,眼睛无意识地盯着大海,听不到海的低语;要么仔细倾听着从屋子里传出的声音,猜想下面的人数,或那里发生着什么。然而,除了偶尔听到的沿着一条遥远的通道闲逛的脚步声,或关门声,房子里一片死寂;但在那个较低处的房间里,听不到任何声音,也看不到任何除她自己之外的人影。虽然她没听见以前看管她的人离开,但似乎可以肯定,他们离开了,而她和斯巴拉托留在这个地方。埃伦娜无法想象这意味着什么。如果意欲要她的命,一个人留下来似乎不如三个人来得保险,所以显得很奇怪。但想起下毒一事,她不再感到惊讶。这些人很可能认为他们的阴谋已经得逞了,想让她在一个无法逃脱的房间里独自死去,让斯巴拉托留下处理她的遗体。她分别在他们的行为中观察到的不协调,现在似乎都协调和集结在一个计划中——这个计划的目标就是她的死。把毒药下在食物里,用那毒药毒死她。不知是这一想法影响了她的感觉,还是事实如此,埃伦娜这时想起她曾尝过牛奶,遂全身颤抖,她觉得即使她喝得甚少,但毒药已经足够影响到她。

正当她如此焦虑不安时,她听到有脚步声在门附近游荡,她侧耳倾听,确信走廊里有人。脚步声移动得很慢,有时会停一会儿,仿佛为了有时间聆听,不久后就消失了。

"是斯巴拉托!"埃伦娜说,"他认为我已经中毒,就来听我垂死的呻吟!唉!他也许来得有点太快了吧!"

这可怕的设想一经产生,她禁不住全身剧烈发抖,跌坐在床垫上,几乎晕倒,但这没有持续很长时间。当这阵晕眩逐渐消失,她恢复了记忆。她认为,她需谨慎行事,让斯巴拉托认为她已经喝了他带给她的饮品,因为如果他这么认为,她至少会获得一些时间拖延他们进一步的阴谋,每次拖延都会产生些许逃生希望。因此,埃伦娜把意欲置她于死地的牛奶泼出了窗外。

傍晚,她再次感到有脚步声在门附近徘徊,当她转动眼睛看到地板上的人影时,怀疑得到证实,有人在下面。很快,影子溜走了,同时她辨出小心翼翼离开的脚步声。

"就是他!"埃伦娜说,"他还在倾听我有没有发出呻吟声!"

对他阴谋的进一步证实和第一次一样使她甚为担忧。当她焦急地望向走廊，影子又出现在门口，但她没有听到脚步声。埃伦娜现在强烈地关注并期望着，每一个瞬间都担心斯巴拉托将结束她的疑虑进入房间。"哦！当他发现我活着，"她想，"失望之下，他什么事情都能干得出来！这并不比当即死亡更好受！"

那影子停了几分钟，移动了一点，然后和以前一样又溜走了。但很快影子又回来了，还伴随着一个很低的声音，好像有人试图悄无声息地打开门闩。埃伦娜听到一条门闩轻轻拉开，然后是另一条。她看到门开始移动，然后慢慢打开，直到它完全打开，斯巴拉托从门后面露了出来。他并没有立即进入，而是环顾房间一周，好像想在冒险进入之前确定某些情况。当他看到埃伦娜躺在床垫上时，他看上去比平时更憔悴。

盯着她看了一会儿，他放胆晃晃悠悠地快速向床边走去，脸上一度闪过不耐烦、警觉和负罪感。当他还有几步就到床边时，埃伦娜站起身，他好像被幽灵附身一样向后惊跳起来。他比平常更具野性，看上去更加憔悴，再加上他的行为举止，似乎证实了她以前所有的恐惧。而当他粗暴地问她怎么了时，埃伦娜还没充分准备好，只好回答说她病了。他认真阴沉地注视了她一会儿，然后仔细地绕室环顾了一圈。这个举动告诉她，他在巡视她是否已经吃下了毒药。看到大碗是空着的，他从地板上捡起，埃伦娜捕捉到他脸上掠过一丝满意的神情。

"你还没有吃晚饭，"他说，"我忘了还有你，但晚餐很快就好了，如果你愿意，到时你可以步行至海滩。"

埃伦娜对这个看似纵容的邀约很是吃惊困惑，一时不知道是接受还是拒绝。她怀疑里面潜藏着阴谋。这邀请似乎只是引诱她走向毁灭的阴谋，她决定拒绝接受。但转念一想，要做到这一点，没有必要把她从房间里引出去，因为在这里她已经在那些迫害者的掌控之中了。她的情况不可能比目前更加绝望，几乎任何的变化都可能会比目前好些。

她从走廊下来，通过房子的下部，除了带路的人没有人出现。她壮着胆询问那些曾带她到此处的人是否已经走了。斯巴拉托没有回答，只是默默地带她走向院子里。出过大门，他指向西边，说她可以走那条路。

埃伦娜沿着弯路走向海浪声声，斯巴拉托稍隔一段距离跟随其后。埃伦娜沉浸在思绪中，沿着曲折的海岸，几乎没有注意到她周围的事物。直到经过一块岩石脚下，她抬眼看向展现在上方的景色，观察到远处散落着一些木屋，那显然是渔民的住宅。她还可以分辨出一些小船扬着黑帆转过山崖，进入边上有小木屋的小海湾。但是，尽管她看到帆放下了，当船靠近海岸时，因为太远，她还是没有看见人。埃伦娜本以为除了囚禁她的房子扰乱了这些森林和海岸恒远的孤独，没有人在此居住。木屋的出现，虽然相距甚远，却赋予她一丝微弱的希望，甚至有点快乐。她回头看了看，观察斯巴拉托是否在附近——他已经相距几步之遥——她惘怅地向偏远的农舍看了一眼，心再一次沉了下去。

夜黑漆漆的，海昏暗神秘、波涛汹涌，海鸟边大声尖叫着，边在云端盘旋，在岩石中寻求高栖之巢，一切都似乎表明暴风雨即将来临。埃伦娜并没有完全沉浸在自私的痛苦中，她依然能同情别人的痛苦，当她观察到渔民的船只逃过了险恶的风暴，并安全地躲在他们的小房子中，在那里倾听拍岸惊涛，体味在他们社交圈里浓厚的快乐和他们周围的温暖舒适时，她的心里充满了快乐。然而，她很快就从这样的感觉中回到她自己的孤独和无依无靠之中。

"唉！"她说，"我已经没有了家，没有人再微笑着欢迎我！甚至不再有支持我的朋友来救我！我是遥远彼岸可怜的流浪者！也许，我被刺客的脚步跟踪着，他们在这一刻悄悄地注视着他们的猎物，等待着捕杀我的机会的到来！"

埃伦娜边说边颤抖着，然后转身观察斯巴拉托是否在附近。他不在视线之内。正当她庆幸自己有机会逃脱时，她看到一个修士默默地走在笼罩着沙滩的黑暗岩石下，他黑色的衣服折叠在身周，脸朝向地面，露出沉思的神情。

"毫无疑问，他在深思某些值得考虑的事情！"埃伦娜说，她观察着他，内心希望和惊喜交集。"我可以无所畏惧地向他求救。很可能他希望，也有责任救助不幸之人。谁曾想在这幽静的海岸能找到如此神圣的保护者！他的修道院应该离此不算远。"

他走近了，脸仍然朝向地面。埃伦娜缓慢地前行，迈着颤抖的脚步迎向他。他走近时，只是斜着眼看了她一眼，并没有抬起头。但她从披风的阴影中看到了他的大眼睛和他独特的脸的上半部分。她向他寻求保护的信心开始消失，她跟跄着，无法说话，也几乎不敢正视他的眼神。那修士悄无声息地大踏步走过她，脸下部仍然裹在布里，经过她时，他既不好奇，也不惊讶地看了看她。

埃伦娜停了下来，并决定在与他相隔一定距离时尽量向小木屋走，希望那里的居民能发善心解救自己，而不是请求这个可怕的陌生人的怜悯。但在下一刻她听到背后有脚步声，回头看到那个修士又向自己走来。他和上次一样大踏步经过，然而，这次用眼角狡猾而审慎地瞥了她一眼。他的脸和神情均令人厌恶，因而埃伦娜无法鼓起勇气赢取他的同情，而是像躲避敌人一样退避开。这样一个庞大的身躯如此悄无声息地大踏步走路，让人产生某种害怕的情绪，宣示着力量和阴谋。他慢慢地继续前行了一段距离，继而消失在岩石中。

埃伦娜再一次改变主意，企图在斯巴拉托发现她之前加速向遥远的村庄进发。至于斯巴拉托那奇怪的缺席，她几乎没有时间去怀疑，但她没走多远，就突然感觉到那修士又在她的身旁。她惊跳起来，几乎尖叫出声，而他则比以前更关注地打量着她。他停顿了一下，似乎犹豫，之后他再次沉默地离开她。埃伦娜的沮丧加重，他走了她想要跑的路线，她对跟着他和回到囚禁她的地方几乎同样害怕。不久他转过身，并又一次经过她，埃伦娜急速向前走。但是，因害怕被追赶，她回头看过去，正看到他跟斯巴拉托在说着什么。他们似乎是在边走边商量着什么，直到看到她在快速向前走，斯巴拉托大声叫她停下来，声音回荡在所有的岩石中。这是一个不可抗拒的命令。她满怀希望地看了一眼那遥远的小屋，放缓了脚步。很快那修士又在她面前经过，而斯巴拉托则又不见了。修士皱着眉头看着埃伦娜的样子可怕至极，吓得她颤抖着退缩回来，虽然她从来没有见过申多尼，并不知道他就是迫害自己的人。他焦躁不安，看起来更阴沉了。

"你要到哪里去？"他以尽力抑制的声音问。

"神父，是谁在问问题？"埃伦娜说，努力想显得沉稳。

"你要到哪里去？你是谁？"修士严厉地重复道。

"我是一个不幸的孤儿，"埃伦娜答道，深深叹了口气，"如果你如同你的修士服所示，是一个好心的朋友，你会同情我。"

申多尼沉默了一会儿，然后说："你害怕谁，又害怕什么？"

"我担心——甚至为我的生命。"埃伦娜犹豫着回答。她观察到他脸上掠过一丝阴影。"担心你的生命！"他说，明显带有惊讶，"有谁会认为值得取走你的性命！"

埃伦娜讶异于这些话。

"可怜虫！"申多尼又说，"谁会害你？"

埃伦娜没有回答，她惊讶地盯着他的脸。他态度中所表现出来的东西比他说的话更不同凡响。震惊于他的举止，畏怯于越来越强的沮丧感与拍岸的惊涛骇浪,她最后转过身去,又朝着那仍很遥远的小木屋走去。

他很快就追上了她,粗暴地抓住她的胳膊,急切地盯着她的脸。"你在害怕谁?"他说,"说,谁!"

"我不敢说。"埃伦娜答道,几乎倒下。

"哈!是这样吗!"修士说,感情越来越强烈。他的面貌现在变得狰狞可怕,埃伦娜努力想挣脱手臂,并恳求他不要阻止她。他没说什么,依然凝望着她,但当她不再挣扎,他的眼睛闪着空虚的光定定地瞅着她,思绪退守到自我一隅,对周围的物体浑然不觉。

"我求求你放开我!"埃伦娜重复道,"太晚了,我得回家。"

"这是真的,"申多尼喃喃地说,仍然紧握着她的手臂,似乎在回答他自己的思绪而不是她的话,"这是非常正确的。"

"夜晚很快就要降临,"埃伦娜道,"我会赶上暴风雨的。"

申多尼仍然沉思,然后低声说:"暴风雨,你说?哈,就让它来吧。"

说着,他放下了她的胳膊,但仍然抓着她,慢慢地朝房子走去。埃伦娜不得不跟着他,但他的外表和不连贯的回答使她更加警觉。他走近囚禁她的地方,这使她更加迫切并更加努力想获取自由,她以撕心裂肺的声音补充道:"我远离家乡,神父,夜晚来临了。看岩石都变暗了!我远离家乡,并且肯定有人在等我。"

"那是谎话!"申多尼强调说,"你知道你在说谎。"

"唉!是的,"埃伦娜回答,夹杂着羞愧和悲伤,"我没有朋友在等我!"

"你应受什么惩罚?一个故意说谎的人,"修士继续道,"欺骗,引诱年轻人走向灭亡!"

"神父!"埃伦娜惊讶地喊道。

"扰乱家庭的和平——用淫荡的伎俩肆无忌惮地诱骗出身高贵的继承人——是谁——哈！这些应受到什么样的惩罚？"

埃伦娜既惊讶又恐惧，只好保持沉默。现在她明白，申多尼根本不是她的保护者，她相信他是她最大也是唯一的敌人。想到这样的人似乎非常想立即对她进行可怕的迫害，她感觉不妙。她摇摇欲坠，终于跌倒在海滩上。她身体的重量全都压在申多尼的手臂上，引起他注意她的情况。

凝望着她无助而消瘦的身形，申多尼变得烦躁不安起来。他不再看她，急促地在沙滩上来回转悠。稍后又回来，俯身看着她——他的心似乎有些许怜悯感。在一瞬间，他走向大海，掬水于手掌心，泼到她脸上。在另一个瞬间，他似乎对自己这样做感到遗憾，因突然的愤怒而蹭蹭走向岸上，突然走远。他的良心和阴谋激烈地冲突着，或者，也许，只有他的激情在互相冲突。迄今为止他对任何温柔的感情都无动于衷，受野心和怨恨左右，他巧妙地煽动维瓦迪侯爵夫人恶意决断并被委派来执行她的目的，——即便是他，一时也无法看着无辜可怜的埃伦娜而不屈服于他所谓的软弱的同情心。

虽然他还无法战胜邪恶的激情所激起的新情感，他却鄙视那征服了他的情感。"难道能让一个女孩的柔弱，"他说，"改变一个男人的决心吗？难道看到她暂时的痛苦就会使我坚定的心感到不安，并就在一切即将变为现实的一瞬间，迫使我放弃自己那么执着、那么费劲地想象着的远大计划吗？我还清醒吗？那么点星星之火，它一直在我心里燃烧，并吞噬了我的安宁，点燃吧！或者我难道会如我的命运一般驯服卑下？哈！如同我的命运！难道我的家族精神要永远屈服于环境？这个问题引发了它，我觉得它的能量已在我心里复活。"

他匆匆大步走向埃伦娜，好像他害怕决心会再一次动摇。他藏了一把匕首在修士服中，也藏了一颗刺客的心在袍子里。他有一把匕首,但他犹豫是否要使用它,因为它刺出的血可能会被附近村子里的农民看到,并导致人们发现他们的勾当。他认为,把失去知觉的埃伦娜留在波浪里会更安全更省事——冰冷的海水可能会使她苏醒,当然这只能发生在他们掐死她之前。

当他弯腰抱起埃伦娜时,一看见她天真无邪的脸,在那一刻,她动了动,他的决心再次动摇。他向后跳起,如同她可能已经知道了他的目的,而且,知道后,她就可以替自己报仇雪恨。他泼在她脸上的水,已经逐渐唤醒了她。她睁开眼睛,一看见他,就尖叫起来,并试图站起来。他的决心不再坚定,当罪恶执行其暴行时竟然那样颤抖恐惧。他心中疑虑重重,但又因此举而羞愧并恼恨自己,他沉默着凝视了她片刻,然后突然移开目光,离开了她。埃伦娜听着他离去的脚步,抬起身,看到他隐没于通向那所房子的岩石之中。惊讶于他的举动,埃伦娜惊喜地发现她独自一人,她重新开始自救的努力,直到她能够到达那幢迄今为止一直是她希望所在的小木屋。但她只向前走了几步,斯巴拉托就又出现了,迅速向她靠近。她尽了最大的努力却无济于事,她无力的脚步很快被赶上,埃伦娜知道自己又成了他的囚犯。她屈从的表情并没有使斯巴拉托产生丝毫怜悯,他一边嘲弄她逃脱的敏捷,一边把她送回囚禁她的房子,并继续阴沉地警惕着。然后,她再次绕过那致命房屋的阴暗墙壁进入房间,她现在相信,她将永远无法活着走出这里——她记起那修士离开她时曾朝这边走来,这加强了她当前的想法——因为她虽然无法解释他上次的宽容,却不认为他的仁慈会是长久的。然而,当她走进房间后,他便不再露面。斯巴拉托再次让她承受着孤独和恐惧,她听见那主宰她命运的门再次关上。当他远去的脚步声听不见了,一种如同坟墓一样的寂寞充斥着房间,像暴风雨来临之前的死寂。

第十九章

我心意已决，我要用
全身的力量，去干这件惊人的举动。
　　　——莎士比亚

申多尼从沙滩返回房子，心里很乱，甚至连他自己最坚定的意志也在动摇。在往那里去的路上，他遇到了斯巴拉托，他派斯巴拉托到埃伦娜处时，严厉吩咐不经传唤不要接近他的房间。

回到房间，虽然房间里除了他自己没有任何人，他还是锁紧门，也没有谁胆敢打扰他。要是能把所有的纠结关在门外，他会非常乐意这样做！他跌坐在椅子上，很长时间一动不动地陷入沉思，但他心潮澎湃，思绪万千，矛盾重重。当良心谴责他所预谋的罪恶时，他遗憾如若不犯这桩罪他就必须放弃雄心勃勃的前程，并从某种程度上因自己迄今还在犹豫不决而蔑视自己。他惊讶地审视自己的心态特征，因情势所迫，到现在为止他还没有怀疑这些特征。他不知道该怎样来解释自己所经历的这种矛盾，也许，在这些可怕且矛盾的激情中，他的理性仍然能够鄙视他们的所作所为，并使他冷静简短地审视自己的本性。但自爱仍然微妙地逃避了他的询问，他没有察觉，甚至在这意义重大的自省瞬间，骄傲仍然是他心中的主旋律。在他性格养成的初期，骄傲这种性情已经占了上风，并影响了他生命中的主要事件。

马里内拉伯爵——以前这一直是该告解神父的头衔——是一个古老家族的小儿子,居住在米兰公国蒂罗尔,阿尔卑斯山脚附近他们祖先的土地上。这片地产是上一世纪的意大利战争遗留给他们的。他在他的父亲去世时继承的这部分土地并不大。申多尼不是一个孜孜不倦把所继承遗产发扬光大,或由于收入有限而不得不向克制和屈辱低头的人。他不屑承认自己比那些他认为在等级上与他齐名的人没落,并且因为缺乏宽宏气度和明智判断,他也没有高尚的灵魂,不是那种渴望拥有真正高贵秉性的贵族。他满足于快乐和权力的炫耀,而且因为从没想到挥霍无度的后果,他满足于一时的快乐,直到几近倾家荡产才停下来进行反思。当他发现有必要打理自己的那部分遗产,以便让自己好好利用那部分收入来过活时,一切为时已晚。因无法欣然接受他的愚蠢所导致的没落,他努力用狡猾的手段保持以往的奢华生活,但这既超出了他的能力,也非他的操守所能及。然而,他避开邻居的视线,不愿意让人看到他已经改变的境遇。

从那之后几年来,人们对他的生活所知甚少。再次露面时,他成了那不勒斯圣多明各修道院的一名修士,化名申多尼。他的神态、相貌与生活方式都发生了改变,长相变得阴郁冷峻;掺杂在以前快乐表情中的骄傲,偶尔在伪装的谦逊中流露出来,但更多表现在沉默的苦行和非人的苦修中。

发现申多尼的人如果不先用具有非凡辨识力的眼睛盯着他,然后复苏记忆,是不会认出他来的。审视他的面貌,才能找到人们熟知的马里内拉的蛛丝马迹。

告解神父假装忘记了他以前的熟人,发誓赌咒地说对方认错人了,直到陌生人列举出一些细节,使神父不可能再掩饰。他有些激动,但没在陌生人面前表露出来。在陌生人离开修道院前,他让陌生人发下重誓，无论他们讨论的内容是什么，一定不要向同行透露申多尼的秘密——除非在告解室，也千万不要提及曾经在告解室之外的地方见过他。申多尼提出这些请求的方式表现了他的深重恐惧，立即惊骇并震慑了陌生人，使后者预感到不服从的后果，甚至在答应会守诺的时候打了一个寒战。第一部分的承诺陌生人可能会严格遵守，第二部分的承诺陌生人是否也同样遵守却不得而知，但可以肯定的是，在这之后，他在那不勒斯从来没有被看到或听到。

尽管曾经雄心勃勃，申多尼还是根据他所居住的社会固有的观点和偏见调整自己的举止，并成为其外在形式的最准确遵从者之一——他几乎是克己自律的天才。修道院的神父们把他作为晚辈的典范，但只希望人们对他虔诚敬仰，而非仿效他的崇高美德。但是，他们与申多尼的友谊仅止于此。他们发现赞许他们谢绝实施的苦行生活一点不费力气，这使他们赢得圣洁的美称，又使他们免于为了获得这种品质而禁欲；但他们都因太害怕并讨厌申多尼的骄傲和阴郁苦行而不会用空洞赞美之外的任何东西满足他的野心。他在这个社群已有几年光景，没有获得多大升迁，看到那些从来没有效仿他克己生活的人在教会中步步高升，他感到很丢面子。当他发现他无法指望兄弟会的任何青睐时，也为时已晚，他在不安和失望中决定通过其他途径寻求升迁。他做维瓦迪侯爵夫人的告解神父已经有些年头，当年她儿子的行为唤醒了他的希望，他发现他给出的建议可能使自己不仅是有用的，而且是必要的。他惯于研究周围人的品性，以使他们达到他的目的，当确定侯爵夫人的品性后，这些希望受到了鼓舞。他觉察到她激情洋溢，但判断力弱。他知道，如果情况允许，他将达成那些追求中的任何一个可能的目标，而他也将时来运转。

最终，他逐渐巧妙地获得了她的完全信任，她变得非常需要他的想法，以至于他可以对她提自己的条件，这他不是没有做，只不过因条件所限他故作斯文，手段高明。他早已觊觎教堂里的一个较高职位，侯爵夫人答应帮他搞到，当然她也有足够的影响力能够做到。她的条件是他帮她维护她家的名声，她微妙地称其为"声誉"，并谨慎地让他明白只有埃伦娜死亡才能万无一失。他认可侯爵夫人的观点，认为这个迷人的年轻女子的死亡是维护侯爵家庭声誉的唯一方式，因为如果她活着，以维瓦迪对她的依恋和他本人的性格，任何事情都有可能发生。无论她被送到哪里，无论多么难找到，维瓦迪都会把她从囚禁中解救出来。告解神父为了效劳侯爵夫人而如何费心盘算及盘算了多久，这些自不待言。最后的机会终于来了。他即将实施残暴行径以保全她家的骄傲，满足他的野心和复仇欲望——就在这时，一种令他惊讶的新情感抓住了他的胳膊，动摇了他的决心。但这种情绪是短暂的，它几乎与唤醒它的物体同时消失。现在，在房间的沉寂中，他有闲暇回忆他的想法，回顾他的计划，坚定他的决心，再一次对自己的突发怜悯感到纳闷，这几乎成功阻止了他实现自己的目标。他本性中的残忍再一次涌现出来，决心赢得侯爵夫人为他准备好的荣誉。经过冷静纷乱的考虑后，他下定决心，那一夜埃伦娜应该在睡梦中被暗杀，事后他可以穿过房子里一条通向大海的秘道，把她的尸体连同她凄凉的故事抛向茫茫大海。他会避免流血的危险，如果这个容易办到的话，但他有太多理由相信她怀疑会有人下毒，所以不会再次尝试这种手段。他再一次生起了自己的气，因为屈服于一时的同情，他已经失去了把她扔入滔滔大海的机会。

如前所示，斯巴拉托是告解神父以前的心腹，他从以前的经历中很清楚自己可以被信任，因此，在这个场合也能参与帮忙。申多尼把不幸的埃伦娜的命运交付到这个人手中，自己退避幕后，通过这样的步骤，使斯巴拉托坠入更深的罪恶深渊，从而更有效地保全自己的秘密。入夜时分，离他实施自己最终决定的时间尚早。他把斯巴拉托叫到房间,在办公室指导斯巴拉托该如何行事。他插上斯巴拉托进入的门,忘记除了可怜的埃伦娜外,整座建筑里只有他们自己。她没有对进行中的阴谋有任何怀疑,因为前面发生的事情使她已经在精神上疲惫不堪,安睡在床垫上。申多尼轻轻地离开关紧了的门,招手让斯巴拉托过来,声音低沉,似乎担心被偷听到。"你刚才有没有察觉到她的房间有声音?"他说,"她睡了吗,你认为?"

"至少过去一小时没有人出去,"斯巴拉托答道,"我一直在走廊里盯着,直到你叫我,如果她动,旧楼梯会随之摇晃。"

"那听我说,斯巴拉托,"告解神父说,"我已经知道你很忠心,否则我不会让你参与这么机密的事情。记住我早上告诉你的话,坚决灵巧地处理这件事,像我曾经看到你的那样。"

斯巴拉托认真地听着,申多尼继续道:"很晚了,到她房间去吧,确定她睡着了。拿上这个,"他补充说,"还有这个,"他给了斯巴拉托一把匕首和一个大斗篷,"你知道该如何使用它们。"

他停顿了一下,用犀利的目光盯着斯巴拉托。斯巴拉托沉默着举起匕首,检查刀片,并继续目光空洞地凝视着匕首,仿佛不知道自己要做什么。

"你知道你要干的事,"申多尼威严地重复道,"迅速点! 时间很紧迫,我必须提前行动。"

斯巴拉托没有回答。

"已经黎明了,"告解神父更迫切地说,"你犹豫了吗? 你颤抖了吗? 我还不知道你?"斯巴拉托没说话,把匕首放在胸部,外衣搭在胳膊上,游荡似地移向门口。

"快去!"告解神父重复道,"你怎么还不走?"

"我不能说我喜欢这个任务,先生,"斯巴拉托粗声回答道,"我不知道为什么我总是做得最多,但回报最少。"

"卑鄙的小人!"申多尼惊呼道,"你还不满足呢!"

"并不比你更小人,先生,"斯巴拉托反驳道,扔下披风,"我只做你交代的事情。是你卑鄙,你会得到所有的好处,而我只要一个可怜的人所应得的。你自己做吧,否则就给我更大的好处。"

"得了吧!"申多尼说,"不要再用回报侮辱我。你以为我已经出卖了自己吗?我想要她死,这就行了。至于你——你要的价格已经给你了。"

"实在是太少了,"斯巴拉托回答说,"而且,我不喜欢干这样的事情——她伤害过我吗?"

"从什么时候起你这么有德行了?"告解神父说,"这些懦弱的顾忌还会持续多久?你可不是第一次受雇做这样的事!被人伤害过吗?你忘了,我了解你,你忘了过去。"

"不,先生,我记得太清楚了,我希望我能忘记,但我记得太清楚了——从那以后我就从来没有心安过。那血淋淋的手总是在我面前晃动,往往一个晚上,当海咆哮,风暴撼动房子,他们都来了,像我离开他们时那样伤痕累累,站在我的床前!为了安全我起身跑到岸边!"

"得了吧!"告解神父又说,"这狂乱、恐惧到哪儿是个头?这些血液涂成的幻觉能带来什么?我以为我在与一个男人交谈,但发现我原来在和一个被他奶妈的幻梦充斥的婴儿说话!不过,我理解你,你的要求将得到满足。"他无法相信,斯巴拉托真的不愿意做曾经承诺他的事情。然而,申多尼这一次误解了这个人。不知是埃伦娜的天真美丽软化了他的心,还是他的良心确实在为他过去的行为所折磨,斯巴拉托坚持拒绝谋杀她。然而,他的良心,或怜悯,是非常奇特的一种。因为,虽然他拒绝亲自去做,却答应在通往埃伦娜房间的后楼梯处等着申多尼杀了她后帮着把尸体弄到岸边。"这是良知和内疚之间的妥协,恶魔的操守。"申多尼喃喃自语道,他好像没意识到,不到一小时前他自己做了同样的妥协。这一刻他极不情愿地将自己的手伸向他亲自设计的罪恶,这本来应由另外的人去做。

斯巴拉托从刽子手的房间出来,默默地忍耐着告解神父愤怒但却半窒息的愤慨。告解神父还吩咐他记住,虽然现在他退出了这笔交易最关键的步骤,但在同样性质的事情上,他并没有同样的内疚——不仅是他的谋生手段,就是他的生命本身,也要任神父摆布。斯巴拉托爽快地承认事实如此。申多尼很清楚他迫切渴求的东西,绝不会因为担心被这个痞子发现而善罢甘休。

"那把匕首给我吧,"告解神父说,停顿了好长一会儿,"拿着斗篷,并跟着到楼梯那边,让我看看,你的勇气是否会让你走到那里。"

斯巴拉托交出匕首,再次把斗篷搭在手臂上。

告解神父走到门口,试图打开门。"门被关牢了!"他警觉地说,"有人进屋了,——门被关牢了!"

"很可能是,先生,"斯巴拉托从容应道,"走进房间后,我看见你自己闩紧了门。"

"是的,"申多尼说,恢复了平静,"是这样的。"

他打开门,沿着寂静的通道向那个隐蔽的楼梯走去,不时停下来听听,然后步子越来越轻。内心充满恐惧的申多尼,在这一刻,甚至连弱不禁风的埃伦娜也害怕。在楼梯脚下,他再次停下来听。"你听到什么了吗?"他轻声问。

"我只听到了海的声音。"斯巴拉托回答说。

"嘘! 还有别的!"申多尼说,"这是低语声!"

他们沉默了。停了一段时间后,斯巴拉托冷笑着说:"也许是我告诉过你的幽灵的声音,先生。"

"把匕首给我。"申多尼说。

斯巴拉托没有给他，反而抓住了告解神父的胳膊。神父看着他，期望他能解释这个非同寻常的举动，待看到他脸上的苍白和惊惧，神父更加惊讶了。

他受惊的眼睛似乎在瞅着通道上的什么东西，申多尼也恐惧了起来，往那边看去，但什么也没看到。"你在害怕什么?"他最后问。

斯巴拉托的眼睛还在恐惧地转动着:"你难道什么也看不到!"他指着通道中的某处说道。申多尼又看了看，还是没有在远处幽暗的通道中发现任何东西，而斯巴拉托的视线盯在那里。

"嗨，嗨，"申多尼说，为自己的软弱感到羞愧，"这不是幻想的时候。从这类无聊的梦想中醒来吧。"

斯巴拉托收回目光，但眼睛里仍有一丝惊慌。"这绝不是梦，"他以一个被痛苦折磨得筋疲力尽的人的口吻说，并开始再次呼吸顺畅起来，"我清楚地看到它，就像我现在看到你一样。"

"你糊涂了，你看到了什么!"告解神父询问道。

"它一眨眼在我眼前闪过，很显眼地现身并向四周扩展。"

"什么现身了?"申多尼重复问道。

"然后招手——是的，它招呼我，用那沾满鲜血的手指! 然后沿着通道滑走，还是招手——直到消失在黑暗中。"

"这真不可思议!"申多尼说，非常不安，"振作点，做个真正的男人!"

"不可思议! 希望是，先生，我看到了那可怕的手——现在我明白了——它又在那里了! 那里!"

震惊，不安，申多尼再次感染了斯巴拉托奇怪的情绪，他看向前方，以为能发现一些可怕的东西，但仍然没有看到什么。他很快就恢复了常态，努力安抚这个突然良心发现的痞子。但斯巴拉托不管他所有的催促。告解神父担心他弱小沉闷的声音会吵醒埃伦娜，试图把他拽回他们刚离开的房间。

"圣洛雷托的财富不应该让我走那条路,先生,"他回答说,颤抖着,"那是它挥手致意的方向,它在那个方向消失了!"

现在申多尼唯一担心的是:一旦埃伦娜被惊醒,她的挣扎会让他的任务更难完成。他的不安与时俱增,因为无论是命令、威胁,还是乞求,都不能说服斯巴拉托回心转意,直到申多尼碰巧想起了楼梯另一侧的一扇门通向房子对面,对方才同意这样离开。申多尼打开了一个放钥匙的房间,他们默默地通过了一些荒废的房间,直到回到他们刚离开的这间屋子。

在这里,不再担心被埃伦娜发现,告解神父可以更自由地劝说斯巴拉托,但无论怂恿还是威胁,斯巴拉托坚持不回到楼梯旁,虽然同时也抗议说他不会独自留在房子的任何地方,直到用告解神父提供的大量的酒壮了胆,他开始克服他想象中的恐怖事物。最后,他恢复了勇气,同意回到楼梯脚下,等候申多尼完成他的可怕差事。达成协议后,他们又从刚才的路回到那里。申多尼发现酒对于加强自己的决心同样必不可少,虽然当他发现自己再一次接近埃伦娜时,酒并没有使他摆脱那种不安的情绪,但他克服了自己的恐慌,要斯巴拉托给他匕首。

"在你那里呢,先生。"那人回答道。

"哦,是,"申多尼说,"轻声一点,我们的脚步声可能会唤醒她。"

"你说我在楼梯脚下等,先生,当你——"

"是的,是的,是的!"告解神父喃喃应道,并开始上楼,这时他的同伴想要他停止。"你黑灯瞎火地走着呢,先生,你忘记拿灯了,我这里有一个。"

申多尼生气地接过去,没说任何话,再次开始爬楼梯,然后他犹豫了一下,再次暂停。"眩光会惊扰她,"他想,"最好还是在黑暗中去,然而——"他想,没有灯光照着,他不能肯定是否能打到她,于是他留着那盏灯,再次回到斯巴拉托处,告诉他不经召唤不要离开楼梯脚半步,等他发出第一次信号就赶快上楼入室。

"我会照做的,先生,如果你能承诺不到一切都结束不发信号。"

"我承诺,"申多尼回答道,"也不会发第二次信号!"

他再次上楼,一刻不停地走到埃伦娜的门口,他听了听声音,但房间里一片死寂。因长期废弃,这扇原先可以无声无息地打开的门现在很难打开,申多尼很怕移动它会发出可怕的噪音。经过一番努力,申多尼还是打开了门,从房间的沉寂来看,他认为没有惊扰到埃伦娜。他用门遮蔽了一会儿灯,同时向前探寻了一下,当再次冒险向前时,他用黑色帐幔挡在灯前,以防止光线穿过房间蔓延开来。

当他走近床边时,她均匀的气息告诉他,她仍在熟睡,下一刻,他就到了她身边。她安详地沉睡着,似乎在悲痛得筋疲力尽后才把自己抛上床垫,因为虽然睡眠沉重地压在她的眼睛上,但她眼睫毛上还留有泪痕。

申多尼凝视了她天真无邪的面容片刻,她脸上突然现出了圣人般的微笑。他向后退了几步。"她朝杀害她的凶手微笑,"说着,他打了一个寒战,"我必须快速行动。"

他找寻匕首,在他颤抖的手使其脱离他的衣裳前颇费了一点时间。尽管如此,他还是再次走近,准备下手。她的衣服让他不方便下手,他弯下腰来检查他是否可以把她的长袍撩到一边而不把她惊醒。光线照在她的脸上,他察觉到笑容已经消失了——她的睡梦变了,泪水从她的眼睑下方悄然流出,她的身体轻微地抽搐着。她说话了!申多尼怕灯光惊扰了她,立刻把手缩了回去,再次举棋不定。他挡住灯光,躲在窗帘后面倾听。但是,她的话都模糊不清,这使他确信她仍然在沉睡。

他的激动和厌恶下手的心情随着时间流逝而愈发强烈，每当他要将匕首刺入她胸膛时，战战兢兢的恐惧便阻止了他。讶异于自己的感情，愤慨于他称之为卑鄙的弱点，他认为有必要与自己争辩。他内心说："我难道不觉得这种行为有必要吗！不做对我比存在更珍贵的事情！——我不是依赖于它的执行后果吗，她不是也为年轻的维瓦迪所爱？——我是否已经忘记了斯皮里托·桑托修道院？"这想法重新鼓起了他的勇气，复仇心鼓励了他的手臂，他把她胸部的上等细麻布拉在旁边，再次举起匕首要猛击。瞬间凝视之后，一些新的恐惧俘获了他的全身，他站了一会儿，呆立着一动不动，像一座雕像。他的呼吸短促费力，额头上满是冷汗，身上的所有器官似乎都停滞了。当他回过神来的时候，他弯下腰再次细看这枚藏在他拽起的细麻布里并引发变故的小肖像。可怕的确定性几乎被证实，在急于知道事情真相的急躁中，他忘记了在这样的深夜里埃伦娜突然发现自己会有什么后果。他把匕首扔在脚下，大声叫着："醒醒，醒醒！说！你叫什么名字？说话！快说！"

被声音惊醒，埃伦娜从床垫上跳起来，借着苍白刺眼的灯光，她看到申多尼和他憔悴的面容。她尖叫着，倒在枕头上。她没有晕倒，知道他要谋杀她，她现在尽力为自己求情。强烈的恐惧使她站起来又跪在他脚下："可怜可怜我吧，神父啊！可怜可怜我吧……"她说，声音颤抖。

申多尼急切地打断了她，然后，似乎在克制自己，他不加掩饰震惊地补充说："你为什么这样害怕？"因为心中怀有新的情愫，他已经没有了罪恶的意图。

"你在怕什么？"他重复了一遍。

"可怜可怜我，神圣的神父！"埃伦娜痛苦地惊呼。

"你为什么不说这是谁的肖像？"他命令道，忘了他之前没有问这个问题。

"谁的肖像？"告解神父又大声问道。

"谁的肖像！"埃伦娜说，极端惊讶。

"哎，你怎么有这个呢？要快——这是谁的？"

"你为什么想知道？"埃伦娜问道。

"回答我的问题！"申多尼重申，更加严厉。

"我不能与它分离，圣父，"埃伦娜回答说，把它护在胸前，"你不要指望我与它分开！"

"难道不可能让你回答我的问题吗！"他说，在极度不安中他转身离她而去，"难道你吓傻了吗！"然后，他又走向她，抓住她的手腕，用绝望的语气重复着这个要求。

"唉！他已经死了！否则我现在不会需要有人保护。"埃伦娜回答道，挣脱了他的掌控，哭泣着。

"你这个小东西，"申多尼说，做出一个可怕的样子，"我再问你一次——谁的肖像？"

埃伦娜举起它，凝视了一会儿，然后按到嘴唇上说："这是我父亲。"

"你的父亲！"他心里重复着，"你的父亲！"他颤抖着，转过身去。

埃伦娜吃惊地看着他。

"我从来没有得到父亲的关爱，"她说，"直到最近我察觉到我需要父爱——但现在——"

"他叫什么名字？"告解神父插嘴问道。

"但现在，"埃伦娜继续道，"如果你不像我的父亲一样对我——我又能向谁寻求保护呢？"

"他叫什么名字？"申多尼重复道，加重了严厉的语气。

"这是神圣的，"埃伦娜回答说，"他很不幸！"

"他叫什么名字?"告解神父生气地问。

"我已经答应不透露他的名字,神父。"

"以你的性命,我要求你告诉我,请记住,你的性命!"

埃伦娜颤抖着,不说话,用乞求的神情恳请他不要再问,但他更不可抗拒地敦促她回答。

"那他的名字,"她说,"是马里内拉。"

申多尼呻吟着背过身去,但几秒钟后,他奋力控制住动摇了他身架的痛苦。他回到埃伦娜处,他扶起曾经跪着求情的埃伦娜。

"他住在哪儿?"神父问。

"离这里很远。"她回答道,但他要求她说得清楚些,她不情愿地回答了。

申多尼像方才那样转过身去,沉重地呻吟着,一言不发地在房间里踱步。这回轮到埃伦娜发问他提问的动机和激动的理由。但他似乎没有注意到她问的任何事情,他沿着房间踱着大步,完全沉浸在自己的情绪之中,沉默不语,他的脸被伞形风帽半遮着,弯向了地面。

埃伦娜的恐惧开始变成惊讶,当申多尼接近她时这种念头在增加,她看见他眼里满是眼泪,盯着她的眼睛在看,他的面容尽失凶狠,变得非常柔和。尽管如此,他还是说不出话来。最后,他的心融化了自己,申多尼,严厉的申多尼,哭了,叹了口气。他坐在埃伦娜旁边,拉着她的手,她惊恐地试图抽出。当他能控制他的声音时,他说道:"可怜的孩子! ——看看你更不幸福的父亲!"

说完后,他呻吟着,把伞形风帽完全罩在脸上。

"我的父亲!"惊讶并怀疑的埃伦娜惊呼道,"我的父亲!"她的眼睛盯在他身上。他没有答复,但是,片刻之后,他抬起头:"你为什么用那种表情责备我!"内疚的申多尼说。

"责备您! ——责备我的父亲!"埃伦娜重复着,语调软化成温柔，"为什么我要责备我的父亲！"

"为什么！"申多尼惊呼，从座位上跳起来，"伟大的神啊！"

正感动着，他被脚边的匕首绊倒在地。那一刻，匕首如同刺入了他的心脏。他急忙把它踢开。埃伦娜没有看到这些，但她观察到了当他在房间里走来走去时起伏的胸部，他心烦意乱的表情，快速的步履。她用最舒缓的同情语气和焦急的温柔表情问他，是什么让他如此不满，并试图减轻他的痛苦。但他的痛苦却随着她想打消它们而与之俱增，在某一时刻，他会停下来凝视她，在下一时刻，他会狂乱地躲着她。

"您为什么那么可怜巴巴地看着我，父亲？"埃伦娜说，"您为什么这么不开心？告诉我，我会安慰您。"

这一恳求再次唤起了他强烈的悔恨和悲伤，他拥她入怀，眼泪浸湿了她的脸颊。埃伦娜看到他哭泣也哭了，直到她开始警觉地疑虑重重。申多尼并没有解释是什么样的证据使他确信他们之间的关系，无论她目睹的情况是怎样的，都并不足以证明他断言的完全可信性，或让她在他的爱抚下不颤抖。她缩着身子，想尽力挣脱他；这个他立即理解了，并说："你能怀疑这些情感的动因吗？这些父爱的自然流露？"

"难道我没有理由怀疑？"埃伦娜怯生生地回答说，"因为我以前从来没有亲身感受到。"

他收回了手臂，热切地盯着她，以意味深长的沉默注视了她一会儿。

"可怜的无辜孩子！"最后他说道，"你不知道你说了什么！——实在是太真切了，你至今还没体会到父亲的柔情！"

说这些时，他的面容阴沉下来，他再次从座位上站起来。与此同时，埃伦娜虽然经受着惊讶、恐惧和由各种情绪所产生的烦恼，却没有要求申多尼解释他为何如此激动。但她求助于肖像，并努力通过找到它和申多尼之间的某些相似之处来证实她的猜疑。两张面孔的特征和年龄都很不同。肖像上的男人年轻而英俊，是快乐微笑着的，但那微笑表现的是成就感，而非甜美，他的整个神态和面貌表现了甚至有点傲慢的优越意识。

相反，申多尼上了年纪，面相严峻，因思虑和岁月而眉头紧锁，因习惯耽溺于郁闷情绪而变黑。他看起来好像自从肖像画好后从来没有再笑过，仿佛画家能预知申多尼未来的性情，捕捉并体现那微笑，好在以后证明快活的表情曾经造访过他的面孔。

虽然申多尼以前拥有的和现在呈现的两张面孔有颇多差异，同样高傲的自尊却在两者中都清晰可辨；埃伦娜确实找到了两张面孔粗犷豪放的相似性，但因缺乏更多证据而不足以说服她相信二者是同一个人，告解神父曾经是肖像上的年轻骑士。在心烦意乱中，她没时间深思申多尼在这样的深夜造访有何异常，或者强烈要求他回答任何关于她和他关系真相的问题，头脑中只有一些含糊的疑问。但现在，她心理逐渐恢复了常态，他的容貌也不再那么可怕，她试探着对这些事件问得更详尽，并问及他后期不寻常断言的理由。"已过午夜了，父亲，"埃伦娜说，"您可能理解，我多么急于知道是什么动机让您在这样的时间来我的房间？"

申多尼没有回答。

"您是来警告我身处危险境地吗？"她继续说，"您发现斯巴拉托的残忍阴谋了吗？啊！今晚当我在岸边恳求您的恻隐之心时，您很可能没有想到有什么危险包围着我，否则您将——"

"你说得对！"他匆匆地打断她的话，"不要再说这个了。你为什么要坚持回到这个话题呢？"

埃伦娜对这话很讶异，因为她至今没有提到这个话题。但他脸上再度出现的凶残使她不敢再提这个话题，甚至不敢指出他的失误。

紧接着是再一次长时间的沉默。其间申多尼继续在房中踱步，有时停一会儿，盯住埃伦娜，用近乎狂乱的意味深长的眼光注视着她，然后愁眉苦脸地收回目光，重重地叹了口气，他转身走向房间里距埃伦娜较远的一头。同时，她惊讶于他的行为及她自己的情况，怕进一步提问得罪他，但还是努力鼓起勇气要求他解释，否则她心里不会安宁。最后她问，她怎么可能冒险相信像他刚刚向她保证的这样一种令人震惊的情形，并提醒他，他还没有透露他如此深信的原因。

告解神父答复得很动情，当最后他足以压制住这些感情，能够连贯地说话时，他提到埃伦娜的家庭，证明他至少很熟悉她的一些情况，还有其他她以前认为只有比安齐和她自己知道的事情，这打消了她所有对他身份的怀疑。

然而，太大的悔恨、太多的恐惧和慈父的第一阵痛期，使他无法长时间交谈。深深的孤独对安抚他的灵魂必不可少。他希望躲到没有眼睛会阻止他流露情绪或观察他满心绞痛的地方。他已有足够的证据来证明埃伦娜确实是他的孩子，他告诉她翌日应该从这个房子搬回自己的家，说完迅速离开了房间。

下楼时，斯巴拉托走上前来迎接他，手里拿着斗篷，这原本是在将尸体运送至海边的途中用来包裹埃伦娜的血肉模糊之躯的。"干完了吗？"痞子说，压低了声音，"我准备好了。"他展开斗篷，开始上楼。

"等一等！混蛋，等一等！"申多尼说，第一次抬起头，"敢进入那个房间，我就要你的命。"

"什么！"斯巴拉托惊呼，惊讶地退回，"你没要她的命吗！"

当他观察到告解神父变化多端的面孔时，不禁为自己所说的话的后果打了个冷战。但申多尼没有说话。他心中百感交集，无法言语,急忙向前走去。斯巴拉托紧随其后。"请告诉我,我该做什么。"他说,再次提起斗篷。

"滚!"申多尼吼道,狠狠地转向斯巴拉托,"不要让我看到你。"

"怎么了!"斯巴拉托说,精神为之一振,"你也没有勇气干吗,先生?如果是这样的话,我会证明自己不是胆小鬼,虽然你这样叫我。我会自己下手。"

"恶棍!恶魔!"申多尼叫道,掐住痞子的喉咙,似乎想掐死他。但当想起那家伙只是想遵照他本人的主意行事时,愤怒被其他情绪取代,他慢慢地放开斯巴拉托,以断断续续的缓和语调叫对方回去休息。"明天,"他补充说,"我将与你再谈一谈。至于今天晚上——我已经改变主意了。滚吧!"

斯巴拉托正要表达惊讶和恐惧曾经阻止的愤慨,他的雇主以雷鸣般的声音重复了命令,猛地关上房门,就像把一个可憎的人拒之门外。斯巴拉托不在跟前,申多尼松了一口气,心里舒缓了,呼吸也顺畅了,直到记起这个帮凶刚刚吹嘘说自己不是胆小鬼,他担心这家伙为了证明自己的话会试图下手,独自去杀埃伦娜。

因为害怕这事可能发生,甚至担心这可能已变成了现实,他冲出房间,发现斯巴拉托站在通向那个隐蔽楼梯的通道处。但是,无论斯巴拉托的目的为何,那情形和申多尼的表情足以令他警惕。当申多尼接近他时,斯巴拉托沉着脸恶狠狠地对着主人,没有应声,也没有回答自己在那里干什么,然后以缓慢的步伐服从了主人让他回房的命令。申多尼随他到房中,锁上了门让他在那里过夜,又回到埃伦娜的房间,确保不会有人侵入。然后,申多尼回到自己房中,没有入睡,却沉浸在悔恨和恐惧的痛苦中。他打了一个寒战,像刚从悬崖绝壁跳回,却还在用眼睛丈量那万丈深渊。

第二十章

——但是他们的路
在通过这阴暗树林的杂乱小径上,
他们朦胧暧昧表情低垂的恐怖
吓坏了孤单流浪的路人。

——弥尔顿

申多尼离开后,埃伦娜回忆起他认为可以适当透露的关于她家人的所有细节,而且把这些细节与已故的姨妈比安齐说的相比较,没有发现两者之间有任何矛盾之处。但她甚至不了解自己的故事,还不足以理解为什么比安齐对申多尼披露的一些细节一直保持沉默。比安齐一直让她以为,她的母亲嫁给了米兰公国的贵族,马里内拉的家族成员,一位伯爵;她婚姻很不幸,甚至在伯爵夫人去世前,埃伦娜就一直由母亲的妹妹比安齐照顾。埃伦娜对这一事件和她的母亲一点也记不起了——因为比安齐的恩慈已把幼儿时期的悲痛和损失从她脑海中抹去了——她只记得比安齐去世时她在比安齐的房间里发现那个肖像和她父亲名字的那一幕。当她询问此禁令的原因,比安齐说,她家有失脸面的命运必须成为秘密;当她询问有关她父亲的问题时,比安齐回答说早在她还是婴儿时他就已经死了。埃伦娜发现的这张画像是比安齐在已故伯爵夫人的饰品中找到的,本来想在将来的某一时刻，当埃伦娜足够谨慎，能够将家人的秘密托付于她的时候再交给她。这是比安齐认为自己有必要解释的全部，虽然在她弥留之际，她好像希望透露更多，但为时已晚。

虽然埃伦娜感到申多尼和比安齐的解释在很多情况下都吻合，除了他的死亡，其他并无矛盾之处，但她还是不能平息对这个发现的诧异，甚至不时产生对真相的疑虑。相反，当她向他保证她总是认为她父亲已经去世多年时，申多尼甚至没有表现出惊讶，虽然当她问及是否她母亲也还在世时，他的苦恼和保证确认了比安齐所说。

当埃伦娜的头脑变得更冷静时，她再次注意到申多尼在这样的深夜造访她房间的不同寻常。她的思绪不由自主地闪回昨晚海边的一幕，她父亲的形象出现在每个场景中，是以维瓦迪侯爵夫人使者的身份出现的。但是，这种她以前怀有的关于他阴谋的疑虑，现在被她急切地否定了，因为她更迫切地要把自己从可怕的推测中解救出来，而不是发现真相；她愿意相信，申多尼因为误会了她，仅旨在协助使维瓦迪离开她。她还别出心裁地希望，在刚刚从带她来到这里的那两个人，或从斯巴拉托处得知她的故事的某些情况后，他已经怀疑他们之间的关系，由于父爱的焦虑，他才显得很急切，他才忽视时间，在半夜三更到她的房间来弄清真相。

当她欣然接受这个解释时，她竟然惊讶地发现了地板上从窗帘下方露出的匕首尖！她因这一发现而恐惧得难以控制自己的情绪。她拿起这件凶器，呆呆地盯视着，浑身发抖，脑海里对申多尼造访的真正动机闪过一丝怀疑。但这种怀疑转瞬即逝，这样的假设实在太可怕了，让人怎能心甘情愿地接受？她再次相信申多尼已察觉了她的危险境地，她感谢告解神父拯救了她，而没有把他当成刺客。她现在明白，申多尼发现了那个恶棍的阴谋，冲进室内从他杀气腾腾的匕首下救下了她，当她胸前的肖像告诉他真相时，他才知道无意间救出了自己的女儿。这个念头使埃伦娜的眼睛中充满感激之情,她的心情趋于安静平和。

与此同时,申多尼把自己关在房间里,同样激动不已,但却是另外一种心境。他平静下来反复思量这些事,可一想到那肖像,又惊愕不已。在维瓦迪侯爵夫人罪恶的唆使下追捕埃伦娜的过程中,他好像一直在迫害自己的孩子,而且是如此罪恶地陷害她的清白无辜。他曾从事惩罚罪恶的事业,并准备为他所忠诚的理想禁欲终身。可为满足野心,他所走的每一步都与理想背道而驰,而他一直恶毒地着力服务于侯爵夫人和自己,通过阻止维瓦迪和埃伦娜的婚姻,他同样也费力地阻碍了自己的好运。与维瓦迪显赫的家族联姻远远超出了他最崇高的晋升期望,而他采取的方式几乎是自寻绝路,以牺牲道德为代价获得了低劣的晋升。因此,他遭到了这个报应,自己的罪行已报应在自己身上。

申多尼意识到在现状和自己新的希望之间还有许多障碍,在公开举行婚礼之前,还要克服许多困难,他比当初急于阻止更迫切地急于促成这次婚礼。取得侯爵夫人的认可,至少是很有必要的,因为她可以任意处置许多事情,没有她的赞同,虽然他的女儿可能成为维瓦迪的妻子,但自己从这桩婚姻得不到任何好处。他有一些特殊的理由相信可能会得到她的同意,而且,虽然把婚礼推迟到这样的尝试之后有点冒险,他还是决心做一尝试,而不是隐忍地征求她的同意。但是,如果侯爵夫人心意已决,他下定决心,要在侯爵夫人不知不觉间让埃伦娜出嫁。他很清楚这样做他不会招致她太多的怨恨,因为他握有她的秘密,因怕秘密泄露她肯定会采取中立的姿态。他无意征求侯爵同意,因为这并无希望,而且侯爵夫人的影响这样大,申多尼并不认为侯爵的许可是必不可少的。

但是应采取的首要措施是把维瓦迪从审讯中解救出来,申多尼完全没有想到自己这么快就希望维瓦迪从那个巨大监狱中获释,当初可是申多尼自己使他身陷囹圄的。的确,他一直明白,如果告密者不出现在法庭上反对被告,被告当然会被无罪释放;他还认为,只要他认为适当,他可以向那不勒斯一个与神圣罗马帝国办公室关系密切的人提出申请,那样维瓦迪就能随时获得自由。告解神父的愿望害他吃了多少苦头,以后发生的事情会予以证实。他拘禁维瓦迪的部分动机是进行自卫。埃伦娜失踪后,维瓦迪定会继续追查。他十分害怕真相被发现,害怕自己遭到报复。但他相信,几个星期过后,埃伦娜的所有踪迹一定会消失,维瓦迪在审讯的禁闭中所遭受的痛苦会激发他对自身的关心,这肯定能减轻他对埃伦娜的思念。然而,尽管在这种情况下自卫一直是主要动机,申多尼也渴望报复他在斯皮里托·桑托修道院所受的侮辱和随之而来的屈辱,这是他的第二动机。他的仇恨如此邪恶,他的报复行动如此贪婪,以至于他没有考虑到一旦失去埃伦娜,维瓦迪的报复肯定会让他受罪。

因此,看起来,既因为绝对有必要拘禁维瓦迪却很难在一般情况下把他拘禁起来,又因为想使维瓦迪遭受恐惧和折磨,申多尼采取了拘禁审讯这种不同寻常的惩罚方式。他还发现,他可以趁这个机会更多地为侯爵夫人效劳。在一个诚实的心灵第一眼看来,这行为本身对他的利益至关重要,他认为形势可能会变得对他们有利,他的机灵使他能够掌控这一事件,这样,最后侯爵夫人最终应该感谢他拯救了她的儿子,而不是发现并咒骂他这个原告;他这个阴谋深得宗教法庭颁布的不公正且残忍的法律条文的喜爱,这使匿名告密者猖獗一时。

要成功抓捕维瓦迪,只需要发一张匿名状子给宗教法庭,提一提被告人可能被扣押的地方;但在询问后并不总是会有人受罪,因为如果调查官找不到告密者,被囚禁之人在经过多次审问无果后会被释放,除非他一不留心承认了自己的罪行。申多尼不打算起诉,因此,他认为维瓦迪过一段时间就会被解除监禁,并认为维瓦迪可能永远不会发现控告自己的人。告解神父决定表现出对此很焦虑,并为其获释四处奔走。鉴于拯救者的这种特点,他知道他应该通过一个和宗教法庭有官方联系的人才能更好地做到,而这个人已经在不知不觉中成全了他。在这名男子的房间,申多尼无意中看到了疑似异教徒的逮捕方案,这不仅帮他制订了今后采取的计划,还在一定程度上帮助他将计划付诸实施。他只花了很短的时间看了那案卷,但他的观察如此细致,他的记忆如此清晰,以至于他能够以足够的正确性复写一份案卷以欺骗那个很少或从未见过此类法律文件的本笃会教士。申多尼用这个诡计旨在立即抓住维瓦迪,认为调查官在慢慢审议拘捕维瓦迪时,他可能逃离塞雷诺以不被发现。如果行骗得手,这将使申多尼能抓住埃伦娜,并误导维瓦迪关于她的行踪的消息。许多情况可以证实对维瓦迪带走了一个修女的控告,如果申多尼没有预见到这可能会牵连自己遇到危险和麻烦,他很可能会使这些成为真正的罪责;并且因为控告最后不会成立,埃伦娜最终会逃脱。至于现在,他的计划已成功;一些受雇于他、假扮官员的杀手已经把维瓦迪转到了镇上,在那里真正的审讯官被指派来接收他,而其他人则把埃伦娜带到亚得里亚海岸。申多尼对自己的聪明才智颇为得意,通过这种谋划,达成伪造的指控,给埃伦娜的命运抛出一层坚不可摧的面纱,并确保自己不被维瓦迪怀疑或报复,因为很可能维瓦迪会相信她已经死了,或仍被拘禁于不可找寻的宗教法庭监狱。

因此,他努力出卖维瓦迪的同时也暴露了自己,然而,他认为要释放维瓦迪会很容易,但在这种情况下他的策略能否超出他的预期,现在仍有待证明。申多尼当前需要解决的难题是如何把埃伦娜送回那不勒斯,目前他还不愿以她父亲的形象出现,因而无法公开亲自陪她到那里,也不可以把她委托给附近的任何熟人。然而,他必须马上做出决定。因为前一晚的恐惧仍使他心有余悸,他既不能忍受在这种情形中度日,也不能让埃伦娜这样度日。这时,晨曦已经照进他的窗扉。

经过进一步的深思熟虑后,他下定决心自己送她回去,至少要通过加根纳斯的森林,在第一个方便换装的城镇,把他的修士服行头扔掉,把自己装扮成普通人,穿一身伪装陪她回那不勒斯,直到能找到安全方式送她到那个城市,或在路上找到一所修道院做她的临时避难所。

在下定这种决心后,他脑子里几乎没有比以前更宁静,他也没有试图须臾放松。后期发现的情况几乎随时会重现于他惊恐的良心,同时他又害怕埃伦娜可能会怀疑他午夜造访的真正目的,并时而编造时而否定可能缓和她好奇心、打消她疑虑的谎言。

然而,当必须准备离开的时刻到来,他仍然对应该如何解释犹豫不决。

他把斯巴拉托从自己的屋里打发走,指示他立即从附近小山村里找来马和向导。然后他又回到埃伦娜的房间,让她准备离开。接近她的房间时,想起以前通过这些相同的通道和楼梯时曾抱有的极为强烈的罪恶意图,甚至使他无法继续前行,他不得不转身回到自己的住处控制情绪。过了一会他恢复到常态——虽然没有恢复宁静——他再次走近那个房间,但是这次是通过走廊去的。开门时,他的手颤抖着,但是,当他进入房间时,他的面容和行为恢复了平时的严肃,只有细心的观察者才能从他的声音中听出他心中的躁动。

埃伦娜再见到他时表情很不自然,他敏锐的眼神细细捕捉着他所目睹的情绪。她迎接他的笑容很温柔,但是,他观察到微笑从她脸上逐渐消失,像照亮了山脊的天际着色;疑问和忧虑的阴霾再次罩上她的脸颊。他举步向前,伸手想抱住她的时候,突然看到自己留在房间的匕首,不由自主地撤回手,脸色改变。埃伦娜随着他的目光看过去,指着那凶器,拿起来,并挨近他说:"我昨晚在房间里发现了这把匕首!我的父亲啊!"

"这把匕首!"申多尼故作惊讶地说。

"仔细看看,"埃伦娜把匕首举起来,继续说,"您知不知道它属于谁,谁带它到这里来?"

"这是什么意思?"申多尼问,流露出不安的情绪。

"您知道匕首被带到这里是出于什么目的吗?"埃伦娜凄然说。

告解神父没有回答,但犹豫不决地试图抓住凶器。

"噢,是的,我看您很清楚,"埃伦娜继续,"在这里,我的父亲,我睡觉的时候——"

"把匕首,给我。"申多尼打断她,声音可怕。

埃伦娜回答:"是的,我的父亲,我会把它给您来表达感激之情。"当她抬起满含泪水的眼睛,尽管被申多尼的神情和僵硬的态度所惊吓,她却更加温柔,"您难道不接受您的孩子因为您把她从刺客的匕首下救出而奉献出的东西吗?"

申多尼的表情更加忧郁,他默默地接过匕首,猛地扔到房间最远的角落,而他的眼睛一直盯着她。这动作吓着了她。"是的,这是徒劳的,您会隐瞒真相,"她补充说,情不自禁地哭起来,"您的善良没用的,我全都知道——"

最后的话再次把申多尼从恍惚中惊醒,他的面颊剧烈地抽动着,神情大怒。"你怎么知道的?"他压低声音问,似乎随时准备暴跳如雷。

"非常感谢您,"埃伦娜回答说,"昨晚,我睡在这床垫上时没有意识到任何针对我的阴谋,刺客手里拿着凶器进入这房间,并且——"

申多尼发出的低微呻吟声打断了埃伦娜的话——她观察他滚动的眼睛,颤抖了——直到相信他的激动是因恼恨刺客,她接着说:"既然是您救了我,为什么您认为有必要隐瞒这已经威胁到了我的危险呢?噢!我的父亲,不要阻止我因感激而流泪,不要拒绝我的谢意,这是你应得的!当我在那床垫上沉睡时,恶棍趁我沉睡时偷偷潜入——是您,没错!我永远不会忘记,是我的父亲把我从歹徒的匕首下救出!"

申多尼的情绪改变了,但并非不再那么强烈。当他颤抖着语气说"够了,别说了"时,几乎不能自持。他扶起埃伦娜,但没有拥抱她就转身走了。

当他默默地在房间里踱步时,他的强烈情感令埃伦娜震惊,但她随后认为这是因为他想起了他救她时的危难时刻。

与此同时,当她因匕首向他致谢时,申多尼试图抑制他撕心裂肺的悔恨。他裹在自己的世界中,有一段时间对周围所有的一切浑然不觉。他继续郁郁沉默着在房间里踱步,直到埃伦娜恳求他应该为救了她而高兴,而不是这么强烈地沉浸在过去了的事情上,这再次触及他的良心,使他回到了现在的处境中。然后,他吩咐她准备立即出发,说完当即离开了房间。

他想逃离他所预谋的犯罪现场,以期随之离开那痛苦的回忆和悔恨的刺痛,他现在比以往任何时候都更急于离开这个地方,但是这并不起作用。埃伦娜好像还是如影随形地陪着他,她清纯的外表,她深情的感谢,给他造成了难以忍受的痛苦。有时候,想着她的仇恨,或者对他而言更加严重的,她的蔑视,肯定要比这种感激之情会更使他好受,他几乎决心对自己的行为不再隐瞒,但是很快又恐惧而不耐地否决了这种想法,并最终决定任由她怎么看待他的深夜到访。

最终,斯巴拉托带着从小村庄里借的马回来了,但没有找到能带领他们穿过加根纳斯森林地带的必不可少的向导。一直没有人愿意承担如此艰巨的任务；斯巴拉托很熟悉沿路上迷宫似的路，主动要求给他们带路。

申多尼虽然几乎无法忍受这个人的存在，但无奈也只好接受他做向导，因为他已经让带他们来这里的向导回去了。申多尼认为自己装备还算精良，所以并不担心会有个人暴力事件发生，虽然他也很清楚这位自告奋勇的同伴的邪恶。他决定确保斯巴拉托没有带武器，他也知道，万一要较量，自己强壮的身材会使他很容易制服这个对手。

万事俱备，只等着出发了，告解神父把埃伦娜叫到自己的房间，早餐已备好。

这么快就可以离开这里使她恢复了精神，她本想再次表示感谢，但他不容分说地打断了她，并禁止她再提及任何感激之情。

进入院子里，马已在那里等候。看到斯巴拉托，埃伦娜缩回身子，手臂挽着申多尼寻求保护。"这个人带来了什么样的回忆啊！"她说，"他在这里时，即使和你在一起，我也不敢相信自己会安然无恙。"申多尼没有答复，直到埃伦娜又重复了这句话。"你不用怕他，"他喃喃道，一边催她赶紧向前走，"我们已经没有时间去想这些无谓的忧虑了。"

"怎么了！"埃伦娜惊呼，"他难道不是刺客吗？不是你从他手里把我救下的吗？我不能怀疑，你知道他是这样的，虽然你会免除我相信这个的痛苦。"

"好，好，就算这样吧，"告解神父回答道，"斯巴拉托，把马牵到这里来。"

一行人很快上马，如埃伦娜长久所愿的那样，离开这幢多事的房子和亚得里亚海岸边，进入加根纳斯阴郁的旷野。她不时用不可言传的畏惧、惊讶和感恩的情绪回眸看那房子，凝视着透过黑暗的树枝瞥见的尖角墙，当树枝闭合时，尖角墙也被挡在了视线之外。然而，离开这里的喜悦，被斯巴拉托的在场大大减轻，她恐惧的面容让申多尼知道斯巴拉托的跟随使她有多遭罪。告解神父不愿谈论连他自己也不情愿让其跟随的这个人。埃伦娜让马靠近申多尼一些，忍耐着不用表情之外的询问方式，她并没得到回答，只好努力平息自己的疑虑，认为除非父亲认为此人可以信任，否则不会让这个人做他们的向导。虽然这个想法解除了恐惧，但斯巴拉托以前的种种设计又增加了她的困惑。她吃惊的是，如果申多尼真正认为这些阴谋是邪恶的，那他怎能忍受斯巴拉托的存在？她每次偷看这个男人在树荫下更显阴暗的面孔，就认为"刺客"写在他脸上的每一行纹路上。她几乎深信不疑，是他，而不是那些把她挟持到房子的人，才是把匕首丢在她房间里的人。每当她透过深深的林间空地环顾四周，看到丛林环绕的山峦，再看看同伴们，她的心都沉甸甸的，尽管她有理由相信自己在父亲的保护之下。不，申多尼本身的表情不止一次提醒她他在海边时的样子，这再一次让她警觉并沮丧，就像在海边的经历一样。在这样的时刻，她几乎不可能把他看作父亲。尽管前期种种迹象都表明他是她的父亲，但她心中仍然产生了种种莫名其妙的奇怪疑虑。

与此同时，申多尼陷入了沉思，不发一言，也不曾打破他们旅途中孤独深沉的寂静。斯巴拉托也同样沉默着，同样在思考申多尼突然变化有何原因，怀疑其动机为何，这动机使申多尼本来发出命令要毁灭埃伦娜，现在却变成要把她送到安全之地。不过，他没有因完全沉浸其中而不顾自己的情况，也不会在有机会为自己的利益服务以报复前一晚申多尼对待他的方式前放弃。

在使告解神父心烦意乱的各种事情中，怎样解决埃伦娜的问题，在那不勒斯不让人知道她是他女儿，是最令他头疼的。无论这种感受的原因为何,他对于过早被修道院发现这种情况的担心是如此强烈,以至于他的面孔经常扭曲。也许是他专注于这个问题,其可怕表情总是让埃伦娜想起以前海边的场景。至于如何向侯爵夫人解释他没有完成双方约定,怎样能使她转而赞同埃伦娜,甚至使她在知道这个不幸女孩的家庭背景之前倾向于同意埃伦娜的婚事,这些都使他颇费心思。因为他认为取得这样的认可很有必要,在冒险招认她的出身之前,没有完全的把握确定侯爵夫人能接受,他坚决不会暴露自己。与此同时,因为有必要说起埃伦娜的身世,他想宣布,他已经发现她出身是高贵的,她的家人在各方面都配得上与维瓦迪的联姻。

告解神父几乎是既希望又害怕与侯爵夫人见面。一想到他将要会见一个撺掇他害死自己孩子的人,他不禁打了个寒战。虽然侥幸的是他适时停止了,但侯爵夫人仍然会期望他去完成这件事。当她发现他未能完成她的意志时,他怎么能忍受她的责备!在回答这样的责备前,他必须找到借口,装出谦卑,而他的整个灵魂都在反抗这种谦卑,这让他如何隐瞒作为父亲的愤慨,并掩饰作为父亲的各种感情!他的虚伪从未经受如此严峻的考验,甚至在前述与埃伦娜在一起的场合中,他也从来没有遭遇像将与侯爵夫人见面这样严重的惩罚。随着这个日子的临近,冷静周详的申多尼经常恐惧地退缩,几乎决定冒任何险来避免这件事情,在不征求侯爵夫人同意的情况下让维瓦迪和埃伦娜偷偷结婚。

然而,尽快向上爬的愿望对他的骄傲如此重要,这不但制止了该计划,并最终使他愿意牺牲所有真实的感受,顺从任何恶毒的卑鄙想法,而不是放弃错误的野心心仪的对象。也许,矛盾地联系在一起的自豪感和卑鄙从来没有比此时表现得更强烈。

一行人这样默默地行进着,埃伦娜经常想到维瓦迪,她用颤抖的焦虑考虑着最近的发现会不会对他们的未来生活产生影响。看来,申多尼肯定会同意这么一门让一个父亲自豪的婚事,虽然他可能会不同意私下的婚姻。而且,当她进一步考虑这件能让他骄傲的联姻时,维瓦迪心里也许会想了解她家人,她的前景似乎亮堂起来,忧虑开始消散。猜度申多尼肯定很了解维瓦迪的现状,她好几次想提起他,但又受制于胆怯。不过,她曾经怀疑他被宗教法庭逮捕了。事实上,她认为他像自己一样,已经被侯爵夫人的人假扮的官员欺骗。她推断,他现在很可能像以前一样,在他母亲的命令下被临时监禁在某个家族城堡里。然而,当从遐想中醒来的申多尼突然提到维瓦迪时,她的精神为之一振,再也等不及想知道他的确切情况,于是她就此事询问他。

"我了解你们的事情,"申多尼说,回避着问题,"但我希望知道是在什么情况下开始的。"

埃伦娜迷茫着不知道该怎么回答,沉默了片刻,然后重复她的询问。

"你们第一次见面是在哪里?"告解神父问,仍然不顾她的问题。

埃伦娜说她第一次看到维瓦迪是在她陪伴姨妈从圣洛伦索教堂出来时。斯巴拉托驱马走向申多尼,告诉神父他们正接近赞提镇,这使埃伦娜暂时免于进一步解释的尴尬。向前看去,埃伦娜看到房子在森林树木间若隐若现,距离很近,不久她听到了人类的通报者和忠心耿耿的仆人——狗的欢快叫声!

一行人不久就进入丛林环绕的小镇赞提。但是,该地居民家境贫困,旅行者只能在这里稍事休息。斯巴拉托带领大家来到一间小木屋,少数沿着这条路来的人通常在这里受到款待。主人的面孔像他们的乡村一样粗鲁,住宅的内部脏乱不堪,申多尼宁愿在不远处繁茂树荫下的桌子上露天就餐。在这里,当主人离开时,斯巴拉托被派去检查驿马,并去给告解神父搞一套普通人的服装,后者再一次与埃伦娜独处，开始再次感到有点良心不安。每当瞟他一眼，埃伦娜的恐惧就几乎上升为惊骇。这沉默因他最后重新提到维瓦迪并要求埃伦娜谈一谈他们之间的情史而终止。埃伦娜不敢拒绝，她服从了，但尽量讲得简洁，申多尼没有插一句话打断她。无论他们的结合对他而言多么合适，他也忍住没有表示一丝赞许——等到他把她所关心的对象从危险中解救出来再表示吧。但是，对埃伦娜来说，这沉默暗示了它本想掩盖的想法，受其传达的希望的鼓励，她再次鼓起勇气问，是谁下令逮捕了维瓦迪，他被送到了哪里，他目前的情况怎样。

告解神父谨慎地掩饰了维瓦迪的实际情况，以免她得知他被宗教法庭羁押这一情况而痛苦。他假装不知道在塞雷诺的交易，并说维瓦迪和埃伦娜貌似都是在侯爵夫人的命令下被捕的。侯爵夫人把维瓦迪暂时囚禁了起来，他还推测，毫无疑问，这个方法本来也想用来对付埃伦娜。

"您，我的父亲，"埃伦娜说，"是什么让您来到囚禁我的地方，——您并不知道侯爵夫人的阴谋。是什么力量在您的孩子需要您解救时把您带到这遥远偏僻之地！"

"知道侯爵夫人的阴谋！"申多尼说，面露尴尬和不悦，"你有没有想过，我可能是帮凶——我可能同意协助，我的意思是，我可能是她的亲信。"申多尼一脸茫然与惶惑不安，几乎暴露，但适时停住。

"然而，您曾经说过，侯爵夫人一直想拘禁我，"埃伦娜说，"那阴谋真的那样残酷吗？唉，我的父亲！我也知道，她的计划更残酷，因为您有太多理由知道这一点，您为什么说监禁的目标只是我？但是您对我安全的关心导致您……"

多心的申多尼打断了她："我怎么能知道侯爵夫人的阴谋？我再说一遍，我不是她的亲信，又如何知道他们有比监禁更进一步的阴谋？"

"您难道没把我从刺客的手中解救下来吗!"埃伦娜温柔地说,"您难道没有从他手中夺下匕首吗!"

"我忘了,我忘了。"告解神父说,但更尴尬了。

"是的,好人总是这样容易忘记他们给人的好处,"埃伦娜回答道,"但是,您会发现,我的父亲,一颗感恩的心同样会牢牢记住它们,施恩者的记忆中不会留下那擦不掉的一举一动。"

申多尼不耐烦地说:"不要再提那恩情了,让今后对这个问题的沉默表明你希望帮我忙吧。"

他站了起来,加入小屋门那里主人的行列。申多尼希望尽快解雇斯巴拉托,他询问是否能找到一个带路人,带他穿过其余森林。在这个贫穷的小镇,很容易就能找到一个愿意承担该项任务的人,于是主人去找了个邻居。

与此同时,斯巴拉托回来了,没有完成任务。在这么短的时间里,他没能买到任何适合申多尼的便服。因此,申多尼不得不穿着自己的衣服继续旅程,至少到下一个城镇才能换装,但他认为不是很有必要,因为在这个不起眼的地方,不可能会有人认出他来。

不久,主人和他的邻居来了,当申多尼的问题得到了满意的回答时,他让邻居带他走剩余的森林路程,同时解雇了斯巴拉托。这恶棍沉着脸不情愿地离去,带着明显的恶意,告解神父几乎没有注意到这个情况,满脑子想的是终于摆脱了这个折磨着他良心的合作者。但当斯巴拉托从她身边走过时,埃伦娜观察到其满怀恶意的失望表情,但这仅仅增强了她对他离去的感激之情。

这些旅行者上路前已经是下午。申多尼合计着,他们在夜幕降临前可以很容易地到达下一个小镇,在那里住一晚,因此并没有在天热时急于动身。现在他们走的路通过的乡村较开化,虽然几乎比他们上午走的路更荒蛮。它从内部延伸至森林的边缘,已不再被绵延的群山封闭——逐渐减少的阴影不再挡住视线，而是不时露出几缕阳光和蓝色的远方——眼前的一幕是很多绿色的林间空地向太阳敞开胸怀。然而，树木的壮观并没有受损：法国梧桐、橡树、栗树仍然在这些微笑的斑点处摇曳着繁茂的枝叶，似乎分泌出山涧溪流在它们庄严的阴影之下流淌。

对精神疲倦的埃伦娜而言，不断变化的风景令她耳目一新，在壮丽自然景观的影响下，她经常把忧愁抛至脑后。对阴郁的申多尼而言，在任何时刻，没有风景会对他产生任何影响。外部形象的形状和装饰既不能给他留下印象，也不能给他的幻想加以色彩。许多人容易产生甜蜜的幻想，并常常赋予它更加细腻的喜悦，不比任何审慎的理性可以赐予的任何事物少一些快乐，但申多尼藐视这种甜蜜的幻想。

除了偶尔向向导问一下路，并得到与他的性情格格不入的饶舌答复，申多尼仍保持着旅途开始时若有所思的沉默。然而，这种健谈不是很容易就能控制的，在走神的申多尼注意到他在说话之前，这个农民已经开始说起一些发生在森林中的可怕的谋杀故事，被杀者往往是那些胆敢没有带路人就深入森林腹地的人。虽然埃伦娜不太相信这些故事，但当不久后她进入幽冥的森林深处，沿路是一条狭窄的隘路，耸立两边的悬崖峭壁驱赶掉每一个欢快的景观时，这些故事还是对她的恐惧感产生了一定的影响。静谧的效果与幽暗不相上下。除了远处一泻而下的山洪和拂过山崖的风声，几乎听不到声音。山洪和风声激起的孤独感深入肺腑。风叹息着环抱着悬崖峭壁，在山顶上盘旋飞舞。继续向前，沿着崎岖狭窄的隘路，没有一丝生命的迹象。但当埃伦娜害怕地回头看时，她认为她看到了一个人的身影在视线尽头昏暗的树荫下推进。她把疑虑告诉了申多尼，但没有告诉他自己的恐惧。他们停了片刻，以进一步观察。那物体缓慢推进，他们看出了一个人形，那人形继续靠近，突然停顿了一下，然后消失在遮挡住视线的枝叶中。但埃伦娜觉得，她看到了斯巴拉托的身影。她认为，他走这条路，而不是像他假装要回家一样返回，目的就是铤而走险。然而，他独自一人似乎不大可能攻击两名武装人员，因为申多尼和向导都有防身武器。这想法只是让她暂时舒了口气，因为他可能不是独自一人，虽然在枝叶笼罩的树林间只看到一人。"难道您不觉得他很像斯巴拉托？"埃伦娜对告解神父说，"他的身材和样子不是和斯巴拉托一样吗？幸亏您全副武装，否则我应该为您和我自己担心了。"

"我没有看到有什么相似之处，"申多尼回答说，回头瞥了一眼，"但不管他是谁，你不要有任何顾虑，因为他已经消失了。"

"没错，先生，那就更不妙了，"向导说，"那就更糟了，如果他意欲加害我们。他可以偷偷沿着灌木丛后的岩石，在我们觉察到之前袭击我们，或者如果他熟悉左边沿着那边的那些老橡树的路径，那里的地面升高，在下一个悬崖转角处他便会袭击我们。"

"小声点，"申多尼说，"除非你想让他从你的指示中受益。"

虽然告解神父这样说时没有怀疑向导有任何不良企图，但向导立即开始为自己辩护，并补充说："但等他攻击我们时，我会给他一个他会想到的暗示。"一边说着，向导一边吹响了他的长号，声音在每一块岩石上回荡，呜呜隆的响声在蜿蜒的隘路上变得越来越微弱，直至变成低语声。他急于想证实自己的急切心情，却产生了与预期相反的效果。告解神父狐疑地看着他，他说自己开火后还没有再上过膛呢。"既然你已经给了敌人在哪里可以找到我们的足够暗示，"申多尼说，"接待他的时候你会做得很好，再上膛吧，朋友，我也有武器，他们已经准备好。"

向导绷着脸听从了。埃伦娜再次警觉地回头搜寻陌生人，但没有任何人出现在幽暗中,也没有脚步声打破那沉默。然而,当她突然听到一阵沙沙的噪音时,她看向旁边的灌木丛,几乎认为斯巴拉托会从中跳出,但她随后察觉,这只是鸟儿因受长号声惊吓而从它们高悬在悬崖峭壁上的巢里飞出以逃离危险时所发出的声响。

告解神父的怀疑可能已经消失,因为这怀疑是短暂的;当埃伦娜再次叫他时,他又沉浸在自己的遐想中。他正在寻思能提供给侯爵夫人的借口,这可能足以减轻她的失望,并消除她的好奇心,目前,他无法在不出卖秘密的前提下编造一个理由,来减轻侯爵夫人的怨恨。

在一行人发现他们意欲过夜的小镇之前,暮光给朦胧的夜色增加了几分幽暗。小镇坐落在临路的尽头,他们几乎很难从悬挂其上的悬崖或环绕四周的树木中认出那些灰色的房屋。激流在下面翻滚着,一条小桥通向小旅馆,他们准备就在这里过夜。在这里,埃伦娜静静地住下,忘掉当前关于斯巴拉托的忧虑,但她仍然相信自己看到了他,并没有平息对他不寻常之旅动机的猜疑。

由于这个小镇比他们离开的那个小镇有更加舒适的住宿环境,申多尼很容易就搞到了一套普通人的衣服,那会是他剩余旅程的伪装。他还允许埃伦娜把修女的面纱暂时抛开,换上一般的服装。但在脱下之前,她没有忘记,它曾经是奥莉薇娅的面纱,所以把它作为她最喜欢的隐士的圣物保留下来。

以通常的旅行方式推算,这个小镇和那不勒斯之间仍然还有几天的旅程,但现在最危险的一部分已经过去了,森林中已经出现了道路。第二天早晨出发时,若不是主人说必经的露天野外仍然需要向导引路,申多尼会打发走这个向导。申多尼对这个向导的不信任从未非常严重,前一晚上的结果证明向导还是可以的,他恢复了对向导的信任,甚至于愿意当天继续雇他引路。然而,埃伦娜并不完全信任他。当他在申多尼的命令下鸣响长号时,她观察到这个人明显不情愿。这几乎让她认为他是设计攻击他们的那些人的同伙——也许只是一个猜想,当她心里担忧着印象中曾经看到斯巴拉托时,她更希望这只是一个猜想。现在,她斗胆向告解神父暗示她的不信任,但神父几乎不在意,并提醒她,有证据足以证明这个人的可靠,因为他们昨天已经平安度过那么容易遭到抢劫的隘路。这个回答显然很合理,埃伦娜无法反对什么,她甚至不敢再提这件事情。她以较先前更愉快的心情重新开始了下一段行程。

第二十一章

注意你毁掉的地方向着陡峭之地皱眉，
已逝权力的巨大幽灵！
在那些阴暗的墙壁和无声的幽室里
早已过去的罪行仍在潜行！

这一天，申多尼比前一天健谈一些了。当他们骑着马离向导远一些时，他就各种与己相关的话题与埃伦娜交谈，但一次都没有提到维瓦迪。他甚至屈尊提及在他名正言顺承认埃伦娜是他女儿的时机到来之前，先把埃伦娜安置在离那不勒斯有点距离的修道院。让他为难的是难以找到合适时机。他对要亲自把她介绍给陌生人颇感别扭不安，因为好奇心会加剧他们对此事的兴趣。

这些情况使他更容易留心埃伦娜得知自己又要被送到离家很远的地方和陌生人相处时的窘迫，更愿意倾听她讲圣皮埃塔修道院情况及让她回到那里去的请求。但是，无论他是否会赞同，他只是不露声色地倾听，埃伦娜只好聊以自慰地认为他并没有完全采纳他的第一计划。

她沉浸在对前景的遐想中，以至于没有时间考虑目前的恐惧——或者很可能她还在想昨天穿越寂寥的平原和粗犷的山谷中的道路时所遭受的一切。申多尼对劝他保留向导的房东充满感谢之情,因为道路经常淹没在那些绵延的野外荒地当中,目光所及之处,乡村的大片土地上竟找不到一个村子,或任何住家。整个上午,他们没有遇到一个旅行者,申多尼也一直没有发现可在其中歇息养神的小村舍,他们只有继续在正午的如火骄阳下穿行。

当向导指着他们正在靠近的一个山坡顶端处一幢高大建筑物的灰色墙壁时,已经是当天晚些时候了。尽管它被树林笼罩着,看不清楚任何外部特征,但这稍微唤醒他们认为已接近一个修道院的希望,在那里他们可能会受到款待。

沿路的灌木丛遮盖住了高高的斜坡,很快墙壁就一点也看不到了,但是,当他们在下一个突兀处转弯时,他们看到在路的尽头有一个人,好像穿越道路向着某个住处走去。他们因而推断,他们看到的高大建筑物就在树后,那人就消失在其中。

过了一会儿他们到了那里,在不远处山间树林中,发现了似乎曾是一座别墅的大量遗迹。如果没有看到有人进入,从其所表现出的苍凉感,申多尼会判断其已被完全遗弃。筋疲力尽的申多尼决定看看是否可以从住户那里设法弄点茶点。一行人在拱形石做成的深广大道的入口处下了车,这似乎一直是这所别墅的主要出入口。入口被倒下的树木碎片和扎根在其中的草丛挡住。然而,他们轻松地越过了这些障碍;但因为大道较长,除了墙上不多几处回路透光,唯一的光线来自门口,他们很快认识到在微弱光中很难发现通道,申多尼尽力想让他曾见过的那个人听到自己的声音。这种努力虽然白费劲,但是,当他们继续前行时,通道拐弯处出现一道遥远的若隐若现的光线,这引导他们来到对面的入口,发现有一道拱廊直接通向别墅中的一个庭院。申多尼失望地停了一下,因为每件物体似乎都是遗弃和荒废的证据,他几乎不抱希望地沿着分布在庭院三面的光柱廊向第四面柱廊上摇曳的树木看了看,寻找那个在路上看到的人。没有人悄悄出现在空旷处，但吓破了胆的埃伦娜几乎误认为斯巴拉托从柱子背后悄悄出现。当缭绕在他们周围的野生植物上方的空气震动时，她惊跳起来，随即发现那不是脚步声。然而，她因自己的大惊小怪和恐惧懦弱脸红了，努力抵制那因长期压抑的神经而经常在心里出现的习惯性恐惧。

与此同时，申多尼站在院子里，像这地方邪恶的精灵般检视着它的荒凉，努力确定是否有任何人潜伏在内部。柱廊的几个门口通向别墅的房间，经过短暂的犹豫，申多尼决心继续一探究竟，进入其中一个房间，通过一个大理石大厅进入一间房。房中状况说明已经很长时间没人居住。屋顶已完全没了，部分墙壁甚至已脱落，铺在树丛中。

告解神父感到继续下去既无用又困难，遂回到了院子，至少那里的美洲蒲葵树荫给这些疲惫的旅客提供了一处纳凉之所。他们在枝叶下方和一些片断的大理石喷泉处休息养神，院子从那里向广袤的景观敞开，晚上的灯光让这景观更加柔和温润。他们吃掉了存放在向导背包里的剩余食物。

"这个地方似乎遭受了地震，而不是因为年代久远，"申多尼说，"因为墙壁虽然破败，但似乎没有衰朽；曾经很结实的倒在废墟中，而相对较轻的却仍安然无恙，这些肯定都是地球局部震动的征兆。朋友，你知道这个地方的任何历史吗？"

"没错，先生。"向导回答说。

"那谈谈吧。"

"我将永远不会忘记摧毁这座豪宅的地震，先生。因为加根纳斯各地都感觉到了地震，我当时16岁左右。我记得那是接近午夜前的一小时，人们感到极大的震动感，几乎令人窒息的天气一直延续了好几天，几乎没有一丝空气流动，许多人注意到了地面在轻微地震动，我一整天都和我父亲在森林里砍柴,我们累得够呛,当——"

"这是你自己的历史,"申多尼打断他说,"这地方属于谁?"

"有没有人在这里遇难?"埃伦娜说。

"坎布拉斯卡男爵住在这里。"向导回答道。

"哈!男爵!"申多尼重复道,再一次陷入一贯的出神状态。"他是一个在这一带乡村很少有人喜欢的先生,"向导继续道,"而有些人说,这是对他的判决,因为——"

"难道不是对这一带乡村的判决吗?"告解神父抬起头,插话说,然后再次陷入沉默。

"我不知道,先生,但他的罪行实在令人发指。正是在这里,他——"

"傻瓜总是想知道发生在他们身上的事情,"申多尼粗暴地说,"男爵现在在哪里?"

"我不知道,先生,但很有可能在他应该在的地方,因为自从那次夜间地震后就没人听说过他,人们相信他被埋在废墟下。"

"有没有其他人受到影响?"埃伦娜重复道。

"我会谈到,小姐,"向导回答道,"关于此事我碰巧知道一些情况,因为我的一个表弟那时恰巧住在那家里,我父亲经常告诉我关于它的一切,以及前领主的所作所为。大地震在接近午夜时发生,这家人根本没想到会发生地震,已经吃了晚饭,入睡了一段时间,其时地震发生了,男爵的房间在老宅子的塔楼里。对此人们往往感到很纳闷,他们说,新别墅里有这么多漂亮的客房,他为什么要睡在老宅子里?但事实就是这样。"

"来吧,吃了你的饭,"申多尼说,从深深的沉思中醒来,"太阳要落山了,我们还有很长的路要走。"

"您走的时候,我会吃完餐点并讲完故事,先生。"向导回答道。

申多尼没有注意到他说的是什么，向导一见没有人阻止，便继续讲述起来。

"其时，男爵的房间在那个旧塔楼里——小姐，看这边，你可以看到残迹。"

埃伦娜将注意力转向向导所指的地方，看到了牌坊上方破碎的塔楼遗迹，她刚才正是通过牌坊进来的。

"小姐，看留在墙上最高部分的那个窗框角落，"向导继续道，"就在从石头上长出来的那一簇灰旁。"

"看到了。"埃伦娜说。

"嗯，小姐，这就是那个房间的一个窗子，你看，几乎没有任何东西留下。是的，有门框，但是门本身已经没了，你看到在其上方的这个小楼梯通向另一个楼层，现在没有人会猜想这里还有另一层。因为屋顶和地板，所有的都掉下来了，我不知道在角落里的小楼梯怎么能那么坚固！"

"你快说完了吗？"申多尼指着向导正拿着的茶点问道，没有明显关注他说的任何事情。

"是的，先生，对于这件事情，我没有很多要说，也快吃完了，"向导回答道，"但你忍耐点好了，小姐，那边就是那房间，男爵就从仍然在墙上的那个门框处进来，我敢打赌，他一点儿也没有想到他再也不会从那里走出去！我不知道他在房间里待了多久，也不知道他是睡着了还是醒着，因为没有人知道，但极大的震动传来时，那旧塔楼立刻就被撕裂了，甚至比其他任何部分的建筑物都早，小姐你看，那边有一堆废墟，地面上还有房间的遗迹，他们说，男爵就被埋在那下面！"

埃伦娜凝视着这些被毁掉的东西，打了一个寒战。申多尼的呻吟声吓了她一跳，她转向他，但他似乎沉浸在冥想中，她又把注意力转向这可怕的废墟。当她的眼睛扫向邻近拱廊,立刻被其宏伟的对称感、奇异的外观所吸引。夜晚的光线照射在悬垂灌木上,投射的一条线斜穿过上面的大道。但是,当蓦然看到有人在林荫道上滑过时,她惊呆了!当那身影穿过光线照射处时,埃伦娜看出了斯巴拉托的身材和面容,在他消失之前,她几乎没有力气发出微弱的惊呼:"那里有脚步声!"当申多尼四下张望时,到处都只是空荡荡的一片寂静。

　　当时埃伦娜没有很肯定地确认她曾见过斯巴拉托。申多尼很明白如果她的感觉没有欺骗她,斯巴拉托一路跟踪的目的肯定是铤而走险。他立即站起身来,那向导随后跟着进入那大道去弄清真相,把埃伦娜一个人留在院子里。申多尼几乎消失了,埃伦娜突然强烈地感受到他若冒险进入那条幽暗的通道里,刺客在这样的通道里很可能在不被看见时行刺,她大声恳求他回来。她倾听他的声音,但只听到他远去的脚步声,她太着急,不想留在原地,赶紧来到林荫道门口。但一切都显得寂静,既听不到声音,也没有脚步声。慑于那地方的幽暗,她不敢再往前走,但又想到斯巴拉托这样铤而走险的人徘徊在这里,她几乎同样害怕独自留在废墟任何一处。

　　当她在林荫道入口处倾听时,一声微弱的叫喊似乎从别墅内部传出。埃伦娜第一个可怕的猜测是,他们正在刺杀她的父亲,他很可能由另一通道被骗回废墟中的那个房间。她瞬间忘记了自己的恐惧,赶紧朝她判断发出声音的地方走去。她进入申多尼已经注意到的那个大厅,并通过一套房间。然而,这里的每一件东西都沉默着,显然这地方已废弃。套房在似乎通向别墅遥远部分的一个通道终止,埃伦娜短暂地犹豫了一会儿,决定循着这条路继续前行。

　　她费劲地沿着半拆毁墙壁之间穿行,不得不异常小心自己的脚步,以至于几乎没有注意到自己在往哪里去,直到那地方加深的树荫重新引起了她的注意。她发觉自己在向导曾讲过的塔楼废墟之间,抬头一看,发现她位于沿着墙那边直通男爵房间的楼梯脚下。

在不太急的情况下,这情形或许会影响她,但现在,她只能重复呼喊申多尼的名字,倾听他是否在附近的一些信号。没有收到答案,也没有再听到任何声音,她开始希望她的恐惧欺骗了自己,当确定通道在此终止时,她离开了这个地方。

埃伦娜回到第一个房间,休息了一会儿以恢复呼吸,当她倚靠在曾经是一个通向院子的窗口时,听到远处传来枪声。声音越来越激烈,似乎沿着申多尼曾经消失的沿江大道传来,埃伦娜认为战斗在最远的入口处进行,正准备去那里,突然听到有脚步声正在向她靠近,她转过头一看,害怕得几乎失去知觉:她发现斯巴拉托正偷偷地沿着她所在的这个房间移动。

她所在的那部分在房间隐蔽处,不知道是这种情形使他没有立刻察觉到她,还是他的主要目标是另一个对象,他并没有想要在这里逗留,而是躲躲闪闪地继续前行。埃伦娜还没决定往哪里去,她看到他穿过她面前的院子,进入了大道。他就这样过去了,抬起头来看了看窗口:他肯定看到了她,因为他立刻跟跄了一下,接着便更迅速地行进着,消失在黑暗中。

他似乎还没有遇到申多尼,但埃伦娜也想到,他进大道的目的是在黑暗中等待刺杀申多尼。当她在寻思怎样及时让告解神父警惕危险时,她再一次听到了神父的声音。声音由大道处接近,埃伦娜立即大声呼叫说斯巴拉托在那里,恳求他要警惕。在接下来的瞬间,有手枪开火。

在那之后,埃伦娜认为她听到了呻吟声。接着她再次听到申多尼的声音,但它似乎既弱又低。之前的勇气几乎没了。她继续待在那里,无法面对很可能在大道上等待她的可怕景象——一想到这一点她几乎要倒下。

现在一切都很寂静,她倾听着是否有申多尼的声音或者即使是脚步声,但没听到。埃伦娜几乎不能再忍受这种不确定的状态,于是尽力让自己坚强起来去面对更坏的消息,正在这时她突然听到一声微弱的呻吟,声音似乎很近,而且越来越近。那一刻,埃伦娜向大道望去,看见一个沾满鲜血的身影进了院子。她眼睛上蒙上的一层薄雾使她没法看得更远。她跟踉跄跄地后退了几步,抓住一根支柱,靠在那里支撑住自己。虚弱转瞬即逝;受伤的人需要即时援助,怜悯很快战胜了恐惧,她重新打起精神,赶紧向院子走去。

到了那里她向四周张望寻找申多尼,但是没有看到,院子再次陷入孤独和沉默,直到她叫父亲的回声响彻其中。她一边不断叫喊着,一边急忙审视柱廊、从其中打开的分开的房间及美洲蒲葵下方的昏暗地面,但没有发现任何人。

然而,当她转向大道,地面上的血迹确切地告诉她受伤的人经过了那里。血迹引着她来到一个狭窄通道的入口处,这似乎通到塔楼脚下。但在这里,她犹豫了一下,担心那边的黑暗处会有危险。第一次,埃伦娜推测,她看到的不是申多尼,而可能是斯巴拉托,虽然他受伤了,但报复心可能会给他力量去把他的短剑插入任何走近他的人的心脏,而那地方的昏暗正好助其成功。

她站在通道的入口处,不敢进入,也不愿意离开,倾听声音,仍然不断听到虽微弱但越来越大的呻吟声。突然她听到急促的脚步声,申多尼的声音在不断大声地喊着她的名字。她上去迎接他的时候,他正急忙走来,目光急切地扫过院子。"我们必须离开这里,"他低声说,用手臂揽住她的手臂,"你见过任何人经过这里吗?"

"我曾见过一个受伤的人进入院子,"埃伦娜回答说,"还担心是你。"

"在哪里?他走的哪条路!"申多尼急切地询问道,他目露凶光,表情狰狞可怖。

埃伦娜瞬间理解了他询问的动机，没有承认她知道斯巴拉托已退避到那里，转而提醒他他们自己处境的危险，恳求立刻离开这别墅。

"太阳已经下山了。"她补充说。

"我担心在这种昏暗的时刻这个地方可能有危险，再晚一些我们可能就找不到路了！"

"你确定他受伤了吗？"告解神父说。

"非常确定。"埃伦娜小声答道。

"非常确定！"申多尼严厉地惊呼道。

"让我们离开，我的父亲，哦，让我们立即走吧！"埃伦娜重复道。

"这一切是什么意思！"申多尼愤怒地问，"你不能这样软弱地同情这家伙！"

"看任何人受苦都是可怕的，"埃伦娜说，"不要继续留在这里，做出让我可能为你悲伤的事情。看到我流血将给您带来多大的痛苦。那您想一想如果您被刺客的匕首所伤，我该多么悲痛！"

申多尼强抑住在他内心深处渐变渐强的呻吟声，转身就走。

"你在捉弄我，"他一会儿接着说，"你不知道那个恶棍受伤了，我在看到他进入大道那一刻向他开了枪，这是真的，但他逃脱了。你有什么理由说他受伤了？"

埃伦娜本来想指出不远处地面上的血迹，但她阻止了自己，考虑到这会引导他找到斯巴拉托，她再次恳求离开，并称："啊！饶了您自己和他吧！"

"什么！饶了一个刺客！"申多尼不耐烦地说。"刺客！那么，他想要你的性命了吗？"埃伦娜惊呼道。"哦，没有，并没有绝对那样！"申多尼说，回过神来，"但——那家伙在这里干什么？让我过去，我会找到他的。"

　　埃伦娜仍然拽住他的衣服,用有说服力的柔情,努力唤醒他的人性。"啊!如果您知道什么是只求速死就好了,"她继续说,"你会可怜现在这个男人,他也许有时也会心怀慈悲。我知道这样的痛苦,我的父亲,并能因此甚至同情他!"

　　"你知不知道你在为谁求情?"申多尼心烦意乱地说,而她说的每一个字似乎都穿透了他的心。这个问题在埃伦娜的面孔上表现出的惊讶,使他意识到他的轻率——他想起埃伦娜也未必知道斯巴拉托是在谁的指使下这样干的——他想到就是这个被埃伦娜因怜悯而饶了一命的斯巴拉托,实际上也曾经饶了她的命,更重要的是,斯巴拉托最终不经意间阻挠了告解神父毁掉自己孩子的计划。想到这里,告解神父改变了主意,所有的怨恨化为乌有。他离开了院子,一刻不停地走到大道最远处,向导正牵着马等在那里。

　　就这样,斯巴拉托对埃伦娜的所作所为让申多尼饶了他一命,但仅止于此。申多尼没有询问这个人的状况,或减轻对他的处罚,残忍无情地任由他自生自灭。

　　埃伦娜的想法就不同了;虽然她不知道自己对他有何义务,但是她知道,任何人在这种痛苦、孤独的情况下留在这里,都不可能不痛苦。然而,既然斯巴拉托曾经能很迅捷地离开,她想他的伤口不至于致命。

　　一行人沉默着上了马,离开那废墟。刚刚发生的事情让大家都沉浸在其中,以至于好长时间都没有交谈。最后,埃伦娜打破沉默,询问林荫道上发生之事的详情,了解到申多尼追赶斯巴拉托时,只是有片刻见过他在那里。斯巴拉托已经以某种为告解神父所不知的方式逃脱了,并重回废墟内部,而追逐他的人还在大道上搜寻。埃伦娜听到从废墟里面传出的喊叫声,现在看来很可能是向导发出的,他于匆忙中被散落在大道上的墙的碎片绊倒。第一次枪响来自长枪，申多尼在到达别墅门口时打的；而最后的那一声是当他发现斯巴拉托从院子经过时用手枪打的。

"我们追这家伙已经够麻烦了，"向导说，"最后还没能追上他。奇怪的是，如果他是来找我们的，发现了我们时为什么要跑呢！我不认为他会对我们造成任何伤害，毕竟，在那个黑暗的通道里，他可能会很轻松地做到了，而不是逃之夭夭！"

"安静！"申多尼说，"少说点，朋友。"

"好吧，先生，不过他现在被击中了，我们无须害怕了；他的翅膀暂时被剪掉了，所以他也追不上我们。我们没必要这样匆忙，先生，我们会早早到达客栈。它在那边的山上，在西边那红色条纹处你可以看到那山的顶部。他不会来追我们的，我亲眼看到他的手臂被打伤。"

"是吗？"申多尼尖声道，"那么你在哪里看到了这么多？比我看到的还多。"

"你打枪时我紧随在你身后，先生。"

"我不记得听见过你在那里的声音，"告解神父说，"你为什么不出面，却躲在后面？还有，我搜寻那家伙时你藏在哪里了？也不过来帮我找？"

向导没有回答，而埃伦娜在谈话的整个过程中都在聚精会神地观察他，觉察到他现在相当尴尬，她先前对他是否诚实的怀疑又开始复苏，尽管几种情况的发生使疑虑无据可考。但是，目前还没有机会进一步观察。申多尼没有听从向导的意见，而是立刻加快步伐，继续驱马疾驰，直到一个陡峭的上坡才迫使他放慢速度。

与他平时的习惯相反，当他们慢慢往上爬坡的时候，申多尼有意与这名男子交谈，并就他们刚离开的别墅问了几个问题——不知他是否真的对此有兴趣，还是他希望借此发现该男子以前说的是否欺骗了他，或者是想从对话中对向导的性格做出判断——他仔细地询问着每一个细节，埃伦娜对此有点惊奇。在这次谈话中，深沉的暮色不再允许她注意观察申多尼或向导的面容，但她非常留意他们声音的语调变化，因为不同的情况和情绪似乎影响了他们。可以观察到，在整个对话过程中，向导一直在申多尼旁边骑行。

告解神父似乎在沉思那向导提到的关于坎布拉斯卡男爵的事，埃伦娜便询问起别墅里其他居民的命运。

"那旧塔楼的倒塌对他们来说已经够受的了，"向导回答说，"塔楼倒塌的巨响直接惊醒了他们，在第二次和第三次的冲击把他们也埋进废墟之前，他们还有时间撤出新建筑物。为了安全，他们跑出来躲进树林中，并发现树林中果然安全，因为他们恰巧走了与地震发生地不同的道路，除了男爵没有一个人遇难，他也的确活该那样。哦，我可以讲我曾听到的关于他的事情！……"

"其余的家庭成员都怎么样了？"申多尼插话道。

"嗨，先生，他们散布在各地，到处都有，他们没有一个人再回到老地方。不，不，他们已经受够了，如果不是发生了地震过，他们有可能到现在还在受苦。"

"如果不是发生了地震？"埃伦娜重复道。

"是呀，小姐，因为地震结束了男爵的生命。如果那些墙可以说话，那么它们可以讲述古怪的事情，因为它们见证过可悲的所作所为：我给你看的那个房间，小姐，除了男爵自己和清扫房间的仆人外从来没有人进去过，他甚至不太愿意清扫人员进去，清扫时他总是待在房间里。"

"他可能是珍藏着什么珍宝吧。"埃伦娜说。

"不，小姐，没有珍宝。他始终点着一盏灯，有时在夜里，人们听到他的声音——实际上是一次，他的跟班碰巧——"

"快点吧，"申多尼打断他，"跟上我。你现在说的是什么没用的梦话？"

"这是关于坎布拉斯卡男爵的，先生，刚才你问了我这么多关于他的事情。我正在说起他的古怪行为，以及如何在12月的一个风雨交加的夜晚，如我的表弟弗朗西斯科告诉我父亲，我父亲又告诉我的那样，他碰巧在那人家里住着——"

"发生了什么事？"申多尼匆匆说。

"我要告诉先生的是，我的表弟当时住在那里，所以，无论它看起来多么令人难以置信，你可以相信，我说的都是真的，我的父亲知道我本身不会相信，直到——"

"够了，"申多尼说，"不要再说了。这个男爵有什么样的家庭成员？在这场毁灭性的地震发生时他有妻子吗？"

"是的，真的，先生，他有，我正想告诉您，如果您愿意屈就耐心听。"

"男爵更需要她，朋友，我没有老婆。"

"男爵的夫人最需要，先生，如果你肯听。他们说，男爵夫人是个好人！但幸运的是，她去世多年。他有一个女儿，尽管很年轻，如果不是地震给了她自由，她活得太久了。"

"还有多远到旅店？"告解神父粗暴地说。

"等我们到达山顶，先生，如果有任何光线，你会看到它就在下一个山顶上，因为我们之间只有山谷。但不要惊慌，先生，我们离开的那个人不会追上我们，你对他了解得多吗，先生？"

申多尼询问长枪是否开着，发现没有开，便责令向导立即装弹。

"为什么，先生，如果你像我一样了解他，你可能不会更害怕！"农民说，停下来服从命令。

"我觉得他对于你来说是一个陌生人！"告解神父惊讶地说。

"哎呀，先生，他是，但又不是。我比他自认为的要了解他更多。"

"你似乎对他人的事情了解得非常多啊。"申多尼用企图让他不再说话的口气说。

"哎呀，那就是他想说的话，先生，但坏事总是会曝光的，无论像他们这样的人是否想让人知道。这名男子有时到我们镇上买东西，很长一段时间以来没有人知道他来自哪里，所以他们很想弄清真相，最后终于弄清楚了。"

"我们将永远无法达到这高山之巅。"申多尼暴躁地说。

"他们也发现了关于他的许多奇怪事情。"向导继续道。

埃伦娜一直在用痛苦的好奇心仔细倾听着这场谈话，现在不耐烦地听着将要进一步提到关于斯巴拉托的事情，但没有敢问任何可以引申话题来发现这一似乎与申多尼密切联系在一起的问题。

"这是很多年前的事情了，"向导重新说，"这名男子搬来住在海边那所奇怪的房子里，从那以后门就被关起来了——"

"你在说什么？"告解神父打断了他的话。

"哎呀，先生，你永远不会让我告诉你，你总是在开始这么卡住我，然后问我在谈论什么！我正要开始讲故事，这故事相当长。但首先，先生，你知道这个人是谁的人！你认为当人们第一次听到这消息时，人们决心干什么？他们只是不确定这是否属实，任何人都不愿意相信这样一个令人震惊的——"

"我对这件事没有好奇心，"告解神父严厉地打断他说，"不想再听到关于这件事的更多消息。"

"我没有恶意，先生，"向导说，"我不知道它与你有关。"

"谁说这与我有关！"

"没人，先生，只是你似乎有点激动，所以我想——但我没有恶意，先生，只因为他正好是你部分路途的向导，我猜你可能会想知道他的事情。"

"关于我的向导，我唯一想了解的是他是否尽职尽责，"申多尼回答说，"他是否安全地领路，并知道何时保持沉默。"

这个男人没有回答，但他的步伐放缓，悄悄地溜到责备他的人后面。

一行人到达这个长山之巅后不久，就寻找有人告诉他们的客栈；但黑暗混淆了每一件东西，远近没有能够冲破黑暗并给人以安全和舒适信号的住家灯光。他们沮丧地下到山谷，再一次发现自己在树林里。申多尼再次把那向导叫到身边，叫向导跟上自己，但他没有说话；埃伦娜正在想事情，也不想谈话。向导就斯巴拉托所做的暗示，已增加了她对这件事情的好奇心，但申多尼的行为，他的不耐烦，他的尴尬，他果断地结束向导谈话的方式，引起埃伦娜近乎震惊的惊讶。然而，由于没有任何一点线索使她的猜想成立，因此她惊讶得完全不知所措，只是觉得申多尼与斯巴拉托之间的联系比她一直认为的更加密切。

一行人已进入山谷，并开始往对面山上爬，没有发现邻镇的任何迹象，于是又开始担心向导欺骗了他们。天空如此黑暗，几乎无法认出道路，虽然土壤是石灰岩，但两边的树林形成"无数树枝围成的封闭地牢"，完全隔断了星光。

当告解神父有点严肃地揣度他们的向导时，听到从远处传来微弱的喊叫声，他停下马来倾听声音来自何处。

"这声音来自我们要去的地方，先生。"向导说。

"听！"申多尼惊呼，"这些是狂欢音乐！"

他们听到一些混乱的声音，笑声、乐器的声音，当风吹得更响时，还能听到手鼓声和长笛声。"哦！哦！我们的旅程就要结束了！"农夫说，"这一切都源自我们要去的小镇。但是，是什么让他们都如此欢快，我不知道！"

埃伦娜因这一消息而欢欣雀跃，美滋滋地跟上突然加速的告解神父。他们很快到达山上一点，树林大开，另一个高一点的山峰上有一簇灯光，更确切地宣布了城镇的存在。

不久后他们抵达破败的大门，以前这门通向某个驻军的地方；绕过一些黑暗荒凉的墙壁进入一个市场，这里灯火通明，到处回荡着嘈杂的声音。摊位上摇曳着挂灯，四面八方琳琅满目地摆满了各种争奇斗艳的商品，农民们穿着节日盛装，人们戴着面具挤满了大街小巷。这里是一个乐队，那里有一群舞者。在一个地方一个赞提人夸张的幽默惹得一帮意大利下层社会的人大笑不止，另一个地方即兴作曲家则以凄美的故事和乐曲富有说服力的情感吸引着听众的注意力，就像在魔幻乐队中。更远处是个燃放烟火的台子，台子附近是一个剧场，一场模仿歌剧，《阴影的阴凉处》正在上演，里面的主角小丑逗得人们哄堂大笑，夹杂着外面小贩们叫卖冰激凌、通心面和果子露的声音。

告解神父失望并不悦地看着这一幕，吩咐向导走在他前面，带路去最好的客栈。向导以极大的喜悦接受了任务，虽然他行进得很困难。"我竟然不知道这是赶集时间！"他说，"不过，说实话，除了一次，我从来就没有碰到过，所以它没有那么令人惊喜，先生。"

"挤过人群。"申多尼说。

"在黑暗中奔波了这么长时间，先生，没有看到任何东西，"向导继续道，没有注意方向，"然后突然来到这么个地方，简直就像是走出炼狱来到天堂！啊！先生，你现在忘了所有的困惑，不要再想跟那个废墟有关的任何东西，在那里我们追逐过那个杀害不了我们的男人，但我射出的那一枪解决了他。"

"你开枪了！"申多尼被他的话唤醒。

"没错，先生，当我从你肩膀上看过去时，我本来想你肯定听到了！"

"我应该也是这样想的，朋友。"

"啊，先生，这个好地方让你把所有这些都抛诸脑后，我保证，还有我说的关于这个家伙的其他话，但是，的确，先生，当我这样谈到他时，我不知道他是与你有关的。但是，也许，尽管如此，你可能不知道我要告诉你的这一部分故事，那时我才说了那么点你就打断了我，虽然你们比我猜的更熟悉彼此。所以，当我从集市上回来时，先生，如果你愿意，我会告诉你，这是一个相当长的故事，我碰巧知道完整的故事。虽然你困惑时打断了我，但故事只是刚刚开头，不管怎样，我可以再次开始讲，因为——"

"这是怎么一回事！"申多尼说，再次从他若有所思的情绪中回过神来，他经常习惯性地沉浸其中，甚至周围的喧嚣也没有中断他的思绪。现在，他吩咐向导不要出声，但那人太高兴了，没有听他的话，而是在他们一边带他们穿过人群慢慢前进，一边继续表达他所感受到的一切。这里的每一样事物对他而言都是新奇愉快的。他以为别人也会和他有同样的感受，不断指着自己很喜欢的一些小东西，给骄傲阴沉的告解神父看。"看！先生，有小丑，看他是怎么吃热通心面的！看那边，先生！有一个变戏法的！好，先生，停一分钟，看他的把戏。看，他已经把一个修士转眼变成了魔鬼！"

"肃静，继续走。"申多尼说。

"这就是我说的，先生——肃静！这些人太吵了，你说的我听不到一个字，——肃静，那边！"

"考虑到你听不到，你已经回答得很精彩了。"埃伦娜说。

"啊，小姐！这总比那些黑暗的树林和丘陵好吧，但我们这里有什么？看，先生，这里景象真好！"

舞台上有一些穿得不伦不类的人，人群就在一个舞台上表演，现在阻止了所有人行进的步伐，一行人被迫停在平台脚下。舞台上面的人似乎意在表演一出悲剧，但奇怪的手势、粗鲁的朗诵，以及不协调的面容，已经使它变成一出喜剧。

申多尼被迫暂停，从现场收回了他的注意力。向导大嘴张开，眼睛瞪着，站在那里像一尊雕像，但不知道是应该笑还是哭，直到突然转向把马靠近他的告解神父，他抓住神父的手臂，指着舞台上，叫了一声："快看！先生，看！先生，真是一个坏蛋！真是个小人！他谋杀了自己的女儿！"

听到这些可怕的话，申多尼的愤慨被其他情绪抵消了，他眼睛转向舞台上，看到演员们正在表演弗吉尼亚的故事。正演到她在她父亲怀抱中的弥留之际，而她父亲正举起刺中了她的那柄匕首。在这个瞬间，申多尼的感情遭受着他预谋的犯罪应得的惩罚。

埃伦娜被这一行为深深地打动了，这行为与她深信申多尼对待自己的行为形成了鲜明对比，她以最传神的温柔眼神看着他。当他的目光与她的相遇，她惊讶地发现他灵魂深处不断变化的情绪，他的面孔上莫名其妙的表情。申多尼的心刺痛起来，他奋力策马想从这场景逃脱，但那可怜的动物太无精打采、筋疲力尽了，无力穿过拥挤的人群。那向导被从一个他一生中几乎第一次遭受的虚拟痛苦所带来的奇怪兴奋感中催促离开，他很恼怒，又看到他照顾过的动物遭人虐待，便生气地大声提出抗议，并抓住了申多尼的马的缰绳。申多尼被激怒了，用马鞭抽打着向导的肩膀，这时，人群突然后退，闪开一条路，一行人一路畅通地赶到客店门口。

申多尼现在的心情不适合面对困难，更不适合已经充斥着粗俗争吵、挤满了客人的地方，但他还是费了番周折才终于得以在此过夜。那向导也费了一番周折，才为他的马匹找到了落脚点。埃伦娜听到他宣布，他自己可以没有吃的也能对付过去，但告解神父那么残忍地鞭打过的动物，应该吃双份饲料，要吃与它的头一样高的稻草，她趁申多尼没注意，便给了向导她仅剩的杜坎特硬币。

第二十二章

但是,如果你害怕听到最坏的消息,
那就让最坏的情况,闻所未闻,落在你的头上。

——莎士比亚

申多尼彻夜未眠。前一天晚上的事件不仅重新唤起了他悔恨的痛苦,而且激发了自尊心和忧虑带来的苦痛。那向导的所作所为让他摸不着头脑,尽管他的怀疑足以使他的头脑处于极度的混乱状态。在极为简单的气氛中,这个人谈到斯巴拉托,非常熟悉其过去,曾暗示他知道斯巴拉托受雇于谁;但同时他好像并没意识到申多尼是主谋,曾指使了那恶棍的主要行动。在其他时候,他的行为似乎又违背他在这一点上并不知情的假设,从他提到的某些情况看,他似乎不可能不知道申多尼的真正身份,甚至他自己的行为有时似乎也承认这一点,特别是在他讲斯巴拉托的故事被打断时,他试图道歉,说他不知道这与申多尼有关。警觉的申多尼无法相信,那向导提起弗吉尼亚时的尖刻表现只是偶然的。他希望立即解雇该名男子,但首先要确定关于自己的事情他知道多少,然后才决定应采取的措施。然而,要获取此信息又不表现出焦虑是一件困难的事,而如果向导目前只是怀疑真相,那么焦虑感可能出卖他;如果向导的怀疑仅停留在斯巴拉托身上,那么要决定怎样继续试探他也并不容易。要是带向导到那不勒斯，就是把举报人带到家里——因为向导可能知道申多尼的住所，要让他带着他的发现回去——危险也不少。只有他的死才可以保守这个秘密。

经过一夜激烈的思想斗争，告解神父把那向导召到自己的房间，简单寒暄了几句后，告诉他不再需要他带路，又心不在焉地说，建议他经过别墅时要警惕，以免可能还潜伏在那里的斯巴拉托要为他所受的伤复仇。"根据你对他的描述，他是一个很危险的家伙，"申多尼说，"但，也许，你的信息是错误的。"

向导开始急于证明自己对斯巴拉托的断言，告解神父于是努力探听关于这个问题向导所知道的信息。但是，也许是向导最近自尊心受到了伤害，或者是其他不明就里的原因，起初，他不像以前那样愿意沟通。

"你所讲的这个人的事，"申多尼说，"已经在一定程度上激发了我的好奇心。现在，我有片刻的闲暇，如果你愿意，你可以谈一谈你还没讲完的一些精彩往事。"

农民回答说："这故事很长，先生，不等我说完你就会厌倦的，请求你原谅，先生，我不太愿意被如此打断！"

"这名男子住在哪里？"告解神父说，"你刚才提到什么在海边的房子。"

"唉，先生，那房子也有一段奇怪的故事，但我说的这个人突然来到那里，没有人知道他是怎么来的！这地方已经被关起来了，自侯爵——"

"侯爵！"申多尼说，冷冷道，"什么侯爵，朋友？"

"啊呀，我的意思是坎布拉斯卡男爵，先生，可以肯定，我正想告诉你，出于自愿。自从男爵离开那里，我想。"

"据我所知，男爵已经死了！"告解神父说道。

"是的，先生，"农民回答说，眼睛盯着申多尼，"但他的死亡和我所讲的有什么关系？这件事发生在他去世前。"

申多尼听到这句意外的话，有点不安，忘记责备他了。"这个人，那么，这个斯巴拉托，与坎布拉斯卡男爵有关系？"他说。

"我猜很可能是，先生。"

"什么！只是猜测吗？"

"不，先生，对于像男爵这样的人，这已经足够了，我保证。他太在乎任何看起来要反对他的东西了，而对他的妻子他也会这样做的，如果有——他将会变得更糟，但我要告诉你这个故事，先生。"

"有什么理由相信他是男爵的走狗，朋友？"

"我觉得你想听一听这个故事，先生。"

"在适当的时候。但首先你的理由是什么？"

"一个就够了，先生，如果你让我直接讲故事的话，到现在你已经发现理由了，先生。"

申多尼皱起了眉头，但没有责备这无礼的话。

"对我来说，这是足够的理由了，先生，"向导继续道，"只有坎布拉斯卡男爵会犯这个罪；在我们这一带除了男爵没有人会这么邪恶，这难道不是足够的理由吗，先生？是什么让你这样看着我？男爵自己看上去也不会更糟，如果我告诉他这些的话！"

"不要太啰唆。"告解神父说，尽量克制自己的语调。

"那么，先生，从头讲起吧。好多年前，马可第一次来到我们镇上，故事是这样的，那是一个风雨交加的夜晚——"

"你还是不要麻烦自己讲故事了吧，"申多尼蓦地说，"你看到你提到的那个男爵了吗，朋友？"

"既然你已经知道了，你为什么叫我告诉你，先生！我一直停顿在这里，竟没能往下讲！"

"这是非常令人惊讶的，"狡猾的申多尼接着道，没有注意到已经说过的，"如果这斯巴拉托如你所说是个臭名昭著的坏蛋，竟然没人采取任何措施将他绳之以法！这怎么可能呢？但是，也许，这一切的故事只不过是流言蜚语而已。"

"哎呀，先生，人们可能会说，这是每一个人的事情，也不是任何人的，那么，并且，没人能证明他们所听到的，虽然每个人都认为这个故事他们看到了全部，不过，他们说，这在法律上是不起作用的，但他们应该来证明这一点。现在，十有八九是证明不了的，先生，你知道的，但我们并没有因此而不相信！"

"所以，那么，你就会因一宗谋杀案而惩罚这个男人，也许他从来没有做过！"告解神父说。

"谋杀！"向导重复道。

申多尼没说什么，但是，在接下来的一瞬间，他说："你不是说这是一宗谋杀案吗？"

"我还没有告诉你，先生！"

"那是什么罪呢？"申多尼接着问，短暂地停顿一会儿后，"你说是很残暴，什么更残暴——比谋杀？"说最后一句话时，他的嘴唇颤抖着。

向导没有答复，但眼睛仍盯着告解神父，最后，又问道："我说过这是谋杀，先生？"

"如果不是，你说这是什么，"告解神父傲慢地问："用两个词说出来。"

"好像一个故事可以用两个词讲完似的，先生！"

"好了，好了，简洁一点。"

"我怎么能，先生，这个故事这么长！"

"我不想浪费更多的时间了。"申多尼说，打算走。

"嗯,先生,我会尽我所能讲得短一些。那是 12 月一个风雨交加的夜晚,马可·托莫出去撒网捕鱼。马可,先生,是从我孩提时代就住在我们镇上的老头;我只是记得他,但我父亲很熟悉他,很喜欢老马可,经常说——"

"直接讲故事!"申多尼说。"哎呀,我正在尽快讲呢,这故事发生时,老马可没有住在我们镇上,而是住在海边附近的某个地方,我已经忘记了它的名字。这名称会是什么呢,好像是——"

"好了,这个老糊涂发生了什么事?"

"你这样说就错了,先生,他绝不是老糊涂,我讲的会证明给你看。当时,先生,马可住在这个地方,我已经忘了名字,是一位渔夫,后来交了好运,但这是无关紧要的,不相干的。老马可在一个风雨交加的夜晚出去捕鱼,他上岸时很高兴,我保证。天很黑,先生。我想,像昨晚一样黑,他正拖着一些鱼沿着岸边尽量往前走,先生,但天那么黑,他还是失去了它们,雨打着,风吹着,他走了很长一段时间,看不见一丝光亮,也听不到任何声音,但激浪有时仿佛要来把他冲走。他尽可能离它远点,但他知道在海滩上有高岩。我想,他怕如果走得太远,他的头会撞在那上面。然而,最后,他走近它们,当他找到了一点遮风挡雨的地方,他决心暂时不再往前。先生,我原原本本把这件事情告诉了你,就像我的父亲当年告诉我的一样,他是从老头本人那里听说的。"

"你不必讲得那么细,"告解神父回答道,"直奔主题。"

"嗯,先生,老马可舒适地躺在岩石下,他觉得听到有人靠近的声响,他抬起头来,我保证,可怜的老人!好像他能看到那是谁,但是,他只能听到。天如此黑暗,他听到渐近的脚步声,但他什么也没有说,想让他们更接近他,在他们发现自己之前。其时,他看到了一点活动着的灯光,越来越近,直到来到他的对面,接着他看见在地面上有一个男人的影子，然后看见了那男人本人，手里拿着暗色的灯笼，沿海滩经过。"

"好，好，直奔主题。"申多尼说。

"老马可，先生，我的父亲说，从来不是内心很坚强的人，他想这可能是强盗，因为对方有灯笼。不过，对于这个问题，老马可如果有个灯笼的话他自己也会很高兴，所以他安静地躺着。但当时他着实受到了惊吓，因为这人停下来把背上背的东西放在附近一块石头上，老马可看见他甩开一个沉重口袋，听到他呼吸沉重，仿佛他非常疲惫，我告诉你的，先生，和我父亲说的一样。"

"麻袋里是什么？"申多尼冷静地说。

"在适当的时间我会说的，先生，也许老马可从来没有发现，但你会听到。当他看到麻袋，他很害怕，动了动四肢，他以为里面是战利品。但当时，该男子没有说一个字，而是再次把麻袋扛在肩膀上，并背着它沿海滩踉跄前行，马可再也没有看到过他。"

"哦，那么，这和你要讲的故事有什么关系？"告解神父说，"那人是斯巴拉托吗？"

"在适当的时候我会说的，先生，你打断我了。当风暴弱下来，马可蹑手蹑脚地出来，他想不远处肯定有村子，或小村庄，或小房子，因为这个男人已经过去了，他想进一步尝试一下。事实上他还不如待在原地，因为徘徊了很长一段时间，他什么都没看见。更糟糕的是，暴风雨来得比以前更大了，现在可没有岩石再为他遮风挡雨。正当他处于窘境时，他看到远处有灯光，他想这很可能是灯笼，但尽管如此他还是，因为如果那是灯笼，他可以很快停止，如果不是，他也许可以得到庇护，所以他继续前行，我想我也会那样做的，先生。"

"唉！这个故事好像永远没有尽头！"申多尼说。

"呵！先生，当他发现这并非灯笼，只是从一个窗口透出了光时，他并没有走多远，他走近房子，轻轻地敲了敲门，但没有人出来。"

"什么房子？"告解神父一针见血地问。

"雨下得很大，先生，我敢打赌可怜的老马可肯定等了好长时间才再次敲门，因为他很有耐心，先生。噢！我见过他听一个故事，那故事非常长！"

"我需要有他的耐心！"申多尼说。

"当他再次敲门，先生，门开了一点点，他发现它是开着的，所以，因为没有人来开门，他认为他可以不请自入。"

"老糊涂！他这么好奇干吗？"申多尼惊呼。

"好奇！先生，他只是想寻求庇护！在黑暗中，他跌跌撞撞了好一会儿，可找不到任何人，听不到任何人声。最后，他来到一个房间，那里的炉膛里有一些火还没有熄灭，他走过去，暖暖身子，直到有人要来。"

"什么！没有人在房子里吗？"告解神父说。

"听着，先生，他说，他到那里还不到两分钟，他是肯定的，就听到他所在的房间里发出奇怪的噪音，但火光的光线不好，他无法看到是否有任何人。"

"那是什么噪音？"

"你打断我了，先生，他说他不喜欢这样，但他又能做什么！于是，他拨了拨火，试图让火大一点，但它还是和以往一样昏暗，他什么都看不到。正在这时，他听到有人来了，看到了一道光，然后有个人走向他所在的房间，所以老马可走近他要求栖身之所。"

"这名男子是谁？"申多尼问。

"要求栖身之所。他说当他来到房间的门口时，那个人脸色变得如同白布一样白，可能是因为他在这么深的夜里看到一个陌生人，发现一个陌生人在那里，我想我也会这样。该男子似乎并不十分愿意让他留下,问他在那里做了什么,诸如此类的问题,但风声很响,所以马可没有让一个小问题难倒他,当他让那人看篮子里他抓到了多么好的鱼,并说欢迎对方品尝时,那人似乎愿意一些了。"

"难以置信!"申多尼惊呼,"傻瓜!"

"他为此事有足够的才智,先生。马可说,他似乎主要是饿——"

"有什么证据证明他的才智吗?"告解神父没好气地说。

"你永远不会让我说完,先生;那人主要是饿了,因为他把更多的木材直接放在火上,把一些鱼排列在上面,当那人这样做时,马可说,不知何故,他内心有所疑虑,怀疑对方就是他在沙滩上看到的人。他严肃地看着那个男子,直到对方生气地问他,为什么盯着自己看,但马可小心翼翼地没告诉他。然而,他正忙着准备鱼时,马可有机会好好地看了看他,这人每次环顾屋内,他就有一种感觉,他认为他们是同一个人。"

"嗯,如果是同一个人。"申多尼说。

"但是,当马可碰巧看到放在一个角落里的麻袋,他对此事确定无疑了。他说,他的内心疑虑重重,他希望自己安全地走出这所房子,在心里暗自决定在那人还没怀疑他如何想他前要尽快脱身。现在,他也猜到了,是什么让那人四处环顾房间,马可之前认为对方是想看出自己是否带着任何人来的,现在他认为,对方是在看财富是否安全。"

"是呀,很可能。"申多尼评论道。

"嗯,老马可坐立不安,而鱼正在准备中,老马可认为鱼和他一起出了虎穴又入了狼窝,但他又能做什么?"

"为什么不起身走开? 可以肯定地说,"告解神父说,"我会这样做,如果你的故事要持续更长的时间。"

"你听着,先生,他也想这样做,如果这个人会让他离开,但是——"

"嗯,这名男子是斯巴拉托,我想,"申多尼不耐烦地说,"这房子是你以前提到的岸边的房子。"

"你猜对了,先生! 虽然说实话,我一直期待着你在这半小时里猜到。"

申多尼不喜欢向导说这话时表现出的意味深长的样子,但仍吩咐他继续讲。

"起初,先生,斯巴拉托很少讲话,但他慢慢地话多了起来,到鱼几乎准备好了时,他已经很健谈了。"

讲到这里告解神父有些激动地站起来,在屋里走来走去。

"可怜的老马可,先生,开始觉得自己好一些了,当他听到雨拍打着窗扉,他不愿意再动了。那时斯巴拉托走出房间去找盘子好吃鱼——"

"走出房间吗?"申多尼说,停住脚步。

"是的,先生,但他小心翼翼地拿着灯,然而,马可有很强的好奇心——"

"是的,他似乎好奇心很强,确实!"告解神父说,转身离开,重新开始踱步。

"不,先生,我还没讲到那里,他还没有表现任何好奇心呢。在同意留下更长时间之前,他最大的好奇心是想知道麻袋里是什么,他觉得这是个偷窥的好机会,因为现在火光相当明亮,所以他决心去看看。他走到麻袋那里,先生,试图抬起它,虽然袋子似乎不满,但是太沉重了。"

申多尼再次停下脚步,定定地站在农民身旁。"然而,他抬起了一点点,先生,但它从他的手中跌落,并重重地掉在地板上,他肯定里面并非普通战利品。就在这时,他说,他认为他听到斯巴拉托来了,麻袋跌落的声音足以把他吓坏，所以马可停了下来。但他错了，他再次走向它，但你似乎没有在听我说，先生，因为你看起来好像又在这些困惑中，忙于想事情，我——"

"接着讲，"申多尼严厉地说，继续踱着步，"我在听你讲。"

"再次走到——"农民接着讲，谨慎地思考如何在他讲的最后一句话上重启话题。"他解开了绑麻袋的绳子，先生，一点点打开麻袋，但认为，先生，他必须想到，当他摸到——冰冷的肉感的东西，啊，先生！当他就着火光看见，里面是一具尸体！噢，先生！"

因为急于描述这种情况，那向导跟着申多尼来到了房间的另一端，他现在抓住申多尼的衣裳，仿佛想确保神父的注意力集中在故事的余下部分。然而，告解神父继续他的脚步，农民跟上他，仍然松松地抓着他的衣服。

"马可，"他接着说，"非常害怕，像我父亲说的，他几乎不知道他自己在哪里，我保证，如果谁能看到他，他脸色看起来会像你现在一样白，先生。"

告解神父突然从农民手中扯回了他的衣裳，并用低沉内敛的声音说："如果我对这样的怪事感到震惊色变，也难怪他会这样。谁看见他了？"片刻的停顿后，他补充说，"但接下来呢？"

"马可说，他没有力气再把麻袋绑起来，先生，当他从思绪中清醒过来，他唯一担心的是，在自己走出这房子前，斯巴拉托会返回，虽然对方刚走了不到一分钟。他现在毫不在意风暴。果然，他听到斯巴拉托来了，但他及时走出房间，进入一条与斯巴拉托进入的不同的通道。幸运的是，这是与他进来时相同的通道，他沿着这条通道走出了房子。他没有再逗留，而是直接跑出去，没有停下来选择道路。那天晚上，他钻进了树林，遇到了艰难险阻，并且——"

"怎么回事，在发现之后，这个斯巴拉托没有追他吗？"申多尼说，

"后果是什么？"

"哎呀，先生，老马可那天晚上差点死了，既由于淋湿，也由于惊悸。他因发烧而卧病，头晕，胡言乱语说这种件事，当他苏醒过来时，人们不相信他说的任何事情。"

"是呀，"申多尼说，"这故事类似于一个精神错乱的梦，而不是现实，我完全赞同他们对这个发烧的老头的看法。"

"但是你再往下听，先生。一段时间过后，他们开始想这老头说的也许是真的，此事有一些蹊跷，但贫困乡亲又能做什么呢，没有事实证明的事情！房子被搜查，但那个男子已经走了，并没有找到什么！从那个时候起这地方被关闭了，直到很多年后，斯巴拉托再次出现，老马可说，他敢肯定，斯巴拉托就是当年那个男子，但他却无法发誓，所以没有什么可以做的。"

"那么，毕竟，你并不确定这个长故事说的是斯巴拉托本人！"告解神父说，"不，即使故事本身，也只是一个不健全大脑的幻觉！"

"先生，我不知道你说的确定是什么意思，但我知道我们都相信这件事情，但故事最奇怪的部分还没讲到，而且没有人会相信，几乎没有，如果——"

"我已经听够了，"申多尼说，"我不想再听了！"

"好吧，但是，先生，我还没有讲到一半呢。我相信，当我自己听到这个故事时，我也吓坏了。"

"这无聊的故事太长了，"告解神父说，"似乎没有合理的根据。这是我欠你的，你可以走了。"

"哦，先生，很明显你已经知道下文了，否则你不会不听就走，但是你也许不知道，先生，多么莫名其妙——我敢肯定，听完后它使我毛骨悚然，多么莫名其妙——"

"我不想再听这么荒诞不经的故事，"申多尼严厉打断了他，"我想骂自己用这么长的时间听了这样一个扯淡的故事,我不会再对此有兴趣,你可以走了,让主人来照顾我。"

"嗯,先生,如果你是如此容易满足,"农民失望地回答说,"我不想再说什么了,但是——"

"但是,当我提醒你时,你可以留下来,"申多尼说,"你怎么通过别墅? 斯巴拉托可能还在别墅里,你怎么通过? 虽然我只能对你讲过的故事付之一笑——"

"讲过的,先生! 哎哟,我还没有讲到一半呢,如果你能耐心——"

"虽然我只能对这简单的叙述付之一笑。"申多尼大声地重复道。

"对于那件事,先生,你肯定会为之皱眉,我可以做证。"向导嘀咕道。

"听我说!"告解神父说,用一种更坚持的声音,"我说,虽然我不相信你这个奇怪的故事,但我也同样认为斯巴拉托看起来是一个亡命之徒,因此,我希望你一定要警惕。如果你看到他,我敢说,为了报复我打伤了他,他肯定想取你性命,我给你一柄短剑好防身。"

也许是申多尼坚定的面孔,而不是他的理由,更能让向导相信这礼物的价值,他虽然愚蠢地瞪着惊喜的眼睛,但是恭顺地接受了。他再次感谢申多尼,要离开那屋子时,告解神父叫了一声:"立刻叫主人过来找我,我要毫不迟疑地动身前往罗马!"

"是,先生,"向导回答说,"你在的地方正好是岔路口,但我想你会到那不勒斯!""到罗马。"申多尼说。

"到罗马,先生! 好的,我希望你会安全到达,先生,我由衷地希望!"向导说,离开了房间。

当申多尼和向导谈话时,埃伦娜独自思考着如何说服告解神父让她返回厄蒂丽,或到隔壁"怜悯的圣母"修道院,而不是让她离那不勒斯很远,直到他认为可以认她这个女儿。他提到的计划对她久经风霜的心灵来说,就像要永远驱逐她远离幸福和一切美好的感情;这看起来像第二次被流放到圣斯蒂法诺,除了圣皮埃塔,每一个修道院住持在她看来都是铁面无私的狱卒。正当她心事重重的时候,她被喊去陪伴申多尼,他不耐烦地进入了在这个小镇中能够找到的一辆马车。埃伦娜看向车外,想找到向导,但获悉他已启程回家,这么突然的情况令她不知所措。

二人立即踏上了旅途。申多尼回想着之前的交谈,没多说什么,埃伦娜在他脸上读不出任何鼓励她介绍自己想法的东西。这样各怀心思地在去往那不勒斯的路上前行了几个小时。尽管申多尼之前对向导说要去罗马,实际上他的目标是去那不勒斯。无论出于何种原因,对他们实际上的住所,他是急于欺骗向导的。

他们在一个仔细考虑后选定的小镇停下吃饭,当埃伦娜听到告解神父打听关于众多修道院的消息时,她觉得有必要立即提出她的请求。因此,她立即表示,如果她被安置在离亲情和早期习惯已经圣化的环境和人们很远的地方,她肯定会处于孤苦伶仃和焦虑不堪的状态中,尤其是在这个时候,她的精神几乎没有从长期的压力中恢复过来,因此需要抚慰和恢复精神,不仅要安静,安全感也是必要的,尤其是她前期经历了那么多事情后,除非情况得以改观,否则她不可能在陌生人中获得这种安全感。

申多尼若有所思地听着这些请求,但他阴郁的面貌没有表明他已被打动。埃伦娜继续陈述,第二,如果她更巧妙,或不那么鄙视诡计,她会竭力促成第一个理由。事实上,她已经开始提及环境,虽然很有可能申多尼不为所动,但她觉得这对于自己是最重要的,她以对他而言最有吸引力的讲述来结尾。埃伦娜暗示,她在厄蒂丽附近的住所里可以有效地保守他的秘密,和她在一百英里以外的那不勒斯一样。

在此之际，像申多尼这样习惯于冷漠和精于算计的人，竟然让害怕和担心蒙蔽了判断，这着实非同寻常。这事例强烈证明了原因的重要性，这竟会产生如此强大的影响。他听埃伦娜谈论时，开始察觉到以前没有想到的一些情况；最后，他承认，允许她回到厄蒂丽别墅可能比让她到无论多远的修道院都更安全；回到别墅那里，她可以像原先打算的那样，到圣皮埃塔，而到修道院，他将不得不将她介绍给别人。对到那不勒斯附近剩下的唯一拒绝的理由是，在他认为时机成熟可以把埃伦娜作为家人介绍给维瓦迪侯爵夫人之前，她可能会发现埃伦娜的居所，以他对侯爵夫人的了解，这种过早发现的后果是不堪设想的。

在他为埃伦娜所选择的任何一种情况中，好像总有些冒险的成分；她住在大修道院圣皮埃塔里应该是比较安全的，她很小的时候修女们就认识她，院长和修女们对她的事情不会无动于衷，这似乎对侯爵夫人恶意的实际攻击有很好的防范作用：要防止侯爵夫人狡猾的欺骗，任何地方都一样是不安全的。在这里，埃伦娜将以她一贯的风格出现，不会激发人们的好奇心，也不会引人怀疑她的家人。因此，在这里，申多尼的秘密比其他地方更可能会被守住。毕竟这是他焦虑的最主要原因，相比之下，甚至埃伦娜的安全都是次要的，无论这看起来多么不合情理。他终于下定决心，她应该返回圣皮埃塔。她几乎感激涕零，她把他的许可当成了他慷慨的爱，但实际上这只不过是自私忧虑的结果。

余下好些时日的旅程，没有发生任何大事。申多尼大多数时间仍然沉浸在阴郁和沉默中。埃伦娜唯一感兴趣的问题是维瓦迪目前的情况和境遇，她沉浸于这个思绪中，甘愿忍受这长期的寂静。

最终，她情绪起伏不定地接近了那不勒斯。当她认出在群峰之间若隐若现的维苏威火山顶,俯瞰着她再熟悉不过的风景时,泪水夺眶而出。但是当到达一处高地时,那景象吸引了她全部的感官。当延伸到遥远的那不勒斯海湾在她面前伸展开,当瑰丽的地平线上呈现出包围着她家乡风景的每一处山峦,她相信维瓦迪就住在这乡村中,她的感觉是多么动人,多么强烈!每个事物都仿佛会说起她的家,说起维瓦迪和过去的甜蜜!遗憾与希望、回忆的温馨忧伤与期望的浓浓兴味那么精巧地交织在一起,以至于很难说什么情感更强烈。

她脸上的表情向告解神父披露了她的想法和感受,虽然他藐视这种感情,但他相信他完全理解,但是,因为从来没有经历过,他真的一点都不了解。无情的申多尼,由于他这种性格心态中一个常见的错误是用话语代替真理,因此不仅混淆了这相似双方的界限,而且误解了它们的不同法则,无法感知它们美好的特质。他认为那些看到它们的人仅仅是富于幻想,从而使他在这方面能力的缺乏成为他超群智慧的表现。当他混淆了美好的感情与昏庸的心态、品味与任性、想象与错误时,他屈服于异乎寻常的幻想,同时对自己的"远见卓识"沾沾自喜,因为这些幻想比那些偶然的情绪和情感少些辉煌。

为了更好地避免被人看到,申多尼设法直到傍晚才到达那不勒斯,马车停在厄蒂丽门口时,天已完全黑下来。埃伦娜带着忧郁和满意参半的感情,再一次看着她长期冷清的家。等待仆人打开大门时,她想起过去她像往常这样等在门口,内有亲爱的朋友用微笑欢迎她——现在这些一去不复返了。然而最终,老管家比阿特丽斯还是出现了,并用与她所哀悼的亲人同样真诚——如果没有同样强大——的爱迎接她的归来。

申多尼在这里下车,并遣回了马车,进了屋,脱下乔装的衣服,换回修士服。在他离开之前,埃伦娜冒昧地提到了维瓦迪,并说她希望听到他的确切情况,尽管申多尼对此很清楚,但迄今为止他对这个问题保持沉默的策略仍然影响着他。他只回答说，如果他碰巧知道了维瓦迪的情况，她应该不会对此一无所知。

这保证使埃伦娜振奋起来，原因有两个：这给予她希望，使她从目前的不确定性中得到一丝慰藉；这似乎也表示父亲认同她的心上人，这一点他从来没有表现出来过。申多尼又说，在他认为是时候承认她为他的女儿之前，他不会再见她。但是，如果情况有必要，他应该会在此期间写信给她。现在他指导她用假名来给他写信，并寄到一个远离他的修道院的地方。尽管埃伦娜确信这一行为有必要，但无法在不表达强烈厌恶之感前同意这样的伪装，申多尼却对此无动于衷。他吩咐她，如果她重视自己，就要警觉地保守她出生的秘密，不要在厄蒂丽耽搁一天，一定要到圣皮埃塔去。他那么庄严有力地下达这些命令，给了她很大压力，让她感到履行的必要性。

申多尼对她的进一步行为简短笼统地指导了一下，就告别了她，悄悄地离开别墅，穿着他的教会礼服，回到了多米尼加修道院，像从遥远的朝圣地返回的修士。他像往常一样受到了人们的接待，并再一次发现自己成了斯皮里托·桑托冷峻的申多尼神父。

他最担心的是如何向维瓦迪侯爵夫人说明情况，确定他是否应该冒险说出真相，并判断她被告知整个事件的真相后将做出什么决定。他的第二个步骤是设法释放维瓦迪，鉴于在这种情况下他的行为将在很大程度上根据他与侯爵夫人会面的结果做出适当调整，这也只能作为第二个步骤。无论申多尼与她的会面将多么痛苦，既然他已经发现把他牵涉其中的罪恶有多深，那么他就决心把这个重要的会面安排于次日早上。那天晚上他在对即将到来的一天的不安与期待中度过，但主要是虚构细节和编造说辞，这些细节和说辞可能会促成他实现自己的计划。

第二十三章

在孤独的沉默阴郁下

虽然和平可以坐下来，微笑，虽然温顺的内容

可以保持她灵魂的欢快男高音，

即使在最孤独的阴影中，但不要让愤怒

接近，让阴暗的复仇远离，

否则很快，他们将燃烧疯狂的烈焰。

——《埃尔弗里达》[①]

　　申多尼在前往维瓦迪宅邸的路上，重新回顾了下自己的每一个观点和那似是而非的境况，而那些观点和境况也许就会促使侯爵夫人同意那场他希望圆满的婚姻。他的家族都曾是贵族血统，但是不再富有，他相信现在表面上的贵族血统要求是迄今为止对埃伦娜的主要阻碍，所以他要说服侯爵夫人忽略他财富方面的不尽如人意。

　　到了维瓦迪宅邸之后，他得知侯爵夫人正在她位于海湾处的一座别墅里。他为没能立即跟随她到那里去而更加焦虑。这个怡人的住所位于一个高处的海角，悬垂于海面上，几乎完全为森林所环绕。森林里树叶葱茏，绿意欲滴，从高地延伸到远方，向下倾斜着，直到波

---

① 《埃尔弗里达》是威廉·梅森模仿古希腊悲剧写成的一首戏剧诗。（译者）

涛的边缘。乍看起来，不幸、苦恼几乎是不可能在这样一个迷人的住所里弥漫的。然而，在这些天然景观和巧夺天工的艺术奢华中，侯爵夫人的内心被痛苦折磨着，若换成一颗纯洁的心灵，那里早就是他们幸福的天堂了。她的内心被邪恶的激情占据着，而且她所有的感觉都被扭曲和染变了，它们就好像黑暗的魔术师，拥有能够将美好的场景转换成阴郁悲哀场面的魔力。

那些仆人得到命令，无论申多尼神父什么时候来，都要立即带去见她，因此他们把他带到一个大会客厅，里面只有侯爵夫人一个人。这个房间里面的每个物件都展现出主人奢侈华丽的品位。紫色和金色的幔帐、由威尼斯画派顶尖画家设计的拱形屋顶和装饰在墙壁凹陷处精雕细琢的大理石雕，使房间整体结构匀称而优美，同时又华丽而昂贵，色彩鲜活亮丽。这里就像女神的宫殿，散发着无穷的魅力。窗户向外开着，可以眺望到远方，一股橘香顺风飘进房间，香气扑面而来。棕榈树和车前草从窗外抛进一抹使人神清气爽的新绿，一块草坪从悬崖的边缘呈斜坡状延伸。越过它，隐约可以看到一片水域，轻便的小三角帆船和扬帆起航的大船在这幅美景中划过，如同在照相机的投像器中看到一般。维苏威火山和那不勒斯城就在远处的海岸上，延伸到堪培纳拉海角，掩映在绵绵群山中，被意大利阳光所特有的魔力点亮。侯爵夫人坐在靠窗的沙发上，目光定格在屋外的美景上，但注意力却完全集中在那邪恶的激情所描绘在她脑海中的画面上。虽然她的行为方式像她的衣服一样，展现出的是端庄和高雅，但它们掩藏着一颗小心翼翼，甚至是备受折磨的心。看到申多尼的时候，一抹虚弱的微笑点亮了她的脸庞，她向他伸出了双手。当申多尼触碰到她的手时，不禁颤抖了一下。

"我的好神父，非常高兴见到你。"侯爵夫人说，"我觉得非常需要与你谈一下，尤其是像现在这样我感觉不太舒服的时候。"

她挥手叫仆人都下去，这时申多尼步态僵硬地走到窗户旁边，当他清楚意识到他面对的这个人极力想要毁掉他的孩子时，他生平头一次感受到心中很难掩饰的不安。侯爵夫人一番客套话过后，申多尼很快就言归正传，走近她，说："女儿！你总是把我派到一个比我来时更加糟糕的修道院。我总是带着谦卑接近你，却兴高采烈地离开，在我能降低到我合适的级别之前，我被迫去承受那些自我施加的压力。"

一通阿谀奉承之后是很长一段时间的沉默，在此期间，双方似乎都还没有鼓足勇气向对方说出自己内心的所思所想，二人在此事上的利益目前是直接对立的。如果申多尼能不像现在这样沉浸在他的思绪中，他应该能感觉到侯爵夫人的极度兴奋。她神情紧张，面颊上闪过一丝红晕，忽而又变得苍白病态，眼神没精打采，不时发出沉重的叹息。她很想问埃伦娜是否还存在于这个世界上，她几乎认为申多尼已经是杀人犯了。

申多尼表面上装出很平静的样子，其实心中也是波涛汹涌，小心翼翼地避开侯爵夫人的目光。他认为她心中对他轻蔑的程度几乎和他胸中的愤怒不相上下。他的感觉与之前的抱怨一时大相径庭，而且感觉告诉他，只有这么一次，应该公正地去想问题。现在每一秒钟的沉默都增加着他的困窘和尴尬，以至于他都不愿提到埃伦娜这个名字。他害怕说出埃伦娜还活着的消息，虽然他鄙视自己会因这个而害怕。他一回想起那一连串行动就禁不住打寒战，这让他确定了埃伦娜活着的必要性。他知道埃伦娜的家族并不会令侯爵夫人的家族丢脸，但不知道要怎样表达这微妙的等级关系才能盖过她骄傲嫉妒的心并抚慰她的失望。正当他在想如何能够引到这个话题上时，侯爵夫人自己打破了沉默的局面。

"神父，"她接着说，叹了口气，"我总是希望你能给我带来一些安慰,你极少会令我失望。你实在太了解长期压抑着我的那些焦虑了。导致它们的因素现在已经除去了吗?"她顿了一下,又补充道,"我的儿子现在不会再那么不顾及他应遵守的职责和义务了吧?"

申多尼的眼睛直勾勾地盯着地板,仍然默不作声。最终,他说:"您焦虑的最主要诱因当然已经除去了。"然后他又沉默了。

"怎么会!"侯爵夫人惊叫道,带着惊诧而怀疑的表情,同时她所有的伪装在她急迫的担心中顿时消失了,"你失败了吗? 她还没死?"

她问这些问题的时候一直盯着申多尼的脸,当她感觉他有些异样的感情征兆时,又补充道:"把我从我的忧惧中解救出来,善良的神父,我恳求你了。告诉我你已经成功了,而且她已经还了她所欠的正义之债。"

申多尼抬起眼睛看着侯爵夫人,随即又把目光移开,发自内心的愤怒使他抬起了双眼,但令人厌恶而窒息的恐惧又使他移开。虽然这些心理基本上没有表露出来,但侯爵夫人还是觉察到了在他脸上从来没有见到过的表情。于是她的惊讶和不耐烦急剧增加,她重复了一遍刚才的问题,语调比刚才更加坚决。

"在这件重大的事情上我并没有失败,"申多尼答道,"你的儿子已不再面临要缔结一桩有失身份的婚姻的危险了。"

"这是什么意思,那你到底失败了没有?"侯爵夫人问道,"因为我感觉你并没有完全成功。"

"应该说在每一件大事上我都没有失败过,"申多尼带着些情绪回答道,"因为你家族的名誉得到了维护,而且饶恕了一个生命。"

说出最后几个字的时候,他的声音有些变调。他看起来又一次经历了那个时刻的恐怖,即在他举起匕首的那一刻,他竟然发现埃伦娜是自己的亲生女儿。

"饶恕!"侯爵夫人不相信地重复道,"你解释一下吧,善良的神父!”

"她还活着!"申多尼答道,"但是你再也没有什么可以忧虑的了。"

侯爵夫人深深地惊诧于他说话的语调,同时更被他的话语震惊了,她的脸色刷地变了,不耐烦地说道:"你说的话像谜语,神父。"

"夫人!我说的是一个简单的事实——她还活着。"

"这一点我已经明白了。"侯爵夫人说,"但你告诉我,我再也没有什么可忧虑的了……"

"我告诉你的也是事实。"申多尼打断了她的话,"你本性的仁爱会令你高兴起来,因为宽恕的实施不再被正义禁止。"

"一切又像原来一样!"侯爵夫人说道,流露出无比的恼怒,"那些感情和恭维就像是节日盛装,要在好的天气里才会穿。我的天气是阴沉的,让我有一点明显强烈的感情!告诉我是怎么回事,是什么让你在执行任务的过程中发生了这个变化,而且,善良的神父,说得简短一些!"

于是申多尼就开始说起埃伦娜家族的那些情况,用他通常的话语艺术,尽量减轻侯爵夫人对这桩婚姻的厌恶,而且努力让她考虑她儿子的终身幸福,促使她最终能够赞成这桩婚姻。在说出那个秘密的过程中,他以貌似可信的话语来讲述他是怎样发现那个秘密的。

侯爵夫人几乎无法耐心地等到他叙述完,当他最终讲完时,她没有抑制住感情,焦躁地问道:"这可能吗?你居然让自己受一个花言巧语的女孩的欺骗,她也许就是在编造一个谎言而已,因为那看起来很显然可以保护她!一个像你这样具有敏锐洞察力的男人会相信这种无聊而且不可能的故事吗?说吧,神父,你的坚定决心在最关键的时候失败了,而你现在只是为自己懦弱的行为编造借口罢了!"

"我不会轻易就相信表象,更不会在行动面前退缩,除非我觉得那是必要和正义的。对你之前的话，我不想辩解什么。为一个谬误的含义辩解，那从来不是我的性格。"申多尼严肃地答道。

侯爵夫人感到她的情绪让她做出了鲁莽的行为，于是她为刚才出于极端的焦虑而说的那些话向神父道歉，解释说那是一种十分轻率放任的行为。申多尼欣然接受了她的道歉，同时相信这有助于最终的成功。

于是申多尼告诉她，他自己之前说的情况比埃伦娜的声明更有权威性，而且他表示他更关心的是夫人家族的名誉，而不是他说的那些事实真相。他坚信侯爵夫人完全不会知道他的出身血统，所以可以透露一些埃伦娜家族的事情给侯爵夫人，而完全不用担心她会怀疑到自己身上来。

侯爵夫人虽然既没有表现出缓和，也没有表现出信服，但她已经能够很好地掌控自己的情绪，平静下来了。申多尼巧妙地讲述了她儿子的忧愁和苦恼，还有她最终会满意，会默许儿子的选择，因为她知道儿子的对象值得这场联姻。他补充道，由于他先前反对，所以他竭尽全力来避免这场婚姻，而现在他真诚地支持他们的婚事。他又温和地责备侯爵夫人因为偏见和愤怒而模糊了她那极强的理解力。"相信你自己一定很明白，"他补充道，"我丝毫不怀疑当你充分地考虑了这件事之后，你曾经的每一个反对意见都会屈服于为你儿子终身幸福的考虑。"

申多尼为维瓦迪求情时情真意切的表现让她很诧异，但她并没有回应他的劝说，而是询问埃伦娜有没有怀疑这个阴谋，或者有没有怀疑她的迫害者的真正身份。申多尼马上意识到这些问题意味着什么，带着他惯有的能使良心适应利益需要的巧妙，他回答说，关于谁是她的直接迫害者，埃伦娜根本就一无所知，而且除了一次暂时性的关押以外，她同样不知道针对她的其他邪恶阴谋。

侯爵夫人认为他所说的极有可能,直到他第一次的冒失言论令她对事情的真相有所怀疑,而且引发了她对其动机新的诧异和猜测。她纳闷,是什么样的动机能让申多尼胆敢说假话。于是她就询问埃伦娜现在被安置在哪里,但申多尼非常谨慎,无论她催促得多么急,也没有透露埃伦娜隐匿的地点,而是尽量将她的注意力转移到维瓦迪身上。申多尼现在还不想向她透露维瓦迪在宗教法庭里的境况,侯爵夫人坚信自己的儿子还在追求埃伦娜,于是就问了很多关于他的问题,但并没有表示出任何对他幸福的关怀和热心。看起来她对他保留的唯一感情就是愤怒。申多尼急切地询问一些自己关心的问题,比如侯爵夫人将会以什么方式来容忍维瓦迪的长期离家;尽力试探出自己从今以后能在多大程度上出现在解救他的场合中,而自己的行为会怎样影响到埃伦娜。看起来侯爵夫人对儿子的离家出走并不是漠不关心,而申多尼最初认为是对埃伦娜的搜捕导致了那样的关心。现在其他的一些忧惧困扰着他,还给了他一种作为父亲的感觉。然而他数不清的爱好和兴趣帮助他排除了脑海中的这种观点所带来的焦虑,而且在解雇那些寻找维瓦迪的人之后,维瓦迪会在法院的程序中安然度过自己的时间。他和侯爵夫人都丝毫不为维瓦迪担心,这是申多尼小心翼翼要确定的一个状况。

离开之前,申多尼又重新提及维瓦迪被捕一事,并且小心地为他辩护。而侯爵夫人好像对他所说的没有理会,直到最终从沉思中清醒过来,她才说了一句:"神父,你的判断错了。"然后,她又再次陷入了若有所思的沉默。确信自己已经猜到了她的意思,申多尼又开始重申他为何对埃伦娜采取这样的行动。

"你的判断错了,神父。"侯爵夫人又说道,依然是一副沉思的表情,"把这个女孩放到这样一种环境中,我儿子不可能找不到她。"

"无论把她安置在什么地方,"申多尼回答说,"不大可能把她藏很久而不被他找到。"他相信自己已经明白了侯爵夫人的意图。

"那至少应该避免在那不勒斯附近吧。"侯爵夫人说道。

申多尼不说话了，于是她又补充道："而且还离我们住的地方那么近！圣皮埃塔修道院离维瓦迪官邸有多远？"

申多尼原本以为，侯爵夫人假装知道埃伦娜住在哪里，只不过是想引出埃伦娜的确切住址，而现在夫人提及埃伦娜的真实所在地，这让他十分震惊。他立即回答道："我不太清楚距离远近，因为迄今为止，我都没有听说过这样一所女修道院。但是看起来，这个圣皮埃塔修道院在所有可选择的地方中，是最应该避免的一个地方。您怎么可以怀疑我会有这样放纵轻率的行为呢，夫人！"

申多尼说这话的时候，侯爵夫人十分注意地观察着他，然后回答说："好神父，在这种情况下，也许我可以怀疑你的审慎，以为你刚才又在另一件事上给了我一个毫不含糊的证据。"

她那时原本已经可以转换话题，但申多尼坚信这一倾向是她确信她已经发现了埃伦娜的避难所所致，而且他有足够的理由怀疑她可能阴谋利用这一发现，所以他努力动摇她的观点，而且想在埃伦娜的住所方面误导她。他不仅否定了埃伦娜现在住在圣皮埃塔修道院，而且毫不犹豫地做了一个肯定的断言，说她现在是在一个远离那不勒斯的地方，同时给那个地方编造了一个名字。他又补充道，那个偏僻的地方将会是避免让维瓦迪找到的最好场所。

"非常正确，神父。"侯爵夫人说道，"我相信我儿子不会轻易地就在你说的那个地方找到那个女孩。"

不管侯爵夫人是否相信申多尼的话，她都表现出对这个话题没有更多的兴趣了，而且看起来要比原来平静得多。她现在很轻松地谈论起一些普通的话题，而申多尼也不敢再提有关他的秘密愿望的话题了，于是在进行了一段与她志趣不相投的谈话之后，他就告辞返回那不勒斯了。在回去的路上,他仔细回忆起刚才侯爵夫人的行为,而这段回忆的结果让他下定决心,再也不要重提这个话题,而是要背着她隆重地为维瓦迪和埃伦娜举行婚礼。

与此同时,侯爵夫人在申多尼离开之后,仍然沉浸在对他态度转变的揣测中,全神贯注于他的到访所激发起来的兴致。他行为的突然转变让她非常震惊,困惑不已,更失望不已。无论从哪个角度她都无法解释,不管基于什么动机都不能很好地符合假设。有时候她甚至想,是不是维瓦迪以诱人的许诺贿赂了他,让他帮忙促成这桩婚事。但当她想到她鼓励他要好好珍惜自己对他的极高期望时,刚才的那个联想看起来又变得根本不可能了。无论申多尼出于什么原因这样做,在这件事情上她都已经不能找到一个更加可靠的亲信。她决定,今后不再提起他们这次交谈的话题。但是,当她悄悄地继续自己的计划时,她决定在其他方面对待申多尼还是和往常一样,不让他怀疑她已经收回了对他的信任,而是诱使他相信她已经放弃了针对埃伦娜的所有阴谋。

第二十四章

我们

要习得私德；学会如何滑过

低谷和平原，沿着乡村潺潺的小溪流

顺流而行；拨开未来的重重迷雾，

为希望竭尽全力，

用最虔诚的眼光去预见到

脑中无限发散的幸福和奇迹，

从一座城市到另一座城市，

从一个世界到另一个世界。

——托马森

　　埃伦娜按照申多尼的安排，在回家后的第二天又离开了，去了圣皮埃塔修道院。院长看着埃伦娜出生，又看着她长大，既尊重她也爱她。当得知埃伦娜被迫从厄蒂丽别墅搬出来的悲惨遭遇之后，二话不说就收留了她。

　　虽然修道院的小果林很安静，但埃伦娜却难以抑制她对维瓦迪当前处境的担忧；虽然她现在暂无灾难的困扰，却更担心起维瓦迪的安危来。而申多尼那里传来的令人失望的消息则使她愈发恐惧焦躁。

假如同情心和微不足道的宽容心可以让她得到心灵上的平静，那么因为圣皮埃塔教堂的院长和修女们的宽慰，埃伦娜现在已经可以平静下来了。虽然她们并不知道是什么让埃伦娜如此悲伤，却知道她不开心，希望她能释怀。这个崇尚"怜悯的圣母"的地方就如同这个修道院一样，并非时时刻刻提供避难所；由于院长的智慧和美德，修女们的关系非常融洽。这位院长是宗教家庭里女教师的光辉典范，是美德影响他人并因而传播善行的模范。她高贵却不高傲，虔诚却不固执，温和却果决坚定。她洞察事实真相及其解决方法，并决心优雅从容地将之付诸实践，因此即使她纠正别人的错误，她也能因为自己的教养而赢得人们的尊重。那些被她批评过的人，不会因为被斥责而恼羞成怒，反而会对自己的过错追悔莫及；他们将她当作母亲而不是羞于接受她的审判。即使是她可能有的缺点，也都会被她的仁慈与平和所掩盖。这种和谐不是因为感觉的迟钝，而是基于睿智的正确判断。她的宗教是既不悲观，也不偏执；这是因心怀感激而把自己交付给神明，并使神明因所造之物的幸福而高兴。她信仰罗马教会，却并没有把它当作唯一可以解救世界的信仰。但是她必须隐瞒这些美德，唯恐这些美德招致那些偏执神职人员的惩罚，这些人虽宣称信仰基督，行事却与宗教教义背道而驰。

在她给修女们的宣讲中，她很少提及信念，却阐释并强调道德义务，尤其是她所在社会中最可行的道德义务。这种仁慈倡导待人要如姐妹般和善，具备普遍的仁慈，是最为高尚和纯洁的奉献，能使人心平气和。她谈论宗教时，往往谈得惟妙惟肖。虔诚的听众则如天使般温驯圣洁、激情洋溢，奉其为挚友、心灵导师和伟大的安慰者，并加以爱戴膜拜。

修道院像一个大家庭，修道院院长好似母亲，所以这不仅仅是一群人的集会，特别是大家紧紧围着她听她做晚礼拜的时候，她的仁慈、说服力及怜悯之心，很少有人抵挡得住。

她在修道院中鼓励纯洁自由的追求，这能给幽闭严酷的生活带来甜蜜，逐步引导人们向善。修女们都有很高的艺术造诣，但不是优雅复杂却艰涩难懂的艺术，而是能激荡心灵、激起最弥足珍贵的仁慈。可能是因她对自己的情感控制得极好，修女们个个受其影响，温顺善良，在节假日的时候吸引着无数游客来圣皮埃塔修道院。

这个修道院坐落的地方风景秀丽，和谐风雅。这块广袤的土地包括一片橄榄田、葡萄园和几片稻田。花园中的一大片土地为花园增加了生机，上面种着好多胡桃树、杏树、橘子树和圆佛手柑，几乎囊括了所有的花草物种。所有的这些树和花都长得郁郁葱葱，都是托了这儿好气候的福。这个花园造在小山的斜坡上，离海岸线一英里，可以综览那不勒斯的村庄和海湾沿岸的乡村风光。花园的平台一直通向半圆形的岩石尽头，延伸到修道院上方，成为修道院的一部分，视野无限宽广。平台向南延伸占据了这座岛的四分之三，海湾连着海洋。西面的埃斯奇亚岛以岛上高耸巍峨又白雪皑皑的坎帕尼亚山而闻名。山峰的旁边是普斯达，那里五彩缤纷的山谷，从波浪中翻滚而出。从那里鸟瞰普佐利，目光会被美丽的海角所吸引。再看得远些，往北看，匆匆地瞥一眼，有一种沐浴在一望无垠的巴亚大海里的感觉。还有加普亚和其他一些村庄、别墅，星星点点散在卡塞塔和那不勒斯之间如同花园一样的大平原上。

在近一点的地方，是犹如山一般高的波西利波和那不勒斯本身，拥挤的郊区在群山之中绵延，葡萄园和漫顶的丝柏木相互交融。山坡上的圣埃尔莫城堡熠熠生辉，具有宗教意义的夏特鲁斯猫雕像垂直耸立着。在视野的下方，是新堡，无数高塔耸立，绵延至科尔索地区。防波堤旁耸立着高高的灯塔，海港里停泊着五颜六色的船，海港的边缘被海水浓浓的蓝色所浸染。在那不勒斯群山的远处，从北到东的地平线连着亚平宁半岛的群山，庄严的露天圆形竞技场如同宏伟的大平原一样，延伸入海湾。

这些平台被郁郁葱葱的金合欢树和梧桐树所笼罩，这里是埃伦娜最喜欢去的地方。透过树与树之间的缝隙，俯瞰厄蒂丽别墅，那里曾有比安齐温柔待她的回忆，有她欢乐的童年记忆，那些最快乐的时光就是在那里和维瓦迪一起度过的。沿着环形的海岸线，她也可以找出很多因爱而变得神圣的地方。那是她和她那些已离世的亲人们远足去过的地方，也是和维瓦迪一起去过的地方。这些回忆虽然令她感到悲伤，但是也弥足珍贵。在这里，她独自一人，不会被别人看到，所以她常放任自己的忧伤，而在修道院她要努力压抑着这种情绪。有时，她拿着书和笔来掩饰对维瓦迪不确定处境的挥之不去的担心。维瓦迪的状况还不清楚，随着时间一天天流逝，她依旧没有从申多尼那里得来任何有关他的消息。任何时候，只要看到任何一点与她家过去有关的蛛丝马迹，她都会惊奇地如同盯视着一种幻象，而不去想现实。与她现在的悲惨处境相比，她的过去充满传奇色彩——那时候她还在畏惧她和申多尼这段关系给她带来的不可抗拒的恐惧。他刚出现时给她的感觉不是父亲的柔情，她觉得她几乎不再可能像对父亲一样爱上他或尊敬他，但她认为他最近在尽一个父亲应尽的义务，就努力报以感激之心，以弥补爱的缺失。

在这些忧伤的思绪中，埃伦娜经常在金合欢的树荫下徘徊，直到远处米赛诺海角的太阳下山，晚祷的钟声响起，告诉她该回修道院了。

在众多修女中，埃伦娜喜欢很多人，但没有一个比得上她钦佩和喜爱的圣斯蒂法诺的奥莉薇娅。怀念奥莉薇娅的同时，却也担心她慷慨的同情会连累她受苦，并希望她能像圣皮埃塔修道院里的修女们一样幸福地生活，而不是遭受圣斯蒂法诺院长的专制统治。对于埃伦娜来说，教堂肃穆庄严的氛围，也许是最后的精神避难所。现在，她不得不体味反对她嫁给维瓦迪的情况是多么来势汹汹、纷繁复杂，即使申多尼想证明事情不是那么糟糕。以往发生的事情使她对维瓦迪侯爵夫人的脾气忧心忡忡，因为维瓦迪侯爵夫人的手段残暴到骇人听闻。因为这些残暴行径已达到埃伦娜怀疑的极限，而这还是仅仅止于假慈悲的申多尼所指出的。但无论是哪种情况，侯爵夫人那浓重的憎恶和天性中带有报复性的暴虐是十分明显的。

然而，关于维瓦迪侯爵夫人的脾气，使埃伦娜深感痛楚的不是这会给那些与之有关联的人带来多大的威胁，而是她是维瓦迪的母亲。为了缓和这种痛苦的思虑，她只能相信申多尼就维瓦迪侯爵夫人以前的计划所安慰她的话。但是假如埃伦娜因维瓦迪父母的罪过而难过，那么当她发现申多尼的本性时，她将遭受怎么样的痛苦？假如她被告知申多尼是维瓦迪侯爵夫人阴谋的一个献计者，那又会怎样？假如她知道申多尼是帮凶，那又会怎样？她现在无法体会发现这种真相的痛楚，也不知道维瓦迪现在的情况如何，更不知道申多尼促成救人于水火（是他使维瓦迪身陷囹圄）的努力结果如何，这本身就是一种煎熬。如果埃伦娜发现了真相，刚开始的失落会使她产生放弃这个世界的冲动，找一座修道院当作自己的避难所而逃离尘世。即使像现在这样，她也会竭尽全力把本能让她产生这种想法的事情往好的一方面想。但是用暂时的自我欺骗来使心境平和并不容易。然而，修道院会是她最后的归宿吗？这得看她自己的选择。因为圣皮埃塔修道院的院长并没有采取任何诡计来争取她这个遁世者，也没让修女们诱使她去遵从这一秩序。

第二十五章

忧郁和悲伤,迷恋惶恐的眼,

形状逼仄,阴暗色调在前,

动荡的火车中,所有奇怪的手势,

传递着恐惧。

——《卡拉克塔库斯》①

　　尽管已是深夜,但在加尔干诺斯,维瓦迪和他的仆人波罗仍然被关押在那不勒斯的审讯室。他们再次被分开审问。维瓦迪从审讯官那里得不到仆人的任何信息,而波罗一直声明自己的主人是清白的,却不曾想起为自己做无罪辩护。他对着那些逮捕他的人叫嚷,要求公正。他竭力说服审讯官自己跟着被捕只是为了安抚他的主人。仆人强烈抗议自己与主人被分开审讯。他强调,一旦审讯官们了解了这次事件的原委,他们会将自己送回维瓦迪先生身边的。

　　"法官大人我向您保证,"波罗向首席审讯官郑重说道,"这是我能想到的最后能来的地方了。如果您询问那些审问我主人的官员,他们会告诉您同样的答案。他们心里很明白,我为何而来。他们知

---

　　① 《卡拉克塔库斯》是作曲家托马斯·奥古斯丁·阿恩(Thomas Augustine Arne)所写的一部戏剧诗。(译者)

道这一切无用，不带我来这里，这情有可原。但我坚持要来这里，因为这是我最后的希望所在。"

因为审讯官希望能借此找出他与他主人供词中的不一致之处，波罗获准随意畅谈。然而，审讯官没有料到，虽然波罗心思单纯，但在维护主人维瓦迪的权益上却是时刻保持警惕。波罗觉察到审讯官们虽然相信了他此次入监只是为了安抚他的主人，却依然不让他见到自己的主人。这让波罗很愤怒。他鄙视他们的责骂、大声恫吓及巧言令色。他告诫他们，现在及之后对他主人的残忍行为未来都将报应到他们自己身上。他痛恨审讯官们让主人如此痛苦。

审讯官们好不容易将波罗赶出审讯室。他们从未遇到过像波罗这样莽撞、愤怒又忠诚的仆人。

当维瓦迪再次被带到宗教法庭时，他经历了比之前一次更漫长的审讯。一些调查官出庭，他们的每个问题都似乎在诱使他承认自己涉嫌犯罪，并希望从中发现其他蛛丝马迹。然而他们又在竭力回避他被捕的主要理由。直到本笃会修士和圣塞巴斯蒂安教堂官员的陈述让维瓦迪意识到，自己被指控拐骗了一个修女。在法庭上，他举止大方，回答简洁有力。他坚信自己无罪，对自己受到的不公正及残酷的对待感到愤怒。这样的自信一直支撑着他。然而当他猜测埃伦娜可能遭受的痛苦时，他的刚毅和宽容都消失了，精神饱受折磨。

在第二次审讯中，维瓦迪依然诚实回答每个被问及的问题。然而，简单的回答以及事实未能使冷漠的审讯官们信服。维瓦迪再次被以拷问相威胁，继而被遣送回监狱。

在回牢房的路上，维瓦迪在一条小道上与一个人擦肩而过，这令他产生了一种似曾相识之感。当陌生人大步走开时，维瓦迪突然意识到这个人就是在帕罗奇城堡中屡次跟踪他的那个预言家修士。一时的震惊让维瓦迪忘记去喊住那修士。再回神的瞬间，维瓦迪停下想说些什么,回头却见陌生人已走到小道尽头。维瓦迪喊叫,试图让陌生人留步。然而,那个陌生人既不开口也不回头,迅速消失在远处。维瓦迪想追上陌生人,却被守卫拦住。他问起见到的那个陌生人时,那些守卫却回答根本没有什么陌生人。

"他刚刚与我们擦肩而过。"维瓦迪说道。

那些守卫似乎很诧异。"你精神错乱了吧,先生,"其中一个守卫说,"我没看到任何人经过!"

"他离我们如此近,"维瓦迪说,"你不可能没看到他。"

"我连脚步声都没听到。"那守卫补充道。

"我不记得是否听到过脚步声,"维瓦迪说道,"但我清楚地看到了他的身影,就像我现在看见你的身影。他的黑色斗篷几乎要碰到我了!他是审讯官吗?"

那个守卫有些惊讶。无论他是否真的吃惊,或者只是为了隐瞒他认识那个陌生人这一事实,他的尴尬和敬畏已经流露出来了。维瓦迪惊奇地觉察到了那个守卫流露出的恐惧,同时也意识到,重复这个问题得不到任何答案。

他们沿着小道继续前进,一阵似乎很压抑的嘶吼从远处传来。"那些声音从何而来?"维瓦迪问道,"它们牵动着我的心绪。"

"就是这样的。"守卫回道。

"从何而来?"维瓦迪不耐烦却又有些颤抖着问。

"从审讯室而来。"守卫们说道。

"哦,上帝啊!上帝啊!"维瓦迪低沉地吼道。

他跌跌撞撞地走进房间,并未受到守卫的阻拦。那些守卫按照收到的指示,让维瓦迪听到那些悲凉的惨叫声,正是希望让他明白惩罚的恐怖,认识到早些认罪可免受皮肉之苦。

当晚,一个维瓦迪从未见过的狱友拜访了他。那人看起来四五十岁,脸色苍白,举止随意但不讨人厌。他对自己的介绍及此次拜访的目的让维瓦迪很好奇。他说他自己也是这里的囚犯,由于罪行较轻,因此被准许在一定范围内自由活动。在听说了维瓦迪的情况后,出于同情,他请求与维瓦迪交谈,以缓解维瓦迪的痛苦。

那人说话时,维瓦迪仔细打量着他。维瓦迪认为这些言之凿凿的话都是不可信的,谎言无法逃脱他的眼睛。但他对这件事持谨慎怀疑的态度。那人转移了好几次话题,维瓦迪回答得都很谨慎简洁。即使两人的对话陷入了冗长的沉默,也无法磨灭那人的"同情心"和耐心。他提及的那些话题,最终都回归到了宗教。

"我也曾被指控犯了异教徒罪,"那人说,"如今我懂得了在这样的情况下安慰同病相怜的人。"

"这么说我被指控是异教徒!"维瓦迪打断道,"是异教徒啊!"

"我的自我辩护无济于事,"那人无视维瓦迪的惊叫,继续说道,"我被判受刑,那些痛苦实在难以忍受!我认罪了——""原谅我,"维瓦迪打断道,"根据我的观察,你受到的刑罚如此严重,而对你的指控比较轻微。这两种惩罚,哪一种更严重?"

陌生人有些尴尬。"我的罪行比较轻。"他继续说,并没有给出一个完整的答案。

"是否有可能,"维瓦迪再次打断道,"异教徒在法庭上是被视为比较轻微的罪行?"

"只是怀疑我,"来访者脸色泛红,面带不悦地说道,"有轻微程度的异端。"

"宗教法庭会判断异端的程度?"维瓦迪问。

"我认罪了,"来访者提高声音强调说,"认罪的结果是减免处罚。在受到轻微惩罚之后我将被释放,或许就是几天之后,我就会离开监狱。在我离开之前,我渴望找一个同病相怜的人,以获得一定程度的安慰。如果你想告知你朋友现在的情况，不要害怕，将他们的名字和你的留言告诉我，我会帮你转达。"

之后的谈话声音非常小，似乎这位来访者怕内容被偷听。维瓦迪不说话，仔细地观察着来访者的表情。对于维瓦迪来说，他的家人能够了解他如今的状况很重要。然而，维瓦迪不知道如何传递这个消息。维瓦迪听说过，有些告密者假装友善与同情，套囚犯的话，然后翻脸不认人。同时，囚犯的亲友也会因此受到牵连。维瓦迪认为自己是无辜的，所以一开始便将家庭住址与姓名告知了来访者，之后便只字不提关于家人的信息。他知道，若自己想要传递消息，必然需要告知家庭住址等信息，然而这样简单而无害的事情，或许也会让大法官再给维瓦迪多加一项罪名吧。考虑到这些，加上对来访者的不信任、其前后言语的不一致及时不时表现出来的尴尬，都让维瓦迪觉得不该托这个来访者捎信给家人。维瓦迪婉言谢绝了来访者的好意。来访者小心翼翼地问道是否能再次拜访，维瓦迪没有给出回答，但他注意到来访者的表情变了变。他离开后，维瓦迪的思绪久久不能平复。

几天过去了，在这期间，维瓦迪都不曾见到这位新朋友。之后，他被传唤接受再一次的审问。距离上一次受审已经几个星期了。这是他第四次被传唤到宗教法庭。这次依然围满了审讯官，气氛较之前更加庄严肃穆。

能表明维瓦迪清白的证据依然没有出现，对于他的怀疑仍然存在。再加上维瓦迪拒绝承认对他的指控，坚决不认罪，所以法院决定三小时后开庭审问维瓦迪。维瓦迪将再次离开牢房。他的态度很坚决，却无法泰然面对将要来临的审讯。从接受审问到正式判决，这期间的等待是漫长的。成为嫌疑犯的羞耻感压过了维瓦迪的冷静，他努力不让自己去想即将到来的审讯。当他在牢房里踱步时，那悬在额头上的汗泄露了他的不安。维瓦迪的羞耻感并未持续多久。他的理智告诉自己，无辜的人在任何情况下都不应受到羞辱。维瓦迪重新找回了自己的坚强与勇气。

午夜时分，维瓦迪听到脚步声，接着有人在门口小声说话。他知道是带他上庭的守卫来了。门打开了，两个身穿黑衣的男人一言不发地走进牢房。他们扔给维瓦迪一件斗篷，然后带着他离开了房间。

在去往法庭的路上，一个人也没有遇到，也没有人说话。沉默，好像提前到来的审判，让人恐惧。

他们下楼来到大厅，维瓦迪入狱那天曾在那里等待。他们穿过一条街，往下走了很久，来到了地下的房间。一路上，带路的守卫一言不发，维瓦迪知道即将到来的审问将是一场狂风暴雨。

其中一个守卫手持一根铁棒，负责打开沿途经过的每道门。这一路上维瓦迪都没见到其他人。另一个守卫手持火把带路，四周昏暗微弱的光线让人只能看清脚下的路。一行人穿过一个半拱形的地下室，停在一道铁门前。一个守卫上前敲了三下，门丝毫未动。他们静静等着，维瓦迪听到远远地传来人低低的说话声。他的心有些发冷，不是因为害怕，因为他已经忘记自我，而是因为恐怖。

他们等待了许久。在此期间，这位守卫并没有重复信号。之后，门被一个人打开至一半。昏暗中维瓦迪看不清那人是谁。他与守卫用手势交流，接着门又被关上了。

几分钟之后，维瓦迪听到几个低沉的声音。那几个人声音沙哑，大声说着一种维瓦迪未曾听过的语言。领路的守卫闻声立刻熄灭了火把。随着越来越近的说话声，门开了。透过昏暗的光，维瓦迪看到两个人站在自己面前，他感到既惊讶又慌张。那两个人与守卫一样穿黑色衣服，款式却与守卫不同，更为贴身。那特殊款式的黑色斗篷把他们从头到脚遮得严严实实，只露出两只眼睛。这让维瓦迪觉得这两人是审讯官,他们看起来与魔鬼无异。或许他们这样的穿着是为了不让受审者记住自己的长相。或许他们希望借此给受审者一些心理压力,迫使嫌疑人快快认罪。无论是出于哪种目的,无论这两人是什么身份,现在维瓦迪是他们的囚犯。随着铁门关上,维瓦迪与两人走进一条狭窄的通道,昏暗的灯光隐约照到圆拱形屋顶。那两人一言不发,一左一右与维瓦迪并排走过第二道门,进入第二条通道。不一会儿,他们又穿过了第三道门。在第三条通道的尽头,他们停了下来。维瓦迪隐约听到的那个声音现在变得清晰起来。他有些惊恐地发现,那些声音是由受到拷问的人所发出的。

一个衣着打扮类似守卫的人最终打开了门。同时,其他两扇相邻的门也被打开。维瓦迪发现自己身处一个宽敞的房间,里面挂着黑色的窗帘,布满灰尘的灯发出微弱的光,照亮了屋顶。就在走进房间的那一刻,维瓦迪听到一个奇怪的声音,这声音在房内久久回荡,传到远方。

好一会儿,维瓦迪才回过神,仔细打量起这个房间。然而,室内光线昏暗,让他无法如愿。灰尘弥漫,所有物件都是那么模糊不清。里面的许多器械,维瓦迪都不曾见过,这让他心生疑虑。时不时地,维瓦迪还能听见压抑的低吼声。他四下张望,寻找声音的来源。直到维瓦迪听到一个声音远远传来,示意他向前走。

那个声音听起来是那么模糊而遥远,让维瓦迪不确定是否有人在说话。他慢吞吞地走向前。第二个传唤声响起时,守卫催促着维瓦迪快快向前走。

维瓦迪远远望见,在房间的那头,有三个人就座于黑色吊顶下方略高于平地几步的地方,他们看起来是这个房间中地位较高的人。房间里还有一些审讯官、审查员及执行长。坐在主审官下方的是记录员。他头顶的那盏灯确保了他能记录下场中发生的一切。此刻维瓦迪明白了,法庭席上的那三个人分别是牧师长(或者可以称他为大法官)、副大法官及一位审讯官。那位审讯官就座于前两者中间,他看起来迫不及待地要开始审问。一种暴风雨来临的前兆笼罩着整个房间。

距离法庭席不远处有一个大铁架,维瓦迪猜测那是用来拷问囚犯的。在铁架边上有一个类似棺材的物体。幸而那时他没有听到任何受刑囚犯发出的低吼声。然而,审讯官似乎做了判决,有哀号声传来。有几个穿着类似维瓦迪身旁守卫的人走来走去。

维瓦迪感觉自己来到了地狱。阴沉的房间、受刑前的恐怖前奏,以及那些审讯官员们的外观与表情,都与地狱的使者无异。他们好像随时准备折磨一个从未伤害过,甚至不曾冒犯过他们的人。在维瓦迪看来,他们冷酷无情,让他们对囚犯手下留情是不可能的。一想到法庭席上的三人不仅仅是这一切残忍的决定者,而且将这一切看作满足他们野心的踏脚石,维瓦迪的震惊和愤怒便无以复加。

大法官再次念到维瓦迪的名字,告诫他坦白一切,以免受皮肉之苦。

同之前那次审讯一样,维瓦迪如实回答问题,但审讯官们依旧不相信。除非维瓦迪撒谎,否则他难逃刑罚。如果维瓦迪这么做,他自己或许会被平反,但也只是他一人脱罪。这样做必然会牵扯到其他人,而埃伦娜一定就在其中。想到此,维瓦迪毫不犹豫地选择面对刑罚。即使在这样特殊的情况下道德容许维瓦迪撒谎,但政策也是不允许的,因为诡计一旦被发现,极有可能毁掉那个被告的一生。

维瓦迪很想问问埃伦娜的近况,无论这状况是多么令人绝望。维瓦迪还想重申埃伦娜是无辜的,并恳求审讯官同情埃伦娜。但是他意识到这么做只是让那些审讯官们找到了更残忍的折磨他的方式。因为当他们了解到维瓦迪对埃伦娜的关心,他们会加重对她的折磨，以此作为对维瓦迪顽固抵抗的惩罚。这样一来，他们就完全抓住了维瓦迪的弱点。

法庭席再次要求维瓦迪认罪。大法官最后说道，若维瓦迪再顽固抵抗，审讯官们无法保证他会受到怎样的惩罚。维瓦迪如果坚持受刑，那他将见证自己的死亡。

"对于这些强加于我的罪名，我不认罪。"维瓦迪严肃地说，"我重申一遍，我是清白的。如果我是软弱的，我会为了免除当下的惩罚而屈服认罪。然而你们靠体罚来强迫我认罪，是不可能的。你们强加于我的惩罚最终将落到你们自己身上！"

牧师长认真地听着维瓦迪说话，然而审讯官不为所动。审讯室不满他的直言不讳，在他说话停顿时，示意守卫们准备好刑具。当守卫们行动时，维瓦迪立刻注意到其中的一个人。这个人就是在审讯前一晚维瓦迪在小巷中碰到的那人，维瓦迪曾一度认为他是帕罗奇城堡的神秘陌生人。维瓦迪紧盯着那人，然而在如今的情况下，他自顾不暇。

那些带维瓦迪上庭的守卫们准备好刑具，走向维瓦迪。他们将维瓦迪的斗篷和内衣脱去，用绳索牢牢地捆住他，然后为他套上一件黑色的衣服，将他从头到脚罩住，使他看不见任何人或物。做好这些准备，维瓦迪再次受审。

"你是否去过那不勒斯的斯皮里托·桑托修道院？"审讯官问。

"去过。"维瓦迪答道。

"你是否表达出你对天主教的蔑视？"

"没有。"维瓦迪回答。

"言语或行动都没有？"审讯官追问道。

"都没有。"

"仔细回想，"审讯官继续道，"你从没有冒犯过那个教堂的一位神父吗？"

维瓦迪沉默了。他开始意识到自己被指控的罪名来源，那罪名看似太合理了，他无法轻易逃脱惩罚。这次审讯的问题较之前更具体直接。审讯官们认定他无法回避这些问题。当真正的罪名成立时，维瓦迪将无法脱罪。

"回答我！"审讯官重复道，"你是否曾经冒犯过那不勒斯的斯皮里托·桑托修道院的一位神父？"

"当你冒犯他时，他是不是在进行神圣的忏悔？"另一个声音问。

维瓦迪突然认出了这个属于帕罗奇修士的声音。他问道："是谁在提问？"

"现在是你要回答问题，"审问官继续说道，"回答我的提问。"

"我的确冒犯了那位神父，"维瓦迪承认道，"但我没有冒犯神圣宗教的意思。神父们，你们可能不知道，他所引起的伤害——"

"够了！"审讯官打断道，"回到提问上。那你是否曾侮辱并威胁神父不要做他该做的神职工作？你是否迫使他离开教堂，去修道院寻求庇护？"

"没有。"维瓦迪答道，"事实上，他离开教堂是因为我在那里的所作所为，然而他并非一定要离开。只要他回答了我的问题，或告诉我他从我身边掳走的那个女孩的下落，他依然还能平静地在修道院中待着，当然那要看我能控制好我自己。"

"什么？"牧师长说道，"在他想保持沉默的时候，你迫使他开口了吗？你承认是你导致了神父的离开，这就够了。"

"你第一次见到埃伦娜·罗萨尔巴是在哪里？"之前提问的一个声音问道。

"我要求知道，到底是谁在提问？"维瓦迪答道。

"仔细回想，"审讯官说道，"一个嫌疑犯无权提要求。"

"我认为你的提问与定罪有关系。"维瓦迪说道。

"你似乎太过任意妄为了,"审讯官说道,"回答这个问题,不然守卫将履行他们的职责。"

"请重复一遍问题。"维瓦迪说道。

之前那个声音重复了他的提问。

"在那不勒斯的圣劳伦佐教堂,"维瓦迪深深叹了口气说道,"我第一次遇见了埃伦娜·罗萨尔巴。"

"当时她宣誓入教了吗?"牧师长问。

"她从未宣誓入教,"维瓦迪答道,"她也未曾考虑过这么做。"

"那时她住在哪里?"

"她寄住在厄蒂丽一位亲戚家中。如果她没有被一位修士从家里掳走,并囚禁在修道院里的话,她现在应该还住在那里。我曾试图帮助她逃脱,然而她又被抓了回去,并被施以严厉的处罚。噢,尊敬的神父啊!我恳求你们,求你们——"维瓦迪竭力控制着自己的情绪。

"那个修士叫什么?"那个声音迫切地问道。

"如果我没弄错,"维瓦迪答道,"你早就认识这个人。那个修士是申多尼神父。他是在那不勒斯的斯皮里托·桑托修道院的一位神父,也是你们指控的我所冒犯的神父。"

"你怎么知道他是你的原告?"同样的声音问。

"因为他是我唯一的敌人。"维瓦迪回答。

"你的敌人!"审讯官问道,"根据你之前的陈述,你根本没有敌人,你的回答不一致。"

"你曾受到警告,让你不要前往厄蒂丽别墅,"那个不明身份的人说道,"你为什么不听从警告?"

"我受到了你的警告,"维瓦迪回答,"现在我知道你是谁了。"

"我的警告！"陌生人语气庄重地说。

"来自你的警告！"维瓦迪重复道，"你预言了比安齐女士的死亡，你就是那个敌人，申多尼神父，我指控的对象。"

"这些问题从何而来？"牧师长问道，"谁给予你权力审问嫌疑犯？"

没有答复。从审判席后传来的一阵嗡嗡声打破了沉默。最终，念念有词的声音消失了，修士的声音再次传来。

"我说的足够多了，"那个声音向维瓦迪强调道，"我不是申多尼神父。"

这特有的语调和着重点，以及表达的方式，远远超越了说话内容本身，说服着维瓦迪这个陌生人说的是事实，但他仍然记得帕罗奇城堡的那个修士的声音，他不确定这个声音是否是申多尼的。维瓦迪震惊了！如果他的双手能自由行动，他会揭开自己眼前的面纱，好好审视这个神秘的陌生人。然而他现在非自由之身，只能恳求陌生人说出自己的名字，以及之前的行为意图。

"谁来到了我们中间？"牧师长用令人敬畏的语气问道。

"谁来到了我们中间？"他提高了声音问道。仍然没有人回答，审判席上又是一阵混乱的杂音，更多的似乎是错愕。没有人说话，但维瓦迪意识到，不寻常的事发生了，而他需要耐心等待。不久之后，他听到开门声，有人离开了审讯室。紧接着是长久的沉默，但他肯定那些人仍然在他身边，等待着下一次的审问。

许久之后，维瓦迪听到脚步声，以及释放他的命令。他将会被带回牢房。

当眼罩移除后，维瓦迪看到法庭散席了，陌生人离去了。灯光熄灭，整个审讯室较之前更为昏暗了。

接着，守卫又带他原路返回牢房。在孤独与黑暗中，维瓦迪躺在铺满稻草的床上,他有足够的时间回想那些已经发生的事,回忆起之前所有关于这个陌生人的细节。

通过与现在对比,维瓦迪试着对这个陌生人的身份及他那些特殊行为的动机做出一个较为明确的解释。维瓦迪回想起这个陌生人在帕罗奇城堡的第一次亮相,他告诫维瓦迪他已经受到了监视,并曾警告自己不要回厄蒂丽别墅。

维瓦迪又回想起陌生人的第二次出现,同一个地点,再一次的警告。当时,维瓦迪正在帕罗奇城堡经历险境,而修士预测到比安齐夫人的死亡,并预言埃伦娜将遭遇不测。正在那时,埃伦娜被人抓走并带离了厄蒂丽别墅。

维瓦迪将之前的种种串联起来,他确信申多尼本性邪恶。他越来越确信,这个陌生人就是受到侯爵夫人雇用的申多尼,尽管两人的嗓音不同。他的出现就是为了阻止维瓦迪去厄蒂丽别墅。在犯下那些邪恶的罪行后,申多尼自然能够准确预言比安齐夫人的死亡及埃伦娜的失踪。

维瓦迪的思绪停留在比安齐夫人的死亡场面上。回忆起那不寻常又可疑的情形,维瓦迪的脑中突然闪过一个新的猜测。然而这个猜测太过诡异,维瓦迪立刻否定了这个想法。

然而,当维瓦迪回想起他与母亲在那之后的谈话时,种种细节又改变了他对陌生人身份的猜测。申多尼在帕罗奇的修士被冒犯时所做出的举动表明他并无有意识的伪装。维瓦迪尤其震惊于他看起来随意指出的当时情景,这排除了这个陌生人是圣皮埃塔修道院修士的可能性。一些细节也显示出这个陌生人的行为与意料中申多尼的做法不尽相同,尽管申多尼已经是维瓦迪的敌人,但这一事实不容置疑。

尽管这些细节有所矛盾,但他倾向于相信,这个世界有其固有的运作方式，联想到陌生人每次出现后离去的迅速与诡异，他再次回归到最初的猜想之一，现在所处的环境无疑让他回想起之前在帕罗奇城堡地窖中的遭遇，连同年轻人对于奇妙事物的好奇心，这加深了那些在他脑海中的印象。

从最开始的困惑与混乱，维瓦迪得出了现下的结论。但最终，他纷乱的思绪在安睡中暂时停顿了。

午夜降临，但还不到两点，身处牢房的维瓦迪突然被房中的一个声音吵醒。他坐起身，寻找着声音的来源。然而在一片黑暗中，他根本无法辨识出任何物体。维瓦迪坐等声音再次响起。然而只有风声呜呜地在房间里回荡。维瓦迪猜想，大概只是在做梦。

想到此，他再次埋头躺回稻草床，很快陷入沉睡。然而那个想法仍然逗留在他的脑海中，同时他床前传来一个陌生人的声音，维瓦迪认出那是帕罗奇的修士的声音。维瓦迪觉察到一个身影的靠近，他感到恐惧又好奇。他迫不及待地想知道这个陌生人的真实身份。

正如维瓦迪所料，修士脸上蒙着面纱。他走到离维瓦迪几步远的地方，停了下来，并揭开了一直遮挡他身体的大斗篷。此人并非申多尼，然而维瓦迪也不曾记得见过此人！

维瓦迪的震惊多过了好奇心，他只看了一眼便移开了视线。房间里有一种难以言表的古怪气氛，让人联想到超自然生物，而陌生人锐利且狂躁的眼神又透露着些许非人的邪恶气息。那人藏了一把匕首在他的斗篷下。他拿出匕首，对着刀锋上的污迹皱了皱眉。维瓦迪察觉到那些是血！他恐惧地转移视线。然而当他再次四下张望时，那人已经消失了。

一阵声音唤醒了他，维瓦迪以为只是他的错觉。然而抬头一看，那个人影站在了他面前！不过维瓦迪依然觉得这只是在做梦，这身影只是一个幻影。然而蒙面修士的声音打破了维瓦迪的猜想。陌生人慢慢掀开那神秘的斗篷,露出一张可怖的面孔,维瓦迪惊魂未定,如梦初醒。

因不明房内的情况,维瓦迪有些惊恐,不敢直视陌生人。此时,修士并非手握匕首,而是举着一盏灯,灯微微发亮,映照出他脸上的皱纹。那些皱纹暗示着这个人不寻常的精力与生活激情。

"今夜你幸免于难,"陌生人说道,"但到明天——"他停顿了一下。

"以神之名,"维瓦迪说,努力全神贯注,"你是谁,你的目的何在?"

"别问,"修士语气庄重,"你只需回答。"

这语气及内容震慑住了维瓦迪,使他不敢继续提问。

"你认识神父申多尼多久了?"陌生人问道,"你们第一次见面是在哪里?"

"我认识他一年左右,他是我母亲的忏悔师,"维瓦迪回答,"我第一次见他是在维瓦迪官邸的走廊上,那时是晚上,他正从侯爵夫人的小密室出来。"

"你对此确定吗?"修士加重语气问,"你应该知道说谎的后果。"

"我敢肯定。"维瓦迪回答。

"真奇怪,"修士看着维瓦迪,停顿了一会儿,"这件小事竟然让你留下了如此深刻的印象! 两年的时间我们会忘记很多事!"他边说边叹气。

"我记得那情景,"维瓦迪说道,"因为我被他的外表吓到了。那时是黄昏,夜幕还未降临,他突然出现在我面前,他的声音把我吓了一跳。我听见他对自己说,该是做晚祷的时间了。同时,我听到了斯皮里托·桑托修道院的钟声。"

"你知道他是谁吗?"陌生人语气庄重地问。

"我只对他略知一二。"维瓦迪回答。

"你从来没有听说过任何关于他过去的事?"

"没有。"维瓦迪回答。

"没有任何关于他的不寻常的事?"修士追问道。

维瓦迪停顿了片刻,他现在回忆起了当他们被困在帕罗奇地牢中,听到的关于圣波罗的那些晦涩和残缺的故事。那个关于黑色悔罪者在教堂忏悔的供词的故事。但他不敢确定其真假,因为这涉及申多尼。他还记得修士的外衣上沾有鲜血,这是他在帕罗奇地牢里发现的。

这个神秘的修士现在站在他面前。有关他行为的细节画面闪过维瓦迪的脑海。他的头脑就像一个魔法球,那些埋藏已久的事情再度浮现又消散,似乎预示着接下来发生的事。一个不寻常的想法窜入他的脑海,一个他从未去证实的怀疑涌上心头,占据了他所有的理智。他抬起头看着这个面容模糊的陌生人,感觉对方只是个鬼魂。

修士再度开口,加重语气问道:"难道你真的没有听说过任何关于申多尼神父的不寻常的事吗?"

"对于一个连名字都不告诉我的人,我又何必回答你的问题呢?"维瓦迪说道。

"我的名字,早被人遗忘了。"陌生人答道,话锋一转,"你要担心你自己的命运。"

"怎样的命运?"维瓦迪问道,"你这次来的目的又是什么?我请求你,以法官的名义,告诉我你的名字。"

"你很快就会知道的,先担心你自己的命运吧!"

"怎样的命运?"维瓦迪重复道。

"不要再逼我了,"陌生人说道,"只管回答我的问题。申多尼——"

"我已经把我知道的所有关于他的事都告诉你了。"维瓦迪打断道,"剩下的都只是推测。"

"推测?是关于一个黑色悔罪者在圣皮埃塔修道院所做的告解吗?"

"是的!"维瓦迪惊讶地回答。

"告解的内容是什么?"

"我不知道。"维瓦迪答道。

"说实话。"陌生人语气严肃地问。

"告解的内容是神圣的,并会被永远埋藏在告解神父的心底。而我又如何能知道其中的内容呢?"维瓦迪答道。

"难道你从来没有听说过申多尼神父曾犯下一些重罪,他曾试图通过严格的修行来减轻他内心愧疚的事?"

"没有。"维瓦迪说道。

"那你也不曾听说他曾有过妻子或者兄弟?"

"没有!"

"或者他所使用的手法——一点儿暗示都没有吗——谋杀……"

陌生人停了一会儿,好像在等待着维瓦迪将他的话补全。而此时维瓦迪已经惊讶得说不出话来。

"看来你对申多尼一无所知,"修士停顿了许久后说道,"真的对他的过去一无所知?"

"完全不知道,除了我之前提到的那些。"维瓦迪答道。

"那你听好我要说的话。"修士继续道,口气不容置疑,"明晚你还会被带去审问。你会被带到今晚审讯室的楼上那间房。你会遇到很多你未察觉到的不寻常事情。不要惊慌,我也在那里,尽管或许你看不到我。"

"看不到你?"维瓦迪嚷道。

"不要打断我，听着就好。如果有人问你申多尼神父，你就说，他伪装成修士，藏身于那不勒斯的斯皮里托·桑托的一个多米尼加修道院里十五年。如果有人问你他的原名，你就回答——费迪南·布鲁诺伯爵。如果被问到他这样伪装的目的为何，你就引导他们去联想那个在圣皮埃塔修道院做告解的黑色悔罪者。诱使审讯官传召伟大的教诲师安恩索陀·霍瓦利神父，要求他将一七五二年四月二十四日晚，他在圣皮埃塔修道院听到的告解中提到的罪行公布于众。"

"他可能早就忘记那次告解了，都已经这么久远的事了。"维瓦迪说道。

"他恐怕忘不了。"陌生人答道。

"但是如果他泄露了告解的秘密，他的良心难道不会不安吗？"维瓦迪接着问。

"他的罪过会被赦免的，因为这是法庭的要求，"修士答道，"他不能拒绝。之后你再申请传唤申多尼神父，让他解释安恩索陀神父揭露的那些罪行。"修士不再继续，似乎在等待维瓦迪的回应。维瓦迪想了想，说道："我怎么能在一个陌生人的怂恿下做这一切！我的良知或者谨慎都不容许我去断言那些我未曾证实过的事。申多尼是我痛恨的敌人不假，但我不会因此对他做不公正的事。我无法证明他是布鲁诺伯爵，也不确定他就是你暗指的那些罪行的行凶者。我不会在法庭上做一个任人摆布的工具。在法庭上，清白不受耻辱的保护，胡乱猜疑可能会造成死亡。"

"你竟然怀疑我说的事实？"修士用傲慢的口气说道。

"我怎么能相信我不曾证实的事？"维瓦迪回答。

"是的，有的事情是没有证据可提供的。你的情况特殊，你只可以断言，我发誓，"修士提高他空洞的声音，以奇异严肃的口吻说，"我以超越这个世界的力量发誓这是我亲眼所见，我所说的一切都是真的!"

这个陌生人说出了这样的请求,维瓦迪用心凝视他,看着陌生人眼中流露出的不同寻常的情感。维瓦迪的理智却不放松,下一秒他继续说:"我毫无证据。仅凭一个陌生人的断言就指控一个人? 一个陌生人让我指控别人,我却不知道那人错在何处!"

"你不要指控,你只需要传唤他出庭。"

"我依然在进行一项可能是错误的指控,"维瓦迪答道,"如果你确信那些是真的,为什么你不自己传唤安恩索陀作证?"

"我负责别的事。"修士说。

"那为什么不去出庭作证?"维瓦迪追问道。

"我会出席。"陌生人加重语气说道。

尽管有些违背礼数,维瓦迪依然继续他的问题:"以证人的身份?"

"是的,作为一个可怕的证人!"修士回答。

"不是证人,也能传唤他人出庭吗?"维瓦迪迟疑道。

"可以。"修士说。

"为什么你自己可以做的事,却要托付我这个陌生人?"维瓦迪疑惑地问道。

"不要再问了。"修士说道,"你只需回答:你是否会传唤作证?"

"那些罪名,"维瓦迪回答,"听起来太过严重,我无法去证实其真伪。我拒绝你的提议。"

"我说,"陌生人说道,"你就该做!"

尽管畏惧陌生人,维瓦迪还是重申了他拒绝做伪证的意思。他依然不明白自己为什么应该帮助这个陌生人。"我既不认识神父你,也不认识你口中的告解神父安恩索陀。"

"你之后会知道我是谁。"陌生人不悦地说道,从斗篷下抽出自己的匕首。

维瓦迪想起了那个噩梦。

"看着那些污点。"修士说。

维瓦迪看到了那些血迹。

"这些血,"陌生人指着刀锋继续说道,"能救你的命!这就是证据!明晚你会在决定你生死存亡的审讯室中见到我!"

他边说边转身。待维瓦迪回过神来,灯光消失不见了。维瓦迪知道陌生人已经离开了,四周静悄悄的。

维瓦迪沉浸在思绪中。天亮的时候,守卫打开了牢门,按照惯例送来一壶水和些许面包。维瓦迪问起昨晚那个来访者的名字,守卫显得很吃惊。维瓦迪又重复了一遍他的问题。守卫回答:"我从押送你回来后就站在门口,从没有人进入你的牢房。"

维瓦迪注视着守卫许久,找不出任何撒谎的痕迹。"那你有听到什么动静吗?"维瓦迪问,"一整夜都很安静吗?"

"我只听到了圣多米尼克整点的钟声和守卫间传递口令的声音。"

"这太不可思议了!"维瓦迪惊叹道,"怎么会!没有脚步声,没有动静?"

守卫嘲笑他:"没有,除非是守卫。"

"朋友,你如何确定你听到的是守卫的动静?"维瓦迪又问道。

"他们只在传递口令时说话,他们衣服的摩擦声都在同一时间发出。"

"那他们的脚步声呢?如何区分守卫与其他人脚步声的不同?"

"凭他们步伐的轻重程度。我们的鞋子以铁片加固。你为何会有这样的疑问呢,先生?"

"你一直守在门口吗?"维瓦迪问。

"是的，先生。"

"那你整夜都没有听到从我房里传来任何声音？"

"没有，先生。"

"别为自己做过的事担心，朋友。承认吧，你打过瞌睡。"

"另一个守卫和我一起站岗，"守卫有些恼怒地道，"难道他也打瞌睡了？就算他也睡了，没有我们的钥匙，谁能进入你的房间？"

"如果你睡着了，黑夜就不再那么漫长了，朋友。我会为你保守秘密的。"

"什么？"守卫说道，"我在这里工作了三年，竟然被一个异教徒认为我玩忽职守？"

"如果你被一个异教徒怀疑，"维瓦迪回应道，"你就该安慰自己他所说的都是错误的。"

"夜里的每分每秒我们都是清醒的。"守卫依然坚持道。

"这不可能！"维瓦迪说道，"那陌生人是如何进入我牢房的？"

"先生，你在做梦。"守卫顿了顿，补充道，"没有人进入你的牢房。"

"做梦？"维瓦迪重复道，"你如何知道我做梦了？"那些不寻常的画面深深地印在维瓦迪的脑海中，包括那之后发生的更为离奇的事情。维瓦迪猜测守卫话中有话，但没有说出来。

"通常人们睡觉时都会做梦。"守卫解释道，"我猜想你当时睡着了，先生。"

"一个像修士的人昨晚来过我房间。"维瓦迪陈述道，并描述了那个陌生人的外貌。那个守卫听完后若有所思。

"你见过任何类似我描述的人吗？"维瓦迪问。

"没有。"守卫回答。

"或许你没见到过这样一个人进入我房间，"维瓦迪继续道，"你可能在法庭上见过这个人。”

“圣多米尼克保佑！”

维瓦迪对这个回答感到惊讶，就继续追问守卫。

“我并不认得他。”守卫说完，脸色大变，突然离开了牢房。无论是什么导致了守卫的唐突离开，都证明了他在法院的这三年的良好记录已被打破。因为他与一个嫌疑犯交谈太久，不自觉为自己招来了危险。

第二十六章

这不正是死沉沉的午夜吗？

可怕的冷汗挂在我皮肉上发抖。

我在害怕什么？

——莎士比亚

  大约在和前一晚同一时刻，维瓦迪听到有人接近他的房间。当门打开时，他看到了他以前的审讯官们。像以前一样，他们扔给他一个相同的斗篷，还用黑色面纱完全遮住他的眼睛，之后，他们把他带出房间。维瓦迪听到大门关闭的声音，守卫们跟着他一起离开，仿佛完成了他们的职责。之后他再也没有回到那里。此时，他记起了那个陌生人把玩匕首时说的那些话，他担心，他没有让一个怀有明显恶意的人如愿以偿，很可能会为自己招致最大的灾难。但他喜爱清廉的品行没有使他降低人格。他拥有宽宏大量而富有激情的美德，他几乎是欢迎苦难到来的，因为这样可以显示他对敌人的公正。他决心勇敢地面对一切，而不是归咎于申多尼，因为他所说的事情难以考辨真伪。

  维瓦迪被带走时，和前一晚一样，要穿过许多通道，他努力从通道的长度和转弯的弧度来辨别它们是否就是之前走过的。突然，一位审讯官喊道："台阶！"这是维瓦迪听到他说的第一个词。维瓦迪能感觉到地面好像在下沉,他开始往下走。他开始数走的步数,好像他可以从这形成判断:他是否从这走过。当他走到底部时,他觉得自己并没有走过这条路。他的谨慎以前曾蒙蔽他的双眼,现在似乎在暗示着他正去向一个新的地方。

他走过几条街道,然后又往上走,不久后又开始从一条很长的楼梯下来,他不记得曾经走过这里。他们又走过一段很长的路程。从脚步声空荡荡的回声判断,他们是走在地下室里。跟随他们的那些守卫的脚步声已经听不见了,好像就剩他和审讯官。第二段楼梯带他进入一个更加隐秘的地下室,因为他可以感觉得到空气的变化,潮湿的水汽包围着他。他的脑海里总是浮现出那个修士的威胁,好像维瓦迪会在死囚室里见到对方。

审讯官在这个地下室停了下来,他们讨论着,声音十分低沉,很难听清楚在说些什么,除了几个断断续续的字眼,暗示着一些维瓦迪不知道的事情。最后,他还是被带着往前走。不久后他听到了沉重的铰链声,穿过了几扇门。这个情景让维瓦迪确定这就是前晚他来过的地方,并得出结论他正来到法庭大厅。

审讯官们又停了下来,维瓦迪听到铁棒敲了门三次。突然,一个陌生的声音从里面传来,门又被关上了。维瓦迪往前走着,想象着他进入了一个特殊的地下室,那里的空气更自由,能听到空荡荡的脚步回声。突然,像前一个晚上一样,一个声音传唤他往前走,维瓦迪立刻明白他又在法庭上了。审讯官的声音就是之前审讯他的那个人的声音。

"你,文森廷·维瓦迪,"那声音道,"回答你的名字和被问的问题时不要模棱两可,那样只能徒增痛苦的折磨。"

和那修士曾预测的一样,维瓦迪被问及他是否认识申多尼神父。当他和以前回答那些神秘的来访者一样做出回答时,他被告知,他知道的比他承认的要多得多。

"我知道的就这些了。"维瓦迪回答。

"你在闪烁其词，"审讯官说道，"说那些你已经知道的，记住你之前已经宣过誓的。"

维瓦迪沉默不语，直到法庭席上一个洪亮的声音下令让他尊重他的誓言。

"我尊重发过的誓言，"维瓦迪说，"我恳求你们相信，我也尊重事实。我声明，下面我要说的，我并没有把握，对此提不出任何证据。"

"尊重事实！"法庭上另一个声音说。维瓦迪觉得这个声调像极了修士的声音。他停顿了片刻，这告诫的声音又出现了。维瓦迪复述了陌生人和他说的关于申多尼家族的事情，以及那神父在圣皮埃塔修道院的伪装。但是他不肯说安恩索陀这个名字，以及所有能与那次意义非凡的坦白联系在一起的场景。维瓦迪最后再次声明，他没有充分的理由相信那些就是事实。

"那你将它们复述出来，依据是什么？"牧师长问道。

维瓦迪沉默着。

"到底依据是什么？"审讯官严厉地询问着。

维瓦迪犹豫了一会儿说："我想要说的，神父们，非常离奇。"

"颤抖吧！"一个声音靠近他的耳朵说，他立即听出是修士的声音。声音的迅雷不及掩耳使他震惊，使他无法完整地说完这句话。

"你说的这些依据是什么？"审讯官询问道。

"不知道，即使我自己也不知道！"维瓦迪回答。

"不要拐弯抹角！"牧师长说。

"我郑重抗议！"维瓦迪说，"我不知道我的告密者的名字和他的情况，在他谈及神父申多尼之前我甚至从来没有见过他的脸。"

"颤抖吧！"同样低沉有力的声音回响在他的耳边。维瓦迪一惊，下意识地朝声音的发出方向转过去,尽管此时他的眼睛无法帮助他满足这个好奇心。

"你说有一些重要的内容需要补充,这很好。"审讯官说道,"很显然你期望从法官这里得到一些重要的信息,因为你认为他们会相信这些断言。"

维瓦迪太骄傲了,他甚至不愿意尝试去为自己洗清如此恶劣的指控,或是做出任何回应。

"你为什么不要求传唤神父安恩索陀?"有个声音说道,"记住我的话!"

维瓦迪再次被这个声音镇住了,一瞬间,他犹豫着不知该如何行动,但也就在那一瞬间,他又找回了勇气。

"我的线人站在我的身边!"维瓦迪无畏地说,"我认得他的声音!留住他。这很重要。"

"谁在说话?"审讯官问道,"除了我没有其他人在说话!"

"谁在说话?"牧师长问道。

"这声音离我很近,"维瓦迪回答,"声音很轻,但我很熟悉。"

"这不是狡猾,就是绝望的狂怒!"牧师长说道。

"除了大家都知道的人,没有其他人在你身边,"审讯官说,"他们迫不及待地要执行他们的本职工作,如果你拒绝回答问题的话。"

"我坚持我的说法,"维瓦迪回答,"我恳求揭开我的面纱,让我能够知道我的敌人是谁。"

在庭审委员会私下商议之后,维瓦迪的提议被批准了。面纱被掀开了,维瓦迪发现站在他身边的都是熟悉的人。和往常一样,他们的脸都是被遮住的。在这些人中间应该就有那位神秘的敌人。如果那位敌人是地球上的公民的话,那么他一直在追踪着维瓦迪。维瓦迪请求命令他们亮出自己的身份,露出自己的样子。他的这个请求遭到了严词拒绝,提醒他不要忘记神圣而不可亵渎的法律和信念,即被任命在这个庭审委员会就职的成员不应该遭到罪犯的报复,即使惩罚罪犯是他们的责任所在。这是庭审委员会曾经发誓保证过的。

"他们的职责!"维瓦迪叫道,从他的警惕看出了强烈的愤慨。"信念使神圣与恶魔并存!"

没等庭审委员会命令,守卫们就立刻给维瓦迪盖上了面纱。维瓦迪觉得自己在他们的掌控中。然而,他努力地挣脱手上的束缚。最终,他挣脱了他们的掌控,再一次掀开面纱,但守卫们当即按命令替换面纱。

审讯官要求维瓦迪回忆下当时谁也在场,并警告他抵抗会招致惩罚。除非他可以给出一些实例来证明他上述言论的真假,否则对他的惩罚将立即执行。

"如果你想要我说更多的话,"维瓦迪回答,"我要求,至少要保护我免受那些守卫的暴力。如果他们乐意看到囚犯的痛苦,我将坚定地保持沉默。既然我必须受苦,就要按照庭审法来执行。"

牧师长,或者也被叫作总审讯官,承诺维瓦迪给予他所要求的保护,并要求维瓦迪同时说出他刚刚听到的话。

维瓦迪考虑,虽然法律的公正使他避免在没有证据的可疑情况下指责敌人,但正义和常识都没有让他为自己所处的尴尬处境做出牺牲。因此,他毫无顾忌地承认那个声音让他要求法庭传唤圣皮埃塔修道院的神父安恩索陀。还有神父申多尼,他可以对指控做出最好的回答,但他就处于与神父安恩索陀相对立的位置。维瓦迪急切地一再声明他不知道指控的本质,也认为这不存在任何公正的理由。

这些言论使庭审进入了新的困境。维瓦迪听到各种声音辩论着,压得低低的,持续了相当长的时间。在此期间,他竟有些闲暇时间来思索这些熟悉的人中哪一个是那个神秘的追踪者,还有思索着他为何竟在那不勒斯驻留这么长时间。

讨论一段时间之后，庭审继续。维瓦迪被问到他对神父安恩索陀了解多少。维瓦迪立即回答说神父安恩索陀对他而言就是陌生人，他对住在那儿的任何一个人都不熟悉，对圣皮埃塔修道院也不熟悉。

"怎么会！"大法官问道，"你忘了那个叫你要求法庭传唤神父安恩索陀的人了？他对神父安恩索陀有一些了解。"

"对不起，我没有忘记，"维瓦迪答道，"请大家记住我对那个人不熟悉。因此，如果他给我任何关于神父安恩索陀的描述，我不能分辨其真伪。"维瓦迪再次向法庭声明，他没有要求传唤安恩索陀或其他任何人到他们面前，他只是遵守命令重复陌生人说的话。

法庭承认这一禁令的正当性，并且消除了他对传唤后果的顾虑。但这一安全的保证并不足以安抚维瓦迪，他担心自己使无辜的人遭到怀疑。在一阵沉默之后，大法官再一次问他。

"你对线人给出的描述，"他说，"太离谱了，不足为信，但你发现他让你指控时你极不情愿。从这一点来看，至少对你而言传唤不是恶意的。但你确信你没有欺骗自己吗？那个在你身旁的声音不是你假想出来，由你激动的心情而引发的？"

"我敢肯定。"维瓦迪坚定地回答。

"这是真的，"大法官说，"当你惊呼你听到了告密者的声音时，有几个人在你旁边。但是除了你没有其他人听到了！"

"那些人在哪里？"维瓦迪问道。

"他们被遣散了，对你的指控感到震惊。"

"如果你能传唤他们，"维瓦迪说，"并命令他们揭开我眼睛上的面纱，我将毫不犹豫地把告密者指出来，如果他还在他们中间的话。"

法庭下令叫他们出席，但新的困难出现了：刚才的人群由哪些人组成他们已经不记得了。所以只有小部分人被集合起来，也就是这些人被传唤上庭。

维瓦迪庄严地等待着，听到了他身边的脚步声和人们聚集的嗡嗡声。他焦急地等待着那些可能使他重见光明的话语，或许，它们也能把他从不确定中解救出来。过了一会儿，他听到法庭下命令，他的面纱又一次被揭开了。维瓦迪被命令指出指控者。维瓦迪匆匆朝身边的陌生人瞥去。

"灯光很昏暗，"他说道，"我分不清谁是谁。"

法庭下令将屋顶的灯垂下来，这些陌生人分别站在维瓦迪的两旁。等这些都做完后，维瓦迪的目光再一次瞥向人群。"他不在这里！"维瓦迪说，"这些面孔中没有一个是帕罗奇的修士。但先别离开；那个躲在人群后面站在阴影里的是谁？让他掀开他的斗篷！"

人群退后，维瓦迪指着的那个人被单独留在那个圈子里。

"他只是法院的一位工作人员，"维瓦迪身边的那人说，"除非法庭下令，没有人能强迫他说出自己的身份。"

"我要求法院下达这样的命令。"维瓦迪说道。

"谁要求的？"维瓦迪认出这是那个修士的口气，然而他不知道这声音从何而来。

"我，文森廷·维瓦迪，"维瓦迪答道，"以我一个公民的基本权利，命令你露出真面目。"

法庭上一阵沉寂，只有一些小声的交谈。与此同时，那个人依然蒙着面，一动不动地站着。

"原谅他，"那人抢在维瓦迪开口前说道，"他有理由不暴露自己的身份，你不用胡乱揣测。他是法庭的工作人员，并不是你猜测的那个人。"

"或许我猜到了他不暴露身份的原因，"维瓦迪提高声音继续说道,"我请求法庭,也命令你,独自站立在那个圆圈里的人,你这个穿黑斗篷的人,露出你的庐山真面目来。"

随即,法庭上一个洪亮的声音说道:"以至高无上的宗教法庭的名义,我们命令你将自己的真面目公布于众!"

那个陌生人颤抖了一下,没有丝毫犹豫地摘下了斗篷。维瓦迪紧紧盯着他,结果却发现他不是修士,只是一个曾见过一面的审讯官,但自己甚至不记得到底是在哪里见过对方。

"这不是我的线人。"当那个陌生人脱下斗篷时,维瓦迪很失望地说,人群渐渐聚拢。

维瓦迪说这话时,审讯官们用怀疑的目光互相对视,但都保持沉默。直到大法官挥了挥手,似乎想引起众人的注意。他对维瓦迪问道:"这么说来,你之前见过你的线人。"

"我之前就这么说过。"维瓦迪答道。

大审讯官询问他在何时何地见过。

维瓦迪回答:"昨晚在我的牢房里见过。"

一位审讯官傲慢地说:"在你的牢房里,也是在你的梦里吧!没错!"

"在你的牢房!"几名低等法院的法官嚷道。

"他还在做梦!"审讯官说道,"神圣的神父们! 他滥用你们的耐心,恐怖的狂乱已经欺瞒了他的轻信。我们忽视了那些时刻。"

"我们必须进一步调查,"另一个审讯官说,"这是欺骗。如果你,维瓦迪,承认这是个谎言,颤抖吧!"

不知是维瓦迪记忆中还在回响着修士对他说的话,还是刚才这人说的这个词与之很相似,当那个审讯官说到"颤抖"一词时,维瓦迪几乎惊跳起来,并问这话是谁说的。

"这是我们的职责。"审讯官说。

几个法庭人员短暂讨论之后，大审讯官命令将那一晚维瓦迪监狱里的看守带到法庭上来。早前被传召进来的人，受命撤回，并且在看守的人员来之前一切的怀疑应该停止。维瓦迪只听到审讯官低声交谈，他们一起私下交谈时，他仍然沉默着，思考着，惊愕着。

　　当看守出现，被问到前一天晚上谁进过维瓦迪的牢房时，他们毫不犹疑地说："从囚犯受审后的半个钟头时间到第二天早晨，门卫和平时一样给囚犯面包和水，没有任何人从门口进来。"他们坚持这个说法，没有丝毫的含糊，但是直到真相大白之前他们的行动也受到了限制。

　　然而，对这些人的诚实度的怀疑（有人承认这一点），使这些人所说的一切都不足以证实假定不成立。相反，来自法庭的怀疑因复杂而增强，他们对每一点都犹疑不定，直到把事情越搞越复杂，而不是给人们以真正的真相。较之于刚才，大家对维瓦迪异乎寻常的诚实言论更加怀疑起来，大审讯官告诉维瓦迪，假如在进一步审理这个案件的过程中，他还是对审讯官的可信性指手画脚，那么维瓦迪必将为他的胆大妄为付出代价。但从另一方面来说，看守们玩忽职守这个可能性也是存在的，如果昨晚正好有人进入了牢房，法庭的判决将会是完全不一样的。

　　维瓦迪想，为了让人相信，他现在必须对那个人和修士的长相做进一步详细、正确的描述，但却不能提及那把被人展示的匕首。当他讲话的时候，法庭上笼罩着一片浓重的寂静，这不仅仅是因为大家都集中了注意力，还因为大家都很震惊。维瓦迪自己也惊呆了。在他结束自己的言论后，几乎是在期望着修士发出抗议之声或威胁性报复，但大家还是一片肃静，直到第一个审问他的审讯官用庄严的语气开口，平静才被打破。

　　"我们已经集中注意力听了你的陈述，并且会对这件案子进行全盘调查。你说的有些要点让我们很吃惊,我们会特别审慎地处理。你现在从哪儿来就回哪儿去——今晚睡觉就别再恐慌了——你不久之后就会知道更多。"

维瓦迪立刻被带离了法庭,仍然被蒙住眼睛带回牢房,那个他以为自己再也不用回来的地方。当牢门关上的时候,他注意到这些看守的人已经换了。

他再次回到寂静的牢房里,回忆着法庭上发生的一切:他们问他的那些问题;审讯官们各不相同的态度;修士传来的声音;他认为这声音和一个审讯官说"颤抖吧"时声音极为相似。他想了各种情况,但都无法打消他的忧虑。有时,他倾向于认为那个修士就是一个审讯官,他的声音一次又一次地从法庭上传来。但他记得,不止一次有人靠近他的耳朵说话,他也知道,在审问犯人的时候,法庭成员们并没有离开他们的位置,而且,即使他们敢这样做,他们的衣服也会很容易使其暴露于众目睽睽之下,因而当维瓦迪大声喊他听到的声音是线人的声音时,他们也会招致怀疑。

然而,维瓦迪无法不讶异地沉思起他的主审审讯官最后让他回牢房时说的那些话。这些话之所以让他倍觉惊讶,是因为这是总审讯官第一次对嫌疑犯进行安抚和慰藉。维瓦迪甚至想,这些话是否预示着今晚那讨厌的到访者不会再来骚扰他。他将不再担忧,即使不是期盼,如果他获准拥有一盏灯或任何用以自卫的武器,如果,说实话,那陌生人对武器还是挺怕的。但是,这样他就会被置于神秘而强大之人的阴谋之中——这个人他冒犯了,想要不焦虑、不担心地保持镇定,需要的是比勇气多一点的东西,或是比理性少一点的东西。

第二十七章

好像雷电一般冲进我的灵魂，
即使在远处，它突然爆发了，
震耳欲聋。审判来临了。
——卡拉克塔库斯

因为维瓦迪最近一次审讯中发生的事，大忏悔师安恩索陀及申多尼神父被传唤上庭。

申多尼在前往罗马的路上被捕，那时他正努力为释放维瓦迪而奔走，然而徒劳无功，因为申多尼发现解救他比起让他遭受牢狱之灾要难得多。协助申多尼的人对自己的能力过分自信，或者是行事过于谨慎小心。尽管法庭设置了层层障碍，阻止维瓦迪的朋友得知这个消息，申多尼还是迫切地希望维瓦迪出狱，这样维瓦迪的家人就不会知道维瓦迪被关这件事。如果维瓦迪的家人得知他被关这个消息，申多尼担心自己会招致侯爵一家的厌恶与仇恨，而今，他所有的愿望与兴趣都在于与其达成和解。在申多尼心中，依然希望埃伦娜与维瓦迪能于维瓦迪获释后秘密地成为正式夫妻。即使维瓦迪曾因为申多尼的作为而怀疑过他，成为申多尼的女婿后也会将自己的怀疑永远埋藏心底，日后也再不用担心。

维瓦迪怎么也不会想到，自己从了陌生人的意愿，向法庭提出传召申多尼神父出庭的行为或许是在阻止自己与埃伦娜·罗萨尔巴的婚事。他也不会想到，这种揭露会导致什么样的后果，虽然他自己所处的特殊境地使他很难阻止自己的行为。不过，如果他已经明白了事情的原委，他会勇敢面对法庭的威胁，并宁愿面对死亡，也不会因提议传召而抱憾。

申多尼并不知道自己为什么会被捕入狱，但他认为这是因为法庭认为他是指控维瓦迪有罪的人。他曾随口提到维瓦迪在斯皮里托·桑托做忏悔时冒犯了一位神父，轻视了天主教。但申多尼无论如何都猜测不出，法院是如何知道他就是事件中的那个神父，而真正的指控者又是谁。他甚至认为法院逮捕他只是为了得到证明维瓦迪有罪的证据。他知道他应该据理力争，尽全力为维瓦迪开脱，借此希望两人之前的恩怨一笔勾销。但申多尼还是有些担心，维瓦迪家人可能会得知维瓦迪入狱或者指控者的消息，从而导致自己被捕。然而关于这一点，申多尼担心得不多。只要他在这件事情上拖得越久，这些消息被走漏的可能性就越小，对他的影响也越小。

维瓦迪再次被传召上庭是和申多尼及安恩索陀神父一起。他们二人上庭前接受过单独审问。安恩索陀神父陈述了那次忏悔的经过，那是在一七五二年圣马可节的前夜。法庭赦免了神父这一泄露行为。审讯过程不得而知，然而在对神父的第二次审讯中，他被要求复述那次忏悔的内容。基于他陈述的内容，法庭可直接判定申多尼是否有罪，而维瓦迪是否诚实。

当晚，法庭对相关人员进行了一场详细的审问。一些非必要在场的审讯官们及法院中与证据、法官们无直接关系的人员都被要求退庭。这之后，守卫将嫌疑犯们带上法庭，然后离开。法庭上一阵沉默。无论嫌疑犯们在想什么，他们对于开庭都是同样地迫不及待。

大牧师对着他左边的一个人耳语了几句，一位审讯官站了起来。

他说:"来自那不勒斯,斯皮里托·桑托,多米尼加修道院的申多尼神父,如果你在场,请现身。"

申多尼迈着有力的步伐走上前,在胸前画了个十字,向法庭席弯腰致敬,静静等待法官的指示。

接着受到传唤的是忏悔师安恩索陀。维瓦迪注意到他步履蹒跚,深深地向法庭席鞠了一躬。最后是维瓦迪上庭。他显得沉着冷静,表情严肃,丝毫没有沮丧的样子。

这是申多尼与安恩索陀第一次面对面。在见到圣皮埃塔修道院的忏悔师后,申多尼依旧面无表情。

大牧师首先发问:"来自斯皮里托·桑托的申多尼神父,你是否认识你面前的这位? 他是黑色悔罪者派的大忏悔师,并且掌管那不勒斯的圣皮埃塔修道院。"

申多尼斩钉截铁地回答:"不认识。"

"在这之前你都没见过他?"

"从未见过。"申多尼答道。

"你发誓?"大牧师长继续道。申多尼发誓保证。接着法庭问了安恩索陀同样的问题,出乎维瓦迪和在场大部分人的意料,忏悔师否认见过申多尼,只是他的回答并不如申多尼那样果断。当被要求发誓保证时,安恩索陀拒绝宣誓。

接着法庭传唤维瓦迪指认申多尼。维瓦迪表示让他指认的这个人就是申多尼神父,一个来自斯皮里托·桑托的修士。同时,维瓦迪再次重申,他对申多尼再无更深的了解。

申多尼对维瓦迪如此坦白的回答有些惊讶,但他习惯往坏的方面想。他毫不犹豫地认为维瓦迪看似坦白的陈述中必然隐含着对自己的恶意。

经过例行程序之后,法庭要求安恩索陀陈述发生在圣马可节那晚那次忏悔的细节。在法庭上，这样的审讯依然是不公开的。

在宣誓保证所说的都是实话之后，安恩索陀的陈词被一字不差地记录了下来。维瓦迪认真地听他讲述，被其中一些场景所吸引，并渐渐发现自己的命运已经与他们所揭发的真相紧密相连了。维瓦迪万万没有想到，这场控诉的主角申多尼，竟然是埃伦娜·罗萨尔巴的父亲！

安恩索陀复述了自己的名字和头衔，便开始了他的陈述："那天是一七五二年四月二十五日，当晚我按惯例，坐在圣马可教堂的忏悔室中。我听到从我左手边的忏悔室里传来低吼声。"

维瓦迪觉察到这个时间与陌生人提及的完全吻合，他心中对之后发生的事有了一个大概的轮廓。同时他开始信任那个不同寻常又未曾谋面的陌生人。

安恩索陀继续道："我没有预料到忏悔室有人，所以心生警觉。我知道忏悔室里应该没人，我也没看到有人经过走廊。但当时已经是日落之后，圣安东尼奥神殿中的蜡烛只能发出微弱的光，我可能没注意。"

"长话短说，神父，"一直盯着维瓦迪看的审讯官开口说道，"直奔主题。"

"那些低吼声时有时无，"安恩索陀继续道，"伴随着长久的沉默。那人饱受痛苦和负罪感折磨，渴望借坦白罪行来解脱。我试图安慰这个忏悔者，尽我所能给予他怜悯和宽恕，但无济于事。他罪孽深重，无法用言语表达，他再也无法隐瞒下去。他心底的秘密快要藏不住了，他想要得到赦免，即使要以最严厉的苦修为代价。"

"那事实呢？"审讯官问道，"这些都只是猜测而已。"

"马上就到事实了。"安恩索陀低下头答道，"那些事实会让你们震惊，法官们！我也因此惊讶过，虽然不是出于同一个原因。我尽力为忏悔者打气，并向他保证，只要将罪行说出来，并真心悔改，就能得到赦免，无论是多么严重的罪。忏悔者不止一次开口，又突然放弃。有一次他甚至离开了忏悔室，平息自己激动的情绪。那时他在走廊上慌乱地来回走动，这也是我第一次观察到他的身形。我记得他身穿白色托钵修士服。在我记忆里，现在站在我面前的申多尼神父的身形和他相似。"

当安恩索陀说完这话，全场的目光就聚集在申多尼身上。只见他一动不动地站在原地，低头看地。

安恩索陀继续道："我并未看清他的脸，他也隐藏得很好。因此除了他的身形，其他特征我并不能指认。而忏悔者的声音，我永远都不会忘记，即使隔了再久我也能辨识出来。"

"你出庭以来，有再听到过他的声音吗？"法庭席上的一人问道。

"接下来呢？"审讯官追问，"别岔开话题，神父。"

大法官示意刚才这个问题很重要，应继续追问。审讯官附和，但他认为当下提出这个问题并不具有相关性。于是，法庭命令安恩索陀继续讲述那次忏悔的内容。

"当那个陌生人下定决心坦白一切后，他重新回到了忏悔室。他隔着格栅，颤颤巍巍地说出了一切。"

安恩索陀神父顿了顿，似乎有些激动。他试图鼓起勇气将那天的一切说出来。法庭上一片沉寂。法庭席上的人盯着安恩索陀和申多尼。此刻的申多尼，承受着那些严厉目光的直视，重重怀疑，却依然一动不动地站着。不管申多尼是坚信自己的清白，还是无视自己的作恶多端，他的脸上始终没有任何表情。维瓦迪从神父开始陈述时就注意观察申多尼，他觉得申多尼并不是描述中的那个忏悔者。最后安恩索陀整理好思绪，继续道："'我这一生，都被我的情绪所掌控，并且达到了一种疯狂的程度。我有个哥哥。'忏悔者停顿了一下，发出一阵低吼声，表明了他内心的煎熬。最后，他接着说道：'他结婚了。听我说，神父，像我这样的罪过能否得到饶恕。我的嫂子是个美丽的女人，我爱上了她。她是如此纯洁，我好绝望。'忏悔者语气凶狠地说道：'神父，你永远都不会知道绝望到发狂的心情！它主导你所有的情绪，我尝试了各种方法，希望摆脱这种折磨。我的哥哥死了——'忏悔者顿了顿。我听着不住地发抖，紧闭双唇，尽力克制住自己。接着，我让他继续说。'我哥哥葬身他乡。'忏悔者再次停了下来。他沉默了很久，我决定开口问他哥哥的死因。'神父，是我杀死了哥哥！'忏悔者说道。我永远忘不了那时他说话的声音。"

安恩索陀沉浸在回忆里，半晌没有说话。维瓦迪听完转头观察申多尼的反应，试图判断他是否就是那个忏悔者。然而申多尼依旧是先前的态度，低头看地。

"继续说下去，神父。"审讯官说道，"你是如何回答他的？"

"我保持沉默，但最终我让他说下去。'我策划让我哥哥死在他乡，这样我就可以撇清罪行，嫂子也不会怀疑哥哥的死因。服丧期之后没多久，我向嫂子求婚了。然而她忘不了我哥哥，所以她拒绝了我。我很恼怒，于是设计赶她出家门。最终她为了保全头衔，下嫁于我。我出卖了自己的良心，却没有换来幸福。她毫不掩饰对我的蔑视。我被她的行为激怒，开始怀疑她对我的轻视并非仅仅是厌恶。最终我产生了嫉妒之心，它占据了我的头脑，让我变得疯狂！'

"那时的忏悔者似乎陷入了癫狂的状态，时不时地抽搐着哭泣，说话断断续续又模糊不清。过了一会儿他平息了下来，继续他的忏悔：'不久我就找到了嫉妒来源的对象。那是一位住在附近退休了的男士。我猜他爱上了我的妻子。而且每次他出现的时候，我妻子总是显得特别高兴。她看起来特别喜欢与他聊天。有几次我甚至想，我的妻子是故意在我面前表现出对他的好感。每次她提到他的名字,那种愉快的语气、嘲讽的眼光都在折磨我。或许,我错把怨恨当作爱了吧。而她嫁给我只是为了折磨我,让我嫉妒。致命的错误啊!她自己也受到了惩罚!'"

"不用太细枝末节,神父。"审讯官说道。

安恩索陀低下头继续道:"'一天晚上,'忏悔者接着说,'我出其不意地回家,却得知有人和我妻子在一起。走近他们所在的房间,我听到撒齐的声音,他似乎很悲伤,在恳求着什么。我静静听着,有些怒火中烧。我努力克制住自己,打开走廊上的一个小暗格,查看房内的情况。我妻子坐着,那个男人跪在她面前。不知道是不是妻子听到了我的脚步声,或者从暗格里看到了我在那里,又或者她本就厌恶那男人的动作,她立刻站了起来。我没来得及问她原因,只是握紧了匕首冲进房内,想杀死那个男人。他却从花园逃走,不见了踪影。''那你的妻子呢?'我问。'她胸前插着那把匕首!'忏悔者答道。"

安恩索陀的声音有些颤抖,这部分的回忆让他感到难以继续说下去。鉴于他的状况,法庭示意他坐下休息。好一阵子后,他才缓过来,继续说道:"法官大人们,设想一下,我当时会是什么感觉啊!我就是爱慕那个女人的人,那个忏悔者口中想要杀死的人。"

"那个女人是清白的吗?"一个声音问道。注意力还停留在安恩索陀身上的维瓦迪发现说话的人是申多尼。听到他说话,安恩索陀立刻转身,紧紧盯着他看。过了很久,他回答:"她是清白的。"他又强调说,"她是最纯洁善良的人。"

申多尼没再追问下去。法官们低声讨论着,渐渐地,他们的声音变大。最终,法官们示意记录官将申多尼的问题记录下来。

"你刚才听到的声音是忏悔者的声音吗?"审讯官问安恩索陀。"你说过,你能辨认出他的声音!"

"我想是的,但我不确定。"安恩索陀答道。

"如此不确定的回答!"审讯官说道。他自己从来都是说一就是一。

"为了知道那个凶手的身份,我退出了忏悔室。然而由于情绪过于激动,我昏过去了。醒来时,他已经逃走了。到现在我也不曾见过他,所以我并不能确定眼前这人就是他。"

审讯官还想继续问,牧师长却挥手阻止了他。牧师长问安恩索陀:"神父,或许你不认识斯皮里托·桑托的修士申多尼,那你是否能确定他是你的老朋友,布鲁诺伯爵?"

安恩索陀再次仔细打量申多尼,看了许久。而申多尼依然无动于衷。

"不!"神父答道,"我不敢妄下结论说这就是布鲁诺伯爵。如果这就是他,那他一定改变了很多。我确定那个忏悔者是布鲁诺伯爵。他提到我的名字时说我是他的客人,一些特定的场合也只有我和他才知道。但是我重申,我不确定申多尼神父就是那个忏悔者。"

"但我可以!"另一个人说。维瓦迪转身看到那个神秘的陌生人走上前。他的斗篷掀起,脸上带着威胁的表情。申多尼看到那人时显得有些激动,表情开始变化。

大法官不说话,却显得有些吃惊。维瓦迪正要开口说"这是我的线人",陌生人却先开口了。

"你认得我吗?"他语气严厉,态度坚定地问申多尼。

申多尼不说话。

"你认得我吗?"陌生人又问,口气依然严厉。

"认得!"申多尼含糊地答道。

"那你认得这个吗?"陌生人提高声音吼道。只见他从斗篷下拿出一把匕首。"你还认得这些残留的污迹吗?"陌生人抬手提起那把匕首,指向申多尼。

申多尼把脸转开,似乎不愿看到这些。

"就是这把匕首杀死了你哥哥!"陌生人说道,"要我说出来吗?"

申多尼似乎被抽去了全身的力气,勉强靠在大厅的一根柱子上支撑自己。

全场的人都有些惊慌失措。这个陌生人的突然到来及其行为对于大部分法官来说是个巨大的冲击。一些官员们从座位上起身,另一些大声呼唤看门的守卫,质问着是谁放任这个陌生人闯入法庭的。而大法官与几个审讯官私下讨论着,时不时看看那个陌生人和申多尼,似乎就是在谈论着关于他们两人的事。与此同时,那个陌生人一直手握匕首,死死盯着申多尼。申多尼则依然是躲闪着陌生人的目光,倚靠着大厅柱子。

最后,大法官示意所有起身的同僚们坐回自己的座位,所有人员退回自己的位置。

大法官开口道:"同僚们,在这个重要的时刻,请保持冷静。审判继续。之后我们会讨论指控者的出庭。现在就让他与申多尼神父当堂对质。"

"让他说!"法官们点头齐声说。

维瓦迪试图在那阵混乱中发言,却无功而返。在法官们允许指控者陈述之后,法庭上安静了下来。维瓦迪正欲开口,几位法官要求审判继续。大法官再次要求保持肃静。终于,法庭允许维瓦迪进行陈述。他指着那个陌生人说:"这个人,就是那晚来我牢房的人。当晚他给我看过那把匕首。也是他,让我提出传唤安恩索陀神父及申多尼神父出庭。我没有其他要交代的了。"

法庭席上再次响起嗡嗡的讨论声。与此同时,申多尼似乎控制住了自己的情绪。他向法庭席鞠躬,似乎有话要说。待到全场安静下来,他开口道:"法官大人,站在你们面前的这个陌生人是个骗子。

我想说明,这个指控我的人曾经是我的朋友——你们也看到了,他的不诚实对我的影响有多大。他对我的指控是子虚乌有,含血喷人!"

"曾经的朋友!"陌生人加重语气回应,"是什么使我成了敌人!看看这些斑点,"陌生人指着匕首的刀锋,"这些是无中生有,含血喷人吗?这些难道不能反映出你的良心?"

"我根本不知道这些,我问心无愧。"申多尼回答。

"上面留着一个哥哥的血迹!"陌生人说道。

维瓦迪一直注视着申多尼。他注意到申多尼脸色铁青,不敢正视这个不寻常的陌生人。他已故的哥哥对他的影响似乎也很大。申多尼恍惚了一下,接着他开口道:"法官大人,请容许我做自我辩护。"

"法官大人,"陌生人严肃地说道,"请让我揭露一切!"

申多尼似乎下定了决心,对审讯官说:"我要证明,他说的一切不足为信。"

"我会证明我说的是真的。"陌生人说道,他指着安恩索陀,"他就足以证明布鲁诺承认自己犯下了杀人的罪行。"

法庭一片寂静,因为陌生人对安恩索陀的要求。安恩索陀被问到是否见过这个人,他否认了。

"再好好想想。"大审讯官说,"事关重大,你必须老实回答。"

安恩索陀仔细打量了这个陌生人一会儿,依然否认见过这个人。

"你真的从没有见过他吗?"

"从没有!"安恩索陀回答道。

大审讯官保持沉默,但他的视线在两人身上来回打转。

"他说的是事实!"陌生人回答道。

这个异乎寻常的事实足以让法庭上的任何人震惊,包括维瓦迪本人。起诉申多尼的陌生人态度坚决,这使得维瓦迪不得不相信申多尼是有罪的。申多尼不可能承认自己如此深重的罪行,除非他自己肯忏悔。但从现在的情况来看，他非但不承认这个陌生的神父说的话，甚至说自己不认识他。维瓦迪依旧不明白，这个陌生的神父如此坚定自己的证词到底是为了什么。但令人惊讶的是，在短暂的停顿后，大审讯官高声宣布法庭决定重新调查这个案件，这最终也证实了维瓦迪的猜测。

"文森廷·维瓦迪，你必须如实回答以下问题。"

接着，维瓦迪就被问到一些关于那个在监狱里探访过他的人的问题。维瓦迪回答得清楚、简单，字字坚决，和指控申多尼的那个陌生人的证词一致。

当被问起维瓦迪说的是否属实时，陌生人毫不犹豫地承认均为事实。接着，他又被问到去监狱探访维瓦迪的动机是什么。

他回答："为了正义，让凶手得到惩罚！"

大审讯官说道："公开的审判是能够带来公平公正的。假如你确定这个罪名成立，你会自己上诉，而不是暗中去监狱里探访囚犯，给他灌输你的那些看法，借他的口让凶手服法认罪。"

"但我并没有扭曲事实。"陌生人平静地说道，"我自己也出庭了。"

听到这些话后，申多尼情绪再次激动起来，甚至用帽子盖住了自己的眼睛。

"这就是公正！"大审讯官说。他又对陌生人说："但是你既没有说你是谁，也不曾说过你从哪里来。"

对于这些问题，陌生人没有回应，但申多尼又重新振作起来。他敦促这个起诉他的陌生人必须回答这个问题，不然那些对他的控告就是恶意的污蔑和说谎。

"你是在逼我证明自己所说的吗？你真的敢吗？"陌生人质问道。

"我为什么不敢？"申多尼回答道。

"问问你的良心!"陌生人皱眉道。

法官们再次对调查结果产生了怀疑,纷纷私下交头接耳。

这次,申多尼没有再讲话。维瓦迪发现,这次申多尼再也没有将视线投向陌生人,很明显是在躲避他,好像是完全被震慑住了一般。从现在的情况和申多尼的表现来看,维瓦迪觉得申多尼是有罪的,但他却不想认罪。不知怎么,出于第六感,维瓦迪认为申多尼如此避免和这个陌生人眼神接触,不仅仅因为陌生人是这起案件的共犯,更有可能陌生人才是真正的凶手。在这种情况下,面对那个手中持有凶器的人时,即使是申多尼这种狡诈严谨的人也不得不恐惧。另一方面,维瓦迪又认为一个真正的罪犯不可能为了指控自己的同伙而自愿出庭作证。因为如果他的同伙罪大恶极,他自己的罪行也不会比同伙少。

在审判开始时,陌生人那种不正常的行为激起了维瓦迪的思考,很显然他并不愿意在法庭上露面,可他那可怕却又神秘的计谋使得申多尼被法庭传唤,使得安恩索陀指控申多尼。至少在维瓦迪看来,陌生人这种对自己所犯下的罪行的害怕像是一种预谋,又带着复仇的渴望,最终让他出庭作证。假如陌生人仅仅是因为要维护正义而出庭,他不可能使用如此卑劣、迂回的方法,而是会寻找正常的途径,更何况他手中已经掌握了能证明申多尼有罪的证据。除此之外,陌生人一直不透露自己的真实身份,以及自己来自何处,更让维瓦迪猜测申多尼是无罪的。然而维瓦迪在这一点上细想了很久,始终想不通为什么陌生人要保持神秘。因为他这样固执己见,很有可能影响证词的真实性。就像对于维瓦迪来说,他不相信法庭会因为这样的证词判申多尼的罪。即使宣判了,公众也会要求他揭露自己的身份,何况是法官们呢!而且他肯定设想过在法庭上这么说会发生怎样的状况,但即使这样,他仍然这么做了。

这就让维瓦迪联想到了陌生人来监狱看自己这件事,以及在他来监狱之前自己做的那个梦,他能够自由出入牢房,封住守卫的口风,以及其他一些难以理解的细节。就像他现在打量对方粗犷的外貌,一如他之前见到这张脸时的猜想,这个人好像不是人类。

"我曾经听说,枉死的灵魂,"他自言自语道,"会一直声讨正义,直到真相大白。"但维瓦迪打消了这个不够完美的想法,虽然想象力让他产生了奇妙的想法,并且承认这种将所有事情延伸扩展到灵魂层面的观念,与这个严肃的定义产生了共鸣。但现在他放弃了这个让他感到恐惧又有些荒诞的设想。他现在迫切地等待着审判的最终结果,以及这个陌生人接下来的举动。

经过深思熟虑,法庭还是决定根据他们的惯例,首先审问申多尼是否认识这个起诉他的人。还是那个当初审问维瓦迪的审讯官说道:"你,申多尼神父,那不勒斯斯皮里托·桑托修道院的神父,或者说是布鲁诺伯爵,我问你,你知道这个指控你的人的名字吗?"

"我并不是布鲁诺伯爵,但我知道这个人的名字,他叫尼古拉·赞帕里。"

"介绍一下他的情况。"

"他是斯皮里托·桑托的多米尼加修道院里的神父。我对他的家庭一无所知。"

"你在哪里见过他?"

"在那不勒斯城。从我在圣安吉鲁修道院做神父到去了斯皮里托·桑托修道院的这几年里,他都住在那里,我们住在同一个地方。"申多尼回答道。

"你曾经在圣安吉鲁修道院待过?"审讯官问道。

"是的。"申多尼答道,"在那里,我和他相识并成为好友。"

"现在你意识到这段友谊多么脆弱。"审讯官说道,"你现在肯定很后悔自己交友不慎。"

但谨慎的申多尼并未因此陷入他的圈套。

"我为他的忘恩负义而哀叹,"他平静地回答道,"但我不后悔和他成为好友。"

"那么是这个尼古拉·赞帕里忘恩负义?你对他有恩?"审讯官问。

"我可以很好地解释他为什么这么恨我。"申多尼答非所问。

"那就解释吧!"陌生人严肃地说道。

申多尼犹豫了,似乎在顾虑些什么。

"我以你死去的哥哥的名义要求你回答!"尼古拉问道,"快说为什么我如此憎恨你!"

维瓦迪被他咄咄逼人的口气震慑住,他看向陌生人,却读不懂陌生人流露出的情绪。

审讯官也敦促申多尼回答这一问题,但他没有立刻回答。他定了定神,随后答道:"我曾答应尼古拉,如果他帮助我,他可以从中获得一点点利益,只是一点点。刚开始的顺利让我觉得自己能获利更多,而他要的回报也越来越多。然而,我没有给他回报,因为这个我曾经信任的人欺骗了我。他指控我就是要报复。"说完,他脸上浮现出一丝不满和不安。而指控他的尼古拉仍旧沉默不语,脸上恶毒的笑容像是在宣示他的胜利。

"你必须说清楚,他做了什么,能让你给他好处?"审讯官道。

"那些对我来说是无价的。"申多尼答道,犹豫片刻,他继续说道,"虽然尼古拉做得不多,只是出于同情,出于友情,但我无以回报。"

"出于同情!出于友情!"牧师长道,"你想让我们相信,这个用如此严重的罪名污蔑你的人,却曾经出于同情和友情,帮助过你?你要么承认,他的帮助值得你给予他回报。否则,我们也认为他起诉你是正确的。你的证词前言不搭后语,你的解释毫无说服力!"

"我说的都是事实。"申多尼傲慢地说。

"你说的是哪点? 你说的都自相矛盾。"审讯官质问道。

申多尼不吭声。维瓦迪不知道他的沉默是出于自认清白还是暗自懊悔。

"从你的证词来看,"审讯官说道,"是你忘恩负义,而不是指控你的这个人。他还好心地安慰你,而你却没这么对他。你还有什么好说的?"

申多尼还是一言不发。

"那么这就是你的解释?"大审讯官继续问道。

申多尼点点头,大审讯官随后问尼古拉还有什么想补充的。

"我没有什么想说的了。"尼古拉说,脸上带着充满恶意的笑容,洋溢着胜利,"被告已经替我说了。"

"我们可以断定他说的这部分是事实。他说你是那不勒斯斯皮里托·桑托修道院的神父,是吗?"审讯官问。

尼古拉严肃地回答审讯官:"法官大人,您可以替我回答这个问题,我到底是不是。"

维瓦迪用心听着这一切。

审讯官从椅子上站起来,严肃地说道:"我说,你根本不是那不勒斯城的神父。"

牧师长低声对审讯官说道:"您这么说,我认为您是觉得申多尼有罪。"

审讯官回答的声音很轻,维瓦迪没有听清楚。他费力地揣测着这个回答。他想,审讯官不应只是凭自己猜测而妄下结论。而如果审讯官认识这名控告者,他又表现得好像不认识这个陌生人一般。维瓦迪对此很惊讶。另外,维瓦迪经常在帕罗奇看到这个穿成修士的陌生人。对于陌生人的身份,他和申多尼的观点一致。

审讯官对申多尼说:"据我们所知,你这部分证据是有误的;你的控告者不是那不勒斯的修士,而是这场神圣审判的公职人员。从这一点来看,我们将怀疑你所有证词的真实性。"

"审判的公职人员!"申多尼说道,满脸惊讶,"尊敬的神父!您的说法让我很震惊!您被欺骗了,也许听起来很奇怪,但相信我,您被欺骗了!既然您怀疑我证词的真实性,我就没什么可说的了。但请审问维瓦迪先生,他最近是否经常在那不勒斯的修道院看到这名穿修道服的控告者。"

"我在距那不勒斯不远的帕罗奇城堡的废墟边上见过他,那时他穿着修道服。"维瓦迪没有等审讯官提问就回答道,"在那种情况下见到他和这里见到他一样特别。作为回报,申多尼神父,我要求你回答我斗胆提的问题——你如何知晓我在帕罗奇见过那名陌生人?你对陌生人引导我到那里的行为是否感兴趣?"

尽管这些问题是审判的必要问题,但申多尼并不打算回答。

"看起来原告和被告曾经是同谋。"牧师长说。

审讯官反驳说事实并非如此。恰好相反,申多尼好像在回避最后那个问题。维瓦迪从审讯官的神情中觉察到一丝异样。

"如果您是这么想的,那我们就是同谋。"申多尼说道。他向牧师长鞠了个躬,不去看审讯官,继续说道:"您可以把我们叫作同谋,但对我而言,我们是朋友。为了无愧于我的良心,我有必要更多地解释下我们的关系。原告本来是我的密探,他协助保全那不勒斯地区一个名门望族的声誉,即维瓦迪家族。他,神父,"申多尼指着维瓦迪继续说道,"就是那个古老家族的子嗣,我一直效力的人。"

维瓦迪被申多尼的言辞震惊了,尽管他或多或少地猜到了一些真相。关于陌生人,维瓦迪猜测他是诽谤埃伦娜的人,侯爵夫人阻碍政策的执行者，也是满足申多尼野心的人。现在看来，陌生人在帕罗齐的那些行为都得到了解释。而申多尼是自己案件的原告，是绑架埃伦娜的人。想到这里，他不再谨慎小心。他认为申多尼刚才的话间接承认了自己就是维瓦迪的那位神秘原告，也是埃伦娜·罗萨尔巴的原告。他请求法庭调查申多尼控告自己的动机，并且希望自己能亲耳听到他的呈堂证供。

大法官答应了维瓦迪的请求，接着他下令审判继续。

审讯官对申多尼说："你已经清楚解释了你们之间的利益关系。我们将再核实你最后陈词的可信度。没有问题需要你回答了。而尼古拉·赞帕里神父，他必须要有证据来证明他的指控。尼古拉·赞帕里，你认定申多尼神父就是费迪南·布鲁诺伯爵的证据是什么？申多尼犯下谋杀罪，杀死自己的哥哥与嫂子的证据又在哪里？回答我们的问题！"

"关于您的第一个问题，"陌生人答道，"他自己有一次，在不经意的场合下告诉我，他是布鲁诺伯爵；对于第二个问题，我展示的那把匕首就是申多尼当年雇用的杀手寄给我的，一起寄来的还有他的临终忏悔。"

"但这仍然只是断言，不是证据，"大法官说道，"而且我们对你第一个言论的怀疑导致了对你第二个言论的不信任。如果像你说的那样，申多尼对你坦言他就是布鲁诺伯爵，如果不是因为你是他的密友，他是不会把如此危险的秘密告诉你的。如果你就是他朋友，那么你关于匕首的言论我们凭什么相信呢？无论你的指控是否成立，将这些证据公布于众，都证明了你对他的背叛。"

维瓦迪对大法官的坦言感到惊讶。"这就是我的证据。"陌生人说，他拿出一张纸，内容是那个凶手临终前的忏悔。忏悔最下方有一位罗马牧师的签名，还有凶手自己的签名，从日期来看就是几个星期以前的。陌生人说那位牧师还活着，可以传唤他。法庭下令传唤这名牧师明晚出庭作证。此后的庭审比较顺利，没有被打断，一直到审判结束。

大法官再次说道："尼古拉·赞帕里，我要求你说明，你手上有如此确凿的证据证明申多尼有罪，比如凶手亲手写的坦白书，为什么你还要传唤安恩索陀神父上法庭证明那些罪是布鲁诺犯下的？凶手的临终忏悔显然比其他任何证据都具有说服力。"

"我要求传唤安恩索陀神父，"陌生人回答道，"是为了证明申多尼就是布鲁诺。凶手的遗言足够证明伯爵就是那场谋杀的主谋，但不能证明申多尼就是伯爵。"

"但我做不了这样的证明，"安恩索陀说，"我知道那个忏悔者是布鲁诺，但我不确定现在站在我面前的这位申多尼神父就是那个忏悔者。"

"仔细回想！"大法官抢在陌生人之前问道，"而你，尼古拉·赞帕里，在这点上并未详细说明。你如何知道申多尼就是在圣马可节那晚向安恩索陀神父忏悔的那个人？"

"法官大人，这就是我将要解释的地方。"尼古拉答道，"在圣马可节那晚，我陪着申多尼去了圣皮埃塔修道院。那个时间正好就是那场忏悔发生的时候。申多尼告诉我他要去忏悔，我察觉出了他不寻常的烦乱，他的行为流露出他内心的悔恨内疚。他甚至不经意将一些忏悔内容说漏了嘴。我和他在教堂的门口分别。他那时身穿白色托钵修士服，就如同安恩索陀神父描述的那样。就在那次忏悔结束的几个星期之后，申多尼离开修道院，搬到了斯皮里托·桑托，我也搬去了那里。尽管我经常会猜测他离开那里的原因，但我始终没想通。"

"这不算证据，"大法官说道，"其他修士也有可能在同一时间段，在同一教堂忏悔。"

"但有一个强烈的假设可以证明，"审讯官说，"法官大人，我们必须从各种可能性和证据等方面来判断。"

"但这些可能性都是与他的证据相冲突的，"大法官说，"他因为申多尼在情绪激动下不经意说出的话，就背叛了申多尼。"

"这些是一位审讯官的观点！"维瓦迪心想，"审判中竟然能听到如此不失偏颇的话！"维瓦迪看着这位公正的法官，流下了眼泪。在他的案件中，审讯官的坦言可以激起他更多强烈的自尊和敬仰。"真正的审讯官！"他心里再一次默念，"真正的审讯官！"

然而，那位下级审讯官和大法官的精神相差甚远。他显然对上级的宽广胸怀感到不满。大法官觉察出来了，立即说："原告还有其他证据来证明申多尼就是那位向安恩索陀忏悔的人吗？"

"我还有，"尼古拉迫不及待地开口，"和申多尼在教堂分开后，我按照约定，在墙外逗留徘徊着等他。但他回来得比我预计中要早得多，我从来没有见过他如此失态。他和我面对面经过，我叫他，他也没有停下来。当时，教堂和修道院陷入一阵混乱。我想进修道院询问发生了什么，却发现院门紧闭，所有入口也都关上了。很显然，修士们在搜寻那位忏悔者。随后我听到传言，说是某个人的忏悔引起了这里的骚乱。那时听告解的正好是安恩索陀神父。他听完格栅里那人的忏悔，恐惧到从座位上站了起来。他觉得有必要找到那个穿白色托钵修士服的忏悔者。法官大人，这个消息，引起了广泛的关注。对于我来说，我受到的冲击更大——因为我知道忏悔者是谁。第二天，我问申多尼他为何从教堂匆忙离去，他的回答含糊但语气凝重。他要我保证决不透露他前一晚去过圣皮埃塔修道院这件事。由此我确定了忏悔者的真正身份。"

"那他后来对你坦白了吗？"大法官问道。

"没有。我猜测他就是那位传言中的忏悔者，但我不曾知道他犯了什么罪。直到那个杀手在临终时坦白，清楚地挑明了申多尼的本性，也解释了他为一己私利，一直和我有联系的原因。"

"你现在，"大法官说，"承认你是那不勒斯斯皮里托·桑托修道院的神父。也承认你曾经是申多尼神父的密友，他和你有多年联系。一小时前，你否认了以上的一切。虽然只是猜测，但你间接否认了第二个身份。而第一个，你直接坚决地否认了。"

"我否认自己是那不勒斯的修士，"尼古拉答道，"我请求审讯官说明我否认的理由。他说我现在是法庭的公职人员。"

大法官和法庭席上的众人都惊讶地看向审讯官，等待他做出解释。还有些人认为没有必要解释。审讯官站了起来，回道："尼古拉·赞帕里说的是事实。几个星期前，他走进法院办公室。他来这里，是为了送一份文件。这份来自那不勒斯斯皮里托·桑托修道院的文件证实了我说的。"

"你隐瞒见过这个人的事实，这很不寻常。"大法官说道。

"法官大人，我有自己的理由，"审讯官说，"因为当时被告也在场，请您理解。"

"我理解你，"大法官说，"但我不支持，也不理解你为何同意尼古拉·赞帕里关于他真实身份的托词。关于这件事我们私下再细究。"

"我之后会详细解释的。"

"那看起来，"大法官大声说，"尼古拉·赞帕里曾经是申多尼神父的密友。然而现在他要控告申多尼。这控诉显然是恶意的。这指控是否成立也有待商议。一个实质性的问题也因此产生了——为什么不在这之前提出控告呢？"

尼古拉的脸上带着胜利与满足的笑容，他立刻回答："法官大人，我一确定犯罪事实，也就是在那个杀手坦白之后不久就着手准备起诉他了。在这期间，我听闻了维瓦迪先生因为被申多尼控告而入狱的事。我知道他们这对原告与被告，谁是无辜的，谁才是真正有罪的。这两件事让我决定召唤申多尼出庭，我希望无罪之人得到自由，而有罪之人得到惩罚。我控告这个曾经是我朋友的人，原因我之前已经说了，是出于正义而非恶意。"

大法官笑了笑，没有继续发问。这场漫长的审问最终以将申多尼收监而结束。如果未找到他的犯罪证据，他将被无罪释放。至于他妻子的死，除了他在忏悔中的描述，至今没有其他证据可以证明他是凶手，而众法官们认定他的忏悔词已经足以定他的罪。大法官对此并不满意，下令找出申多尼杀死兄长一案的证据。由此，申多尼暂时逃脱了杀死兄长的罪名，但无法逃脱杀死自己妻子的控告。

申多尼在离开法庭前，深深地向法庭席鞠了一躬。这一举动不知道是在表明他的清白，还是在请求释放他。可以确定的是，他依然没有流露出任何愧疚的表情。他的神情淡然而坚定，维持着自己的尊严。这场审判的大部分时间里，维瓦迪都认为申多尼是有罪的，但现在他却觉得申多尼是清白的。维瓦迪被带回牢房之后，法庭也退席了。

第二十八章

在生命最后一刻格罗斯特的心，
将因害怕其所作所为而滴血，
最后的沉闷画面将呈现，
复仇者的形象。

——柯林斯

申多尼受审讯当晚，维瓦迪再次被传唤出庭。整个法庭布置得庄严而隆重，出席的审讯官也比之前多。大法官与其他审讯官的穿着不同，帽子更大。这不仅仅是为了与他们区分开，更重要的是体现一种肃穆的杀气。法庭内一如既往地挂着黑色窗帘，在场的所有人，无论法官、审讯官、证人还是嫌疑犯，都必须穿黑色正装。这种暗淡的色彩，映衬着高高悬挂在圆顶上的灯发出的微弱光线，以及站立在几个出入口或室内各处的守卫手持的火炬发出的光，都给在场者一种阴沉、庄严，甚至恐怖的感觉。

维瓦迪在一个位置就座。在那里，他可以清楚看到法庭上的一举一动。在火把的帮助下，他能看清在场所有人的面孔。那些守卫分布在法庭席的台阶上。三位大法官的席位呈半圆形，略高于普通的审讯官。那些红色的火光映照在审讯官们的脸上，显出些许狰狞丑恶。维瓦迪甚至不愿多看他们一眼。

维瓦迪注视着站在审判席前的申多尼，维瓦迪心爱之人埃伦娜·罗萨尔巴的父亲。维瓦迪坚信申多尼将坦承自己的罪行。他是杀死自己哥哥和嫂子的凶手！

在申多尼旁边，坐着忏悔师安恩索陀。他是罗马教神父，一位重要的证人。还有维瓦迪畏惧得不敢抬头正视的尼古拉神父。维瓦迪始终觉得尼古拉神父是另一个世界的生物而非人类。他的气质、外形及动作依然透露着张狂与神秘。维瓦迪坚信，必然还有一些关于他的鲜为人知的事存在。

当证人被传唤完毕，维瓦迪意识到自己也是证人之一。因为神父尼古拉是指证申多尼的证人之一，而他只是重复尼古拉神父告诉他的话。因此维瓦迪并不认为自己的供词能成为证据。

当轮到维瓦迪作证时，他才说了自己的名字，突然一个声音从法庭远处传来："那是我的主人！我亲爱的主人！"维瓦迪循声望去，发现是他忠实的仆人波罗。他正努力挣脱守卫的阻拦。维瓦迪让波罗保持镇定，不要挣扎。然而这告诫无济于事，反而助长了波罗的反抗。再下一刻，波罗已然挣脱束缚，冲到维瓦迪面前抱住他的腿，哭喊道："噢，我的主人！我的主人！我终于找到您了！"

与波罗见面，让维瓦迪激动得久久说不出话来。他本想扶起这忠义深情的仆人，并拥抱他。然而波罗太过激动，依然抱着维瓦迪的腿啜泣，听不进维瓦迪的任何劝告。他总觉得那些守卫会将他赶走。

"想想你现在的处境，波罗，"维瓦迪说道，"也想想我的处境，理智点。"

"您别赶我走，"波罗哭喊道，"您不能再次抛下我。若我要死，必定是死在这儿。"

"冷静点，波罗。我相信，你现在是安全的。"

波罗抬起头，再次情绪失控，反复哭诉道："噢，我的主人！我亲爱的主人！这段日子您去了哪里？您是否安好？我以为再也见不到您了！多少次我以为您遭人毒手了，而我也不能独活。若您真的离世，也肯定是去了天堂，而我下了地狱就再也见不到您了。好在我现在又见到了您，并且您一切安好。噢，我的主人，我亲爱的主人！"

那些跟在波罗身后的守卫试图将波罗带离法庭，而这更加激怒了波罗。

"你们再敢动我试试！我宁愿死也不愿离开。"

那些守卫被波罗的话激怒，粗暴地要带走波罗。维瓦迪见状说道："我请求你们，让他待在我身边吧。"

"这不可能。"一个守卫答道，"我们无权这么做。"

"如果你们让他留下，我保证我们再也不说话了。"维瓦迪继续说。

"不跟您说话，主人！"波罗嚷道，"但是让我待在您身边，只要我喜欢我就要跟您说话，直到最后一口气。我看他们能把我怎样。如果他们硬要带走我，我将蔑视他们的残忍，并当即死在这里。只是不说话而已，这没有什么可怕的！"

"他不知道自己在说什么了，"维瓦迪向守卫们解释道，并试图示意波罗保持安静，"我保证他会遵照我的命令，一直保持安静。即便他忍不住开口，也只是窃窃私语。"

"窃窃私语？"一个守卫不屑地说道，"先生，那是不是庭上每个人都能窃窃私语？"

"窃窃私语？"波罗嚷道，"我才不会窃窃私语，我要大声说，让在场的人和法庭席上那些审讯官都听到。他们看起来是那么残忍，好像要把我们生吞活剥了一般。他们——"

"安静，波罗，我命令你保持安静！"维瓦迪加重语气说。

"他们该知道我现在在想什么。"波罗无视维瓦迪，继续道，"我会告诉他们所有想从我可怜的主人身上获取的事。我在想,他们死后会去哪里呢?不过他们已经身处最糟糕的地方了,所以我猜想,他们也不怕变得更加残忍无情。在他们有生之年,应该听到一些真话,然而他们应该听到——"在波罗慷慨陈词时,维瓦迪担心波罗的鲁莽与直率会招致一定的后果,便一直试图阻止波罗继续说下去。维瓦迪更担心,那些守卫们的无动于衷不是一种包容,而是引诱波罗作茧自缚的陷阱。终于,波罗停了下来。

"我求你。"维瓦迪说道。

波罗不说话。

"波罗,你是否效忠于你的主人?"维瓦迪认真地问道。

"效忠于我的主人?"波罗打断维瓦迪的话,嘲讽道,"我为您风里来雨里去。我为了您,上法庭接受审讯。现在您却问我,我是否效忠于您?先生,如果您觉得我来到这里,这个阴暗的地方,还有别的原因,那您就错了。在我被法院处以死刑之前,我希望您再回想下关于我的一切,不要认为我来这里只是为了好玩。"

"或许事实如你所说,波罗。但是只有你服从命令,才能让我相信你对我的忠心。我求你保持安静。"维瓦迪强忍泪水,故作冷淡地回应道。

"求我?噢,我的主人!我做了什么让您这么说?求我?"波罗啜泣着。

"那你能用行动证明给我看吗?"维瓦迪问道。

"别用这个伤人的词,主人。我愿意为您做任何事。"波罗流泪答道。

"你服从我所有的命令,波罗?"

"是啊,先生,即使是让我向那些坐在远处的残忍的审讯官们下跪。"

"我只要求你保持安静，这样你就能获得允许待在我身边。"维瓦迪说道。

"是的，先生，是的。我会遵照您的命令，只说——"

"一个字都不说，波罗！"维瓦迪打断道。

"只说，主人——"

"我求你一个字都不说！不然你会被立即带离我身边。"维瓦迪补充道。

"他的去留不由你决定。"一个守卫打断道，"他必须立刻离开。"

"什么？即使我保证了不开口说话也不能留？你想毁约吗？"波罗道。

"你不能在场，也没有什么约定。速速离去，否则有你好受的！"那个守卫无情地说。

守卫们被激怒了，而波罗依然发泄着他的不满。这里的骚动传到了法院的另一端，法官让所有人保持安静，并询问了起哄的原委。最终，法官下令将波罗带离法庭。波罗毫不畏惧，竭力反抗。

最终，在维瓦迪的劝服下，法院勉强同意波罗站在离维瓦迪不远的地方。

紧接着，审判开始了。忏悔师安恩索陀和尼古拉神父出庭作证。这位曾接受关于那次谋杀罪的忏悔的罗马教神父也作为证人，被单独审问了。他给出了一些明确且有用的证据，这些证据与尼古拉神父呈递的控诉相符合。另外一些申多尼没想到的证人也受到了传唤。

申多尼——这个忏悔者的动作，从踏进法庭那一刻起就是镇定而有力的。即使在罗马教神父上庭时，他也没有受到任何影响。然而，在见到尼古拉神父时，忏悔者的精神似乎有些动摇。在证据被呈上法庭之前，法院当庭宣读了那个凶手的临终忏悔。其内容表明，老实说,下列事实被一定程度地夸大了。

　　一七四二年,申多尼的哥哥——布鲁诺伯爵去了趟希腊。庭上的忏悔者,原姓布鲁诺的申多尼,对这次旅行一直抱有不良企图。一个想要伤害他哥哥的念头占据着申多尼邪恶的心灵。在行动之前,他需要考虑很多情况。其中一点就是布鲁诺伯爵之前对待他的方式,尽管是正确的,却与申多尼自私的本性相违背。这加深了申多尼对布鲁诺伯爵的怨恨。申多尼是家中的男丁之一,赐名马里内拉男爵。他早年就花光了自己为数不多的祖产,苦难没有教会他节俭,反而助长了他的口是心非。他渴望找到暂时的依靠,继续他奢靡的生活。布鲁诺伯爵尽管家财有限,依然时常接济他的弟弟马里内拉。渐渐地,布鲁诺发现自己省吃俭用救济弟弟的钱被挥霍殆尽,马里内拉骄奢淫逸到不可救药,毫无悔过之心。自此之后,除非是必要开销,布鲁诺对马里内拉再无任何经济资助。

　　一个良善之人大概很难理解,这样合情合理的行为居然也能让人产生怨恨。自私能扭曲人对事物的理解。马里内拉,在日后又被称为申多尼,不愿按照布鲁诺的意愿悔改,并对布鲁诺心生怨恨。马里内拉把布鲁诺必要的谨慎当作吝啬和冷漠无情。他因制度对哥哥产生的怨恨和因愤怒产生的一般多。他印象里哥哥的吝啬和冷漠无情,都是他自己表露出的缺点。

　　人性中最卑鄙邪恶的情绪——怨恨,随着这种情况的增多和嫉妒的助长,被大大地激发了出来。布鲁诺的好运,那块无负债的土地,那位美丽的妻子,这些马里内拉都想要。为了得到这些,他雇了熟人斯巴拉托,并毫不避讳地将这项罪行告知对方。而斯巴拉托将可以得到在遥远的亚德里亚海海边购置一间房子用来养老,并靠着固定的养老津贴生活的报酬。这幢废弃的房屋因其偏僻的地理位置,曾作为绑架埃伦娜的地方。

申多尼对布鲁诺所有的行为都了如指掌，他不时地将布鲁诺具体的位置告知斯巴拉托。他们得知布鲁诺将从拉古斯经过亚德里亚海，回曼弗雷多尼亚。布鲁诺走到加尔干诺山的树林中时，遭到了申多尼和斯巴拉托的联合袭击。他们朝伯爵、他的贴身男仆及一位向导开枪。他们隐藏在灌木丛中不断袭击。偷袭并未成功，伯爵环顾四周寻找他的敌人，准备自我防卫。但最终，布鲁诺伯爵和他的贴身男仆还是中枪倒地，向导逃脱了。

　　凶手就地掩埋了两具尸体。或许是良知觉醒，促使斯巴拉托留了个心眼，以防有一天被自己的同伙出卖，又或许是出于其他目的，斯巴拉托一个人再度回到那片树林。趁着天黑，他将尸体移到他房子底下的一口井中，然后转移了所有证据，以防哪天他的同伙指认出当年他帮忙抛尸的地点。

　　申多尼编造出一个他哥哥在亚得里亚海遇海难丧生的故事，只有他的同谋知道布鲁诺真正的死因。那个向导已逃走，布鲁诺上岸后经过的唯一村镇里的人根本就不可能来揭穿申多尼的谎言。所有人，即使是伯爵夫人，都对伯爵的死因毫无怀疑。在她和申多尼结婚后，他的行为曾引起过她的怀疑，但因为并不明显，她没有多想。

　　听完斯巴拉托的供述，尤其是结尾部分，申多尼脸上的震惊和沮丧表露无遗。申多尼曾猜测，斯巴拉托会到罗马来作证，但那一直都只是他的假设。

　　斯巴拉托告诉牧师，不久前他听说申多尼住在罗马，于是他也跟着来到罗马，坦诚自己的罪行，减轻内心负罪感的同时揭发申多尼的罪行。然而，这并非事实。斯巴拉托本打算来罗马勒索申多尼。住在那不勒斯的申多尼为了保全自己，也为了免除后患，骗当年的同伙自己住在罗马，而斯巴拉托上当了。然而申多尼也没料到，这个谎言导致自己的罪行被公布于众。

在行程的第一天，斯巴拉托跟着申多尼来到他休息的小镇。在那里，他超过了申多尼，提前赶到坎布拉斯卡别墅。当觉察到申多尼来了，他躲藏在废墟中观察。他不曾想到，这个举动让申多尼误以为自己要杀他。于是申多尼抢先一步，伤了斯巴拉托。斯巴拉托随即逃离坎布拉斯卡镇，前往罗马。然而在一个分岔路口，他误打误撞地走上了去那不勒斯的路。

在受伤的情况下，长途跋涉的奔波劳累引发了高烧，结束了斯巴拉托的逃亡和生命。在人生最后几个小时里，他找来神父，坦诚了自己的罪行，卸下了自己内心的包袱。斯巴拉托告诉神父，自己的自白与另一个人有关。于是神父找到一位朋友，一起见证斯巴拉托的自白。这个人就是尼古拉神父，申多尼曾经的密友。尼古拉乐于发掘任何能惩罚申多尼的事。他依然记恨着当年申多尼违背诺言、欺骗自己的事。

如今，申多尼才知道自己所有对付斯巴拉托的计划都失败了，他设想的情景都未实现。记得和农民向导分别之时，申多尼曾送给他一把匕首，以防备斯巴拉托。这把匕首刀尖喂了毒，轻轻擦破皮就足以置人于死地。申多尼秘密地随身携带这把毒匕首很多年了，只有他自己知道原因。申多尼曾经幻想有一天，农民碰上斯巴拉托，农民被激怒而进行自我防卫，那把匕首就可以结束斯巴拉托的生命，把自己从罪行被揭发的担心中解救出来，因为他雇用的另一名凶手在多年以前就已经去世了。这个计谋毫无疑问地失败了，因为农民甚至都没有看到斯巴拉托。农民回到家之前，很幸运地丢失了那把致命的匕首。在他了解到一些与申多尼罪行相关的情况后，农民觉得申多尼依然希望自己留着这把匕首，希望这把匕首要了自己的命。农民没有把匕首固定好，于是匕首在他穿过洪流的时候掉入水中被冲走了。

然而，如果说申多尼被同伙的自白震惊到了，那么当他发现下一个证人是他家的老仆人乔瓦尼时，他则变得更加沮丧。这位仆人把申多尼认成了布鲁诺伯爵，在布鲁诺伯爵死后他仍在家里侍奉申多尼。他不仅为申多尼作证，而且为申多尼妻子的死作证。乔瓦尼声称他是在伯爵夫人被申多尼刺死后，帮忙移动尸体的仆人之一。之后，他也参加了在布鲁诺住所附近的圣米拉库妮修道院举办的伯爵夫人的葬礼。乔瓦尼进一步声称，验尸官们确认，伯爵夫人死于她所受的伤。他也看见了申多尼在杀害伯爵夫人之后逃跑了。在那之后，申多尼再也没有出现在他的住所。

　　一位审讯官问当年是否调查了伯爵夫人的死因，并对伯爵提起诉讼。

　　证人回答说，寻找伯爵很久，但始终找不到他，这件案子也就没有进一步的调查。但伯爵尽力避开，不想让人发现，证人也正是因此没有对此事采取进一步行动。这个回答并不令人满意，法官席一阵安静，法官们似乎在犹豫。大法官开口问证人："如你所说，时隔这么多年没见，你怎么确定现在在你面前，自称申多尼神父的人正是你以前的主人，布鲁诺伯爵呢？"

　　乔瓦尼毫不犹豫地答道，尽管这几年伯爵的外貌有所变化，但他还是一眼就辨认出来了。他不仅能认出伯爵，还能认出忏悔师安恩索陀。忏悔师曾经是布鲁诺的常客，他的容貌也有些变化，穿上了修道服。

　　大法官似乎仍然怀疑这位证人说的话，直到安恩索陀被传唤上来，并认出了乔瓦尼是伯爵家的仆人，虽然他无法认出伯爵本人。

　　审判长提出安恩索陀能认出那个仆人，却认不出旧友伯爵这一点不合情理。安恩索陀回答，申多尼的强烈情感，加上他特别的生活习惯，很可能大大地改变了他的生理特征。而乔瓦尼却没有受到如此大反差的环境变化的影响。

　　申多尼看清仆人的长相之后，震惊极了。之后，这个仆人又说出了一些强有力的证据，这些证据足以使得法庭宣判申多尼是杀死他哥哥的凶手。单单这一条罪行，就足以判申多尼死刑，甚至不用再审他妻子被杀的案件了。

　　最后一个证人出现及作证的时候，申多尼的震惊表露无遗。当他的宿命已经注定的时候，当法庭宣判他死刑的时候，他脸上的震惊消失了，取而代之的是脑中的一片空白。从那一刻起，他的坚毅和果决不复存在。

　　维瓦迪目睹了这一场审判，感触颇多。纵使尼古拉神父的证词最终导致了申多尼罪行的暴露，在这场事件中，维瓦迪也只是一个傀儡而已。但是一想到他见证了一个同胞生命的终结，他又觉得很悲哀，尤其在知道了申多尼是埃伦娜的亲生父亲这个事实之后。可无论如何，申多尼都逃避不了被审判的命运。但即使到了退庭之时，申多尼还是不知悔改。他经过维瓦迪身旁，对他说："是你杀死了埃伦娜的亲生父亲！"

　　他之所以这样说，是因为他对同样作为犯人的维瓦迪的求情能让法庭给他减刑不抱任何希望。但出于报复维瓦迪的目的，他想让维瓦迪因为其证词间接导致了他被审判这一事实而感到内疚。这目标的确实现得太好了。

　　起初，维瓦迪认为这只是一个绝望的人在把逃脱法律制裁的最后一丝期望寄托在自己身上。提到埃伦娜，他毫无顾忌地大声询问申多尼，希望知道她的近况。申多尼给他一个胜利者的嘲笑，继续前行，不作回答。维瓦迪不能忍受这种不确定的状况，要求与申多尼再次对质。法庭勉强同意了他的请求，但他们的对话必须在大庭广众之下展开。

对于维瓦迪关于埃伦娜境况的质问，申多尼只说埃伦娜是他的女儿。他说得很严肃，甚至重复了很多次，但都无法说服维瓦迪接受这个现实，反而引起了他的质疑和担心。然而，考虑到要向维瓦迪透露埃伦娜的所在，申多尼由热切的复仇转为希望保住家庭利益，就告诉维瓦迪埃伦娜如今在圣皮埃塔修道院。得知这条消息，维瓦迪一度喜出望外。

　　基于他们的对话内容，法庭很快做出了决定，将申多尼重新收押，维瓦迪维持原判。

　　但当维瓦迪将被带离法庭的时候，波罗又情绪激动起来。维瓦迪向法庭请求让自己的仆人陪自己回牢房，但遭到了法庭无情的拒绝。维瓦迪转而去安慰失望的波罗。波罗跪在维瓦迪的脚边，默默地哭着，不再申诉。起身后，他眼神平静地看着维瓦迪，好像在说："我最亲爱的主人，我应该再也看不到您了！"他一直死死地盯着维瓦迪，眼神哀伤，直到被带离法庭。

　　维瓦迪因太多事而哀伤，他不忍与可怜的波罗对视，于是收回了视线。然而他每走一步，就回头看看波罗，直到走出法庭。

　　当他离开法庭时，维瓦迪替波罗向守卫求情，希望看守波罗的守卫能对波罗给予一定的照顾。

　　"没什么特别照顾，"其中一个守卫说，"除了面包和水，以及在牢房里走动，他将被剥夺一切权益。"

　　"没有其他的了？"维瓦迪问道。

　　"没了！"守卫答道，"这个波罗差点让一个看守陷入麻烦。他不知道怎么说服了守卫，大概那个守卫是新来的吧，给他拿来一盏灯、一支笔和墨水。幸好这事被发现了，没造成什么危害。"

　　"这位好心的守卫后来怎么样了？"维瓦迪问。

　　"好心？他如果记得自己的职责，就没那么好心了，先生。"

"后来他受到惩罚了吗？"

"没有，先生。"说到这儿，守卫顿了顿，回头看看是否有人注意到他正在和囚犯聊天，"没有，他只是个孩子，所以他们这次饶过了他，派他去看守另外一个没这么多花招的囚犯。"

"或许波罗让他开心了？你说的那些花招是指什么？"维瓦迪问。

"开心，先生？不！他让那个守卫哭了，多糟糕啊。"

"确实。这个守卫在这里工作不久吧？"

"不超过一个月。"

"那你说的花招是指什么？钱，还是其他？"

"钱？不！一毛钱都没有！"守卫说。

"你确定？"维瓦迪委婉地问道。

"我确定，先生。这个人没钱。"

"但他的主人有，朋友。"维瓦迪低声说道，顺手塞了些钱给守卫。

守卫不回答，默默地收下了钱。两人再无对话。

维瓦迪为了波罗能好过些，贿赂了守卫。尽管现在他自己的处境也困扰着他，他却没为自己打点。如今，维瓦迪的心情被几件事牵动。得知埃伦娜平安无事，维瓦迪很高兴。然而他依然不相信申多尼就是埃伦娜的父亲。一想到他心爱的埃伦娜是一个杀人犯的女儿，且这个犯人即将面临死刑，而他有着不可推卸的责任，维瓦迪就心如刀割。维瓦迪猜测，申多尼是出于报复，才骗维瓦迪说自己是埃伦娜的父亲。但维瓦迪又动摇了，因为申多尼告诉他埃伦娜现在是安全的，尽管维瓦迪不知道申多尼打的是什么如意算盘。维瓦迪本以为申多尼不会告诉自己埃伦娜的情况，因为申多尼一直对自己抱有恶意。然而，只是为了让维瓦迪内心好过，而骗维瓦迪埃伦娜现在安好，似乎不太可能。焦虑让维瓦迪快要失去理智，他时时刻刻都在思考这件事。最终，他决定暂时相信申多尼所说的是真话。

申多尼是否最初就是这么说的已经不得而知了，维瓦迪绞尽脑汁也没有得到答案。这个说法太令人震惊，维瓦迪不敢相信，但也无法排除这是可怕事实的可能性。

第二十九章

纯洁的修女啊，为何悲伤地低头？
为何祈祷时流泪，
为何脸上红晕褪去，
脸色苍白如百合，
让月光都失色？

身处圣皮埃塔修道院的埃伦娜对于发生在罗马的那场审判、申多尼的被捕以及维瓦迪的现状一无所知。她知道申多尼在准备将自己是他女儿的消息公布于众，她也理解申多尼不在自己身边的用意。他说过，在一切准备就绪前不会见她，但会隔段时间写封信给她，告诉她维瓦迪的近况。突然，埃伦娜失去了申多尼的消息，她猜想了很多原因，但都比不上对维瓦迪的相思之情。维瓦迪的杳无音讯让埃伦娜更着急。

"他的确遭到了很严酷的监禁，"埃伦娜痛苦地说道，"他的只言片语无法缓解我的担忧。又或许，他已经摆脱了困扰，顺从了家族的意愿，决定忘记我了。啊！为什么我要让他家族安排这一切，为什么我自己不能这样做？"

尽管她这么自责地对自己说，但眼泪还是不由自主地落了下来。她心中另一个声音告诉她，维瓦迪不会放弃她。这个想法让她止住了悲伤。然而又一个想法涌上埃伦娜的心头，维瓦迪可能病了，甚至死了！

埃伦娜就在这样悲观的胡乱揣测中度过了一天又一天。做事情、听音乐都无法让她走出阴霾。她也经常做一些修女做的事情，尽管这不能缓解她心中的忧虑，但她仍怀揣着一颗虔诚的心。她无法假装自己很快乐，也没有表露出任何悲伤。

一天之中让埃伦娜聊以慰藉心灵，又或许是最悲伤的时刻，是日落时分。她避开他人，去往修道院后面的山坡上。在那里，她能俯瞰修道院的全景。在那里，独自一人，抛开了一切观念束缚，她感到自由自在。透过稀疏的金合欢和法国梧桐迎风摇摆的枝干在山坡上投下的深浅不一的阴影，埃伦娜俯视海岸边壮丽的景色。这片景致让她回想起那些悲喜交加的回忆，那些她在海边度过的美好时光，还有那些有维瓦迪和她已故的亲人比安齐为伴的时日。那些记忆里的画面，尽管时光久远，但却因为思念之情而变得比原本更美好。

一天晚上，埃伦娜在山坡上逗留得比平时久。她看着太阳从天空最高处落到海岸线以下。所有颜色都消失了，除了一抹紫色。它将海水、天空和陆地表面都装点成紫色。圣皮埃塔房顶上每个高耸的塔尖，都没入黑暗，再也看不见。那唯一的颜色，与修道院独特的建筑风格完美地融合，让埃伦娜不愿转移视线。突然，埃伦娜注意到隐约有一群人提着灯向修道院走来。她仔细听着，好像自己能听清他们的说话内容。修女们的白色斗篷在黑夜中很显眼，但看不清带头的人是谁。不久，人群便四散开来。埃伦娜很好奇，想知道发生了什么状况，于是决定下山回修道院。

她走下山坡，快要走到那条沿途种满栗子树、直通修道院大厅的蜿蜒小道时，她听到有人走近的脚步声。只见有几个人从远处走来。在这些人中，有一个声音吸引了埃伦娜的注意，埃伦娜似乎在哪里听过。埃伦娜仔细聆听，猜想着说话人的身份。那个声音又开口说话了。埃伦娜坚信自己不会忘记这个言语机智、饱含深情与优雅的柔和声音。她快步走上前，快接近人群时她又慢下了脚步。她已然猜到那人是谁，但她想在人群中找出那人来确认。

那声音再度响起，喊出了埃伦娜的名字。那温柔的声音带着激动和迫不及待，埃伦娜不敢相信自己竟然看到了奥莉薇娅，那个在圣斯蒂法诺修道院的修女！

能在这里遇到平安无事的奥莉薇娅，埃伦娜激动得说不出话来。奥莉薇娅也很高兴，她问了许多关于埃伦娜逃出圣斯蒂法诺之后发生的事，也答应将自己到这里来的前因后果告诉埃伦娜。因为有其他人在场，不便详谈，埃伦娜便邀请奥莉薇娅去她的住所。作为严格遵守教条的追随者，奥莉薇娅确实需要解释自己离开圣斯蒂法诺的原因。女院长一直怀疑是奥莉薇娅协助埃伦娜逃跑的，这让清心寡欲的奥莉薇娅下定决心离开那里，前往圣皮埃塔。女院长并没有确切证据证明奥莉薇娅就是从犯，因为就算杰罗尼莫能提供足够的证据，他自己也难逃干系。这样一来，埃伦娜的逃跑更像是意外，而非事先计划好的。尽管女院长没有证据来惩罚奥莉薇娅，为了告诫他人，她有意向也有权力让奥莉薇娅不好过。

决定去圣皮埃塔，是在那次她和埃伦娜关于社会现状的对话之后，奥莉薇娅考虑了很多。她并未告诉埃伦娜自己的打算，担心两人去处一致，圣斯蒂法诺修道院女院长会抓住把柄对付自己。即使是在申请调职时，她也保持谨慎，不对外宣扬，直到她调离的命令如期顺利地下达。女院长接到命令时很生气，这也促使奥莉薇娅加快离开那里。

这么多年来，奥莉薇娅一直生活在压抑中，她本来也有可能就在圣斯蒂法诺修道院终结自己的一生。苦难蒙蔽了她的双眼，让她沉浸于失望,但女院长日益加剧的压迫激起了奥莉薇娅反抗的勇气和行动。

埃伦娜特别想知道修道院的人是否因为帮助她脱逃而受到惩罚。奥莉薇娅说只有她自己因为与埃伦娜来往密切而受到怀疑。埃伦娜这才知道,那个敢于开门、释放维瓦迪和她的老修士并未因为他的善行而受到牵连。

"换修道院很是尴尬,也不常见,但你用强有力的理由说服了我这么做。自从你,我的姐妹,告诉我关于圣皮埃塔修道院的事,我是如此渴望更严酷的修行,我也相信你可能是其中的修女之一。来到这里后,我没有失望。我迫切地想立刻见到你。一见完修道院的管事,我就请求接受你的指导。我们在巷子里遇见的时候,我就是在找你。这次见面,让我觉得很高兴。但你不会知道我才见到女院长和修女们第一面,女院长的态度,修女们的情谊,都让我感到重新活了过来。长久以来笼罩在我身上的阴霾,现在都烟消云散了。即使在暴风雨的夜里,远处的那道光芒也能将黑夜照亮。"

奥莉薇娅顿了顿,似乎在整理思绪。这是她第一次如此直接地谈论自己的苦难。埃伦娜静静地听着,看着她流露的沮丧,担心奥莉薇娅会因为谈论这些而回到过去的状态。

努力从痛苦的回忆中走出来后,奥莉薇娅露出了疲惫但愉快的笑容,问道:"我说完了关于换修道院的事,现在轮到你说说你的经历了。我亲爱的朋友,自从你和我在圣斯蒂法诺修道院的花园匆匆一别后,发生了什么?"

奥莉薇娅的出现固然让埃伦娜很高兴,但对埃伦娜来说,要说明这一切并不容易。时间还未带走那些过去的痛苦,那些回忆依然鲜明,好像不久前才发生,让埃伦娜感到沮丧。而那些过去,又关系到她现在十分担心的事,一谈起就伤心。埃伦娜恳求晚些再详细地叙述事情的经过。考虑到申多尼的命令，埃伦娜只是简单提到她和维瓦迪在柯兰诺河岸边分开，之后发生了种种艰难，最终她来到了圣皮埃塔修道院。

奥莉薇娅理解她的感受，那种渴望逃脱，希望摆脱过去、重新开始的感觉。因为太同情她的痛苦，奥莉薇娅没有试图用那些细腻而不可名状的言语安慰她，这些言语虽不易被察觉，却通过神奇的魅力吸引着疲惫的灵魂！

两人忘我地聊着，直到修道院晚课的钟声响起。做完晚祷，她们才分别。

身处圣皮埃塔，奥莉薇娅找到了她从未拥有过的庇护所。尽管她常常很感激现在拥有的一切，但总是忍不住要落泪。就在奥莉薇娅到来的几天后，埃伦娜惊讶又失望地发现她心中的忧郁并未消失。

很快，埃伦娜的注意力从奥莉薇娅转到了维瓦迪身上。看到送信的老仆人比阿特丽斯走进修道院，埃伦娜觉察到一些不寻常，甚至是不好的事情发生了。她知道比阿特丽斯听命于申多尼，而维瓦迪的情况总是自己关心的重点，所以埃伦娜当即认为比阿特丽斯带来了关于维瓦迪的坏消息。虽然不希望发生，但或许维瓦迪真的被法院拘禁了。埃伦娜曾想到这种情形，这对维瓦迪来说将构成极大的威胁，尽管对她不再是一种威胁。抑或比阿特丽斯带来的是维瓦迪的死讯，他死在了牢里！最后这个可能性让埃伦娜害怕得不敢开口问比阿特丽斯到底发生了什么。

或许是因为长途跋涉，或许是听闻了一个坏消息，老仆人步伐凌乱，脸色苍白。她一进门便坐下休息。过了好一会儿，她才恢复了过来，回答埃伦娜的问题。

"小姐！"比阿特丽斯说，"你不知道，我这个年纪的人上山走这么多路有多辛苦！啊！希望上帝保佑，你以后不需要这样。"

"我猜你带来的是坏消息，"埃伦娜说道，"我准备好了，你就说吧。"

"老天啊，"比阿特丽斯叫道，"如果死讯算是坏消息的话，你猜对了，小姐。我带来了可靠的消息。你是怎么知道我的来意的，小姐？啊，肯定是我走得太慢了，我清楚这点，有人已经告诉你发生了什么。"

比阿特丽斯没有继续，只是看着埃伦娜。只见埃伦娜浑身发抖，迫切地要求她赶紧解释发生了什么，谁死了。

"小姐，你说你准备好了，"比阿特丽斯说道，"但你看起来好像被吓到了——"

"你带来的消息是什么？"埃伦娜紧张到呼吸都快停止了，"什么时候发生的？快说。"

"我不清楚具体是什么时候，小姐。这个消息是侯爵家的仆人告诉我的。"

"侯爵家？"埃伦娜的声音不住地颤抖。

"是的，小姐，这消息绝对可靠。"

"死讯！来自侯爵家！"埃伦娜重复着。

"是的，小姐。我从侯爵家的仆人那里听说的。我和厨师在花园门口聊天的时候，他正好经过。你看起来脸色很差，小姐——"

"我很好，你继续说。"埃伦娜轻声说，紧紧盯着比阿特丽斯，好像在请求她继续说下去。

"'哎呀，女士，'他对我说，'好久不见啊。''是啊，好久不见。现在的老女人不被人想起，看不见也就想不到——'"

"我求你回到正题上，"埃伦娜打断她的话，"他说谁死了？"埃伦娜有些害怕听到维瓦迪的名字。

"你继续听下去，小姐。我看他很忙碌的样子，便问他帕拉佐近况如何。他回答：'不太好，比阿特丽斯小姐，你没听说吗？''听说？'我说，'我没听说什么。''怎么？'他说，'你没听说侯爵家发生了什么？'"

"噢，上帝啊！"埃伦娜叫道，"他死了！维瓦迪死了！"

"你继续听下去，小姐。"比阿特丽斯劝道。

"简略说吧！"埃伦娜说，"直接回答我是或否就好。"

"小姐，没到关键的地方我回答不了。你就耐心点听我说下去。你打断了我，我就脑袋混乱了。"

"让我冷静一下。"埃伦娜努力平复自己的情绪。

"一边说着，小姐，我一边请他进来休息，顺便告诉我发生了什么。他说了一堆他很忙，不便逗留之类的话。我知道无论侯爵家发生了什么，对小姐你来说都很重要。所以我给了他一杯冰柠檬水，使他暂时忘却了自己手头的事，和我好好聊一聊。"

比阿特丽斯还在继续她的长篇大论，而埃伦娜也无心再追问。她不说话也不落泪，脑中想象着维瓦迪最后一刻的模样。这画面好像一个咒语，一直在埃伦娜脑海里，挥散不去。

"当我再次问到发生了什么，他便直言：'大概一个月前，自从侯爵夫人第一次病倒，她就——'"

"侯爵夫人？"埃伦娜重复道，心中的恐惧因为这个称呼而烟消云散，"侯爵夫人？"

"是的，小姐，就是侯爵夫人。不然我在说谁？"

"继续吧，比阿特丽斯。侯爵夫人——"

"您为何突然显得有些高兴了，小姐？我刚刚还觉得您很伤心。我猜您刚刚想到了我们的维瓦迪侯爵。"

"你继续说吧。"

"好的。"比阿特丽斯继续说，"'大概一个月前，侯爵夫人第一次病倒。'仆人说道,'她已经病了很久,但在与沃格里奥·帕拉佐聊天之后回来,她的病就变严重了。她身体应该一直都不太好,只是没想到恶化得这么快。叫来医生时,情况确实很糟糕了。他们发现侯爵夫人已经病入膏肓很多年了,没有人注意到这个情况。他们责备侯爵夫人的主治医生,问他之前怎么没有发现这个情况。'仆人继续说道,'而他注意到了,但一直说着侯爵夫人没有问题,没有问题,即使所有人都知道侯爵夫人怎么了。其他几个医生安慰了几句。之后侯爵夫人就过世了。'"

"那她的儿子呢?"埃伦娜问道,"她过世时他在她身边吗?"

"谁?维瓦迪先生?不,他不在场。"

"太奇怪了!"埃伦娜激动地说,"那个仆人提到他了吗?"

"是的,小姐。仆人说他当时不在家,没人知道他去了哪里。"

"他的家人也不知道他去了哪里?"埃伦娜更加激动。

"是的,小姐。而且这种状况已经好久了。他们失去了他的消息,也失去了他的仆人波罗·门德里科的消息。他们一直在询问镇里所有的送信员,是否有小主人的消息。"

确定失去了维瓦迪的消息后,埃伦娜感到很震惊。随后她想到,很可能是因为维瓦迪已经被宗教法庭关了起来。一时间,埃伦娜仿佛丢了魂,没有再发问,而比阿特丽斯则继续她的讲述。

"侯爵夫人好像隐瞒了什么,那个仆人告诉我,侯爵夫人一直问起维瓦迪先生。"

"你确定侯爵夫人也不知道维瓦迪去了哪儿?"埃伦娜有些困惑又有些惊讶地问道。当时她和维瓦迪一同被抓,她却逃脱了。

"是的,小姐。侯爵夫人也渴望见到维瓦迪。在她临死之前,她派人去叫她的忏悔师,申多尼神父,我想他们叫他了,然后——"

"他怎么了?"埃伦娜突然问道。

"没什么,小姐,找不到他。"

"找不到?"埃伦娜重复道。

"是的,小姐,那个时候是找不到他。我猜他那时在给别人做忏悔吧。那人的罪过肯定很多,所以他一时赶不过来。"

埃伦娜控制住自己不过多询问关于申多尼的事。而当她想到维瓦迪被捕的事时,幸好当时逮捕他的人表示他们并非真正的执法部门,埃伦娜无须太过担心。而且她认为维瓦迪极有可能依然瞒着家人,在努力找出自己被关的地方。

"但我要说的是,"比阿特丽斯继续道,"侯爵夫人去世的时候家里真慌乱啊。因为找不到申多尼神父,他们请来另一位忏悔师,在侯爵夫人身边待了好久。后来侯爵大人也被叫进房间,三人似乎在商量什么。隔壁房间的随从时不时听到侯爵大人在大声地讲话,有时候也能听到侯爵夫人的声音,尽管她已经病入膏肓。到最后什么声音都没了。之后侯爵大人走出房间,看起来有些生气,又有些悲伤。但忏悔师在房间里待了很久。他走后,侯爵夫人看起来比之前更郁郁寡欢了。似乎侯爵夫人的心中积压着什么,当晚及第二天她时而啜泣,更多的时候在叹息,看起来如此可怜。她好几次把侯爵大人叫进房,然后把仆人支走,两个人说很久的话。那个忏悔师又被叫来一次,在最后时刻,侯爵大人也在。这次,侯爵夫人似乎放下了心中的大石,就在她离世前。"

埃伦娜和比阿特丽斯挨得很近,本打算继续这个话题,这时奥莉薇娅走了进来。她看见房里有个陌生人,就有些躲闪,但埃伦娜并未在意。埃伦娜让出了自己的位置,让奥莉薇娅坐在自己原来的那张雕花椅子上。

在和奥里薇拉聊了一会儿之后,埃伦娜重新回到了自己的话题。申多尼的失踪对她来说并不是巧合,虽然她不能再让比阿特丽斯多说些什么。她想到斯皮里托·桑托修道院里的那个送她回厄蒂丽别墅的神父，比阿特丽斯曾在埃伦娜被送回当晚见过他一面，就试着问比阿特丽斯，最近有没有见过他。

"没有，小姐。"比阿特丽斯快速地答道，"他送你回来那晚，我没怎么看清他的长相。自那之后，我再也没有见过他。我甚至不知道他是怎样离开的。即使我反复回想，也想不出。他不需要如此遮遮掩掩，相反，我很感激他将你平安送回来。"

埃伦娜很惊讶，比阿特丽斯居然连如此小的细节都注意到了。她告诉比阿特丽斯，是她为神父开的门。

当比阿特丽斯说话时，奥莉薇娅的目光从刺绣移到比阿特丽斯身上，而比阿特丽斯却不看她。当奥莉薇娅挪开自己的视线，比阿特丽斯又偷偷观察她。埃伦娜直觉认为这两人之间有什么联系，但或许也只是对陌生人的好奇之心作祟。

埃伦娜吩咐比阿特丽斯将几幅画送去修道院。当这位仆人答话时，奥莉薇娅再次抬起头，死死盯着她看。

"我确定我听过这个声音，"修女激动地说，"虽然我不敢从外表来判断。这是真的吗？我是在和比阿特丽斯·奥尔卡说话？这么多年过去了——"

比阿特丽斯也同样惊讶地说道："是的，这就是我的名字。但，小姐，你是如何知道我名字的？"

当她殷切盼望着奥莉薇娅的答话时，奥莉薇娅闪过一丝惊慌，这使得埃伦娜觉得很困惑。奥莉薇娅的表情转变得很快，她想说些什么，却什么都没说。与此同时，比阿特丽斯大声喊道："我的眼睛蒙蔽了我！怎么会这么凑巧！你那么像这位修女，一定是上天和我开了个玩笑，可我的心依旧在跳，你们却又如此不同。"

奥莉薇娅此时的注意力全部放在了埃伦娜身上，浑身颤抖，大口大口地喘着气,用含糊不清的语言说道:"告诉我,比阿特丽斯,我恳求你,你快告诉我,她是谁?"她指向埃伦娜,欲言又止。

比阿特丽斯还沉浸在自己的思绪中不能自拔,她完全没有给予奥莉薇娅应有的答复,而是自顾自地说道:"哦,你真的是奥莉薇娅小姐!天哪,你怎么会在这里!噢,你肯定是找到了他才来的!"她依旧盯着奥莉薇娅,眼里满是惊奇。而埃伦娜恍若未闻,反复回味着她话中的含义。下一刻,埃伦娜发现自己靠在奥莉薇娅的胸前,又一次询问这话是什么意思。奥莉薇娅这次似乎能听懂比阿特丽斯的话,却保持沉默,只是浑身颤抖着小声啜泣,整个人都几乎快要昏过去。

过了一会儿,埃伦娜追问比阿特丽斯,刚才的话是什么意思。与此同时,比阿特丽斯不明所以地问道:"你认不出你的亲人吗?"

"什么亲人?"埃伦娜说道,她惊恐地看着奥莉薇娅,"我最近才找到了我的亲生父亲。噢,告诉我,我应该如何称呼您!"

"你的父亲!"奥莉薇娅叫道。

"你的父亲!"比阿特丽斯附和道。

因为情绪激动说漏了嘴,提到了申多尼,埃伦娜有些尴尬,只好默不作声。

"不,我的孩子!"奥莉薇娅说道,她的语气从震惊变成了一种不言而喻的忧伤。她再次拉埃伦娜入怀,说道:"不,你的父亲已经死了!"

埃伦娜无心回应她的拥抱,只是惊讶和疑惑。她盯着奥莉薇娅的眼睛,情绪激动。最终她缓缓地说道:"你是我的母亲。真相大白了!"

"我是你的母亲!我永远爱你。"奥莉薇娅庄重地说。

奥莉薇娅企图使埃伦娜的情绪缓和下来,即使她也被现在这种突发情况搞得心情难以平复。在之后的很长一段时间里,她们只能简单说几句来表达她们强烈的情感。看起来对于相认这件事,奥莉薇娅比埃伦娜显得更高兴。埃伦娜没有喜极而泣,她显得很平静,或许是因为她从未体验过幸福吧。

与此同时,比阿特丽斯显得惊讶又担心。她并未因为见证了相认的喜悦而表露出愉悦的心情,只是站在一旁默默看着。

奥莉薇娅的情绪逐渐平复下来,问起她的妹妹比安齐。埃伦娜突然的沉默和沮丧给出了答案。提起曾经侍奉过的女主人,比阿特丽斯说道:"哎,小姐!她在那个我以为你去了的地方。我想不久我就能见到我亲爱的女主人了!"

奥莉薇娅虽然为这个消息所影响,但心中的痛并不如之前多。她缓过神,解释说,当提到比安齐,那种不平常的沉默就让她猜到了真相。尤其是她到了圣皮埃塔之后,所有寄往厄蒂丽的信都石沉大海,更验证了这一点。

"哎!"比阿特丽斯说道,"我很奇怪,修道院女院长都知道这些,怎么她没告诉你啊!我亲爱的女主人就葬在这里的教堂。那些信件,我已经拿来给埃伦娜小姐了。"

"女院长不知道我们的关系,"奥莉薇娅说,"而且我希望她现在仍旧不知道这件事。即使是你,我的埃伦娜,现在我们也必须以朋友相称,除非有人来调查。这对我的安全很重要。"

奥莉薇娅问埃伦娜关于她父亲的事情,虽然这不是出于希望或者是喜悦而问的。埃伦娜知道,就像自己一样,这么多年奥莉薇娅也以为他死了。埃伦娜对母亲的质疑并不奇怪,但她不知道如何回答母亲。她已经违背了和申多尼约定的保密原则,最初的惊讶让她说漏了嘴,再继续下去,她觉得将一切和盘托出是在所难免了。更何况申多尼并未预见她现在所处的特殊情况,他的保密对象也不涉及她的母亲,因此埃伦娜也没什么好顾虑的。所以当比阿特丽斯离开后,埃伦娜告诉奥莉薇娅，自己的父亲还活着。奥莉薇娅更惊讶了，但仍心存疑虑。她止不住落泪，提起了当年布鲁诺的死，以及相关的一些事。由于没有亲眼看见，所以她现在仍不相信这件事真的发生过。为了证实自己的话，埃伦娜回想起第二次和申多尼见面时的场景，说自己看到一幅肖像，申多尼硬说是自己。奥莉薇娅听后很激动，要求看看那个肖像。于是埃伦娜离开房间去找肖像。

对奥莉薇娅来说，埃伦娜离开的每分钟都好像有一个小时那么长。她在房间里来回走动，仔细听着是否有脚步声回来。她努力安抚自己的情绪，然而埃伦娜一直没有回来。奥莉薇娅想着，自己刚听到的描述中有一些疑点还有待考证。终于，埃伦娜拿着小画像回来了。奥莉薇娅激动地接过画像，看了好久，直到脸色发白，昏了过去。

现在埃伦娜确信申多尼说的是事实，也埋怨自己没有循序渐进地将情况告知母亲。她猜想奥莉薇娅是因为太高兴而激动得昏过去了。好一会儿，奥莉薇娅恢复了意识。没有旁人在场，奥莉薇娅要求再看一眼画像。埃伦娜以为奥莉薇娅还处在惊讶和担心之中，想给她一些希望。于是她安抚奥莉薇娅说，布鲁诺不仅以前，而且现在就住在那不勒斯，一小时之内他就会出现在她面前。"我去拿画像的时候，顺便派人送去了字条，要求立刻见我的父亲。我已经迫不及待想见证我们一家团圆的喜悦。"

那时，埃伦娜被同情冲昏了头脑。如果申多尼此时在那不勒斯，她写给申多尼的字条虽然不会暴露他，但埃伦娜把字条送到了斯皮里托·桑托修道院，而不是他指定的送信地点，这将引起人们对她情况的询问。

当她告诉奥莉薇娅申多尼很快就要和她们在一起时，埃伦娜以为奥莉薇娅会很高兴。然而她看到的只有恐惧与惊慌！接着她母亲告诉她为什么自己如此痛苦与绝望。

"如果他看到我，"奥莉薇娅说，"你将失去我！噢！伤心的埃伦娜！你的贸然行动几乎毁了我。这肖像的原型不是布鲁诺伯爵，我敬爱的伯爵大人，更不是你父亲，而是他的弟弟，那个残忍的丈夫——"奥莉薇娅没有继续说下去，好像不是在保持谨慎，而是害怕泄露什么。埃伦娜震惊得说不出话来，但她恳求母亲能解释这话的含义，以及悲伤的原因。

"我不知道，"奥莉薇娅说，"这肖像是以何种方式到了你手上；这个长得像费迪南·布鲁诺伯爵的人，是我丈夫的弟弟，我的——"她本来想说是她的第二任丈夫，但她不愿说出口。

她停了下，情绪有些波动，但又继续说道："关于这个话题我不能多做解释，因为这对我而言太痛苦了。让我想想如何避免和布鲁诺碰面。如果可能的话，就隐瞒我的存在吧。"

奥莉薇娅得知埃伦娜没有在字条里提到自己，感到很欣慰。她不想在这个特殊的场合见到这个告解神父。

正当她们在商量避免这次碰面的正当理由时，信使将信原封不动地带回来了，并带回口信说申多尼神父已去他处朝圣。斯皮里托·桑托修道院的神父们给出这样的理由，解释了申多尼的去向。为了修道院的荣誉，他们隐瞒了他的真实情况。

奥莉薇娅从恐惧中解脱出来，答应给埃伦娜讲一些整件事中她可能很感兴趣的部分。字条事件过去后的好些天，奥莉薇娅的情绪才完全平缓下来，能叙述整件事了。事情的第一部分和安恩索陀神父的陈词完全吻合。而接下来的事，只有她、她妹妹比安齐和一名医生知道。同时，他们委托一名忠实的仆人参与这个计划的实施。

当时，申多尼在实施杀害妻子的行动之后就立即逃离了屋子，而他的妻子伯爵夫人被抬进房间时，已经没有了知觉。其实伤口并不致命，但这样的残暴行为让她决定好好利用这次机会，趁着申多尼离开,结合她自身的特殊情形,从申多尼的暴行中解脱出来,而不是走司法途径。同时这也能掩饰她第一任丈夫的弟弟的狼藉声名。

因此,她在之前提到过的三个人的帮助下,永远地离开了申多尼的房子,退隐到意大利一个偏远的地方,在圣斯蒂法诺修道院里寻求庇护。而在她家乡,葬礼已经举办。奥莉薇娅离开后,比安齐在布鲁诺附近的自己家中又住了几天,照顾伯爵夫人和第一任丈夫生的女儿及和第二任丈夫生的婴儿。

一些时日后,比安齐带着两个小孩离开了,但并没有住在圣斯蒂法诺附近。奥莉薇娅不愿沉溺于妇人之仁。如果比安齐住在修道院附近,万一被发现,奥莉薇娅必然受到牵连。即便申多尼现在相信了,有一天他或许会对她的死产生怀疑,那么他很可能从比安齐开始调查。于是比安齐挑了一处和修道院有一定距离的地方住下,那地方并不是厄蒂丽。那时,埃伦娜还不到两岁,而申多尼的女儿才几个月大。不到年底,这个婴儿就死了。申多尼躲藏得太好了,比安齐没有办法通知他女儿的死讯。比安齐死后,埃伦娜是在比安齐的橱柜里发现这个刻有布鲁诺伯爵名字的画像的,她误认为这是自己父亲的画像。从那时起,埃伦娜出于孝心,一直将画像带在身边。当埃伦娜向申多尼证实这是她亲生父亲的画像时,申多尼便误以为埃伦娜是他的女儿了。

比安齐告知了埃伦娜她的身世,出于谨慎及不确定埃伦娜是否能保守母亲在世这个秘密,她有所保留。这也是比安齐在死前迫切要告诉埃伦娜的事。然而死亡来得太仓促,她来不及说出一切。这导致埃伦娜与母亲奥莉薇娅偶遇却无法相认。比安齐为了掩饰埃伦娜的身份,将自己的乳名罗萨尔巴赐予埃伦娜,这又让奥莉薇娅无法认出埃伦娜。比阿特丽斯并不是当初协助奥莉薇娅逃跑的那个仆人。她也相信伯爵夫人已经死了。所以即使她知道埃伦娜是伯爵夫人的女儿，她也无法让两人相认。直到那天，埃伦娜在场的情况下，奥莉薇娅认出比安齐的这个老仆人，两人才得以相认。

比安齐搬到那不勒斯的时候，她并不知道，自从刺杀自己妻子那晚便逃离得无影无踪的申多尼也住在这里。她很少出门，所以从未碰见过申多尼。她的面纱、申多尼的斗篷，这些东西让他们即使见了面也未必认得出对方。

比安齐之前有意在两人结合之前，向维瓦迪说明埃伦娜的家世。在他们最后一次谈话那晚，她曾提到这些。然而她的精力很快用尽，还有太多没有说清楚，只能另寻机会。而她的突然离世终结了所有见面机会。她竟然没有及早说出埃伦娜的身世，这实属令人不解之举，因为如果维瓦迪一家早些知道埃伦娜的身世，可能会大大减轻对维瓦迪与埃伦娜结合的反对。但是，如果考虑到埃伦娜家族的其他状况，那就不足为奇了。无论维瓦迪家族多么看重出身，她的贫穷，还有布鲁诺家族某个成员的罪孽，都足以消解家世的诱惑。

即使是在哥哥与妻子故去之间的这一小段时间内，费迪南·布鲁诺也曾谋划再一次升级罪行。他逃逸后，那些债主通过合法与不合法的手段攫取了他剩下的地产收入，他将无权争夺财产，而埃伦娜被交由她姨妈全权看管。比安齐手中本就不多的财富因为帮助奥莉薇娅而愈发减少。为了保证奥莉薇娅入住圣斯蒂法诺，比安齐必然要捐助一笔数量可观的钱。之后，她又因为购置了厄蒂丽别墅而财产缩减。这笔花费并不草率。比安齐希望用勤劳来换取独立舒适的住所，而不喜欢慵懒地住在劣质房里。她的勤劳找到了使她既能赚钱又免于丧失尊严的方式。比安齐擅长制作优雅精巧的手工艺品。她制作的铅笔和针，只卖给圣皮埃塔的修女们。等到埃伦娜长大能帮上忙时，她将工作和收益都交给了外甥女。埃伦娜天生好手艺，设计精美，做工优良。她在画画及刺绣上都很出色。她的作品受到修道院那些买主的热烈欢迎。于是比安齐把自己的手艺全部教给了埃伦娜。

同时，奥莉薇娅早已决定余生都待在圣斯蒂法诺修道院。这能缓解她失去第一任丈夫的痛苦，忘却之后所受的虐待。她在修道院第一年的生活很平静，只是偶尔会想念自己的女儿。她不敢在修道院见女儿，这让作为母亲的她感到痛心。幸好，条件允许的情况下，她能与比安齐通信，获知女儿的情况，缓解自己的思念之情。直到有一天，她突然失去了比安齐的消息，这让奥莉薇娅很担心。不久之后，埃伦娜来到了她母亲所在的修道院。

在圣斯蒂法诺的礼拜堂中第一次见到埃伦娜时，奥莉薇娅觉得埃伦娜长得有点像故去的布鲁诺。之后她经常观察埃伦娜的五官特征，然而，奥莉薇娅始终不能确定这个陌生女孩就是她的女儿。一次，奥莉薇娅忍不住问了埃伦娜的姓氏，罗萨尔巴这个答案打消了奥莉薇娅所有的猜测。自己一片苦心、协助脱逃的那个女孩，本以为是个陌生人，到头来却是自己的女儿，奥莉薇娅得知这一点时心情会是怎样啊！奥莉薇娅品德高尚，助人为乐，才使她体会到在不知情的状况下挽救亲生女儿的幸福。而申多尼品德恶劣，一直在蓄意谋害自己的侄女，却总是不能得逞。

第三十章

那些时光

曾满脸笑意

如今又在哪里？

可怕的贫乏思想！

——爱德华·杨格[1]

关于维瓦迪侯爵夫人死亡的情况，比阿特丽斯说得并不是很全面。事实上，侯爵夫人因自己曾经打算对埃伦娜实施罪恶而深感懊悔，也非常害怕自己会因此而招致上帝的惩罚。于是，在病床上奄奄一息的时候，她派人请来一个牧师，向他倾诉了一切，同时也希望自己的良心能够好过一些，以缓和自己绝望的情绪。这个牧师心肠很好，很仁慈，听完维瓦迪和埃伦娜的整个故事，他说，关于她所做的一切罪恶，以及由此导致的她的所不应受到的苦楚，唯一能使她得到宽恕的方法就是，她要让那些她以前带给他们不幸的人们现在都能得到幸福。她的良心也要求她这样做。现在，既然要走进坟墓了，还有什么身份等级的差别？上帝面前人人平等！如今，她是如此渴望维瓦迪与埃伦娜两个人结婚，就像当初她那样强烈地反对他们一样。她

---

① 墓园派创始人。（译者）

叫来了丈夫,坦白了以前对埃伦娜所做的一切。她最后有一个请求,就是希望侯爵能够同意儿子与埃伦娜的婚事,给予他们幸福。

侯爵此刻才得知,原来自己的妻子曾如此残忍,他深深地震惊了。但无论是夫人对将来的恐惧,还是对过去的懊悔,都无法使他接受埃伦娜地位低下这一点。他拒绝她所有强烈的请求,直至最后一刻,她的痛苦不安打消了他所有的疑虑,他同意了她的请求,好让她得到解脱。然后,当着牧师的面,他庄严地承诺,如果维瓦迪仍然坚持爱埃伦娜的话,自己便不再反对他们的婚事。这个承诺对侯爵夫人来说已经足够了,不久她就合上了眼。然而,对维瓦迪的搜寻迟迟不见结果,所以侯爵不可能很快为他们举行婚礼,履行这个很不情愿的诺言。

在这段没有结果的搜寻期间,侯爵几乎悲伤地认为自己的儿子已经不在人世了。一天晚上,维瓦迪府邸里的人被一阵剧烈的敲门声给吵醒。那声音是如此之大,在守门人还没有去开门时,房间正对着院子的侯爵大人就被惊动了,并派了对面房间的一个仆人去看看究竟发生了什么事。

不久,传来一个人的喊叫声:"我一定要立刻面见侯爵大人!当他听说这一切事情后,就不会为我吵醒他而生气了。"侯爵还没来得及命令无论什么原因任何人也不得进来,形容枯槁、衣衫褴褛、浑身脏兮兮的波罗就出现在了大厅里。他脸色苍白恐慌,还不时回头看看对面的房间,听听有没有人追来,就好像刚从牢狱逃出来似的。他是那样地令人吃惊,以至于侯爵大人好像预见到维瓦迪的不幸了,简直没有力气来询问发生了什么事。但波罗没有什么婉转曲折的陈述,也没有什么开场白,而是直接告诉侯爵,维瓦迪——他亲爱的主人,正身处罗马宗教法庭的监狱。

"是的,"波罗说,"我自己逃出来了,因为他们不让我跟先生在一起，所以我留在那里也没有用了。但是我自己逃出来了，而把我亲爱的主人留在了那个阴森的监狱里，这实在是很困难的事情。本来没有什么可以让我这样做，但我想，如果侯爵您知道先生在哪里，就一定会把他救出来。现在一分钟也不能耽搁了，您要知道，一个绅士落入宗教法庭那群人手里，真不知道会遭受怎样的折磨，他随时会被他们撕成碎片的。我可以叫来去罗马的马车吗，侯爵大人？我要立即出发。"

突然之间得知这个消息，侯爵大为震惊，一下子手足无措，对波罗一连串的问题也不知道该如何回答。当他恢复冷静，进一步询问维瓦迪的情况时，他觉得有必要立即动身了。但首先应该谨慎行事，他要先跟一些朋友商量一下，那些朋友在罗马有些关系，可以对他这趟罗马之行给予很大帮助，但这一切要等到明天才行。于是，他立即传令下去，叫人做好明天随时出发的准备。听完波罗详细地说完整件事的始末后，他就让波罗休息去了。

尽管波罗很想休息，但内心的激动与不安却让他怎么也无法入睡。再次进入侯爵房间的时候，他表现出来的担心更多是源于他内心的焦急，而并非什么对新的罪恶的忧虑。对于自己能够重获自由，他要感谢那位年轻的守卫，以前这个人曾经守在他牢房的门口，后来给调走了。但是通过维瓦迪在审判结束回去时贿赂的那个守卫，这个人又和他联系上了。这个人内心很同情波罗，觉得他很悲惨。同时，这个守卫也决定不等他的雇用期结束就逃离岗位。他认为，做守卫和当囚犯一样痛苦。"我觉得守卫和囚犯没有什么差别，"他说，"只不过是囚犯在门的这一边，而守卫在门的另一边而已。"

一旦决心逃离那里，他便来跟波罗商量。在这里如此多的卑劣的人当中，波罗宽厚的脾气与善良的心灵赢得了他的信任与友谊。他拟定了一个很好的逃跑计划，而在随后的关键之处，波罗坚持要求一些不可能办到的事情，差点让整个计划泡汤。他说，自己逃出去，安全了，却把主人留在监狱里，他于心不忍，所以宁愿冒着断头的危险也不做这样的事情。由于守卫维瓦迪的人都很凶残，估计也很难搞定他们，波罗建议爬到维瓦迪牢房的围墙上去跟主人联系。但这样做的后果就是波罗可能会再次被抓回去，兴许还会搭上一条命。

最后，情况是这样的：波罗穿过监狱那些危险的过道，来到围墙的那边。将近有那么一个小时，他徘徊在围墙的阴影下，哭泣、叫喊、呼唤着他亲爱的主人。这显然是件冒险的事情，要不是黎明破晓，他的同伴不顾一切地将他拖走，可能他要在那里停留更长的时间。正当他被强行拖走的时候，透过慢慢亮起来的光线，他好像看到了这些独特建筑的屋顶中有一间就是囚禁他主人的牢房，他仿佛看到了维瓦迪的身影。那一瞬间，一种从未有过的喜悦突然爆发出来，随之而来的是悲恸和忧伤。"屋顶，正是那屋顶！"波罗惊叫道，从地上跳起来，拍着手掌，"是那屋顶，就是那屋顶！啊，我的主人，我的主人！那屋顶，那屋顶啊！"他交替着不断惊叫："我的主人！那屋顶！我的主人！那屋顶！"那个守卫开始担心他是不是疯了，此时的波罗泪流满面，神情与动作看起来似喜似悲，古怪反复，异常激动。最后，唯恐让人发现，他不得不强行把波罗拖走。囚禁维瓦迪的监狱消失在视线里之后，波罗立即马不停蹄地直奔那不勒斯，就像前面提到的那样，自从他离开宗教法庭后，就没有喝过一滴水，吃过一口饭，合过一次眼。虽然筋疲力尽，他仍然支撑着。第二天早上，他跟着侯爵离开那不勒斯，不管多么疲惫，也不管此行会给他带来怎样的危险，他都要再次前往罗马。

侯爵的地位及其在那不勒斯法院的影响力给宗教法庭施加了很大压力。他要求立即释放维瓦迪，更重要的是，侯爵的朋友马洛侯爵与罗马教廷的关系起了主要的作用。

但是，向宗教法庭的申请并没有像侯爵预料的那么快就得到回应，甚至是过了两个多星期，他才能探视自己的儿子。这次见面，过去所有的不愉快都被父子之间的亲情驱散了。维瓦迪的处境、悲伤的面容，还有他在塞雷诺受伤的伤口，以及这个阴森可怕的监狱，激起了这位父亲所有的怜悯与痛惜。此时此刻，做父亲的早已原谅了儿子，只要儿子能平安离开这个鬼地方，还有什么是不能答应的呢？

得知母亲已经去世，维瓦迪流下了伤心与懊悔的眼泪，正是自己给母亲带来这么多不幸的啊。他忘记了她那些无理的要求，原谅了她的过错。所幸的是，维瓦迪永远不会知道他母亲图谋罪恶的程度，也好，这样他的内心反而会好受些。当他知道母亲临死前受不了良心的谴责，强烈要求促成自己的婚事时，他痛苦不已，回想起了以前她在圣斯蒂法诺迫害埃伦娜的行为。

第三十一章

你们都罪该万死。

——莎士比亚

当侯爵和维瓦迪同时收到传唤去牢房见申多尼时,距离侯爵到罗马已经过去近三周时间了。这期间,他没有收到宗教法庭对其申请的明确回复。对侯爵来说,去见申多尼——这个给他的家庭带来了诸多灾难的人——是一件痛苦至极的事情。但是他无法拒绝这次会见。到了指定时间,他来到维瓦迪的房间,他们跟着两个官员一起走向牢房。

他们在牢房外等着卫兵打开一道道栅栏,一把把锁。这时,收到传唤时那种不安的感觉又涌上了维瓦迪的心头,而且更甚。现在,他就要再次看到那个自称是埃伦娜父亲的悲惨老人了。而侯爵现在的心思却完全不同。他不愿见到申多尼,却又对因何事被传唤感到好奇。

牢门猛地打开了,官员在前,侯爵和维瓦迪相继而入,看到神父躺在床垫上。他并没有起身,只是略微点点头示意。他的脸色在牢房那狭小的窗户透进来的微弱光线下显得异常苍白。他两眼无神,萎靡不振,看起来像是被死神抚摸过。维瓦迪看到他这个样子,痛苦地呻吟了一声,不敢再看他的脸。但是他很快稳住了自己的情绪,向垫子边走去。

对于这个已沦落到如此境地的敌人，侯爵强忍住心底的憎恶而没有形之于色，询问他有什么要说的。

申多尼没有理会侯爵的问题，而是向官员问道："尼古拉在哪儿？我怎么没有看到他？他还没有听到我为什么叫他来就已经走了？把他叫来吧。"

官员对卫兵说了些什么，后者随即走出了牢房。

"我身边这些人是谁？"申多尼说，"站在床头的是谁？"他边说边垂下眼睛看向维瓦迪。维瓦迪无精打采地站在那儿，心不在焉。申多尼的话唤醒了他，他回复道："是我，文森廷·维瓦迪，是你叫我来的。有什么事吗？"

侯爵又问了一遍刚才的问题，申多尼似乎陷入了深思，他一会儿盯着维瓦迪，看了一眼又赶紧收回目光，似乎沉得更深了。他再次抬起头，眼睛中蕴藏着一种野性，倏地又沉静下来，空无一物。忽然间，他的眼睛精光一闪，看着维瓦迪身后，说道："那个悄悄走进来，站在昏暗处的人是谁？"

维瓦迪转过身，看见尼古拉神父站在后面。

"我来了，"尼古拉说，"你想让我做什么？"

"让你为我要宣布的事情作证。"申多尼说。

尼古拉和陪同他来的审讯官马上来到床边，侯爵站在另一边，维瓦迪仍立于床头没动。

申多尼略微停顿了一下，接着便开始说道："我要说的事情和一个之前由尼古拉神父和我实施的阴谋有关。在我的鼓动下，尼古拉神父卑鄙地诬陷了一名无辜的年轻女性。"

听到这里，尼古拉试图打断申多尼的自白，但是维瓦迪制止了他。

"埃伦娜·罗萨尔巴,你应该认识吧?"申多尼向侯爵问道。

听到申多尼突然提起埃伦娜,维瓦迪的脸色变了,但是他仍然没有作声。

"我听说过这个人。"侯爵冷淡地说。

"那么你听说的都是假的。抬起眼吧,侯爵大人,说说看你有没有想起这副面容?"申多尼指着尼古拉说。

侯爵认真打量着神父,说:"谁看过这张脸都不会轻易忘记,我记得我还见过不止一次。"

"你是在哪里见到他的,侯爵大人?"

"是在那不勒斯我自己的府邸里,是你在那里把他介绍给我的。"

"是我介绍的。"申多尼回答道。

"既然你已经承认是自己怂恿他做的那件事,"侯爵问道,"那么你现在为什么又要指控他撒谎呢?"

"哦,天啊!"维瓦迪说,"我怀疑,这个修士——尼古拉神父就是诽谤埃伦娜·罗萨尔巴的人!"

"差不多吧,"申多尼答道,"而且诽谤她是为了报仇。"

"你,你刚刚宣称自己是她的父亲,现在又承认自己是这卑鄙谣言的主使!"维瓦迪愤怒地打断了申多尼。

话一出口,维瓦迪就觉察到了自己的失态。因为他至今还没有告诉侯爵,埃伦娜曾被称为申多尼的女儿。他立即感觉到这一事实的突然暴露,尤其是在这个时候的暴露,对他的希望将是致命的。在如此不合适而且毫无准备的情况下,侯爵绝不会再遵守他妻子临终前许下的承诺——无论那个承诺多么庄重。侯爵本人也被这个难以置信的发现震惊了。他看着儿子,期待着他会给自己解释一下,同时,对于申多尼的憎恶又多了几分。但是维瓦迪的心思这会儿完全不在这个上面,他请求父亲暂时不要随意揣测,等到能单独交谈时再向他解释。

侯爵没有再追问，但是很明显，他对儿子婚姻的态度已定。

"你，才是这些谣言的编造者！"维瓦迪重复说道。

"你先听我说！"申多尼用尽全身的力量叫了出来，似乎精神的力量正在和无力的处境艰苦作战一样，发出一种沉闷而恐怖的声音，"听我说——"

他停止了号叫，但是刚才用力过猛，无法马上恢复过来。过了好一会儿，他终于重新开口了："我曾经说过，而且还会继续说，埃伦娜·罗萨尔巴是我的女儿。而我想，她之所以叫这个名字，也是为了隐瞒她不堪的父亲！"

维瓦迪极度绝望，痛苦不堪，但是他没有去打断申多尼。但是侯爵没有置之不理。"那么你把我叫到这里来，是要证明你女儿的清白吗？"他说，"这个罗萨尔巴小姐，不管她是谁，不管她是不是清白无辜，我都不关心。"

这句话在维瓦迪心中激起了巨大的波澜，他极力忍住没有表现出来。但是这句话却似乎唤起了申多尼的精神。"她是一个出身高贵的女子，"申多尼从垫子上耸起身子，自豪地说，"我是布鲁诺伯爵家族的最后传人。"

侯爵轻蔑地笑了。

申多尼继续说："尼古拉·赞帕里，你最近曾说你为了公正而鞠躬尽瘁。我叫你来就是让你对此事做出评判，让你在这些证人面前承认埃伦娜·罗萨尔巴是清白的，没有做过任何你对维瓦迪侯爵讲过的不端行为。"

"你这个混蛋！"维瓦迪对尼古拉说，"你还不打算收回那些你扔到她头上的残忍的污蔑吗？你还不打算收回那些曾经，甚至可能会永远摧毁她平静生活的诽谤吗？你是不是还要——"侯爵打断了儿子,说:"今天的见面该结束了,我们也不用再难受了。我想把我叫来这里的目的与我并无关系。"

还未等申多尼回话,侯爵就转身走出了牢房。维瓦迪内心乱成了一团麻,纠结的痛苦让他没有说话,却也因此使他明白了申多尼。埃伦娜是申多尼心里最亲近之人,为其证明清白却并不是他召集这次会面的唯一原因。

"如果你愿意听一下我可怜的孩子是如何被证明清白的,"申多尼继续说,"先生,那你很快就能明白,无论我堕落到了什么地步,只要有一口气在,我都一直想着与我遇到的那个魔鬼斗争。你应该承认,我当时的所作所为,最终是为了平息维瓦迪侯爵的愤怒。他当时和现在一样威势鼎盛,不可一世。"

他后面说的话压倒了之前的话所产生的效果。侯爵的倨傲更加膨胀了,他向牢门走了几步又停了下来,猜想申多尼所暗指的事情与自己儿子的开释有关,于是侯爵便同意听一下尼古拉将会揭露什么。

这时,修士却在不断地权衡,盘算着是否有必要承认自己是造谣者,或者能否逃脱责难。对这一点,维瓦迪表现得很坚决,认定他在这件事情上有罪。正是维瓦迪的坚决,而非自己良心的谴责或者申多尼的控诉,使他看到了拒不承认的后果。他承认了造谣那件事,但是啰啰唆唆说了一大通话为自己辩解。他表示了对申多尼最初计划的厌恶,并说自己是被申多尼的花言巧语欺骗才去利用侯爵的轻信,以及自己对埃伦娜·罗萨尔巴品行的尊重等。他赌咒发誓地坦白承认了自己的罪行,申多尼对此却很谨慎。尼古拉所讲的故事那么周密真实,即使对其偏见最深的人也会相信它的真实性,即使最冷血无情的人也会对造谣者动怒,对受害者同情。侯爵面不改色却十分认真地听完了这一堆解释。维瓦迪的态度一直没变,冷峻的双眼盯着尼古拉神父,似乎要看穿他的灵魂。神父说完这些话,维瓦迪望向父亲,一丝胜利的微笑浮上脸庞,他表示接受神父的自白,承认埃伦娜是被诬陷的。然而侯爵冷冷的一瞥,冷却了维瓦迪的满腔热情。他认为侯爵不仅对一个无辜且无助的女子所遭受的不公平无动于衷,甚至还不愿接受维瓦迪认为无可辩驳的那个事实。

这时申多尼因不堪忍受自己的思想带来的痛苦而翻滚了起来。他竭尽全力才坚持了这么久,对尼古拉进行了这必要的审问。现在审问结束了,他倒在枕头上,闭上了眼睛,脸色一阵青一阵白。有那么一会儿,维瓦迪以为他要死了。他并不是唯一一个有这种想法的人,一个官员伸手去探查申多尼的状态,并走上前去帮助他。等到眼睛重新睁开时,申多尼似乎又活了过来。

侯爵对尼古拉神父的认罪未做任何评价,只是最后说申多尼揭露的事情对自己平和的生活十分必要。申多尼这时问身边的人,宗教法庭的书记官还在不在牢房里。申多尼曾经要求他过来为自己要宣布的事情作证。他被告知那个人还在牢房里等着。然后,申多尼问牢房里还有谁,并说他应该请求宗教法庭里的证人作证,并得到答复说有一个宗教法庭书记官和两个官员在场,他们的证词足够了。

书记官要求一盏灯,但是由于灯需要等一会儿才能送来,他们要来了在外面漆黑通道里站岗的卫兵手里拿的火把来代替。火把的光亮让申多尼看清了昏暗的房间里各个人的样子,也让其他人看清了这个自白者苍白虚弱的面容。借着火把的光亮,维瓦迪现在看着申多尼的样子,再一次感到申多尼将不久于人世了。

每个人都做好了准备,等着申多尼开始说话。可是他自己似乎还没有完全准备好。他靠在枕头上,好一会儿没有说话。他的眼睛紧闭着,可是他表情的变化暴露了内心的波澜。然后他用力坐了起来,完完整整地道出了自己曾经对维瓦迪实施的阴谋。他坦白了自己就是那个致使维瓦迪被宗教法庭逮捕的匿名告密者,而他对维瓦迪的异端指控也是恶意编造的。

这些话证实了维瓦迪的猜测,证实了诬陷自己的人,却也使他发现自己在圣塞巴斯蒂安教堂受到的牵连了埃伦娜的指控并不是申多尼所说的指控。他让申多尼讲明白。申多尼承认对维瓦迪实施抓捕的不是宗教法庭的人,抓他的理由是因为他与一名修女私奔了。当然这也是申多尼自己捏造的,目的是让那些流氓把埃伦娜从她所暂住的女修道院带走,而不至于引起那些修女的反对。

维瓦迪疑惑的是申多尼为什么要如此机关算尽地策划才带走埃伦娜,因为只要他宣布埃伦娜是自己的女儿,任何人都不会反对他带走埃伦娜的。对此,申多尼说当时并不知道自己与埃伦娜的关系。但是对于其他的问题,比如他是怎么计划的,埃伦娜到底有没有被带走,以及他是怎样发现埃伦娜是自己女儿的,等等,申多尼保持了沉默。他躺了下去,脑子里满是被这些问题勾起的回忆。

书记官记下了申多尼的证词,并由在场的审讯官和那两位官员签字确认。由此,维瓦迪看到那个把自己带入宗教法庭拷问的人为自己重证了清白。但是即将得到释放的消息并未给维瓦迪带来太大的喜悦,因为他知道了埃伦娜是申多尼的女儿,一个杀人犯的孩子,一个恶行累累、死得也不甚光彩的人的孩子。然而他还是希望申多尼所说的与埃伦娜的关系并非事实。许久以来他都深爱着埃伦娜,因此他要求申多尼就她的出身做出完整的解释。

维瓦迪如此公开大胆地表示自己对埃伦娜的爱慕让傲慢的侯爵大人心生不快,他不让维瓦迪再在这一问题上追问,并立即离开了牢房。

"我已没有必要再待在这里了,"他说,"所有我想听的这个犯人都已经说完了。而且,鉴于他的证词是为了证明我儿子的清白,我原谅他的造谣给我和我的家庭带来的灾难。这张纸上是他的证词,现在是你的责任了,神父。"他接着对裁判官说:"我希望你能把这份证词交到宗教法庭,以证明文森廷·维瓦迪的清白,而且他应该被立即释放。但是首先,我要求得到一份这些证词的副本,副本上也应该有在场所有证人的签名。"

书记官去抄写证词了,侯爵就在那里等着,因为不亲手拿到证明,他是不会走的。维瓦迪还在坚持不懈地追问埃伦娜家庭的情况。现在申多尼再也无法回避维瓦迪的问题了,可是他无法实事求是地告诉维瓦迪。在他与已故的维瓦迪侯爵夫人(他并不知道维瓦迪侯爵夫人已经去世了)密谋的事情上,他保留了一些。因此,他所讲的有关埃伦娜的事情,不比埃伦娜曾随身携带的那张她父亲的画像上所披露的多多少。

申多尼在向维瓦迪简要地讲这些的时候,尼古拉慢慢地从人群中退了出来,站在那里用他阴毒的目光盯着申多尼。他的眼睛隐藏在头巾下面,脸的下半部也被黑色的头巾遮住了,只留下中间的部分暴露在火光下,关注着所有人的讲话。维瓦迪的目光落到他身上,似乎又看到了那个名叫帕鲁兹的修士,他感觉这个人能犯下所有他指控申多尼的罪行。突然间,他想起了在堡垒地牢里发现的那件衣服,还记起了比安齐死时的场景,以及这个修士那时的表现。维瓦迪心中又涌起了对比安齐的死亡的疑虑,如果可能,他决心消除这些疑虑或者证实它们。于是,他郑重地询问了申多尼。这个将死之人对揭露这件事中的任何真相都已经无所畏惧了。申多尼边说边看着尼古拉,想要看看他有没有什么反应,可是他的脸都被头巾包裹着,看不到一点儿表情变化。但是维瓦迪却注意到,尼古拉听到自己的话时把头巾拉得更紧了,并立马把目光转向了申多尼。

申多尼当即表示自己与比安齐的死亡毫无关系,对此也毫不知情,语气极其严肃。

维瓦迪接着问申多尼,他的帮手——尼古拉提前给了帕鲁兹警告,那么他是如何提前得到消息的?而且,既然他对此事毫无兴趣,那他为什么要提前给帕鲁兹警告呢?

尼古拉并没有试图猜测申多尼会如何答复。稍作停顿,申多尼说:"年轻人,那个警告,还有你在帕鲁兹门前收到的其他所有的消息或者建议,都是为了阻止你去厄蒂丽。"

"神父,"维瓦迪说,"你从来没有爱过,否则的话你不会费劲去施行这些阴谋,这些阴谋不至于诱导或阻止一个热恋中的人。你难道相信一个匿名的告密者会比我爱的人对我的影响更大吗?你难道以为这样的阴谋能吓阻我对她的爱吗?"

申多尼说:"我认为一个陌生人不偏不倚的建议会对你起一点作用的。但是我更相信恐惧的力量,那样一个陌生人的忠告和警告,一定能在你的心里引起恐惧感的。我正是如此利用了你的习惯性弱点。"

"我的习惯性弱点是什么?"维瓦迪脸红了。

"你过于敏感,导致你尤其容易受迷信的蛊惑。"申多尼答道。

"什么?一个神父竟然说迷信是个弱点!好吧,就算他真的这样想,那我什么时候暴露了这个弱点呢?"

"你忘了我们有一次有关无形的精神的对话吗?"

听到这句话,维瓦迪哑然失语。他认为记忆里的那件事和申多尼说的并非同一件事。他更加仔细地看着申多尼,确定了自己那次就是和对方进行的对话。申多尼盯着他,慢慢地以同样的语气又说了一遍:"你忘了吗?"

"我没有忘。而且我还记得,我没有向你吐露任何会让你对我做出上述判断的想法。"

"你当时说的话都很有理性,"申多尼说,"但是很明显你想象力很旺盛,但是丰富的想象从来都不会有助于朴素的推理,从来都不是理性的证明。它不愿意局限于地球上乏味的真相,而是急于扩张,急于释放自己的能量,急于体验独属于自己的快乐。想象力一旦在自己的世界里经历了新的奇迹,必然变得更加膨胀!"

听到这些类似责备的话,维瓦迪的脸微微发红,心里对此也点头称是,令他惊奇的是申多尼竟然这么了解他。在申多尼所指的这件事上,他自己从来没有认为自己的想法很坚定,也一直都不知道这一特点。

"关于我这一点,我承认你说得很对,"维瓦迪说,"但是,我想要一些不那么抽象的解释,少一点我的理智的影响。我在帕鲁兹的地牢里捡到的衣服是谁的?衣服的主人发生了什么事情?"

申多尼霎时脸色大变。

"什么衣服?"

"那些衣服的主人似乎受暴力袭击而死,"维瓦迪答道,"而且,它们是在你的帮手——尼古拉神父经常出没的地方被发现的。"

说完这些话,维瓦迪望向尼古拉,这时牢房里所有人的注意力都集中到了尼古拉的身上。

"那些衣服是我的。"尼古拉说。

"你的衣服?你的衣服怎么会满是血污?"维瓦迪喊了出来。

"就是我的衣服,"尼古拉重复道,"那些血污还是拜你所赐,是你开枪打伤我才有的。"

这一再明显不过的解释让维瓦迪大吃一惊。

"我没有枪,我唯一的武器就是剑!"

"你再想一下。"尼古拉说。

"我再说一遍,我没有任何火器。"

"那我们问一下申多尼神父我是不是被手枪击中了吧?"

"你无权再来问我了，"申多尼说，"为什么我要帮你摆脱嫌疑？这些怀疑使你落入现在的境地，我现在的处境也是你一手造成的。"

"是你犯下的罪使你落到如此境地的，"尼古拉说，"我只是完成了我的任务，而即使没有我也会有别人来做，比如那个接受了斯巴拉托最后自白的牧师。"

"可是我的良心不能容忍那样一种任务，"维瓦迪看着他说，"你出卖了你的老友，还迫使我帮助你毁了一个人。"

"他和我一样都是为虎作伥的人。他夺取过别人的生命，因此也活该失去自己的生命。如果知道自己并没有具体地帮助他摧毁他人可以给你一点儿安慰的话，我也可以保证以后给你想要的证据。除了安恩索陀的证词外，还有别的方式来证明申多尼就是布鲁诺伯爵，虽然现在我还不知道。"

"如果你早点儿说这些，也许会更可信一点儿。现在，你说这些只是为了让我闭嘴，让我不再反驳你的座右铭——杀人者，必为人所杀。告诉我那些血衣到底是谁的。"

"我再说一遍：是我的。我在帕鲁兹受了枪伤，这一点申多尼可以作证。"

"不可能，我当时只佩带了自己的剑！"

"你还有同伴，难道他也没有带枪吗？"

略一回想，维瓦迪记起来波罗带了手枪，并在听到陌生人的警告声音时冲着帕鲁兹的大门下开了一枪。他立即承认了这一点，接着说："但是我没有听到有人呻吟，也没有看到任何受伤的症状。而且，血衣发现的地点离开枪的地方相当远，从那些血衣可以看出来那个人受伤很严重，在这种情况下他又怎么能悄悄地退回到那么远的地牢呢？即使他做到了，他也没办法把衣服扔开的。"

"但是事实就是那样，"尼古拉道，"我的意志使我忍住了痛苦。

为了逃离你们，我退回到废墟内。但是你们竟然一直追到了地牢，我不敢穿着染了血的衣服回到修道院，就把它扔在了那里，然后以一种你们想不到的方式离开了。申多尼从厄蒂丽带来的那些人为了在夜里抓到你和你的仆人，已经到城堡里了。他们给我找了一个安身之处，帮我处理了伤口。但是，那天夜里你虽然没有看到我，却听到了我。我的呻吟声从隔壁的房间传到了你的房间，我的同伴也在以你的仆人证实的警报为乐。现在你相信了吗？"

维瓦迪还清晰地记得那些呻吟声，而尼古拉所说的其他情况也都与他记忆中的细节相互吻合，他对此毫不怀疑。但他还是对比安齐突然死亡的原因心存疑虑。然而申多尼声称自己对此不但无关，且毫不知情。如果他知道尼古拉和此事有任何关联，他也不会为尼古拉做任何辩护。很明显，尼古拉只对申多尼付给他的酬劳感兴趣，而比安齐的死亡并不在此之列。维瓦迪仔细推敲了这些情况，最终相信了比安齐的死亡是意外造成的。

这些谈话进行的时候，侯爵早已听得不耐烦，迫不及待要离开牢房了，因此不断催促书记官快点。正当他再次催促的时候，另一个人告诉他快完成了。维瓦迪感到自己之前听到过这个人的声音，他把目光转向说话的这个人，发现他就是那个第一个去监狱看自己的陌生人。从他的穿着，维瓦迪判断他应该是裁判所的官员。他现在明白了那次探监的目的，那是为了以假装的同情来诱使自己吐露一些异端的思想。维瓦迪经常从一些犯人那里听到这样的行为，但是他一直不敢相信这种残酷的行径到现在还有，而且竟然还是针对自己的。

这个人的出现也使维瓦迪想起了随后去探监的另一个人——尼古拉。他曾问尼古拉是看守允许他进来的，还是通过其他方式进来的。但是尼古拉当时没有回答，而是在脸上浮起了一丝怪笑——如果那也能被称为笑的话。那笑里包含的意思似乎是："我堂堂一个宗教法庭修士，你以为我会向你泄露这些秘密吗？"

但是为了知道那个似乎对宗教法庭十分忠诚的卫兵到底有没有逃脱惩罚，维瓦迪不断地追问。

"他们很忠诚，从来不求他物。"尼古拉说。

"宗教法庭相信他们的忠诚吗？"

尼古拉又一次略带嘲弄地笑了，答道："他们对此从来不怀疑。"

"怎么会这样？"维瓦迪说，"如果宗教法庭没有怀疑他们的忠诚，那他们为什么又被逮捕了？"

"这些宗教法庭的秘密都是你从经验得来的，知道这些就够了。别再多问了！"

"这是一个可怕的秘密！"沉默了许久，申多尼又开口说话了，"年轻人，每间牢房都有一条秘密通道。通过这些通道，执行死刑的官员悄悄地杀死犯人。尼古拉就是这些人之一，他熟悉每一条通往谋杀的秘密通道。"

维瓦迪恐惧地躲开了尼古拉。申多尼也停了下来。刚才他说话时，维瓦迪又一次察觉到他声音的变化。他的声音和他所说的事情一样恐怖，使维瓦迪不寒而栗。尼古拉没有说话，但是他阴狠的眼睛紧紧盯着申多尼，闪着仇恨的光芒。

"他刚做这一行不久，"申多尼用力盯着尼古拉，接着说，"而且他的任务也快完成了！"申多尼说出最后一个字时声音已经颤抖了。但是尼古拉还是听到了，他走近床边，问申多尼是什么意思。申多尼凄然一笑，却有着胜利的意味："不要害怕，你很快就知道了。"

尼古拉立于申多尼面前，皱着眉头，似乎要看穿他的灵魂。维瓦迪再次看向申多尼时，被他脸色的变化吓了一跳。他的脸上还挂着一丝胜利的微笑。但就在此时，他的脸上突然现出一阵不安，紧接着整个脸都扭曲了，似乎在努力压制着胸中的痛苦。申多尼真的要死了。

维瓦迪对随之而来的混乱感到恐惧，侯爵一直急于离开牢房，现在也一样害怕。有那么一瞬间，每个人似乎都对申多尼产生了一丝怜悯，除了尼古拉。他仍然紧挨申多尼站着，不为他的痛苦所动，脸上挂着一丝嘲弄的微笑。维瓦迪看着尼古拉，充满鄙夷。尼古拉的脸也一阵抽搐，整个身体的肌肉似乎都收缩了起来。但这种表现转瞬即逝。尼古拉转过身不去看眼前悲惨的景象。但是在他转身的一刻，不由自主地抓住了站在自己身旁的人的手臂，靠在那人的肩膀上作为支撑。他的表现暴露了他的内心：敌人的苦难并没有给他带来胜利，至少他没有免于恐惧。

申多尼平静下来，最后不动了。过了一会儿，他又睁开双眼，里面笼罩着一层死亡的气息，他几乎已经失去知觉了。他陷入了回忆，眼睛里闪着一丝微弱的光芒，慢慢地眼神也聚集了起来，像是他整个灵魂都在发光。他脸上的表情虽然极其微不可寻，但是却切切实实地存在着。他的嘴唇颤动着，似乎要说些什么，眼睛无力地扫了一圈牢房，像是在找什么人。终于，他发出了一点儿声音，一点含混不清的声音——他已经没有力气说话了。他不断地重复着那个声音，终于说清了尼古拉这个名字。尼古拉这时正倚在旁边人的肩膀上。听到自己的名字，他转过身来。申多尼一看到他就脸色剧变。他的眼睛紧紧锁住了尼古拉，如往常一样热烈起来，似乎想起了他最近做的邪恶的事情。紧接着，他用手指向尼古拉。尼古拉好像被钉在地上一般无法动弹，眼睛也无法从申多尼的审视中逃脱。看到这里，申多尼的眼睛里好像突然注入了力量——一种毁灭性的力量。从他的眼里，尼古拉看到了自己命运的判决书，也看到了一种报复的胜利和狡黠。他如受雷击，脸瞬间白了，同时不由自主地打起了冷战，发出一声叹息，向后倒去。站在旁边的人扶住了尼古拉。这时，申多尼突然用尽全力发出一阵诡异可怕的声音，简直不像是人能发出的。牢房里的所有人都被这声音吓住了，除了那个扶着尼古拉的人，所有人都努力想冲出牢房。但是他们的努力是徒劳的，牢房的门被锁上了。在医生到来并就这一事件做出调查后才能打开。侯爵和维瓦迪无奈之下目睹了这一恐怖场景，他们受到的惊吓是可想而知的。

发出那个来自地狱的声音过后，申多尼似乎精神高涨，但他也无法再这样做一次了。剧痛再次袭来，他又开始剧烈地抽搐。医生到了，他一眼就看出申多尼中毒了，尼古拉也中了毒，而且毒性强烈，没有解药。但是，他还是用些普通的药试了一下。

医生交代一名随从去办些事情。这时，申多尼的抽搐没有先前那么剧烈了，但是尼古拉却像是被逼入了绝境。他一直深受煎熬，心神一直恍惚着。药还没有送来，他就终于承受不住而断气了。药来了，但是却给了申多尼。申多尼这时不仅恢复了记忆，也能说出话来了。和之前一样，他一开口，叫的就是尼古拉的名字。

"他还活着吗？"他说这话时似乎极为困难，而且停顿了许久。周围的人都没有说话，这一阵沉默回答了申多尼，好像也给他注入了新的生机。

审讯官一直等在这里，看到申多尼已经恢复了神智，认为现在最好问一些关于他现在的感觉，以及尼古拉的死因问题。

"中毒而死的。"申多尼毫不犹豫地答道。

"谁下的毒？"审讯官问，"我这样问，是考虑到你还躺在病床上，不可能下毒。"

"我不想隐瞒真相，"申多尼说，"也不想隐藏我对此有多高兴——"他不得不停了一下，又接着说，"他本来可以把我杀了的，现在他死在我的手里，而且，我也不用那么不光彩地死去了。"

他又说不下去了。他说了这么多已经是极为困难，费了极大力气的。现在他已经筋疲力尽了。书记官本来已经被允许离开牢房了，现在又回来记录申多尼的话。

"你刚才说，尼古拉神父和你自己，都是被你下的毒？"审讯官继续盘问。

申多尼等了一会儿才有力气回答，他说："是的，我说过。"

审讯官问他是怎样得到毒药的，让他供出同伙。

"我没有同伙。"申多尼答道。

"既然没有同伙，那你是怎么得到毒药的？"

申多尼缓慢而又艰难地说："它就藏在我的背心里。"

"鉴于你已是将死之人，应该不会说假话。但是，你刚才说的那些无法使我们相信。你不可能在被捕后还有机会自己搞到毒药，更不可能在被捕前就已经想到了今天这个情况。现在，快交代谁是你的同伙。"审讯官说。

胜利的喜悦压倒了申多尼肉体的痛苦。听了审讯官的质疑，他回过神来，用更加确定的语气说："是我下的毒，为了自卫，我还给匕首也淬了那种毒药。"

审讯官轻蔑地笑了。申多尼看他还是不信，就让他检验一下自己背心上有毒的那一部分，那里还有一些他刚才说过的毒药的残余物。他的请求得到了准许。在他衣服的包边上发现了那种毒药。

但是审讯官还是不明白他是如何给尼古拉下毒的。虽然他今天和尼古拉单独待了一会儿，但是他们已经是撕破脸皮的敌人了，尼古拉也不会接受申多尼给他的任何食物。审讯官急于找到他的同伙，继续追问谁帮他给尼古拉下的毒。但是申多尼已经无力回答了，他的生命正在飞速消逝，眼睛里回光返照的神采也已经散去了。曾经受尽了苦难的申多尼现在变成了一具尸体！

这一痛苦不堪的事情终于结束了，侯爵受不了种种刺激，躲得远远的，靠着牢房和一名官员交谈，问他关于自己今天在这里是否会受影响。而维瓦迪则深感恐惧，一直叫着拿药来减轻申多尼的痛苦。药拿来后，他还帮忙扶着申多尼。

许久，最糟糕的时候过去了。签字确认了申多尼最后的自白后，所有人都凄惶地离开了。维瓦迪在侯爵的陪同下又被带回了他的牢房。侯爵会一直在此陪着他，直到神圣法庭根据申多尼的证词还他清白。维瓦迪的心里还萦绕着最后那个场面，没有给侯爵解释埃伦娜·罗萨尔巴的家庭。侯爵陪他待了一会儿后，就回到了朋友的住所。

第三十二章

主人，继续走，

我将跟随着你一直到最后一口气。

——莎士比亚

由于申多尼的临终忏悔，在其死后几天内，宗教法庭颁发了释放维瓦迪的命令，侯爵带着儿子从宗教法庭的监狱回到他朋友马罗伯爵的府邸，他自到达罗马以来一直住在那里。

当他们正接受伯爵的隆重欢迎，一些贵族聚集在一起祝贺维瓦迪的获释时，一个响亮的声音从对面房间传来："让我出来！这是我的主人，让我出来！谁要阻止我，就送谁到宗教法庭！"

一瞬间波罗冲进来，后面跟着一群侍从，然而他们停在了门口，害怕他们主人不高兴，然而看到波罗横冲直撞，几乎把那些正向维瓦迪祝贺的人们撞倒，又忍俊不禁。

"是我的主人！噢，我的主人！"波罗大声喊道。他拨开前面的人，冲到他们之间，抱着维瓦迪，一个劲地说："噢，我的主人！我的主人！"一种激情的快乐和感情使他哽咽，他趴在主人的脚边哭了起来。

这一刻对维瓦迪来说是更快乐的，自他和父亲见面起他就已经知道，他忠诚的仆人深深地感动着他，根本没时间来为仆人的鲁莽向那些惊讶的宾客道歉。当侍从补救波罗所闯的祸，捡起被他撞倒的鼻烟壶并擦拭宾客们衣服上的烟灰时,维瓦迪非常高兴地加入忙碌的队列,以此表达他对仆人的友爱。他全身心充满了愉悦的感觉,以至于完全没有意识到他们旁边还有人在屋子里。侯爵为波罗所犯下的错误不住地道歉,他呵斥波罗注意场合,并要求波罗立即离开现场。侯爵同时向他的宾客解释说,自他们上次在宗教法庭见面后,波罗就没有再见到维瓦迪,并大声说波罗实在是对他的主人太忠诚了。但波罗却对侯爵重复的命令不理会,尽管维瓦迪努力想扶起他,他仍然全身心抱住主人的脚。"啊! 我的先生!"他说,"如果您能知道我刚出狱时是多么痛苦! ——""他胡说!"伯爵对侯爵说道,"你看他高兴得神志迷乱的!"

"我是如何在夜里逗留在围墙外,我是多么不想走啊! 但是当我看不见围墙时,哦,先生! 我想我的心都碎了。我多么想能够再回去一次,哪怕会被抓;也许,我应当这样,要不是为了朋友,和我一起逃跑的那个哨兵,我不能害了他,可怜的家伙! 他是让我逃出去的好心人。板上钉钉了,正如已经证实的那样,一切都好了,现在我也在这里,您也在这里。我怎么告诉您那种感觉? 我以为我再也不会见到您了!"

想起过去的不幸,对比现在的喜悦,波罗的眼泪又下来了。他又哭又笑,抽泣和微笑转换得如此迅速,维瓦迪开始有些惊讶。波罗抬头望着主人的脸,突然恢复了冷静,严肃而真诚地问:"先生,您牢房的屋顶是不是尖的? 牢房的一角是不是有个小阁楼? 小阁楼那边是不是有道围墙?"维瓦迪端详了他一会儿,微笑着回答:"啊,真是的,我的好波罗,我的地牢离屋顶那么远,我从未注意到这些。"

"对,对,先生,"波罗答道,"是,是,但我当时没有想到这些。当时,就像我说的那样,没注意到这些。啊,先生! 我想那屋顶伤透了我的心,我是怎么看着它的呀! 现在想想,我在这里,我亲爱的主人也在这里。"

当波罗说话时，他的眼泪又落下来，哭得比之前更厉害。维瓦迪因无法理解自己所在监狱屋顶与仆人所表达再次看到自己时的欣喜有什么关联，开始担心波罗的意识是不是混乱了，希望他能进一步解释。波罗的描述虽然简单明了，但很快向他展示了那些情况之间的联系。维瓦迪瞬间被波罗的忠诚感动了，全身心地拥抱着他，伸出手，向在座的宾客介绍了这个忠仆。

看到眼前这一切，加上听到维瓦迪所说，侯爵也感动了，真诚地握了一下波罗的手，热情地感谢他为他主人所展现出的勇敢和忠实。"我真不知该如何奖赏你的忠诚，"侯爵补充道，"但是下面我要做的是，从这一刻起，你自由了，当着这些贵客的面，我向你承诺给你一千金币，以表达对你的感谢。"

波罗没有表示出侯爵所期待的他对礼物的感谢。他结结巴巴，鞠了一躬，脸红了，最终泪流满面。当维瓦迪问是什么使他如此难过，他回答："啊，先生，那一千金币对我有什么用处？如果我自由了，却不能和您在一起了，又有什么意义呢？"

维瓦迪诚恳地宽慰波罗，自己会永远和他在一起，自己会把给予他未来生活幸福看作自己的职责所在。"你今后负责管理我的仆人，"维瓦迪补充道，"家里的事情都由你打理，你就是总管，以此证明我对你的正直和忠诚的信任。这样，你也可以永远地留在我身边。"

"谢谢您，我的先生，"波罗回答道，声音由于过分感激而变得不太清楚，"谢谢您全心全意对我，如果我和您在一起，我就满足了，我不需要别的。但是我希望侯爵大人不会因为我拒绝接受他友好地赐予我的一千金币而认为我没有感激之心。如果我能自由，同样，我对他的好意表示真心的感谢。"

侯爵对波罗的推辞付之一笑，很开心："我真不明白，我的好朋友,你和你主人待在一起怎么会使你无法接受一千金币,我命令你,看在我不高兴的份上,接受这一千金币。无论你什么时候结婚,我期待着你能够再次向我表示你的顺从,带着你妻子从我这里接受另外一千金币,作为她的嫁妆。"

"这太多了,先生,"波罗抽泣着说,"太多了,我承受不起啊!"说着他跑出了大厅。他的举动引起了周围宾客的哄笑。波罗的热心肠甚至已经软化了他们骄傲的冷漠,一会儿,从对面的房间传来波罗按捺不住的激动哭声。

几个小时之后,侯爵和维瓦迪告别了他们的朋友,于第四天回到了那不勒斯,无论他们到达哪里,都没有人打扰。但对维瓦迪来说,这是一个抑郁的旅程,尽管他有重获自由的喜悦。因为侯爵告诉儿子,在当前这种无法预知的情况下,他不能考虑他在侯爵夫人临终前所做的承诺,维瓦迪必须放弃埃伦娜,如果她确实是申多尼的女儿。然而,一到达那不勒斯,维瓦迪就迫不及待地直奔圣皮埃塔修道院。他把最近跟父亲谈话所引起的所有担心、不愉快和顾忌一股脑抛在脑后,满腔都是将要见到心上人的喜悦。

埃伦娜在大门口听到了他的声音,就询问客厅里的一个修女,很快,他们再次见面了。

他们彼此都曾经持久地痛着对方的痛,并因此活在不确定和恐惧之中,经历了由此所招致的危险和困苦,所以在这样的会面中,欢乐几乎被提升到了痛苦。埃伦娜哭泣着,几分钟后她才回答维瓦迪温柔的询问,过了很久,她才留意到严酷的监禁生活对维瓦迪容貌的改变。他面容上生动的表情依旧没有改变,然而最初喜悦的光彩已经退去,埃伦娜明显感觉到他在宗教法庭的牢狱里所受的折磨太多了。

在见面中,他应埃伦娜的请求,详细地讲述了他和她在圣塞瓦斯蒂安分开后他的冒险经历。但是当讲到有必要提到申多尼的那部分时，他非常尴尬地停了下来，显得为难，也感到担心。维瓦迪几乎没有告诉埃伦娜申多尼对付他的任何不公平举止，然而，不提这些，又不能自圆其说。他也不忍心告诉她他知道她父亲死亡的消息，无论那件事发生的可怕环境是否可以隐瞒。他的尴尬变得越来越明显，并伴随着埃伦娜的询问而不断增加。

最后，实在绕不开这个话题了，他希望能够小心翼翼地解释这件事，尽管这个话题一直使他内心焦虑，他却始终不敢开口。维瓦迪鼓起勇气宣布他知道她发现她亲人还活着的消息。埃伦娜脸上立即出现了幸福的表情，这一点使他更加焦虑，他更不愿讲下去。他知道，如果将真相说出来，她脸上的喜悦一定会变成哀伤。

然而，既然提到了一个他们俩都如此感兴趣的话题，埃伦娜接着话题也表达了她得知亲人消息的喜悦之情，其美德在她们还没相认时就已赢得了她的好感。他的惊奇很快变成惊讶，他以为她说的是申多尼，那样一个人怎么能引起她如此亲切的情感呢？但当奥莉薇娅听到一个陌生人的声音，走进客厅来看看，并说自己是埃伦娜的母亲时，他的惊讶很快就改变了对象。

在维瓦迪离开女修道院之前，他完整地知道了埃伦娜的全部身世，当他得知埃伦娜不是申多尼的女儿时，不禁欣喜若狂。奥莉薇娅得知申多尼这个迄今为止她的头号敌人再也不能对她构成任何伤害了，也很高兴。然而，他死亡的方式，以及他最后的审判，维瓦迪小心地隐瞒了。

当埃伦娜从客厅回到自己的房间时，维瓦迪向奥莉薇娅坦白他喜欢她的女儿已经很久了，并恳求她同意他们的婚礼。然而，对于这个请求，奥莉薇娅回答道，尽管她已很清楚他们之间相互爱慕，已经发生的一些事情也已经证明了他们感情的持久和坚韧，也了解他们的勇气,但她绝不会答应她的女儿嫁到这样一个家庭:男方对她女儿的价值不是蔑视就是不愿承认。因此,要想她同意这门婚事,除非他和他的父亲都来正式地求婚。

这样的约定并没有熄灭维瓦迪的希望,既然埃伦娜不是凶手申多尼的女儿,而是布鲁诺伯爵的女儿,那么其人格和身份地位都值得尊敬。维瓦迪几乎不怀疑父亲会同意履行他对临终前的侯爵夫人所做的承诺。

这次,他的想法没有错。侯爵听维瓦迪讲完埃伦娜的家庭身世后承诺,如果这次不出现上次的类似错误,他不会再反对儿子的意愿。

侯爵立即发起有关奥莉薇娅——目前的布鲁诺伯爵夫人身份的秘密调查——虽然调查并不那么容易。所幸,曾协助她从申多尼魔掌下逃离的那个医生还活着,比阿特丽丝也还清楚地记得她已故女主人的姐妹,最后证实了奥莉薇娅的身份。现在,侯爵的各个疑点都因此消失了,他亲自来到圣皮埃塔修道院,依约定的方式,请求奥莉薇娅同意他儿子维瓦迪和她女儿埃伦娜的婚事。她答应了。在这次见面中,侯爵对伯爵夫人的仪态非常着迷,对其与埃伦娜如出一辙的优雅雍容气质非常满意。他不再坚持以前一直期望通过儿子的婚姻巩固地位和财富的想法,因为那些美德和永久的幸福都已向他呈现。

五月十二号,埃伦娜过了十八岁生日,她和维瓦迪的婚礼将当着侯爵的面在教堂隆重举行。随着埃伦娜缓缓穿过教堂,她在圣塞瓦斯蒂安圣坛和维瓦迪经历的事情又一次浮现在她眼前,看着那些欢快的人们——虽然现在可能还有些反对他们——感激和愉悦的泪水从眼中滑落。那时候她被陌生人包围,被坏人诱捕,她以为自己是最后一次见维瓦迪了。现在挚爱的母亲出现在这里支持自己,又得到了曾经倔强地反对她的人的认可,他们将不会再分开了。回想起那个时候，她被那些恶棍强行带出礼堂，回想起她呼唤维瓦迪来救自己，甚至要求再听一听他的声音，她相信那时的自己快要死了。那一刻的痛苦再次袭上心头，比眼前的幸福感更甚。

奥莉薇娅刚和女儿相认，就要与她分离，不禁感到有些难过，但是埃伦娜将来的幸福生活前景又让她略感欣慰。尽管她把女儿嫁出去了，但她不会失去女儿，因为维瓦迪居住在这附近，他们能够经常来往。

出于对波罗的尊重，波罗可以出现在他主人的婚礼上，当步行进入教堂婚礼的长廊时，他看了这个仪式，目睹了维瓦迪脸上洋溢的幸福及侯爵脸上出现的喜悦，同样，这种沉思的喜悦及温柔的表情洋溢在埃伦娜的脸上，她的面纱摘掉了一部分，他能看到一点，他无法抑制内心的喜悦之情，大声喊道："噢！今天太开心了！真是太开心了啊！"

第三十三章

啊！我在哪里能找到如此温馨的居所啊！
周围的一切，外在的和所有内在的，
都不存在，除了令人欣喜、感激的
上天眷顾和一颗幼小的心灵，
曾映入视线。

——汤姆森

婚礼后的某个时间，侯爵在维瓦迪温馨的别墅里举办庆祝宴会。别墅距离那不勒斯几英里远，在海湾边缘，已故的侯爵夫人常居住所对面。优越的地理位置和优雅的室内环境，使得维瓦迪和埃伦娜选择它作为他们的主要居所。不错，它就是一处仙境。肥沃土地遍布山谷，延伸到海湾，房子就在这山谷的入口，在一个海边的缓坡上。这片富饶的海岸，从米塞诺高耸的望角到南方的陡峭山脉，横跨远方，似乎从海上起源，隔开那不勒斯湾和萨勒诺湾。

别墅的大理石柱廊和拱廊被美丽的木兰花、山茶花和漂亮的棕榈树遮蔽着；凉爽通风的大厅，朝向对面两侧的石柱廊，向西望去，繁茂的枝叶尽处，那不勒斯所有的海洋和海岸一览无余；往东望去，青山如黛，绿树成荫，区域内山谷的美景尽收眼底，直至消失在树木茂密的逶迤山峰中，只有那些悬崖，满布着五颜六色的花岗岩，黄色、绿色、紫色……高昂着它们的头，把艳丽的光芒洒在荫翳的景观中。

花园内草坪、树丛、树林表面起伏变化，树影婆娑。花园是现代的英格兰风格，只有"长长的曲折通幽小径"隐没的高深莫测的阴影和宏大的视角呈现出意大利风格。

在这欢乐的节日里，每条大道、树林和亭子都沐浴在光亮中。别墅本身的每个通风的大厅和拱廊都点缀着璀璨的灯光，装饰着美丽的鲜花和漂亮的灌木植物，其花蕾似乎将所有的阿拉伯香水散发在空气中。这座别墅好像被魔法化了，不像是人类建构的艺术。

来访贵宾们的衣服都是一道亮丽的风景，其中埃伦娜，在各个方面，都女王般地独领风骚。但这种娱乐不只是属于那些地位显赫的人，因为维瓦迪和埃伦娜希望这一带所有住户都有份分享他们自己所拥有的无尽幸福。这样，这一带各色人等全加入狂欢中来。在这种场合中，波罗在某种程度上就成了狂欢的主人公，被一群他自己的同伴包围着，正如他经常希望的那样，在那不勒斯的月光海岸又跳起舞来。

波罗所选的欢庆地点是海滩。维瓦迪和埃伦娜正好经过，他们停下来观察他融合在舞蹈中那奇怪的跳跃和夸张的手势，同时还不停地叫道："喔！好开心的一天啊！喔！好开心的一天啊！"虽然喘着气，却劲头十足地跳着。

看到维瓦迪和埃伦娜面带微笑地招呼他，他停了下来，走向前来。"啊！我亲爱的主人，"他说道，"你还记得那天晚上，在圣塞瓦斯蒂安教堂那起残忍的事故发生之前，我们在柯兰诺海岸游玩；你记不记得那些人，在月光下高兴得踉踉跄跄的，并让我想起了那不勒斯和许多在这沙滩上跳的快乐舞蹈？"

"我记得很清楚。"维瓦迪回答说。

"啊！我的先生，您当时说，您希望我们应该很快就能回到这里，那么我就要拿出最好的心情来跳舞。您的第一个愿望没有实现,我亲爱的主人,我们不得不经历炼狱才能到达天堂。而第二个愿望最终实现了——我果然在这里了!在月光下跳舞,在我亲爱的那不勒斯湾,有我亲爱的主人和女主人,安然无恙,像我一样快乐。还有远处那老山,维苏威火山,我真的以为再也见不到它了,而现在,它喷着火焰,就像我们被抓到宗教法庭之前那样地喷火!喔!谁能预见这所有的一切!喔!好开心的一天啊!喔!好开心的一天啊!"

"我为你的幸福而高兴,我的好波罗,"维瓦迪说,"就像我为自己的幸福而开心一样,虽然我不完全赞同你对两者某些方面进行的比较。"

"波罗!"埃伦娜说道,"我欠你很多,无论如何都报答不了你,因为你的无畏,你的主人目前才得以安全。我不会刻意感谢你对他的忠诚——我对你将来幸福的关照将会证明我是多么感谢你——我想让你所有的朋友都知道你勇敢忠诚,都知道我对你的感谢。"

波罗鞠了一躬,结结巴巴地说着,扭动着身子,脸都红了,没能回答。直到最后,他突然从地面纵身高高跳起:"喔!好开心的一天啊!喔!好开心的一天啊!"话语就像触电了一样从他嘴里进出,那情绪几乎使他窒息。他们把他的热情在所有伙伴中传递着,话语就像闪电一样从一个传到另一个,直到维瓦迪和埃伦娜从这些欢呼声中退出来,所有那不勒斯的树林和海滨都在回响着:"喔!好开心的一天啊!喔!好开心的一天啊!"

"你们看,"波罗在维瓦迪他们离开后说,"你们看人们是如何在不幸中度过的,但如果他们没有一颗承受抵抗困境的内心,做什么都不可能在他们的良心上留下印记。当你开始想你永远不会再快乐时,如何突然快乐起来了!谁会料到,我的主人和我,被卷入那个恶魔的地方,宗教法庭之后,又再次回到这个世界!谁会想到我们之前被带到那些老魔鬼审讯官面前，在地下的某个地方坐成一排，挂着黑帘，只有四周的火把和嘲笑我们的嘴脸，他们的脸庞看起来就跟之前所说的监狱一样阴森。我从没有想过要开口出卖主人，从来没有！他们不让我跟我的主人说话！我说，谁会想到我们又获释了！谁会想到我们竟然还会知道什么是快乐！现在我们又一次在这里！都自由啦！如果愿意，我们可以尽情地向前跑，从地球的一端到另一端，永不停止！可以在大海中飞翔，或在天空中游泳，或头朝地脚朝向月球！记住，我的好朋友们，我们要对得起自己的良心，没有什么可以主宰我们了！"

"你的意思是在大海里畅游，在天空中翱翔，我想，"他旁边一个严肃的人问道，"至于头朝地脚朝向月球！我不知道你是什么意思！"

"哼！"波罗答道，"在这样的一个时刻，谁能停下来想它是什么意思！我希望你们所有人，在这个晚上尽情地说话，想说什么就说什么，不要瞻前顾后的！但是你们，都没有！没有！一个都没有！我保证曾经待过监狱，你的主人碰巧在地牢下面，也不知道什么原因你被迫逃走，却把你主人留在那里等死，要是你，这感觉多么难受。可怜的灵魂！但是不管怎样，你会被宽恕，会开心，至于猜猜我有多么开心，喔！你们是不会明白的！""喔！好开心的一天啊！喔！好开心的一天啊！"波罗重复着，他雀跃着舞动着。"喔！好开心的一天啊！"所有的人都齐声高呼起来。